水平線

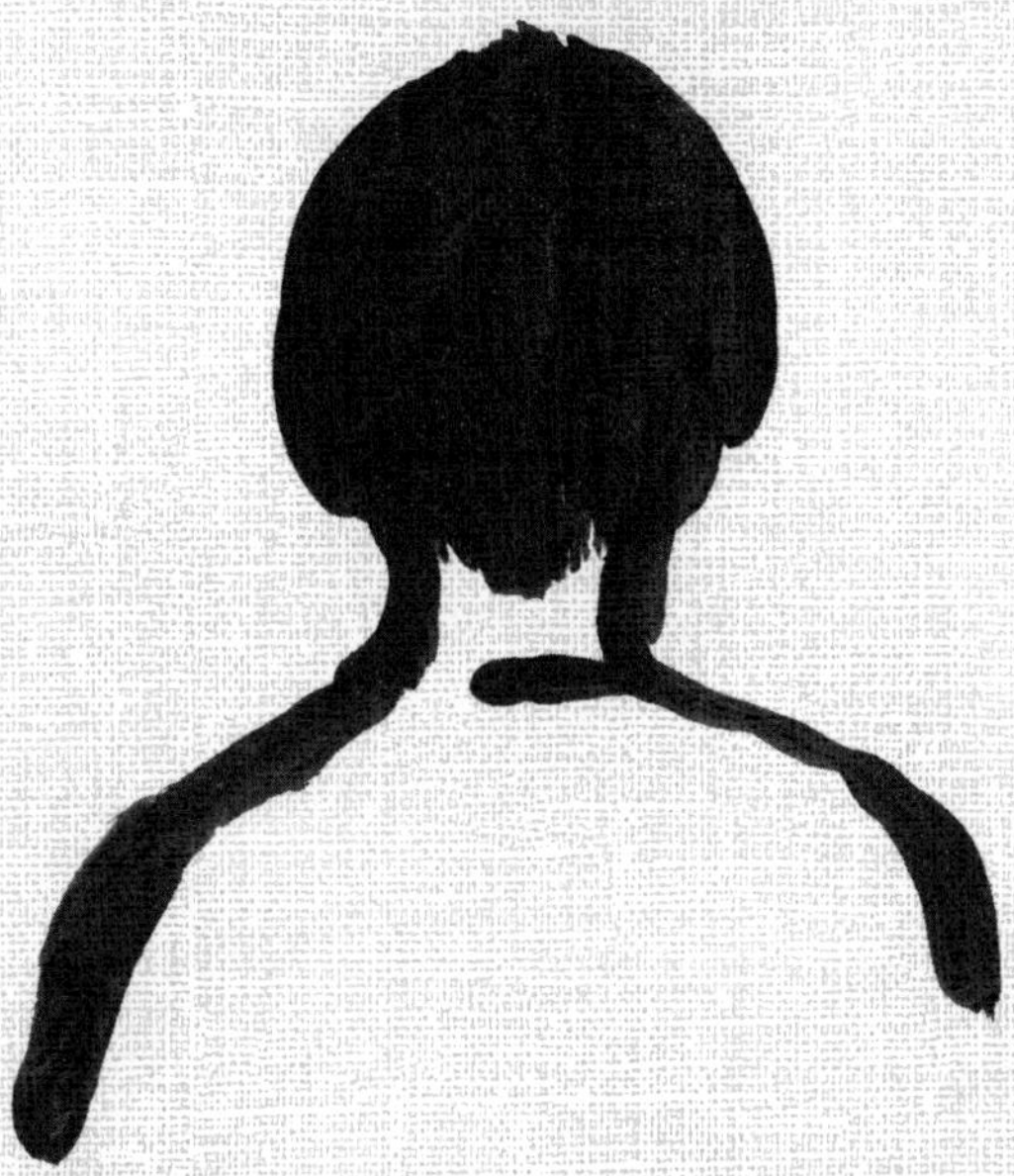

滝口悠生　SUIHEISEN　TAKIGUCHI YUSHO　新潮社

水平線

第一章

1

　屋上のデッキからは、洋上に快晴が広がりつつあるのが見えた。風は穏やかだったが、航行する船上では向かい風が生じ、風を受けた耳元がぼうぼう鳴った。風は海から来て、船を抜け、また海に吹き去る。ときどき、そこに誰かの酔いが紛れているような気がしたが、それがゆうべの酒の残りなのか船酔いなのかわからない。どの方向に目をやっても、島影は全然見えない。いまデッキ上には誰もいない。

　海面はところどころ雲の影で色が濃かった。太陽はまだのぼりきっておらず、射角の鋭い日差しを受けた水面の光と陰のコントラストは強いが、どの陰影も現れた瞬間消えてなくなり、打っては跳ね、跳ねては散り消えていくその運動が繰り返された時間の長さは、とても想像が及ばない。その全部を誰も見たことがない。

　この海路を行く者の目はいつもだいたいそのような、同じ景色を映した。そしていつもだいたい同じような感慨を得た。その景色の途方もなさを、船上の小さく無力な我が身とくらべ、途方もない、と思う。そしてまた水平線を見遣る。そこに島影が現れるのを待っている。現れてくれなければ困る。それは遭難だ。

彼らがいた時間と場所、天気や季節、乗っていた船も、その進む方向も、ぜんぶ違っていたけれど、船上から水平線に向けた彼らの視線が洋上で幾重にも重なって、ひとつの束になるみたいだった。

目の前に広がる、長い時間そのものみたいな海と、このまま波に運ばれて行方知れずとなる不安におそわれるたび、同じ視線を分け合う自分以外の者たちのことを思わずにはいられない。そこには遠い過去のひともいれば、これから先にこの景色を目にするひともいる。そしていまの自分の体から離れたい、遠く隔たりたいような気になった。だって、誰かがそこにいるなら自分はそこにいないということになる。

船はいまもたしかにひとつの時間を前に進んでいる。

昨日の昼前に東京の竹芝桟橋の港を出て、一晩を越えた。貨客船おがさわら丸の行き先はその名の通り小笠原諸島父島である。夜の明けた太平洋を船は南進している。

船体は八階層からなり、下層階にある二等和室は絨毯敷きの大部屋で、壁沿いに設けられた短いパーテーションでひとりぶんの寝床が仕切られそこに寝具一式が用意されていた。布団を延べて壁に頭を向けて横になれば、パーテーションが両隣からの目隠しになる。しかし隠れるのは頭だけで、ほとんど雑魚寝のようなものだった。

船内には一等客室や特二等といった二段ベッドの部屋もあったが、この二等の大部屋がいちばん運賃が安い。一室あたりの大きさはまちまちで、広いところでは一室に二十床程度があてられている。女性専用、あるいは家族用を除いて、ほとんどの大部屋は通路との仕切りもない。乗客たちが寝そべっている様子は通路から丸見えだった。

満員ならこの二等の大部屋だけで二五〇名以上が寝られる。この日も寝床はほとんどすべて埋まっていた。二〇一六年に新造され三代目となったこの船の旅客定員はおよそ九〇〇名。どの寝室も埋まっているなら、いまそれだけの人数が船上にいることになる。大変な人数だ。

消灯は午後十時だった。横になった乗客たちの耳に外からわずかな波の音が届いたが、おそらくそれは空耳で、エンジンなのかスクリューなのか、空調とか様々な設備が発する音も合わさっているのか、船内には重い低音がずっと鳴っている。それを寝そべった体の背中で聞いている。波の音が聞こえるとすれば、それは船の揺れから、思わず波のさまを想像してしまっているのではないか。つまり外ではなく耳の内側から聞こえる。

寝つけぬうちは薄いマットレスや床の硬さをたしかめるように右に左に体を動かし、低い枕の上で頭を転がす。そのうちにだんだんと自分の寝床に愛着がわき、その狭さや温度に体がなじんでくる。それでも、背中の下の海中や船底になにかしらの問題が発生し、浸水、沈没、みたいな方に想像が走って止まらない者もいる。実際、一瞬たりともそういう想像をしなかった乗客なんて未だかつてひとりもいないのだし、こんなにずっと海の上にいれば、どうしたって嵐や津波のことが頭に浮かぶ。巨大な鉄の塊が何百人もの人間と荷物を乗せて海に浮かんでいる。酒でも船酔いでもいい、酔わなきゃ平静でいられない者もいる。船内の自販機で買った缶ビールか缶チューハイの蓋を、遠慮がちに開ける音がする。

やがてひとり、またひとりと寝息をたてはじめる。長さも間隔もそれぞれ違い、深く、浅く、いろいろの呼吸音を聞き合ううち、自分もうとうとしはじめて、誰も彼もいつの誰だかわからなくなる。空調はきいているはずなのに、蒸し暑くなってくる。体の下の布団がやけに湿って感じられてくる。空耳ではない、明らかな波を打つ音が室内までも届き、船の速度は落ち、揺れが大きくなる。布団は板敷きの床にゴザを敷いただけ、というわびしい硬さにすり替わって、くたびれた自分の着物からも、部屋のそこらじゅうからもすえたような匂いが漂ってくる。夜の船倉は締め切られているから真っ暗で、空気もこもる。部屋のどこかから、泣きやまない赤ん坊の声がする。泣いているのが自分のようにも、自分の子どものようにも思えたし、他人の家の子どもにも思えた。横になって疲れた体を休める者たちはその声を聞きながら、ひそかに同情したり、うるさいと咎めるように舌打ちしたり、眠りを邪魔されて苛立つ声をあげたりした。寝かされていた赤ん坊は母親に抱き上げられ、しばらくあやされていたが泣き止まず、やがて困り果てたように母子はどこかに行った。いや、デッキに出ることなんてできないのではないか。暗い船倉の隅で子どもの泣き声を毛布かなにかで押し殺しているのか。それとも本当にどこかへ行ってしまったのか。

なにか夢を見ては夜中に何度も目が覚めた。夢のなかで夢を見たり、その夢から覚めたりしたような気もした。寝ているあいだに聞いた誰かの声が、夜のあいだずっと耳に残った。夢に出てきた誰かの声なのか、目覚めたときに客室で聞いた乗客の声なのか、それとも眠っているあいだに思い出した誰かの声なのか、よくわからない。どどどどど、と小型船のエンジン音が響き、船体を打つ波しぶきの音の合間に、なにかを呟く小さな声がして、声はとても微かなのに頭のなかではっきりと聞こえた。しかしなんと言っているのかはわからない。声の輪郭だけが思い描ける。たぶん、誰かに向けて言っているのではなく、口を開かず、鼻腔を抜けて額のあたりに声を響かせている。ということは自分の声か。しかし夢のなかの自分とは誰なのか。

洋上を行くボートを見つけて、なんだありゃあ、と言う者がいた。

漁船かな。

違うだろう。

誰が乗ってる。

見えない。

何人かがそのようなやりとりを交わしながら、甲板からそのボートを眺めていた。ボートは、彼らの乗る船と反対方向に向かっていた。その方向が、南だ、となぜかわかる。

どこに行くんだ？

さあ。

それを聞きながら、自分だけがあのひとを知っている、と思った。そしてそのことを黙っていた。誰だかはよくわからないが、自分だけにあのひとの声が聞こえる。

ボートが海面をゆっくり切り裂くようにたてた波が、凪いだ海上に新たな線を引いた。船尾から広がるように伸びて、弱まりながらだんだんこちらの船に近づいてきて、やがてこちらの船がたてた波に返される。

隣から、なあ、とこちらに話しかけてくる者がいた。知らない、若い男だった。

大人になってわかったけど、大人になっても夢のなかではあり得ない状況とか馬鹿げた話を簡単に信じちゃう。子どもの頃とほとんど変わらない。夢のなかの自分の馬鹿さが怖い、でもこちらからは夢のなかに手出しができない。これは、俺が馬鹿なのか。俺の頭がまだ子どもで、もう少し大人になったら、そういうこともなくなるのかな。

いや夢ってそういうものだろう。夢中ってのはそういうことなんだ、と思うさま応えてみた。

それで男はゆうべ見た夢の話をはじめた。

あるところに女がいた。女はむかし、好き合った男がいたが、男はある日漁に出て、波に呑まれて死んでしまった。女は悲しんで、あとを追おうと考えた。船に乗って夜中にひとり海に出て、男のもとへ、さらばこの世と身を投げようとした。しかしちょうど女の飛び込もうというときに、海中から大きな亀が顔を出した。

その亀が俺なんだが、と男は言った。女が死ぬのを止めなきゃいけない。なにか言わないといけないんだが、なんと言ったらいいのかわからない。言葉が出てこない。亀だからな。でも俺は女が死んじゃいけないことを知ってるんだよ。死んだ男がそんなこと望んでいないことも知ってる。なんでだかはわからないけどたしかに知ってるんだ。俺のなかには言葉があるんだけど、亀だからしゃべれない。泳ぐしかできない。

へえ、と応える。心からの、へえ、である。

なんだよそれは、と横で聞いていた和美が男に言った。横で聞いていたのが和美、自分はその名前を知っている、と気づく。

昨日見た夢。

おめえは亀なのかよ。

知らないよ。俺だって、俺は亀だったのか、って驚いてたんだから。俺は女に向かって一生懸命しゃべろうしゃべろうとしてたんだけど、その相手が誰だったのか思い出せない。知らない女だった気もするが、しかし知らない女が夢に出てくるってのは気色が悪いぜ。自分の夢じゃないみたいだろ。でも、知ってる女だった気もするんだ。皆子、もしかしてお前じゃなかったか？

と訊かれて、自分が皆子という名前だったと気づく。皆んなの子で皆子、という漢字も知っている。

私じゃない、と皆子は言った。

おい、と和美が男の頭を小突いた。静かにしてろって言われただろ。

男は不服そうな顔をして黙りこんだ。

和美が皆子に、ほらお前は横になってろ、と言った。皆子は言われた通り横になって、布団がわりの着物を頭の上まで引いて顔を横に向けた。皆子は気持ちが悪い。吐くかもしれない、そう思ったが、吐くかわりに不意に目から涙がこぼれてきたので驚いた。

男がその後ろ姿を見ていた。話さなきゃよかった、と男は思った。男はむしゃくしゃしてきて、わざと乱暴にごろりと床に寝ころがった。背中の下の床板が浮いていて、寝転ぶとゆうべから痛くてしょうがない。でも慣れてきた。皆子はなにを考えているのだろうか。そちらを見ると、着物を頭までかぶったままだった。いまはたぶん船に酔っているんだろうが、酔いのない頭でふだんなにを考えてるか、俺には想像がつかない。その向こうでは和美の嫁さんのイクが赤ん坊を抱いている。お乳をやってるんだろう。赤ん坊はかわいい。

ああ、俺たちはいったいどうなるのか。

目が覚めて、周囲が新しい二等船室に戻った。まだ部屋の灯りは消えたままで薄暗いなか、誰の目が覚めたのだかわからない。船室の灯りが点くのは午前六時だったはずだ。

屋上のデッキは施錠されて夜間の立ち入りはできない。もうとうに伊豆七島も過ぎたはずで、いま航路周辺に見える島はない。だいいち日が落ちてからは水平線と夜空の境界は黒く溶け合ってなにも見えない。だから頭上の月と星は明るくたいへん美しいが、視線は波と風の音を聞きながら水平線の方を見続けていて、朝まで誰もいなかった。

たしかに昨日の夜と同じマットの上で目を覚まして、横多平《よこたたいら》はいつの間にか灯りが点いて明るくなっていた天井をしばらくのあいだぼんやり見ていた。それから腕時計をした左腕を顔の上に持ち上げた。六時過ぎ。一瞬午前か午後かわからなくなったが、午前六時で間違いない。いまは朝だ、と頭のなかで念を押した。

予定航行時間はまる二十四時間。予定通りいけば、父島に着くのは今日の昼。次の夜、つまり今晩は揺れない地面の上で眠れる。

天候次第で、そうはいかない可能性もある。最悪の場合、父島に着港できず竹芝に引き返すこともありうる。もしそうなれば、まる二日間、太平洋をただ航行することになるのであって、そんな事態はほとんど遭難みたいなものだと横多は思った。しかし幸い、事前の予報通り到着地父島の天気はよさそうだった。

およそ一〇〇〇キロの航海だが、小笠原諸島も行政区分上は東京都内になる。だからたぶんいまも自分は東京都内の海上にいる。テレビで関東地方の天気予報を見ると、画面右隅の太平洋上にいくつか別枠が設けられていて、東京からの距離で言えば九州とか沖縄と同じくらい離れているのに、そこは関東地方の一部として扱われている。気候的には亜熱帯地域ということになるから沖縄とか台湾と同じで、天候も気温も地図の真ん中にあるいわゆる内地の東京の予報とは全然違う。

船の上でまる一日を過ごす。横多に限らず、そんな長い船旅に慣れた客はそう多くないのだろう。ゆうべも消灯後の二等大部屋では寝つけぬひとの気配が夜中じゅうそこここで止まなかった気がする。いまも部屋のどこかからがさごそと物音がしているが、暇な船旅の朝は早く、もうすでに寝床を離れ、船室を出たひとも多いようだった。朝食をとったり、デッキやラウンジで朝の海と朝日を眺めたりしているのだろう。

出港から二十時間近くが経ってようやく、雑然とした大部屋が少し落ち着いた空気になった気がした。どこがどう変わったとうまく言えないが、なんか、まったりした感じ、と横多は思った。しかしこのまったりは、この部屋の落ち着きではなくて、ただの船酔いかもしれない。起きたばかりで、胸元にうっすらとあるもやもやが吐き気なのかどうかはっきりしない。昨日の船酔いが続いているのか、それとも二日酔いか、その両方か。ともかく周囲の光景は鈍く和やかに映った。ゆうべは、船内で買った缶ビールを三缶と、船に乗る前にコンビニで買ったウイスキーの小瓶を少し飲んで酔っぱらって寝た。いつもはそんなに飲まない。

昨日は定刻の午前十一時に出航し、数時間で船が東京湾から外洋に出ると、揺れが大きくなった。横多と同じ部屋に父島在住のおじさんがいて、そのひとの話では今日の船はかなり穏やかな方だということだった。が、そんな相対的なことを言われてもこちらは今日はじめて乗ったのだし、穏やかでも激しくても揺れるものは揺れていて、乗客はたしかにその揺れに揺られるのだから、揺れが少なくてラッキーだね、みたいなことを言われてもあまり慰めにならない。横多は早々に酔った。まだ外は日のある時間だったが気持ちが悪いので自分の番号の寝台にマットを敷いて横になった。同部屋のほかの客たちの多くは、出航してしばらくは外で海を眺めたり、レストランや売店に行ったり、船内を見てまわっていたようだったが、そのうちにやることもなくなり、手持ちぶさたな様子で寝床に寝そべったり座ったりしはじめた。窓もない部屋ではいまが何時だかすぐによくわからなくなった。

うとうとしながら耳に入ってきたところでは、父島に帰るおじさんは甥っ子の結婚式で横浜に行った帰りらしかった。知り合いか、知り合いでなくただ近くにいた乗客かに、その結婚式の様子を説明していたが、話題はそのうちにオリンピックに移ったようで、マラソンだの野球だのと盛り上がっていた。遠ざかりつつある東京では、いま五十六年ぶりのオリンピックが開催されていた。今夜は野球の準決勝があって、日本チームが出場するらしい。部屋の壁には液晶テレビが掛かっていたが、海上では衛星放送の電波もほとんど入らないそうだから野球の中継もたぶん観られない。もちろん携帯電話もインターネットも使えない。寝床で寝そべっているひとの多くは、イアフォンをして音楽を聴いているか、スマートフォンやタブレットにあらかじめダウンロードした映画などを観ているらしかった。傍目には起きているのか寝ているのかほとんど見分けがつかないが、自分のように早々に船酔いして具合の悪いひともいるのだろうか。寝そべったところで揺れから逃れられるわけではない。まだ航路の半分も来ていないことを思うと横多は絶望的な気持ちになった。持ってきた酔い止め薬を飲んでみたが、あまり効かない気がした。これもなんとなく耳に入ってきた同部屋の客たちの話では、酔い止めは乗船前に飲む方がいいそうだった。なるほど。それも船に乗ってすぐ効き目があるように、乗船の前日から飲むといいのだ、と言うひともいた。横多は自分の準備不足を呪った。

結局眠ったり起きたりしているうちに夕方になって、さっきのおじさんはまだ何人かと話をしていた。酒が入っている。メジャーリーグの話かなと思って聞いていたら、野球ではなく、アメリカの大統領選の話だった。もうすぐ共和党の全国大会があり、二期目となるトランプが大統領候補に指名される見通しだった。体調は依然として変わらず、昼間より悪くもなっていないが、背中の下の揺れのひとつひとつに余力をからめとられていくような気がした。それでえいやと一念発起して起き上がり、あんまりひどくなる前に船酔いを酒の酔いで制さんとウイスキーを持って展望ラウンジに上がっていき、夕暮れの海を眺めながら買い込んだビールとともにどんどん飲んだ。気分の悪いところにそんな飲み方をしてもうまくもなんともないが、日が暮れきった頃にはなにに酔っているのかわからなくなって、寝床に戻って横になり目をつむると、ここがどこで自分がなにをしているのやらもよくわからなくなってきて、眠ってもいないのに夢を見はじめるように意識は曖昧になった。明け方になって目覚めたのだから眠っていたことには違いないが、今朝が昨夜とちゃんとつながっているのか怪しいような気がしてきてしまう。それでも、この航海もあと半日足らずで一旦終わると思えば、胸のあたりのむかつきはあるけれど、昨日よりも心持ちには余裕があった。

デッキから望む海上にまだ島影は見えない。波はいまは穏やかに、弱く船体に寄せてきては、船の分ける波に返され、呑まれる。波は波を呑み、荒れれば船もひとも呑まんとする。実際、呑まれた者もたくさんいる。その最後の瞬間も、いま私たちのうちにある。南無。胸のうちでお鈴が鳴って、その鳴り止むまでの静けさと、恐怖と絶望の叫喚とが、凪いだ海面の広がりと、その上を一万一〇〇〇トンの船が穏やかに航行するいまここ、太平洋上の北緯三〇度一三分一二秒、東経一四一度二三分三二秒のいまここに、同時にある。

もっとも、いまGPS付きのトラベラーズウォッチを左手首に巻いた横多にそんな、私たちの代表、みたいな余裕はなかった。彼は仰向けのまま、顔の上に左腕を掲げている。腕を上げたはいいが、下ろせなくなっている。下ろせなくはないが、体を動かすのがとても億劫だった。やっぱり気持ち悪い。

腕時計の液晶画面に西暦は表示されていなかったが、今年はオリンピックがあるからか、すぐに二〇二〇年と思い出せる。きりがいいので計算もしやすい。父島のさらに南にある硫黄列島の住民たちが島を離れ内地に疎開したのは終戦の一年前、一九四四年だった。計算すれば七十六年前ということになる。自分の人生がちょうどふたりぶん入る、と三十八歳になったばかりの横多は思った。

2

飛行場に面した棟を出ると、遠くに私たちを乗せるべく待機している機体が見えた。ずんぐりした胴体は全面迷彩柄に覆われていてものものしく、それじたいがミサイルかなにかみたいにも見えた。けれどこれは戦闘機ではなく輸送機だそうだ。さっき自衛隊のひとからそう説明があった。旅客機のように、機体の横に接続するタラップはない。そもそも搭乗口がない。機体後部の下半分がぱかっと両側に開き、床に収納されていた工事現場の足場みたいな鉄板が斜めに延び出てきて接地した。そのスロープから荷物が積み込まれ、人間もそこから乗り込む。

世の中には軍事マニアと言われるような戦車とか戦闘機、兵器の名前や種類に詳しいひとがいて、そういうひとなら輸送機の外観を見ただけでももっといろんなことがわかるのだろうけど、私は全然その方面のことに詳しくないし興味を持ったこともなかった。輸送機と言われても、ふだんこの飛行機がどんなものを輸送しているのかもよくわからない。一瞬、あの機体のお尻の開口部から戦車がゆっくり降りてくる図を想像したのだが、しかし重い戦車を飛行機で輸送したりはしないだろうし、戦車が通るには入口もスロープも小さすぎる。自衛隊基地とか戦車とか思っても、私には子どもが思い描くみたいな想像力しか働かない。

ここは埼玉にある航空自衛隊入間基地の飛行場で、こうして基地のなかに立ち入ったり、ふつうは乗れないだろう自衛隊機に乗ったりすることも、物珍しい経験だとは思うけれども感動したり興奮したりするほどのものではなく、むしろ目につくものがことごとく戦争や紛争を想像させるためか、なにを見ても今日これから過ごす時間についての漠然とした不安が高まった。

基地内で働いているひとのなかには、多くはないけれど女性もいた。たまに見かける自衛官募集のポスターには女性の写真もあったから、女性の自衛官がいることももちろん私は知っていたし、海外では女性の兵役がある国があるのも知ってる。けれども私は自分が職業を選ぶときの選択肢に自衛官は全然なかったし、彼女たちが自衛官になるその理由や動機がにわかには想像がつかなかった。

というか、二十一歳フリーターの私は自分がどんな職業につくのか未だに想像がついてないんですけど、と私は思った。

高校の同級生に将来自衛隊に入ると言っている男の子がいた。航空自衛隊の基地に行く、という非日常的な予定を前にして、私はそこまで親しいわけではなくいまでは連絡もとっていない彼のことを昨日から何度か思い出していた。秋山くん。記憶が違っていなければ、彼が入ろうとしていたのは航空自衛隊だったはず。航空自衛隊基地が全国に何か所あるかも私は知らないが、将来彼がここ入間基地に配属される可能性ももしかしたらあるのかもしれない。

私の胸には、三森来未《みつもりくるみ》、と名前の書かれた札がついている。今日輸送されるのは私たち、つまり人間で、一瞬なにか物のように扱われているような気になるが、考えてみれば輸送機と言っても運ぶのは物資や資材に限った話ではなく、ふだんから人材つまり自衛隊員の輸送を担うものでもあるわけだった。自衛隊にはそもそも旅客機なんかないだろうし。いや、もしかしたらあるのかな。いや、ないか。

飛行機というだけで私は、というかたぶん私だけでなく多くのひとは、旅客機での移動や旅を思い浮かべますよね。そう思って、しかし戦争経験のあるひと、軍隊にいたことのあるひとならば、むしろ飛行機となれば戦争中のことが真っ先に思い浮かぶものなのかもしれない、と思い直した。朝から一緒に挨拶や説明を受け、今日一日行動をともにすることになるひとたちのなかには、戦争経験者も少なくないはずだった。

今朝は六時半に家を出て、西武新宿線と池袋線に乗って、七時半に稲荷山公園という駅に来た。基地は駅のすぐ横というか駅の方が基地にくっついたような位置にあり、駅の手前では線路が基地のなかを通っていて、電車の窓からは基地内の倉庫や滑走路が見えた。駅前のロータリーが集合場所で、そこから送迎のバンに乗ってゲートを通り、基地内に入った。

私たちは戦場に派遣されないし、イラクにもクウェートにも派遣されない。輸送機の行き先は小笠原諸島にある硫黄島という島である。東京都が春のお彼岸に行っている、硫黄島の元住民に向けた墓参事業は、かつて島に暮らしていたひとだけでなく、その親族も参加対象とされていて、ここに集まっているのはその参加者だ。

一九四四年、第二次大戦の対アメリカ戦局の激化に伴い、硫黄島とその北にある北硫黄島の住民は、東京都からの引揚命令を受けてそれまでの生活の地を離れ強制的に内地へ送られることになった。二島はほかの小笠原諸島とともに終戦後はアメリカの施政下に置かれ、一九六八年に日本に返還された。しかし強制疎開以後、いまに至るまで二島の元住民は帰島していない。北硫黄島はそのまま無人島となり、硫黄島には自衛隊が管理する航空基地ができた。駐留する自衛隊の隊員と、島内施設の維持管理などを請け負う企業の人間を除いて、硫黄島は民間人が自由に立ち入ることはできない場所となっている。当然定期航路もない。国策による戦争で住む場所を奪われたかたちの元住民によって、終戦後、政府に対して帰島を希望する運動が展開されたが、政府の見解は一貫して二島での一般住民の定住およびそのための開発は困難というもので、希望者には小笠原父島や母島への移住をサポートするとしている。しかし硫黄列島は父島から南に約三〇〇キロ、母島列島とも二〇〇キロ以上離れていて、どれも別々の島だ。

日本軍とアメリカ軍による硫黄島での激しい戦闘は戦史に有名で、多くの本や映画の題材にもなっている。最近だとクリント・イーストウッドが監督した映画の公開で、その戦闘の激しさ、両国の兵士たちがおかれた過酷な状況にあらためて注目が集まることになったが、映画が公開されたのは二〇〇六年で、私が墓参に向かっているのはその前の年の二〇〇五年のことだ。

アメリカ軍は海軍の艦隊を拠点に空襲を続け、上陸したあとは激しい地上戦の末に島を制圧した。記録によれば、戦死者は日本軍二〇一二九人、アメリカ軍六八二一人。これはそれぞれ日本の厚労省とアメリカ海兵隊の発表した数字で、その数は調査によってかなり揺れる。硫黄島はアメリカ軍にとって南方から本州への遠征攻撃の重要拠点となる地であり、日本軍から見れば本州防衛のための最後の砦だった。アメリカ軍の硫黄島上陸は、住民の強制疎開から七か月後の一九四五年二月、そして硫黄島を奪われた日本軍はその半年後一九四五年八月敗戦に至る。

　この墓参事業はあくまで元島民を対象としていて、旧日本軍戦死者の慰霊事業はまた別にあるし、日米合同の追悼式も行われている。そして墓参と言ってもそこに墓はない。いまあるのは、返還後に建立された元島民のための墓地公園、そして島民戦没者慰霊碑、兵隊としてここに派遣され戦死した戦没者慰霊碑などで、私たちもそこにお参りをするのだろう。かつて島で暮らし島でなくなったひとたちの墓や墓地は戦闘で跡形もなくなってしまった。墓だけではない、家も農場も工場も、かつての生活の跡はなにも残らなかったと言われる。

　日本軍の小笠原兵団の駐留がはじまって間もなくの一九四四年六月の空襲で、島内の集落はいずれもほぼ焼失したとされる。この空襲が島民の強制疎開のきっかけになったが、見方によっては島をほとんど軍事拠点として占拠していた日本軍が、住処も農地もなくなって戦力になるわけでもない島民を体よく追い出したような経緯にも見える。もちろんその見方とは、生活を奪われた元島民の側からの見方だ。見方はどの方からも異なった形であり、あった。もういないひとの見方は私たちにはわからないけれど。疎開がなければはたしてどれだけの島民が生き延びられたのか、それもわからない。奪われたものは多すぎて、様々の仮定のもとに次善の幸運を導いたところでそれは必ずしも救いにならない。

　住民のなかで、高齢者をのぞく十六歳以上の男は軍務の補助のため疎開の対象から外れ、島に残った。そしてそのほとんどがそのまま戦死した。そのうちのひとりが私の祖父の弟、三森達身だった。

もちろん彼が生きていた頃、その兄は私の祖父ではなかった。私の母親の父親でもなかった。彼のことを、私はどこからなんて呼べばいいのかよくわからない。

祖父がなくなったのはふた月ほど前、今年のはじめだった。

その日はパン屋のアルバイトが昼から閉店までの遅番で、家に帰ったのが九時くらいだったと思う。部屋に入ると、食卓に座っていた母親が、おじいちゃんがなくなりました、と言った。落ち着いた様子だった。

もう昨年から、あまり長くなさそうだとは聞いていた。母親は何度か祖父の住む南伊豆の実家にも帰っていた。実家には母親の姉夫婦がいて、祖父の介護をしていた。

私は、そうか、と思い、母親から淡々と葬式の日程などが伝えられるのを聞いていた。母親は明日の朝出て南伊豆に行くという。私はそれからいつものようにお風呂に入って、母親がつくっておいてくれた夕飯をビールを飲みながら食べた。ニュースで、ジョージ・ブッシュが二期目の大統領に就任する、と言っていた。去年行われた大統領選挙の結果でごたごたしていたが、それがひと段落したらしい。小泉総理がなにかコメントをしていた。

翌朝、私がまだ眠っている朝早くに母親は家を出た。私は店が定休日で仕事はなくて、起きたら十時を過ぎていた。通夜は明日になるとのことだった。

私は祖父と一緒に暮らしたことはなかった。子どもの頃の夏休みに家族で祖父の家に遊びに行ったりしても、祖父は家にいないことが多かった。その頃もうとうに六十を過ぎていたはずだが、まだ現役の漁師で船に乗っていた。夜中に家を出て船を出し、港に戻ってからもなんだかんだと仕事をして、そのまま外で飲んでくると家に帰るのは夕方頃になる。祖母は早くになくなった。私がまだ赤ん坊の頃だった。こちらとしては、夏休みに一緒に遊ぶのは伯母のところの同年代のいとことか近所の子どもたちだったから、祖父が家にいようがいまいがどちらでもよかったし、口数が少なく気難しそうな祖父はどちらかというと子どもにとっては近寄りがたい存在だったように思う。

祖父は結局七十過ぎまで船に乗って、その後は小さな畑を持って野菜などを細々と育てて出荷していた。伯母夫婦はふたりとも公務員だったが、伯母さんは早期退職をして家にいた。それが祖父の介護のためだったのか、それともまだ介護が必要になる前だったのか、私はよく知らない。

小学校高学年になる頃には、夏に南伊豆に行くこともほとんどなくなった。それはうちの両親の関係が悪くなった時期でもあった。父と母が離婚したのは私が中学二年のときだった。

中学高校の頃も、母親と一緒に伯母や祖父を訪ねる機会がないではなかったが、だいたい法事とか親戚の葬式とかで、朝早くに出て、日帰りで帰ってくることがほとんどだった。母親は、離婚してから祖父と反りが合わなくなった。いや、前からそうだったのかもしれない。それが離婚を境に表面化したのかもしれない。古いことはこちらも子どもだったからわからない。

明日はバイトが入っているが、葬式なら休まなくてはならず、私が働いている店は個人経営の小さなパン屋なのでアルバイトは私ともうひとりしかいなかった。多摩川さんは三十代で旦那さんがおり、結婚後何年か主婦をしていたがパートに出ることにして、私よりあとに入った。多摩川さんの携帯にメールを入れて、祖父がなくなったので明日と明後日のシフトを代わってくれないか頼むとしばらくして了解の旨返事があり、簡単なお悔やみの言葉が添えられていた。店長にも連絡をしなくてはならないが、定休日だからまだ寝ているかもしれないと思ってやめた。

レンタル屋で借りたビデオの返却期限が明日だった。ということは今日観て今日返さなくてはならない。それで寝巻きのままソファに寝転がってビデオを観はじめた。明日はともかく明後日は土曜日で、週末は基本的に多摩川さんは旦那さんと過ごすために休み希望だから、土曜まで代わってもらうのは申し訳なかったな、と思った。しかしやっぱり祖父の葬式となれば、告別式とかも出た方がいいんだろうし、火葬場にも行った方がいいだろう。多摩川さんにはなんかお土産を買ってこよう。というか、もしかしたら今日私は母親と一緒にあちらに行くべきだったのではなかろうか。映画を観ながらそんなことを考えているうちにうとうとしてしまった。

玄関から音がして目が覚めて、もう母親が帰ってきたのかと思ったが足音が違う。誰？ と思っているうちにドアが開き、部屋に入ってきたのは兄の平だった。

突然だったので、驚いて、わ、と小さな声が出た。

おう、と兄も小さな声で言った。なんか荷物をたくさん持っている。

スウェットの上下でソファに寝ていた私は、その体勢のまま動けず、うん、とあまり意味のない返事をした。じいさん死んだって、と兄が言い、私はそれを忘れていたわけではないが思い出したように、ああ、と言って、なるほどそれで兄が帰ってきたのかと理解した。祖父が死んで葬式があるとなれば当然兄も参列するだろうことはわかっていたが、なんとなく葬式の会場で顔を合わすことになるのを想像していた。

父と母が離婚して、母親と私はそれまで住んでいた川崎を離れ、いま住んでいる練馬区のマンションに移った。兄と私の親権はふたりとも母親が持つことになったが、私のふたつ上で高校一年だった兄は、高校を転校するのをいやがり、卒業までは父の家で暮らすことになった。それで私は父だけでなく兄とも離れることになったわけだが、当時もう中学二年だったし、一生会えないわけでもないのだから、母親と女ふたりの暮らしがはじまるのをむしろよろこんでいた。苗字も父方の姓だった横多から母親の姓である三森に変えた。名前が変わるのは新鮮だった。

兄は結局高校卒業後も母親のもとには戻らず、苗字も変えなかった。そのまま私立大学の夜間部に入ってひとり暮らしをはじめた。この春に大学を卒業するはずだったが、もう一年大学に残るつもりらしい、とこのあいだ母親に聞いた。単位が足りないのか、もう少し勉強したいのか、理由は母親もよく知らない。兄は、自分の生活費も、学費も、アルバイトと奨学金とでほとんど親に頼らずまかなっていたので、母も兄のしたいようにすればいいと考えているらしかった。兄はいまは大学の近くの古い学生用の下宿に住んでいる。結局、両親の離婚以降、私が兄と顔を合わせることはとても少なくなった。

これなに？　と兄がテーブルの上の袋を手にして言った。食べていいやつ？

昨日バイト先でもらってきたパン、と私は言った。食べていいよ。おいしいよ。兄は袋のなかをのぞいて、チーズのパンを取り出した。

パン屋で働いてるとパンもらえていいな。

そうだよ。

これ見て、とダイニングチェアに腰掛けてパンをかじりはじめた兄が、こちらに封筒のようなものを差し出した。私はソファから身を乗り出して手を伸ばしてそれを受け取って、すでに開いている封筒の中身を取り出して読んだ。硫黄島旧島民、墓参事業のご案内、とあった。

親父のところに届いてたんだよ、お袋宛てで。ていうか、毎年来てるらしいんだよそれ。じいさんがむかしそこに住んでたの知ってる？　住んでたんだよ。そう、戦前。ていうか、戦争でこっちに疎開したから。

墓参。お墓参りするの？　ああ、お彼岸だからか。

墓なんか残ってないと思うけどね。

私はなんとなく耳にしたことはあったけれど、祖父と祖母がかつて暮らしていたというその南の島のことはほとんどなにも知らなかった。兄によれば、戦争で暮らしていた場所を追われた元住民に対する補償というか、せめてもの償いみたいなものとして、元住民たちを墓参の名のもとにかつて生活した場所へアテンドする事業、ということだった。

その案内は事業の運営元である東京都の担当部署から、元住民とその親族のもとに届けられていて、うちの場合は母親が元住民の親族にあたる。しかし母は離婚して転居する際に住所変更を届けなかったらしい。ふつうの転居なら宛先不明で郵便が戻るものの、もとの住所にはいまも父親が住んでいて、先方の名簿にも母親は離婚前の姓で載っているだろうから、そのまま届く。父親は父親でそれを転送したり、発送元に事情を説明したりせず放っておいたらしかった。

で、昨日喪服取りに親父のところ行ったらこれがあって、親父は毎年来ても捨ててるっていうから、もらってきたんだよ。

お母さんが行くってこと?

いや行くか知らないけど一応お袋宛てだし。それに関係があるひとなら誰でもいいみたいよ。でも抽選があるみたいだけど。

私でも行けるってこと?　私はソファを降りて、テーブルの袋からさつまいものパンをとって食べた。

たぶん。お前、まだその寝巻き着てんのかよ。

いいんだよ今日は休みなんだから。

じゃなくて、中学ぐらいからずっと着てんじゃないかよ。

そうだよ。これがいちばん寝やすいんだよ。

で、お袋は伊豆に行ったの。

うん今朝。パンおいしい？

おいしい。

お兄ちゃん。

なんだ妹。

間違えた、おじいちゃん、最近は寝たきりみたいな感じだったのかなあ。

さあ、と兄は応えた。最後に会ったの、いつだったかなあ。

はるちゃんの結婚式じゃない？　そう言いながら私は兄と自分のしゃべり方が似てるなと思った。似てるし、やりとりの呼吸がむかしと一緒だ、と思った。

ああ、そうかもなあ。あ、藤井隆だ、と兄が言い、テレビを観ると点けっぱなしだった映画のなかで派手なスーツを着て金髪のかつらを被った藤井隆が踊りながらなにか叫んでいた。

私はビデオを止めて、お兄ちゃん今日ここ泊まるの、と訊いた。兄は、うん、と応えた。お袋がしょんぼりしてるかなと思って来たんだけど、お前しかいなかった。

お父さんはお葬式来るのかな。

来ないって言ってた。

そう。

その晩は冷蔵庫にあったものを適当に入れた鍋にした。昼間ちゃんと観そびれたビデオを観て、私はあんまりおもしろくなかった、と言い、一緒に観た兄は、おもしろかった、と言った。

翌日の午前中に一緒に家を出て、電車で品川に出て、そこから東海道線に乗った。ふたりとも家から喪服を着てきた。快速列車で熱海まで一時間半ほど。そこから伊東線と伊豆急行で終点の下田まで。

天気はよくて、海岸を走る列車から見る冬の相模湾はきれいだった。祖父の家はそこからさらにバスで一時間ほど行った伊豆半島の南端近くにあった。

午後三時前に祖父の家に着いて、伯母夫婦や久しぶりに会ういとこのはるちゃんに挨拶をした。祖父はきれいに片付けられた自分の部屋に寝かせられていて、兄と私は死んだ祖父と対面した。私は泣いた。

それからは慌ただしく、みんながみんな動き回ってその晩の通夜、知らない親戚や地域のひとたちに挨拶をしたり、お酒や料理を勧めたりした。私もいただくとお寿司がとてもおいしかった。元漁師の葬式でまずい寿司出すわけにはいかねえさ、と笑う祖父の顔と声を思い出した。

翌日の午前から告別式。出棺。火葬場に行って、すっかり小さな骨と粉だけになった祖父のお骨をお箸でつまんで、家に帰ってきたらもう夕方だった。

母は片付けや葬式の事後処理などがあるからまだ数日こちらに残ると言ったが、私は明日の朝が早番で、朝五時にパン屋に行かなくてはならない。さすがにもう多摩川さんに代わってもらうわけにはいかない。あとレンタルビデオも返し忘れていた。帰ると言うと兄も帰ると言うので、急いで着替えて、はるちゃんに車で下田の駅まで送ってもらった。駅で多摩川さんにたこせんべいを買った。行きと違って、窓の外が夜の電車は寂しかった。熱海の駅で弁当とビールを買って、兄と車内で食べながら帰った。兄とは品川で別れた。

それで兄が置いていった封筒の書類に、名前を書いて応募したら少しして当選した通知が届いた。一通の応募で同行者一名の参加も申し込めたが、母親に訊くと自分は行かない、と応えた。兄にも訊いたが、その時期は春休みで連日バイトなので無理、と言われた。

わざわざ父のところから封筒を持ってきたわりに兄は祖父母が暮らした島への訪問にさほど関心はないようだった。それで結局、不安だがひとりで参加することになったわけだ。

いよいよ乗り込む段になると緊張が増した。間近で見る輸送機はあまりに愛想がなかった。光沢のない迷彩柄も、乗り物というよりトンネルの壁みたいな無表情な胴体も、当たり前かもしれないけれど不要にひとを寄せつけないつっけんどんな佇まいに感じた。

『地獄の黙示録』とか『フルメタル・ジャケット』とか思い出しちゃうな、と私は思った。迷彩のなかには大きな日の丸マークもあった。旗と違って白地はなく、やや暗い色味の赤丸が迷彩上に配されていた。血みたいな色だ。

スニーカーの裏で、地面の生ぬるい熱が感じられた。しかし曇天で、上着なしでは寒いくらいの気温だったから、そんな微妙な熱が靴の裏を伝わってくるのは変だった。さっき出てきた建物の並びに見える大きな格納庫にはほかにも飛行機が並んでいて、それらの機体そのものや整備作業などによって発生する熱もあるのかもしれないけれど、なんだかそのへんの地面や道路とは違う、足元の滑走路の地面の真っ平らを、そんな微妙な熱みたいに感じたのかもしれない。自分で言っててよく意味がわからないけど。あるいはこれから向かう、およそ一三〇〇キロ南方にある島の熱がなにかの間違いで私の足の裏に伝わってきていたのか。私がその島に行くのははじめてだ。

ほとんどなにも知らなかった今日の行き先、自分の祖父母が暮らしていた島についてもにわか仕込みに過ぎないがいろいろ勉強してきた。少し調べただけでも、島を離れなくてはならなかった住民にとっても、兵隊として島に連れてこられたひとにとっても、悲惨な話ばかりだった。

後方のスロープから参加者が順番に乗り込んでいく。年配のひとが多いからことに列はゆっくりと進み、気長に待っていると急におしっこがしたくなったが、さっき行ったばかりだから気のせいのはずだ。機内でも用は足せるらしいが、簡易なトイレなのでできるだけ先に済ませておくようにと言われた。そんなこと言われても年寄りは不安だろう。私だって不安だ。飛行時間は二時間半ほどとのことだった。一三〇〇キロという距離感がうまくつかめないが案外速い感じがする。

参加者の年齢はまちまちだったが、若いひとは少なかった。全部で四〇名ほどいた。帽子をかぶって、薄手のパーカーや上着といった格好のひとが多い。事前の注意書きにあった、動きやすく暑さや日差しに対応できる服装となれば、おのずとみんな遠足とかハイキングみたいな格好になるわけで、傍目にはなんだかずいぶんのどかでのんき気な集団に映る。とてもここが自衛隊の基地内とは思えなかった。

私の前を歩く老人男性は杖をついていた。横には一緒に参加する娘さんだろうか、中年の女性が介添えしていた。男性の足どりはしっかりしていて、杖がないと歩けないというわけでもなさそうだったが、これからあんな自衛隊機に乗り込んで片道一三〇〇キロ、真夏のような気候の土地に移動して日帰りでまた戻ってくる、その負担は相当なものだろう。強制疎開が一九四四年だから、いまから六十一年前。男性の年はわからないが、私の両親よりはずいぶん年上に見えた。横にいる娘らしき女性が、うちの母親と同じくらいではないか。元住民なら六十歳以上ということになる。杖の男性はゆうにその年齢は超えているだろう。私の祖父を、祖父の弟を、知っているだろうか。

先頭の方にいた参加者たちが順番に機体の後部から乗り込みはじめた。見えた機内はほとんど真っ暗だった。入口からの外光をのぞけば灯りらしいものはなく、外からでは奥の方は全然なにも見えない。考えてみれば、輸送機に旅客機のような窓などあるわけがなかった。

滑り止めのゴムが貼られた銀色のアルミみたいなスロープは、シンプルな構造だったがそれがむしろ質実剛健な印象だった。足をかけると思いのほか斜面は急で、女性が押し込むようにしてのぼっていく前の老人の大変さが思われた。機内からは自衛隊員が手を貸している。老人は、膝が痛いのか、腰が痛いのか、両方か。このときの私には、老いによる歩行の苦労などなかなかうまく想像ができていない。

奥から詰めて座るように言われた座席は、ふつうの飛行機のように前向きに座るのではなく、電車のシートのように両側の壁を背にして横向きに並び、真ん中にももう一列、左を向いて横向きに座る座席があった。見た瞬間私は、意外、と声に出して呟いて驚きを表した。機体内部の無響的な音響と、機外の飛行場でしている音で、声を出しても誰にもまともに聞こえなそうだった。

両側は先に乗り込んだひとたちですでに埋まっていて、私は真ん中の列になった。座席といっても飛行機や電車のようなシートはなく、上部のバーから吊られたナイロン製の布と細い鉄パイプでできていて、キャンプなどに持っていく折りたたみ式の椅子みたいで、これも、簡素、と呟きつつ驚いた。腰を下ろすとハンモックみたいにお尻が沈んだ。網状になったナイロンテープの座席は適当にたわんで重さを吸収するので座り心地は悪くなかったが、長時間座っていると腰や背中が疲れそうだった。言われた通りに腰の安全ベルトを締める。真ん中の列は背中に壁がないぶん、上から吊られただけの座席は不安定で余計に心許ない。高齢のひとはなるべく壁際の席に、とさっき説明があったから、壁際の方がいくらか楽なのだろう。先を歩いていた老人男性も誰かが空けておいてくれたらしい壁際の席に座っていて、私も安心した。

参加者が乗り込むと、自衛隊員たちが後部の入口からあれこれとコンテナのような荷物を搬入し、てきぱきと機内のあちこちに配置しているようだった。私はあんなふうに機敏に動けない。訓練、と思って、またそう呟く。機内が暗くてよく見えないのと、轟音、ゆらゆら揺れる座席に身を置いた不安で、状況がうまく把握できない。ほかの参加者たちもみんなおとなしく神妙そうに見え、やっぱりどこかに送られる捕虜みたいな心持ちになってきた。しゃべっちゃいけないわけではないが、そもそも音がうるさくて隣のひととの会話も簡単ではない。入口が閉じられると、機内は一時真っ暗になったが、間もなく最低限の灯りがついた。それでもずいぶん暗い。エンジン音が大きくなり、機体が細かく振動をはじめた。いよいよかと参加者たちはいっそう不安げに見え、私の体も緊張で強ばった。

さっき飛行場に出る前にひとりひと組ずつ配られた耳栓を取り出して装着するひとが多かった。これも事前に注意があった通り、旅客機のそれよりエンジンの音はずいぶんうるさかった。旅客機とこの自衛隊機のエンジンの違いなど私には全然わからないけれど、この機体は旅客機のように防音性を考慮して設計されていないということかもしれない。私はけれどもウエストバッグにしまった耳栓は使わなかった。暗くてうるさい、この空間の不安さを楽しみはじめた。轟音で多少の独り言ならすぐ隣の席のひとにも聞こえない。そんななか、ごく小さい声で、頭のなかに響かせるように歌を歌ったり、言葉を呟いたりしていた。その頃の自分がふと口ずさむのがどんな歌や言葉だったのか、思い出せない。

自分はまわりのひとたちより若い。そのことが、私を少し強気にさせていた。周囲が不安そうにすればするほど、私はリラックスするようだった。機体が移動をはじめたが、窓がないとそれがどのような動きなのかよくわからない。やがて機体の下からの轟音と振動がさらに大きくなって、どこからが助走だったのかもわからないまま加速して、離陸した。

3

シダの藪を分けて葉を払いながら、五、六歩入っていくと、草を倒してできた海岸に出る踏み分け道がある。

イクは、島の中央にある元山部落から、島の西側の浜まで歩いてきた。ここ数日は晴れ続きで、今日も暑い。道々、頭に浮かぶ言葉を出鱈目な歌に歌いながら歩いた。もうすぐ盆踊りだ、とイクは思った。海岸に出ずに西の部落の方へ歩いていけば、墓場があった。お盆には提灯を持ってお墓参りをして、夜は盆踊りになる。葉を掻き分ける音が拍子になった。

さっき歌っていた歌詞がどんなだったか、もういまは思い出せない。毎日には、思い出せない歌がたくさんある、とイクは思う。これまで忘れた自分しか知らない歌は何曲くらいあるのだろうか。そのときそのときは、とても大好きな曲だったのだけれど。あるいは、自分以外の、ほかのひとたちにもそういう歌があるだろう。私の知らない歌がこの世にはたくさんある。

藪が切れると岩場に出て、そこから斜面をのぼっていった先は崖で、海が見える。今日も凪。突端で膝と手をついて下をのぞいたら釣り竿の先が見えて、もう少し身を乗り出したらパナマ帽を被って座っている達身《たつしん》の姿が見えて、やっぱりね、と思った。

イクが手をかけた岩とその隣の岩との隙間から蟻が一匹出てきて、達身を視界にとどめつつもイクの視線は蟻を追い、頭のなかで流れ続けていた歌が蟻の歌になった。私は歌が好きだとイクは思った。

ここは達身の釣り場で、別に秘密の場所でもないが、さっきの藪を抜けてこないと来られないし、岩場を降りるのは危ないから子どもたちは来ない。で、達身が砂糖小屋の仕事をサボタージュするときはだいたいここにいる。

岩場を降りるための足の置き場はイクも知っていた。一歩間違うと落っこちる。落っこちたら死ぬ。むかし、同じ部落の洋二さんの兄弟がここに釣りに来て滑って落ちて死んでいる。島では海で死ぬひとは多い。イクは、慎重に覚えている箇所に足を運んだ。達身も同じ位置を踏んで降りたはずで、ズックの裏に達身が踏んだ跡を感じる。それがまた拍子になる。

イクが降りてくるのに達身は気づいたようだったが、そのまま海の方を見て釣りを続けて、手を貸してくれようとはしなかった。脇にはアルミのバケツと脱いだ長靴が置いてあるのが見えた。バケツに何尾か釣った魚が入っているかもしれない、とイクは思った。それはなにかが見えたわけではなくただそうであったらいいという希望で、その願いを願うように難所を過ぎたイクが、たっしん、と呼ぶと、達身は釣り針の沈むあたりを見たまま竿をひとつしゃくって返事をした。横顔が見えた。

最後の一歩、飛び跳ねて、斜面になった岩場を駆けるように達身の横まで来ると、武さんが呼んでた、とイクは用件を言った。バケツをのぞくと魚はおらず、餌にするらしいカニが底の縁でわずかに足を動かしていた。

なんだよ、と達身が言い、なんだよじゃないよ、とイクは言った。

武さんは達身が働いている砂糖小屋の長で、イクの遠縁になる。父親の弟の、嫁さんのお兄さん。私から見ると、おばさんのお兄さんだからなんだっけ、とにかく遠縁。

遠縁だからってなに、と達身は相変わらず海面を見ながら言った。イクもズックを脱いで達身と並んで座り、岩の縁から足を垂らした。海面までは十尺ほどか。凪は穏やかで、釣り糸が宙でゆるく弛んだ。

そうたいして忙しいこともないよ、と達身は言った。いまはみんなレモン草で、砂糖なんかそんなにたくさん作ったたってどうせ安いんだから。

島が砂糖で繁盛していたのは大正期までだった。その後は砂糖価格の下落が続き、かってはたいそう盛んだった島の製糖業は年々減産して、内地と取引する窓口となる産業会社は軍需の高まりつつあったコカの栽培と加工、それからレモングラスやデリスなどの香草に主産業を移していった。達身が働いている武さんの砂糖小屋は島内でもだいぶ古く、島で砂糖づくりがはじまった頃にできたと聞く。島内の古い建物はくたびれたり大風ですぐに壊れるが、風に強い場所なのか武さんの小屋だけまだ生き残っている。景気がよかった時代、島には製糖工場がどんどん増えて、工場内の機械化も進んだが、いまではそれらが新しい産業用に変わったり改装されたりしていた。達身も、繁忙期にはコカ工場の仕事に駆り出されたりする。けれども彼は基本的に仕事嫌いの怠け者だった。青年学校の頃から、仕事を手伝うとなると、ふらっとどこかへ行って姿が見えなくなった。

製糖業が危機に陥っても、幸い島は漁業にも農作にも恵まれた土地で、製糖での蓄えもあったから島民が食うに困るまでには至らなかった。達身がさして困窮せず暮らせるのも、この島のおかげなのだ。内地は戦争の影響で、物価は上がり食糧不足の地域もあると聞く。東京で開かれるはずだったオリンピックも取りやめになってしまった。

満州で野球の大会があるそうだよ、達身は海を見ながら言った。達身は野球が好きで、怠け者だが島の野球の試合だけは張り切って活躍する。巨人やタイガースが、満州に行って試合をするんだと。新聞で読んだ。

イクは野球に興味はないので、ほとんどなにも聞いていない。指先を鼻にあてて、すんすんにおいをかいでいる。頭のなかでは歌を歌っている。

レモングラスからつくったオイルは、香水や香料になる。いまではそのへんにたくさん野生化しているからさしてめずらしい香りでもないし、この島では贅沢な香水なんてほとんど目にすることはないけれど、工場でつくったオイルを指にちょんととり、かいでみればすっとしたいい香りがして、葉っぱをちぎったのとはやっぱり少し違う。工場のひとが横流ししてくれるおこぼれを大事にとっておいて、首筋や腕につけたりすることもある。達身、とイクは呼びかけて指先を達身の鼻にあてる。

達身は、なんもにおわねえ、と言う。

なんもつけてないもの、とイクは言って、笑った。

このようなシチュエイションは、まるで私が達身に恋慕してるみたいだけれど、レド、レドレド、とイクは歌の続きを歌うみたいに思いながら足をぶらぶら揺らした。そういうわけでは全然なくて、達身は私の、夫の、弟です。

今朝から私の夫は夫の父親の船で、おじさんたちと一緒に漁に出ています。家にいても私はひとりだ。畑の世話をして、縄を綯《な》ったり、投網を繕ったりしていたけれどずっとそれでは退屈だ。

私は、この年の春に結婚した。夫が二十歳で、私は十八。夫と達身は二歳違いで、つまり私と達身は同い年生まれで、達身も十八。仲人は同じ部落の喜助じいさんで、見合いをするまでもなく、夫のことも、達身のことも、小さい頃から知っていた。二十歳になれば召集令状が来る。兵隊にいく前に、と話がまとまってから祝言まですぐだった。私は、おめでたい、と思った。

今日は、さっき散歩に出て砂糖小屋をのぞいたら武さんが表で煙草を吸ってて、イク、お前んとこの弟どこ行ったんだよ、と言った。達身が朝からいないんで手が足りないんだよ、親父と一緒に漁に行ったのか、と訊かれたので漁には行っていないと応えると、武さんは、かー、と顔をしかめて、お前代わりに手伝ってけよ、と言ってぎひぎひ笑った。手伝うのはごめんだ。達身の言う通り、武さんもそう忙しそうではなかったが、明日から天気が悪くなるので今日のうちに仕事を進めたいそうだった。それで達身を探しにきた。

達身の兄、つまり私の夫は和美という名前です。達身も本当の名前はたつみと読むが、みんなたっしんと呼んだ。和美の弟なら弟も達美と同じ字にしそうなものだと思うでしょう。イクはそう言うとしばらく黙って、でもあの頃は名前なんてそんな深く考えずにつけてたんじゃないかね、と言った。

そのように、現在なら兄弟に同じ字を使いそうなところをわざわざ違う文字にしているケースは、親戚やそれ以外の島民にも多く見られた。これはたとえば兄弟のひとりが病気なんかで死んだときに、兄弟に同じ文字が使われているとその縁起に引かれそう、と考えたからだった。当時は、子どもが長じる前になくなることは珍しくなかった。実際、和美と達身の下にはもうひとり子どもがいたが、その三番目の男児は幼い頃に病気でなくなっていた。

まあ、縁起は担いだね、悪いこともたくさんあったから、とイクは言った。

達身ははじめ、達海、という字だったが、海に達するとはこれも海難や水難を思わせて不吉である、と身の字をあてたらしい。戸籍の文字は海の方になっているから、生まれて届けを出してからあとに、誰かに勧められて違う字を使うようにしたんだろう。

本当のところは定かじゃないし、もはや誰にもわからないが、そういう名前の字の変更がなければ、彼が、たっしん、たっしん、と呼ばれることはなかった。何十年も経ってからあと、彼がとうにこの世を去ってからも、その名前で呼ばれ、こうして振り返られることもなかった。

兄貴はいつ帰るって、と達身が海の方を向いたまま言った。

今日か、明日かね。

そろそろ時化るぞ。

その前に帰ってくるでしょう。

達身はそれには返事をせず、口に指を突っ込んでもぐもぐさせた。たぶんコカの葉を嚙んでいるのだ。もう片方の手は立てた膝を支えにして、釣り竿を差し出している。しわのひとつひとつ、爪の隙間の黒ずんだその手をイクは見た。甲を下向きに、竹の竿を軽く握った手の内側は汚れていたが、仕事を怠けてばかりだからか、それとも漁師の手とは違うのか、和美の手よりも肉が薄く、手首もほっそりとしていた。女の手みたいだった。和美は畑仕事が半分、残り半分は今日みたいに海で魚を捕る。

達身の顔はずっと海を見ている。水中の釣り針は、獲物を待っている。アジの群れなんかがくればこうしてぼんやり待つ暇などないが、達身はわざわざ仕事をサボっているときに漁みたいな釣りをしたらだめだ、と大きい魚を待つ。どうせなら一尾か二尾、晩飯になるのが釣れれば最高だが、釣れなくても別にかまわない、と言う。

ただ小屋を抜け出して、ここで海を見ているだけじゃ、なんだか不意に海に落っこちてしまいそうになるから、竿を持ってきて垂らすだけのことさ、といつか達身は言っていた。

落っこちる？　足滑らせて？

そうでなくて、どぼん、と自分から落っこちそうになるのさ。飛ぶのさ。ならねえ？

そんなこと、思ったことない。

そうか。

ここなら落っこちたって、岩場にぶつかったりサメにでも食われなきゃ泳いで浜まで行けるけれど、達身が言ってるのはそういうことでなく、死ぬ気ってことだろう。

釣り糸を垂らしていても、自分が水中の釣り針になるみたいで、ここにいないような気になる、と達身は言った。

海に潜って、波の渦に巻かれて海面に出たいのに思うように体が浮かばなくて溺れかけたことは子どもの頃から何度もあった。そのぐらいのことは島に生まれればふつうのことで、けれどもあのまま本当に、なにかに足を引っぱられるみたいに、水面にあがれなかったら、そのあとどうなっていたのか。苦しくなって意識がなくなって、ようやく海面に浮かんだ体は沖に流され、内地の方へぷかぷか行くか、それともどこか外国に流れ着くか。それともどこかの船に見つけられて、引っ張り上げられ、ぷうっと息を吹き返す。うそ、そんなわけない。私はここで生まれ育ったから、ほかの土地は知らないが、この海が外国までつながっているという理屈はわかっても、どういう遠さか想像ができない、とイクは海と空の境を見やって、たとえばあの境はどこよ、と思った。あそこが私に、なにほどの関係があるのよ。

海の色や波のかたちは、この島と内地で、あるいは日本と外国で違うのか。イクはそれを、子どもの頃から思っているが、結局実際のところは大人になってもよくわからないままだった。大人になって、結婚をしても、海を見る目は子どもの頃と変わらない。

子どもの頃、浜で、父島からこの島に寄った帰化人に会ったことがある。ちょうどそのとき私は友達と浜で遊んでいた。帰化人と話をしようと近づいて行く友達もいたけれど、私は行かなかった。あのとき、あのひとたちにアメリカやヨーロッパの海のこと、この国のこの島まであなたたちが来たその途中の海のことを、訊けばよかった。

海に落っこちて死ぬことを考えている達身は、どこへ流されることを思っているだろうか。それともずっと沈んでいる気か。イクはやっぱり海を見続けている達身の顔に目をやった。パナマ帽の陰になった横顔の、窪みの大きな眼窩と細くて高い鼻梁が、夫と同じだった。少しふくれたように口元を突き出しているが、別に不機嫌だったり不愉快に思っているわけではなく、達身はいつもこの口をしている。子どもの頃から。口だけは和美とは違ってこれは彼らの母親に似ていて、その口を見るとイクは義理の母の口元を思い出し、次に達身と似ていない和美の口、いつも少し歪んだように合わさる口を思い出して、和美のそれがいいようにも、いやなようにも思われた。イクは達身の頬に手をのばして撫ぜた。達身は目玉だけ動かしてその手を見た。砂がついてる、とイクは言った。嘘だ。

何日か前、畑で見た達身と妹の皆子の姿をイクは思い出す。サトウキビ畑の横のバナナの木陰に身を隠すようにしてふたりはいた。大きな葉の隙間に達身の横顔が見えた。

浮きが動いた。んっ、とふたり同時に声をあげて、達身が竿を合わせた。ばたばたと針先が暴れそれが竿に伝わってくるのが、隣で見ているだけのイクにもわかった。しかしすぐに静かになって、達身が立ち上がり探るように二、三度竿を引いた。反応はなく、逃げられたらしい。

達身は座って糸を手繰った。餌がとられて針だけあがってきた。

イクは、あはは、とことさらに笑って見せ、仕事サボってるのに、魚がかかると瞬間で真剣になる、と言った。

達身は、そりゃあ、と言いながら、バケツのなかから蟹をとると、はさみをむしって海に投げ、胴の部分を針につけた。イクは、針先が蟹の甲羅を破る瞬間きゅっと身を縮め、痛みに暴れる蟹の足を見ようとしたが、ちゃんと見る前に達身は蟹のついた針を海に放った。

音も聞こえず針はまた海に沈んで、蟹はイクの思う水中で足をゆっくり動かした。穏やかな波のつ海面や、遠い水平線をしばらくのあいだふたりで眺めていた。達身はイクにからかわれたこともさして気にしない様子で、またさっきみたいなちょっとふくれたように見える口で前を、イクから見れば横を向いていた。

あのとき、なんであんな馬鹿にしたような笑いを自分はしたのか、とイクはたびたび思い出す。あのときだけじゃない、自分はいつもあの義理の弟に、機さえあればからかってやろうというような態度で接していた。そんなからかいを聞いても達身はちょっと突き出した口でこちらを見もしなかったし、あの口は不機嫌のしるしではなかったけれど、ではそのときの達身の気持ちはなんだったのかと思えば、なんだったのかわからない。たいしたからかい、深刻な悪さじゃなかった。その軽さが、あとから考えると、いっそう罪深いように思い返された。自分は、達身は、いつからそんなふうなやりとりをしたのか、何回ぐらいしたのだったか、イクはもう思い出せない。

4

牛、と思う。

重《しげる》ルは、傍らに山になって積まれた甘蔗を締機にさし入れながら、甘蔗の山と自分のまわりをぐるぐる歩き続ける牛の背中を見た。褐色の毛に覆われた皮膚からにじみ出た汗が、体に張りつくような短い毛を鈍く輝かせる。こいつは毎日ここで、ぐるぐる、と重ルは思い、自分も同じだ、と重ねて思う。毎日ここで、ぐるぐるまわるこいつを見てる。俺はまわってないが、俺の頭のなかはぐるぐるしてる。

今日も昨日も一年前も、ここで牛を見ていたが、今日のいまこの瞬間以外の景色は、いつがいつだか、どれがどれだか、全然わからなくなる、と重ルはさっき気づいた。つまり俺は、昨日と一年前の記憶の判別がつかないのかもしれない！

重ルは、それがなにかすごい発見であるかのように思えたのだったが、そんな話をして聞かせる相手はここにはおらず、誰かいたとてうまく説明できる気もしないから、ずっと心中で牛に話しかけている。

牛はなにも言葉を言わないが、ときどきくしゃみをしたり、ぶすぶすと鼻を鳴らしたりして、それが相槌のように重ルの考えを先へ押し出す。これは対話と呼ぶに足ル、と重ルは思っていル。重ルのルは誤植ではない。

牛の背の鞍に、タマナの木の棹が縄でくくりつけられている。照葉木《テリハボク》のことをここではタマナと呼んだ。島には背の高いこの木がたくさん生えている。幹はさほど太くなく、しかし木材にすれば硬く強い。大人の背丈ほどの高さから大きく枝葉を広げて、白い小さな花と丸い実をつける。締機の真ん中の円柱に渡されている棹は、浅く弓なりに曲がっていて、牛の背と締機を渡るその曲線の具合を、重ルはもうすっかり見慣れて、覚えていた。道を歩いていると、無意識のうちにそれと似た曲がりの木を見つけてしまうことがたびたびあった。樹木に限らない。地面の砂や海の波の紋様などに瞬間的に相似形を認め、棹、牛、ぐるぐる、と思う。そういうとき重ルは妙な嬉しさを覚える。別にそんなことはそう楽しくも嬉しくもないと思うのだが、考えに反して気持ちのほうが子どものように自然とよろこんでしまう。もう十八になるのに、自分は子どものようだ、と少し恥ずかしい気にもなる。

締機というのは甘蔗つまりサトウキビを搾る機械のことで、その中央には機械の軸となる太い円柱がある。円柱の真ん中にくりぬかれた穴に、牛の背から伸びた棹の一端が嵌め込まれている。だから、牛が歩いて棹が引かれると、締機の円柱が回転する。円柱の下方には水平に横置きされた歯車が三つ並んでいて、円柱はその真ん中の歯車の軸に嵌まっている。円柱が回転すると真ん中の歯車がまわり、その両側の歯車も連動して互い違いの向きに回転する。それぞれの歯車の下にはやはり横置きにされた円形の石の車があり、歯車の軸に固定された三つの石車がこれも歯車と同様に回転する。ともかく牛をはじめとして、いろいろの回転が起こっている。ぼうっとする。

その石車と石車の隙間に重ルは甘蔗をさし込むのである。押しつぶされた甘蔗から流れ出た糖汁が締機の土台を経て、下部に置かれた受けに落ちる。これが砂糖の原料になる。簡単な仕事だが、ぼうっとしてると甘蔗と一緒に手を巻き込まれて指がつぶれる。

締機の横に腰掛けを置いて座っている重ルは、傍らの甘蔗の山から新しいのを取って石の隙間に突っ込みながら、ときどき腰を上げて反対側に送り出される搾りかすをよけてやる。あまり無理にさし込みすぎると歯車が重くなって機械が壊れたり、牛が動かなくなったりする。

この砂糖小屋の締場は屋根もなく野ざらしで、近代的な機械もなかった。今年は暑くなる前に屋根をつくるという話だったが、いっこうに屋根を設置せぬままもう七月になった。思えば去年もそんなことを言っていた。

かつて砂糖はつくればつくるだけ売れ、その価格もどんどん上がった。と、大人たちは極楽浄土でも見てきたように語ったが、重ルはその時代のことは知らない。重ルが生まれたのは大正十一年、西暦一九二二年である。ちょうどその頃に砂糖の国際価格が暴落し、この島の製糖業の好況も急激に潮目が変わった。

島の天気は変わりやすく、海は荒れやすい。かんかん照りだったかと思えば大雨になる。今日は凪でも明日はめちゃくちゃな時化になる。湧水はほとんどないから、雨が降らなきゃみんな野垂れ死ぬしかない。こんな場所で暮らしていれば、何事にしても永続的に安泰なんてことあるわけがないとわかりそうなものなのに、金の話となるとそこに気づかない、あるいは気づかないふりをする連中が多い。なあ、と重ルは歩みを止めない牛に目をやる。散らばった甘蔗のかすを蹴散らしながらセメントの地面を擦る蹄の音と、ぶすぶす鳴る鼻の音を聞く。締機は単調に各部の軋む音をたてていた。

この砂糖小屋を武さんと武さんの父親がつくった二十五年ほど前は、砂糖の価格が下がる少し前で、製糖業の隆盛はまだまだ続くとみた産業会社が島民に増産を煽り、武さんと親父さんはそれに応える形で工場のお下がりの部品や器具を融通してどうにか旧式の締場と釜を造ったのだった。そうまでしても砂糖をつくればまあまあの金になったということなんだろう。やがて砂糖の価格が下落したことで武さん親子は小屋をたたむ覚悟を決めたが、内地の需要に応える必要のある産業会社は製糖がもうからないからといってすぐに砂糖の出荷すべてをやめるわけにはいかず、といってやればやるだけ利は薄くなる。そこで製糖工場の設備や労働力を香料などの新事業に移行したうえで、小回りの利く武さんの小屋には砂糖生産の継続を求めた。島内の生産物はすべて産業会社が買い上げてから内地に売る仕組みになっていて、生産者である島民が自分の生産物を直接取引することはできなかった。生活は会社に握られているわけで、会社の求めには応えるほかない。それで島内の製糖業がどんどん下火になるなか、いまもこうして細々と砂糖を搾り続けている。それで重ルもここで働いているというわけだ。

昼を過ぎて日が少しずつ低くなると日差しはいっそう強くなったが、海からの風も出てきた。重ルは日よけ帽をかぶっているし、屋根があったって暑いものは暑いので別に構わない、と思っていた。しかし牛はずっとその背に日を受けながら歩き続けている。どれだけ歩いてもどこにも進まない、締機のまわりをぐるぐるまわるだけだ。背を丸め、手を動かしている重ルからは、牛の頭や顔は、締機と甘蔗の山に隠れてほとんど見えない。牛の名前はフジという。

フジ、と呼ぶのも、牛、と呼ぶのも、どうせ声に出さない喉のうちでは似たような音なのだったし、実際には、牛ともフジとも呼ばない。ふたりしかいないのだから、おい、なあ、よう、お互いそんなかけ声でこと足りるのだ。フジはオスで、フジという名前は武さんがつけたのか、それとも武さんの親父さんか。なあ、お前の名前、富士山の富士だそうだよ、と重ルは言う。お前、富士山知ってるか？

重ルはこの島で生まれて島から出たことがないから、もちろん富士山を見たことはない。絵でしか知らない。武さんは内地の生まれで、子どもの頃に両親が開拓団として父島に来て、それからこの島に移った。内地の記憶はほとんどないが富士山は覚えている、といつか話していた。島のいちばん南にあるパイプ山とは全然高さが違うという。違うのは重ルでもわかるがそんな高さはうまく想像ができない。

　情勢に振り回されて、せっかく建てたのにほとんど無用の長物になりかけた小屋が、一周まわって結局便利に使われている。世の中もそのように、ぐるぐるまわっているのである。会社に足もとを見られて買いたたかれているので、もうかっているわけでもない。搾取の歴史はいまにはじまったものではなく、数十年前にくらべればいまはずいぶんましなのだそうだが、石車に磨りつぶされる甘蔗に思わず我が身を重ねてしまう。砂糖を搾りながら、砂糖に搾られている。

　やめようと思えばやめられないわけではない。出ようと思えば、島を離れて内地に生活の場を求める自由だって一応はある。そうまでしなくとも、こんな小屋はうっちゃって、会社直営のコカ工場に行った方がいくらか稼ぎはましになるのに、と笑うひとがいるのも武さんは知ってる。惰性で続けているだけにも見える。けれども武さんには死んだ親父さんとここを建てたという思いもある。親父が、自分が、ここで過ぎて過ごした時間がある。お袋さんは存命だが、もう七十近い。お袋が死ぬまでは小屋を残しておくつもりだ、そう言う武さんは、金の匂いに右往左往している連中にくらべたら信頼が置ける、と重ルは思っていた。信頼は金にならないが、この島では余分な金があっても仕方がなく、なればこそ信頼とか愛着の意味が強まる。

　重ルがそんなことを言えば、いやいや、そういう考えは危なっかしいな、と武さんは言うのだった。そういう見えないもんを信じてる奴は簡単に騙されるんだよ。なあ、と武さんはフジに呼びかける。フジは四歳で、この小屋では二代目の牛だ。先代のはな子は長生きしたがおととし病気で死んでしまった。

なあ、と重ルも呼びかける。この場所に属したそういういきさつの全部が、哀しいんだか、笑えるんだか、わからないんだ。哀しいのと、おもしろいのと、そのあいだに、いかばかりの差があるのかね。フジはぶすぶす鼻を鳴らす。

どこも人手は足りないから、武さんもちょこちょこコカ工場に働きに行くし、重ルだって達身だって呼ばれれば行った。天気がいい日はこんな小屋ほっといて工場を手伝え、と工場の連中が呼びに来る。砂糖なんか雨の日に締めればいい。

今日は達身がどこかにふけているので納屋の釜は焚いていない。武さんも青年会の用事だとかで、出かけたまま帰ってこない。明日から天気が悪いから今日のうちに仕事をしておきたい、なんて朝は言っていたが、結局いつもこんな具合だった。時代遅れのぼろ小屋に、怠け者ばかりが集まる。働き者や金を稼ごうと思う者はこんな小屋に寄ってこない。達身は、昨日星野の治三郎さんが小屋に達身を訪ねて来て、明日はコカ工場を手伝えと頼んでいたから、それで逃げたんだろう。治三郎さんは今朝も、たっしぇん、たっしぇん、と歯抜けの呼び声で達身をさがしに来たが、いないと知ると帰っていった。治三郎さんは重ルのことを避けていて、締場に重ルがいるのには気づいていても、達身の代わりを頼むどころか声もかけてこない。というのは去年の奉納相撲のときに、酔っ払って他人の取組にしつこくやじを飛ばし、土俵の外から石を投げたりしていた治三郎さんを重ルが土俵に引きずりあげて張り倒し、まわしを引っぺがしたからだ。土俵のうえをやせた治三郎さんが鉛筆みたいにころころ転がって、ほどけたまわしを土俵に残し、素っ裸で土俵下に転がり落ちた。見物していた若い女たちから、ひゃあ、と悲鳴があがり、老人たちは重ルを怒ったが、大半の見物客は笑っていた。以来治三郎さんは重ルを怒っているのか、恐れているのか、話しかけてこなくなった。あの転がり、と重ルは思う。締機の回転の一部みたいな、土俵の上を横転して転げ落ちる治三郎さん。いや、それよりは糸車を思い起こさせる。いまでは綿花はほとんど栽培されていないが、古い糸車でばあさんが糸を紡ぐのを見たことがあった。俺は子どもの頃から、ぐるぐるまわるものが好きだった。

ものを思いながらも、重ルの視界のほとんどは締機と甘蔗の山を往復していて、その端にときどきフジの肩や胴、あるいは足の運びが入り込む。前後左右の四本の足が、一歩、一歩、一歩、一歩、動くその順番と仕組みが、毎日見ていてもよくわからない。わからないが、牛がいつも同じ順番で足を出し歩んでいるのはわかる。そのわからなさへの愛着も、哀しいようにも、嬉しいようにも思えて、重ルは、ただ、わかるよ、とフジに語りかける。

もの言わぬはずのフジの声が、いや言葉が、重ルには聞こえる気がする。重ルゥ、と重ルの名を、あえて、ことさらに、呼ぶ。愛着と、撞着と、諧謔を混ぜ合わせた、のんびりした声に乗った、言葉。というか重ルの名前。

もとは重の一字だった彼の名前に付いたルの字は、赤ん坊の頃、北の部落にいた巫女さんがつけた。巫女さんがつけたというか、何日も高熱がひかず命の危ぶまれた重ルを両親が巫女さんのところに連れていくと、名前を変えろ、と言われた。それでこんな変な名前になった。

フジが呼ぶ重ルの名前は、ルの音があえぐように伸びて途切れる。ひと文字に収まっていたところから無理矢理引っぱり出されたみたいに変てこにくっついた一字を不思議がるか、からかうかするみたいだった。ぶすぶす鳴る鼻の音に、重ルは自分の名を聞く。北の部落の巫女さんは何年か前に死んだ。むかしは巫女さんだったが、父島から来た帰化人と結婚して、どこの部落にも属さず妙な暮らしをしていたらしい。帰化人は死んだか、父島に戻るかして、いまはいない。巫女は狂女と言われたり、むかしは島の男をとる遊女のようなことをしていたとも聞いたことがあった。どれも本当かわからない。重ルはルの字を付けた途端に熱が引き、それからは生まれてから病弱だったのが嘘みたいにひとつも病気をしなくなった、というのもどこまで本当なのかわからないが、少なくとも長じてからは体が丈夫で、運動をしても相撲をしてもまわりの連中に負けなかった。

同じリズムで続いていた締機の各部、石車と円柱の音が緩まり、余韻のようなわずかな軋みを残して、止まった。フジが鼻を鳴らす。歩くのを止めたのだ。

いいよ、と重ルは、顔を上げ、フジに向かってちゃんと声に出して言った。休もう。

重ルは腰掛けから立ち上がって腰をのばした。締機の反対側で、なにを見ているのかなにも見ていないのか、宙に目を向けたフジの横にまわって、棹をはずし、肩をなでてやる。たまった搾りかすをよけ、フジを連れて小屋の貯水槽に行く。盥に水を汲んで、足もとに置いてやると、フジはびしゃびしゃと音をたてて飲んだ。盥はすぐに空になった。さらにくれてやりたいが、この島では水はなによりの貴重品である。

重ルは甘蔗の山から一本取って折り、外皮を剝がして吐き捨て、白い茎をかじった。口のなかに広がる甘いジュースは期待以上でも以下でもなく、さほどよろこびがあるわけではないが、それでかわいた喉が潤う。口に残った筋をやはり吐き捨て、もうひと口かじっていると西の方から達身が歩いてくるのが見えた。横に白い洋服を着た女がいる。イクだ。

バケツと竿を持っているから、いつもの磯で釣りをしていたんだろう。バケツは軽そうだから、釣れなかったと見える。

俺たちは同い年だなあ、と重ルはなにか話しながらこちらに向かって歩いてくるふたりの姿を見て思った。ふたりに向けて言うのではない。なにを思っても、フジが聞いてくれる。重ルはなぜかそれを心から信じている。

重ルと達身はいま青年学校の四年で、イクは女だからこの春に二年で修了になって、達身の兄貴の和美と結婚した。

歩くふたりの背後に見える空に、海上で暗い雲が発生しつつあるのが見えた。

雨になる、今度はふたりに向かって重ルは言った。

ああ、それで帰ってきた、と達身が遠くから応えた。もう少し粘れば大きいのが釣れたが、と言ってバケツをさかさにして見せると、横でイクが笑った。釣れそうだったけど、逃げられたんだよ。

青年学校は初年度から軍事教練ばかりで、さらに年々教練の時間が増えたので重ルも達身もいまはほとんど行かない。工場や家業が忙しいといえば融通は利き、それも程度問題ではあるが、小さい島のことなのでいくらでもやりようはある。ただ、へたに学校に近寄って見つかると、相手によってはただでは済まない。教師はともかく、青年会や在郷軍人分会の教練に熱心な輩を怒らせると面倒だった。

達身は膝丈の緑色のズボンを穿いていて、これは青年学校の制服なのだが、暑いからとイクに頼んで短くしてもらったやつだ。重ルはいまは仕事用のシャツとズボンだが、やはりイクに頼んで制服の丈を短くしてもらった。支給の制服を勝手に改造しては怒られるが、これまた小さい島のことなのでどうにでもなる。どうせろくに学校に行かないのだから構わない。ふたりだけの揃いのズボンだ。

三人が青年学校に上がった前の年に、学校の敷地に兵器倉庫を兼ねた家庭科の実習室が建てられて、そこで女生徒たちが生徒全員の制服を繕った。女生徒は二〇名足らずしかいないわけだが、達身の制服も、重ルの制服も、イクが縫ったものだった。裁縫の得意だったイクは、自分の縫った制服には、自分の仕事とわかるよう徴をつけておいた。上着の裾の裏と、ズボンの股に、子どもの笑顔みたいな刺繍を。

いまでこそほとんど学校に行かないふたりだが、新しい制服が支給されたときには嬉しくて、みんなで互いの様子を見ながら、自分の姿を想像して照れくさくて小突きあったりした。新しい制服を着たふたりが並んで帰ってきたのを見つけたイクは、ふたりの肩を叩いて立ち止まらせると、上着の裾をまくった。そこにはたしかにイクの徴があった。それから後ろ向きにして足を開かせ、お尻を突き出させて見ると、股のところにもイクのつけた徴があった。

あんたたちの服は、どっちも私が繕ったやつだ、と言ってイクは得意そうにして見せた。イクの裁縫が上手なのは有名だったから、達身も重ルも得意に思った。

ふたりが改造したのは制服のズボンだけでなかった。どうせなら上着も半袖にしてくれろとイクに頼むと、イクは半袖よりもいっそ袖のない方が涼しかろうと袖を肩から剝ぎ取って袖ぐりの始末をして、襟付きのちゃんちゃんこみたいなのができた。上下合わせて着ると二の腕が剝き出しで、たしかに涼しい。どこか南蛮の戦士の鎧のようで珍妙だったが、着ているうちにたいへん斬新で格好よく思えてきた。イクによれば、内地から来た洋裁の本で見た西洋貴族風の衣装を模したのだと言う。

今日は仕舞いか、と達身が言った。

お前がいないからはかどらないんだよ、と重ルは応えた。

達身は、へ、と笑い、ちょっと工場に行ってくる、雨になりそうだから、とバケツを水場に置くと、じゃあ、と工場の方へ歩いて行った。

その場に残ったイクに、和美兄は漁?　と訊くと、そう、と応えた。

でも、あの雲の様子じゃもう帰ってくるだろう、と重ルが言うと、そうね、とイクも海の方を見ながら静かに応えた。

イクは和美兄と夫婦になったんだ、と重ルは思った。和美兄も、イクも、去年まで重ルや達身と一緒にいた彼らとはもう違い、ふたりは家族になった。子どもの頃は、島の子どもらがいつまでも一緒にこの島で遊んだり働いたりし続けるように思っていたが、もちろんそんなはずはなく、イクと和美兄のように大人として家族をつくる。じきに子どもができるだろう。重ルも、達身も、そのうち誰かと結婚して、子どもをもうけ、家族をつくるだろう。おもしろいようにも思うが、つまらないようにも思う。いずれにしろそういうものだからたぶんそうなる。

小屋から西の海を見遣れば、見下ろす先は起伏の少ない平べったい土地が海まで続いている。地表をなめるように奥へと視点を移動させていくと、自分の目と体も海岸からそのまま海へと滑らかにすべり込んでいくようだった。海岸からほど近い北側の洋上には、島のひとが監獄岩と呼ぶ平たい岩礁が水面に黒い線を引いたみたいに見えていた。南側には、釜岩と呼ばれる海面に突き出た茶色い岩場が見える。あとはそのずっと遠くに、まっすぐな水平線。雨雲はまだだいぶ離れているが、あと一時間もすればこのあたりもスコールになる。ここ数日晴れ続きだったからもちろん雨は歓迎で、しかしそう長くは降らないだろう。明日は日が戻るかもしれないが、いずれにしろ海は時化だ。

あの雲が、次第に厚く大きく膨らみながら近づいてくるのを重ルは思い浮かべる。海面が遠くからだんだんと暗くなり、釜岩に影がかかる。監獄岩も暗い海面に紛れて見えにくくなる。やがてその影が海岸まで届くと、黒砂の浜がさらに黒く、濃くなって、暗い海面とひと連なりに、釜岩まで地続きになったように見える。雲が島にかかれば間もなく雨粒が落ちはじめて、あっと思う間もなく土砂降りになる。雨粒を受けるサトウキビ畑が波を打つように揺れて鳴る。家々の屋根の木の葉やトタンも太鼓を打つような音をたてる。大人たちは家の貯水槽や、水を送る樋やパイプに異常がないか気にかける。とにかく水はなにより重要だ。汚れた着物類を樽に入れて表に出す。洗濯にはスコールがまたとない機になるのだ。子どもたちも盥や桶を表に出して、遊びのようだが、それも実際になにかの足しになる。濡れるのも構わず、上を向いて口を開けているのもいる。わかる、私もそうだった。各工場では、表に干して乾燥させていた製品を慌てて屋内に取り込んでいる。タバコにコカに、レモングラスにデリス。蒸したり干したりした様々の葉を敷物ごと抱え込むと、胸元からたちのぼる匂いにむせそうになった。漁師の家でもまた、身を開いて天日で干していた魚を慌てて家内にしまいこんでいた。島じゅうの噴気口にも雨が注がれた。噴き出た硫黄は水を受けて冷えて固まり、黄色い地層を積み重ねる。湿度が一気にあがり、ひとびとの肌は雨に濡れながら噴き出た汗にも濡れた。牛や豚、鶏たちも日に乾き高温にのぼせた体に水を受けている。島の姿は森に隠れて見えなくなる。学校で教練中の運動場にも、その隣の農園にも、学校を囲ったタマナの並木にもタコの木の林にも雨は降り注ぎ、教師も生徒も校舎に駆け込む。校舎内の喚声が激しい雨音の隙間を抜けて短く響き、地面に染みこむみたいにすぐ消える。西部落のそばの墓地に並ぶ、大きさも形もさまざまの墓石と墓標にも雨は降る。そこここから乾いて熱を帯びた石肌に水が染みこみ冷やされる音がたつが、誰も聴く者はいなかった。元山部落の近くでは新しい飛行場の建設がはじまっていた。その建設現場にも、何年か前にできた南の千鳥部落の飛行場のまっすぐの滑走路にも、雨は降り注いでいた。南端で蒸気を噴かす摺鉢山、島の人間がパイプ山と呼んだこの小さな島の控えめな最高峰の火口と山肌にも、短時間の強い雨が注がれた。そして各家、各工場、各作業場の貯水槽に、命の水が補給される。週に一度か、二度、雨がそうやってこの島を潤す。無常を嘆くような、終わりのない繰り返しを嘆くようなため息が漏れる。フジの鼻からか、どこか違う穴からか。

西からきた雨は西からあがる。海の色が明るく変わったと思うと、一瞬の静けさのあと、日差しが到来する。襲いかかるみたいに海を照らし、海岸の地面を白く輝かせ、それから自分たちを簡単に通り抜けて、さっきまで灰色の蒸気に満たされていた島を明るく照らす。日なたを切り離すみたいに影はさっきまでの灰色よりも強く、黒く、暗くなる。上から下に落ちてきてあらゆる物理を打ちつけた雨粒が退けて、世界が横を、水平を取り戻すみたいだった。起伏のない島の平坦さが私たちの視界に戻ってきて、そこらの草の匂い、わずかに水分を取り戻した工場の香草の匂い、山の方からは硫黄の匂い、森からは果実の甘く熟れた匂い、磯と魚の匂いが、島じゅうからたちのぼる。鳥が空に姿を現す。屋内に閉じこもっていた人間たちも、やれやれという具合に表に出てきて、活動をはじめる。飛行場の建設現場では、まだ不慣れなこの島のスコールに興奮したような、あるいは疲れたような嘆息とともにひとびとが屋根の下、木陰の下から姿を現した。このところ、飛行場建設のために島には内地から送られた軍属の労働者が徐々に増えはじめていて、建設現場や軍の宿舎ではしばしば水不足が起こっているようだった。開拓の初期に水で苦労した話はいまでも老人の口からよく聞かれたが、いまのようなスコールが平年並みに訪れてくれれば、島民はどうにか困らずに暮らせる。庭などに穴を掘り、そこにセメントを流し込んで貯水槽を造るが、集水のためのパイプや、劣化補修などの維持管理も含めれば、やはりこの島で水を集めるのは未だに容易なことではない。急増した労働者の分の貯水タンクの配備も急がれる、と軍の人間や為政者たちは言うのだったが、ここで生活している者に言わせれば、こんな場所にそんなに急にひとを増やしたら水が足りなくなるのは当然であって、お国のためとは言っても馬鹿のやることとしか思えない。結局のところ水はお天道様頼りで、極端な話、日照りが続けば誰も、なにも、手立てはないのだ。そんな場所になにかを賭ける、ましてやこの国の命運にかかわるなにかを賭けるというのは、つまりお天道様に先行きを賭けるということで、天照大神というのはよく知らないがそういうことなんだろうか。まあ大した覚悟だね、どういう事情かよく知らないが。

そんな軽口をお上に叩けるはずはなかったし、そんなこと口にする前に思いもしなかったけれど、こんな地の果てみたいなところに連れてこられた挙げ句、水がない、みたいなことを言われているひとたちを眺めてなんて気の毒な、と思いながら、心中にそんな冷笑的な思いが過《よぎ》らないはずがなかった気もする。

　平べったい地形だが、この砂糖小屋から元山の飛行場建設の現場は木々が邪魔して見えない。しかし海なら見えた。いまはもう晴れ渡った海であル、と思って重ルが西に目を向けると、どうも様子がおかしい。海岸線の形が変わって、汀《みぎわ》から一〇〇〇メートルほども隔たっているはずの釜岩が、島と地続きになッていル！

　釜岩がこちらに寄ってきた？　とは思わなかった。海岸の地形と、その先で海面から突き出ているはずの岩の形と大きさは、変わらなかったから。海が禿げたのだ、と重ルはとっさに思ったが、それはよく意味がわからない。潮が引いた？　それも違って、落ち着いて考えれば、このそこらじゅうでガスを噴いている島の、島というか火山の突端が海面に顔を出しそこにひとが住み着いているに過ぎないこの島の恒常的な火山活動によって、あの一角が隆起して、西側の海底が海面を越えて露出した結果釜岩と連絡したのであル。マジか。しかしさっき見たときには、いつもと同じ海を隔てた岩場だったはずだった。そしてそれにとどまらない違和感を感じてもいて、視界のうちを探れば、北方にたたずんでいた監獄岩が、増えている？　いや、監獄岩ではなく、西方の千鳥が浜の海岸近くにいくつも岩礁のようなものが見え隠れしていて、それも土地の隆起によると思えば合点はいくが、どうも天然の岩にしては形も、海面からの露出の仕方も不自然で、人工的な角張りや直線で形成された形状のものがたくさん点在している。あれは岩ではなく、船だ。それも漁船や艀《はしけ》といったこの島の船ではなくずいぶん大きな船、の残骸。そうと気づけば、それらが戦後この島を占領したアメリカ軍が、島を軍事拠点として活用すべく桟橋をつくろうとした跡である、アメリカ軍は、何隻ものコンクリート船を海岸に沈めて、桟橋の足場にしようとしたのである、という話が聞こえてくる。どことなく、英語のニュアンスを感じるのは、気のせいなのか、気のせいではないのか。帰化人がしゃべっているのかもしれない。自分の耳がどこのなんの声を聞いているのか疑わしくなるが、そんな声を聞くとはそもそも耳だけでなく頭のほうも疑わしい。

しかし桟橋をつくろうとして船を沈めるというのは、いったいどういう了見なのか。ちょっとにわかには理解しがたいよね。そもそも島民たちが不便に感じつつもこの島に港や桟橋が造られなかったのは、活発な火山活動による土地の隆起や地盤沈下が激しく、建造が困難なためだった。それをアメリカ軍が知らなかったわけでもないだろうけれど、トライした。そして、エラーしたんだね。地盤の激しい隆起により結局アメリカ軍は桟橋の建設を諦めて、沈められた船はそのまま放置された。役目を終え、この南洋の島の海岸にうち棄てられて、鉄筋は錆び、コンクリートは朽ちていくことになったのだ。南無。そのうちの何隻かは海中に沈み、また何隻かは隆起して広がった海岸の一角に完全に露出するに至った。ときどき報道記者やその他来訪者のカメラで写真に収められ、しばしば日本軍が撃沈させた米軍戦艦、などと語られたりもするのだったが、それはもちろん誤りで、鋼材の不足によりコンクリ製で造船された鈍重な輸送船である。結果的になんの目的も果たさぬまま、巨大な船がまったく無駄に沈没させられ、朽ちて放置されているというのは、たしかに聞く者の腑に落ちにくいところもあって、聞いた者は、は？　みたいな顔をするのだったが、雨上がりの砂糖小屋から海岸を見つめているところにそんな半世紀後のこの島の光景を淡々と語られる重ルとイクも、は？　という気持ちだった。いまは一九四〇年、昭和十五年である。ふたりは終戦のことをまだ知らない。

制服の袖を剝いでベスト風にしたり、半ズボンにしたり、青年学校をさぼりまくっていてもなんとなく平気でいられたのは重ルとか達身の年までで、この翌年、一九四一年には学校制度改革によって尋常小学校は国民学校に変わり、児童は小学生から少国民と呼ばれる者になった。それでなにが変わるのか当人たちにはよくわからなかったが、島の国民学校の教育簿には次のような信条が記され、少国民たちは教室に掲げられた御真影を拝みながらその文言をたびたび唱和させられることになった。

一、私達は天皇陛下の御民です。君に忠に親に孝に誠の日本臣民になります。

一、私達は大正国民学校の児童です。教えに尊び業を励み高く学校の名を輝かします。

一、私達は大東亜を興す国民です。心を練り体を鍛え強く皇国の力となります。

毎日言わされているうちに文言も覚えて自然と出てくるし、言わされているとも思わなくなってくる。その頃には軍事教練がいっそう熱の入ったものとなり、教練をさぼったりすることも簡単には許されなくなった。十九歳になっていた重ルと達身は少国民にならずにすんだし、信条を唱和せずにすんだが、一方で二十歳男子の徴兵検査があと一年に迫っていた。

ちょうどこの日、来週内地から軍医や徴兵官が島を訪れて、今年の徴兵検査が行われると島内にうわさがまわったところだった。大陸での収束の見えない戦況と兵員の不足はこの僻地にもちゃんと影響し、小学校の講堂で行われる検査の合格基準は年々ゆるくなっていた。働き手になる若い男なら多少の低身長や痩身くらいの問題であればたいていは甲種合格になる。今年は和美兄が検査を受けることになる。だから今年和美兄とイクが結婚した。

すでに召集を受け島を離れて内地や大陸に配属されている者もいたし、青年学校の同期にも何名も志願兵がいて、すでに島を離れていた。重ルと達身はといえば生来の怠け者だから規律も訓練も厳しい軍隊になんかいきたくない。米英とのあいだの緊張が高まるなか、重ルや達身と同年輩の者たちも、少なくとも表面上は、御国と天皇陛下のために身を尽くすことにみじんも迷いはない、みたいなことを言い出したりしていて、そういう話を聞くたびにふたりはくさくさした。

今日の次の日に、重ルと達身の働く小屋を和美が訪れる。

珍しいね、と重ルが声をかける。今日は時化で休みかい。

漁の仕事をする和美が砂糖小屋に来ることはふだんないから不思議に思った。和美は何事かよくわからぬことをごにょごにょと言って、昨日までの漁の話を他人事のように淡々としゃべったが、そのうち重ルに、甘蔗の締め方を教えてほしい、と言った。

どういう風の吹き回しかわからないが、別に教えるのは構わないし、そもそも教えるほどのことでもない。島に暮らしていて、いくら旧式とはいえ和美が砂糖の締機の仕組みを知らないはずはなかった。誰でも一度や二度、手伝わされたことがあるはずだ。なにか思うところあって、漁の仕事をやめて砂糖小屋で働きたいのだろうか。全然金にならないし、ここは武さんに重ルと達身だけでも、手が余っているくらいなのだが。

親父さんとけんかでもしたのかな、と重ルはあまり深く考えず、ほれこうして、こう、こうしてこう、とフジを歩かせ、甘蔗を石車にさし込んで見せた。

和美は、なるほど、なるほど、などとどこか虚ろな、やはり他人事のような口調で言って、言われたように甘蔗をさし入れていく。釜場から達身が来て、兄貴、と言うが、和美はちらりと一瞥をくれただけで、子どものようにせっせと甘蔗を石にさし込み続けた。

重ルは、反対側にまわって搾りかすをよけながら、こんな誰にでもできる作業をなにがなるほどだ、と思った。からかいに来たのだろうか、とやや不審に思いはじめたとき、締機の向かいから和美の変な叫び声がした。立ち上がって見ると、和美の右手の指が石車に挟まれていた。慌ててフジに声をかけて、棹をはずして締機を止める。人力で円柱を逆にまわし、送り出すかたちで指を引き抜かせた。

和美の右手の人差し指は、つぶれていた。

達身が医者とイクを呼びにいく。イクが青い顔をして小屋に来る。医者を連れて戻ってきた達身は、離れたところから落ち着いた顔で兄の様子を見ていた。

医者に言われて水を運んだり、包帯を巻くのを手伝ったりしながら、重ルは冷めた気持ちだった。和美の行動は徴兵逃れに違いなかった。それを咎めるのでも、あざ笑うのでもなかった。それは近い将来自分にも訪れる避けられない課題にかんして、毎日想像していたとおりの行動だった。なるほど。さっきまで和美がうわごとのように呟いていたその言葉が、鼻の奥の、目と目のあいだあたりで聞こえた。右手の人差し指がつぶれれば、銃の引き金が引けない。重ルの目の前には、毎日その致命的な傷を得るのにうってつけの機械があった。和美に出し抜かれた、と思った。後ろでフジがぶすぶす鳴く。重ルの考えが見透かされている。

雨来るよ、と昨日のイクの声がして、現実に戻された。ざっと音がたち、スコールになる。

フジを置いて、小屋の屋根の下にイクと逃げ込んだ。重ルは、なにも知らない。一年後に学校制度が変わることも、明日和美がフジのまわす締機で指をつぶすことも、それから数十年後に、海岸から隔たった釜岩が隆起した島とつながることも、そこに沈められた船が朽ちて地上に取り残されることも、なにも知らない。

私もまた知らない、とイクは思う。学校制度のことも、三年後に自分の腹が大きくなっていることも、その腹の子の父親である自分の夫が、自ら自分の指をつぶして、思惑通り兵役を逃れることも。重ルや達身がそれからどうなるかもこのときはまだ知らない。

いまは知ってる。

いまは知らない。

小屋で濡れた髪を耳にかけながら、スコールでけぶる西の空を見るイクを、重ルは締機の下から運んできた糖汁を甕に移しながら、ぼんやりと見ていた。それで、その髪をいじる腕のカーブに、あ、と思う。フジの背と締機を渡すタマナの木の棹、そのカーブを見つけて、棹、牛、ぐるぐる、とまた子どもみたいに嬉しくなってしまう。

5

あそこの海岸から、ぐーっと半島みたいに陸地がのびていますでしょう。

見晴らしのよい高台で車を降り慰霊碑への献花と礼拝を終えたあと、周囲を見歩いていると、同行の親戚もおらずひとりで手持ち無沙汰にしていた私を気遣ってくれたのか、引率役の自衛隊員が私に向かって話しかけてきた。なるほど半島のように海岸線が海に突き出ている。

あれは釜岩という場所なんですけど、むかしは海上にぴょこんと岩が突き出ているだけだったんですね。ですが地面の隆起でだんだん海岸線がのびて、いまではああしてくっついて地続きになってしまいました。

むかしっていうのは？

五十年くらい前でしょうか。戦前の地図を見ると、岩場は海岸から一キロくらい離れていたようです。住んでいた方に聞くと、むかしはあそこまで泳いでわたったりしたみたいですね。

そんな短期間で地形が大きく変わるというのは、ふだん内地の、内陸部に暮らしているとなかなか想像がしにくい。しかしここでは、活発な火山活動による隆起で一年に何メートルも標高が変わってしまう場所もあるということだった。地震とかは相当頻繁にあるということなのだろうか。一般市民が住んでいない地域の地震速報は流れないのかもしれない。

　地続きになった半島のような釜岩の手前には、黒い砂の海岸が長く広がっていて、波打ち際には、茶色く錆びた大きな船が何隻もばらばらの方向を向いて残されているのが見えていた。私は戦闘で撃沈されたり動かなくなった船かと思ったが、それはそういう戦跡ではなく、戦後この島を統治した米軍がコンクリ船を沈めて港代わりにしようとしたものだった、とさっき移動中のバンのなかで聞いた。つまり戦後の遺産であって、米軍が上陸したのはそれとは反対側の東側の海岸だったらしい。

　硫黄島基地所属という四十代くらいの男性隊員は、緊張の途切れぬ言動を維持しながらも、道中の島の解説も、参加者への気遣いも、いちいちの言動が丁寧で物腰がやわらかかった。ここに勤務していれば当然なのだろうが、顔も、白い半袖の制服から出た腕も、よく日に焼けていた。

　朝、私たちを乗せて航空自衛隊入間基地を出発した自衛隊輸送機は昼前に硫黄島航空基地に着陸した。頼りなく思える吊り下げ式の座席に座って、誰かと口をきくでもない、というか鳴り続ける轟音で隣のひとともろくに会話ができない。景色も望めず、腕時計の文字盤もよく見えない薄暗い機内だったせいで時間の感覚が狂ったのか、二時間余りという飛行時間もなんだかずっと短く感じた。

　希望するひとには座席を離れコックピットの見学をさせてくれた。半分ほどのひとが順番に見学をして、私もせっかくなので見せてもらった。たくさん並んだ計器やレバーのようなものがついた操縦盤を前に、左右ふた席のシートがあり、操縦士が座っている。テレビなんかで見たままという感じもするが、入口もコックピットのなかも、ずいぶん狭いものだと思った。旅客機とは違うのかもしれないが、旅客機のコックピットをちゃんと見たことがあるわけでもないし、理屈で考えれば飛行機、まして輸送機ともなればなおのこと必要外の設備やスペースは省略されるはずだ。あの先に見えてるのが硫黄島です、と操縦士が前方を指さした。海のなかにぼんやり色の違う陸地が見えたが、ああ、とだけ私は言って、もう少し驚いたり感激したりしたらどうなのか、と自分で思った。しかし乗っている飛行機も、その行き先も、そこに自分がいることも、なにからなにまでふだんの生活から隔たりすぎていて、ただ受けいれるだけにとどまり、驚きという反応は意外と出てこないものだった。

硫黄島に着いて輸送機を降りると、まず基地内の食堂で簡単なお昼ごはんが出て、その後参加者は用意されたバンに分乗し、島の各所をまわりはじめた。運転も基地の隊員で、それ以外にもうひとりガイド役を務める隊員がそれぞれの車についた。

島は晴れていて、日差しも空気も、ほとんど夏だった。私は着ていた上着を脱いでリュックにしまい、半袖のTシャツで車に乗った。同じ車では、ひとりで参加しているのは私だけで、私以外はこの島にもともと住んでいたであろう高齢のひととその息子や娘と思われる親子、あるいは島民二世にあたる兄弟姉妹だろうか、私の母親くらいの世代のふたり連れが多かった。三、四人の連れ立ちが見当たらないのは、たぶん申し込み時にあった同行者は一名までという取り決めのせいだろうか。抽選なので同じ世帯から複数名の当選は難しいのかもしれなかった。しかしもとは同じ場所で生活をしていたひとたちなわけで、参加者どうし知り合いのひとも結構いて、出発前の集合時や、島に着いてからも、そこここであらー久しぶり、などと挨拶が交わされたり、親戚や友人の近況報告が行われている様子も見た。

私には知っているひとはひとりもいない。

遺影を携えて参加しているひとも何人かいた。私と同じバンに乗ったおじさんも、母親だろうか、高齢の和服姿の女性の写真を両手で抱えて座っていた。隣には息子と思しき中学生くらいに見える少年が、少し不機嫌そうな顔で座っていた。若いひとは少ないから、目立つ。額縁のなかの写真はスナップ写真からトリミングされたらしく画質が粗かった。けれどもにっこりと笑っていることのわかるそのひとは、私の祖父や祖母を知っていたのだろうか。そして、戦況の悪化で全島民の強制疎開が決まった際に軍に徴用されて島に残り、この島で日米の多くの兵士とともに死んだ祖父の弟のことを知っていただろうか。

強制疎開の時期の島民数は一〇〇〇人余りだったと聞く。そのような人数で構成された村を私はうまく想像できない。

私は、走り出したバンの窓から景色を見ていた。ほとんどの土地は草が伸びた野っ原で、そこに一本だけ敷かれた基地飛行場の滑走路がある。滑走路も飛行場も金網などの囲いはなく剝き出しで、物理的には誰でも自由に進入できるかたちでそこにあった。滑走路は当たり前だがまっすぐ、平坦に、水平に島の地面に存在していて、その様はまるでこの島の様々な標準値であるかのようだったが、もちろんそれはもともと完璧な水平などない島の地面のうえに人工的に造られた路であり、先の自衛隊員の説明によれば、飛行場近辺でさえ、隆起や沈下で細かな補修が年中行われているそうだった。

島には自衛隊ばかりでなく、そういった基地設備や道路などの維持管理に携わる民間企業の社員も多く常駐しているし、一般市民の立ち入りが不可とはいえ、関連企業の関係者、政治家、基地関係のアルバイト、慰問事業、遺骨収集や今回のような墓参事業の参加者など、年間で来訪する人数は思いのほか多く、まさにいま私たちがしてもらっているように、そういう来訪者の対応も自衛隊員の業務となる。もちろん誰であれ来たからといって好き勝手に出歩いて観光したり、自由に滞在期間を延ばしたりはできない。今日の私たちの場合、許されているのは、わずか四時間程度の滞在である。

そして自衛隊員にとって元島民の墓参事業は、この島の業務のうちもっともセンシティブなもののひとつに違いなかった。

彼らが訓練し、管理している場所は、元島民が六十年前に普通に生活していた場所なのだ。その文脈を踏まえ、自衛隊員は元島民とその関係者に対して、きわめて丁重に、しかし毅然としていなくてはならないはずだった。へたに下手に出て不当を訴えられても大局的には交渉の余地はないのだ。たとえばいま私が、参加者の誰かがこの島への移住や居住権を主張したらどうなるのか。いや、実際にこれまでのあいだにそういうことがまったくなかったとは考えにくい。

そういうこともあったと聞きます。特に昔は、と引率の隊員は応えた。でも、その気持ちは、と言って少し間を置き、少し笑顔になってから言った。出過ぎた言い方かも知れませんが、その気持ちは理解できます。我々、毎日ここに暮らしているので。

どういう意味だろう、と私は思った。見せた表情は複雑で、笑顔と思ったけれど、笑ったわけではなかったかもしれない。

車中では、彼は多くの時間、参加者の方に体を向けて横座りになっていた。私は四十代くらいに見える彼の制服や引き締まった横顔、きれいに短く刈り揃えられたもみあげや襟足を見ていた。

バンは参加者にできるだけ景色を見せるためか、ゆっくりゆっくり走った。ところどころ、これも地面の隆起によってできた舗装の割れや段差にかかると、さらにスピードを落とし、その箇所を乗り越えた。自衛隊の任務なので、この走行速度も規律として決められた速度なのかもしれない。島を一周する道は一本しかないので、どこに陥没や隆起があるか、全部把握しているんです、と引率の隊員は笑いながら言った。これはさっきよりはっきりと笑顔だった。もちろんその都度補修をしているんですが、それが追いつかないほどこの島の地面はたえず動き続けています。

遺影を抱えた父親と一緒の少年が、ずっと窓の外を見ていた。

窓から見える道路脇の景色はぼうぼう伸び生えた草むらが奥まで続くだけで、ほとんどなにもない。

なんの草だか私は知らない。が、同乗のひとたちにとっては懐かしい草木であって、見えるものごと、景色ごとになにか声をあげたり、嘆息をもらしたりしていた。車内は冷房が入っていたが、窓を開けているひとも多く、外の風も入ってくる。ときどき、草むらのなかにコンクリートの四角い建造物があり、トーチカだ、とか、砲台だ、と教えられる。緑の色が濃い。空気と日差しの関係なのか、それとも植物じたいの色が濃いのか。空の青色も濃いのだが、そう感じるのが、実際の色によるのか、ここにいる自分の目がふだんと違うのか、わからない。

島は、道を走りながら全体を一望できるほど小さくはないが、地形が概ね平坦なせいか、どこにいてもどの方向にもその先には海岸があり、その先は海に至り、そしてその先には海しかないのだ、と感じさせた。ここは島でどこからどっちを見ても、かなたの空は開けていて、その下にはなにもない、海しかない。平坦ななかでもいくらか高台に道が敷かれているせいなのかもしれないが、とりわけバンでの移動中はここが海に囲まれた小島であることを意識させられた。そしてこんな小さな場所を国を挙げて取りあった六十年前の時代の状況や、その場にいたひとたちにも思いは至る。至るが、なにがわかるわけでもなかった。

このとき、まだ海外旅行の経験もなかった私は、時間的にも距離的にも遠くにあるこの島を、自分がふだん過ごす毎日と接続しない、結構な非現実感を伴う景色として眺めていた。その特別さを、自分のなかのどこに落ち着ければいいのか、そんな場所が自分のなかにあるのか、よくわからない。しかしそこで陳腐で典型的な感傷や激情を吐いてしまうダサさや安直さをダサいとか安直だと思う分別だけは当時の私にもあって、というかあったのはそれだけかもしれなくて、自分の先祖が死んだ土地を訪れ、その景色を見て浮かぶ人間の心情なんて陳腐な定型をなぞるほかない。飲み屋の便所で目にする詩のような言葉が浮かびかけては、それをひとつひとつ、つぶしてつぶしてつぶす。それでもなとするとに、旅先特有の過敏さでいろいろの感情がわいてきて、けれどもそれに形を与えようとすると、とたんに便所の詩になる。便所の詩にしかならない。窓の外を見続けながら、この日差しの強さ、色の濃さ、風の生暖かさに、無人の時間の長さを重ねることを試みる。重ねたところで、なんの言葉も出てこない。無人の時間というドラマチックな言い方がすでに嘘で、実際には戦中戦後には米軍の、返還後から現在に至るまでは自衛隊のひとびとが、在島し続けている現実がある。

車中では、同乗の参加者たちが、感慨深げにいろんな話をしていた。年寄りというのは大したもので、なにを言っても含蓄があるなあ。そこに時間があるなあ。便所の詩の文句と同じような言葉でも、私の耳はそのひと固有の換えのきかない景色や情念を聞きとるなあ。便所の詩、便所の詩、と勢い任せに蔑む自分が間違っているのかもしれない。私も毎日便所に行くし。でもそんなことわざわざ誰にも言わないし。言うまでもないし。それを日記に書いたりブログに書いたりもしない。けれども、毎日便所に行くその便所にある言葉も、そこが毎日の便所であることで毎日だんだん尊さをおびていくのかもしれない、みたいなことも思う。この島で暮らした島民も、毎日便所に行っただろうし。当時のお便所はどんな造りだったんだろう。いまではその便所もない、便所に限らない、台所も、庭も、学校も神社も残っていないけれど、そこには毎日便所で過ごすひとびとの毎日の時間があって、そこにもなにか、凡庸で安直な、けれどもいまこの瞬間だけは、たしかにそこに特別な意味が帯びていると感じられる感慨や思念が、そういう言葉があったのだと思う。あるいはこの島に兵隊としてやってきて過ごした兵士だって、毎日便所に行った。戦線が分断され、混迷をきわめた戦闘の最後の方では、もう便所らしい便所なんてなかっただろうけど。

私はどうしてこうお便所のことばかり考えてしまうのか、と思いながらも、当時の暮らしを知る参加者の誰かに、この島のお便所について、お便所で過ごした時間について訊いてみたくなった。ほかにもっと大事なこと、重要なことがあると、訊かれたひとは思うだろう。だから私は訊かないだろう。誰かの名前、土地の名前、私の知らない老人たちが口にするそれらを私は知らない、わからない。つながりを持てないし、つながりをつくれない。横向きに座った自衛隊員が私たちをひたすらに慎ましく、凜々しさを途切れさせることなく、見守っていた。彼だって、きっと生まれて育ってきたあいだ、こんな遠い、海のかなたにある小さなこの島にやってくるなんて、思いがけないことだった。思いがけない場所だった。

私は、ここまで来る飛行機のなか、自分でも不思議なくらい秋山くんのことばかり考えてしまった。きのうの夜からなんとなく繰り返し思い出す、高校の同級生。三年のときに同じクラスで、別にそんなに仲がよかったわけではないのだが、去年の夏にちょっとした同窓会のような集まりで卒業のとき以来に会った。

秋山くんは沖縄の大学に入って夏休みで帰省していた。沖縄の学校に入ったのは知っていたけれど、どうしてわざわざ沖縄に行ったのか、なにを勉強しているのかも、私は知らなかった。秋山くんは高校時代は野球部だったので当時から日に焼けていたけれど、沖縄で二年過ごして高校時代よりも顔も手足も真っ黒になっていた。

集まりは池袋の居酒屋で行われて、高校三年のときのクラスメイトが十五人ほど来ていた。何人か違うクラスのひとも混ざっている、ゆるい集まり方だった。お盆の時期で、秋山くんのように進学や仕事で他県にいるひとも結構いた。

大学に進学せず、あれこれアルバイトを続けていた私は、なんとなく映画や演劇に興味を持ちつつも特にそっち方面の勉強や活動をするわけでもなく、アメリカかイギリスへの語学留学を考えて英語を勉強してみたりしたこともあったが、それも中途半端になって、高校三年のときに週二日ではじめて以来そのまま続けているパン屋のバイトがいつの間にか週五日になっていて、このままパン屋になるかもしれない、パンは好きだし、接客も好きだし、という近況報告を半分冗談、半分本気で友人たちに話していた。もとは売り場でレジを打ったりパンを並べたりするだけだったのが、最近では窯入れ、窯出しはもちろん、生地の配合や仕込み、成形まで店長に習うようになっていて、つまり仕込むし、こねるし、焼く。そして売る。半日くらいならひとりで店をまわせる。なんだってそうだろうがパンの世界も奥が深い。生地の発酵も、窯やフライヤーの調子も、なんのパンがよく売れるかも、その日その日で毎日違う。調理師学校とか行って、本当にパン屋になろうかなとか思ったりすんだよね。いやマジで。

人数が多いから適当に席を移ったりして、秋山くんと話したのはだいぶ酒が入った会の終盤だった。ほかの男子と話していた秋山くんが、グラスを持って空いた席を探していた私に、あー来未ちゃん久しぶり、と声をかけてきた。横にいた男子も、ほかのひとも、私も、もうだいぶ酔っ払っていろいろ乱れぎみだったけれど、秋山くんは酒は飲みつつもしゃんとしていた。みんな二十歳になったばかりでおおっぴらにお酒を飲めるようになったけれどまだ飲み方がわかっていない。

私は、秋山くん、沖縄っつったら泡盛さあ、と言って持っていたレモンサワーかなにかのグラスを掲げると、そうだね泡盛最高さあ、と秋山くんはたぶん泡盛ではないグラスで応えて、乾杯した。

それで横に座っていろいろ話しはじめたら、秋山くんは大学を卒業後は自衛官になろうと思っているのだという。四年生になったら自衛官の採用試験を受ける。私は、意外、と思った。

じゃあどんな仕事だったら意外じゃなかったのかと言われても困るけれど、高校のときの秋山くんのイメージは、野球部なのにほかの野球部のひととくらべて体育会系のおらおらした感じが薄い、穏やかで丁寧なひとという印象で、勉強もできるみたいだったから、一般企業でスーツを着たサラリーマンになるか、そうでなければ学校の先生とか、あるいは福祉系とか？　と考えてみて私のイメージとそこからくる決めつけもずいぶん雑だった。

集まりには来ていたけれども、そのときは離れた席にいた衣田《ころもだ》と秋山くんは三年のときのほんの一時期付き合っていて、私は衣田とは高校のころ結構仲がよかったから、衣田から告白して付き合うことになったけど結局いろいろあって一か月たらずで別れることになった、という経緯を衣田から聞いてそれを覚えていた。別にそんなに好きではなかった衣田と付き合ってみたものの、やっぱり違うな、ということで秋山くんが衣田をふったかたちの、高校生のあいだではいくらでもあるような話だ。聞いただけなら秋山くんの半端な態度が衣田を泣かせたり傷つけたりしたようにも思われるが、しかし衣田が言うには、秋山くんはどこかの喫茶店だかファミレスだかに呼び出した衣田に向かって真摯に自分の曖昧な態度を詫び、衣田の告白を受けて自分のうちに生じた迷いや戸惑い、シンプルに嬉しい気持ち、付き合ってみれば衣田のことを好きになるかもしれないという期待というか予感、あるいは恋人がいれば引退前の最後の大会を控えた部活のモチベーションアップにもなるかもしれないというやや不純な下心まで、三時間くらいかけて語ったのだという。

三時間？　長くない？

高校の教室で衣田からそれを聞いた私はたしか思わずそう言ったが、衣田は秋山くんのその真摯な態度にうたれて、そしていっそう惚れ直すような気持ちで、彼の気持ちを理解し、そんなに正直に話してくれて嬉しい、これ以上悩ませたくない、と友達同士の関係に戻ることにした。それを私に一生懸命伝える衣田の様子を私はよく覚えていて、思い出すとそのときの衣田のことが愛くるしくてたまらなくなる。それでその場にいなかったのにその喫茶店だかファミレスだかで真剣な表情で話す秋山くんの顔や、半袖からのびて膝のうえで固く握られた拳と日焼けした腕を自分が見たように思い出せてしまう。

そういう、結局は全部衣田経由で伝え聞いただけの秋山くんが実は私にとっていちばん強い印象で、そういう印象と自衛隊に入ることがあまりスムーズに結びつかなかったのだった。そう思ったけれど、いま思うと、その印象は別に自衛隊とそう遠くない、というかむしろ近い気もして、私が、意外、と思ったのは、なにか別の、抵抗感とかだったかもしれない。

衣田はその後、同学年の別のクラスの男子と付き合ったはずで、その集まりで聞いた話ではいまはいままで大学で知り合って長く付き合っている彼氏がいるとのことだった。秋山くんの女性関係は高校時代もその後もその衣田の話以外は全然知らない。

なに自衛隊？　と私は訊いた。

航空自衛隊。

航空。じゃあ、パイロットになるの？

そうだね。まあわかんないけどね、なれるか。

秋山くんのお父さんの実家が沖縄にあって、おじいさんおばあさんも健在なのだという。じゃあそれで沖縄の大学に？

まあそうだね。

なんでまた自衛隊に入ろうと？　あ、言いたくなかったら別にいいけど。

うちの父親が自衛官なんだよね。だからその影響が大きいかな。

へえ。そういうもんなんだ。

まあ、そう単純な話ではないんだけど。多いね、親が自衛隊でその子どもも、っていうのは。なんでかね。

その同窓会で二年ぶりに会った秋山くんと連絡先は交換したものの、特にその後連絡をとることもなくいまに至る。

私はのろのろと、地面のがたがたを確かめるように進むバンのあまり快適でない座席で、私の斜め前にいる自衛隊員に、秋山くんを重ねていた。バンに乗る前に、名前を名乗ったはずだが、なんという名前だったか忘れてしまった。そのときの私は彼の胸にあった名札を確かめることができたし、確かめていたかもしれないが、十年以上経ってその日のことを思い出しているいまの私には彼の胸の名札は見えない。

衣田から聞いて、まるで自分も居合わせたみたいに覚えてしまった、あの真摯で律儀な秋山くんの印象。しかし私は、秋山くんの本当の姿なんて知らない。高三の春だか夏だかに衣田に向けた彼の釈明も、真摯そうに見せた手前勝手な言い訳に過ぎないのでは、という疑いも実は持っている。これも内緒だが、私の知る限り衣田と秋山くんはその短い交際の期間に二、三回やっている。私のなかには、秋山くんは衣田と一回やりたいだけだったのではないか、という疑いもある。そしてそれらはもう衣田ともあまり会わなくなって、近況も、当時のもしそういうものがあったのだとすれば衣田の心の傷も、私にとってあまり関係のない、結構もうどうでもいいかなという感じのものになってしまったいまなのだが、いまここでこんなに秋山くんのことを思うのは、あの同窓会の日に聞ききれなかった話があったからかもしれない。

その前年に、自衛隊がイラクに派兵を決めて、それはあの同窓会の日もなお続いていた。いまから自衛隊に入ろうとするということは、彼もまたその派遣されるうちのひとりになるかもしれないということに見えたが、彼はそのことをどう考えていたのだろうか。それともそんな問いは単純すぎるのだろうか。ニューヨークのツインタワーに飛行機が突っ込んだのは私たちが高校二年、十七歳のときだった。高校を出て、進学をしなかった私は学生という身分に守られなくなったが、だからといって自分の外で複雑にこじれた物騒な世界の様々にいきなり晒されるわけではなかった。あらゆることを中途半端にとどめておけば世界に対しても中途半端なままでいられる。反対に、学生でも会社員でも、対外的な身分が定まると、少なくとも自分の接する世界に対してなにかしらの態度を示さなくてはならないのかもしれない。そして私はそれを恐れているのかもしれない。もしかしたらいまもなお。

同じ問いを、私は、目の前で私たちの様子を注意深く見守っている硫黄島配属の自衛隊員に投げかけることもできた。そんな質問は唐突だし、ここではその意味がどう曲解されたり、誤解されたりするか、はかりしれなかった。それに、私自身も、その問いがこの場で持つ意味を全部わかっているわけではなかった。それでも問うてみれば、さっきみたいにあっさりと、複雑な笑顔で、なにか応えてくれたかもしれないけれど。問うていけないことなんかないと思う。けれどためらいを軽んじてはいけないとも思う。

当時の墓は戦闘で跡形もなくなってしまい残っていないのだが、戦後つくられた慰霊碑はあちこちにあって、私はたった一度、たった数時間しかいなかったその島のどこにどの慰霊碑があったのかよく覚えていないけれど、そのなかにはたしかに、この島でなくなったという、私の祖父の弟の名前があった。

三森達身。

一九四四年六月、硫黄島住民の内地への引き揚げが命じられた。つまりは島の暮らしを引き払って、内地に移れとの指示がなされた。それ以前から小笠原諸島の住民に対する疎開の勧告は行われていて、実際に移送もはじまっていたが、結局全島の強制疎開に至ったのは、米軍の前線が北進するに従い、硫黄島にもいよいよ空襲が及ぶようになったからだった。

六月にあった複数回の空襲、島内の多くの部落に壊滅的な被害をもたらしたというその空襲から引き揚げまでの半月からひと月ほどを、島民たちはどのように過ごしたのか。被害をまぬがれた家や建物、あるいは防空壕で過ごしたのだろうか。

引き揚げに際しては、十六歳以上六十歳未満の男性については、現地徴用、つまり軍の手伝いをするため島に残ることが言い渡されていた。百数十名ほどだったというそのなかに、一九四四年当時二十二歳だったはずの、私の、祖父の、弟の、三森達身さんもいた。

そのひとの名前は、島で戦死した島民の名を刻んだ碑にあった。日本軍の戦死者は大変な人数だったが、島民の戦没者は一〇〇名ほどで、つまりそれは島に残されてそのままなくなったひとたちだった。碑には、私と同じ名字のひとが、その達身さんのほかにもうひとりいた。私はそのひとのことは知らないし聞いたこともなかったが、おそらく親戚なのだろう。

もしその達身さんではなくて祖父の三森和美が島に残っていたとしたら、戦後に生まれた母が産まれることはなく、私も兄も産まれることがなかった。祖父のように、本来は軍に徴用される対象だった年齢の男性でも、島に残らず疎開船に乗れたひともいた。扶養する家族がいたり、同じ世帯にべつの徴用者がいた場合には家族と一緒に疎開が認められることがあったようだけれど、家族があっても島に残ったり、兄弟で残ることになったひともいて、徴用の裁定がどのようなものだったのかはよくわからない。もしかしたら厳密な基準なんてなかったのかもしれない。

祖父の場合、右手の人差し指が第二関節までしかなく、それが理由で徴兵されなかった。本当かどうかは知らない。祖父が島に残らずに済んだのも、もしかしたらそのためかもしれない。子どもの頃、祖父の家に行くと、その祖父の指を見るのが私にはひそかな楽しみだった。箸を持つのも、ペンを持つのも、特に不自由はなさそうだったが、その持ち方はほかのひととはやっぱり違うやり方だった。その指先を目にしたとき、見てはいけないものを見たような怖さと、けれどもそこに自分の知らない力の入れ方、指の使い方があるのを想像しておもしろく思うような気持ちがわいて、私はたぶん、それをさりげなく、しかし機をうかがって何度も何度も見た。小学生のとき、夏休みの自由課題で私は祖父のその手の絵を描きたいと言って、母親にとめられ、理不尽に思ったこともあった。その指先の欠損がどうして起こったものなのか、あるいは生まれつきだったのか、誰からも聞いたことがなかった。

このあいだの祖父の葬式のとき、自宅の仏間に横になった祖父の指は布団に隠れていて見えなかった。火葬が終わってお骨を拾うとき、私はお骨の手のあたりを見てみたけれど、その欠損は骨になってしまってはもうわからなくて、私は、おじいちゃんのない指もなくなっちゃったなと思った。

祖父の弟の達身さんは、どうやら軍の炊事場で働いており、そこでなくなったらしい。母親が、親戚に聞いたという話で、直接に誰かが見たりなにかで確認したのかは知らない。だからどこまで確かな話かわからない。墓参のコースにはその炊事場も組み込まれていた。軍属として徴用されたひとの多くが、その炊事場で働く部隊に配属されていたのだという。

慰霊碑のある高台に行く前に立ち寄ったそこは、林を抜けた先の開けた空間だった。コンクリの塀の前に、ブロック石を積んで組まれたかまどが並んでいた。かまどには大きな鍋が置かれている。とはいえ原形をとどめているものはなく、どのかまども崩れ落ちていた。鍋も錆びて、ところどころ朽ちていた。崩れたかまどのなかに鍋も崩れ落ち、その隙間からは草木が生え伸びていた。鍋のなかにもかまどにも、石や枯れ草が溜まっていた。周囲にはお碗や皿も置かれてあった。説明では、ここは戦争当時の状態から、ほとんど手が入っていないという。つまり、最低限の維持管理しか行わず、朽ちるままにしている。とはいえ放っておくと戦跡としての形を失ってしまうので、そろそろ保存についても考えなくてはいけないかもしれない、と秋山くんを思わせる自衛隊員は言っていた。

母親に聞いた話を信じるなら、六十年前にここにたしかにそのひとはいた。兵隊の食事をつくったりしていて、ここで死んだ。信じるにせよ、信じないにせよ、そのひとについて私が知っている話はいまのところそれしかない。

たっしんさん、と私は内心でそのひとの名を呼んでみる。ここに来ようとするときまで、その名前を知らなかったその親戚の名前は、呼んでみても顔を知っている祖父や伯父伯母たちよりも親しみを感じられなかった。私はそのひとの顔も知らない。その知らない顔は、二十二歳のそのひとの顔で、いまの私とほとんど変わらぬ年なのだった。その歪な遠さがこの場所と私の遠さと重なる。

たっしんさん、あなたのお兄さんは、このあいだなくなりましたよ。そのひとは、私の祖父です。あなたのお兄さんは、この島を離れて、妻、つまり私の祖母とのあいだに、三人の子どもをもうけた。そのうちのひとりが私の母です。その家族は、伊豆に暮らした。私の母は、あなたの姪で、あなたは私の母の叔父ですが、あなたと私の母は会うことはなかった。姪、叔父、と呼び合うこともなかった。あなたが生きているあいだに、あなたの姪はいなかった。知っているのかもしれないけど、日本はアメリカに戦争で負けて、終戦後に生まれたあなたの姪は、高度経済成長のなか無事に成長して成人し、やがてある男と知り合って一緒になった。昭和は長く、六十四年まで続きました。あなたの姪は、結婚した男とのあいだに、ふたりの子どもをもうけた。男の子と女の子。昭和の終わり近くに生まれたその兄妹の、妹の方が私です。私は三森来未です。どうぞよろしく。そうです、あなたと同じ名字です。あなたの姪は、結婚して結婚相手の姓に変わりましたが、私が十四歳のときに離婚しました。あなたの姪は姓をもとの三森に戻し、母親と一緒に暮らすことになった私も、三森の姓を名乗るようになりました。八年前、母が離婚する前にここに来ていたら、私はあなたと違う名字でした。私の父は横多という姓だったので、それまでは私は横多来未だった。そしたらあなたは私に気づかなかったかもしれない。いや、私の父もそんなに悪いひとではなくて、いまもときどき会うし、二十一歳になってもフリーターのままの私を心配してくれているみたいです。アルバイト？　パン屋。パン屋でもう三年間もバイトしてる。はじめは週二日だったのにいまでは週五日で、もしかしたら私このままパン屋になるかもしれません。いや、本当に。私、パンは好きだし、接客も好きです。もとは売り場でレジを打ったりパンを並べたりするだけだったんだけど、最近は窯の温度を見てパンを窯に入れたり、焼き上がりを見極めて窯から出したり、あとは曜日ごとに異なる翌日の仕込みもする。生地の配合、成形も全部ではないけれど手伝っていて、つまり仕込むし、こねるし、焼く。そして売る。てことはある程度ひとりで店をまわせる。新商品の価格を一四〇円にするか一五〇円にするか、みたいなことで店長から意見を求められたりもする。そうすると原価がどれくらいか、みたいな話にもなるから、経営的なことも垣間見たりする。いやあ、パン屋はマジで大変。一説では、小売り店でいちばん利幅が薄いのがパン屋なんですって。ちなみにその次が本屋。どこまで本当か知らないし、どういう計算でそうなるのかもよく知らないけど。でもたしかに私の時給は超安い。三年も働いてるのに七五〇円。まあ儲けのことはまだまだよくわからないし、お金のことはさておいて、パンってなんて素敵な食べ物なんだろうと私、いつも思っているんです。真っ白でやわらかかった生地が、窯から出てくるときには、すばらしい金色に変わって、焼けた肌は輝き、香ばしい匂いがたちのぼる。パン屋にはその色と匂いがいつでも充ち満ちている。生地の塩梅、窯の温度、もろもろの下ごしらえ、すべてが適切になされているからこそ、その色と匂いがこの世界に現れ出るのです。たとえば発酵の足りないパンが窯から出てきたときの、しょうもなさったらない。そんなパンを見ると、世界の腰がくだけるようなかなしさです。たっしんさん、なんか、パンの話ばかりしてごめんなさいね。でもあなたが炊事場にいたのが本当ならば、あなたも火加減とか、味の加減とか、そういうことを考えたり感じたりする瞬間が、少しでもあったのだろうか。それとも、戦況は厳しくなる一方、水も食料もなかったなかで、そんな余裕などやはりなかっただろうか。お供えに、お店のパンを持ってきたらよかったね。私がこねて、焼いたのを。私はあなたがここでなにを考えていたのか、このくずれたかまどや錆びた鍋を見て想像しようとするけれども、全然想像がつかないよ。あなたは私のことを、もしかして知っているのですか。いずれにせよ、私はあなたのことを知らなかったし、いまもまだ知らないよ。

第二章

6

定刻を二十分ほど遅れて、おがさわら丸は父島の二見港に着港した。

結局朝方は寝床でうとうと横になったまま過ごし、だいぶ日が高くなってから横多はうっすらとした吐き気を感じつつデッキに出て、快晴の空と海を眺めた。海は、昨日東京湾で見たのとは違う明度の高い青色だった。海面は均されたみたいに穏やかに延び広がり、白波さえほとんど見えなかった。

船の進む先の海上には、いつの間にかはっきりと島影が現れていた。まわりにいたひとたちが話しているのを聞いて、小山の重なるそれが目的地の父島であるとわかった。ようやく目的地に着くと思うと、横多の気持ちもいくらか高まるようだった。なにより、あとわずかで陸地に降り立てる、そして二十四時間続いたこの揺れから解放される。昨日からずっと自分の胸と腹の内側に具合をうかがい続ける妙な内省状態が続いていて、周囲の状況にも、目的は違えど同じ航路を行くひとびとの様子にも、意識を向ける余裕がなかった。頭と内臓に立ちこめる吐き気なのか胃の不調なのか頭痛なのかよくわからない不快感は、船酔いなのか二日酔いなのか、両方ならばどっちがどれくらいの塩梅なのか、これまたよくわからないしわかったところでどうしようもない。酔い止めも飲むのが遅かったせいか全然効いている感じがない。昨日から食欲はなく、ゆうべ酒を飲みながら少し柿の種をつまんだぐらいであとはなにも食べていない。

誰か同行者でもいれば、この旅の趣きも自分のテンションも、きっと違ったものになっただろう。誰かが一緒なら、こんなに船酔いもしなかったのではないか。そんなのはまったく理屈に合わないが、理屈に合わないことだっていくらでも頭に浮かんでくる。そもそも、こうして二十四時間もかけて船に乗り、南海の島を訪れようとしていることだって、これという理由も目的もないようなものであり、いや目的がないわけではないが、周囲のひとたちが話すような、ダイビングとか海水浴とかガイドツアーとかそういうレジャーの予定は横多にはなにもなく、この島に来る時間と労力に動機や目的を照らせば、不合理と言うほかない行動だった。しいて目的を言うならば、と横多は考え、遠くに行きたかった、という言葉が浮かんだが、それは自分の気持ちであるとは思えなかった。理屈に合わないことも浮かぶし、自分の気持ちではない気持ちも浮かぶ。そんな私の心とは、いったいどういうものでしょうか、と横多は海を見ながら呟いてみた。風と船のエンジン音に、声はかき消される。デッキには海を眺めるひとが大勢いたが、横多には話を向ける相手もなく、相手がいたとして特に向ける話もなかった。

デッキを降りて、船内の売店でコーヒーとメロンパンを買って、通路のベンチに腰掛けてゆっくりゆっくり、体に染みこませるように食べた。寝床のある船室に戻り、間もなく到着という船内アナウンスが流れはじめた頃、あちこちでスマートフォンなどの電子機器の受信音が賑やかに鳴りだした。乗客たちがみな手元の画面を見下ろしていた。東京湾を出て以降、ほとんど圏外状態だった通信機器が父島の電波を拾いはじめたのだった。

横多もスマートフォンの電源を入れると、まる一日ぶんのメールが受信され、未読メールが一八通、という通知が表示された。メールアプリを開くと、新着メールの大半は毎日届くニュースサイトやショッピングサイトからのメールだったが、職場のアドレスから転送されたメールが三通、妹から一通、そして八木皆子さんから一通来ていた。ニュースサイトのタイトルで、ゆうべあったオリンピックの野球の試合で日本が負けたらしいことを知った。もはやどこか海外にでも来たような気持ちになっていて、昨日までは街を歩いても電車に乗っても、あるいはテレビやネットを目にしても、東京オリンピックの話ばかりで逃げ場がないような気持ちだったが、ここまで来ればさすがに遠い出来事に感じられた。同じ東京ではあるというのに。船室内でも、一昼夜遮断されていた世間のいろいろな話題について、あれこれ言葉が交わされていた。

九〇〇人もの乗客の下船にはそれなりの時間もかかり、乗降口は一か所しかないので客室のあるデッキごとに案内される。混乱はしないが、やはり長旅の果てでようやく目的地に着いた解放感もあって船内は大変賑やかだった。着港から数十分後、横多もようやくタラップを通って港に足を下ろした。スーツケースを転がしているひとが多かったが、横多の荷物は三〇リットルのバックパックひとつだった。なかには最低限の着替えと衛生用品、本が数冊とノートパソコンが入っている。荷造りはあまり深く考えずにやった。ないと困るようなものも特に思いつかなかった。立ち止まるとまだ地面が揺れているような気がして、頭上からの強い日差しと、湿った空気に見舞われて、今度は暑さに頭がくらくらしてくる。もはや自分がなにで弱っているのかわからない。空調の利いた船内との温度差で、はじめはじんわり腕や首筋の肌が温まっていくようだったが、じきに首や背中から汗が噴き出てきた。

港には民宿やペンションの名前を掲げた出迎えのひとたちが集まっていた。到着後すぐのレジャーツアーもあるようで、その案内を掲げているひとも多かった。大学生だろうか、十人ほどの若い男女のグループがはしゃいで歓声をあげていた。

横多は港から近い島の中心街に宿をとっていた。予約時のメールのやりとりで、荷物があれば送迎の車も出せると言われたが、最低限の荷物で来るつもりだったので断っていた。よろけるようにひとびとのあいだを抜け、屋根のある待合所のなかに入ったが、なかもひとが多く腰掛けも埋まっていたので仕方なくまた外に出て、荷物を置いて待合所の壁を背に地面に腰をおろした。

多くの観光客は、父島に三泊して、三日後に帰りの船に乗る。船が唯一の交通手段である以上、訪島者のスケジュールもその運航に合わせたものになる。東京の竹芝桟橋を出て船中一泊、父島に三泊、復路の船中でもう一泊、という五泊六日、うち二泊三日は船。もちろんもっと長期滞在が可能なら別だが、乗船券や宿の予約を含め、多くのツアーや観光案内はこの六日間の旅程を前提にして組まれている。利用者の多いゴールデンウィークや夏期以外は、父島に着いた船もそのまま乗客と一緒に三日間港に停泊するが、いまは八月だからピストン輸送になる。さっき到着したばかりの船は客と荷物を降ろしたら数時間後には別の客を乗せて折り返し東京に戻る。だから待合所には今日発の便に乗るひとたちもいたのかもしれない。この航路の船は一隻だけだから、もし天候が崩れて欠航が生じると訪島者の滞在は数日、へたをすれば一週間ほど延びることになる。

壁に寄りかかって座ったまま、まだ港に群れ集まっている観光客や海運業者、港湾関係者、島民らしい軽装のひとたちをぼんやり眺めていると、目の前に小さな男の子が歩いてきた。黄緑色のタンクトップに、白と紺のボーダー柄の半ズボン、青と黄色のサンダルを履いている。おむつをしているらしく、ぴったりしたズボンのお尻まわりは分厚く膨らんでいた。ここは待合の庇の下で日陰だが、子どもの細い髪の毛がその奥の日なたと白い船体に透けて、ほとんど金色に見えた。

横多は自分の顎に手をやらなかったが、そこを触ったときの二、三日剃っていない髭の感触を思った。船内にはシャワー室があったが結局使わなかったので、まる一日風呂に入っていない。服も東京の港を出てから着替えていない。Tシャツに、クライミング用の短パンに、アウトドアメーカーのサンダル。この南の島では誰も彼も似たような軽装だからいいとしても、いま他人から見られることを意識した体勢をとる余裕が当方にはあまりない、と横多は自分を見つめる子どもの目を見ながら思い、それを声に出して言う代わりにたぶん少しだけ笑った。横多の左足は前方に投げ出されて、膝を立てた右足に右腕をのせている。背中と頭を壁にもたせていたが、徐々に背中は下にずり落ち、尻は前方に滑っていき、頭と上体は左に肩を落とすように傾いていた。傍らのバックパックも、壁に立てかけるでもなく地面に放り出したように置かれている。ふと自分の姿を顧みて、横多はいい大人が公衆の面前でこんな風情でいるのはよくない、と思い、右膝の先で宙に差し出されたかたちの右手がちょうど男の子の方を向いていたので、その手を開いて、手を振ってみた。おーい。

男の子は黙ったまま、横多の振られる手と、彼から見たらその奥で崩れ落ちるように壁にもたれた横多の顔を見ていた。危険なひとかどうか、判断しているのかもしれない。

こんちは。

こんちは。

横多と男の子はそのように挨拶を交わし、お互いそれ以上話すことはなく、男の子はしばらく横多の顔を見ていたあと、なにも言わず安定しない足どりで右の方へ駆けていった。

久しぶりにひとと話した、と横多は思い、少し休んだせいか、あるいはいまの子どもとのやりとりのせいかわからないが、少し不快さがひいた気がした。座り直して、いくらかましな体勢に整え、ズボンのポケットからスマートフォンを取り出した。

メールを開くと、さらに数通新着メールがあったがどれも自動配信の不要なメールだったのですぐに削除し、横多はさっき船内で差出人だけ確認して開かなかったメールを順番に読みはじめた。

横多が職場に退職を願い出たのは今年の五月のことだった。横多の仕事はフリーの編集者兼ライターで、新宿にある小さな会社のオフィスにデスクを置いていた。会社は五年ほど前に東京の中堅出版社から独立した編集者が起ち上げた。サブカルチャーからアカデミックなトピックまで雑食的に扱うウェブマガジンの運営がメインの業務で、一応出版社を謳ってはいるが一般流通している自社刊行物はまだなく、他社の制作物の編集とプロモーションを請け負ったりしていた。横多は外部で個人の仕事も受けつつ、仕事の大半はこの会社でのウェブ記事の取材とライティングに割いていた。

代表の片桐とは大学時代からの付き合いで、大学卒業後しばらくは疎遠になっていたが、片桐が独立して間もなく、すでにウェブや紙媒体の記事などで仕事をしていた横多は片桐の会社に出入りするようになった。会社は横多のようなフリーランスを含めて四人の編集チームで運営しており、うちひとりはデザイナー、もうひとりは広告などの渉外担当で、記事を書くのは片桐と横多、それ以外は取材内容ごとに外注のライターを使うことが多かった。

片桐の会社に仕事の足場を置くようになってからの横多は、自分ひとりならどうにか問題なく暮らせる程度の安定した稼ぎを得られるようになった。フリーランスゆえの不安定さはあるものの、少しずつ個人名義の企画や個人宛の依頼も増え、ニッチな対象を細やかに取材するスタイルで、ごく狭い範囲とはいえ同業者間にいくらか名前を知られるようにもなってきた。

常にいくつもの案件を抱えて毎週のように納期が迫る。仕事自体は片桐の会社を含めこれまでに構築してきた関係性や人脈によって半ば自動的に動いていき、そのなかを切り抜けていく経験値もそれなりに身についてきて、そうなると立ち止まって考えるよりも流れに身をまかせて動き続ける方がずっと楽だった。

しかしだからこそ、自分の書いた記事や立てた企画がどれもこれも同じようなものに思える瞬間があって、自分の働き方に次第に危機感を持つようになった。若い頃みたいに行きつ戻りつしながら、公開されるあてもない企画を延々考えたり、記事をしつこく書き直したりすることに時間を使えないままでは、この先数年はどうにかなっても、それ以上この仕事を続けることはできないのではないか。実際、そんな同業者の例はたくさん見てきた。

仕事上の保証などないフリーランスの身で、とりあえずはうまく運んでいる仕事を止めるのはたしかにリスクがあるけれども、フリーランスだからこそ危険を察知したならそこをごまかしていてもしょうがない。

五月の中旬、仕事の終わりが一緒になって、職場近くの銭湯に片桐と一緒に行ったとき、サウナを出て水風呂に浸かりながら、しばらく仕事を離れようと思っていると話すと、片桐は、一瞬驚いたように横多の顔を見てから、んー、と宙空を見上げた。そうかー、と言いながら短い時間のあいだに横多がいなくなった場合のシミュレーションをしているのがわかった。

もちろんいますぐにってわけじゃないよ。

ああ、さすがにすぐはうちも困る。

新規の受注を止めて、いま抱えてるのが手を離れたらって感じで。

そうさなあ。

横多は契約上は業務委託のフリーランスだからそもそもふつうの会社のような退職とは違うわけだが、近頃は片桐も代表としての雑事が増えていて、設立直後から四年以上会社に詰めていた横多が抜ければその影響は決して小さくないはずだった。結局その日銭湯では片桐は、何日か時間くれる？

とはっきり返事をしなかったが、翌日会社に行くと顔を見るなり、横ちん昨日の件、了解、とさっぱりした表情で言った。気が向いたらまたうちで仕事したらいい、うちがそれまであればの話だけど、片桐はそう続けて、金銭的な補償はないが復帰したくなったら歓迎する、そんな休職みたいな形にするのはどうかと言った。横多もありがたくそれを了承した。

片桐と相談して、横多の仕事は七月の末までに漸減させ、八月の頭からは一切タッチしないことに決めた。ルーズな面も多い業界にあって、片桐は仕事でも私生活でも約束を几帳面に守るところは昔から変わっておらず、ほぼ予定通り、というかいくらか前倒し気味に七月末には編集部のデスクまわりの荷物もすべて引き上げ、横多は長引いていた別会社のわずかな仕事を残し、ほぼ無職の状態になった。それで父島に来た。

無期限の休職扱いとなった横多のもとには、会社の情報共有用のメールがいまも届く。それを見ると、オフィスでは、自分がいた頃と変わらず、忙しく、膨大な情報と作業量のなかを切り抜ける毎日が続いていることがわかった。

しかしあの小さなオフィスから太平洋一〇〇〇キロを越えて届いたメールのなかで進行している案件、あるいは滞っている問題は、オリンピック同様に、いやたぶんそれ以上に、もう他人事のように見えた。それをもたらすのは、距離なのか、時間なのか。

横多は次に、三森来未、と妹の名が差出人に示されたメールを開いた。

父島に着きましたか？　天気予報は晴れとなっていたけど暑い？　夜でいいから写真かなんか送ってください。

と、簡単な内容だった。夜でいいから、というのを読んで、一瞬いま東京は何時だろうと考えかけたが、当然時差はない。

それから八木皆子さんからのメールを開きかけて、あとにしよう、と思い、画面を切ってさっきの子どもを探すと、父親らしい男性の足もとで、手を前につき、でんぐり返しでもしそうな体勢をとっていた。横多はこちらに向かって突き出た膨れたお尻と、地面に踏ん張っている柔らかそうな両足を眺めた。

君は想像ができるだろうか、と横多はそのお尻に向かって語りかけた。あと何十年後かに、君は突然なげうつように職場を離れ、二十四時間船に揺られ、酔うことを。同行者もなく、ひとり子どものように心細く、どうにか南の島にたどり着いて、特に行き先も目的もなく、港にへたり込んでいることを。

四つん這い、というか尻を上に突き上げて相撲の立ち合いのような姿勢をとり続けている男の子は、そのままつんのめりそうになるのをどうにかこらえ、立ち上がろうとしているが、腕の力が足らないのか足腰の力が足りないのかその体勢から上体を持ち上げることができない。横にいる父親らしい男性は男の子を助けようとはせず、奮闘する様子を笑顔で見守っていた。

折り返しの出港で島を発つひとが集まりはじめた二見港を出て、島の中心街だという大村地区の通りを十分ほど歩き、予約していた民宿「亀」に着いた。

島に来ることを決めたのは一週間ほど前で、乗船券もあまり余裕がないハイシーズンだったため、宿もほとんど埋まっていたが、幸い港からも中心街からも近いここに一室だけ三泊分の個室が空いていた。

開け放たれた玄関を入って声をかけると、はいー、と返事がして、しばらくしてからエプロン姿のおばさんが出てきた。

食堂のような場所に通されて宿帳を記入する。顔色が悪いね、船で疲れましたか、と訊かれて、はい、と応えた。

午後はどこもツアーやなんかは行かないんですか？

今日はなんも予定はないです、と横多は応えた。今日どころか滞在中の予定はなにも組んでいなかった。

じゃあお部屋で少し休んだら。夜、少し涼しくなって具合がよければ散歩でも行って。なに、あせることないですよ。島の時間は内地よりいくぶんゆっくりですから。

そう言われて民家のような階段をのぼって、部屋に通された。ドアにはなにか魚の絵と名前が描かれた札がさがっていたが、見覚えも聞き覚えもなくちょっと覚えられなかった。

畳敷きの六畳間に、ベッドが置いてある妙なつくりの部屋だった。窓辺には小さなちゃぶ台が、壁際にはテレビの液晶モニターがあった。窓は開け放たれていて、さっき歩いてきた港からの道と、その向こうには山が見えた。部屋から海は見えなかったが、前の通りの奥の木々の先はほどなく海岸のはずで、景色を見れば海の気配は強い。遠くには湾の奥側の山が見えていた。体調さえよければ晴れた空にも日を受ける緑にももう少し感動できるかもしれないが、いま横多にはその余裕はなく、窓を閉めて冷房を入れ、荷物から着替えを出して一階に降りていき、食堂でなにかつくっているらしいおばさんに声をかけて共同の風呂場を借りて、シャワーを浴びた。体を洗い、着替えるとだいぶ気分もよくなった。部屋に戻ると冷房で冷えていて、ベッドに横になって横多はスマートフォンの画面を点けて八木皆子さんのメールを開いた。

八木皆子さんからのメールはいつも題名に「八木皆子」と差出人と同じ氏名だけが記されていた。メール本文は、いつも、おーい、横多くん、という挨拶、というか呼びかけからはじまる。時間を見ると、メールが送られたのはゆうべの遅くだった。

おーい、横多くん。今頃は船に揺られて太平洋の上でしょうか。これを読んでいるということは、無事に父島に到着したということですね。ようこそ、小笠原へ。ウェルカムめんそーれ。

この時期は台風も多いんだけど、横多くんはついてるね。ここ数日は珍しいくらいに海が穏やかです。この島の神様も横多くんを歓迎してるのかもね。それにしても、忙しいなかを、本当に遠路はるばるやって来てくれたこと、私は本当に嬉しく思います。無事に私たちがこの島で出会えますように。

とはいえ、急ぐ必要はない。きっともうおわかりの通り、島の時間はゆっくりゆっくり流れています。まずは海水浴でもダイビングでも、お好みのレジャーを楽しむなどしてください。天気もいいし。

ではでは、また連絡しまーす。

八木皆子拝

横多平様

横多は返信のマークを押して、八木皆子さま、といつものように本文に宛名を入れた。

無事父島に着きました。たしかに海は穏やかでしたが、不慣れな船の長旅でしっかり船酔いしてしまいました。そこまで文字を打って、頭が働かないのと胸のあたりに酔いが戻ってきたような気がしたので一旦やめて、下書きに保存した。受信フォルダの検索バーで八木皆子さんの名前を絞り込み、スクロールしていく。八木皆子さんからのメールは不定期で、週に二通来ることもあれば、二週間くらいあいだがあくこともあった。ということはこれまでに全部で何通くらいのやりとりをしたのだろう、とぼんやり思いながら遡っていく。最初にメールを受けとったのはもう一年前、去年の夏だった。

そのときの驚きと戸惑いを思い出しかけたが、急に眠気が強くなって、枕元にスマートフォンを置くと、横多はすぐに眠ってしまった。

目が覚めると午後三時で、たぶん二時間くらい眠っていた。体を起こすと、船酔いの不快さはほぼ消えていた。昨日船で飲んだ酔い止めがやっと効きはじめたのかもしれない。

窓を開けて外を見ると、依然として晴れて暑そうだったが、横多は近くまで散歩に出ることにした。帽子をかぶって、財布とスマートフォンだけ持って廊下に出ると、さっき覚えられなかったドアの木札には、「アカハタモドキ」という名前と、赤い魚のイラストが描かれていた。横多は魚のことは全然知らない。アカハタモドキの部屋があるなら、アカハタの部屋もあるのだろうか。だとすればアカハタの部屋よりもアカハタモドキの部屋の方が格が下がるような気がする。宿のなかで、アカハタの部屋のひとと、アカハタモドキの部屋のひとが一緒になって、そこになにか格差みたいなことが生じて気まずくなったり険悪になったりすることはないのだろうかと思ったが、階段を降り、食堂の壁にあったホワイトボードには全部で六室あるこの宿の部屋名が書いてあり、アカハタの部屋はなかった。他の五室も聞いたことのない名前ばかりで全然覚えられなかった。さっき調理場にいたおばさんはおらず、誰もいないので玄関に置いてあった民宿のサンダルを借りて外に出た。

民宿の前の通りは、少し行くと島のメインストリートと言っていいだろう、両側に商店や観光案内所、庁舎などが並ぶ通りに出た。通りはひとが多く賑やかで、店頭を冷やかしながらぶらぶら歩いていると、この通りからも港に停泊中のおがさわら丸の船体が見え、いよいよ出港間近らしく、港には先ほどよりもさらに多くのひとが集まっている様子で、騒がしい声が通りまで届いた。あの船が、また二十四時間かけて東京へ向かうことがなんだか信じがたく、遠いことに感じる。

公園のような場所を抜けると、砂浜の海岸に出た。海水浴をしているひともいたが、混み合ってはおらず、横多は自分の足もとをあらためて見た。短パンに裸足、「亀」と民宿の名前が書かれたゴムサンダル。海に入れないこともないと思ったけれど、やめた。

海の色は船から見たよりもさらに明るく、写真とかパンフレットで見たようなターコイズブルーだった。海岸近くは砂浜で、少し沖に出れば海底はサンゴ礁か。日を受けて、水色に近い部分と、緑色に近い部分とが混ざり合うように、相変わらず穏やかな海面が水平線まで延びていた。横多は、目の前の景色が、ふだんの自分の生活とあまりにかけ離れていて、俺はここでなにをしてるんだろう、と思った。東京の駒込にある自分のアパートの部屋や、駅からアパートまでの道を思い出し、それもまたたった一日でまるで自分と関係のない遠い場所に思われた。と言って、目の前の景色が自分になにか希望や安楽を与えてくれるわけでもなく、ただ遠く離れているということだけがあった。横多は浜を出てさっきの道に戻った。

中心街を背に歩いていくと、間もなく通りには店もほとんどなくなって、車やバイクは行き交うものの、歩行者の姿もほとんど見えなくなった。通りの右手には等間隔でヤシの木が植えられ街路樹になっており、その向こうには湾内の海がある。港は湾の奥まで続いていて、港湾関係者の駐車場や、コンテナ置き場が通りから見えた。左手は低い山で、あまり木は生えておらず、岩肌が見えていた。ところどころに落石防止の網が張られていた。

脇道から港に入ると小さな漁船や観光船などの係留場所で、時間的にまだ海に出ている船が多いのか、空いていてひとの姿もあまり見えない。外海の方に目を向けると、岸壁に停まっているおがさわら丸の周辺は荷を積み込む作業員や、乗船を待つ客、見送りのひとたちでごったがえしているのが見えた。横多は海に突き出た桟橋の突端に腰を下ろした。船のあたりの賑わいはここからは遠い。足をぶらんと垂らし、海をのぞいてみると、やっぱりこちらも水はきれいだが、桟橋のコンクリートの荒れた表面や、水中に見える人工的な港の土台部分が、さっきの砂浜よりはいくらか現実らしさを感じさせた。スマートフォンでメールを開くと、さっき差出人でフィルタリングして遡っていた八木皆子さんのメールが画面に現れた。横多は八木皆子さんには一度も会ったことがない。時系列に並ぶメッセージをスクロールしていき、去年の夏に来たいちばん最初のメッセージまできた。そのときも題名には「八木皆子」とだけあり、本文は、おーい、ではじまっていた。


おーい、横多くん。

おーーい、横多くーーん。

突然の連絡、失礼仕ります。

私は八木皆子だ。あなたは、私のことを知らないだろう。

おーい。遠ざからないで。あなたの気持ちよ、どうか遠ざからないでくれ。

あなたは私を知らないかもしれないが、私はあなたを知っている。だからこうしてメールを投函したんだ。

電子メールというのは、便利なものですね。遠くにいても、こうして言葉を伝えられる。

またメールします。

八木皆子拝
横多平様

そんな名前のひとは知らなかったし、ちょっと奇妙な文面もさっぱり意味がわからなかった。フィッシング詐欺とか悪戯の類だろうと思い、無視していた。というか、ほとんど気にかけずに忘れ去った。

　おや、と思ったのは数日後に二通目のメールが届いたときだった。

　表題の名前と、おーい、という同じ言葉ではじまる本文を見て、このあいだも来たやつだ、と思った。やはり奇妙な文体で、意味がわからないところもあったが、そこにはそのひとが横多に突然コンタクトをしてきた動機らしきものが記されていたのだった。

　差出人である八木皆子さんが言うには、自分は横多の祖母の妹である、とのことだった。ということは、横多の母親の母親の妹、つまり母の叔母ということになる。

　横多は、そんなひとの存在を知らなかった。もしかしたら一度や二度話に聞いたことはあったかもしれないが、なにも覚えていないし、そういうひとがいることを認識してもいなかった。というか、唐突に親戚であると名乗り出るそのメールの内容を、横多はまだほとんど信じてはいなかった。メールには洋子《ひろこ》という横多の母の名前、そしてイクという横多の祖母の名前もちゃんと記されていて、まったくいい加減な内容ではないことがわかったが、たとえばもし実際に八木皆子さんという名前で祖母の妹にあたる親戚がいたとして、このメールの差出人が本人である可能性の方が低いと思った。なにかの理由で漏れた親類の個人情報を使った詐欺とか悪戯と考える方がまだ納得はいく。

　祖母のイクさんは横多が子どもの頃になくなっていて、横多にはあまりちゃんとした記憶がなかった。祖父の和美じいさんも、十年以上前に長く暮らした南伊豆の地でなくなった。横多がまだ大学に通っていた頃だった。

　祖父母がいま生きていたらいくつになるのか。すぐにはわからないが、と横多はざっと計算をして、母親の年齢から考えても九十はゆうに越えているはずだった。

　しかしその年なら祖母の妹というひとが健在でも別におかしくない。

とはいえ、そんな年のひとがいきなりメールで連絡してくるだろうか。もちろん高齢でもメールやインターネットを使いこなすひとはいるわけで、それもおかしいとまでは言い切れない。

考えれば考えるほど、最初の非現実的な印象を覆すより、むしろあり得なくはない、という傍証の方が見つかる。かと言ってメールの内容が事実であることを裏打ちするような証拠があるわけでもなく、そのひとが母の叔母であると簡単に信じる気にはならなかった。

横多の両親は横多が高校生のときに離婚しており、横多は両親の離婚後から大学入学までの三年間は父親と暮らした。母親の携帯電話の番号も知っていたが、どうもこの不気味なメールの件を母親に問い合わせるのは気が進まず、横多は妹の来未に電話をかけてみた。

両親の離婚を機に、横多は父親のもとに残り、妹は母親とともにそれまで家族が暮らした川崎の家を離れた。兄と妹は離ればなれになったわけだが、別に生き別れということでもなく、ふたりともすでに十代でそれなりの分別はあったし、既に兄妹がくっついて過ごすような時期はとうに過ぎていた。母親と妹は東京の練馬のマンションで暮らしはじめ、むしろ離れて暮らすようになってから、兄妹は適当に近況報告などをメールで送り合ったり、両親のどちらかを誘って外で一緒に食事をするなど、以前より仲良くなったような気が横多はしていた。横多が把握している両親の離婚理由はひじょうに曖昧な、言葉にすれば人生観の違いみたいなよく聞くような説明にしかならないのだったが、横多にしろ、妹の来未にしろ、自分たちがこの緩やかにほどけた元家族を、あまり離れ過ぎないように、適当な距離でもってつなぎとめておく、そんな共通の意識があったような気がした。

いや、私は別にそんな気はないけど、と来未が言ったので兄はそれを聞いて、か、と笑った。元家族は元家族で、別れたら緩やかもなにも、離ればなれなのは一緒じゃん。お母さんは、私やお兄ちゃんのおかげで家族につなぎとめられてるなんて思ってないと思うよ。

そうか。じゃあそれは、俺の独り善がりだ。

そうだよ。

離婚後の両親が直接顔を合わせることはほぼなかったが、どちらかの親類の結婚式や葬式などで兄妹が顔を合わせることはちょこちょこあり、先日は父方のいとこの結婚式で会った。妹も横多も独り身で、妹はいまも母親と一緒に暮らしている。小さなパン屋で働いている。

そんな関係だから、急に電話しても驚かれたり話しづらいようなことはなく、どうしたの？　元気か？　みたいな低温なやりとりからはじまってそのうちあれこれと近況や世間話をしてから、横多はさりげなく母方の祖母に妹がいるかどうか、訊いてみた。

妹？　おばあちゃんに？

俺もばあさんのことはほとんど覚えてないんだけどさ、おふくろの叔母さんにあたるひとっていないかな。

さあ。ていうかお兄ちゃんが知らないこと私が知るわけないじゃん。あ、ちょっと待って、ねえおかーさん、と電話口の向こうの妹は近くにいたらしい母親を呼び、直接に訊ねている様子だった。聞きとれない会話がしばらく続いたあと、もしもーし、あんた元気にしてるの？　と母親が出てきた。

してるしてる、そっちは。

元気元気。

そりゃなによりだ。

あんた、唐突におばあちゃんの話なんかしてなんなのよ。なんか変なこと考えてるんじゃないの。

いや、そんなんじゃないよ、と横多は応えた。こうなるのが面倒だったから来末にかけたのに。

うちにはどこ探してもたいした遺産なんかないんだから、期待したってだめだよ。あんた借金なんかしちゃだめだよ。

してないよ。ちょっと頼まれ仕事で、硫黄島のことを調べてるんだよ。じいさんたち、昔あそこに住んでたでしょ、と横多はとっさに嘘をついた。誰か当時住んでたひとで、まだ生きてるひとっていないのかな。

いっぱいいるわよ。

いっぱい？

いっぱいいったって言ったって全然少ないわよ。

どっちなんだよ。

強制疎開は終戦前なんだから、そりゃもうなくなったひともたくさんいるし、ご健在のひとだってみんな高齢だよ。でもあんた、まだ生きてるひといないかななんて、そんな軽々しい言い方どういうつもりよ。

ああ。

みんな家も土地も捨てて命からがら逃げてきて、やっとこやっとこ、慣れない土地で終戦後のしんどい時期を生き延びてきたんだから。もっと丁寧に考えなさい。

そうだね。悪いね、ごめんなさい。

昔あんたみたいな失礼な記者だかルポライターだかがうちに来て、おじいさんが怒って怒ってしてたわよ。顔引っぱたいて追い返してね、私子どもだったんだけど怖かったのなんのって。おじいさんの手、大きかったでしょ。あんた覚えてる？

覚えてる覚えてる。

指先が一本あれだったけど、漁師だったから、手が大きかったのね。天狗みたいな手だった。

天狗の手って大きいんだっけ。

あんたたちの仕事も大変なんだろうけど、ちゃんと誰に対しても敬意を持って、なにごとも誠心誠意やんなきゃだめよ。最近のテレビのニュースなんかなんなのよ、ろくに取材もしないで。もう私テレビ見ないわよほとんど。

わかったよ。

そうそう、来未から聞いた？　葉子《ようこ》おばさん今度手術するの。

なんで。

白内障。たいしたことはないらしいんだけどね。ほっとくと悪くなっちゃうんだって。年とるとしょっちゅう誰か彼か手術したり入院したり忙しいこと。あんた、私今年でいくつか知ってる？

今年で、と横多は計算して、六十八か、と言った。全然こちらの聞きたい話にならないが、母親は話し出すといつもこうだった。葉子おばさんはいくつ違いだっけ。

三つ。で、勇おじさんいるでしょ。

勇おじさんも手術？

違うよ。たとえば勇おじさんは硫黄島の生まれだよ。だから、当時住んでた生きてるひとだよ。

あ、そうか、と横多は言った。母親は三人兄妹の末っ子で、葉子おばさんが真んなか、勇おじさんがいちばん上だった。勇おじさんって戦前生まれなんだ。

そう。戦前っていうか、一九四四年生まれだから戦争の真っ只中に生まれたんじゃないかしらね。生まれてすぐ疎開してこっちに渡ったはず。まあだから島の記憶なんてないと思うけど。

勇おじさんは父親、つまり横多の祖父の和美と反りが合わず、若い頃に家を出て、あちこち移り住んでいたらしいが、最終的に沖縄に落ち着いていまも沖縄のどこか離島に暮らしている。結局祖父の葬式にも長男なのに出てこなかった。横多は勇おじさんに最後に会ったのもいつだったか思い出せない。顔を思い浮かべても曖昧にしか像を結ばない。

でも不思議なもんでね、勇さんは北海道にも住んでたことがあったけど、やっぱり寒いとこよりあったかいとこの方が肌に合うとか言うんだよね。いまも結局南の島に暮らしてるわけだし、なんかそういう、生まれた場所っていうのは自分でも覚えてない記憶っていうか、そういうなにかがあるのかもしれないね。

そうだね。でね、来末に訊いたのは、ばあさんのきょうだいのことなんだけど。イクさんってきょうだいはいたのかな。つまり母さんのおじさんとか、おばさんとか。

おばあちゃんはひとり妹がいたよ。ミナコおばさん、と母親は言った。それを聞いて横多はちょっと首筋に寒気が走る。

その後も母親の話は右往左往逸れては戻りを繰り返したが、横多の祖母であるイクさんにはひとり妹がいて、祖母の旧姓は八木。みんなの子と書いて皆子。つまりそのひとの名は、たしかに八木皆子さんなのだった。

八木皆子さんはイクさんと一緒に硫黄島から疎開し、祖父母らとともに南伊豆に暮らしていたが、蒸発して行方不明になり、そのままどこかでなくなったのだという。その経緯や事情を母親は詳しく知らないと言った。近所に暮らしていた時期はあったのだが、あまり会うことはなく、叔母である皆子さんについての記憶はほとんどないという。葉子ちゃんも、と三つ上の姉の名を出し、ほとんど覚えてないんじゃないかなあ、と母親は言った。勇おじさんはもしかしたら多少覚えているかも、でももし覚えていたとしてもかなり曖昧だと思う、とのことだった。そもそも勇さんももう七十五だし。

私もひとのこと言えないけど、覚えてたってだんだん記憶そのものが怪しくなってくるのよ、あははは。覚えてたはずのこともどんどん思い出せなくなっちゃうし。そのうち覚えてるはずないこと思い出したりするんじゃないかしら。

八木皆子さんという祖母の妹は実在した。しかしそれは過去においてであって、いまはこの世にはいない。という母親から聞いた事実が事実だとして、自分が受け取った八木皆子さんからのメールをどう考えるべきなのか。

やはり、なんらかの方法で横多の家系にまつわる情報とメールアドレスを入手した誰かが、質の悪い手の込んだ悪戯をしているのか、あるいはこういう手口の詐欺とか勧誘と考えるのがいちばん理にかなっている。

というか、ほかにどういう可能性があるというのか。

けれども横多は、その後八木皆子さんとメールのやりとりを重ねることになった。

7

湾の入口の方から太鼓の音が聞こえた。二十四時間かけてさっきこの島に到着した船がほんの数時間港に停泊しただけで、ふたたび客を満載にしてもと来た航路を戻っていく。汽笛の音と、見送る側、見送られる側それぞれの声も船のエンジンの低音と混ざって横多の耳に届いた。出港の際は毎回港で和太鼓が叩かれる。

高い打音で一定のリズムが刻まれて、そこに低い抑揚のある打音が重なる。速い、沸き立つようなリズム、高い音は小さい太鼓で、低い音は大きい太鼓なんだろう、たぶん。職業柄、横多は頭のなかで自然とその状況や太鼓の音を文章にしようとしてみるが、和太鼓についてなにも知識がないから凡庸な言葉しか出てこない。いろいろ調べたり、実際に目にしてみればどうにかなるだろうが、ここから太鼓は見えないし、いまは仕事で来ているわけじゃないから、そんなことをする必要はない。自分は休職中なのであり、あの太鼓の音や、目の前の景色をどこにも留め置かず、いまこの時間と同じように流れ去るままに任せて、忘れてしまって構わないのに、仕事で身についた性分で、あとで書かれるものとして景色や状況を受け止めてしまう。

海水は湾内でも透明度が高く、のぞきこめば青く、底を見通そうとすれば海底の地質によって白みがかった緑色にも見えた。小さな魚が泳いでいるのも見えた。水面の動きというよりも、自分の目の焦点をずらすと色が変わるみたいな気がした。もっとも、桟橋に足を垂らして腰かけている横多はいま、海面をぼんやり捉えながらも、左手の湾奥を経て海を挟んだ向こう側で木々に覆われている低い山の方に目を向けていた。見れば見るほど稜線は細かに上下して、そこにある木々の枝葉の膨らみや重なり具合が見えてくる。しかしなんの木だかはよくわからなかった。松のようにも見えたが、こんな場所に松なんか生えているものだろうか。木々の背は低く、枝葉が広く広がって、豊かで濃い緑色の葉が日を受けているが、ところどころ禿げたように枯れた色をしている。沖縄のこんもりした林を思い出した。ここ父島も沖縄と同じ亜熱帯の海洋性気候ということだったから、植生は似ているのかもしれない。

気候とか地勢とか、そういう父島の基礎的な情報はだいたい頭に入っていた。事前に多少は調べたし、ここに来るまでにも船のなかのあちこちに地図や島の情報が掲示されていて、島の地理や主要な観光地なども自然と覚えてしまった。全周およそ五〇キロで、人口は二〇〇〇人ほど。植物の種類とか鳥や魚の名前となると横多はさっぱりわからないが、この小さな島だからパンフレットに載る程度の情報はそう多くも複雑でもない。

いま横多のいる二見港は、父島の北端に近い位置にあり、島の住宅や商店のほとんどもこの港の周辺に集まっている。逆に言えば、このあたり以外にはほとんど家や商店はないということらしい。父島は、勾玉みたいな形をしている。あるいは頭を下にしたおたまじゃくしのような形。北を向いた尾っぽは左つまり西側に跳ねていて、くるりと巻いた尾と横腹の内側が湾になっていて、そこに港がある。横多がいまいるのは尾の付け根のあたりなのだが、いくら地図で見て全体図がわかっていても、実際その地に降り立ってみると、あの地図のどこに自分がいるというような認識よりも、目の前にある色や形、地図ではわからなかった高さや遠さのほうが差し迫っていて、勾玉とかおたまじゃくしの形といったイメージは目の前の景色にはうまく重ねられず、地図で知っていたはずのここがどんな場所なのだかよくわからなくなってくる。それはどちらかというと楽しい。

船のなかでまだスマホの電波が入っていたときに、地図アプリで竹芝桟橋を探し、そこから太平洋を南にスクロールしてこの島までの航路を追ってみた。しかし小さな画面ではすぐに太平洋のどのへんにいるのかわからなくなってしまう。闇雲にスクロールしても、どこにも行き着かず、やっと陸地があったと思ったらパラオ諸島だったりして、地図上で漂流して漂着したみたいだった。ならばと縮尺を小さくして表示範囲を広げると、小笠原諸島があるあたりを見ても小さすぎてそこにはなにも見えなかった。

港の賑わいがいっそう増して、船のたてる低音が遠ざかっていった。出港したようだった。ここからだと湾の出口も、その先の海の広がりも見えなくて、船が出て行った先には対岸の陸地が湾をふさぐようにぐっとせり出し回り込んでいた。周囲を山に囲まれて、だからここが海に囲まれた島であるとは、いまいるここからの景色だけ見ても思えなかったが、山の向こうのその向こうの空を見ると、あの空の下には陸地がない、と思った。陸地のある場所の上にある空と、海の上にある空とは、見え方が違うのだろうか、というか、違って見えているからなにか違うんだろう。なにが違うのだろうか。だろうか。そこにはたらく理屈はわからないけれど、陸の上と海の上と、同じ空であるはずがないようにも思う。あるいはそれは結局は、そこに目をやる人間の心持ちの違いなのかもしれないけれど。

八木皆子さんはこの島にいる。と、本人がそう言っていた。メールで。だからいるんだろう、と横多はこの島のたしかな景色を見ながら思った。これも本人がメールでそう言っていた。去年の夏に突然横多にメールをよこしたそのひとは、横多の、祖母の、妹である。だからそうなんだろう、と横多は思っている。そして実際、横多の祖母には八木皆子さんという妹がいた。この父島の南方三〇〇キロほどのところにある硫黄島で生まれ育った八木皆子さんは、一九四四年に戦局悪化による全島引き揚げで硫黄島を離れ、両親や姉たち、島に暮らしていたひとたちとともに内地にわたったが、その後蒸発してなくなったそうだった。それならそうなのだろう、と横多は思っている。横多は八木皆子さんについての全情報に納得している。そしてそこに矛盾があることももちろんわかっている。

横多は垂らした足の先の海水をまたのぞき込んだ。たとえばこの透明な水に溶け込んでいる八木皆子さん。あるいは八木皆子さんご本人が透明で、いま水中からこちらを見上げているのだが、その姿は横多には見えない八木皆子さん。変化して見える水の色みたいに、ある焦点の具合によって姿を現したり消えたりする八木皆子さん。透明になったり、身体の色を変えるイカみたいに。八木皆子さんはイカかもしれない。この島ではイカも釣れるのだろうか。横多は、自分が八木皆子さんの存在をどのようなものと考えているか、自分でもわからない。見ている先に、ぬらりと妙な影が現れれば、それが八木皆子さんかも、と思う。そんなのは馬鹿げた話だけれど、八木皆子さんがこの島にいて、自分にメールを送ってよこすということを受けいれているというのは、八木皆子さんが水溶性だったり透明だったり、不意に現れる影だったり、イカだったりすると考えているのと、あまり変わらないような気がする。八木皆子さんのメールは、いま目の先にあるゆらゆら波打ち揺れる水のなかから送られてきたのかもしれない。

最初に届いた八木皆子さんからのメールを横多は無視した。それから少しして、八木皆子さんから届いた二通めのメールは、次のようなものだった。

おーい、横多くん。

先日は突然のメール、失礼しました。でも、メールというのはこうして、そう、こうしてトッゼン届くのがいいですね。

どんなに遠くからでも、すぐに届くんだ。ふたりのあいだに距離なんてないみたいに。

横多くんは、たぶんまだ私が誰か知りませんね。無理もない。私たちはまだ一度も会ったことがないのですから。それに私も、あなたのことを、こうしてメールを送るまで知らなかった。メールというのは、そんな私とあなたとを簡単につないでくれる。知らないひとにも送って届く。やっぱり、メールはいいですね。

昔は、手紙といえば筆や鉛筆で書いたものですが、私はいま、Apple の iPhone のフリック入力が助かります。漢字も勝手に変換されます。私は、キーボードはまだ一寸苦手です。

あなたは、私の姉の孫です。

私の姉は、もうずいぶん前になくなったから、あなたが彼女のことを覚えているか、私はわからない。私の姉はイク、その娘は葉子と洋子。あなたは洋子の息子ですね。

八木皆子拝
横多平様

仕事柄、横多は会ったことのないひととメールのやりとりをすることがよくあった。ごく簡単なメールを読んでも、相手の人柄や腹のなかというのは言葉や文面の端々にうかがえるもので、丁寧さや親切心と同様に、油断や隙もあらゆる部分に表れる。横多の場合、名前を「横田」と誤記されることはしょっちゅうだったが、こういったことは単なるケアレスミスとしてある程度見過ごしてよい、と横多は思っており、逆に言えば自分もその程度のミスはしてもよい、とも少し思っている。ミスは誰にでもある。それよりも注意を払うべきは、その文面に相手の不遜さや攻撃性が潜んでいないかどうか、つまりなめられていたり、マウントをとりにきたりしていないか。そういうものが感じとれる相手は、なにかのきっかけに、あるいはなんのきっかけもなく急に高飛車になったり攻撃的になったりする。表面的には丁重さを維持しつつ、ひどく不当で失礼な要求をしてきたりするものだった。論理的であるか、理路整然としているかどうかはあまり関係がない。論理が破綻していても、指摘すればいい。しかし攻撃的な相手には指摘ができない。ともかくそういう危険な相手は、運び次第で深刻なトラブルになったりするおそれがある。トラブってても横多のようなフリーランスは、最終的に誰も守ってくれない。だからそういう危険性をメールの段階で察知することは重要で、不穏な気配は誤字脱字といったミスよりも語尾や文末の杜撰さから読み取る方が精度が高い。

その経験から言えば、八木皆子さんのメールの各文の末尾は、いくぶんこなれない感はあるものの、そこにこちらが回避すべき危険な匂いは認められない、と横多は思った。一応文筆業なのでね、そのへんの勘は働くんですよ、と誰にともなく言い足しつつ、不思議なぎこちなさはありながらも、むしろそこには意を、手を、尽くしたような印象さえある、と横多は思った。メールの末部、その閉じ方はきわめてぶっきらぼうだ。たとえば横多がはじめて仕事をする相手にこんなメールを送れるかと言われたらたぶん無理で、なにか型どおりの挨拶とか、時候に絡めた文言でも差し挟んで、締めの感じを演出するだろうと思う。しかし八木皆子さんがそういうビジネスマナー的なものを備えているというのも変な話で、むしろそのぶつ切れ感を横多は信じられると思った。それは結局メールの文章全体、そこで選ばれた言葉たち、八木皆子さんなる書き手がiPhoneで入力したというひと文字ひと文字がそう思わせるということである。

横多はこのひとを信じていいと判断した。その結果横多のもとには、八木皆子はいったいどこの誰なんだ、という疑念が残り、それはいまも変わらず残り続けているのだが、ともかく二通目のメールを受け取った横多は、その信義に沿い、返信を送ってみることにしたのだった。

拝啓　八木皆子さま
初めまして。横多平です。メールをいただき、どうもありがとうございました。

返信が遅くなってしまい、失礼いたしました。

率直に申しまして、ご連絡いただいた内容に驚いていて、まだうまく呑み込めずにおります。

私は、あなたのお姉さんの孫なのですね。

ということは、あなたは、私の祖母の妹なのですね。あるいは、私の母の叔母であるわけですね。あなたがお書きになっていた通り、私の祖母はイク、私の母は洋子です。これもあなたがお書きになっていた通り、私はあなたのことを知りませんでした。そして、あなたが私の親戚であると知らされたいまも、まだ、少し、信じられないような気持ちです。しかしそれは、あなたがなにをしたわけでも、私がなにをしたわけでもなく、ずっと前からただそうだったのである、という事柄ですね。私はあなたのことを知ることができて嬉しいです。

私はいま、東京に住んでいます。三十七歳。いろんな記事を書く仕事をしています。

八木皆子さん、あなたはいま、どこにいらっしゃるのですか。

横多平

八木皆子さんのメールの雰囲気に引っ張られて、いつも仕事で書くのとは違う雰囲気の文章になったが、横多は横多なりに意を、手を尽くしてメールを書いた。

一週間ほどして、八木皆子さんから返信があった。


おーい横多くん。

お返事をどうもありがとう。

こんにちは。あなたからはじめてメールをもらって、私、八木皆子は嬉しいです。たとえあなたが驚き、戸惑っている、ということでも私は嬉しさがあります。

あなたが言うとおり、私は、あなたの祖母の妹だ。

あなたが言うとおり、私は、あなたの母の叔母だ。

前に私が言ったとおり、あなたは、私の姉の孫だ。

横多くんは、東京にいるんですね。私も東京にいます。しかし同じ東京でも、ここは遠い。おーい、とここから呼んでみようか。聞こえるか。おーい。

けれどもメールは、遠くからでもすぐ届く。声が届かなくても、言葉が届く。

またメールをします。
八木皆子拝
横多平様

小笠原諸島の父島にいるのだと八木皆子さんが教えてくれたのは、そのあとだいぶメールをやりとりしてからのことだった。最初のメールが来たのが夏だったから、それから四か月ほどが経った去年の暮れ、横多は、年賀状を送りたいから送り先を教えてほしい、と八木皆子さんへのメールに書いた。横多はもう何年も前からほとんど年賀状は書かなくなっていたけれど、最近になって交流ができた高齢の親戚に宛てて一枚賀状を書いてみるのもいいだろうと思ったのだった。もちろん、そのひとの所在、というか実在を探る意図もあった。

八木皆子さんから、私は東京都小笠原村父島にいる、字名は書かなくても宛名を書けば郵便はたぶん届く、という返事が来た。彼女が書いてきた「私も東京にいます。しかし同じ東京でも、ここは遠い」その「遠い」の意味を横多はいろいろ考えてはいたけれど、もっと抽象的な意味だと思っていた。もちろん、八木皆子さんのことを考えるとき彼女がかつて硫黄島にいたことを思い浮かべなかったわけではない。しかし硫黄島はいま一般人が自由に行き来できない場所だった。そこに八木皆子さんがいる、と考えることは、八木皆子さんはいない、と考えるようなものだった。

一九六八年に硫黄島を含む小笠原諸島が日本に返還されたあと、もともとの島民とともに父島に移り住んだひとたちのなかには硫黄島の元島民も少なくなかった。それを横多が知ったのはつい最近のことで、八木皆子さんが同じ小笠原諸島の別の島にいる、という発想には至らなかった。

横多は二〇二〇年の正月、八木皆子さんに言われた通り、父島の八木皆子さん宛てに字名も番地も

ない年賀状を出した。すると向こうからは、

おーい、横多くん。

賀正。年賀状届いた。ありがとう。今年もよろしく。


とメールが来ただけだった。

本当に届いたのだか確かめようもない。しかし少なくとも戻ってくることはなかった。ともかく不審な点を挙げればきりがなく、その最たるものは、すでに死んでいるらしい、という母親の話なのだが、そうやってやりとりを続けている以上、横多は自分が彼女が死んでいることを認めてはおらず、では彼女はどこにいるかといえば、父島にいる、という彼女の言を信じているということになるのではないか。違うだろうか。釣りでもしようか。

横多は桟橋に座ったまま港の周囲を見まわしてみたが、近くに釣り具屋はなく、宿の方の通りまで戻らなくてはならなそうだった。だいいちここで釣りをしていいのかもわからない。

明日からの予定もないし、いつ八木皆子さんに会えるのか、こうして来てみると見当もつかない。会ったところでなにか用件があるわけでもないのだが、親戚なのだから用件がなくとも会って互いに顔を合わせることになにがしかの意味があり、会えばそこに意味が生じるだろう。少なくとも横多は会ってみたい。だからここまで来た。もし本当に八木皆子さんが祖母の妹なのならば、横多がここで彼女との連絡を絶てば彼女は死んだままになってしまう。

ポケットからスマートフォンを取り出した横多は、途中になっていた到着の報を八木皆子さんに打とうと思った。本当に来たぞ、さあどうする、と向こうの出方を試すような気持ちも少しある。

八木皆子さま

無事父島に着きました。たしかに海は穏やかでしたが、不慣れな船の長旅でしっかり船酔いしてしまいました。

いまは宿の近くを散歩して、二見港の桟橋でぼーっとしています。少々暑いですが、東京の不快な夏よりはいくらかいいようです。あんななかでオリンピックをやるなんて狂気の沙汰に思えますが、いつどこでやっても狂気の沙汰なのかもしれません。

同じ「東京都内」でも、小笠原にそんな喧噪は届かず、海はきれいで、何時間でもこうしていられそうです。明日は港のどこかで釣りでもしようかと考えています。

ようやっと船酔いが抜けてきて、少しお腹がすいてきました。

横多平

メールを送信して、立ち上がった横多は港から道路に出た。出港した船はもう沖に出たようで、太鼓の音も止んでいた。港に沿って、もと来た宿の方に戻ろうとすると、来るときには気がつかなかったトンネルがあるのを見つけた。信号のある交差点から少しずれたところから延びた道が、さっき歩きながら見た道沿いの山のなかを通り抜けていた。奥には出口の白い穴が見えているから、そう長いトンネルではない。けれども途中は真っ暗だった。入口には、低い杭が何本か設けられていたが、歩行者の通行を禁止するものではなさそうで、入口のまわりのコンクリートは古びていたが、入口付近の路面はきれいだったし、天井には一定の間隔で小さな灯りのようなものがあるのも見えた。横多はトンネルに入ってみた。

歩いてみると、外から見るほど暗くはなかったが、入口から遠ざかるほどに足元や手元は見えにくくなった。それでもだんだん目が慣れてきて、出入口から入る外光も頼りにしながら歩いていると、壁に鉄格子のついた穴や通路のようなものがあったり、よく見ると壁の下部にダクトのような太い管が通っている。もとは戦時中に軍が使っていた施設か、防空壕だったのかもしれない。出口付近には通路を塞ぐ巨大な木製の扉があり、いまは開いているが、地面にはその扉が開閉する四半円の跡がしっかり残っていた。扉は古そうで、いまも使われているのかはわからない。ふつうのトンネルなら、こんな扉が必要とは思えない。外に出るとすぐその先にまたトンネルがあり、しかしそちらは先のよりもさらに短く、数十メートル先にはもう出口が見えていた。

ふたつめのトンネルを抜けると港の乗船場の入口のところで、山際に沿って来たときよりも、いくらか早い気がしたし、それは物理的に理にかなっているが、そこまで劇的な近道なのか、単に帰りの方が早く感じることによるのか、横多はわからなかった。

ともかく島の中心地区に戻ってきて、腕時計を見ると四時を少しまわったところだった。中途半端な時間だがどこかなにか食べられる店はないかと通りを見て歩いた。向かい合わせにある小さなスーパーのような店は、店の前も店内もひと気が多く賑わっていた。船が来た日は、一緒に内地から商品が入る。宿屋や料理屋も、住民も、船が来た日の午後にこぞって買い出しに来るようだった。

料理屋はまだ開いていないところが多かったが、カフェみたいな構えの店は午後も通して営業しているところがあり、オープンテラスのような席を今日の同じ船で到着した客なのだろうか、グループ客や夫婦やカップルが占めて賑わっていた。混んでいるし、ひとりで入るにはいささか気後れする、と横多はなにかに書きつけるように思い、宿の近くまで歩いてきたところで、物置小屋みたいな小さな構えの建物と、なにも書かれていない赤提灯を下げている店があった。入口らしき磨りガラスの引き戸の脇の地面に、木の根の板が置かれていてそこに「随に」と書いてある。なんと読むのだったか、思い出せそうで思い出せない。これは店名なのかどうか。

のれんはなく、提灯も灯っていなかったが、店内は明かりがついていたので引き戸に手を掛けて引いてみると開いた。両脇に小さなテーブルがふたつとカウンターだけの店内があり、カウンターの奥の厨房に中年の女性がいた。

やってますか、と声をかけると、ああ、と女性は一瞬迷った様子だったが、どうぞ、と投げ出すように言った。グレーのTシャツに、赤いエプロンをつけている。厨房から出てきて、カウンターの上の新聞やタッパーなどを片づけはじめた。壁のスイッチを押すと天井の電球が点いて店内がまた少し明るくなり、入口の引き戸からのぞき込む体勢のままだった横多の横の赤提灯にも灯りが点いた。女性は戸を開けて入口の横の壁に立てかけてあったのれんを表に出した。

やっぱりまだ開店前みたいだった。横多は少し恐縮して見えるように、首をすくめたような姿勢でカウンターに座った。壁に黒板がかかっているが、なにか消されたあとがあるだけでなにも書いていない。店の壁にはあれこれ観光案内やビールのポスターなどが貼ってあった。

キッチンに入った女性が店主らしく、ほかには誰もいない。

ほんとは五時からなんですよ。

ああ、なんだかすいません。

まあいいんですけど。お酒飲みます？　と訊かれて横多は、ああー、と曖昧に声をあげながら、船のなかでずっとそうしていたように、腹のあたりにうかがいをたてた。船酔いはだいぶ抜けた感があり、明らかに居酒屋風情の店に開店前に入ってきたのだからという気持ちもあり、飲んだ方がいいかな、と思っているうち、飲むんでしたらそこから取って、と店主は壁際の冷蔵ケースを示した。なかにはビールやワインの瓶が入っていた。横多は冷蔵ケースからビールの大瓶をひとつとって、ケースに紐でくくりつけてあった栓抜きで蓋を開けた。冷蔵ケースの上にタオルを敷いたお盆が置かれていて、そこにさかさに置かれたコップをひとつ取り、席に戻り、注いで、飲んだ。

暑いなか港でぼーっとして、喉も渇いていた。昼まで胸にあった不快感とアルコールがぶつかりはしないかと少し不安だったが、ひと口飲んで、よし大丈夫だ、と思った。さっき宿でシャワーを浴びて仮眠したのがよかったのかもしれない。

厨房の女性は流しやコンロを行き来しながら、料理の仕込みをしているようだった。メニューらしきものは卓上にも壁にもないので、しばらくビールを飲んでいたが、厨房から、なに食べますか、と訊かれたので、もう一度壁を見てみたがやはりどこにも品書きはなく、なにがありますか、と訊き返した。

観光の方でしたら、ウミガメもありますけど。

ウミガメ料理は島について調べるとよく出てくる情報だった。料理だけでなく、ダイビングやシュノーケリングでその姿を眺めるとか、砂浜での産卵とか、海洋観光のシンボルとしてもウミガメはそこここに使用されていた。横多が泊まる民宿も「亀」という名前だったし。父島は特例的にウミガメの捕食が認められており、絶滅危惧種であるアオウミガメが頭数制限したうえで捕獲され名物料理として利用されている。

じゃあ亀ください、と言ったのと、まあそんなにおいしいもんじゃないけどね、と女性が言った声が重なった。

そうなんですか。

まあ珍しいのと、あとは好き好きで。

せっかくなんで食べてみます、と横多は言った。あとなにかできるものを適当に、と言い足すと、女性は、はーい、と手元を見ながら返事をして、顔は見えなかったがその声を聞いてはじめて彼女がにこやかな表情になったらしいのがわかった。

すぐに亀の刺身とトマトが出てきた。亀は牛の赤身を薄切りにしたみたいな、やや桃色に近いぼやけた赤色をしていた。添えられた生姜と一緒に醤油につけて食べてみると、さっぱりしていて、言葉で書き表すとなると似ているものが思い当たらず難しい。馬肉に似ているとよく言われるらしいが、そこまで獣肉っぽくない気もして、どちらかと言えばクジラに近い気がしたが、そう言えるほどクジラの刺身の味がちゃんと思い浮かぶわけでもないから単に海にいる哺乳類という共通性に引っ張られているだけかもしれない。これはなにか、とものだけ出されたら、イルカと応える気がする、イルカなんか食べたことないが、と横多は書くあてもないウミガメの刺身の味の説明について、とりとめもなく考えた。

ビールから焼酎に移り、横多はたとえばこの店主が八木皆子さんである可能性を思った。しかし店内に掲示されている食品衛生責任者の札に書かれた女性の名前は八木皆子さんではなかった。しかしもはやこの世にいない彼女なのであるから、別の名前を有していたり、別のひとの姿であったりするようなことだって、あるのかもしれない。たとえばこのウミガメの刺身が八木皆子さんであるのかもしれない。

はじめて食べました、おいしいです、と横多は言った。

ああそう、よかった、と厨房から笑顔を向けた店主は、横多より十くらい上に見えた。もう一度壁の札を見て、名前を確かめると、半場千八子さんと書いてあった。読み方がわからない。はんば？なかば？　ちやこさん？　八木皆子さんと同じ「八」の字が名前に入っている、と横多は思った。あと「子」の字も。半場千八子さんは、四十代半ばか後半くらいか。髪をひっつめて、丸く出たおでこの形がきれいで、輝いていた。日焼けした肌で化粧気はない。やせてもいないが太ってもいない。

珍しいんでみんな勧めると食べるよね。まあ刺身は特別おいしいわけでもないと思うんだけど、煮込みの方がお勧めだけど食べてみる？

亀の煮込み？

そう。亀の肉っていうか、内臓とかの。

うーん。

結構くさい。ていうか、いま煮てるこの匂い、するでしょ。わかる？

あー、これ系の。

これ系の。

じゃあ食べてみます。

それで出てきた独特の匂いのするモツ煮込みのような亀肉を食べながら、酔ってきた横多は、さっき通ったトンネルについて半場千八子さんに訊いてみると、半場さんは、私ももとはこの島の人間じゃないからこっち来てから知ったんだけど、と言い添えて、あのトンネルが戦前に掘られたものだと教えてくれた。いま商店や役場がある大村地区は昔も島の中心地区で、北側の集落と大村を行き来するためにトンネルが掘られた。いま港と山際のあいだに走る都道はもちろんきれいに整備された島の主要道路だが、かつては岩と崖の狭間の悪路だった。やがて太平洋戦争がはじまり、この島にも空襲がくるようになると、防空壕としても使われるようになった。

ああ、やっぱり防空壕だったんですね。

島民が疎開してからは、軍が使ったんだと思うけど。いまは歩行者用の通り道になってるけど、島のひとらはほとんど車で動くからね、子どもとか自転車乗る学生とかが多いよね。学校の行き帰りの子どもらがあそこから走って出てくるのよ。トンネルって声が響くからおもしろいでしょう。わーわー叫んだりしてるわ。

話しながらも手を止めず、半場さんは厨房のなかでせわしなく動いている。はじめのうちは気難しいひとかと思ったが、それは開店前に来訪してしまった自分のせいでばたばたしていたためかもしれず、だんだん表情もやわらかくなって、話す口調も滑らかになりつつあった。あるいは横多が酔ってきただけかもしれないが、あたたかい地域に行くとよく触れる気がする敬語を使わない親しさを横多は感じとった。

この店はこんななりですけど、去年の秋に開けたばっかりなんですよ。私三年前に夫を病気でなくしてね、昔から夫婦で海が好きで毎年のように来てたんですね、父島に。それでいつか老後はこっちで過ごしたいねなんて半分夢みたいに話してたんだけど、ひとりになっちゃって、どうしようかなと思ってたときに、なんだかふっと思いたって、あんまりよく考えないでこっちに夫のお墓建てちゃったのね。それで、夫も私もお酒好きだったし、ここでお店やってみようかな、なんて半分思いつきみたいに決めちゃってね、それからあれやこれや準備して。こっちに越してきたのが去年の六月で、この店を開けたのが九月の末頃だった。

横多は席を立って冷蔵ケースからビールとコップを持って来て、カウンター越しにコップを半場千八子さんに差し出して、ビールを注いだ。半場千八子さんは、ありがとう、と言ってひと息に半分ほどあけると、島には観光で？　と横多にたずねた。

まあそうですね。でもダイビングとかそういうのはやんないっていうかできないんで、まあゆっくりぶらぶらと。

ああ、それもいいと思う。いまはほら、夏だから船の便数が多いでしょ。だから毎日賑やかだけど、ふだんは入港中と出港中で、島の様子が全然違うのよ。私も前は観光客だったから、船が港にある賑やかなときしか知らなかったんだけど、ひとが帰ったあとの静かな島は、こっちで暮らしてからはじめて知ったのね。あとは欠航して十日くらい船が来ないときとかね。そりゃまあ寂しいし、商売だから厳しいんだけど、そうすると島のひと、前から知ってる古い知り合いとかが飲みに来てくれたりして、まあここの暮らしもいいですよ。お店はまだ一年も経ってないし、こっちに移ってからもまだ一年ちょっとだけど。あれこれ遊びも覚えたし、もういい年なのにサップなんかはじめてみたら、はまっちゃってね。サップわかる？　サーフィンボードみたいな板の上に立ってパドルで漕ぐやつ。はじめてのひとでも、シュノーケリングとかシーカヤックとか、海の遊びも結構楽しいですよ、半場千八子さんはそう言って、壁に貼ってあるレジャーツアーのポスターを指さした。横多が興味を示さずにいると、半場千八子さんはくいっとコップに残っていたビールをあけたので、横多はまたビール瓶を差し出した。

どうもありがとう。それでこの店って、はじめるにあたって新しく建てたわけじゃなくて、むかしここでやっぱり居酒屋をやってたひとがいてね、そこを譲ってもらったのね。やめてからだいぶ経ってて、そのあいだはほとんど物置みたいになってたから、居抜きって呼べるような状態じゃなかったんだけど、で、そのキヨさんってひとはここで生まれてここで育ったひとなんだけど、だから戦時中のことも覚えてて、いつだったか飲みに来てくれたときに、空襲がきてあのトンネルのなかに逃げたんだって話をしてくれたんだよね。

ビールの満たされたコップに口をつけながら、半場千八子さんは話をトンネルに戻し、というかトンネルの話をするために彼女の人生の話を迂回する必要があったらしいことに横多ははじめて気づいたが、仕事柄相手に酒を差し出したり、自分が飲んだりする呼吸、視線の向け方や相槌の入れ方といった聞き手としての構えは身についている。ごく自然に半場千八子さんは話を続ける。

キヨさんというのは男性で、家はこの大村集落にあった。戦争中はまだ子どもだったから記憶は曖昧なところも多いが、空襲のなか、あのトンネルのなかできょうだいや母親たちと身を寄せ合っていたことは覚えていた。ふたつあったトンネルの、大村地区に近い短い方は大村隧道、その奥の長い方は清瀬隧道という名前で、清瀬というのはトンネルの向こう、島の北端近くの地名である。キヨさんの家族は空襲から逃げるときは短い大村隧道の方にいた。

小笠原諸島の空襲がはじまったのは一九四四年の六月、父島にもすでに日本軍の守備隊が入っていた。警報が鳴ったら一目散でトンネルを目指した。家にいても、学校にいても、集落から走って走って数分でトンネルに着く。せっかく逃げ込んだものの期待外れのこともあった。トンネル内で家族や友達と身を寄せ固め、息を潜めて待っても、ひとつの爆弾も落ちてこない。もちろん期待外れなんて言い方は口にしなかったけれど、遠くでひとつふたつ爆音がするくらいの空襲しか知らなかった最初の頃には、トンネルのなかに押し込められた子どもの心中は、いつまで経っても鳴らない爆弾の音に、拍子抜けしてがっかりするような気持ちがたしかに浮かんだものだった。その認識が子どもながらにはっきり覆ったときのことを覚えているから、なおさらなにも知らなかった気楽さのことを忘れずに覚えている。六月も中旬に入ると空襲は容赦ない爆音と衝撃と、なによりも恐怖を俺たちに与えるようになった。トンネルの天井の上で爆発音が鳴ると、洞内全体が震えながら音をたて、山ごと壊れて崩れ落ちてくるのではないかと思った。大村隧道は短くて、右も左もすぐに出口で、心許ない気がした。トンネルとトンネルのあいだに爆弾が落ちたらどうなるだろう、と何度も何度も想像した。長い方のトンネルは軍が使っていたから、住民の防空壕はもっぱら短い大村隧道の方だった。尻と背中をつけた地面が揺れる。並んで固まっているひとたちが悲鳴をあげて、その声も爆音とともに洞内に響いた。

空襲がはじまってから疎開がはじまるまでは半月ほどで、けれどもあとから数える日数よりももっと長く感じていた気がする。何度トンネルに逃げ込んで、何度空襲の音を聞いたのだったか、正確には思い出せない。全部の記憶が溶け合うみたいに混乱している。でも唯一、別の日だったとわかる風景があって、いつもよりもトンネルのなかのひとが多く、知らないひとたちが両方のトンネルに混ざっていた。ひとが多くて居心地が悪かった。隣にいた家族、両親と小さい子どもがひとりいたその家族も、知らないし見たことがなかった。子どもは小さな女の子だった。そういう知らない家族が大勢トンネルにいて、あいつら誰なんだろう、俺たちの防空壕なのに、と思いながらひと晩、トンネルで過ごした。たぶんひと晩中、警報は解かれず、夜中に何度も空襲があった。隣にいた知らない家族の知らない女の子が、声を出さずに母親の身体に顔を埋めて、埋まりきらない片目でたまたまその先にいる自分を見ていた。ずっとあとから知ったのは、あれは強制疎開で硫黄島を離れて、父島に一時滞留したひとたちだった。その後、父島の住民も彼らと一緒に内地に送られることになった。あの女の子も俺たちと一緒に船に乗ったはずだけど、あの子がその後どうなったのかは知らない。

8

四時くらいから飲みはじめていたから半場千八子さんの店を出てもまだ六時で、外は明るかった。結局ビールを一本半と焼酎の水割りを三杯ほど飲んで、船酔いもようやく体から抜けきった感じがした。代わりに酒の酔いが入ってきた。半場千八子さんはカウンターの向こうであれこれ調理をしながらビール半分とご馳走した焼酎一杯を飲んだ。

半場千八子さんの店はメインストリートの外れにあり、入るときには読めなかった店名は「まにまに」と読むんだよ、と飲んでいるときに教えてもらった。なるに任せるとか、なるにしたがって云々、みたいな意味だった。もとは違う店名だったらしい。迎えた客に気ままに過ごしてもらおうと思って店先に置いた看板だったが、いつの間にかその名前で店が呼ばれるようになった。音だけ聞くと意味より先にぷかぷかとかさらさらとか同音を重ねた擬音みたいに聞こえる。

この時間になると大村地区の繁華街は飲み屋なども開きはじめて、通りは先ほどよりもひとが多く賑やかな雰囲気になっていた。昼の暑さはまだ残っていたが、風があるせいか、空気がきれいだからなのか、不快ではなかった。もう一軒どこかに寄っていこうかともちょっと思ったが、船旅の疲れもあるし気持ちいい酔いのうちに宿に戻って今日はおとなしく休もうと決めた。横多の泊まる民宿「亀」はやはり賑やかな通りから少し外れた一角にあって、半場千八子さんの店からは歩いて一分もかからなかった。メインストリートのある中心地区じたい端から端まで歩いても五分とかからない。

宿の玄関の戸を開けて、戻りましたー、と声をかけた。特に返事はなかったが、廊下の奥の食堂にはひとがいる気配があり、部屋に行く前に食堂をのぞいてみると、昼に会ったエプロン姿のおばさんが台所のカウンターから顔を出した。

ああ、横多さん、何度も電話したんですよ。

食堂にはいくつかテーブルがあるが、そのひとつに若い女性が腰かけていた。横に大きな黄色いスーツケースが置かれている。

ポケットのスマートフォンを取り出してみると、三件の不在着信があった。半場千八子さんの店にいた時間で、全然気づかなかった。

実は、本当に申し訳ないんですけども、とキッチンからエプロンで手を拭き拭き出てきたおばさんが眉を八の字にして言うには、予約のダブルブッキングで横多に部屋を替わってほしいということだった。テーブルに腰かけている女性と横多の予約が、残り一室しかなかった個室に重複していたのだという。

さっきこちらのお客さんが来たときに、あれえっと気づいてね。夏のこの時期なんで、って言い訳にもならないんですけども、とおばさんは言葉づかいはカジュアルだが、心底申し訳なさそうに言った。言葉の用法でなく、声や表情で、上手に応対のできるひとだ、と横多は思った。言質をとられるリスクよりやりとりのなかに和解の道を通わせようとするその姿勢に横多は好感を持った。小柄で、やせて、日焼けして、いかにも南国の海辺の宿屋のおかみさんという雰囲気のひとだった。

食卓に腰かけていた女性が立ち上がり、すいません、と言って横多に向かって頭を下げた。肩ほどまでの黒い髪の毛が、そのおじぎに合わせてばさっと逆立ち、またもとに戻った。頭を上げ下げする勢いがよすぎておかしかった。横多は女性の方に顔だけ向けて、あ、いえいえ、と返しながら、投げ捨てるような発声だ、と思った。言葉を発するというよりは、吐き出した息に言葉を乗せているみたいな。宿のおばさんのこなれた応対とは対照的な不器用さだった。

しかしダブルブッキングなら彼女が悪いわけではないだろう。また椅子に腰かけて宿のおばさんをぼんやり眺めている女性は、横多よりひとまわりほどは若く見えた。目鼻も口も派手なつくりではなく、化粧もしているのかしていないのかわからないさっぱりした顔つきだった。宿に泊まるということは旅行者だろうし、おそらくこのひとも今日横多と同じ船でこの島に到着したのだろう。さっき立ち上がったときに彼女が着ていた白いTシャツの前面が目に入ったのだが、おろしたばかりらしくきれいなたたみ皺がついたそこには大きくCHICHIJIMA ISLANDという陽気なロゴと、その下に亀の絵柄がプリントされていた。今日来たばかりのひとが、いきなりそんなTシャツを着るだろうか。船内の売店で売っていたのを買ったのか、通りの土産物屋で買ったのか。ちょっと妙に思えたし、その陽気なデザインは静かで緊張感のある彼女の佇まいにも不似合いだった。船内ではひとり旅らしい女性も結構見かけたから女性のひとり旅じたいはそう珍しくもないと思うが、いま前に座っているひとは色白で海とか山で遊ぶような雰囲気にもあまり見えず、不思議な感じがした。

個室の予約がダブっている代わりにアネックスの相部屋にひとつベッドの空きがある、しかしそこは四名一室で、すでに三人連れの男性客が入っているので彼女ひとりをそちらにまわすことはできないということだった。横多は、なるほど、と思い、自分が移るより仕方がなさそうだと悟った。寝床はなんでも構わない、どんなベッドでも今朝までの船よりはましだろう。相部屋になる男三人連れがどんなひとたちかわからないが、いずれにしろわざわざ時間とお金をかけてこんな遠くまでやって来た奇特さを共有するひとたちだ。

個室との差額はもちろん返すし、横多が予約したのは素泊まりでの宿泊だったが、もしよければ明日の朝から三日分の朝食もサービスする、とおかみさんは言ってくれた。女性はその交渉の様子を眺めながら、どこか他人事のように静かに座ったままだった。

わかりました、と横多は言った。昼に部屋のベッドを使ってしまったが、おかみさんがすぐに掃除してくれると言う。じゃあ荷物をとってきますね、と横多が言うと、女性がまた立ち上がって、引き擦れた椅子の脚がブブブと大きな音をたて、本当にすいません、ありがとうございます、とまた投げ捨てるような言い方で言って勢いよく頭を下げた。髪の毛がばさっと躍る。いやいや全然、と横多は言い、自分は彼女のこの言い方が好きかもしれないと思った。なにを言うにも表情の変化が少ないのも少し奇妙な印象の理由だった。愛想がなくて、感情が読めない。

二階の「アカハタモドキ」の部屋に行って、昼に出した着替えなどをまたバックパックに突っ込み、荷物をまとめて食堂に戻ると、さっきと同じ場所でなにか書いている女性の後ろ姿が見えた。宿帳かもしれない。その横には体格のいいおじさんがいて、ああどうも、すいませんねこの度は、と横多のバックパックに手を伸ばすとひょいと引き寄せ肩にかついだ。短く刈り込んだ白髪頭に、日焼けした肌、レスラーかなにかみたいに腕が太く、胴が厚い。ここの旦那さんだという。おかみさんはキッチンのなかに戻り、夕飯の支度をしている。テーブルの各所にも、皿やお菜が並びはじめていた。

これ鍵です、と昼に預かった鍵をカウンターに置くと、おばさんがキッチンから、すいませんね、どうもありがとうございます、と言った。座っている女性に横から、それじゃどうも、とひと声かけると女性はこちらを振り向いて、どうも、とやはり無表情で、あの発声で言った。

アネックス、すぐそこなんで案内します、と言って旦那さんは横多の荷物をかついだまま玄関へ出た。さっきから、この宿の雰囲気にそぐわぬ、アネックス、という物言いが耳についた。別館の方は、もっと洋風な造りなのだろうか。紺色のTシャツを着たおじさんの大きな背中のあとを追いながら、横多はそこにも亀の絵柄を見つけたが、女性のとはデザインも違うし、こちらはずいぶん着こんであった。

外に出て、表通りを曲がって本館の脇にまわるように進んだ。まだ薄暗い程度だが、夜になると細い路地は街灯が少なくずいぶん暗そうだった。

同じ部屋の三人は大学生って言ってたな、とおじさんは言った。そのひとたちも今日からで、昼に荷物置いてどっか遊びに行ってまだ戻ってないね。でも夕飯が入ってたからもうそろそろ戻ると思うけど。お客さんは、今夜は夕飯なしでいいんだよね？

はい。

で、明日からは朝食ありになったんだよね。すいませんでしたね、どうも。こんなことそうないんですけどね。

大丈夫ですよ。

夕飯も、その日の朝に言ってくれれば用意できますから遠慮なくね。今日はどっか食べに行くんですか？

ああ、さっきちょっと食べてきました。

ああそう。どこに行きました？

あそこの、まにまにっていうお店に、と横多は店の方向を指さしながら言った。

ああ、チャコちゃんとこね。おいしかったでしょう。

半場千八子さんはチャコちゃんと呼ばれているのか、と横多は思いながら、おいしかったです、と応えた。

さっき半場千八子さんのところでは、この民宿「亀」の話も聞いた。民宿を経営する夫婦ももとは半場千八子さん同様島外からの移住者だという。のりさん、と半場千八子さんは言っていたが、のりさんがおじさんの方なのかさっきキッチンにいたおばさんの方なのかわからない。ふたりとも半場千八子さんと同じか少し年上くらいに見えた。

夫婦が民宿をはじめたのはもう十数年前で、半場千八子さんとはなくなった夫とこの島に遊びに来ていたときからの知り合いだそうだった。島に移住者は多い。宿や飲食店、ダイビングなどのガイドも従事しているひとの半分以上は移住者だという。

若いひとは出てっちゃうからね。まあ大学行くとか、会社入るとかしたかったらしょうがないよね。

ここじゃ仕事は限られてるし。代わりに私らみたいなのが来るわけ。人生の荒波にもまれて、漂着するみたいに、なんちゃってなんちゃって、とおじさんは陽気に言い、横多は曖昧に笑って返した。自分も似たような者かもしれない。

何軒か民家を過ぎて、ここ、と特に門や塀もなく通りに開けている敷地に旦那さんが入っていった。夜だと暗くてエントランスがわかりにくいから、気をつけて。おじさんは英語が話せるのか、アネックスとかエントランスの発音がやけによかった。

エントランスはたしかに一見ただの藪に見えた。両側に枝葉の繁った前庭を抜けると、平屋建ての建物があって、ガラスの引き戸の上にオレンジ色の外灯りが点いていた。「亀アネックス」という看板が掲げてある。

アネックス、と思わず看板を読み上げると、別館ていう意味です、とおじさんが言った。どうぞ、と戸を開け玄関に入ると土間の靴脱ぎ場があり、先客のものらしいスニーカーやトレッキングブーツが揃えて並べられていた。靴を脱いで廊下に上がる。

ここはむかしはただの民家だったんですけど、住んでたひとが知り合いで、内地に行くっていうんで譲ってもらったんです。それから一年くらいかけてなか改装して。私、暇なときは大工仕事もやるもんですから。建物は古いですけど、だからなかはこっちの方がきれいですよ。

玄関を上がるとすぐ左手に庭に面した共有スペースがあり、板間にテーブルとソファが置かれていた。冷蔵庫や流し台、壁に造り付けたカウンターにはポットなども置いてあった。右手に並ぶドアが風呂場と教えられ、廊下の左手奥のふた部屋のうち、手前の方に案内された。奥の部屋は戸が閉まっていたが、手前の方は木の引き戸が開け放たれていて、なかに入ると十畳ほどの畳敷きの部屋に木製の二段ベッドがふたつ置かれていた。ベッドの手前にはひとり掛けのソファと小さなテーブル、テレビが置いてあり、思ったより広くて余裕はあるが、しかしやはり二段ベッドが並んでいる圧迫感はあった。おじさんは横多の荷物を置くと、テーブルに置いてあったリモコンで冷房をつけ、網戸になっていた奥の窓を閉めた。窓際には先客のものらしい大きなスポーツバッグとスーツケースが置かれ、電源から延びたタップでなにか機器が充電されていた。寝床には特にカーテンや仕切りもなく丸見えで、下段の布団には、ばらばらとタオルや本などが置かれていた。横多のベッドは、入口から見て右側の上段だった。部屋や共有スペースの使い方、注意事項などを簡単に説明され、じゃあゆっくり休んで、共有スペースも好きに使ってください、と言っておじさんは本館に戻っていった。

梯子に足を掛けて、与えられた寝床に上がってみた。白い敷布と、畳まれた薄手の掛布、枕。寝転んでみる。昼に寝たのと変わらない、広くはないが狭くもなく、寝床としてはなにも問題ないと横多は思った。白いクロスの張られた天井を見ながら、酔った頭で、流転、と思った。船のなかと、午後に昼寝した部屋と、そこから移ったこの部屋の二段ベッドと、一日に三つの寝床で寝た。エアコンの音、閉めた窓の外から少し距離のある表通りのわずかな賑わいが聞こえた。今日の出来事がまとまらないまま頭に浮かんでくる。

宿を予約したのはインターネットの旅行会社を通じてだった。どういうわけでダブルブッキングになってしまったのかわからない。ほかの宿には男女相部屋のドミトリーもあったが、そのつもりでなかったのにさっきの若い女性がこの部屋に泊まることになるのはやはり気の毒だし、ほかの宿もいまの時期は満員だろう。それにしても不思議な雰囲気の女性だった。誰かに似ている気がするが、誰に似ているのか思い出せない。名前も聞かなかった。朝食や夕食は本館の食堂に集まって食べるそうだから、滞在中に食堂で顔を合わせることもあるかもしれない。というか、小さな島だから明日からの滞在中どこかで会っても不思議ではない。実際、今日も半日近所をうろうろしただけだが、船のなかで見たおぼえのある観光客の姿を何度も見かけた。

午後に港で書いて送った八木皆子さんへのメールの返事はまだ来ていなかった。いつもは返信に一週間とかそれ以上かかることも多かったから、今日の今日来なくても不思議ではない。けれども彼女のいるというこの島にはるばるやって来て、無事到着したという連絡なのだから、すぐの返信があってもいいように思った。

どこにいますか？　会いませんか？　と書けばよかったのかもしれない。けれどもそれはしなかった。それはなにか一線を越えた発言のような気がした。いや、単に怖くてできなかっただけかも。しかしなにが怖いのだろうか。八木皆子さんが実在しないとわかることが、だろうか。

たとえば、半場千八子さんが八木皆子さんである可能性。である、とはいったいどういう、である、なのか横多はわからないまま考えている。半場千八子さんの八は、八木皆子さんの八である可能性。千八子とはどういう名前なのか。煩悩なら百八だし。千八とは。そして半場とは。半場千八子さんの「半場千」が散り散りになって、「八」と「子」のあいだに、形を変えながらおさまっていき、八木皆子になる。

いや、ひとの名前にそのひとの恣意はない。はずである。

たとえば、さっき食堂にいた女性が、八木皆子さんである可能性。明らかに年下のあの女性が、自分の、祖母の、妹、である可能性。それはどのように考えれば、である可能性、になるのだろうか。というか、どうして自分はそんな可能性を成立させようとしているのだろうか。

半場千八子さんの店では、島のトマトと、ウミガメの刺身と煮込みで酒を飲み、そのあと唐辛子味噌のおむすびと塩豚のスープというのを食べさせてもらった。酔って、腹も膨れて、昼までの長い船旅と、午後に港で強い日を浴びて得た疲れが、そべった体の脱力した手足と背中と腰から寝床に移って沈んでいくみたいだった。眠い、と思い、夢が気になっているのだ、と眠い頭で横多は思った。

昨日の夜中か、明け方か、はっきりわからないが、船の寝床で見た夢のなかで、自分はたぶん八木皆子さんだった。どこかに向かう船のなかで、自分はやはり揺れに酔って伏せっていた。皆子、と呼ばれた。和美がいた。和美は祖父だ。その場には、その妻、つまり祖母のイクもいた。イクは小さな子どもを抱いていた。あれは勇おじさんで、自分つまり皆子はイクの妹だった。夢のなかには八木皆子さんがいて、横多はいなかった。代わりに、名前のわからない男がいて、饒舌に喋っていた。

あれが硫黄島から内地への疎開船だったとすれば、と思い、思ってから横多ははじめてそれを疎開船かもしれないと自分が思っていたことに気づいた。どこかでうすうす気づいていたような気がしたが、はっきりした認識には至っておらず、夢のなかの彼らの置かれた、暗く、どこか沈んだ船倉の雰囲気は、内地への疎開という言葉を得てようやく焦点が合ったみたいな気がした。もちろん横多は疎開船の様子など詳しく知らなかったし見たこともなかったが。

皆子の名前を呼んだ男のことを、横多は知らなかった。しかし、八木皆子さんである横多はそのひとのことを知っているようだった。横多は夢のなかの自分にまったく自信が持てない。夢のなかで、男は、男が見た夢の話を自分に、つまり八木皆子さんに語って聞かせていた。あるところに女がいて、むかし好き合った男がいたが、男は海で死んでしまった。それで女はあとを追おうと夜中に海に出たが、身を投げようとしたとき水面に現れた亀に助けられた、みたいな話だった。

亀、と横多は思った。いま自分が泊まっている民宿の名前も亀。亀のアネックス。符合的ではあるけれども、と横多は少し冷静になる。宿はこちらに来る前に自分で予約をしたのだから知っていたし、父島のことを調べればいたるところで亀の話は出てくるし、船でも、島の看板や観光案内のそこここにも亀がいるし、土産物のTシャツにも亀がプリントされている。

いや、違ったな、と横多は思い出す。女が亀に助けられた話ではなくて、その亀が自分で、女を助けたいが自分は亀なのでなにものを言えず、口をぱくぱく動かすことしかできない、と男は自分に、つまり八木皆子さんに言っていた。

俺は、と男は言った。俺は亀なんだが、その女が死んじゃいけない、死ぬのを止めなきゃいけないってことはわかってるんだがな。たぶん、知ってる女だったんだと思う。でもそれが誰だったか思い出せないんだよ。皆子、お前じゃなかったか？　と男は言った。それで夢のなかの横多は自分が皆子であることに気づいて、私じゃない、と皆子は言った。

なんのこっちゃ、と横多はベッドの上で声に出して言った。思い返していると、その夢のなかで、横多は自分が皆子だったと同時に、その男だったかのようにも思えてくる。皆子よりはむしろその男の方に自分を重ねやすい。あのときの和美と男のやりとりは、どこか幼い頃の祖父と自分を思わせた。愛想が悪くて近寄りがたく、口を開けば誰かを咎めるような口調でものを言う、少なくとも自分にはそのように聞こえた祖父のことが横多は幼い頃少し苦手だった。

夢のなかのひとびとの顔はうまく思い出せない。夢のなかの自分が皆子なら、自分の顔が見えなくても不思議ではない。けれども対面して、お前じゃなかったか？　と訊いてきた男の顔もぼんやりして像を結ばない。それに横多は、船酔いして着物をかぶって寝ている皆子のことを眺めていた気もした。それは男の目だったのではないか。

まだ若いはずの和美は、横多が覚えている歳を取ったあとの祖父の顔をしていた。いや、いまそう思い出しているだけかもしれないが、子どもの頃に見た、意地悪っぽくて少し怖い和美じいさんの顔が、いま夢の中身を思い出そうとする横多の頭には浮かぶ。早くに死んだ祖母の顔を横多が直接見た記憶はなかったが、夢のなかの船にいたイクも、たぶん祖父の家で見た遺影や写真の顔だった。

夢のなかではそうやって、会ったことのないひとと前から知っているみたいに話をしたり、そのひとがいるはずのない場所にそのひとがいたりする。横多は、自分が八木皆子さんの存在について考えるときに、どこか夢みたいな出来事として考えようとしている。というかそうしなくては自分のいる現実の方がもたない。

たとえば、半場千八子さんの店で聞いた、店の持ち主だったキヨさんというひとの話に出てきた女の子が、八木皆子さんである可能性。昼に歩いた、ふたつのトンネル。戦時中は防空壕として使用されたというあのトンネルのなかで母親にしがみついていた、まだ小さな子どもだった女の子。硫黄島から内地に疎開する途中で父島に滞在していたというその家族たち。父島も硫黄島と同じ時期に全島引き揚げの命令が出たはずで、硫黄島からの疎開船は父島に寄って、父島の住民も乗せて内地に向かったのかもしれない。その際に硫黄島から来たひとたちが、あのトンネルで出港までを過ごしていたのかもしれない。八木皆子さんは、横多の祖父や祖母の年齢から考えて、疎開のときにはもう二十歳前後だったはずだから、キヨさんの話にあったような小さい子どもが八木皆子さんだったはずはない。しかし、さっき宿の食堂にいた女性ですら八木皆子さんかもしれないと思ってしまう横多はいま、自分でも不思議なくらい時間的な不整合に無頓着で、そう思いはじめればどんどんそのキヨさんが見た少女に八木皆子さんを重ねはじめてしまう。八木皆子さんだって小さい頃は小さい女の子だったはずだから、という理屈にならない理屈がいまの横多にはほとんど通ってしまう。横多はそのキヨさんには会ったことはないし、キヨさんも戦時中はまだ子どもだったから曖昧な記憶の話だと言っていた。

さっき歩いたトンネルの地面はコンクリートで舗装されていたが、防空壕として使用されていた頃はどんな地面だったのか横多はわからない。土だったか、砂利だったか、あるいは軍施設としても使われていたというから、ある程度舗装されていたか。いま横たわっている二段ベッドの上段の布団のその下にある固さを感じとってみる。疎開は一九四四年の夏だったから、いまから七十六年前、三十八歳の横多の人生がまるまるふたつ入る長さを遡ったあの場所の地面は、どんな固さだったのか。それを直接に知っていたのは、たぶん幼い子どもだったキヨさんではなく、あの少女でもなく、キヨさんや少女の親の、大人たちの背中や腕や足だった。それでも顔や体を埋めた親や年上のきょうだいの体から、間接的に知る地面の固さも、子どもたちにはあっただろう。自分から遠ざけられて、直接触れることのなかったその固さを思う方が、直接知るよりなお固い、ということもある。キヨさんのなかでは、その地面が、思い返すたびに、固く、痛くなっていくのではないか。

横多の背中とその下にある安全な固さとの隔たりに、その想像の及ばなさがゆえの増幅が働いて、背中の下のそれは固さというか怖さになる。地面の固さは遠ざけてもらえても、トンネルのなかまで届く戦闘機のエンジンの音や、近く遠くの爆撃の音は子どもの耳にも聞こえたし、爆撃の震動も伝わってきた。まわりにいた大人の女たちが怯えてあげる声も、母親やきょうだいの体の震えも、伝わってきた。男たちや軍人が不意にあげる声は、怖がっているのかなんなのか意味がわからなくてなお怖かった。その怖さとはなんだったのか。次々押し寄せてくるように現れたその全部が怖かったけれど、母親が怖がっていることがいちばん怖かった。その恐怖が現実のものとなって、母親が死んでしまう可能性がそこにあることが子どもには怖かった。

警報が解除されると、住民たちは安堵して、疲れ果てた様子でため息をつきながら家へ戻った。道々、集落内の空襲のあとを目にした。家が焼け落ちて途方に暮れる者もいた。戦争とはそういうものだと知っていたが、実際に目にして、この無慈悲さのことか、と膝が折れた。空襲が続くと、家に戻らずトンネルで過ごす者が増えた。住居を失った者もトンネルで寝起きした。

母親たちが家に食料などを取りに行くあいだ、子どもたちがトンネルで待つこともあった。警報は解除されていても、いつまた空襲が来るかわからない。戻ってくるまで不安でしかたがない。三人四人と同じ集落の者で連れ立って、おそるおそるトンネルを出ていく。連れ立って歩くと目立って万が一敵機が来たとき標的になるからよせ、と言う者もいたが、それでも複数で出ていった。

晴れたいい天気の日だった。家に帰った母親を待つあいだ、ゴザの目を指でたどり、右の手と左の手を競走させていると、破れ目にさしかかったところであの女の子が反対側から同じように指でゴザの目をたどってきた。なんだこいつ、と思って、お前なんか知るか、と言うと、女の子はしばらく黙ってそのままにしていたが、こちらの顔を見て、おーい、と投げ捨てるような声で言った。横多くん、知らないことはないよ。私だよ。

曖昧だった少女の顔は、さっき食堂で会った若い女性の顔つきになっている。そこにいるのは依然として少女だったけれど、その顔も、あの独特な発声、吐息に乗ったような言葉も、さっきの女性だった。そうだったのか、と横多は思った。やっぱり、とも思った。ようやく謎が解けた、と思い、横多は目の前の少女になにか言おうとするのだが、なにを言ったらいいかわからない。空襲警報が鳴り、戦闘機の音が近づいてきた。母親たちが全速力でトンネルに向かって走ってくる。横多はそちらに向かって一生懸命なにかを叫んだ。こんなに一生懸命なにかを叫ぶのは久しぶりのことだった。


目が覚めて、どこだここは、と一瞬思い、顔を上に向けてみて、ゆうべそのまま寝てしまったとわかった。天井が間近にあった。半分ほど開いた窓のカーテンから見える外が明るく、腕時計を見たら朝の五時過ぎだった。ほかのベッドから寝息が聞こえた。反対側の二段ベッドの上段と下段に、若い男が寝ているのが見えた。横多の下にも、もうひとりが寝ているはずだった。ゆうべ結局顔を合わせず、挨拶もしないまま相部屋になった中年の男が早い時間から眠りこけているのを見て、彼らはなんと評し合っただろうか。

寝ているあいだに見た夢は、もうずいぶん遠くに行ってしまった感じがした。寝入り際に見て、そのあとはなんの夢も見ずに長く眠っていたのかもしれない。宿に帰ってきたのが六時頃、それからこの部屋に移ってきたが、七時頃には眠ってしまった気がするから、十時間も寝ていたことになる。やっぱり疲れていたのか。

遠ざかって薄らいだ夢のなかで、少女と交わしたやりとりだけは、横多にまだ生々しい感触を残していた。トンネルのなかで横多の前にいたあの少女が、ゆうべ食堂で会った、ダブルブッキングで横多が部屋を明け渡した女性であったことは直感的にわかるのだが、具体的な姿を想像しようとすると少女の姿と女性の姿とがきれいに重ならない。あの発声を聞くと吐息を顔に吹きかけられたような気がして、そうだったのか、とうたれたように思い至る、その感覚だけがクリアにあったが、なにがそうだったのか、いったいなにが腑に落ち、なんの疑問が解けたのかはわからなかった。あの女性が八木皆子さんだった、というのが成り行きから見てもいちばん解決めいた事柄なのだが、いくら夢のなかの出来事を反芻しても、あの女性が八木皆子さんだったと考えるための材料はなにもなかった。夢のなかの横多の存在もどこかからは半場千八子さんから聞いたキヨさんというひとと重なっているようで、話を詰めていけば単なる夢だったという当たり前のことしか残らない。というか、夢というのは現実になにも残らない。しかし夢だった、夢を見た、という過去形で語られる出来事は現実なのだから、夢を見たことやその夢のなかの出来事が現実とまったく切り離されてなくなるわけではなく、その夢を見た自分によって現実になにかしら影響を及ぼすことだってあるのではないか。見たもの全部を覚えていられないのは現実も夢も同じだが、もしかしたら覚えている夢のそのあとにもまだ夢を見ていたかもしれない。あの続きがあって、ただ覚えていないだけかもしれない。その忘れてしまった続きが現実と接続していたりするかもしれない。夢を覚えていないのと夢を見ていなかったのとはどう違うのか。自分が見た夢はどこまで自分のものと考えていいのか、夢の所有というのは主張できるのか。寝床でぼうっとしながら、そんな考えても仕方のないことをしばらく考え続け、ともかくそうも夢にこだわるのは、現実の方にいろいろの不整合が生じているからに違いない。考えていることはややこしいうえに結論が見えないが、体の方は眠気も疲れもなくなって、珍しいくらいに頭もすっきりしている気がした。

ポケットに入れっぱなしになっていたスマートフォンの画面を点けると、充電が切れそうになっていた。メールが七通来ていると表示されていた。音をたてないように梯子を下りて、大学生だという同部屋の三人が寝ているのをちらりと見て、戸を開けて廊下に出た。トイレに行って用を済まし、顔を洗い、玄関脇の共有スペースのソファに腰かけた。ゆうべは暗くてよくわからなかったが、共有スペースには大きな掃き出し窓があって、開けると庭に面したテラスにハンモックが吊されていた。庭の木には、青い柑橘類の実がたくさんなっていた。横多は、おそるおそるハンモックに収まってみた。尻をもぞもぞ動かして、体勢を安定させるとなかなか快適だった。

メールを開くと、七通のうち五通はニュースサイトなどのもので、二通が八木皆子さんからだった。一通は昨日の夜八時過ぎに、もう一通はつい先ほど、朝の五時ちょうどに届いていた。ゆうべ八木皆子さんから先に届いた方のメールはごく短い、次のようなものだった。

おーい、横多くん。
とうとう到着したのですね。お疲れさま。
早く私たちが出会えるといいですね。

私は、あなたと、会えることを楽しみにしている。
明日にでも。
八木皆子拝
横多平様

それから明け方に来たメールは、題名欄には変わらず「八木皆子」の名前が記されているだけだったが、これまでと違って画像の添付ファイルがあった。本文にはなにも書かれていない。横多は画像を見て、それが昨日歩いたトンネルの壁に掲示されていた看板だとわかった。昨日はちらっと見ただけでちゃんと読まなかったが、八木皆子さんから送られたあまり鮮明ではない画像を拡大してみると、あの大きな木の扉についての説明書きだった。

村民だより（昭和59年3月号）に「清瀬トンネルにある木の扉」について、掲載されていますので、ご通行の方の参考に紹介します。
小笠原村　産業観光課
《小笠原今昔ばなし　5》トンネルにある木の扉
雨の日には濡れずにすみ、清瀬・奥村から大村への近道でもあるので、歩行者や自転車利用者に重宝されている清瀬トンネル（正式名称は清瀬隧道）の工事が、二月十三日から始まりました。素掘りで岩肌がむき出しの内部をモルタル吹き付けで覆い、床はコンクリート舗装とし、明るく利用し易いトンネルに生まれ変えるための工事です。
清瀬トンネルの両方の口にぶ厚い木の扉が残っています。一体、この木の扉は何だったのでしょう。その前に、このトンネルの生まれた経緯を考えてみましょう。清瀬・大村トンネルは、昭和十一〜

二年頃に開通しています。当時は東町から隣浜へ行くのにも、さらにおでこの鼻をまわるのにも、崖と海にはさまれた狭い道を通らなければなりませんでした。また、戦争を予期しての戦略的要素も含まれていたようです。

昭和十九年六月十五日。この日は朝から荒れ模様で、雲も低く強い風が吹いておりました。もうすぐお昼といった頃、雲の中から現れた敵機から爆弾や焼夷弾による爆撃が始まりました。空襲警報のサイレンがウーウー…と鳴り始めた時には（空襲の時には十回鳴ることになっていた）、最初の爆弾が投下されていたそうです。この第一回目の空襲では、今度完成する新庁舎の位置にあった大村役場をはじめとし、西町地区が焼け野原になってしまいました。空襲の話も記録しておかなければならないと考えております。今回は本筋から離れるので割愛させていただきますが、正確な記録を村に残していくのには、皆様のご協力が必要です。よろしくお願いいたします。

「空襲の時には、ゴザを持って清瀬隧道へ避難するように」と決められており、その際には各隣組（班）を指揮する群長さんのもとでお年寄りや子供を最優先に避難させるという手はずになっていました。しかし、いざ空襲となるとそうもうまくいかなかった班もあるようで、西町の人達は爆弾を避けながらトンネルへ逃げ込みました。

今は内側の木の扉しか残っていませんが、当時は外側にも鉄製の扉があり、二重に閉じるようになっていました。出入りするのには、側に作ってあるコンクリートの口をくぐったものです。

トンネル内には、班ごとに座る場所の指定があり、大村に近い方から一班、二班と決められていました。家族がバラバラで逃げ込んでも、無事の確認が割合と容易だったのは、日ごろから何班はどこに集合と決められていたからなのでしょう。清瀬側の木の扉と鉄の扉の間には野戦病院が設けられ、負傷した人達の手当てが行われました。

二枚設けられた扉は決して大げさな物ではなく、もしも入口付近に爆弾が落ちた時、その爆風や飛んでくる石を防ぐように設計されていました。山の上に爆弾が落ちた時には、トンネル全体が揺れ動き細かい砂や石が落ちてきたものです。敵機の攻撃にも波があり、激しい攻撃は二時を最初に三回ありました。入口に命中弾が無かったからよかったようなものの、入口がふさがれてしまった時のことを考えて、ほぼ中間にある横穴は掘られたようです。

炊き出しをする余裕はなく、空襲警報解除後に自宅に食事を作りに帰りました。次の空襲を恐れて幾日間かトンネルに泊まった人も多く、焼け出された人も親戚などへ身を寄せる間、トンネルに寝起きしていました。

この空襲が父島島民の強制疎開を決定的にし、六月三十日の能登丸乗船日（出港は翌朝）を迎えます。能登丸出港後、母島の人達が父島に渡って来ました。父島で船待ちをする間、やはり清瀬トンネルに入りました。疎開船の利根川丸には母島からではなく、父島から乗船したのです。

木の扉は、そんな人たちの様子をじっと見てきました。今ではピクリとも動きそうにないこの扉。小笠原の人々のいのちを守った扉なのです。

小笠原村教育委員会

9

柱と柱のあいだに葺かれたシュロの葉の流れを見ていると頭のなかに波みたいなリズムが生まれてそこに旋律が聞こえてくる。イクは頭のなかの空洞にそれを響かせ、次にはその音に言葉を乗せたくなる。音に引かれて頭に浮かんでくる言葉は、話すのとも考えるのとも違うところからやってくる。

それはどこなんだろうか。私のなかなのか、私の外なのか。私の外からきたものが、私の頭のなかに浮かぶなんてそんなことあるのだろうか。

つい鼻先に鳴らしそうになってとどまったその歌の言葉を思い出そうとしてすぐに忘れる。なんだったっけ。拍子も旋律も頭のなかで続いていて、この音楽も私の外からきて私の頭のなかで鳴っているんだろうか、それとも外で鳴っているものが、ただおかしな聞こえ方をしているだけなのか、という言葉がまた歌になった。

床に敷いた布団には、夫の和美が寝ていた。座っている自分の膝の先に、目をつむった夫の頭がある。戸を開け放した縁側から入る外光がその顔を照らしていた。光を受けた額と頬の平たい部分には、汗と砂埃で粘るようなわずかな陰影が映って、張り出した額と高い鼻梁はその横に暗い影をつくる。

まだ日は暮れていなかったけれど、みんなが帰ってから、こうしてここに座っていたのがどれくらいの時間だったか、イクはわからなかった。

薄い掛布をかけた胸のあたりを見ると、呼吸に応じてゆっくりと胸と腹のあたりが上下していた。体格のいい夫の厚い胴が思われた。その奥に、怪我をした右手の指先があるはずだが、体の厚みと布団に隠れて見えない。

ふたたび夫の顔の、口元に目を戻し、わずかに隙間のあいた唇をイクは観察する。そこに働く不安定な力。定まらない音程の歌みたいな。いま夫は、寝たふりをしている。イクがそれに気づいていることに夫は気づいていない。

どういうわけでそんな意味のないことをするのかわからないが、和美はふだんからイクの前でよく寝ているふりをした。口元を見ると、本当に寝ているのか寝たふりなのかがわかる。寝たふりのときには、唇とそのまわりが不自然にこわばったり、ゆるんだりする。いまも、そうなっていますよ。

和美は昨日まで何日か漁に出ていた。今日は海が時化で、朝は浜に仕事に行っていたが昼に帰ってきた。お昼ご飯を食べたあとふらりとどこかに出かけたと思ったら、しばらくして達身が家に駆け込んできて、兄貴が怪我したからすぐ砂糖小屋に行け、とイクに言った。砂糖小屋で締機に指を挟んだという。

急いで小屋に行くと、締機のそばの杭につながれた牛がいた。藁か草の切れ端のついた口元を回転させるように動かしてこちらに顔を向けていた。横に血で赤く染まった布を手に巻いて、ひとりで呆然と地面に座っている和美がいた。

和美さん、とイクは声をかける。どうして、と言いたかったがどこか平気でないような和美の表情を見て、言うのをやめた。和美のまわりには甘蔗の葉や裂けた搾りかすが散らばって、青く甘い匂いがした。牛がときどき足踏みをして、鼻を鳴らす音がした。さっき見た口の動きの印象に引っ張られて、和美は牛に指を食われたんだと思いかけていた。

釜場の方から重ルが薬缶とバケツを持ってやってきて、イクの姿を認めると、おお、とため息のような声をもらし、えらいわ、と呟いた。これここに置いておくから比留間先生が来たら手伝ってやってくれるか、俺はもう少し湯わかしてくるから。

包帯か、清潔な布きれあるかな、とイクは言った。

探してみる。

重ルが戻っていくと、イクは和美の横に腰を下ろして、布に覆われた指のあたりを見た。それから夫の横顔を見た。痛みがないことはないだろうが、それよりも興奮しているのか、驚いているのか、自分にしか聞こえない音を聞きとろうとしているみたいな、動物みたいな表情だった。口を小さく開いたままで、同じ部落にいる五右衛門みたいだ、とイクは思った。五右衛門は犬だ。

達身が連れてきた比留間先生に救急の手当てをしてもらい、和美とイクは家に帰ってきた。家まで達身が付き添ってくれて、話を聞いた和美の両親やイクの親戚も様子を見に来てあれこれ心配そうに嘆いていたが、和美はあまりものを言わず、今日は休ませた方がいいからと達身が言って、みんなさっき帰っていった。

俺も帰るよ、と達身は寝ている和美に呼びかけ、和美は横になったまま簡単な声を返した。軒下まで見送りに出たイクは達身に、ごめんね、と言った。いやこっちこそ、と達身は言って、すんと鼻を鳴らして庭先の方を見た。鼻を鳴らしてそっぽを向くのは、達身が嘘をついているときのくせだった。面倒かけるけど、兄貴を、と達身は言うとのそのそ歩いて庭を出ていった。兄貴を、とイクはその声を頭のなかで繰り返した。戻ると、和美は目を閉じていた。

さっき比留間先生が包帯を巻いてくれたときに、ちらりとのぞいた和美の右手の人差し指は、血が洗われたあとも赤黒くて、どうなっているのかよくわからなかった。すうすう嘘の寝息をたてる和美の横に、妻の自分が座っていることを夫の和美は知っているはずだが、なにを考えているかまではわからない。もちろん、イクも和美が寝たふりをしながらなにを考えているのかわからない。なんでこんな怪我をしたのかもわからない、イクはそう思って、思ったその言葉に気持ちを奪われそうになったけれど、そんな思いは寝たふりに付き合うみたいで馬鹿馬鹿しい。怪我の経緯が不審なことは明らかだった。誰も、ひと言も口にしないけれど、和美はわざとこんな真似をしたのかもしれない。達身も、重ルも、比留間先生も、和美の両親も、そう思っていた。イクは、自分はどう思おうか、まだ決めかねている。

なにを考えているかはわからないし、寝ていることになっているひとの横でなにをしても、気づかれることはない。イクは足を崩し、板の間に寝転んだ。横向きになって、肘を立てた腕に頭をのせた。

和美の突き出た額から窪んだ目元を経て高い鼻先まで至る線を、イクは浜から島影を振り返って見るみたいに追った。真横から見る和美の顔の奥、開いたままの戸の先には明るい庭先があって、だからイクから見える和美の顔は陰って真っ黒で、そのぶん稜線はいっそう美しく見えた。その線は達身と、ほとんど同じだった。さっき鼻を鳴らしてそっぽを向いたときに見た横顔と。夕闇の浜で、暗い空と混ざりそうになる島の中央の低い丘から摺鉢山への曲線を追うときには、反対に達身の横顔を思い出した。過ごした時間の長さが違うから、夫になった和美の横顔が備えていたその線を、イクは、幼い頃から一緒にいる時間が多かった達身を思い出しながら見てしまう。子どもの頃から、一緒に学校に行っていた頃まで少しずつ変わっていったはずの達身の横顔の線が、イクにはずっと変わらず同じだったみたいに思われる。達身の額や鼻も、それを見ていたいろんな年格好の自分も、ずっと変わらなかったみたいに思える。見なくても、頭のなかでそれをなぞれる、知っている線。イクはたしかにその線が好もしかったから、和美と夫婦になることが決まったとき、これからはこれまでよりも近くに、いつでも自分のそばにその線があるのだと思った。

いまはなにから思えばいいんだろうね。これは一九四〇年、昭和十五年の夏のことだけれど、とイクは言った。内地から一三〇〇キロも離れた海の果ての小島では、日本のことも世界のことも、そのときなにが起こっているかなんてよくわかりもしなかった。新聞やラジオで知ることはできたけれど、内地のことでさえなんだか自分たちのいる場所とも自分たちの生活とも関係ない話のようにしか思えなかった。今年、東京でオリンピックが行われるんだと聞いても、それが中止になったんだと聞いても、ああそうですかと思うだけだった。ヨーロッパではすでに各地で侵攻や占領が起こり、各国入り乱れての緊張状態にあった。日本は大陸への侵略を続け、日中戦争は泥沼化しつつあった。そしてこの年、日本は間もなくイタリア、ドイツと三国同盟を結び、枢軸国と連合国との対立は明確なものになっていく。国内では食糧の節約が叫ばれ、近衛文麿が二度目の内閣総理大臣に就任し、十月には大政翼賛会が発足した。

島の空気が変わりはじめたのがいつだったのか、イクはあまりはっきりとは思い出せない。この翌年の一九四一年に学校制度が変わったけれど、イクはすでに学校を出ていた。学校の教室に御真影が飾られるようになったのも、そのときからだったのだと思う。少なくとも自分はそんなものがあったのを覚えていない。軍事教練は厳しくなり、イクの頃にはそんなことしなかったのに女生徒も表で教練に参加させられたりするようになっていてびっくりした。十二月には日本がマレー作戦と真珠湾攻撃を仕掛け、太平洋戦争がはじまる。

防空訓練をしたり、出征する島民の見送りが以前よりどこか熱のこもったものになったり、ゆるやかな変化がないわけではなかったけれど、私には、戦争の空気が島に訪れたのは、なんだか突然のことだったように思われた。締機の事故で人差し指の先を欠損した和美は徴兵検査で不合格になって、私は家族を兵隊にとられる心配がなかったこともたぶんその記憶の有り様に大きく影響している。和美と私のあいだにはなかなか子どもができず、最初の子どもが生まれたのは結婚して三年半ほど経った一九四四年の正月だった。出産と育児にてんやわんやになっているうち、島はいつの間にか日本軍に占拠されたみたいにどこを歩いても兵隊だらけの島になっていた。大陸や南方の怪しい戦況も耳には入っていたけれど、やがて自分の国はこの難局を打開し巻き返すのだと思っていた。そうでなければとても困るから。食べ物や生活用具はたびたび軍に接収された。水をもらいによく家に兵隊が来て、生まれたばかりの息子に優しい言葉をかけてくれたりもした。和美の実家では、宿泊場所の足りない兵隊何人かを寝泊まりさせていた。食糧事情は以前より悪くなったが、母乳が出るだけまだましだった。その後疎開した先では食べものがなくて乳が出ないこともあったから。夏になって空襲があった。

自分たちの家も、和美の実家もほとんど焼け落ち、途方に暮れているうちに全島引き揚げが決まった。一九四四年六月のことだ。

実際に島民の疎開がはじまったのは七月に入ってからで、それまでのあいだも空襲は続き、艦砲射撃による攻撃もはじまった。島を離れるまでの日々は混乱に満ちていて、とにかくなにもかもわからないことだらけだった。空襲で家が壊れたあとは同じ部落のひとの家に寝泊まりさせてもらっていた。疎開船に乗るときには持ち出せる荷物に限りがあって、いろいろ島に残していかないといけなかった。そのうちに戻ってこられたら、また探せるように、防空壕のなかにむしろでくるんで着物や布団や家財道具などを置いてきた。どうなったかはもちろん知らない。

島民はまず父島へ移り、父島の港で大きな貨物船に乗り替えて内地に行くことになっていたのだが、そんな段取りも私たちには細かく知らされていなかったと思う。少なくとも私は知らなかった。七月上旬から何度かにわたって父島への島民の移送がはじまり、徐々に島内から住民がいなくなっていった。ある日私の家族にも出発の命令が下って、同じように世帯ごとに夜の浜に集められたひとびとは、漁船に順番に乗り込むように言われた。私は息子を背中に括りつけて船に乗った。兵隊さんがひとり同乗していたが、漁師である和美と和美の父の六郎さんも舵を握った。硫黄島から父島への航行は漁船だけでなく小型の貨物船や軍の船艇などが運用されたそうだった。いずれにしろいつ沖の敵艦の標的になってもおかしくなかった。乗り込むと、和美と六郎さん以外の乗員は布のような覆いを上から被せられた。私は息子が泣き出さないかと気が気じゃなかった。息子は幸いよく眠っていて、起きかけたら甲板に横たわったまま乳を吸わせた。船には私と和美の両親、私の妹の皆子も一緒に乗っていた。ほかにも何家族かが一緒だった。真っ暗ななか、島の沖を抜けると、危険な場所を過ぎたからか、兵隊さんが覆いを剥がしてくれて、みんなでじっと身を固めていたあいだに夜が明けていた。波の静かな日で、まだ目指す父島の影も見えなかったが、敵艦も見えなかった。四方は静かでなにもない海面と、その先の水平線と空だけがあった。船上での記憶はそれぐらいしかない。思うべきこと、いまから思えば考えずにはいられなかったことが、たくさんあったはずだった。息子と、夫と、この先どこでどうなるのかということ、防空壕に置いてきた荷物のこと、まだ島に残っている住民のこと、疎開の対象から漏れ軍属として島に残ることになった者たちのこと。達身も、重ルも、和美のいちばん下の弟の忍も、そこに含まれていた。それらのことを、自分があの船の上で思わなかったとは思えないのに、それを思ったり考えたりした自分を覚えていない。

父島までは、まる一日以上かかったんじゃないだろうか。父島の港に着いたときはほっとしたけれど、そこは内地ではなくたんなる乗り継ぎの場所で、内地はあと三倍ほども遠く、疎開船が父島を出港するのはまだ何日か先のようだった。硫黄島で生まれ育ったイクにとって、はじめて降り立った硫黄島以外の土地だったけれど、特に感慨がわいてくるでもなくて、ただただ長い船上での時間に疲れていた。息子の勇はそんな苦労も事情もわかるはずもないが、ありがたいことにおとなしく、元気そうだった。

同じ日にそれぞれ別の船で島を出てきた者たちが、父島の軍の人間に案内されたのは港に近いトンネルだった。防空壕のように地下や山肌からなかへ掘ったものではなく、海岸に張り出した小さな山の裾を通り抜けるために掘られたようで、張り出した山裾の谷間を抜ける形で二つのトンネルが連なっていた。

片方は短く、もう片方は長い。とは言っても端から端まで、四つの口を見通せる程度の長さだった。端には入口を塞ぐ大きな板の扉があって、片側についた蝶番で開閉するようになっていた。

指定されたあたりにゴザを敷き、荷を降ろし、腰を下ろして息子の背負い紐を解いた。私の記憶で、周囲に自分と息子以外のひとの姿が見えはじめるのはそこからだ。そこまでの記憶は、不思議と自分と自分がおぶった息子だけ、自分の体だけしかなかったみたいに思い出される。なんの音もしない。

和美は、彼の両親と私の両親との荷解きを手伝って、疲弊しきった彼らを励ますように声をかけていた。妹の皆子は疲れと船酔いとでもうろうとしているように見え、青い顔をしてへたり込んでいた。近くには同じように疲弊しきった様子のひとびとが、家族ごとに座ったり寝そべったりしていた。

父島からの疎開船はすでに何便か出発したそうだった。硫黄島、北硫黄島、父島の住民たちを一緒に乗せて、護衛のための駆逐艦が並航すると聞いた。しかし出航前の噂はどれもはっきりした話ではなく、聞く相手が違えば護衛などないというひともいたし、島ごとに別々に運ばれるはずだと言うひともいた。父島に来るだけでも大変だったのに、さらに遠い内地まで、狙われやすい軍の船で無事に行き着けるのか、考えるとてもじゃないが希望はないように思われて恐ろしかった。まして、内地に行き着いたところで、あちらは食糧も不足しているというし、さしたるあてがあるわけでもなかった。私たち家族の場合、三森家の親戚が伊豆の方にいるらしい、というのがほとんど唯一の頼りで、しかし疎開が決まったときに出した手紙の返事が戻ってくる前に島を離れることになってしまった。このときにはまだどこかで、戦況が好転し、疎開船の出港もとりやめになって、島に戻れるのではないか、と思っていた気がする。そしたら自分たちはとんだ無駄骨で、けれどもその骨折り損を掛け金にして、本当にそんな好転が実現するんだったらこのぐらいなんでもない。なあ勇ちゃん、となにも知らない息子に内心で呼びかける。

トンネル内の音響は独特でおもしろい。硫黄島での防空壕や地下壕は全然音が響かなかったけれど、このトンネルは音がよく反響した。夜、どこかから聞こえる話し声もどういう仕組みでかよく耳に届いた。連なる隧道のもう一方は軍が施設として使用しているらしく、病院もあった。妙なうめき声が聞こえることもあって、病院の収容者なのか、誰かの寝言なのか、あるいは別の物音なのか、判然としなかった。

何日めかに、空襲があった。それまでにも一、二度警報は鳴ったけれども実際には空襲はなく、私たちはここからほかに行くところもないから、警報を聞いて家族で身を寄せ合っておびえていたが、父島の住民にとってこのトンネルは避難場所で、警報が鳴るたびに子どもや荷物を抱えたひとたちが次々とトンネルに駆け込んできた。戦闘機の音と、遠い射撃音と爆音が近づいてきて、ほんとに空襲だ、と思ったら自分でもびっくりするくらい体が硬く強ばって、息子を抱きしめて和美と皆子とで身を寄せて固まった。隣では両親たちが、反対側の隣では父島の住民らしい親子がやはり同じように身を寄せ合い固まっていた。そんな状況で、ほかにどうすることも思いつかない。トンネルの上の山肌が爆撃を受けたような音がしたけれど、震動はさほどでもなく、崩落もしなかった。あとで聞けば、本当はもっと遠くだったらしい。それでも揺れとトンネル内に響く轟音を体に感じると、少し前に硫黄島で経験した空襲と艦砲射撃の恐ろしさを思い出した。和美に自分の体を押しつけてそのあいだに息子の体をつぶれそうなほどに挟んだ。その脇に皆子も身を寄せて押しつけるみたいに四人で固まった。そうしながら、帰りたい、と思ったが、これからあの硫黄島に戻りたいと思うわけではなかった。自分が帰りたいのがいつの硫黄島なのか、自分でもちゃんとわからなかった。

幼なじみの達身と重ルと、私は最後にどうやって別れたのだったか。夜の浜、漁船で島を離れたその場に、達身も重ルも忍もいなかった。彼らはすでに軍属として軍の施設で働いていた。その日の昼に、私たちが間借りしていた家に達身と忍が訪ねてきて、和美はふたりに会ったと聞いたが、そのとき私はぐずる勇をあやすために、海に近い林の方へ散歩に出ていた。空襲があってからは、前みたいに好き勝手に表の道を歩けなくなった。たまたま近くにまだ軍が入り込んでいない林があって、少し木々を分けて進むと隙間から海が見える。達身が仕事をさぼってよく釣りに来ていた西の海岸の近くだった。

勇ちゃん、ほらあそこに海が見えるよ。今日は凪いでるね。小さな声で胸に抱いた息子に声をかけ、揺らしてやると、さっきまでむずかっていた気も晴れてきたらしく、満更でもないという顔で私が指差す先を見ていた。ちゃんと見えているのかはわからない。あたりは木々が繋って、葉がふれあったり揺れたりする音ばかりで、林の外の音は聞こえてはこないが、それでもこの島の音はずいぶん変わった、と思った。日本軍は飛行場をしじゅう修繕し、貯水槽をつくり、あちこちに防空壕を造っているらしい。もしかしたらこの下でも、と思わず足元をのぞき込む。たぶんそこここで発生し響いたそういう音が、一個一個は聞き取れないけれども、島じゅうに散らばっているのだ。前にこの島で聞こえていた音がどんな音だったかは思い出せない、なにが聞こえるようになり、なにが聞こえなくなったのか、それもわからない。でも、違っていることはわかって、楽しい音ならいいけれど不穏な音も多かった。

不穏な音を選り分けて、素敵な音だけ集めて組み合わせて、楽しい歌にできたらいいけれど、と父島のトンネルでイクは思った。とてもそんな余裕はなかったな。

和美の右手の人差し指は、締機に挟んだ事故で骨と爪がつぶれ、第一関節の先は歪な形に残ってはいるものの、寸足らずになっていて、おそらくその怪我の影響で第二関節もうまく曲がらなくなっていた。一九四〇年、二十歳を迎えた和美に徴兵検査の通達が来た。和美は指の欠損で不合格になった。

達身と重ルは疎開の二年前、一九四二年に二十歳を迎えて徴兵検査を受けた。ふたりとも壮健で、どちらの年から徴兵検査の対象年齢が十九歳に引き下げられるなど人員不足は明らかになっていたが、どちらもなぜか丁種不合格となって、徴兵を逃れた。なぜか不合格になって、なんて私が言うのはしらじらしい。ふたりが十八の頃から徴兵をどう逃れるか話し合っていたのを知っているから。コカ工場で生産している軍用のコカの乾燥葉をちょろまかして摂取したりして、来るべき検査の際に健康異常が疑われる症状の研究をしていた。それがどう奏功したのかわからない。ふたりの研究には診療所の比留間先生も一枚嚙んでいたとも聞く。

けれども結局ふたりは逃げ切れなかった。ふたりだけではない、軍属として島に残った男たちに知らない顔はひとりもいなかった。近い遠いの差こそあれど、みな誰かの家族であり、友達だった。

十六歳以上の男子でも、家長であったり、保護すべき家族がいる場合は男でも疎開が認められた。また、ひと世帯からひとり軍属として供出すれば、残りの者はたとえ条件に該当しても島に残る必要はないとされた。それらは全部あとから知らされたことだったし、実際にはその規定が遵守されたわけでもなかった。ひと世帯からふたり島に残った者もいたし、残るはずの者がその任を免れたりもしていた。十五歳以下なのに島に残った者もいた。両方に当てはまったのが和美の弟の忍だった。和美の実家からは達身と忍のふたりが島に残され、そのうえ忍はまだ十五歳だった。その事情はわからない。当時もいまも謎のままだし、そのまま島で戦死した忍も最後までなんで自分が島に残ったのかわからなかったかもしれない。

私にとって年の離れた義弟だった忍は、和美と達身とは血がつながっていない。幼い頃にひとり親だった母が死んで三森の家に養子に入った。近所に住んでいたイクも小さい頃から遊んでやったり面倒をみたりしたが、和美と結婚して義理の姉弟になった頃には向こうが年頃であまり近寄ってこなかった。和美の両親が達身と忍というふたりの息子を島に残すことになった悲しみは、イクにはうまく想像できなかった。戦況の悪化を知ってから何度も、生まれたばかりの我が子を失うことは想像したが、それと同じではないように思えた。

達身たちが島に残されることがわかってからも、私は間借りした家で息子の面倒と疎開の準備とに追われ、空襲におびえ、彼らは彼らで軍の仕事に駆り出され、会ったり話したりする時間が全然なかった。むかしはあんなにのんびりと、なにともつかないようなおしゃべりをたくさんしていたのに。

疎開のときに十八歳だった妹の皆子は、私よりももっとつらかったかもしれない、とイクは思った。島に残される若い男の子たちとより年が近かったから。いや、それよりもなによりも、皆子と達身は恋慕し合っていたから。夫の弟で、自分の幼なじみである達身と、自分の妹が、そんな仲になっていることを私はどう思っていたのか。うれしがっていたのか、どこか嫉妬していたのか。疎開と軍属の命によって引き離され、私も皆子も達身とは二度と会えないかもしれない。いや、二度と会えなかった。もし日本がアメリカに反攻し、硫黄島を守ってくれさえすれば、達身とも重ルとも忍ともまた会えたし、私たちも島に帰れた。

守ってくれさえすれば？

たとえ硫黄島を守り抜けたところで、いったいその後日本軍はアメリカに対しどのような攻勢をかけ、アメリカに勝つことができたというのだろうか。実際そんな厳密な状況分析をするのはその頃の一女性、一母親に過ぎない私には、いや私にでさえも、ためらわれた。考えれば考えるほど、私たちの置かれた状況の厳しさが知れて、どうにか少しでも希望を、救いを、と思うのならば、決して冷静に思考してはいけないのだった。思考をやめて、熱狂し、勝利を信じるしかなかった。

おーい。

声がして目が覚めた。縁側から、外光を背にした真っ黒な人影が家のなかに入ってきて、寝ている和美を挟んだ向かいに座った。

イクちゃん。顔は見えないが潜めた声は皆子だとすぐにわかった。和美さん怪我したって。えらいことだね。

来てくれたの。ああもういけない、こんなときに寝てしまって。

疲れてるんだよ。

大丈夫、イクはそう応えて起き上がり、膝をついてワンピースの洋服をぱたぱたはたきながら和美の顔を見た。目をつむったままで、いまは本当に寝ているらしかった。けれども自分がうとうと眠ってしまったあいだに、和美は寝ている私の顔を眺めたりしなかっただろうか。イクはまた和美の顔を上から眺めた。窪んだ眼窩でつむられた目も、ややへの字に結ばれがちな薄い唇も、いまは不自然な力みがなく、静かだった。寝たふりみたいなざわつきを、私は感じなくて済む、いまの顔は達身にはあまり似ていない。

皆子の暗くて表情がよく見えない顔に目をやって、あんたと達身のことは、とイクは内心で思った。その先になにを思うかは決まっていなくて、そのまま言葉が止まった。外でお水汲んでくる、とイクは皆子に言った。学校の帰り？

そう。

十四歳の皆子は、去年青年学校普通科の一年に入った。白いシャツに、イクのお下がりの藍色のスカートを穿いていた。縁側から庭に出て、家の脇のタンクで水を汲んだ。昨日スコールがあったから、水はよく溜まっている。日が低くなってきて、朝よりは海も静かになってきていると思われた。まだ外は明るい。水を入れた盥を抱え、コック場に向かう。重いので、わっせ、わっせ、と呟きながら、草履の足音と盥のなかの水が揺れて跳ねる音とが、家のなかのタマナの柱とかシュロ葺きとかとはやっぱり、全然違う拍子だなあ、そうするともっと陽気な歌が聞こえてくるなあ。やっぱりこの島の音楽は外でよく聞こえる。家のなかにいても、陰気でいやだよ。

かまどに薪をくべて、水を入れた薬缶を火にかけた。比留間先生から、傷口から菌が入ってはいけないから、和美の手や体を拭くときは一度わかした湯で、と言われていた。さっきはどこかに行っていて姿の見えなかった鶏が帰ってきたらしい。鳴き交わす声が近づいてくるのが庭から聞こえた。火の移った薪は乾いて割れるような音をたてた。ついでに夕飯の米を研いで、水に浸しておく。サツマイモを切ってこれもご飯のお釜に放り込む。転がしてあった瓜の小さいのを切って、味噌汁をつくってあげよう。あと干物も焼いてあげよう。ちょっとぜいたくだが、あんな怪我をしたのだから、今晩ぐらいはいたわってあげよう。皆子も一緒に食べさせればいい。

イクは、和美の傍に置いてあった小さい金盥を取りに居間に戻った。縁側からなかに入ろうとすると、皆子がなにか言ったのが聞こえた。思わず足をとめ、息を潜めた。ふだんの妹から聞いたことのない、鋭い声だった。

和美となにか話しているのかと、その声への返答を待ったが、なにも聞こえず、皆子もそれ以上なにも言わない。しばらく軒下で音をたてずにじっとしていると、さっきの鋭い皆子の声が、聞き間違いだったかもしれないと思えてきた。背後で、庭に戻ってきた鶏たちの声が聞こえ、もしかしたら鶏が一羽鋭く鳴いた声だったのかも、と思ったら本当に一羽大きく鳴き声を上げたのがいて、違う、全然そんな声じゃなかった、と思った。

こうしていても馬鹿馬鹿しい、とイクは草履をざっと鳴らすと縁側から居間にあがり、ふたりに構わずずんずん歩いて和美の横の盥を手にとった。ちらりと和美の顔を見ると、まだ寝ているようだった。縁側まで戻ったイクはそこから、盥に入っていた水を勢いよく庭にまいた。鶏がまたひとつ鳴いて、何羽かが慌てたように飛び上がり、ばたばたと着地した。

皆子、晩ご飯一緒に食べていきなよ、イクは皆子と和美の方を振り返って言った。

ああ、と皆子は応えた。のんびりした、よく知っている妹の声だった。

イクはまた庭に出て草履をつっかけコック場に戻り、ふつふつ音をたてはじめた薬缶から鍋に湯を注ぎ、さっき切った瓜を放りこんだ。味噌の壺から木の杓子ですくったのも鍋に入れてくるくるかき回し、納戸からざるに載せた魚の干物を三枚取り出した。かまどから味噌汁の鍋をどかして網をかけ、干物をみっつ並べて置き、持ってきた盥に薬缶の湯を注いだ。戸棚から出したふきんで盥をくるみ表に出ると、皆子がいた。イクちゃん、やっぱり私は帰るよ。

えー、ご飯食べていきなさいよ。

和美さんつらそうだし、イクちゃんがそばで見ててあげないと。

見てたって、それだけでなんにもできないし。

鶏が小さく鳴きながらばたばたとふたりの横を通り過ぎていき、外の道から犬がはいってきた。あ、五右衛門だ。

和美さん、起きたみたいだよ。イクちゃんのこと呼んでたよ。そう言って皆子は庭を出て両親と暮らす家に帰っていった。五右衛門がその後ろをついていった。

この日私が聞いたかもしれない皆子の鋭い声のことを、イクは和美にも皆子にも一度も問うたことはなかった。だからあれがなんだったのかはわからない。島でいつも頭に浮かんでいた歌もいまではひとつも思い出せない。ときどき、それらしい音や旋律が耳のなかに生じるが、それらはどれも終戦後の、内地で聞いた音だとすぐにわかった。あの島の音楽とは違った。

10

つぶした指からよくない菌でも入ったか、和美はその晩から熱を出したが薬を飲んで安静にしていたら二日ほどで熱はひいて、しかしその後も一週間ほどは腑抜けたように家でぼんやりしていた。熱はひいても指の方は当面動かしてはいけないと比留間先生に言われていて、そうなると浜に行っても畑に出てもなにもすることがない。しかし暇だとか動けないというのとは違って、イクには夫がなにか自分の置かれた状況に驚き戸惑って、どうしていいのかわからず呆然としているみたいに見えた。

小さな島だから事故のことはあっという間に島じゅうに知れわたって、しばらくはいろんなひとが代わる代わる見舞いに家に来た。和美は彼らを迎え入れ、座って対面し、心配をかけた旨を詫びたり、来訪の礼を言ったりしていたが、話す内容もその声の調子も、どこか上滑りしていて心ここにあらずという感じがした。イクはふだん小学校で裁縫の仕事を手伝っていたが、それを休んで家のことと和美の世話をしていた。誰かが来れば和美の横に座って一緒に詫びを言ったり礼を言ったりしていたが、そうしながら、そのひとたちの言葉に出さぬ胸のうちをうかがうように、声や動作の細部を観察せずにはいられなかった。

やって来るひとたちはそれぞれで、思ってもいないだろうことをあれこれしゃべってさっさと帰るひともいれば、見舞いついでに酒を飲んでいくひともいた。和美は酒を止められていたから、見舞いの客がひとりで和美の前で飲んでいる。あとから考えたらずいぶん常識はずれにも思うが、しかしそういうひともみんな知り合いで、そういうひとはふだんからそうなのだから、驚きもしなかったし、おかしいとも思わなかった。

常識みたいなものはもちろん時代によっても変わったけれど、島で暮らしていた頃は、世間というのは見わたせば全部見えてしまう島の人間関係がもとにあったから、通用する常識だってその後長く暮らすことになった内地とは全然違うものだった。島にいた頃の生活の感覚をこうしてあとから思い出すことができるのは、当時島にいたひとたちを思い出すことができるからだ。それぐらいの狭さだった。

見舞い客のなかにはおそるおそる、つぶれた指を見せてくれ、などと言う者もいて、言う方も言う方だが和美も和美で、包帯をほどいて見せたりしていた。イクは包帯を取り替えたり薬を塗ってやったりしていたからすぐに見慣れた。

夫の指は、そのあとはずっと短く寸足らずのようになったままで、とはいえ赤黒い傷はだんだん肌と同じ色に、患部の皮膚が癒着してつるりときれいになっていった。見舞いにやってくるひとはみんな夫にあれこれ言葉をかけてくれたが、ときどき、結婚したばかりの夫が不慮の事故に見舞われたことについて、イクに憐れみの言葉を残していってくれるひともいた。養生しろ、と食べ物を差し入れてくれるひともいて、ありがたかった。しかし彼らを眺めるイクの気持ちはずっと少し冷ややかだった。誰も口にはしないものの、彼らの心中にはいつも同じ思いが隠されていることがわかったから。

和美はあの日、用があるでもない砂糖小屋にふらりと現れて、知らないはずもない甘蔗の搾り方を教えてほしい、などと重ルに言ったという。その場には弟の達身もいた。それで牛の回す締機の石車に誤って指を挟んだ。それだけ聞いて、本当に誤って指を挟んだと思う島の人間は誰もいない。和美が故意に怪我をした、それは徴兵を逃れるための行動だった、そのことは容易に想像がついた。それをどう思うか、不埒なことと思うか、馬鹿だと思うか、同情するかは、ひとによって違っただろう。

直截な物言いをするひともいた。昼からいつも酔っぱらっている星野の治三郎さんは、見舞いだと言ってやって来て縁側から上がり込むと開口一番、徴兵逃れかこの不届き者が、と怒鳴りつけ、そんな真似をして恥ずかしくないのか貴様、と殴りかからんばかりに和美に詰め寄ったが、酔って足元が覚束ず、体格も小柄な治三郎さんは片手の和美にも簡単に押しとどめられて、それでも向かってくるところを和美がはねのけると今度は板間に倒れて転がって、そのまま悪態をつきながら眠ってしまい、しかし日頃からこういう不届きを方々でしでかす困り者で、これもいつものことだとあまり驚くこともなかった。

それよりもイクは、腹のうちになにも隠し残さぬこの老人の例外的なもの言いに、このときばかりは少し明るい、好感と呼ぶべき印象を抱いた。そのときは自分でもそれが少し不思議だったが、事故があってからの数日間、イクは誰かが家に来るたびに見えすいた本心に気づかぬふりをして、むりやり嘘をつき通すような、島の世間の吹きだまりみたいなところにいさせられる気詰まりを感じていたのだ、とあとになってから思い至った。両親や弟の達身、そしてイク自身でさえも、和美の核心に触れる言を避けていたが、酔って呂律がまわらず、歯抜けのせいでなおさら聞きとりにくい治三郎さんのおそらく無思慮な言葉は、イクにとって思いがけず救いのように響いた。

徴兵逃れかこの不届き者が。

それは、ほかの客や家族たちが、そしてイク自身もが、内心で和美に向けていた言葉だった。島のそこここで、イクと和美の耳には届かないように、ひとびとは和美の行動について噂話をした。蔑んだり、憤ったり、嘲ったり、憐れんだりした。

どこをとっても事故は不自然で、和美本人だって故意と思われることは百も承知だったのだと思う。けれども事故のあとしばらくのあいだ、和美は自分がとった行動と置かれた状況に、驚き、戸惑い、呆然としているように見えた。少なくともそばにいるイクには、和美がお芝居やポーズとしてではなく、心底そう感じ、戸惑っているようにしか思えなかった。彼は自分で自分の指をつぶすという行動の異常さと、それが意味するところが誰にとってもあまりにも明白なことに気づいていて、なのに本当にそれを実行してしまった自分に驚いていた。彼は、どこかあの日の自分が自分でなかったみたいな驚きを感じていた。そして自分自身の思いがけない行動で、思いがけない状況に立たされることになって、呆然としていた。なんだそれ。馬鹿なのだろうか。でも、彼はなにを措いてもそうせずにはいられなかったのだ。

夫に対するこれらの想像は全部私の想像に過ぎない。私は死ぬまであの行動の真意を夫の口から聞いたことはなかったので。だから、本当は、かもしれない、と言うべきだ。

彼自身が目論んだのかもしれない。

自分で自分に驚いていたのかもしれない。

自分が自分でなかったみたいに感じていたのかもしれない。

あの日からの数日のことが何度も私によって思い返され、記憶がつくられていくなかで、そばにいる当の本人からなんの注釈も挟まれないままそれが繰り返されていくうちに、仮定はほとんど断定になって、仮定に戻れなくなってしまった。迫る徴兵に和美がそこまで追いつめられていたことを、兵隊にとられることのない女の私はきっとうまく想像できない、とイクは言った。うそだね、ともイクは言った。私はそれも知ってるよ。

和美はその後、日を追うごとに回復した。平常の生活を、物言いや振る舞いを取り戻し、ひと月も経つ頃には漁の仕事にも戻った。背丈はそう高くないが体格のいい体つきはちょっと休んだくらいなら剛健なままだった。和美はもとの和美に戻ったと周囲のひとたちは思ったし、それから一九四四年まで四年間続いた島での暮らしを、夫婦は島のほかの若い夫婦たちと変わりなく、平凡と言えば平凡に、戦局が悪化して疎開を余儀なくされる一時期をのぞけば、安穏な生活を送った。子どもができるまでに周囲が思っていたより少し時間がかかったが、疎開が決定した時期に夫婦にちょうど乳児の長男がいたことは和美が疎開対象から外されなかった理由だったかもしれない。たとえ指の欠損で銃の引き金が引けずとも、まともにふだんの仕事ができていたのだから、島に残って軍務に就く可能性はあった。疎開対象を外れる要件は十六歳から五十代までの男性ということだったらしいが、それ以外に扶養家族がいたり病気の者は軍属を免れることもあった。和美はその口だが、一方で年齢に満たないはずの和美の末弟の忍は十五歳だったのに達身とともに島に残ることになった。それが軍による判断なのか、三森家の家族や兄弟のあいだで取り交わされて決まったことなのか、イクは知らない。和美はそのことについても私が死ぬまで一切口にしなかった。

私が話していることは、和美が話さなかったことです。

徴兵もなく、もとの平穏な生活に戻ったかのように他人も自分も思っていたが、ふたりが結婚したのはその年の春で、あの事故の前に和美とイクが夫婦として過ごしたのはわずか三か月足らずだった。事故があって、たしかにそれまでの生活と変わったことは変わったけれども、それ以前の夫婦の生活は、もとに戻る、なんて言えるほど落ち着いたものだったろうか。それでもその三か月足らずのうちに幾度かは触れたり、触れられたり、まじまじと見たこともあったと思う和美の右手の人差し指は、その先端が失われてしまったけれども、あの短くなった夫の指先のうえに、やっと私たちの結婚生活がはじまったようにいまでは思える。

別の言い方をすれば、私たちの生活には、ずっとあの日がひっついていて、ずっとあの日と一緒にあった。あの夏の晴れた日の、家に駆け込んできた達身の足音や声をイクは忘れることはなかったし、それを何度も何度も思い返した。家を飛び出し、小屋まで駆けていく道のり、その自分の足どり、小屋でへたりこんでいた和美の姿と、その手の赤い血の色、傍らにのったりと佇んでいた牛の名前はフジ、砂糖小屋の匂いまでも鮮明に、それはイクの記憶によっているけれど、おかしなことに、イクはそれを思い出せば自分の右手の人差し指を意識してしまう。なににも挟まれることなく、つぶれることのなかった私の人差し指。そこにある指の先端の存在が疑わしくなり、思わず指先を見つめれば指はたしかにそこにあるのだが、ある、と、ない、とが揺らぎはじめたら、目で見たからといってその疑いはおさまるものではなくて、何度もたしかめてしまうし、何度たしかめても不安になる。あるのかないのかよくわからなくなる。そうなれば回転する石の車と車の間に和美の指が引き込まれる瞬間を、イクはそれがまるで自分の指だったかのように思い出した。浅く握った甘蔗の茎に、人差し指だけを沿わせるように伸ばし、ゆっくり引き込まれていく甘蔗を見ながら、幾度かためらって指を引き、茎がちぎれたり、あるいは離れた手先から茎だけが石車に飲み込まれていく。そんなことを繰り返しているうちに、頭のなかが熱を持ったようになって、やらなければならない、やると決めたしやるほかにない、よい、と考えてやっぱりまた逡巡を繰り返す。兵隊に行って、敵を目の前にしたら、いま思っているのと同じような、こんな思いを思うのかもしれない。思うかもしれないというか、なにも考えられないくらいに思い切るしかないのかもしれない。そこでは逡巡は許されないのかもしれない。その逡巡は死を意味するのかもしれない。だったら結局同じことなのではないか。いまここでこんなことをするくらいなら、いっそ戦地に連れていかれるまで、この熱に浮かされたような状態を先送りにすればいいんじゃないか。けれども、とまた生じるためらいと、ままよという思いがぶつかって、あっ、と思った瞬間に、本当に指先が挟まれて、一瞬なんの感情も感覚もない瞬間が生じて、あっ、という思いのほか大きな、しかし間抜けな声があがって、その声は自分でなくフジがあげた声のようにも感じられた。それから激しい痛みが指先に走り、知らぬ間に大きく口が開いて、そのあと腹から声があがり、痛みをやわらげようと喉を震わせるが、いくら声をあげても痛みがおさまる道理はない。けれども止まぬその大声が、小屋に響いた。

戦地に行くことのなかった和美が想像する戦地は、すべて仮定から動かなかった。そこで想像される姿や視界は、和美自身のものではなく、たぶん、達身のものだった。あるいは弟の忍であることもあったが、年の離れた忍のことは、達身にくらべてその戦場での心境をうまく想像することができなかった。十五歳の忍がそこにいた、と考えることは、達身がそこにいたことよりも、もしかしたら自分がいたと考えることよりも、おそろしかった。自分と引き換えに、俺は十五歳の弟を戦場に置き去ったんだ。

私はそれを何度も思い出した、とイクは言った。和美の指が挟まれた瞬間に私たち夫婦の戦争があった。島で過ごした残りの四年間の毎日に、防空壕のなかでも、疎開船のなかでも、あの瞬間を思い出した。島に残した弟たちのことを思っても、行き着くのはあの瞬間だった。内地にたどり着いてどうにかこうにか生き延びて、伊豆に生活の場をつくり、和美は内地でもまた船に乗った。先端を欠いた指は日常生活においてもほとんど不自由はなかった。箸だけはいくらか不格好だったが、いろいろの仕事道具も、魚をさばく包丁も、ペンや鉛筆も使えた。和美の書く字は指をつぶす前も、つぶしたあとも、イクよりずっときれいだった。船はもちろん、自動車の運転もできた。イクは伊豆の家で死ぬまで毎日見ていた和美の指先を見るたびにあの日のその瞬間を思い出して、もう思い出すまでもなく、それは指そのもののような記憶になっていた。私はその瞬間を経験していないし見てもいないのだけど、ある、と、ない、との揺らぎは見ていないからといってやっぱりどちらかに落ち着くものじゃない。

何度もあの日を思い出し、自分の指先にたびたび不在の感覚を覚えるうちに、あのとき和美が先送りにできなかった恐れ、自分の指を自分でつぶすほどの恐れを、イクもまたいつしかよく知っていることになっていた。治三郎さんに怒鳴りつけられてその体を片手ではねのけるとき、お前らとは違うんだ、と和美が言い放つ。うそ。そんなことは言っていなかった。けれども、和美が心中でそんなことを思っていたことを、イクは知っていた。断定していた。

内地で兵役を終えてから硫黄島に来た治三郎さんは、和美たち若者に、自身の軍隊経験をずいぶんいいもののように、誇るべき経験として、酒に酔いながら語り聞かせていた。男子たる者、と繰り返す聞きとりにくい声が耳に残っていた。もとは内地の山間のどこだったか田舎育ちで、子どもの頃から畑仕事の手伝いをさせられて育った治三郎さんにとって、入営は親や周囲から、一人前の男として認められるための通過儀礼だった。十七歳で志願してどこだかの聯隊に配属された。初年兵のときは日清戦争と日露戦争の合間にあたる。その後日露戦争でも大陸だか朝鮮半島だかに赴いたそうだが詳細はよく知らない。あとになってこちらが気づいたり勝手に思ったことも多いから、そうであったかもしれないにとどまる。治三郎さんは疎開してから間もなく栃木の方でなくなったと聞いた。だから出身も栃木だったのかもしれない。島を離れてからは一度も会わないままだった。ともかくどこまで本当かわからぬ威勢のいい、格好のいい話をたびたび聞かされたが、治三郎さんにとっての軍隊経験と戦争とは、少年時代と入営後に年長者や上官たちから伝え聞いた日清戦争、そして自身が直接かかわった日露戦争のふたつで、そこでもたくさんのひとが死んで不幸になったが、どちらの戦争でも日本は負けなかった。そしてそれは彼自身の勝利であるかのように語られた。

実際、そう思うものなのかもしれない、とイクは思った。もし自分が同じ事態に直面すれば。和美もたぶんそう思った。しかし、そのとき大陸で進行中だった中国との戦争、そしてじりじり迫り来ている米英との次の戦争と、過去の戦争では、当たり前だが状況がまったく違った。治三郎さんだけではない、治三郎さんと同じく入隊経験のある年配者、産業会社の従業員や学校の教員なども兵役の経験を同様に誇らしく語っていたものだが、その戦争とこの戦争は違う、ということをちゃんと話してくれるひとはいなかった。聞き手もまた、多くのひとはそれを語り手の意図する通りに、語り手が誇るべきエピソードとして、そして我々の来たるべき未来もまた、たとえどんな苦難があろうとも、彼らが語るように最後は自分たちの国が勝利して決着するのだと信じて聞いていた。おのずとそれはおおいに盛り上がる、意気があがる思いがしたことだろう。イクは、自分がそれらの話をどんな顔で聞いていたか、よく覚えていないが、たぶん多くのひとと同じように、盛り上がり、意気をあげて、士気の高まる気持ちで聞いていたかもしれなくて、わずかにそんな覚えがあった。和美と同世代、ということは二歳年下のイクともだいたい同世代ということだが、その男子たちのなかには、志願兵になった者も、徴兵され島を離れた者もいた。一方で、威勢のいい話を聞けば聞くほど消沈する者もいて、たとえば達身と重ルがそうだった。イクがふたりからそういう話を直接に聞いたことはなかったと思う。ふたりがこそこそ話しているのを盗み聞いたり、なんとなくそううかがえたのだった。

　男のひとたちの、それぞれの態度。それぞれの表情。私は思い出せる、とイクは言った。知らない者などひとりもいなかった。あんなに小さな島だった。あるいはそれもまた、島を離れて、和美の詰まった人差し指のうえで安穏に過ごしているうちにできあがった記憶なのかもしれない。たぶん、彼らは女の私にそんな話はしなかった。けれどもこんなにも強くはっきりと思い出せるのはどうしてなのか。不思議。私の記憶力は年をとればとるほどに強くなっている。正しいかわからないが、強くなっている。覚えていなかったことまで思い出せる。

　けれども思い出せるのは彼らの表面だけで、そこにある弱さがどういうものだったのか、イクはうまく思うことができない。そこにあっただろう彼らの恐怖を思うことはできても、それを前にしたとき彼らのうちにどんな思いが生じたのか。わかるのは夫の和美が締機に指を差し入れた、言ってみれば理性を失うその瞬間の葛藤だけで、そこにどんな思考が、どんな言葉があったのかが知れない。

事故の数か月前、祝言をあげたイクと和美が住みはじめたのは、島の中央の元山部落にあった家の土台を使って建てた家で、大工仕事は部落の男たちが大勢集まって手伝ってくれた。一週間がかりで家ができあがり、譲り受けたり揃えてもらった家財道具などを運び込み引っ越しが終わると宴会で、引っ越し祝いに和美の父は飼っていた豚を一頭つぶして集まったひとたちにふるまった。前の住人が建てたのがそのまま残っていた石の門柱に、三森和美、と夫の名が書かれた表札をとりつけた。島の石材はやわらかく、石で擦ると削れてくる。ここにイクちゃんの名前も彫っとこうよ、と学校時代の友達がみんなで門柱の根元にイクの名を彫った。よく見えないから誰も気にしないし気づかなかったが、通り抜けるたびイクはそれを見た。和美もそれを知っていて、気にしていたかは知らないが、勇が産まれたとき、イクの名の横に和美は勇の名を彫った。けれども勇が産まれてしばらくすると空襲がはじまって、私たちの家はあっという間に焼け崩れてしまった。門柱は崩れずに残っていたけれど、そこにある勇の名前を認めて家の庭に出入りしたのはほんの数か月のことだった。たぶん、島にいた軍人さんたちも、誰も気がつかなかっただろう。あそこに勇の名が刻まれていたことは、和美とイクの夫婦ふたりしか知らなかった。

前の道に出て、片側にはタマナの木が並んで繋っている。隣近所のひとたちの顔も浮かぶ。和美の実家は同じ道沿いのすぐのところにあった。そこは和美の弟でイクと同い年で幼なじみの達身の家でもあったから、結婚して新しい家に住むことになると、イクは、むかし遊んだ達身の家の近くに住むことになった感じがした。イクの実家も歩いて五分ほどのところだが、和美の実家ほどここから近くはない。このへんは、達身の家の方、だった。

小学校から帰る途中の分かれ道で、達身と重ルは左に、イクは右に道が分かれる。それでももっと一緒にいたいから同じ道に行く。家に帰ったらすぐに仕事を手伝わされる。仕事も好きだがすぐに帰ってはもったいない。少し遊びたい。達身の家にはまだ小さい忍ちゃんがいて、かわいい忍ちゃんを見にいきたいとイクは思う。達身の家を通り過ぎてまっすぐ行けば遊び場にしている林があって、そこに行けば女の子の友達もたぶんいる。さっき庭を出てきたときは和美の妻だったのに、小学生の裸足の足になっていて、家には靴もあったが、子どもが学校に行くときはだいたい裸足だった。子どもの足のまま、あとをついていきそうになるけれど、草履を履いた大人の足で横をすり抜けていった子どもらを見送り、イクは実家の方へいく道を進む。途中星野の商店に寄って、えつ子おばさんに挨拶し、少し世間話をして、きれいな包装の小さな菓子をひとつ買った。えつ子おばさんは治三郎さんの奥さんで、治三郎さんはこの頃はまだまじめに製糖工場で働いていた。治三郎さんが昼から酒を飲むようになったのはえつ子おばさんが死んでからだ。星野夫婦は若い頃に硫黄島に移り住んできて、えつ子さんは頭のいい働き者で、砂糖の景気がよくなってきた頃に菓子や日用品を売る商売をはじめた。えつ子さんが病気をしてからは、内地から妹のかね子さんが来て店を手伝い、かね子さんも島の男と所帯をもって一緒に商店で働いた。治三郎さんは自分の妻のものだった店をかね子さん夫婦にとられるような形になったわけだが、もともと商売のできるひとではなかったし、文句を言って酒を飲み、ときどき工場で働くしかできない。かわいそうなのは若いのになくなったえつ子さんだが、治三郎さんも気の毒だったのかもしれない。

えつ子おばさんはイクが結婚したときにはもうなくなっていたはずで、だから結婚後に住みはじめた家から出て歩いてきた自分が星野商店でえつ子おばさんと話をして買い物をしたことは変なのだけれど、そのおかしさにも気づいているけれど、菓子を携えて実家に向かって歩いていくイクに考え直せとか店に戻ってもう一度確認しろなんて言えない。自分の強い記憶力のその強さは、かならずしも正確なことに向けてだけ強いのではない。いろいろな時間を間違ってつなげるその力も強いんだ。

野良犬の五右衛門が歩いていた。茶色にわずかに黒のまざった毛で、鼻先が大きくて長く、耳が半分折れている。体も大きく、口も大きいが、おとなしくて誰にでも体を触らせる。浜をうろうろして泳いだりもしている。父島から誰かが連れてきたそうだが、野良犬といっても、いつもどこかしらの家でご飯をもらっているから、よく肥えている。五右衛門という名前も誰がつけたか知らないが、道で会ったら名前を呼んで、近寄ってくればかわいくて、触ってやる。

実家では皆子が糸を紡いでいた。畑では綿花も少し育てている。むかしは商売にしていたが、両親はその後いろいろな野菜の栽培に商売を替えた。忙しい時期には畑を子どもたちに手伝わせて工場の仕事にも行く。庭から、皆子、と呼ぶと開け放した戸を通して、座敷にいた皆子がこちらを向いた。死んだばあちゃんが使っていた糸車の音だ。イクが結婚するとき、母親が裁縫の好きなイクに糸車を持っていっていいと言ったが、皆子のために置いていった。皆子は車を回し続けたまま、イクちゃん、と言った。

はいこれ、とさっき買ったキャラメルを皆子に渡した。

わあ、ありがとう。きれいね、皆子は糸車を止めて、黄色と薄いピンク色に包装されたキャラメルの箱を手にして眺めた。和美さん、どう？

大丈夫、死にはしないから。そう応えて、ふと、あの日和美の指から搾られた血の混ざった糖液はどうなったのだろう、と脈絡のないことが頭に浮かんだ。多少ひとの指先の血が混ざったところで、濾して、煮詰めて、砂糖になれば、誰が気づくものでもないだろう。和美の指から流れた血は、そのまま砂糖に混ざって、内地に運ばれ、軍人さんや偉いひとたちの口に入っていくのかもしれない。たしかに短くなった和美の指先も、どこにいったのか。あの日締機の石車に挟まった甘蔗の搾りかすと一緒に、どこかに積み上げられているのだろうか。

家で寝てるの？　和美さん、と皆子が言った。

そうだよ、とイクは応えた。

イクちゃん、と皆子は言った。

なあに。

今日のこの、他愛もない時間のことを、私はずっと覚えているよ。このきれいなキャラメルの包み。和美さんの指のこと。イクちゃんはそうやって平気にしているけれど、きっと心のなかではもっといろんな複雑な、まだ私には理解できないようなことを、たくさん思っている瞬間のことを。あと何年かしたら、きっと私にもいまのイクちゃんのことが、わかるね。

なんと応えていいかわからないイクは、またからからと糸車をまわしはじめた皆子のことを、黙って眺めた。この糸車なら、指を挟んでもつぶれない。

キャラメルなんて、内地に行ってからはとても自由に買えなかったよね。

昭和十九年、和美とイクの家族は、硫黄島から父島を経て、同じ疎開船に乗って横須賀の港にたどり着いた。しばらくほかの疎開者や避難者たちと一緒に横浜の養老院にいたが、父島から内地まで同行しその後数日間世話をしてくれた軍の担当者の言うところでは、これより先は各自親戚や伝手を頼って自活するようにとのことだった。イクと和美は、和美の両親、イクの両親、皆子とともに三森の親戚がいるという伊豆に移動した。

頼りの親戚は老夫婦だった。終戦前の食糧も物資も不足する状況のなか、総勢八名で赤ん坊までいる引揚者を歓迎する余裕はなかったが、それでも近隣で彼らが新しい生活をはじめるための援助をしてくれた。

　生活が落ち着くまではいくらか時間がかかったが、戦後の復興とその後の経済成長に向かう萌しも出はじめ、イクの両親は同地に民宿を開いた。和美と和美の父は金を借りて船を買い漁師になった。独身だった皆子も両親の民宿を手伝い、父親が死んでからは皆子が女将になってしばらく経営を続けた。繁忙期にはイクもよく手伝いに行った。和美の船から仕入れた魚を売りにして一時は客も集まったが、ようやく経営が軌道に乗った頃、皆子が突然民宿の仕事を放って蒸発した。

　誰も、なんの理由も思いあたらなかった。家族は手を尽くして皆子の行方を捜したが見つからない。失踪人として警察に届けも出し、新聞の尋ね人欄や、テレビやラジオでも情報を募った。

　高齢になっていた母親はしばらく従業員やイクと和美の助けを得て民宿を続けていたが、一年足らずで営業をやめ、それからそう間を置かずになくなった。皆子に母親の死を知らせる術もなく、行方不明中の次女が姿を現さないまま母親の葬儀は終わった。

　両親と皆子が経営していた民宿は、伊豆半島の突端近くで太平洋を望む小山の中腹にあった。営業をやめてから、母親は宿泊棟の二階のひと部屋を、日中を過ごすのに使っていた。自宅は同じ敷地内、宿泊棟と食堂棟を通じてつながった隣にあったが、台所も風呂も遠い宿泊棟の二階の部屋は、わざわざ年寄りが日中を過ごす場所としては不便に思われた。

　告別式があったのは、初夏の晴れた日だった。式を終え、ひととおり親戚らを見送り、家の庭から民宿の建物を見上げると、母親が過ごしていた部屋の窓辺に喪服姿の和美がいて、外を見ながら煙草を吸っていた。これからまだあと片付けと、その後は建物や土地の処分のことも考えなくてはいけない母の遺産に、イクは愛おしさと疎《うと》ましさと両方感じながら、開け放たれていた一階の戸口からタイル敷きの広い玄関に入って、草履を脱いだ。営業していた頃のスリッパが残っていて、それを履いて階段を上がり、もとは客室の母の部屋に入った。

客室として掃除の行き届いていた頃の趣はなく、部屋には母親の気配と生活の跡が残っていた。窓の近くに置かれたローテーブルと椅子の周囲には、ティッシュやゴミ箱、たまった新聞や耳かきなどが雑多に散らばり、母親がほとんどの時間をそこに腰かけて過ごしていただろうことがひと目でうかがえた。その奥の窓の桟に腰かけて、和美が外を見ていた。

窓辺まで進んで、和美越しに、窓からの眺めを見た。夕暮れが近く空の色はきれいだったが、西向きではないので夕日は見えない。海へと緩やかに下りていく道の木々が黒く繋って、そのあいだに微かに海が見えた。

母親はここから、海を見ていた。木々の隙間にわずかに引かれた水平線には島影は見えないが、そのはるか向こうにはかつて暮らした島がある。むかし島から見ていた水平線のはるか先から、もうそこに自分のいない島を見返している。

イクは、誰かに語りかけるようにそう思った。そばには和美がいたのだから、和美に話しかけていたのかもしれない。けれども和美は、私の夫はなにも言わない。窓の外からは木々の風に揺れる音、海岸の道を車が走る音、微かに波の音が聞こえ、そこにときどき煙草の煙を吸って吐く夫の息の音が混ざる。

私は夫より先に死んだ。話さない夫の姿だけを覚えている。ほかの姿は忘れてしまったのかもしれない。さようなら。

第三章

11

自衛隊の輸送機に乗る稀有な経験までして私が硫黄島に足を踏み入れたのは二〇〇五年で、それは祖父がなくなった年だった。戦前に祖父母が暮らしていたというその島のことはそれまでほとんど気に留めたことがなかったけれど、祖父の葬式のときに久しぶりに会った兄から元島民とその親族を対象にした訪島墓参事業があることを教えてもらったのだった。

たぶん私はそのときは、硫黄島のことを知りたいというより、なくなったばかりの祖父のこと、そして祖父よりずいぶん早くになくなって私はほとんど記憶のない祖母のことを、もう少し知りたいと思って墓参に参加したのだったと思う。もうこの世にいなくなってしまった彼らが、いまの自分と同じ年の頃に暮らしていた場所を見てみたいと思った。

その翌年にはクリント・イーストウッドが撮った硫黄島を題材にした映画二作が公開されて、私はそれを両方とも観た。日本軍の側に焦点をあてた『硫黄島からの手紙』は嵐の二宮くんが日本兵の役で出ていて、すでに海外作品への出演も増えていた渡辺謙が栗林忠道を演じた。私がその頃少し好きだった中村獅童も出てた。戦争に勝ったアメリカ軍側に焦点をあてた『父親たちの星条旗』では、あの有名な摺鉢山に星条旗を立てる写真によって英雄にまつりあげられた兵士たちの人生の方に物語の軸があった。どっちも悲惨で哀しい物語だった。

映画の公開に合わせるように、いろんな取材記事や本が出版され、映画を観て興味が再燃したところもあった私は、図書館や書店で目についた関連書籍を手に取ったりもした。しかしそのほとんどは兵士として現地に行って戦闘にかかわったひとがその経験を記したものや、栗林忠道らの伝記的なもの、あるいは太平洋戦争における硫黄島戦の記録のような本で、戦争以前の硫黄島のこと、そこで暮らしていたひとたちのことを書いた本や資料は見つけられなかった。父島などを含む小笠原諸島全体の歴史を追うような本でも、戦前の硫黄島についての記述はごく限られていた。

自分たちが住んでいた頃とは地形が全然違うよ。墓参で島を訪れたとき、慰霊碑のある低い丘からのっぺりと広がる島の地形を眺めていると、隣にいたおばあさんがそう言っていた。墓参は数時間で島内をめぐる忙しないスケジュールでとっちらかった断片的な記憶しかないが、その言葉はよく覚えていた。

私は最初、それは一年で何メートルも隆起することがあるという地盤の火山活動が長年続いているという意味だと思っていた。が、おばあさんの言葉に反応してほかの参加者が何人か集まってきて話しているのを横で聞いていたら、米軍の激しい爆撃や日本軍の防備施設の建設などで地形が変わったという意味のことを言っていた。

その過程を我々は見ていないからね、と年配の男性が、中学生くらいの少年に教え諭すように語って聞かせていた。その少年とは移動のバンが同じで、私よりも若い参加者は彼しかいなかったから、なにかと彼の姿や挙動を目で追ってしまっていた。

いったいどんなひどいことをしたらこんなに土地の形が変わってしまうのかわからないけれども、家や建物だけがなくなっただけじゃない、山とか丘がなくなってるんだから驚くよ、男性はそう話した。少年は神妙な顔つきでそれを聞いていた。どう応えたものか困っているようでもあった。それはそうだろうと思う。

年配のひとだからといって、外見だけでは元島民なのかどうかはなかなかわからない。その男性も若々しく見えたので元島民の子ども世代のひとかとなんとなく思っていたが、そばで聞くともなしに彼の話を聞いていると、自分が島にいた頃に父親とつくった作業場について、そこに納屋があり蔵があり、砂糖を搾っていたとかいう話をしていて、彼もこの島で暮らしたひとらしかった。男性の話は、少年に話しているようでどこか独り言みたいにも聞こえた。あるいはすでになくなっているだろう父親や、かつて同じ島で暮らしたひとたちに向かってしゃべっているようにも思えた。六十年前に、毎日をそこで過ごした仕事場や、それ以外にも家とか学校とか歩いた道とか様々の記憶が、目の前の土地を眺めているだけで次々と溢れてきて言葉にせずにはいられない。私はそんなふうにその男性が話し続けるのを見ていた。このひとは、たしかにかつてここにいたのだ。

終戦後に島を統治した米軍がそこに新たな滑走路を建設しようとして土地を均したことを知ったのは、墓参の翌年にあれこれ目にした本か記事のなかで読んだのだったと思う。その頃の重機とか建設工事のことなんか私には全然わからないが、たぶんブルドーザーみたいので高台の土地を削ってトラックで土を運び、低地を埋めていったんだろう。しかし結局、隆起が激しいせいでアメリカは飛行場の拡張を断念したという。平らに地面を均したところまでで、それ以上の建設は進まず一九六八年に硫黄島は日本に返還された。

地形が変わったことには戦闘による影響もないわけではなかっただろうし、建物や畑、かつての生活の場がアメリカ軍の爆撃や日本軍の陣地構築のために破壊され失われたことは間違いではない。が、地形は不可抗力的に変わったのではなく、米軍が整地したために山や丘が削られ、あんなにも平らに、現在の地形になったのだ。かつて大勢のひとが暮らした土地の起伏を、風景を、そうも簡単に変えてしまえる、土地に対するその遠慮のなさは、アメリカという国の歴史や文化を映しているような気もするけれど、他国の土地、他人の土地に対してはどんな国でも、誰でも、そのように振る舞えてしまうものなのかもしれない。戦争とはそういうものだ。ともかくそのことを知ったとき、名前も知らない元島民の男性の話から私が聞きとって、その後も忘れられずにいたあの男性の諦観と男性が被った不条理と事実の単純さが全然釣り合わない、と思った。

しかしそれと同時に、私がちょっと調べただけで知ることのできたそんな事実を、元島民のひとが知らなかったというのもおかしい気がした。そう思えば、あの男性や、彼と話していたほかの元島民やその家族のひとたちのなかにも、かつて自分や自分の親たちが暮らした土地の地形の変化を、もっと劇的なものとして語りたくなるような気持ちの動きがもしかしたらあったのかもしれなかった。そして語っているうちに、なにが事実でなにが脚色だったかわからなくなることだってあったのかもしれなかった。それはかつて暮らした土地を眺める視線に生じる感情の問題なのかもしれず、ましてそこに戻りたくても戻れないとなれば、その場所を語る言葉には怒りや嘆きが、あるいは恨みが、様々な感情が運ばれてくるのだろうか。彼らは記者でも研究者でもなく、そこで生きて生活していたひとたちであり、彼らが語ろうとしているのは記憶であり人生であるからには、それがそのひとの現実になる。

一方私は、そのような感情は持たない者だった。いくらか興味を持っていたとはいえ、自分はその地に暮らしたひとたちから数えて三代目にあたり、家族にも親戚にも当時の生活や疎開時のことを直接に知るひとはいなかった。墓参の翌年の映画で再燃した興味もその後続くことはなく、自分の生活に精一杯で、硫黄島は私にとってふたたび遠い場所になった。

十八のときから家の近所のパン屋でバイトを続けていた私は、お金をためて二十五歳のときから二年間調理師学校に通って免状をとった。その後は都内に三店舗を持つパン屋に入り、いずれ独立して自分の店を開くべく働きはじめた。

パン屋の朝は早い。仕事のある日は始発の前に起きて、自転車をこいで店まで通う。それは真冬でも、雨の日でも変わらないが、パンをつくる作業は毎日違う。季節によって、気温によって、湿度によって、材料の状態も、生地の状態も微妙に変わる。その日その日の状態に応じて、パンの機嫌をうかがうように、いちばんおいしくなるように、こねて寝かせて焼いてあげなくてはならない。温度計や湿度計の数値はもちろん大事だけれど、最後に頼るのは自分の肌や指先の感覚だ。材料とひと口に言っても小麦粉、ライ麦粉、ほかの穀物の粉も使うし、その産地、挽き方、と細かく見ていけばきりがなく、もちろん粉以外に水、牛乳やバター、卵を使うものもある。また、これを材料と言うべきかどうかという問題もあるけれども、パンづくりに欠かせない酵母、イーストというのもいろいろで、そんな様々な条件に応じたレシピの分量や、発酵や焼成の時間に、ほんのわずか自分の経験と感覚にもとづく加減をする。その塩梅の説明はとても難しい。私のパンについての記憶や、私とパンの関係をどう解釈するかみたいな話になる。語るべきことはパンづくりだけにとどまらず、私が将来どんなお店をつくりたいか、どんな商売をしたいか、話はそういうところまで行き着くことになって本当にきりがない。私の感情は、パンに向かって熱く高ぶる。それは失われた故郷に向けられる感情と比較できるようなものではない。誰かの人生と誰かの人生は比較なんてできない。私の人生を思うときそこにはパンのことがある。失われたものではなく、未だ出会うことのない未知なるパンが。パンについて話しだすとこうして長くなるからもうやめておくけれど、もういまの店に十年近く勤めている私の給料は安い。ひとり暮らしじゃなかなかお金もたまらないし、両親が離婚して以降いまに至るまで私はずっと母親と一緒に練馬のマンションに住んでいる。あ、いまは二〇二〇年です。母親の洋子は今年で六十九歳になる。母も年をとったが、私も年をとった。私は今年で三十六歳になる。子年の年女だ。

私が変な夢を見たのは、今年の春先のことだった。

私は休みの日に東京のどこかの繁華街を歩いていた。まだ新型ウイルスの感染が国内に広がる少し前で、街にはまだいつもとそう変わらぬ人出があった。今年は全国的に暖冬で雪が少なく、東京でも雪はほとんど降らなかった。二月に入っても気温の高いあたたかい日が多く、梅の花が咲いて私はいつもより早く花粉症になった。

その夢のなかで、私はたぶん、本屋さんに向かって歩いていた。この日もあたたかいよく晴れた日で、ふだんならこの時期にはまだ着られない薄手のコートを羽織っていた。そのポケットのなかで電話の着信音が鳴って、スマートフォンの画面を見たが知らない番号だった。たまにかかってくる、マンション購入とかライフプランとかの勧誘だったらいやだなと思い、もしその手の電話だったらすぐ切ろうと思って、もしもし、と出た。

ああもしもし、くるめちゃん？　と男の声が聞こえた。

はい？

くるめちゃん？

どなたですか？

みつもりくるめちゃん？

え、どちらさまですか？

あー、えーと、こちらやぎですけど。

やぎさん、ですか。

はい、やぎさんです。

どちらのやぎさんですか？　失礼ですけど。

どちらもなにもこちらやぎですけど。メエ。

こんなものいたずら電話でなければなんなのかと思ったけれど、最初に名前を訊かれたから闇雲にかけてきたものでないらしかった。とはいえ最近は勧誘なんかの電話にしても闇雲に手当たり次第かけてくるのは少なくて、どこかから入手した個人情報をもとに名前や属性を知ったうえでかけてくるものがほとんどだから、こいつもその類かもしれなかった。が、勧誘にしては話が見えないし、口調も態度も軽い。あと、私の名前はくるめでなく来未《くるみ》だ。三十六年も生きていればすぐ思い出せない知人というのはいくらでもいる。電話に耳を当てながら八木なのか矢木なのかそれとも違う字なのかわからないが、ヤギという名前の知り合い、あるいはこの種の手の込んだ悪ふざけをしてきそうな知り合いを思い出そうとしてみたがわからなかった。ともかく微妙に私の名前は違っているものの、相手が誰だかわからず目的もよくわからない状況で、まったく出鱈目でもなさそうな自分の情報を握られているのは、闇雲ないたずら電話や勧誘よりもむしろ気味が悪かった。

すいません、ちょっとどなたか思いあたらないんですけど。

ああ、くるめちゃん、それは無理もないよ。はじめて電話をしているんだから、と電話の向こうの男は言った。子どもみたいな高い声で、しゃべる調子にも子どもがふざけているみたいな稚気があったが、同時に子どもではないことも私にはなんとなくわかった。男の話し方は、自分と同年輩か、自分より年下のひとに話すときのそれのような感じがした。実際にいくつかはもちろんわからないし、ただ横柄で常識外れなだけかもしれないが、だとしてもその横柄さは子どものものではないと思った。一瞬、男ではなくて女かも、と思いかけたが、声の調子はやっぱり男性のものだった。

埒があかないかも、と思った私は、あのー、と少し考えてから、いたずらだったらもう切りますね、と言った。

あ、くるめちゃん、待って、と男は言った。その声には動揺がうかがえて、本当に困っているのかもしれない、と思った。なんなんですか。ご用件はなんですか。

用件なんかないんだ、くるめちゃん。

そんなら電話してこないでくださいよ。

どうして。電話っていうのは、こういうためにあるんじゃないのか。

こういうため?

話したいひとと話すため。会いたいひとの声を聞くため。

そう言われて、思わぬ返事と素朴な物言いに虚をつかれた。それで、なるほど、と一瞬思いかけたが、こちらは別に話したいわけでも声を聞かせたいわけでもない。そんなこと突然求められても迷惑だし、誰だかわからない相手ならばなおさらで、そんなひとからの電話は怖い。誰ですか、やぎって。どちらのやぎさん? フルネームを教えてくださいますか。

待って、くるめちゃん、と男はさらに動揺を隠さない声で言った。ごめんなさい、怒らないで。やぎというのは仮の、知り合いのひとの名で、僕の本当の名は別にあるんだけど、いまはそれは言わないでおきます。とにかく、くるめちゃん、話せてよかった。声が聞けてよかった。僕の電話に出てくれて、どうもありがとう。忙しそうなので、もう電話を切りますね。迷惑をかけて、ごめんね。

男は言葉の通り満足した様子で、動揺していた声の調子は徐々に満足げな雰囲気になり、電話を切ろうとするので、え、え、ちょっと待って、とつい私の方から引き止めてしまった。けれども男は締めかけた話を止めることはせず、またかけます、さようなら、と言って電話は本当に切れた。

いったいなんだったのか。ただのいたずら電話と流してもいいが、そうするには少し引っかかるものがあった。いたずらとか悪ふざけならおもしろくないし、いやがらせにしては丁寧で引き下がるのも早かった。こちらがやや強く出たあとの向こうの物言いにはなにか誠実そうな印象すら感じた気もして、もしかしたらあのひとは本当に切実な事情や困ったことがあって自分に電話をしてきたのではないか、と思いかけた。だから、不審きわまりない電話にもかかわらず、こちらから、ちょっと待って、などと引き止めてしまった。

とはいえ、世の中には他人には理解できないような趣味嗜好もある。突然電話をかけて混乱するひとの声を聞いて興奮したり悦びを感じたりするひともいるのかもしれない。私のパンに対する気持ちだって、ひとによっては変態的な嗜好に映る。もしそういういたずらの電話だったのなら気色悪いし腹立たしいが、なにか直接的な不愉快を被ったわけではないし、勝手にかけて勝手に切られた電話にこれ以上かかずり合う必要はない。こちらはパン屋で忙しいのだ。もしまたかかってきたら延々パンの話をしてやろうか。私はそう思って、その電話のことを忘れようとした。電話機にはかかってきたその番号が残っていたが、かけ直しはしなかったし、そのうちに他の履歴に紛れてわからなくなってしまった。

夢のなかで私の春の時間は過ぎた。二月下旬に入ると早くも春一番が吹き、梅は散って桃の花が咲いた。東京の桜の開花は三月半ば頃になりそうだとニュースが言っていて、そんなに早くちゃ学校も春休みになっていないし年度末の仕事もおさまらず花見なんかできないのではないか、母や職場のひとそう驚き合うように話した。しかし実際三月に入っても暖かさは概ね続き、いくらか寒暖の波はあったものの東京では予想通り三月半ばに観測史上最速の日付で開花宣言がなされた。

たしかに花見どころではなかった。しかしそれは開花が早過ぎたからというより、世界各地で広がりつつあった新型ウイルスの感染が日本国内でも徐々に広がりつつあり、各地で桜が満開を迎える頃になると街からひとが減って、様々な催しの中止や延期が発表された。二月末には学校の休校措置や大規模イベントの自粛などが政府から要請され、マスクやトイレットペーパーが薬局からなくなった。私の働く店でもその後もしばらくは通常営業を続けていたが客足と売上は漸減した。営業時間の短縮と従業人員の調整が行われる頃になると、同僚や常連のお客さんたちとの世間話でも、少し前までの楽観的な感じは一転して、政府の対策や今後の生活に不安を示すぴりぴりしたものへと急激に変わっていった。政府や都はまだ夏のオリンピックを予定通り開催すると言っていたが、これも連日ヨーロッパをはじめ世界各所での感染拡大が報じられ、出国禁止などの対応が加速度的に進むなか、もう開催は無理だろう、と世間の見方も固まりつつあった。

そんなさなかのこれまた休みの日に、家の自室の床に寝転んで雑誌を読んでいると電話が鳴った。液晶画面を見ると知らない番号で、直感的にやぎと名乗る男のことを思い出し、彼だと思った。

もしもし。

あ、もしもし、くるめちゃん？

果たして、やぎだった。前のときと同じ高い声で、気の置けない友人ででもあるかのように気安い口調だった。

違うんですけど。

え、くるめちゃんでしょう。

くるめじゃなくて、くるみなんです、名前。

え、ああ、そうだったんですか。それは失礼しました。姓の方は、みつもりで間違いないです？

みつもりくるみちゃん？

そうです。

そうか、それでこのあいだも怒らせてしまったんだね。名前が、間違っていたから。

いや、そういうわけでは。それより、と私が相手の素性を問い質そうとすると、やぎは、オリンピックはどうなりましょうかねえ、と急に時局的な話題をふってきた。

唐突ですね。

また中止かねえ。

また？

昔もね、東京オリンピックは一度中止になったんですよ。一九四〇年、日本ではじめて開催されるはずだった大会。

ああ、知ってます、と私は言った。詳しくは知らないが、戦況の悪化でそれどころじゃなくなった、と覚えていた。一九四〇年ということは太平洋戦争の前だから、日中戦争が長引いてオリンピックなんかやっている余裕がなくなったんだろうか。

あれで近代国家の仲間入りを果たそうとする向きもあったのに、まこと残念なことでしたよ。同じ年の札幌冬季オリンピックも決まっていたのに、どっちもキャンセルしちゃったんだ。同じ年に同じ国で二回オリンピックやるとか凄くない？　皇紀二六〇〇年なんて銘打とうってんだから、もし両方開催されてたら国威発揚されまくりで、無理してでもオリンピックをやってたら戦争にも勝ってたんじゃないか、なんてね。そんな馬鹿な。

やぎは、つらつらとそんな軽口を叩き、その前の回にはナチス下のドイツで冬季と夏季の同年開催が実際に行われているのだ、という話を続けた。私はそれは知らなかったから、やぎの話を聞いて、へえそうだったのか、と思ったりしつつも、この電話のやりとりはやはり居心地が悪かった。

相変わらず彼が電話をかけてきた目的も用件もよくわからなかった。前回彼が言ったところでは、話がしたい、声が聞きたい、それが目的であり用件とも言えるのだったが、それはそれでこちらはその要求にどう応えたらいいのか戸惑う。いやそもそも断りもなく要求されることに抵抗した方がいい、抵抗の意思を示した方がいいようにも思うし、電話で話すのが二度目で、一度も会ったことがないはずなのに、もうすっかり親しい間柄のようにぺらぺらと話したいことを話し続けている態度は、自覚的なのかそうでないのか知らないがやはり不遜で失礼だと思う。さっさと電話を切ることも私にはできるが、しかし前の電話での会話とも呼びかねるような会話を終えたあと、たしかに私はこの相手のことが気にはなっていた。それは好意的な感情であるとは単純に言えないが、ともかくもう少しこの男のことを知りたいとは思っていた。できれば安全に。

それで結局、一九六四年だから、二十四年後か、東京オリンピック開催が実現したのは、とやぎは言った。今年のオリンピックはその夢よもう一度って感じが強いけど、これ一九六四年じゃなくて、一九四〇年の再現になっちゃいないか？　東京は暑すぎるからマラソンは札幌でやることになったんでしょ、それもう完全に中止フラグだよね。いま思えば。やぎは、まるで歴史を振り返るみたいな言い方で話し続けていた。

私は寝転がっていた床から起き上がって、自分の部屋を出て廊下から玄関でサンダルをつっかけて、外に出た。母親は近所に買い物に出かけていていなかった。

やぎさん。

私はマンションの階段を降りながら、なるべく毅然と聞こえるよう、静かに低い声で言った。その声が階段の空間に響いた。

はい。メエ。

ほんとそうですよね。なんか、まんま『AKIRA』ですよね。

アキラ？

あれ、やぎさん、『AKIRA』知らない？

アキラっていうと、どちらのアキラさん？

どちらのって、こちらですよ。二〇二〇年の『AKIRA』ですよ。

私がそう言うと、やぎは黙ってしまった。

私もリアルタイムじゃなくて、結構大きくなってから読んだんですけどね。兄が持ってたんだったかな、忘れちゃったけど。私はやぎが話についてきていないことをわかりつつ、話し続けた。オリンピックがどうなるかわかりませんけど、それはさておき、そんなこんなでこっちはいろいろ大変なんすよ、やぎさん。私いまパン屋で修業中で、早く独立したいんだけど、なかなかお金もたまらないし、まだまだ自信もないし、でももういい歳だし、焦ってるし、そんなところにこんな状況で先がどうなるかわかんなくて、個人的にはオリンピックどころじゃないんですよ。

やぎは黙っている。もう一度呼びかける。ねえ、やぎさん。こちらは二〇二〇年の東京ですけど、そちらはどちらですか。あなたの本当の名前はなんですか。

こちらは、と言い淀むやぎの声は、これまでとは少し調子が変わったようだった。子どもっぽさだけが残って、なんだか本当に少年の声になったみたいに聞こえた。こちらは、やぎではございません、と電話の向こうの男は言った。こちらは、みつもりしのぶであります。

みつもりしのぶさん。その名前を私は知らなかったが、同じ名字なのだから、母親の親戚であることはまず思いつく。南伊豆の葉子おばさんのところには私のいとこにあたる娘がいるだけで、男の子どもはいない。沖縄の勇おじさんは独身だが、気ままな暮らしで詳細は謎だから、どこかで子どもをつくっていても不思議ではない。とすればそのひとも自分のいとこということになる。あとは祖父のきょうだいから派生する関係だが、そこまでいくと私にはどこにどれだけ親戚がいるのか全然知らなかった。

くるめちゃん、ここで一首、とみつもりしのぶは言った。しのぶれど色に出でにけりわが恋はものや思ふとひとの問ふまで。

はあ。

和歌に詳しいわけでは全然ない私が、聞いたことのあるようなその歌の意味するところをつかみかねているところに、くるめちゃん、と電話の向こうの親戚かもしれない男があらためて、神妙な調子で、私の名を呼んだ。そして言った。僕は、あなたの祖父の、弟です。

え？

あなたの、祖父の弟の、三森忍です。

そこで私は目が覚めた。祖父に弟がいたことは知っていたけれど、それは硫黄島から疎開するときに軍属として残されることになった達身さんで、忍なんてひとは知らなかった。けれども、その夢を見たその日だったか、何日かあとだったか忘れたが、ともかく母親にそんな話を振れそうな日に、ふだん滅多に話さない祖父とその故郷の島の話を切り出した。もちろん、夢で、弟を名乗るひとから電話がかかってきた、なんてことは言えるわけがない。そんな話、どう話せばいいのかわからない。私が話したのは、もう十五年も前になるあの墓参のとき、住民戦没者の慰霊碑に見つけた祖父の弟である三森達身さんの名前のことと、たしかその隣にあったもうひとり同じ苗字のひとの名前のことだっいた。遠い親戚かなにかだと思っていたが、その後、下の名前も忘れてしまい、いわば祖父の代わりに島に残ったと聞かされていた達身さんの存在は覚えていても、そのもうひとりの三森さんのことはいままでほとんど気にとめなかった。

祖父にはもうひとり弟がいたのか。そしてもうひとり島に残った身内の人間がいたのか。新型ウイルスのニュースを報じるテレビを観ながら、母親がたまに飲むワインに付き合っているとき、その話をしてみた。すると、たしかに祖父には達身さんのほかにもうひとりいちばん下の忍という弟がいて、当時十五歳だった彼もまた、どういうわけか疎開名簿から外れ、家族と別れて島に残ることになった。そして島でなくなったらしい、と母親は教えてくれた。母親がむかし両親から聞いたというその話を、私は今年になってはじめて知った。母親にはもうひとり叔父がいたということか。

私もそれを知ったのは、ずいぶんあとになってからだった気がする、と母親は言った。父親はそもそも島の話や疎開の話、島に残した弟の話をしたがらなかったし、とりわけその末弟のことは父親の口からはほとんど聞いたことがなかった、と母親は言った。彼が最初名乗っていた八木という仮の名は私の祖母、つまり彼の義姉であるイクさんの旧姓だった。

私にかかってきた電話は、そのひとからだ、と私は思った。

夢というのはいつでも不思議なものだから、便利なものにもなる。あの不思議な電話を、私は夢と思いかけているしそうとしか説明ができないけれど、本当は夢じゃないこともわかっている。いつどこで起きた出来事なのか、その日付も、場所もはっきり覚えている。でも、現実の出来事として覚えておくには、その出来事は不思議で説明ができなさすぎて、夢と思わなければ自分の足元の方が崩れそうになる。だからこうして他人に話すときには夢で見た話、夢のなかの話になる。でも、あの電話は二回とも、本当にかかってきた。夢のなかの出来事ではなくて、私の携帯電話に本当にかかってきた。

私がずっと知らなかった、私の、祖父の、弟の、三森忍さん。十五歳で硫黄島でなくなったはずのそのひとが、あの電話の向こうのあの軽々しい声とおしゃべりの主だった。そのひとが私に電話をかけてきた。

それから少しして、二〇二〇年の東京オリンピックの延期が発表された。私の働く店は営業時間を短縮して人員の調整をしつつも毎日パンを焼き、それを売った。少し勤務日数が減り、それに応じて給料も減ったものの、朝早くに起きて自転車で店に行く私の生活にはあまり変化がなかった。非常時でもパンを焼くひとはパンを焼かなくてはならない。それでも私はそんななか、今年じゅうにいまの店を辞めて自分の店をつくろうと腹を決めた。そのことには、たぶんいつもと違った今年の春の空気のなかで過ごしたこと、そして三森忍さんからの電話ももしかしたらいくらか関係していたのかもしれない。

三森忍さんからは、その後もちょこちょこ電話がかかってきて、私たちはぽつぽつと互いの身の上話や、世間話をしている。

12

どこにいるかと訊かれれば、くるめちゃん、君の電話の向こうに僕はいるのさ。

三森忍さんはときどき、そういう歌の歌詞のような文句を会話の途中に挟んでくることがあり、なんとなく語調はいいのだが和歌とか川柳みたいな定型に則っているわけではなく、右のものを見てもわかるように、なんだか格式がないというか、軽薄な感じがするのだった。

決まって、ああもしもし、くるめちゃん、とはじまる三森忍さんからの電話は、二日連続でかかってくることもあれば一週間ほどかかってこないこともあった。着信記録に番号が残っているから、私の方からかけ直すこともできたけれど、私は自分から三森忍さんに電話をかけることはしなかった。というか、一度かけてみたこともあったのだけれど、呼び出し音が鳴って、はいもしもし、と出たのが明らかに三森忍さんではなく、誰か女のひとの声で、もちろんそのひとを私は知らないから、怖くなってすいません間違えましたとすぐに電話を切ってしまった。それ以来、こちらからはかけていない。

相手は七十五年前に死んだ十五歳の少年であり、まずもってそんなひとからちょこちょこ電話がかかってくることじたいが怖いのだが、かかってきてしまうものはかかってきてしまうし、応えて話せば話せてしまうもので、三森忍さんの言う通り、電話というのは本当に便利だと思う。遠くにいるひとと話ができる、声が聞ける。

私はお化けや幽霊は見たことはなくて、そういう類の話もそんなに信じない方なのだけれど、だからといって怖くないわけではなくてひと並みには怖い。お化け屋敷とかホラー映画とかは好きじゃない。とはいえ、ああいうのも出るか出ないかのところ、見えるか見えないかの局面がたぶんいちばん怖いのであって、お化けが目の前に現れて、ずっとそのままそこに居座っていたら、怖さはだんだん薄らいでいくと思うのだけどどうだろうか。

実際私は、電話で話していてもはじめのうちは、三森忍さんの正体にかかわるような問いを投げかけることには抵抗があった。返事を聞くのが怖いというのが半分、彼に対する遠慮というかそれは聞いてはいけないのではないかという気遣いが半分といったところで、こちらから電話をかけることをしないのもそれと似た心理だったと思う。けれども会話を重ねるうちに、そういう細かい気遣いはしなくなってきて、いまどこいんの？　どっからかけてきてんの？　みたいなことを訊くのも平気になってきた。つまり、親しくなってきた。

もちろん電話で話すだけで一度も会ったことはない。三森忍さんは死んでいるので、どこにいるとはっきり言わないし、言えないのかもしれないが、そういうとき三森忍さんは、さっきの軽薄な歌詞みたいな文句を口にするのだった。私の電話の向こうに彼はいる、声が聞こえるのだから、それはそうに違いない。

偶然にも、あるいは偶然ではないのかもしれなかったが、この年の春は全世界的に非常事態だったからそんな電話をかけてくる存在のことをなんだかすんなり受け入れてしまったのかもしれない。新型ウイルスの感染拡大はアジア、アメリカ、ヨーロッパへと広がり、数字上は拡大が遅れて見えていた日本でもやがて深刻な事態になった。学校は長期間の休校に、多くの店舗が休業に、企業は遠隔勤務に切り替わり、スポーツやいろいろな公演、祭りの類も中止や延期が決定し、日本中の街から徐々にひとの姿が減っていった。私だけでなく、全世界的に、ひとびとは会いたいひとに思うように会いに行けず、その思いはメールや電話、あるいはテレビ電話などを使って、遠く離れたまま果たされていたのだ。

とはいえパン屋は国や都の休業要請の対象外で、私の勤め先の店はそんななかでも営業を続けたし、私は仕事のある日はそれまでと同じように朝四時半に起きて自転車で十五分の店に出勤する日々が続いた。冬の出勤時間はまだ真っ暗で、夏ならもう明るい。春先の時期は、夜明けが日に日に早くなって出勤中の明るさが少しずつ変わっていくのがわかった。

会社は都内に三店舗を持ち、私が勤めているのはいちばん古い本店で、私鉄の駅からつながる商店街のなかにあった。パンが好きなひとのあいだではそこそこ名前を知られた社長が二十五年前にそれまで働いていた店から独立して最初に開いたのが本店で、社長はいまもときどきは店に顔を出すが、奥さんが主宰する料理学校でパンづくりを教えたり、たまに取材を受けたり講演をしたりと店の看板役のような仕事をしている。私は三年前から店長としていまいる店を任されるようになった。

へーそうなんだ。

そうだよ。

くるめちゃんの焼いたパン、食べてみたいなあ、と三森忍さんは言った。パンなんか長いこと食ってないなあ。

買いにおいでよ。

私は、三森忍さんに促されて、自分の仕事についてあれこれと説明をした。複数店舗があるとはいっても、何十軒もチェーン展開しているような店とは違う小さな製造販売店で、従業員も少ない。私もパンをこねて焼くだけでなく、接客も事務仕事もする。営業中の売り場に目を配り、ほかの従業員に指示したり、後輩を指導したりもしなくてはならない。

外出の自粛が言われるようになってからは営業時間を短縮して、出勤する人数も減らした。イレギュラーな業務が増え、なにより店を開けるか休むかをその日その日判断し続けなくてはならない状況が続いて疲れていた。

ほんとに大変なことだよね、まったくね、と三森忍さんは言った。彼は私が弱音や愚痴をもらすと親切に同情を示してくれたが、その口調はやはりどこか軽薄で、口先だけのように聞こえる感じもした。

仕事の話をしたときに三森忍さんが興味を示すのは、店の運営とかよりもやっぱりパンをつくる話の方で、生地をこねたり、発酵させたり、成形したり窯で焼いたりする仕事を三森忍さんは聞きたがった。

茶色いクラフト紙に入った業務用の二五キロの小麦粉を抱え上げて、ミキサーのボウルに中身を投入する。ボウルといっても、家庭にあるような小さいのではなくて、ミキサーと一体化した水甕みたいな大きなやつだ。どさどさと小麦粉を入れて、牛乳も一リットルのパックを丸ごと何本も入れる。上部のトルクからさがるかぎ型のヘッドが回転すると、はじめはばらばらだった粉とミルクがかき混ぜられて、だんだんまとまっていく。そこにバターの塊をごろりと投入する。

はなればなれだった粉と牛乳がいまひとつになる、くるめちゃんの抱きし甕のなかで。

三森忍さんはさすが戦中のひとで、水甕みたいなボウルと聞けば思い浮かべる材質は陶製の甕のようなものになる。しかしもちろん店にあるミキサーのボウルもかき混ぜるかぎ状の器具も材質は銀色のステンレスだ。パン屋の厨房には銀色が多い。ミキサーだけでなく、ナイフ類やスプーンやシェイカーなどの調理器具、生地を切り分けるスケッパー、計量カップ、電気窯や業務用冷蔵庫の表面も、調理台やシンクも銀色、ついでに言えば売り場にあるトングも銀色で、古い店だからどれもぴかぴかというわけにはいかないけれど、私の仕事のまわりにあって光を映し、滑らかな感触のそれらの銀色をできるだけ美しく維持しておくことは、パンをおいしく焼くうえでとても大事なことだと私は思っていた。うまく焼き上がったパンというのはひと目でわかる、パンの表面の焼き色がそのまま味を表している。あの奇跡のような暖色ときりりと冷え輝く銀色とが、厨房における二極、私の仕事の両翼なのだ、わかる？　三森忍さん。

うーん、ちょっとわかんない。物資不足で金属類は軍に持ってかれちゃって。

生地には酵母も混ざっていて、こね上がった生地を寝かせることでこの酵母が生地のなかの糖分を分解する。分解されるとアルコールと炭酸ガスが発生して、このガスがパンの生地を膨らませる。膨らませるだけでなしに、生地をおいしくもしてくれる。これが発酵。パンの味にとって、小麦粉とかバターとかの原料ももちろん大事だけれども、この発酵の過程がいちばん大事だと私は思っていて、いくらいい原料をつかっても発酵の過程がだめならパンはおいしくならない。

酵母ってのは魔法の薬みたいなもんか。

薬というか、酵母っていうのは生きもので、要するに菌ですね。

じゃあ酵母もウイルスなのか。

まあ、みたいなものですね。でも、パンにとってはいいウイルスです。

くるめちゃん、あなたにとってこの僕はいずれか、いいウイルスか悪いウイルスか。君と発酵したい。ともに膨らもう。

三森忍さんはウイルスじゃないよ。膨らまないよ。

たとえば見方によってはたちの悪いいたずら電話になる三森忍さんからの着信と通話は、私のスマートフォンに入り込んだウイルスによるものかもしれない。となればこの電話の向こうにいる彼はやっぱりウイルスなのかもしれない。でも、姿の見えない相手と話すなんて、考えてみたらそれが知り合いであろうがなかろうが、なんてうろんな行いなんだろう。三森忍さんとたびたび電話で話すようになって、私はそんなふうに思うようになった。用事があって知り合いと電話で話したり、店でお客さんからの電話を受けて話したりしていても、その相手が本当にいまどこかにいるのか疑わしい気持ちが常についてまわるようになってしまった。

高校の頃の友達や、これまで職場で親しくなった友人たちも、多くは結婚したり子どもができたり、あるいは仕事がそれぞれ忙しくなったりして、会う機会は年々減っていた。職場がパン屋の私はだいたい平日休みだったから休みが合わないことも多かったし、この春に限ってはお茶とか飲み会とかの約束をしてもほとんど取り止めざるをえなかった。ならば若い頃みたいに誰かと長電話したりするかと言ったらそんなことはなくて、考えてみればもうずっと前から、ひとと長い時間電話で話すことはなくなっていた気がした。恋人とか、そういう相手になりそうなひとも、もう何年もいない。

何年もいない、と思えば、最後にそういう相手がいたときが何年前なのか頭のなかで数えはじめて、その相手のことが自然とあれこれ思われてくる。たとえばまだスマホの連絡先に番号の残っているその相手に、あ、もしもしおさむちゃん？ と三森忍さんみたいにいきなり電話をかけることだってできるのだ、と私は思った。しないけれど。

おさむちゃんというのはいま適当に思いついた名前で、そのひとの本当の名前は違う。彼がまだ同じ電話番号を使っているかどうかだってわからない。は？ とか言われて、すいません間違えました、と電話を切る、そんなことをするつもりはないのにそんなことになったときのことを想像してしまって気が滅入った。

三森忍さんが電話をかけてくる時間は、昼のときも夜中のときもあったが、不思議と私の仕事中や寝ているあいだにかかってくることはなくて、不在着信が残っていることもない。私の休みの日とか、仕事終わりの夜とか、休みの前の日の遅い時間とか、私が電話に出られるときにだけかかってきた。母親や、友達と一緒にいるときに、三森忍さんからの着信があるようなこともない。まるでどこかから私の様子をうかがっているみたいなタイミングでいつも電話はかかってきた。

三森忍さんは七十五年前に硫黄島で死んだ私の親戚なんかじゃなくて、五年前に別れた恋人が別人の名を騙って電話をかけてきているのではないか、という考えが浮かび、すぐにそんなはずはないと思いながらも、意思にかかわらず想像は進み、いったいなんのために？　と思えば、独特なまわりくどい方法で私に復縁をせまるため、という考えが浮かんでしまい、自分の想像に馬鹿馬鹿しい気持ちになった。思いがけず自分の未練がましさや、もの寂しさをむりくり露わにされたような気恥ずかしさにおそわれて、結局気が滅入った。

けれども、七十五年前に死んだ親戚が電話をかけてくるのと、五年前に別れた恋人が親戚の名を騙って電話をかけてくるのと、どちらが現実的なのかと考えたら、ふつうは後者なのだろうけれども、だったら何度も三森忍さんからの電話にまともに取り合って親しくなりかけている自分はもうとっくにどうかしているのかもしれない。それもまたこんな春だからなのだろうか。

今日は店が定休日で家にいて、朝から自分の部屋の掃除をした。私と母親が暮らしているのはマンションの二階で、部屋の窓を開けて、そこから見える隣の緑地の木とか晴れた空とかを眺めながらお茶を飲んでいる。職場のある商店街も当面休業を決める店が多くなってきて、四月末からの連休には、うちの店も通常営業を一旦見合わせることが昨日社長との相談で決まった。近隣の予約注文だけを受けて、休みのあいだは店頭の販売を控えることにして、昨日の夜店を閉めるときにその旨を記した紙を貼ってきた。

ベランダにはさっき干した私の仕事着とか母親の服とか、タオルとかが揺れていた。世の中ではマスクの供給が不足していて、母親は先週から家でマスクを縫いはじめた。誰かから作り方を教わったらしい。毎日縫うのでいろんな柄の布製マスクがうちにはたくさんあって、そのいくつかもいまベランダに吊られて風に揺れていた。どの柄にもなんとなく見覚えがあった。もとは私や母が使っていたハンカチとか古着だったもので、けれども小さく別のかたちに縫い直されると、見覚えはあるのだがなんの模様だかわからなかったり、もともとどんな布だったのかわからなくなる。

四月の上旬から営業時間を短縮したのに合わせて、募集していたアルバイトの求人もやめた。週に四日来ていた高校生のマリナちゃんが春から大学に進むので二月いっぱいで辞めたからその代わりの募集だったが、外出や店舗の営業の規制の方針や補償についての見通しが立たず、店長の私も、ほかの従業員も勤務日数を減らすことになりそうだったから、新たにひとを増やすどころではなかったし、時給が安いせいか、こんな時世だからか、募集からひと月ほど経ってもひとりも応募がなかった。マリナちゃんは卒業式も小規模なものになり、友達との卒業記念の旅行や遊びもほとんど行けなくなってかわいそうだった。店の従業員たちで計画していた送別会も、この状況が落ち着いたらね、とほかの多くの約束と同じように半ば決まり文句のようにもなってきた言い方で先送りにしてしまった。マリナちゃんは都内の大学で大学生活を送りはじめたものの、キャンパスは立入禁止になって家で入学後のガイダンスを受けたりしているらしい。

天気がいい。やることがない。会うべきひともいないし、いたとしても会いにいけない。三森忍さんからの電話はこういうときにかかってくる。というか、こういうときに私は三森忍さんからの着信を待つようになっていた。電話がかかってくることを期待して、朝からたびたびスマホを手にとってしまう。

膨れた君の頬に、僕はゆっくり火を入れる、そしたら君は素晴らしい色になる、くるめちゃん。

いつだったか、パンの焼き上がりの色について話したときに、三森忍さんが詠じた文句だ。相変わらずといえば相変わらずなのだが、私はそれをついメモにとって、その後もたびたび眺めてしまった。三森忍さんの妙な歌には、必ず私の名前がどこかに入っていて、ゆうべ、そのメモに書かれた自分で書いた自分の名前、というか私の名前はくるめじゃなくて来未なのだが、三森忍さんにとっての私であるくるめちゃんというその名前を見ていたら、それは私についての、私に向けられた言葉なのだという当たり前のことに気づいて、なんだか感動してしまった。どこか遠いところから、直接会えないけれども電話を通じて親しくなった三森忍さんが、私の話を聞いて、私に向けて、言葉を発してくれていた。その言葉は全然軽薄なんかじゃないじゃないか。私は少し酔っていたせいもあってか、彼のことを思って胸がいっぱいになって、少し泣いてしまった。ゆうべからずっと三森忍さんの電話を待っている。

私は今年じゅうにいまの店を辞めようと思っている、と昨日社長に伝えた。連休中の通常営業中止を決めたどさくさみたいな形になったけれど、少し前から私はそのことを伝えるタイミングをはかっていた。どうせ先行きも見えないし、人員や求人の計画についても見直さなくてはならないのだから、むしろいまのうちから店と会社がこの先抱えて進む不確定要素のなかに自分も混ぜておいた方がいいと思った。まだ具体的に決まっていることはなく、すぐにどうこうということではない、と私は言った。社長は、冷静に話を聞いて、了解してくれた。母親にはまだそのことは話していない。今日もリビングでテレビを見て報じられるニュースや出演者のコメントにひとりで文句を言ったり同意したりしながら、新しいマスクをつくっている。

お茶のカップが空になって、母親のいるリビングに行っておかわりをいれてこようか迷って、面倒でやめて、またスマートフォンを手にとった。君の電話の向こうに僕はいるのさ。真っ暗な画面を眺めて、三森忍さんがいつかそう言ったのを思い出した。

母親には三森忍さんのことも話していない。あなたのお父さんの弟、つまりあなたの叔父にあたるひとからときどき電話がかかってくる、みたいなことを母親にはうまく伝えられそうになかった。やっぱり、私はどこかでそれがありえないことだとはわかっていて、けれども、そのありえなさがどういう次第で自分の生活に入り込んできているのかわかっていない。外を、名前は知らないけどその鳴き声は聴き慣れた鳥が二羽、鋭く鳴き交わしながら飛んできて、飛び去っていった。

くるみー、と母親が呼ぶ声が聞こえた。

マグカップを持ってリビングに行くと、母親がテーブルで電話機を捧げてこちらを向いていた。

電話だよ。

だれ？

さあ、男のひと。なんか、ちょっと変かも。

変？

くるめさんいますか、だって。

母親は、今日は手ぬぐいでマスクを縫っているらしく、テーブルの上には唐草模様や矢絣柄の手ぬぐいの端切れが散らばっていた。

マスクつくりすぎじゃない？　家じゅうの布がなくなりそう。

そんなこといいから電話、どうする？　あんた宛に家の電話にかかってくるなんて珍しいよね。怖いから切る？　切っちゃう？

いい、出るからかして、と私は子機を受け取って、保留音を解いて、もしもし、と言うと、受話器から、あ、もしもしくるめちゃん？　と三森忍さんの声が聞こえた。間違って家にかけちゃったよ。焦ったー。

私は、ああ、どうもどうも、お世話になります、と応えて、母親に目配せをしてリビングを出て、受話器を持ったまま自分の部屋に戻った。

両親や上の兄の家族が島を離れたのは夜の暗い時間だったらしい。

昭和十九年の六月、部落の家とか工場とかも米軍の空襲と日本軍の施設や陣地の構築でもうあちこちぶっ壊されてて、島民たちは疎開船に乗って次々と島を離れた。若い男の多くは軍の手伝いをするため島に残されることになった。家族をひとりも島に残さずに済んだ家族は多くない。俺と七つ上の兄貴も島に残ることになった、と伝えられたのが誰からだったのか、いつ頃だったのか、俺はよく覚えてない。

疎開の船に乗り込む前、ひとびとは離ればなれになる兄弟や息子、あるいは父親と、浜で別れを惜しみ、互いの無事を祈り、再会を約束した。けれど俺の家族は連絡が行き違ったのか、軍のひとに呼ばれて兄貴と一緒に荷運びかなにか手伝っていたら、そのあいだに両親も上の兄貴とその嫁さんと赤ん坊も、もう島を出てしまっていた。達身兄と俺は、家族、親兄弟と最後の挨拶を交わしそびれた。その頃にはあらゆる事態が混乱していてそんな手違いとか行き違いはいくらでもあった。だから残念ではあったが驚きもなかったしそう悲しみもしなかった。俺は、そのとき自分のまわりで決まっていくことや動いていくことの全貌をさっぱりわかっていなかったし、自分が命じられて参加している仕事の意味とかも、ほとんどなにも理解していなかった。

島に残った男は百数十名に及んだ。みんな俺より年上だった。いつもだいたい達身兄と一緒にいたから、俺は心強かった。俺と兄貴、それから一緒に島に残ったひとの大半は海軍二〇四設営隊という部隊に属して、穴掘りだとか、炊事だとか、運搬だとかを、毎日毎日必死にやったものだ。軍のひとたちには怖いひともいたけど、親切なひともいた。どんな仕事をしたのか、思い出そうとすると、ちょっと記憶は曖昧になる。なんだか思い浮かぶのはどれもこれも地面とか壕の壁とかに顔を突き合わせているみたいに近い景色ばっかりで、どこでなにをしてたのか全景がはっきりしない。

住民の疎開が一九四四年の七月で、アメリカ軍の上陸がそれから七か月後、一九四五年の二月、硫黄島が陥落したのは三月二十六日といわれるがその後も壕内に残った兵士はいたし、そのなかには軍属の島民もまだ残っていたかもしれない。軍に雇われてからの俺の近景ばかりの記憶には、どれほどの長さの時間があるのか。数日のようにも思えるし、何か月分もの長さがあったものがぶつ切れになって断片だけが残ってるみたいにも思える。俺は、自分がいつどこで死んだのか、はっきりわからないんだよ。兄貴や、兄貴の幼なじみの重ルさんがどうやって死んだのかもわからない。だから、たぶん兄貴たちより先に俺が死んだんじゃないか、わからないけど。

俺は自分の記憶を、さも自分の記憶みたいに話してるけど、それだってどこまで本当か本当は自信がない。自分の口から出まかせを自分が信じ込んでるだけかもしれない。

俺は、ふたりの兄貴と血がつながってないんだよね。俺もくわしく知らないし、もうとっくに死んだいまとなっては出自なんぞどうでもいい話だけど、島で怪しい巫女みたいなことをしていた女のひとが俺を産んで、産後すぐに病気かなにかで俺のことを手放したらしい。父親が誰かもわからない。狭い島のことだから、誰の子どもかわからないことはなかったのかもしれないが、ともかく誰かが巫女に産ませた子どもが俺で、それをどういう理由でか、引き取って育てたのが俺の両親だった。両親のもとには長男の和美兄と、次男の達身兄がいたが、その下にできた男児をまだ乳飲み子の頃になくしていた。俺がもらわれたのはそのこととも関係があるのかもしれない。

自分がもらわれ子であることにはわりあいに小さい頃から気づいていた。やはり狭い島のことで、聞かずともまわりからそんな意味合いのことを言われたり、耳にしたりすることはあって、だいいち大きくなるにつれ、和美と達身はよく似た顔つきなのに、俺だけ家族の誰にも似ていない。学校に上がる頃だったかに俺を産んだ女が死んで、そのときに俺は父親から出生についての事実を知らされた。俺は全然驚かなかった。父親とふたりで、その女の葬式に行ったのを覚えている。

俺は自分を産んだその女と結局一度も会いも話しもしなかったけれど、女が死んだあとも、島ではいろんな意味で特別な存在だったらしいその女の話を自然とたびたび耳にした。俺がその子どもと知ってか知らずか、俺のまわりでその女について話す大人たちが言うのは、狂女とか夜鷹とか、子どもの時分には意味がわからなかったが、話す調子や表情を見ればいい意味でないことは察しがついた。父島から来た帰化人と結婚していたことはあったがその夫は島で変死して、大方女が殺したんだとか、ある頃から祈禱だの口寄せだの占いみたいなことをしはじめて、とうとう頭がおかしくなったと思ったらこれが意外と効験あらたかだとかで島の病人や心配事を抱える人間が女を訪ねるようになり、少数の信者を抱え教義を掲げるようになったとか、その外見からも年齢がよくわからなかったが、男を引きつける不思議な魅力があって、男を客にとって金をもらうようなこともしていたとか、まあどれもいま聞けば悪口みたいなものだし、どこまで本当かわからないが、狭い島の隅でそうやって怪しく生きていたひとが俺を産んだ。

島に残されてから死ぬまでの間に、ごくわずかにちゃんと記憶に残っていた場面がある。達身兄と、重ルさんと一緒に島の北の方にある壕へなんだかわからぬ重い荷物を運搬しているときだ。少し見ない間にかつての北の部落はすっかり景色を変えていて、ところどころに面影が残るばかりだった。

お前を産んだ母ちゃんはこのへんに住んでたんだよ、と重ルさんが言った。俺はそれは聞いたことがあったから、知ってるよ、と応えた。暑くて、荷物は重くて、腹も減ってるし、しんどかった。

俺の名前にルの字がついてるだろ、と重ルさんが続けて言った。それつけたの、お前を産んだお袋さんだよ。

俺は驚いた。なんでそんな変な名前なのかとずっと思っていたが、まさか自分を産んだ女がつけたとは思わなかった。

赤ん坊のときに熱出して死にかけて、お前のお袋さんのところに願掛けにいったら、名前変えたらよくなるって言われたから、重ってひと文字だったのにルをつけたんだよ。そしたらぴたっと熱が引いて、元気になったんだって、と重ルさんは言った。本当か知らねえけど。

俺の名前もお前を産んだ母ちゃんがつけたんだ、と達身兄が言った。俺はそれも初耳だったから驚いた。

もとは達に海で、たつみだったけど、それじゃ海で死ぬぞって言われて達身になったんだよ。島には、変な字の名前のひとが結構いたろ。たぶんその頃お前の母ちゃん霊験が冴え渡ってたんだな。俺たちくらいの年の奴には、お前の母ちゃんに変な名前にされたのが大勢いたんだよ。

俺はそれを聞いて、不思議とちょっと嬉しくなった。いつ頃だったか、なにを運んでたのだかも忘れたけど、そのときのことはやけにちゃんと覚えてるんだ。

忍さんの名前は誰がつけたの、と私は聞いた。

知らない。

それもお母さん、忍さんを産んだお母さんなのかな。

わかんない。俺を産んですぐ親父に預けたっていうから、違うのかもしれないし。

前に、百人一首を口ずさんでたよね。

なにそれ。

しのぶれど、っていう和歌。

ああ、しのぶれど色に出でにけりわが恋はものや思ふとひとの問ふまで。

それそれ。私も和歌とか全然知らないんだけど、ググったら百人一首なんだってそれ。平兼盛ってひとが詠んだやつ。それはどういう意味なの。

意味はよく知らない。

意味知らないのに覚えてるの？

自分の名前ではじまるからね。

学校で教わったの？

いや、俺もグルったんだよ。

グルった？

グルった。

グルったのね。忍さんは、和歌とか俳句が好きなんだね。いつも、俳句みたいなのを、つくってくれますもんね。

和歌とかはわかんないけど、歌は好きだな。俺は音痴だから、歌わないけど、俺の姉さんは、よく歌を歌ってたよ。

姉さん？

いちばん上の兄貴の嫁さん。くるめちゃんのおばあさんのイクさん。

イクさん。まだみんなが島にいた頃、三森忍さんの兄、私の祖父である和美さんが、私の祖母であるイクさんと結婚したのは、三森忍さんが十一歳のときだった。その頃の彼と彼の家族との関係がどんなものだったのか私にはわからないけれど、家族がどうであれ、子どもから大人になりかかる十代前半の子どもの心中はいつの時代でもいろんな複雑さを抱えていたのではないか。私だってたぶんそうだった。十一歳の頃の私は十一歳なりにとても複雑で、苦しかった。

イクさんから見れば、夫の年の離れた弟は、まだまだかわいい子どもだったかもしれない。でも、両親、そしてふたりの兄、その誰とも血のつながっていない三森忍さんにとって、兄の妻となったイクさんは、どこか自分と同じ、この家族のなかの他人、と感じられるひとだったのかもしれない。

イクさんはよく歌を歌っていた。表を歩いているときや、炊事をしているとき、畑の仕事を手伝ったりしているときに、でたらめな節で、目に映ったものを端から歌に乗せていくみたいな、でたらめな歌を歌っていた。

あるとき、三森忍さんが学校から帰る途中で、和美の実家に行くイクさんと道で出くわした。

あら忍ちゃん、帰り？

忍を見つけて、イクは言った。じゃあ一緒に行きましょ。

それでふたりは並んで歩き出したが、イクはすぐに歌を口ずさみはじめて、道の脇に生えている木とか花、飛んでいる鳥や、道をうろうろしている犬の五右衛門のことなどを歌いはじめて、しのぶちゃん、しのぶちゃん、しのぶちゃんがおうちに帰りますー、今日は帰ってなにをしよう、庭で遊ぼか、浜で泳ごか、と忍のことも歌になった。

いいやしのぶは遊ぶまい、えらいぞしのぶは遊ぶまい。

歌は続いて、イクはどんどん調子をあげて、弾むように歩いた。忍は少し恥ずかしかった。でもこの年の離れた新しい姉が、自分の新しい家族になったことをよろこび、嬉しく思いながら、並んで歩いた。自分のこれまで生きてきた時間のなかで、嬉しい、と感じたことがあったのか、忍は思い出せなかった。もしかしたら自分はいま、生まれてはじめて嬉しいのかもしれない、と思った。

えらいぞしのぶ、えらいぞしのぶ、しのぶは仕事を手伝うぞ、お父さんの仕事を手伝うぞ、お母さんの仕事を手伝うぞ、そう歌を続けて、イクは満面の笑顔で忍を見た。歌に父親と母親が出てきたら、少しだけ忍の表情が寂しそうに変化した。忍は自分の表情の変化にも、自分の感情の機微にも気づいていなかったが、イクはそれに気づいた。

イクはぱん、と手を叩き、ほら忍ちゃん、と忍にも手拍子を促した。ほら、ぱん、ぱぱん。やっぱりしのぶは遊んじゃおう、手伝いしないで遊んじゃおう。

電話の向こうの三森忍さんは、イクさんが歌ったその歌を、節をつけて私に歌ってくれたわけじゃないから、その歌がどんなメロディだったのかはわからない。

俺は音痴だから歌えないよ、と三森忍さんは言った。でもどちらにせよ、どんな節だったか俺は忘れてしまったよ。

第四章

13

小さい頃からさんざん海を眺めて泳ぎまわっていたから、そこに寄せて引く波が絶えないことは知っていた。ときには荒れてうねって、ひとや船を呑みこむことも知っていた。船にだって数えきれないほど乗ったけれども、船酔いなんか一度もしたことはなかった。

海がそこまで荒れているわけではなかった。でも、こんなのは経験がなかった。多少の風はあったが、航行に差しつかえるようなものではなかった。でも、こんなのは経験がなかった。甕のなかの水を棒でかきまぜたみたいだった。壁にぶつかって跳ね返るような横揺れと、跳ね上がってから水面に叩きつけられるような縦揺れとが繰り返された。規則的なようでいて、次の揺れに備えようと思っても思う通りに揺れは来ない。船は甕のなかの暴れる水面に浮く葉っぱみたいで、私はいつだかわからないが小さい頃にそうやって水甕をのぞいていたことを思い出した。狭くて暗い船倉の固い床に横になっている。寝ているというか、倒れているのかもしれない。それか、倒されたのかもしれない。水甕をのぞいていたときのことは一秒か二秒くらい思い出してすぐ消えた。同じことを考え続けることができない。頭のなかにも波が押し寄せて、水をかぶった脳味噌が揺すられているよう。

島で育った子どもなら泳げない者はほとんどいなかった。友達と遊ぶにしても、学校の遠足に行くにしても、荷揚げや漁を手伝うにしても、泳げないようでは話にならない。一度や二度、溺れかけて死を意識した瞬間がきっと誰にでもあったが、本物の死というのは、記憶のなかの海中で一瞬見た気がしたのとは違うのかもしれなかった。私の本当の死に際は、こうしていつまで続くのかわからない長い時間のなかで、こんなに雑に、粗い手つきで揺すられて、だんだん力尽きてそこに至るものだったのか。そんなふうに思っているのが自分には違いないのだけれど、それらの言葉はもう自分のものですらなく、誰かが言ったことをただ聞いているみたいだった。

ここを抜けた先にあるのはなにか。これまで生きてきた十八年間で、私はいまがいちばんつらくて怖くて悲しくてひどい。本当にそれは間違いない。ここを抜けずに死んでしまうかもしれない。死なずにここを抜けたとして、その先になにもいいことなどないと思う。どうやって生きていけばいいのか、生きる意味なんかあるのか。そんな生き延びは幸運だろうか。明日の、あさっての私を、いまの私の続きだと思えない。

いっそのこと眠りたい。短い時間でもいいから。そのまま目が覚めなくてもいい。体も、頭も心も、疲れ切っている。でも眠れなかった。体は動かないのに、目とおでこのあたりだけはやたらと冴えていて、ならばとものを考えようとすれば、浮かんでくる思いや思い出も波に揺すられちりぢりになって、逃げようのない絶望ばかりが覆いかぶさってきた。

実際、私たちは黒く覆われていた。木造の漁船の狭いデッキに並んで寝そべった私たちの上には、黒い帆布のような大きな布が被せられていた。隣には、まだ幼い息子を抱いた姉のイクがいるはずだった。

硫黄島の浜を出たのは夜で、私たちが乗ったのは和美さんの父親の六郎さんの漁船だった。同じ日に島を離れたひとたちがどれくらいいたのか、私はよく知らない。漁船や貨物用の木造船、軍の船艇もあったらしいがとにかく使える船を寄せ集めた具合で、浜に集まった荷物を抱えているひとたちが、それぞれ家族単位で船に乗り込んでいった。

たぶんこのときの私は、自分の置かれた状況をちゃんと理解してはいなかった。これからこの島を離れて内地に行くことぐらいはわかっていただろうか。漁船で父島まで行き、そこから大きな輸送船に乗り換えるという、そんな予定を自分がどのくらいちゃんと聞かされていたのか、はっきり覚えていない。聞かされていたのかもしれないが、そのあと船に揺られているうちにそんなことどうでもよくなったのかもしれない。聞いた端から忘れたのかもしれない。そもそこまで予定がちゃんとしていたのかもわからない。六月に入って空襲が激しくなってからは、状況は常に混沌として、与えられる情報も混乱していた。それにその夜私が考えていたのは、自分たちの行き先よりも、自分たちが離れていく島と、そこに残るひとたちのことだった。

浜に集まって乗船や荷積みを手伝っている男のひとたちのうち、その多くは島に残って軍に配属されることになっていた。父親や息子、男兄弟を島に残して島を離れるひとたちが別れを惜しんで涙を流していた。そこここから聞こえる彼らの声を聞きながら、私たちは、達身と忍の姿を探していたけれど、どういうわけか彼らの姿が浜になかった。ひとに聞いてみても誰もなにも知らず、家族や知人との別れであたりは騒然としていた。

島に残る者たちとこれきり会えない可能性がきわめて高いことは、誰もがわかっていた。夜の海に出た船上で、達身と忍、ふたりの息子を島に残してきたタイ子さんはなかなか泣き止まなかった。その肩を、私の母親の志津がやはり泣きながらずっとさすってやっていた。イクに抱かれた勇が泣きだすと、軍人さんはイクと勇にシートをかぶるように命じた。六郎さんと和美さんが舵をとり、私とイクの父親である五郎は船の操縦はできなかったからなにもすることがなく、六郎さんと和美さんの後ろ姿を見守るように同乗していた軍人さんと並んでいた。沖に出るとほかの者はみなデッキに横になって黒いシートを被った。

シートのなかは暑くて、息苦しかった。静かに頭の上のシートをのけて、隙間から顔を出して外を見てみた。船体を叩く波の音が聞こえるだけ、真っ暗で、なにも見えなかった。浜を出てどれくらい時間が経ったかわからなかったが、さっき浜には十艘ほどの船があってどれもみな同じ父島に向かうはずなのに、近くをほかの船が進んでいる様子も見えない。みんな沈んでしまったか、それともこの船は遭難したのか。勇ちゃんは泣き疲れたのか、泣き止んでいた。その勇の姿も、勇を抱いているはずのイクの姿も、黒いシートをかぶった真っ暗ななかではほとんどなにも見えなかった。月は出ていただろうか。あんなに真っ暗だったから出ていなかったのかも。でも思い出せない。姿は見えなくても、すぐそばにいたイクに向けて声を出せば、なにか話はできたはずだった。なにか言葉を交わせば、いくらか不安は取り除かれるかもしれなかった。

でもあのとき私には、イクちゃんに話しかけることがなにもなかったんだよ。本当に、なんにも、なかったんだ。あとから考えても、いま考えても、あのとき自分がなにをイクちゃんに言えたかって、それは、なにもなかったんだ。

そかい、そかい、とこんなことになる前から耳にはしていたその語は、口にも耳にも軽く響いて、なにかいいことのようにさえ聞こえる気がしていたのだけれど、自分の身に迫ってみるといいことなんかなにもなかった。島では、二か月に一度内地からの定期船がやってきた。沖に船影が見えると、大人も子どもも浮き立って浜に集まった。島で生まれて、その外を知らないイクや私みたいな島の人間にとって、内地は憧れの場所だった。内地からやって来る船は、きれいな包み紙につつまれたおいしいお菓子や、素敵な洋服を、私たちの生活を彩る品々を山と積んでいた。それはこの世界にある希望とか、私たちの未来とか、そういう明るい空気だった。内地に行けば、もっとたくさんの夢のような品物がある。楽しく賑やかな場所がある。この世界にはそういう場所がある。いつか大人になったら一度はそこを訪ねてみるんだ、姉妹でそう言い合った。内地は、船の上で絶望に覆われて、こんな気持ちで向かうような場所じゃないはずだった。

和美さんの弟の達身と姉のイクは同い年で、幼なじみだった。私は、姉が結婚する前、夫である和美さんではなく、達身に思いを寄せていたことを知っていた。

四年前、姉は十八のときに和美さんと結婚した。私と姉は四歳違いだから、ちょうどいまの私と同じ年のときだったことになる。和美さんは姉の二年上で、二十歳になったばかりだった。一九四〇年のことだ。二十歳になれば徴兵検査があって、召集されれば島を離れることになる。その前に嫁さんをとらせよう、和美さんに限らず、二十歳になる年の男がいれば誰に向けても島のひとたちは自然とそう考えた。そしてそうとなれば適当な相手を探すことになるのだが、狭い島のなかのこと、同じ年頃の相手を探すのは難しくない。というかはなから候補になる相手はほとんど絞られていて、お節介が好きな連中が双方にそれとなく話を向けて、問題がなければ話は決まる。幼なじみ同士となれば見合いも必要ない、本人同士が面倒な約束を交わさなくてもいい、とんとん拍子で勝手に日取りも決まっていき、あっという間に祝言になる。三森の遠縁にあたる喜助じいさんの夫婦が仲人になった。

三森家と八木家。祝言は三森の家の座敷で、向こうに羽織袴の和美さんと、母から譲られた花嫁衣装を着た姉が並んで座っていた。

堅苦しい段を終えればあとは宴会になった。喜助じいさんはもう強くないのにお酒をたくさん飲んで、早々に座敷に転がって眠ってしまった。三森の父の六郎さんも、八木の父の五郎もよく飲み、というか島の男連中はみな酒が好きで、お祝いの日本酒はそうそうに空になって、島の糖酎が座に酔いをまわしていく。肴は三森と部落の内外からも祝いの差し入れがあって、お膳には肉の煮たのに生魚、朝から部落の女たちがつけた寿司にと豪奢な料理が並んでいたが、それも宴が深まるにつれてあっちの皿がこっちに、こっちの皿があっちに渡り、空の皿は下げられて、大皿や大鍋でまた別の料理が座敷のそこここに運ばれてくる。呼んでもいないのに星野の治三郎さんが来てくだをまいていた。もっとも呼んでもいないのに来るひとはほかにもたくさんいた。部落の子どもたちが集まって、座敷にあがりこんでつまみ食いをしたりしながら、庭で遊びまわった。もう暑い晴れた四月の日だった。

私の座っている八木家の列の向かいには、三森家が座っている。右から六郎さんとタイ子さん、それから和美さんの弟の達身と忍がいた。十八歳の達身は大人に交ざって平気で酒を飲んでいた。重ルさんもいつの間にか座敷に上がり込んで、達身の隣で酒を飲んでいた。タイ子さんは、浜で六郎さんの仕事を手伝っているが、自己流のお花が上手で、床の間にはきれいな花が飾ってあった。

花嫁衣装のイクはきれいだった。島田に結った髪に水引をあしらった角隠しをかぶっていた。その下に見えるイクの顔はいつもとは違って、でも見れば見るほどよく知っている、私の姉の顔だった。白く塗られた化粧で小さな鼻は見えなくなって、少し切れ長の目は、いっそう細く小さく見えたけれど、前に立って、イクちゃん、と顔を見て呼びかけると、そこにはたしかにイクの目があって、優しい黒目が私を見ていた。おめでとう、とってもきれい。

ありがとう。イクはそう言って笑顔を見せた。紅を引いた口が品なく開き、しかしもう疲れたよ、と言った。

達身と重ルさんが来て、イク、祝いだ、そら飲め飲め、とイクの杯に酒を注ごうとした。

私、飲めない。

なに、飲めるさ。

飲めないって。もったいないからいいよ。

差し出していた酒の瓶を下げて結局自分の杯を満たし、それをひと口なめて達身は崩していた足をあらためて、イク、と言った。真っ白なカッターシャツに紺色のサージのズボンという格好で、隣の重ルさんも同じ格好をしていた。ズボンは定期船で来た品だが、達身のも、重ルさんのも、裁縫の上手なイクが裾や腰まわりを直してやったものだった。

なに？　達身。

おめでとうございます。

ありがとうございます。

イク、と重ルさんも続いて正座の体勢になってあらたまった様子でイクを呼んだ。

なに、重ル。

おめでとうございます。

イクは、かしこまったそのやりとりが少々馬鹿馬鹿しくなって笑いながら、ありがとう、と返した。

私は横から、それを見ていた。イクの人生にとって忘れがたい一日となるはずのこの日に、幼なじみの三人がそんな他愛もないやりとりをするのを見ていた。でも私が見ていたのは、達身に思いを寄せるイクの顔であり、そのことを知っていながらイクに思いを寄せる重ルさんの顔だった。いつなにを確かめたわけでもないけれど、いつもそばで彼らを見ていたからわかった。彼ら三人のあいだを巡る、口には出されない思いの向きがいつでも彼らのもとにあった。私がそれに気づいたのはいつだったか。もしかしたらそれは自分が達身に惹かれていることに気づいたのが先だったのかもしれない。

あるいは、達身が向けている思いの先に自分がいる、と私がなんとなく気づいた方が先だったかもしれない。

イクの結婚が決まると、それぞれの気持ちはそれぞれに揺れ動いて、けれども誰かが誰かを思うのをやめたりするわけではなかったし、誰かがなにかを言い出すこともなく、潜めた気持ちはそれまでと変わらないまま、イクの祝言を迎えた。

私は達身に祝いの言葉を贈られた姉の目に、わずかな動揺が泳いだのがわかった。細い瞼のなかの黒目がちな目玉が、じゅっと潤う。涙ではなく、姉の目はそういうときに、濡れながら揺れるのだった。白い頬にも少し陰りがさしたように見えた。けれども姉はそれ以上なにもしないし、なにも言わなかった。その変化に達身は気づいていなかった。気づいているのは私と重ルさんだった。

体の大きい重ルさんは運動神経もよくて、運動会やら野球の試合やらがあると大活躍だったが、ふだんの動作はゆっくりと穏やかで牛みたいだった。坊主刈りの頭に小さな目、団子のような丸っこい鼻、厚い唇で、これは島のひとならみんなそうだがよく日に焼けていた。口数は少なく、表情の変化も乏しい。なにかおもしろいことがあると、鼻をふんふん吹かすので、鼻に虫でも入ったの、と訊くと、ばか、笑ってるだけだよ、と返した。重ルさんの顔つきは、いつもと同じ落ち着いたものに見えたが、それでも酒に酔って緩んだ頬や口元から、思いを寄せる幼なじみが自分ではない男のところにもらわれていく哀しみや諦めがにじみ出ているように、私には見えた。そしてそこにはたぶん、達身への妬みもわずかに混ざっていた。達身を妬んでもしかたがない。イクは達身と結婚するのではなくて、和美さんと結婚するのだから。それでも、思いを向ける相手が、自分以外の相手に思いを向けていると知ったら、抑えようもなくそんな気持ちが湧いてくるものだった。いや、妬みと同時にそれを抑えようとする重ルさんの意志もきっと見てとれた。私は自分より四つも上のひとたちのそんな細かい感情や表情の機微を、そのとき、なんだかやけにつぶさに、観察していた。

達身は自分の兄とイクの結婚をよろこび、祝っているように見えた。幼なじみの女が、自分の義理の姉になる。その気持ちはうまく想像できなかったが、同じようなことは小さな島では珍しくなくて、遠縁の者同士が一緒になったり、早くなくなった先夫や先妻のあとにそのきょうだいを迎えるようなこともあった。なにより、そうなるとなればそうとなるしかなく、そうとなってしまえばそうなるのだ。全然理屈になっていないが、島の人間関係はしばしばそんな強引さでもってつながったり離れたりするところがあった。

酔った様子の達身は、イクにお祝いを言い終えるとすぐに縁側に移って足をくずして、後ろ手に体を支え、座敷に足を伸ばしていた。誰となにを話すでもなく、そのすぐ後ろの座敷の隅では酔いつぶれた喜助じいさんが寝ていた。重ルさんは和美さんの横で杯に酒を注ぎながら、ぽつぽつとなにか話をしていた。

達身はいつもぼさぼさのくせっ毛を今日は祝言だからとなでつけていて、けれども時間が経つにつれ整えた髪も浮いていつものぼさぼさのくりくりに戻りはじめていた。酔って指をかき入れるからいっそう乱れるのだ。和美さんと達身は、重ルさんとは全然タイプの違う彫りの深い顔立ちだった。額が高く眼窩が深い。そこからまた高い鼻先まで至る稜線のような横顔を見るのが、私も、イクも、好きだった。六郎さんも同じような造作だったからこれは父親譲りの顔に違いなく、といって達身も和美さんも六郎さんも男前というには造作のそれぞれが強すぎて、学校の女子たちのあいだでこっそり交わされる評判ではそう人気があるわけではなかった。あそこの系統には遡ったらどっか外国の血が入ってるに違いない。そう言う者もいた。同じ諸島の父島はもともと無人島だったところに外国人が移り住んだ。その後日本が領有したのでもといたひとたちは帰化人になって、入植した日本人と一緒になった者もいるから、三森の家も遡ったらどこかで似たようなことがあったのかもしれない。イクが和美さんに訊いたところでは、いや、うちはじいさんの代で硫黄島に来て、その前は大島とか八丈にいたらしいが、遡ると内地の上毛だか下野だかあのへんにいたらしいから、と教えてくれたという。まあもっと遡ったらどこに行き着くかはわからんし、途中で誰かがなにか間違いでもしていたらわからないが。それが気になるのか？

うぅん、訊いてみただけ。

そんなつまらないこと、気にするな。

はい。そう返事をしながら、このひとはそんな間違いはしないのだろうか、とイクは思った。

達身と和美さんの顔はよく似ていたが、違うのは口元で、それだけでふたりの表情はずいぶんと印象が違った。和美さんの口は上下の唇が合わさるといつも斜めに歪んで合わさって、神経質そうだった。実際、少し繊細なところがあって、子どもの頃から自分の思い通りにならないと不貞腐れたり癇癪をおこしたりすることがあった。

一方、達身の口元は頬を膨らましたようにいつも前に突き出され、すねてふくれているように見えたが、別にいつも不機嫌なわけでも、すねているわけでもなかった。ただ顔だけそんなふうで、ぽつぽつとものを言ったかと思えば、なにか深い意味があるようなそれともなんの意味もないような、つかみがたい物言いばかりだった。本人にとってはどうかわからないが聞いている者にとっては聞いても聞かなくてもいいような話ばかりで、重ルさんと達身の気が合うのはふたりとも口数が少ないからかもしれなかった。ふたりで放っておくと、ずっと黙って一緒にいる。傍で見ているとそれでなにが楽しいのか謎だったが、ふと一方、たいていは達身だが、片方がなにか思いついたようにぼそりとひと言発すると、まるでそれまでずっと会話をしていたように急にふたりでけらけら笑い出す。まるでふたりの心中だけでずっと通信が続いているようなのだった。

達身はいまも、縁側と座敷のあいだの中途半端な位置に座って、誰となにを話すわけでもなく呆然としていた。体の半分に日があたり、半分は軒の庇の影がかかっていた。その口元はやはり少し前に突き出てふくれたように見え、その目がどこを見ているのか、見ていないのかは、高い額の陰になって暗くて見えない。

影絵のような達身の顔を、八木の列のお膳の前に座って、私はじっと見ていた。その時間はあとから思えばほんの一瞬にも、とても長い時間にも思えてくる。実際にどのくらいの長さだったのかはもうわからない。それは私の幸福だった時間で、幸福な時間というのは特別で、短くも長くもできるのかもしれない。私はいようと思えばずっとその時間のなかにいられる。その時間を終わらせず、そこにとどまっていられる。このいまのなかに。そう思っていた。

ふと、自分に向けられている視線を感じて高砂の方を見たら、イクが私を見ていた。

当然だった。私が、姉たちを眺めているように、姉もまた私が達身を見、重ルさんを見ているのを見ていたはずで、そこにある気持ちの向きを推し量り、私がそうしたように勝手に推定し、断定し、言評していたはずだった。姉の視線と合った私の目は、さっきの姉の目のようにじゅっと潤んで揺らぎ、そこに走った動揺を、姉は見逃さなかっただろう。私と姉の目はよく似ていた。

ぱん、となにかを打つ音が座敷に響いた。頬、と思い私は一瞬自分の頬が誰かに打たれたような気がして手を当てそうになった。もちろんそれは勘違いで、音の出所を探して目を走らせると、高砂にいるイクのすぐ横で、和美さんが弟の忍の頬をはたいたらしいのがわかった。忍が泣き出しそうな顔で後ろに倒れかかっていた。袴姿で顔を紅潮させた和美さんが膝立ちになって、そのあいだを重ルさんが割って止めに入っていた。気づいた男連中が慌てて腰を浮かせて止めに入ろうとするがみな酔っぱらっていて思うように素早く動けず、のろのろとひとが集まった。重ルさんが忍の体を起こして、励ますように肩に手をあててやると、打たれた忍の表情は泣き出しそうな弱さから、わずかに怒りを帯びた強さへと変わっていった。

座敷の異変に気づいた庭の子どもたちが遊んでいた動きを止めて、おそるおそるといった様子で遠巻きに注視していた。座敷の奥から縁側をまわって事件の起こった高砂に向かおうとした治三郎さんが縁側のそばに寝ていた喜助じいさんにつまずいて転び、そのまま縁側から転げ落ちた。鶏がつぶされるときのような声があがり、座の者たちの視線が一瞬そちらに向き、子どもたちが治三郎さんを助け起こそうと集まってきた。治三郎さんに蹴られた形の喜助じいさんが目を覚ましてゆっくり起き上がり、鷹揚に座敷を眺めたが、新郎が弟の頬を打った瞬間を見ていなければ、喜助じいさんの目に映るその場の騒然はさっきまでの酒宴とそう変わりはなく、まだ酔いのさなかにあることもあって、自分が仲人の任を果たした祝宴が依然として賑やかに和やかに続いていることをよろこび、陶然とした笑みを顔に浮かべて、ふうと息を吐いた。

その手前にいた達身もまた、兄と弟のあいだに突発した殴打事件にもちろん気づき、その瞬間を目にしてもいたはずだが、慌てふためく周囲のひとたちのなかにあってひとり動かず同じ体勢のまま、顔だけ高砂の方に向けて、相変わらず半身に日を浴び、半身を陰にしながら後ろ手で体を支え、足を前に投げ出すように座っていた。

重ルさんに肩を抱かれた忍は驚きと興奮とが徐々に鎮まり、頬を打った兄には背を向けて不服そうな様子は残しながらもそれ以上はなにも言わず、正座した膝の上で拳を握っていた。もらい子である忍の顔は、ふたりの兄とは違う。まだ幼さが残るが、長じても全然違う顔になるだろう。三森の兄弟のなかでは忍がいちばん美男子である、というのがこれも学校の女子たちのあいだでの秘密の評判だった。

イクの方に視線を戻すと、もう私の方は見ていなくて、同じ場所に座ったまま男たちになだめられる和美さんを見ていた。

その日、そのときの、互いの目から動揺を盗み出すみたいなやりとりで、私と姉の関係がどうにかなったわけじゃない。それまでとそれからの私たちはほとんどなにも変わらなかった。姉の祝言のとき、私は十四歳だった。

兄から頬を打たれた忍は、その日から私の三つ下の弟になった。あのとき十一歳だった忍が、兄になにを言って頬を張られたのか、誰も知らなかった。いちばん近くにいた重ルさんなら聞こえていたかもしれないが、重ルさんは、俺にも聞こえなかったよ、と言うばかりで、結局、兄弟間のことでもあるし、酔った和美さんが幼い忍の戯れ言に思わず手を出したものとされ、それ以上は誰も深く詮索しなかった。私はよくわからない。あの日のあの事件が、私たち家族のうちにどれだけの不穏さとなっているのか、あるいはなっていないのか。あのことについて和美さんとイクが話をしたのかどうかも私は知らない。

私は、和美さんのことはよくわからない。

和美さんはその後、イクと夫婦になった。それでそう間もなく、達身と重ルさんの働く砂糖小屋の締機に指を挟んだ。和美さんの右手の人差し指はつぶれて、先端が短くなった。鉄砲の引き金を引くときに曲げられる部分がなくなって、徴兵検査で丙種になって、兵隊には行かなかった。しばらく仕事を休んでいたけれど、やがて復帰して、日頃の生活もほとんど支障のないくらいになった。和美さんは和美さんの実家を、イクはイクの実家を出て、同じ部落に設えた家で暮らしはじめた。

私はときどき、イクのところに遊びに行って、ご飯をごちそうになったり、裁縫を教えてもらったりした。和美さんがいないときの方が多かったけれど、一緒にいるときのふたりを見ると、ふたりはいつの間にかふたりの暮らしにおさまって、夫婦らしくなっていた。子どもの頃から知っていた近所の和美さんと自分の姉のイクちゃんが、そんなふうに大人の夫婦になって、自分たちの家を構えて、暮らしている。私はそれを不思議に思った。イクちゃんは結婚して変わった、と私は思った。小さい頃に一緒に遊んだイクちゃんとは違うひとのようになった。それは幸せということなのかも、と思ったりもした。イクは歌を歌わなくなった。前は、家にいても、外にいても、四六時中ほとんど絶え間のないくらい歌を口ずさんでいた。唱歌に軍歌に流行歌。イクちゃんがその場で勝手につくって歌っている歌もあった。イクちゃん、さっきのあれ、もう一回歌って、と私が言っても、あれはもう忘れちゃったから歌えないよ、とイクは言った。小さかった私は、ついさっき聴いていたあのとびきり楽しかった歌が、もう二度と歌われないし聴けないのだと思うと、愕然としてしまうものだった。また違う歌歌えばいいんだよ、とイクは言って、また新しい歌をつくって歌ったが、それはやっぱりさっきのとは全然違って、もう二度とあの歌は聴けないのだ、と私は思った。

結婚してからイクの家に遊びに行っても、いつもやけに静かなのでなにか妙だと思っていたけれど、あるとき、歌が聞こえないからだ、と気づいた。それで、あるとき私はイクに、どうして歌を歌わなくなったの、と訊いてみた。イクは、え？　と驚いた様子だった。イクはしばらく考えている様子だったけれど、声に出して歌わなくなっただけだよ、いつも歌ってるよ、と応えた。

三年余りが過ぎて、日本の戦況が悪くなってきた頃に、イクと和美さんのあいだに男の子が産まれた。勇と名づけられたその子を抱いて、イクがあるとき子守唄を歌うのを聴いて、私は驚いた。前のイクちゃんの声と、歌と、全然違う。イクのきれいな歌声は、数年のあいだに、すっかり変わってしまい、音程も定まらないひどく下手っぴいな歌になっていた。それがなぜなのかは、そのあいだ一緒に住んでいなかった私にはわからない。

だから私は和美さんのこともよくわからないが、私は和美さんのことをよく考える。私と和美さんはきっとたぶんどこか似ているから。

イクと和美さんが結婚して、島を離れるまでの四年間で、イクは十八歳から二十二歳になった。私は十四歳から十八歳になった。達身と重ルさんもイクと同じで、十八歳から二十二歳になった。そのあいだに私と達身が林の奥とか、ひとのいない時間の神社とかで逢い引きするようになった。イクは歌を歌わなくなった。和美さんの右手の人差し指の指先がつぶれてなくなった。達身と重ルさんは、島の比留間先生に取り入って徴兵を逃れた。

私の前に四角いお重がある。イクと和美さんの祝言の日に、お膳に載っていたお重だと思う。私は、私たちの四年間の全部をそのお重に上手に詰めないといけない。どれが間違っていて、どれが正しかったか、それを見分けて判断しないと、お重にはうまく収まらない。私は途方もない気持ちになる。どれが正しくてどれが間違っていたかなんて、私にはわからない。無理矢理に全部詰め込んでみるけれど、横にあるお皿には、たくさんの料理が収まりきらずに残っている。私は、泣きたい気持ちで、投げ出したくなる。本当はどうすればいいか、どうするほかないか、わかっているのだ。これと、これを、置いてく。達身を、島に置いてく。お重から、達身をつまんで横によけると、とたんにお重のなかがぴたりと埋まって、私は船のデッキでシートを被って寝そべっている。

一夜とひと昼デッキの板に寝そべって、シートを被ってほとんど起き上がることもせずにいたから、自分が起きているのか寝ているのかもわからなくなる。それでそのうち生きているのか死んでいるのかもわからなくなったんだと思う。私は、私たちの乗った漁船がどうやって父島に着いたのだったか、よく覚えていない。

接岸した船から降りるときのよろめき、手足がふわふわ浮かぶような感じが、はたして本当に自分の感じたものだったのか定かじゃない。日の暮れた岸は、砂浜だったようにも、岩場だったようにも思い出されて、ともかくまる一日ぶりに陸地に足をおろすと、そのまま踏み抜きそうになるほど応えがなくて、しかしそれは地面がやわらかいのではなく、自分の膝が抜けて踏んばれないからだった。そのまま倒れそうになったのを、誰かに支えてもらった。その様子を私は映画の場面のように遠くから眺める映像で思い出す。硫黄島から同乗した海軍兵だったのか、あるいは父島の守備隊の陸軍兵が私たち疎開者の上陸を手伝っていたのかもしれないが、私を支えるひとの姿は浜辺の暗さでよく見えない。暗くて見えない、と思えば意識はまた支えられている私の体に戻り、踏んばりがきかない足の頼りなさに、このまま歩けなくなってしまったらどうしようと思いながら体を預けたそのひとが、あ、このひとは学校の制服を着た重ルさんだ、とわかるのだった。

重ルさんは島に残った。だから父島にいるはずがないのだが、なんだ重ルさんも島を出られたのか、よかった。それなら達身も、忍ちゃんも、ほかの男のひとたちもみんな一緒に内地に行けるんだ、と思った。あたりを見回そうとする、達身の姿を探そうとする。しかし重ルさんが私の体を支えているはずも、達身や忍が近くにいるはずもなくて、そこまで思い出す頃にはもうその記憶は夢のなかのものになっている。どこまでが現実で、どこからが夢のなかのことなのかわからない。

私たちは防空壕として使われていた港の近くの隧道にゴザを敷き、荷物を置いてそこで数日間寝起きした。まわりには同じ日にそれぞれ漁船や船艇に乗って硫黄島を出てきた知り合いもいたから、知った顔同士話をしたりもしたが、この先の自分たちがどうなるのか、島に残してきた家族、家や畑や工場がどうなるのかを案じてみれば、明るい希望の乏しさばかりが確かめられた。もちろんそんなこと大きな声では言えなかったが、知りうる限りの戦況とここひと月足らずのあいだに経験した空襲と艦砲射撃を思えば、そして実際にこうして島を追われる身になったことを思えば、これからの戦況がさらに厳しいものになるであろうことは容易に想像がついた。隧道の疎開島民や父島島内の避難民のもとを訪れてあれこれ指示をする軍のひとたちの言葉には猛々しさがあったが、軍務の合間に見せる顔つきや言葉にはひとなつこさも心細さもうかがえた。彼らが見せるそういう人間くささが、軍の内部ではよしとされないことは知っていたが、接するこちらとすれば彼らがちゃんと弱さを備えていることになんだか安堵したりもした。

それは硫黄島にいたときも同じで、島に入ってきた海軍も陸軍も防衛のための飛行場陣地や地下陣地の建築や設営を進める一方、どんどん増える人員の居場所が足りず、島民の住居の一部がそれにあてられて、和美さんの実家でも海軍の派遣隊が島に入って以降、常に数人の海軍兵が寝泊まりするようになっていた。住居や作業場がまるごと接収されるところもあり、それに比べれば影響は少なかったが一部とはいえこれも接収と言えば接収だった。実家には和美さんの両親の六郎さんとタイ子さん、そして達身と忍が暮らしていた。三森の家とすれば所帯を持った長男が家を出て、ひとり減ったところに同じ年頃の男子が三、四人転がり込んできたような具合で、当初は迷惑そうにもしていたらしいし実際迷惑な話だが、一方の彼らとて軍の宿泊所を追い出されたような格好で、別に来たくて来ているわけでなかったし、他人の家を間借りしておいて大きな顔をするなら話は別だが、たいていは謙虚で慎ましい青年で、毎日顔を合わせていれば互いに親しみもわいてくる。ときどき顔ぶれが変わる彼らを六郎さんやタイ子さんは疎むことなく、提供するのはあくまで寝床だけということになっていて彼らの食事は軍が賄っていたけれど、連日訓練や建設工事で体を動かす青年らの胃袋がどれだけ食べても満腹になるはずがなく、軍務を終えて家に戻ってきた彼らにタイ子さんがこっそり夜食を出してやったり、反対に家の修繕をしてもらったりすることもあった。内地のあちこちから集められ、こんな遠い島に送り込まれることになった彼らから、故郷や家族の話を聞くこともあった。同じ屋根の下で暮らす達身は同世代の彼らと親しくなって、釣りを教えて一緒に岸で釣り糸を垂れたりもしていたし、忍は彼らから弟のようにかわいがられていた。そんなのどかなのは南方の戦線が私たちよりずっと遠くにあって、まだ陸軍が島に入って来る前の話だったけれど。やがて戦線が迫り、たった一日の空襲で三森の家も、私の家も、和美さんとイクの家も、壊れてなくなってしまった。

疎開船の出港まで、父島の隧道で数日を過ごすあいだ、私はほとんど寝ていたようだった。それも記憶が曖昧で、けれども寝そべって頰をつけたゴザ越しに固さを感じる地面がひんやりとしているのは、ここが日陰の隧道だからか、それともこれまで毎日を過ごしていた島とは地熱が違うからか、とぼんやりと思いながら、家族や知り合いの者らが話すのを聞いていたのだけれど、それもどこまでが現実に耳にしたものかわからず、子どもの頃の寝覚めに床のなかで年長者の声を聞くのにも似ていて、いっそ自分が本当に子どもであればもう少し楽かもしれないと思ったりもしたが私はもう十八歳だった。近くで交わされるやりとりは、そのひとつひとつの言葉は聞き取れなくて、けれども聞き慣れた声だから、音だけでもそこにある感情はだいたいわかった。聞こえる声の調子は、みんな不思議なくらい落ち着いていた。彼らは、たぶんそうやって平板な声を出し、平然と振る舞うことで悲しみや恐怖を押さえ込んでいた。そうかと思うと、合間に混ざる聞き慣れない軍の人間の声のほうが、不安定にその感情の揺れ動きが聞き取れたりもして、私は寝そべりながら、知っている強さと弱さがあべこべになった。たぶん、強そうな声が表そうとする強さがその実きわめて脆いものであることを、私たちはもうとっくに感じとっていた。

ついい何日か前まで暮らしていた島はこれから空襲や砲撃がさらに激しくなるだろう。いったい、私たちがそこに残してきた大切なもののうち、どのくらいが無事に、形をとどめて、残るのだろうか。みたいなことを、私たちは、あのときあの隧道で思っていたのかどうか。あのときの自分のことをよく覚えていない私は、もうそれがよくわからないけれども、私は、島を離れて内地に行き着くまでの遭難者みたいな一週間ほどのあいだ、自分がいまいる以外の時間についてうまく考えることができなかった感じがする。それまでの時間も、これから先の時間も、いまとつながっているようには思えなかった。もっともそれがそのときの実際の私の気持ちだったかどうかはわからない。こんなふうにあとから思い返して、そう思うだけ、そう思えなかったと思うだけだから。過去とも未来ともいまがつながっていないなら、それは生きた心地がしないでも無理はないかもしれない。そんな心地のときのことを、ちゃんと記憶なんてできなくても無理はないかもしれない。

いろんなことがあべこべだったんだ。無理もないねと言ってくれ。

父島からの出港のときのことも、疎開船の大きさや船内でのことも、自分のことというよりも、誰かから聞いた話みたいに思える。航行する動力機関の音、船体が波を受け、裂き、進んでいく音、床に寝そべって起きているのか眠っているのか自分でもわからないなか、近くにいるイクの抱いた勇の泣き声や、外から砲撃の音が聞こえたことも、そこにいて、それを経験した自分が、誰かのお話のなかの人物のように思える。

私たちは横須賀の港で船を降りたらしい。近場に頼りのある者や、ごくわずかだったが出迎えのある者もいて、そういうひとたちはそれぞれに移動したが、大半の者はすぐに自力で身動きができるわけではない。だいいち、みな船上で過ごした時間に疲れ果てていて、たどり着いた港が内地のどこなのかもよくわかっていなかった。

さしあたり行く先のあてがない者は、軍の人間の引率で横浜市内の寺社や宗教施設などに連れて行かれ、そこに滞在するように伝えられた。私たちの家族がほかの数組の家族とともに案内されたのも横浜市内の養老院だった。案内係の陸軍兵が言うことには、そこで当面寝食の面倒は見てもらえるよう手配するが、食糧も物資も日増しに調達が困難になっている。だからなるべく早く落ち着く先を見つけ自活するように、とのことだった。それだけ言い渡して私たちを養老院に引き渡すと、それきり案内係は現れなかった。

私はこの養老院でもきっと寝てばかりいたのだろう。うっすらとした記憶には、やっぱり私には見えるはずのない、そこで寝ている私の姿が見える。この遭難の日々を忘れたように、院の寝台ですやすやと眠っている。

院には収容者の世話や院内の管理保全を行う寮母がいて、それ以外にも手伝いにくる女のひとが何人かいるようだったが、詳しいことはわからない。ともかくその寮母のひとりと私とイクの母の志津、和美さんの母親のタイ子さんが全員同い年で、滞在中話をしているうちに親しくなったようだった。

六郎さんと和美さんは横浜に着いてからこっち、ずっと難しい顔をしてふたりで話し合いを続けていた。こんななにもない状況で、なにをそんなに話し合うことがあるのかと私は不思議だったが、大人の男のひとというのは、女子どもには理解のできない難しい問題をたくさん抱え取り組まなくてはならないのだろうと思った。彼らはときどき激しく言い争ったりもしていた。六郎さんと和美さんは島で一緒に働いていたし、和美さんには生まれたばかりの赤ん坊がいる。家も仕事も失って、手元にあるのは島から持ち出してきたわずかな金と最低限の身の回りの品だけだった。島では六郎さんを親方に浜での荷揚げや船の修繕などを行いつつ、自分の漁船で漁にも出た。その漁船で硫黄島を出てきたが、船は父島に置いてきた。ほかにできることもないが、こちらで同じような仕事ができるかどうかはわからない。仕事道具は、また島に戻ったときのために、浜の小屋と自宅の倉に残してきた。軍属として島に残った達身にもそれを伝えてあったが、空襲が激しくなればどうなるかわからないし、島に戻れるかどうかもわからない。

声が荒立てば勇が泣き出す。たまらずイクが和美さんに、もう少し静かにしてほしい、と訴える。院内にはもともと入所していた老人も大勢いた。

しかし、女は黙っていろ、と和美さんはイクに言う。実際、この先家族の生活をどう成り立たせるかという問題について、女たちの誰も彼らのように深刻ぶって考えてはおらず、どうせなるようにしかならないのだから静かにしてほしい、と陰で言い合った。イクはたまらず勇を抱いて庭に出る。

私とイクの父である五郎は、六郎さんと和美さんにくらべ鷹揚だった。それはもともとの気質もあるかもしれないが、置かれた状況の違いの方がたぶん大きかった。五郎は、島では海や工場の仕事にほとんどかかわらず、なくなった父親の持っていた畑を継いで若い頃から野菜をつくっていた。時代を追って作物はあれこれ変わったが、妻の志津の手伝いを受ける以外にはほかにひとを使うこともなかった。島には父の代から手を掛けてきた農地を残してきたわけだったが、まあこうとなれば仕方がないさ。もとはといえば、自分たちの祖父母、曾祖父母の代に、誰のものともはっきりしなかった島を開拓して得た土地なんだ。気の立った言い合いのうるささから逃げるように木々の繁った養老院の庭に出てきて煙草をふかす五郎は、誰にともなくそう呟く。

私がそれをのぞき見したり立ち聞きしたわけじゃないよ。でもお父さんは、島にいるときから、ときどきそんなことを言ってたよ。

院の建物の陰から、勇を抱いたイクが現れて、木陰で煙草をつまんで立ち、自分の吐いた煙の形を眺めている父親を見つけた。お父さん、とイクが五郎を呼ぶ。

五郎はイクの方を向いて、微妙な顔をする。笑おうと思ったけれど顔の動きがついてこない、そんな顔つきだった。先行きの見通しが立たないのは五郎も同じだったから、この怒濤のような日々の疲れと不安とが楽天的な笑顔を抑えるのかもしれなかったが、別に島にいてふつうの日々を送っている頃から、父はこういう顔をよくした、とイクは知っていた。頭の毛がだいぶ薄くなった。正面から見ると花札の坊主みたい、とむかしよくイクと皆子は言い合って笑ったものだったけれど、その頃はまだちょぼちょぼ残っていた毛がさらに薄くなって、前よりずっときれいに丸くなった。月が出そう。

五郎は、イクの腕のなかの勇の顔をのぞき込んだ。寝てるか。

寝てるよ。

ふたりにしたってこうして顔を合わせれば、この先どうなるんだろう、という言葉を交わしたくなったが、口にしても仕方がない。互いの心中にその言葉が浮かぶのを思い、知り、黙ったままその場にふたりで立っていた。現実的には、どこかに行って農地を買うか借りるかして、畑仕事でもはじめるくらいしか思いつかない。とはいえそれもこれもこの戦争の先行き次第で、のんきに畑を耕している場合ではなくなるのかもしれない。戦争に負けるようなことがあれば、アメリカ人がやって来て、これまでのような暮らしはもうできなくなるのかもしれない。海や畑で、奴隷のように使われるのかもしれない。それはいやだ。しかしだからと言って、自分がこの戦局においてなにか役に立てるわけでもないだろう。五郎は若い頃は自分もいずれ兵隊に行くんだろう、行くからにはどこかの戦地で死ぬのかもしれない、と思っていたが、結局戦場に赴くことはなく、自分の住む島が戦地となって、そこからこうして逃げ出ることになった。五郎は島に残った若い男たちのことを考える。いまとは全然時代が違ったんだ、あの頃は。結婚前に徴兵検査で甲種合格となった。間もなく入営が決まり、五郎ははじめて生まれ育った島を出て、内地の空気を吸い、その土地に足を踏みおろした。大正七年。しかし入営後一週間ほどで初回の教練中に転んで足の指の骨を折り、除隊と帰郷を命じられた。そしてひと月後には島に戻ってきた。あっけない兵役経験だった。ちょうどヨーロッパでの戦争が終わったばかりだったことも影響したのかもしれない。二十三のときに志津と一緒になって、すぐにイクが産まれた。その後は家長になったこともあってか結局再度の召集のないまま時は流れ、皆子が産まれ、ふたりの娘は元気に育ち、イクは和美と一緒になった。四年経って孫が産まれた。それがこの子だ、と五郎はイクの腕のなかで眠っている勇に目を向けた。

たまたま子どもがふたりとも女だったから、自分の家族は全員疎開できた。家長で、まだ五十代にもならない自分が軍属にとられなかった理由はよくわからなかった。とくになにか交渉したわけではなかった。家内に男手がなくまだ嫁入り前の皆子がいるからかもしれなかったし、もしかしたらイクを嫁にやった三森の家からふたりの息子が残ったことが、なにか帳尻合わせのように働いているのかもしれないとも思った。しかし実際のところはわからない。軍属にとられるかとられないかの基準は結局のところ不可解で、誰がどういう基準で決めたものか誰もよくわからなかった。小さい子どものいる家長で残る者もいたし、五郎より年長で残る者も何人もいた。一家のなかで誰が残るか家族で決めたという者もいた。残る者は十六歳から五十九歳までの男子というのが唯一明示されている基準だったが、自分のようにその基準を満たしても外れる者がいたし、三森のところの忍はまだ十五なのに島に残された。自分はよほど軍隊には縁がないらしい。

建物のなかから、まだ六郎さんと和美さんが言い争っている声が聞こえる気がしたが、気のせいかもしれなかった。鳥の鳴き声は島とは違い、遠くでは自動車の行き来するらしい音も聞こえてくる。聞き慣れない土地の音と、庭の木々の枝葉が揺れる音とが混ざった響きが、どうにも禍々しく思えた。

不意に、イクがこちらに届くか届かないかくらいの鼻歌を歌った。薄く、長く引き延ばされたほんの一音か二音の。赤ん坊を抱いた自分の体を静かに揺らしながらイクが鼻のあたりに鳴らしたその歌はすぐに止んだ。止んだのではなく、もっと長く続く歌の途中が、漏れ聞こえただけだったかもしれない。娘がひとの親になった、という胸を突くような感慨が五郎の心中に湧いたのはこれで何度目かだったが、いま島を離れた場所でそう思うことをやるせなく思った。赤ん坊の耳に届かせるのではなく、鼻腔のあたりに鳴らした音を体のなかに響かせる。そうすれば胸に抱いた子の体にもその歌が響いて聞こえる。イクだったか皆子だったかはっきりしないが、まだ小さな娘を抱いた志津が、たしかそんなことを言っていたのを五郎は思い出した。長いことお腹のなかに子どもがいるとね、と志津は言った。体のなかにも声を向けるようになるんですよ。

五郎はちびた煙草を最後にひと吸いして、この先どうなるんだろう、とまた思った。

私はそんな光景を見たわけじゃないよ。私は建物のなか、病室のような部屋の寝台で眠っていたよ。

三森家の先祖は一時期伊豆半島で暮らしていたことがあったらしく、遠縁にあたる家族が下田の先、半島の南端近くにいた。疎開が決まった際に六郎さんは内地での援助を請う手紙を硫黄島から送っていたが、その返事があちこち巡って私たちが滞在する養老院に届けられた。

沿岸の町で細々と漁をして暮らしているというその渡利《わたり》という家は六郎さんの母親のいとこが嫁いだ先で、いまはそのいとこ夫婦もともになくなって息子夫婦が家業を継いでいるという。だからその渡利という家の旦那は六郎さんのはとこにあたることになる。

渡利さんが記すには、先ず戦況で耳にしていたはるか南方の地から届いた手紙に対する驚きが述べられたあと、たしかに母親のいとこが硫黄島に開拓に行きそこで暮らしていると聞いたことがある、と続いた。そして皇土防衛のため仕方が無いとはいいながら、この度の疎開決定におけるご心痛とご苦労は心中察するに余りあり、心からお見舞いを申し上げる、と優しい言葉が並び、見知らぬ土地に投げ出された形の六郎さんは面識もない親戚の厚情に手紙を読みながら思わず涙をこぼしていた。

手紙は次のように続いた。当方は貧しい漁村に過ぎずたいした助けはできないと思うが、代々所有する小さな山があるので土地は広く、建材などにも困らない。子に恵まれず跡取りもいない老夫婦のふたり暮らしで、恥ずかしい話だが正直言って土地の管理にも手が回らず困っている。そういうわけだから荒れた土地だが空いている場所なら住居を建てるなり畑をつくるなり自由に使って構わない。この難局である。面倒なことはすべてあとから考えればいい。大丈夫、悪いようにはしない。安心して参られよ、と概ねそのような内容だった。

先方は三森家の親戚であって、八木の家とは関係がない。しかし手紙の文言を見る限り先方にはずいぶん広い土地があり、何人でもどうぞ、みたいなやけに寛大なニュアンスが感じとれたので、行き場のなかった私と両親の三人も三森の家族と一緒にその伝手を頼って縁もゆかりもない南伊豆の土地に移ることにした。とりわけ、面倒なことはすべてあとから考えればいい、という文言は心強く、そのおおらかさに五郎は大いに共感した。実際、内地まで連れてくるだけ連れてきてあとは自分たちでどうにかせよとほっぽり出されていた私たちは、渡利さんの手紙のおおらかさと互助的な精神に、失われた島での暮らしを束の間思い起こし懐かしい気持ちになっただけでなく、これから先の暮らしにはじめて微かな希望のようなものを見いだせた気がしたものだった。住居を建てるなり畑をつくるなり自由に、とも手紙にはあった。三森の人間は六郎も和美も浜の仕事が専門で、畑をつくるなら自分が行かねばならない、とも五郎は思った。

内地の鉄道事情など誰も通じていなかったが、渡利さんの手紙にはその道程も丁寧に案内されていた。その頃伊東以南の伊豆半島にはまだ鉄道が通っておらず、横浜から東海道線で熱海へ、そこから伊東線で伊東に至り、その先はバスに揺られた。六郎さんとタイ子さんの夫婦、和美さんとイク、そして勇の三森家。そして五郎に志津、私の八木家。直接の縁者ではない者も含んだ総勢八人で、世話になった横浜の養老院をあとにして、兵役で内地での生活経験があった五郎と六郎さんを除けば全員が生まれてはじめての鉄道に乗った。養老院を出る際には、タイ子さんと志津と仲良くなった寮母が別れを惜しんで涙を流していた。

渡利さんは停留場まで牛車《うしぐるま》で迎えにきてくれた。はじめて顔を合わせてみれば夫婦は六郎さんや五郎よりもひとまわり以上年上で、私やイクから見れば祖父母の世代だった。夫婦は、手紙の文面に違わず私たちを快く迎え入れてくれた。先代までは農業や林業まで手広くやっていたがいまは人手がなく、広い土地を持て余していると手紙にあったのは謙遜でも気遣いでもなかったようで、実際彼らの土地だという山は手入れがされず荒れていた。大工仕事もできた六郎さんが板材を集め、不足の分は山の木を切り出して、和美さんと五郎も手伝って仮住まい用の家を建てた。私たちはようやくさしあたりの落ち着き場所を、生活の場を得た。

渡利さん夫婦は手紙の印象に違わず、朗らかで穏やかで優しいお爺さんとお婆さんだった。爺さんは船を出して漁をして、婆さんも浜で魚を開いたり干したり、海藻を採ったりしていた。もちろんとれる魚なんかに多少の違いはあるが、やっていることは硫黄島の漁師とあまり変わらない。その頃の渡利の爺さん婆さんがいくつくらいだったのかよく知らないが、私やイクからは八十とか九十くらいに見えた。ふたりは私たち姉妹を孫のように、勇をひ孫のようにかわいがった。六郎さんと和美さんは、高齢で船を出す日が少なくなっていた爺さんの船を預かって漁に出るようになった。五郎は渡利さんの申し出の通り、山のなかの土地を借りて畑を耕し農業をはじめた。

暮らしに慣れる一方で戦況は悪化し、翌年、というのは敗戦を迎える年だが、伊豆でも空襲の警報が多くなった。春には下田で大規模な空襲があり、ああここでも、と思いながら私たちは防空壕に駆け込んだ。その少し前、昭和二十年の三月に硫黄島玉砕の報が出た。

終戦後、全国的な復興と高度経済成長の機運に乗って、三森も八木も、もといた渡利さんの土地を譲り受けてあらためて家を建てた。六郎さんと和美さんは金を借りて自分たちの漁船を買い、本式に地元の漁師となった。伊東から先、下田までの伊豆急行が敷設されて伊豆半島の東側に鉄道が開通するのは昭和三十六年まで待たなくてはならなかったが、鉄道が通じるともともと需要のあった彼の地の観光業はさらなる隆盛を迎えることになった。

渡利の爺さん婆さんは戦後間もない頃に相次いでなくなった。半ば渡利家の跡取りのようになった六郎さんと和美さんは墓守をしつつ漁の仕事を続けた。和美さんとイクのあいだには勇の下に娘がふたり産まれた。一方八木の家は父の五郎が腰を悪くして、自分の畑もほとんど地元の若い人間に任せるようになっていたが、対照的に母の志津は年を経るほどに不思議な若返りを見せた。地域のサークル活動で郷土史を勉強したのをきっかけに、地元の観光会社でアルバイトをはじめ、最初は社内事務や観光案内所の手伝いなどをしていたが、そのうちに地方史の知識と人柄を買われてバスガイドとして観光バスに乗り込むようになった。六十を過ぎたおばあさんガイドは物珍しさとサークル活動で養った知識、そして愛嬌のよさで好評を博し、ちょっとした名物のように扱われ、新聞やテレビの取材が来たりもした。地元の観光に寄与したいという思いをさらに強くした志津は、前々から三森家のタイ子さんらとひそかに語らっていた民宿経営の夢をいまが機と実現させたのだった。港の近くの山のなかに土地を買って切り開き、自宅と宿泊棟を建てた。海岸沿いの道路から細い山道を入っていかなくてはならず少し不便な場所だったが、客室から海を見通せる場所を母は選んだ。宿には「水平線」という名前をつけた。六郎さんが漁を引退して船を継いだ和美さんが志津の宿に魚を運んだ。

さて、伊豆に来てからの私といえば、やっぱりほとんど眠っていたようなものだ。はじめのうちは渡利の婆さんの浜仕事を手伝ったり、実家の畑で父五郎の農作業を手伝ったりしていたが、終戦後のばたばたが落ち着いた頃に地元の観光会社に入って事務員として働きはじめた。そう、後に志津がアルバイトをした会社だ。私の紹介みたいに言われることもあったが、鉄道開通で観光客が増え、人手がいくらあっても足りない頃で、会社の上司に誰でもいいから手の空いている知り合いがいたら連れてきてくれ、と言われて母を連れていってみたらあれよあれよとバイタリティを発揮して、バスガイドをしている頃には特別手当だの臨時ボーナスだのでアルバイトなのに私より給料が多いこともあった。

母が民宿を開いてからも私は会社の仕事を続けたが、当時はこう言ってはなんだがどんな宿でも寝床さえあれば観光客が引きも切らないような時期で、母の民宿も開業するとすぐに経営は軌道に乗り忙しくなった。タイ子さんやイクも手伝いに来てくれたりしたが、結局私も会社をやめて実家の民宿を手伝うことにした。

民宿をはじめて二年が経とうとする頃、父がなくなった。冬にこたつでうたたねをしているときに心筋梗塞を起こし、母が気づいたときにはもう呼吸が止まっていた。最期の瞬間は誰も見届けていないが、医者が言うにはほとんど苦しまなかっただろうとのことで、文字通り眠るような最期だった。五郎さんらしい死に方だね、とみんなが言った。名前ばかり民宿の経営者だった父に代わって、母ももう高齢だったのでゆくゆくは跡を継ぐことになる私が代表になった。女将さん、などと呼ばれるようになったが、高級旅館というわけでもなし、和服を着たりするわけでもないから、ただの民宿のおばさんだ。十八で内地に出てきてちょうど二十年、私はもうすぐ四十になろうとしていた。

親戚からも、職場の上司や同僚からも、結婚はしないのか、相手はいないのか、とたびたび訊ねられた。いないなら世話をする、と言う者もいた。余計なお世話だったが、断り切れず見合いの席を設けられてしまったことも何度かあった。私はずっと独身だった。付き合ったり別れたりするような相手もいなかった。いまならいくらかマシかもしれない、よく知らないが。あの頃は、女が独り身を通すことは、なんとなくそうするというより、いろんなものを振り払い、頑なにそれを貫くようにしていなければ難しかったように思う。そのような実感がある。うっかりすると誰かと一緒にさせられて、家庭を持ち、子どもをもうけ、思いがけない幸せに与ってしまうものだった。

姉のイクがそうだったように？　という含意が、いまの私の言葉にはあった？　ああ、まあそうかもしれない。

三人の子どもに手がかからなくなると、手伝いがてら宿にふらりと遊びにくるイクと話をする時間が少し増えた。当たり前だけれど、イクも、すっかりおばさんになっている。客のいない平日の昼間に、志津とイクと私、母娘の三人で宿泊棟の二階のひと部屋に上がって窓を開けて外を見ながらお茶を飲んだり、コーヒーを飲んだりした。

私が民宿の女将さんを務めたのは、父がなくなってから五年足らずのあいだだけだった。宿をはじめた頃はどの部屋からもよく見えた海は、山の木々が育って夏場になるとその二階の部屋の窓からでないと見えにくくなっていた。山道として切り拓かれた一部に、水平線がわずかに見えた。お客さんがあった日は、午前中のチェックアウトが済むとすぐに部屋の掃除をする。窓を開け放って、天気がよければ敷布を剝がした布団を干して、建物に風を入れる。そのときにも、木々のあいだに見える海を確認するのが、習慣になっていた。海がなくなることはない。けれども、ちゃんとそこに海がある、と私たちはいつも確かめるように思った。海があればそこには寄せて返す波があり、波立つ海面に揺れながら乗ってゆけば、それはどこまでもつながっていて、理屈としてはどこまでも行けるのだから海はすごい。そんなに確かなものはない。硫黄島で暮らしていた頃は、地面というのは海に囲まれていて、ここにある自分たちの生活は、遠いどこかから流れ着いて、ほかに行き場はないし、ここからどこか別の場所に行くなんて途方もないことだと思っていた。だから海を眺めても、その先に別の場所を思うことはなかった気がする。でも内地に来てからはそうではなくて、海を見るとその向こうを思うようになった。海を眺めるというのは、どこかに行くことなんだ。たとえば横多くん、君がいまそこから見ている海も、どこか遠くにつながっているのかもしれないよ。君がいま見ている海は、私があの日見ていた海かもしれないよ。

私は、民宿の経営を受け継いで五年めになる昭和四十三年、一九六八年の秋に蒸発した。それからずっと行方不明だ。

第五章

14

沖は凪いでいて、湾内の波はなおさら静かだった。湾の奥には北側の左手からまわりこんだ対岸にある山が見えていた。朝は雲が多かったが、昼に近くなるにつれて晴れてきた。暑い。竿を持つ腕が日に焼けて痛くなってきた。

海面で弾むように揺れる浮きが波間に消えては現れして、見失わないように気をつけていてもそのうちほかのひとの浮きと混ざってどれが自分のだかわからなくなる。横多はこれまでほとんど釣りをしたことがなかった。

防波堤にはほかに十人ほど釣りをしているひとがいて、大半は観光客に見えた。ぜんたいに釣り糸を垂れる仕草は素人くさく、真剣味が希薄で、しかしみな服装は似たり寄ったりで帽子にTシャツ、短パンにサンダルといった感じだったから、なにを以て彼らを観光客らしく感じているのか横多は自分でもよくわからなかった。いずれにしろ本格的な釣りが目的の観光客ならこんなところにはおらず、朝から釣り船で沖へ出ているだろう。東京からわざわざ二十四時間もかけてやってきて港で釣り糸を垂れるなんて、なんというか観光客としての気概に欠ける。しかし事情や考えはそれぞれだ。たとえば横多より少し離れたところには小学校に入るか入らないかくらいの子どもを連れた男性がいて、あのくらいの子だと釣り船に乗せるわけにはいかないんだろう。父親は横多と同じくらいの年に見えた。

その親子も、ほかのひとたちも、防波堤にいるひとたちは、魚を釣るというよりはそこにいること、海に向かって立っていることが目的みたいに見えた。ただ立っているだけでは格好がつかないから、あるいは手持ち無沙汰だから、竿を持って釣り糸を垂らしている。なにかを獲得しようとする野心のようなものは感じられない。

そう思いながら海面を見ていたら、自分の隣に見えていた浮きが沈み、糸がぴんと張って横多の隣の男が竿を立てた。からからリールを巻く音がして、防波堤の上にいるひとたちがそちらに注意を向けた。横多もそっちを見た。やがて銀色の小さな魚が釣り上げられて、男がコンクリートの上で針を外すと魚は平たい体をぱたぱたと暴れさせた。さっきの男の子が魚の方に近づきかけて止まり、遠巻きにそれを見ていた。小さすぎたのか、食べてもうまくない魚なのか、釣り上げた男は魚をつかむと海に放ってしまった。サングラスをしていてその表情はうかがえない。男の子は驚いたような表情でそれを見ていた。

腕時計を見ると十一時だった。朝、宿を出て、釣り具屋で釣り具一式を借りて港に来たのが九時頃だったから、もう二時間ほどここにいることになる。横多は一尾も釣っていない。魚が餌をついばむ感触さえなかった。気づいていないだけなのかもしれないが。さっきから同じ防波堤で釣り糸を垂れるひとたちを気概に欠ける観光客とか、魚釣りよりここにいることが目的とか言い表してみたが、それは彼らのことではなく自分自身のことだったかもしれなかった。俺はここでなにをしているのかという思いを他人に重ね見ようとしていたのかもしれない。

観光客みたいだ、と思ってまわりにいるひとびとを見ると、そう思って目を向けたはずなのに全然観光客に見えなくなる。海に向かって釣り糸を垂れているのに魚を釣る気があるように見えない、と思って見ると、急に魚が釣り上げられる。ほかのひとたちも、どうにかしてなにか釣り上げようと試行錯誤しはじめる。餌を付け直してみたり、それまでとは違う方へ針を落としてみたり。横多が朝買った一キロのオキアミのブロックはまだたくさん残っていて、コンクリートの上で溶けはじめていた。

そう思って見ると、そうでなくなる。

自分の思考も散漫だが、周囲の様子までそれにならっているみたいにちぐはぐなのだった。不思議現象だ、と横多は思うが、不思議現象ではなくたぶん自分の認識がおかしいのだった。今日おかしいのか、昨日からおかしいのか、もっと前からおかしいのか。朝ご飯が早かったから、もう腹が減ってきた。お昼はどこでなにを食べよう、と横多は思い、片手で釣り竿を持ったまま、ポケットからスマートフォンを取り出した。お昼ご飯を食べるのによさそうな店を検索しようと思ったが、特に新着を知らせる表示のあるわけでもなかったメールアプリのアイコンが目に入り、午前中に八木皆子さんから届いた長い長いメールのことをまた考えた。

そんなこと言われてもなあ。宿の部屋でメールを読み終えたとき、すでに同部屋の大学生たちはどこかに出かけていて、誰もいない部屋で横多は思わずそう声を出した。八木皆子さんは死んだと思っていたが、当の八木皆子さんがそのメールで言うには、蒸発してそれ以来行方不明なのだそうだ。

今朝は早くに起きて、七時半と聞いていた朝食の時間まで散歩をしていた。五時過ぎに目が覚めて、宿のテラスに出て軒に下がったハンモックに収まりながらゆうべは暗くて見えなかった庭を眺めてみると、横多は植物に全然詳しくないが、明らかに東京では見たことのないような草や葉、果実があった。植物に詳しくないひとが見たことのない植物を見ても、ただ漫然と目で捉えるばかりでその形や色を寄せていく名前や分類といった語彙がない。写真を撮ろう、ネットで調べてみようと思ったがゆうべポケットに入れたまま寝てしまったスマートフォンはさっきメールを開いて読んでいたら充電が切れたのだったと黒い画面を見て思い出した。

しかたがないのでそのまま庭の木や草を見ていた。テラスの隅に灰皿が置いてあり、同部屋だった大学生たちが吸ったのだろうか、何本か吸い殻があった。テラスの下には庭に出るためのビーチサンダルが二足置いてあった。昨日借りたのと同じなら、そこにも「亀」と宿の名前がマジックで書いてあるはずだ。植え込みがあってここからは見えないが、ゆうべ歩いた商店の並ぶ通りの向こうから海の音が聞こえていた。海の音が聞こえている、と思ったが海のなんの音が聞こえているのかはよくわからない。ただそちらの方向には一〇〇メートルも行かない先に海があり、海以外のものがあったらそうは聞こえないだろう音がしている。風が吹くと庭の木々の葉が揺れて音をたて、どこか遠くからこれも聞いたことのないような鳥の声が聞こえた。横多はサンダルをつっかけて表に出た。

ゆうべ見た夢の感触は横多の心臓や内臓からすっかり消えていた。トンネルのなかで爆音や警報に怯えていた子どもの体の小ささや、その小ささのなかにある強ばりや粟立つような腕の皮膚の感覚はもう、あれは自分の現実ではなかった、という安心な遠さで思い出すものになっていた。それがこのままふだん見る夢と同じようにやがて忘れてしまうものなのか、それとも船のなかで見た疎開船に乗った八木皆子さんの夢のように、いまとこれからの横多の現実に、つまり横多が生きて過ごしている時間に、なにか引っかかりを残していくものなのか、それはわからなかった。

昨日の午後に横多はそのトンネルを歩いた。その日歩いたトンネルのことをその晩夢に見ただけなら、そんなに不思議じゃないと思う。でも、今朝起きると八木皆子さんからあのトンネルのなかに貼ってある看板の写真がメールで送られてきていた。メールの本文はなにもなく、看板に記された文言がそのメールの文面ということなのかもしれなかったが、八木皆子さんからのメールに本文がないことも、写真が添付されているのもそれがはじめてのことだった。

商店の並ぶ海岸通りに出ると、ひと気こそ少なかったが沿道の商店や民宿のなかからはすでに活動の気配がしていた。通りを走る自動車も多かった。昨日横多が乗ってきたおがさわら丸はとんぼ返りで内地へと出港し、昨日はにぎやかだった港はいまは静かだった。港と反対に行けば道は間もなく海上自衛隊基地の入口で切れて、その敷地が半島の突端になる。日はとうにあがって明るく、雲は少し出ていたが風も弱そうだった。横多は今日の予定はなにもない。というか、明日も明後日も予定はない。八木皆子さんはこの島のどこにいるのかわからない。気温はまだそれほど高くないが、日が上がれば三〇度を超えるという予報だった。もっとも父島では都心部のように気温が三五度を超えることは夏場でも少ないと聞いた。

通りの歩道から港を眺めて、海には近づかず昨日も歩いた道を行くと、また例のトンネルに行き着いた。道が一本しかないから、集落から動くと自ずと何度もここを通ることになる。なかに入ってすぐのところに、昨日はちゃんと読まなかった看板があった。八木皆子さんがメールに添付してきたまさにその看板で、見比べてみようとポケットからまたスマートフォンを取り出したが電源は切れているのだった。

看板には、さっきテラスのハンモックで読んだ、八木皆子さんが送ってきた写真と同じであろうことが書かれていた。昭和十一年頃に海岸の迂回路としてつくられ、戦争がはじまると島民の防空壕になった。山に爆弾が落ちると、トンネルも震動して砂や石が落ちてきた。ゆうべ見た夢、それからゆうべ半場千八子さんの店で聞いたキヨさんというひとの話で横多はそれをもうよく知っていた。看板の最初には、小笠原村産業観光課、とあるから役場がつくって掲示したものだが、その文面は昭和五十九年の「村民だより」から引いたものとあった。昭和十九年六月十五日、第一回目の空襲で大村役場や西町地区が焼け野原になってしまったとある。その段の終わりには、「空襲の話も記録しておかなければならないと考えております。今回は本筋から離れるので割愛させていただきますが、正確な記録を村に残していくのには、皆様のご協力が必要です。よろしくお願いいたします」とあり、村報として読めばなんということのない文章だが、このトンネルに掲示されているとこの文章の話者が誰なのか、いつの誰がお願いしているのか、よくわからなくなる。空襲から避難していた当時の村民の誰かが、いまここを通りかかったひとに訴えているような声が重なってくるように感じられ、横多は吹き付けのモルタルがまだらに変色した天井を見た。もとの岩盤の不規則な凸凹が残る表面に、白や黒や苔の緑が浮いていた。入口付近の壁は剝落し、石を積んだ下地が露わになっていた。そこは当時の時間を知っている。でも横多のもとに夢のなかの感触は戻ってこなかった。

宿に戻ってアネックスの部屋に入ると、男子学生たちは誰もいなかった。横多はスマートフォンを充電コードに差し込み、一瞬どうしようか迷ったが部屋に置いたまま朝食を食べに本館に行った。玄関を入ると食堂から賑やかな声が聞こえて、サンダルを脱いであがると食堂の四つあるテーブルのうちふたつは学生らしきグループが掛けて食事をはじめていた。七人座っているが女子が四人に男子が三人いるから彼らが横多と同部屋の大学生のようだった。挨拶をしておこうと思ったが、わいわい楽しそうにしゃべっているので声をかける間がなく、厨房のカウンターの前に立ち尽くしていると横多に気づいた宿のおばさんが、おはようございます、と声をかけてくれて、あいてるところどこでもどうぞ、いまお味噌汁やら出しますから、と厨房のなかから手をあげて示した。

テーブルはどれも四人掛けで、学生グループ以外は誰もいなかったが、あいているテーブルに用意された料理を見ると四人分あった。厨房に近いテーブルに掛けて待っていると、玄関の方から、二階から降りてきたらしい五十前後くらいの夫婦が、おはようございます、と言いながら食堂に入ってきて、あいていたもうひとつのテーブルに掛けた。間もなく横多とその夫婦のところにおばさんがご飯と味噌汁を持ってきてくれた。ご飯はそこに、とおばさんが食堂と厨房のあいだを示して、そこにお釜がありますから自由におかわりしてください、と言うと待ち構えていたように学生グループの男子がふたり茶碗を持って立ち上がっておかわりをしにきたので、そのどちらにともなく横多は、あの、と声をかけた。

ゆうべは先に休んじゃったんですけど、と横多が言うと、あ、同じ部屋の、と茶髪に眼鏡の男子が応じて、厨房に戻りかけていた宿のおばさんが横から、ごめんなさいでしたねえ急で、と横多と学生双方に向けて言った。いえいえ、と横多は言い、そのおかげで朝食がただになった、と内心で思った。いろいろ言葉が省略されていて横で聞いていてもよく意味のわからないだろうそのやりとりを、さっきの年輩夫婦がなんとなく聞いているのが横多から見えていた。

よろしくお願いします、とご飯を漫画のような山盛りによそった茶碗を持った大柄な男子が言い、もうひとりの茶髪に眼鏡の方が、観光ですか、とまだ空の茶碗を持ったまま言った。えーと、はいそうです、と横多は応えた。

我々もです、と大柄な方より社交的な感じの茶髪が言い、横多は、我々、という畏まりを内心繰り返しながら彼らグループのテーブルを見た。山盛りご飯はすでにテーブルに戻って、その盛り具合でひと笑いとっていた。東京からですか、と横多は言った。

えーとまあそうです、と茶髪は応えた。ここも東京都だから、この島では東京と口にすると会話に一瞬妙な空気が流れることがたびたびあった。横多はなんのグループなのかとか、なにをしに来たのかとか訊こうと思ったがやめた。自分が同じことを訊かれても困る。楽しそうなところおじさんがひとりお邪魔しますけど、と茶髪に言った。茶髪は愛想のいい返事をして、厨房に入ってご飯をよそいはじめた。

本館には六部屋あったはずで、年輩の夫婦がひと部屋として、あとの客は朝食を頼んでいないのか、それとも時間をずらしてすでに、あるいはあとで食べるのか。横多のテーブルにはもう一人前、横多の前にあるのと同じおかずの皿が用意されていたから、少なくとも誰かひとりは同じ時間にこの食堂に来る予定と思われた。そのひとが来れば横多と食卓をともにすることになる。横多はほかの客の姿は昨日から全然見ておらず、別のテーブルで食べはじめた夫婦もいまはじめて見た。唯一会ったのがゆうべ宿側のダブルブッキングで横多が部屋を明け渡した若い女性だったが、彼女が朝食を頼んでいるかどうかは知らない。部屋を譲った横多に、長い髪をばさばさ振って頭を下げていた彼女の様子は思い出せるが、どんな顔だったかはひと晩経つともう曖昧になっていた。というか、腑に落ちないダブルブッキングや、明らかに変とまでは言えないがどことなく奇妙な彼女の雰囲気とが相俟って、またそこに八木皆子さんをめぐる他人には容易に説明できない自分の来島の経緯や目的らしきものが絡んできて、横多は名前も素性も知らないゆうべのその女性に、八木皆子さんをはじめ幾人もの女性たちの存在を重ねてしまい、だから顔がよくわからなくなるのか。そこにはゆうべ行った居酒屋の半場千八子さんとか、半場千八子さんに聞いたキヨさんの話に出てきたトンネルの少女、船のなかで見た夢に出てきた、というか自分がその存在になっていたかもしれない疎開船のなかの当時十代の娘だった八木皆子さんや、現在の八木皆子さん、八木皆子さんの姉であるイクつまりもうなくなった祖母の顔もあって、そのうちの何人の顔を自分がはっきり知っているのかと思えば横多はほとんど誰の顔も知らず、ゆうべ会った半場千八子さんの顔も曖昧になってくる。その重なりのわからなさに引っ張られて、ダブルブッキングの彼女の顔もどんどんわからなくなってくるのだった。

焼き鮭に目玉焼きと、特にローカル感があるわけではないがおばさんがちゃんとつくっているのがわかる朝ご飯はおいしかった。横多のテーブルにもうひとつ用意された朝食の席は、横多が食べ終わるまで結局誰も現れなかった。学生グループは、自然と漏れ聞こえてくる会話によると今日はホエールウォッチングに行くようだった。

食べ終わって食器を重ね、おばさんにごちそうさまと声をかけて部屋に戻ろうとすると、今日はどちらへ、と訊かれた。どちらもなにも予定はなにも決まっておらず、八木皆子さんを探しに、とも言えないし、横多としてもそもそも島内をあちこち巡って八木皆子さんを探そうというつもりはなかった。

ぶらぶら観光を、としかたなく応え、どこを観に行けだとかこれこれのツアーに参加しろだとか勧められたら面倒だ、と思ったが、おばさんはにっこり笑って、ああぶらぶらね、それもいいね、と言った。学生さんは毎日あっちゃこっちゃ遊んでまわるようだけど、のんびりぶらぶらしてるだけでもいいとこですよ、ここは。

ありがとうございます、と横多は応え、昨日港で釣りでもしようかと思ったことを思い出し、あそこの防波堤で釣りができるか訊くとおばさんが釣り具屋を教えてくれた。

部屋に戻ると、先に戻っていた男子学生たちが洗面台で代わる代わる歯を磨いていた。廊下の奥の部屋を女子が使っているらしい。どういうグループか知らないが若い男女が混合で旅行とは楽しかろう。アネックスはそのふた部屋だけなので、横多はとんだお邪魔虫なのではないか。こそこそと部屋に戻って、充電していた携帯電話を見ると何件か入っていたメールのなかに、八木皆子さんからのものがあった。明け方来ていたトンネルの写真に返信はまだしていなかった。開くとものすごい分量の文章が記されていた。

沖から戻ってきたクルーザー船の乗客たちが防波堤の釣り客たちに向かってデッキから手を振っていた。親子連れの子どもはよろこんで跳ねながら手を振って、おーい、と声をあげていた。横多も手を振って応えてやった。ぼんやり見ていると船上にはあの茶髪と山盛りご飯らしき姿があり、同じ民宿の学生だとわかった。ホエールウォッチングから帰ってきたのだろう。向こうはたぶん横多のことはわかっていない。

十二時になった。腹が減った。魚は一匹も釣れていない。

八木皆子さんがあの膨大なテキストをどうやって入力したのか。それは想像するしかなかったが、その文章のあちこちにある誤字や誤記、たびたび謎の、あー、とか、ん、という言い淀みや言い直しが差し挟まれているのを読んで、横多は、これはなんらかの音声入力機能を用いて書かれたものだろうと推測した。前に八木皆子さんは、手紙なら筆や鉛筆で書くところだけれど、自分には iPhone のフリック入力が便利で、キーボードの入力は苦手だとメールに書いていた。そんなひとがどうやって音声入力などという方法を思いついて採用するのかはわからないが、この全文を八木皆子さんがすべて手で入力したと考えるよりはずっと現実的だと思えた。八木皆子さんがどこまで現実的な存在なのかはともかくとして。

その文章は、八木皆子さんの自叙伝と言ってよい内容だった。横多はそこに記されている自分の祖母であるイクや、祖父である和美といった実在の人物たちの名前を自分の記憶と擦り合わせ、彼らが暮らしていた硫黄島についての聞きかじった程度の知識も撚り集めながら読み進めた。しかしいかんせん文章の体をなしているとは言いがたい箇所も多くあって苦労した。だから細かい部分は読み違えたり誤解したりしているかもしれない。しかしともかく、八木皆子さんとその家族は一九四四年に硫黄島から内地に疎開して、その際にイクつまり横多の祖母が密かに思いを寄せていた幼なじみの達身は軍属として島に残った。いや、達身さんに思いを寄せていたのはイクだけではなかった。八木皆子さんもそうだった。達身さんは横多の祖父の弟だ。そして祖父の和美は、徴兵を逃れるために自ら右手の指をつぶしたらしい。もし和美が兵隊にとられていたら、達身は軍属を免れ、長男の代わりに家族とともに内地に疎開していたかもしれなかった。そしたら母も、横多も、この世にいなかったことになるのだろうか。彼らが内地に来て、翌年に戦争が終わり、両親が開いた民宿の跡を継いだ八木皆子さんは、昭和四十三年、一九六八年の秋に蒸発したという。そういった話が、私という一人称を用いて、八木皆子さんの視点から語られていた。

八木皆子さんが死んだとは、八木皆子さんはひと言も書いていない。八木皆子さんが書いているのは、自分は蒸発して、以来行方不明であるということだけだ。

横多が母親の洋子に聞いた話では、皆子おばさんは疎開したあと南伊豆で両親と暮らしていたが、蒸発してその後どこかでなくなった。それがいつのことなのか、どうやってなくなったのかははっきりしなかった。お墓があるとすれば祖父母の墓のある伊豆だが、それも詳しくは訊かなかった。しかし八木皆子さんが蒸発したのが八木皆子さんの文章にある通り昭和四十三年であるならば、母はそのとき十七歳になっていたはずで、同じ南伊豆にいた母の妹のことを全然知らなかったというのは不自然に思えた。もっとも、何十年も前に蒸発して行方知れずになった親戚が、もう死んだことにされているのだとしてもそれはそう不思議ではない。自ら姿をくらまして、そんなに長いこと行方が知れず、両親も、きょうだいも死んでしまって、会ったこともない姪やその子どもだけがその存在を知っているとして、それは親戚のうちでは死んでいる者とほとんど変わりがなく、姿をくらます前の姿まで遡って消えていってしまうものなのかもしれない。

たとえばあの海中には魚がいるが、と横多は相変わらずちっとも沈まぬ自分の浮きにあらためて目をやった。ここから見えないあの下には釣り針がある。そして海のなかには魚がいる。釣り糸の先端に仕掛けられた餌に魚が食いつくかどうかはともかく、こうして釣り竿を手にしている以上、横多の狙いは姿の見えない魚である。釣り竿を手にする者は、どうしたって姿の見えない海中の魚の様子を岸の上から想像することを止められない。一日三千円の安い貸し竿だろうと、素人の仕掛けたお粗末な針と餌だろうと関係なく、竿を持てば釣り人は魚のことを思わずにはおれなくて、そのあいだに伸び縮みする糸が、いつか自分と魚とをひとつにつなぎ止める、その瞬間のことを、そのときがくるまで考えつづける。

八木皆子さんが八木皆子さんによる言葉をどこへ向けているのか、横多はわからない。彼女は父島にいるという。その、いる、というのはどういう、いる、なのか。あるひとは彼女はすでに死んでいるといい、彼女自身は、自分は五十年以上前に蒸発したきり行方不明だ、と語っている。どこかでなにかが間違っている。しかし、こうして何時間も海に釣り糸を垂れて、そこにいるはずの魚がいっこうに釣れない。ほかのひとの針は食っても、横多の針には食いつかないというのは八木皆子さんが言っていることのおかしさと似ているじゃないか。まして横多は、朝からいままでずっと、一瞬たりとも魚を釣りたいと思っていなかった。なのに、こうして釣り糸を垂れている。なにを釣ろうとしているのか。

はじめて八木皆子さんからのメールがきたとき、親戚を騙るフィッシング詐欺ではないかと思ったものだったけれども、と横多は思い、だったけれどもというか、まだその可能性は全然否定されていないのだけれども、それなのにこんな、内地から見れば海の果てのような場所まで出張ってきて、文字通りフィッシングをしている。他人には聞かせられない馬鹿馬鹿しさだが、それと同じくらい馬鹿馬鹿しい話を八木皆子さんが真剣にしていたから、横多はここまでやってきた。横多の釣り糸と釣り針は、八木皆子さんの話の続きに向けて投じられる。

さっきの親子の竿に魚がかかった。男の子が大きな声をあげ、お父さんが後ろから二人羽織のようにしてリールを巻いていたが、最後は息子から竿を預かってなにかを釣りあげた。

オリンピックの競技に釣りはないんだろうか、と横多は思った。聞いたことはないが、聞いたことのないような競技は結構ある。パラリンピックより先に行われるオリンピックはもう日程が終盤で、陸上競技やトーナメント方式の競技は準決勝とか決勝に入っているようだったが、会期序盤から開催国である日本は未だかつてないほどのメダルラッシュで、早々にこれまでの最多メダル獲得数を更新するとその後もその勢いは止まらずニュースや新聞紙面は連日オリンピックの報道で大いに盛り上がっていた。注目競技の陰に隠れていても、日本選手がメダルを獲ったり入賞したりしてそんな競技種目があったのか、と知るものも多かった。

もっとも横多はオリンピックには興味がなく、東京でオリンピックをやっているさなかにこうしてわざわざ都心を離れているくらいで、毎年夏の猛暑、そして豪雨と台風がもはや約束された感のある国の首都でスポーツの世界大会を行うなんて馬鹿げている、という開催地決定前からの反対派の主張に概ね同意していた。開催招致をよろこぶ側の口ぶりがしばしば競技とは関係ない国力とか国家の威信を示したがって見えるのも不快だった。横多は心のどこかでこの東京オリンピックがよくわからないが大失敗に終わればいいと願うような気持ちさえあった気がする。もちろんそんな横多の気持ちに関係なく大会ははじまり、はじまってみると事前の予想や期待を大幅に上まわる日本選手や日本チームの活躍で、大きな天気の崩れも災害や事故もいまのところなく、聞こえてくるのは盛り上がりの声だけになった。つまり二〇二〇年の東京オリンピックは着々と大成功という結果に向かっているようだった。

横多が多少興味があるのは、ふだん惰性で試合結果を追ったりたまに球場に観戦に行ったりする野球くらいで、オリンピック期間中はプロ野球も中断しているから自然とオリンピックチームの動向を気にすることになったが、それもそこまで熱心なものではなかった。おととい準決勝で負けた日本チームは、ゆうべの敗者復活戦で勝ったのでなぜか決勝に出られることになったらしい。ゆうべも試合があるらしいことは知りつつも疲れと酔いで試合など気にせず寝てしまったし、そのなにやら複雑なトーナメントの方式についてもよくわかっていない。どちらかというとオリンピックとパラリンピックの日程のあいだを縫うようにもうすぐ行われる予定の夏の甲子園の方が楽しみだった。

やっぱり釣りなんて競技はないだろう。腹が減った。もう釣りはやめてなにか飯を食いに行こう。そう思って糸を巻き上げようとすると、竿先がしなって竿と手元が海の方に引かれた。なにか魚がかかった。

15

その日はなにもなかった。誰かに伝えるような特別な出来事はなにもない。いつもと同じ平凡な一日だった。でも俺にはその一日しかない。何度もその一日を繰り返して、ずっとその日にいるみたいだ、と和美は思った。

何年のことか、何月何日だかも忘れた。とうに船は廃てて、何年も経った夏の日だった。

何十年も漁師をやって、さんざん魚を獲ったのに、和美は漁師を引退して細々と畑をいじるようになってからも、週に何度かはひとりで港の防波堤を訪れて釣り糸を垂れた。

港の釣りは、釣れるときには誰でも容易に釣れるし、釣れないときには誰がなにをしても釣れない。釣れる釣れないを楽しむなら船を出すか磯に行った方がいいのだが、和美の場合ひとりで海中に針を落とし防波堤に座っていることが目的と言ってよかった。和美の記憶では船を手放して漁師をやめてからの習慣ということになっていたが、頻度こそ違えど実際にはそれよりずっと前、妻のイクをなくしてから、和美はときどき船や漁協の仕事もないのに港に来ては、漁協とは反対の防波堤に軽トラを停めてぼーっと海を眺めていることがあった。海を見るだけなら近くの浜に行っても同じだしそっちの方が眺めもよいのに、漁師だからだろう、自分の船のある港の方が落ち着くらしかった。そのうちに手ぶらで防波堤に立っていることの不格好に気づいたのか、釣り糸を垂らすようになった。係船柱に腰かけて、港の出入口からのぞく沖の方を見ていた。

伊豆半島の南端に近いこのあたりの海岸線は急峻な崖地が多い。海岸に沿って走る道路も地形に応じてカーブとアップダウンを繰り返し、トンネルも多かった。海岸から内陸の道に入ればすぐ勾配は急になる。和美の家も港からは歩いて十分ほどだったが、歩きだと行きはともかく帰りは上り坂で因果を見る。だから港に行くにも自家用と仕事用を兼ねた白い軽トラで行くのが常だった。釣り竿やクーラー、ビニールの水汲みバケツなどの釣り道具だけでなく仕事の用具が荷台や助手席に積んであった。海沿いの潮風に吹かれる暮らしの宿命で、軽トラもそこここが錆びて穴が開いたりもしていたが、近所にはもっとひどい車もたくさんあった。がわがどうなろうと、エンジンが動けば車は走る。

でも最近の若い連中がこのへんで乗り回している車はセダンでもファミリータイプの大型車でもみんなきれいな気がする。最近の車は錆びない塗料が塗られたりしているのか、それとも持ち主がまめに手入れをしているのか。和美にはわからないし、わざわざ誰かに聞いて教えてもらうほど興味があるわけでもない。たぶん半時間後にはこんなもの思いも忘れ去ってしまう。ともかくどんな自動車であれ、アクセルを踏むだけで走る、沿岸道路から家にのぼる坂道も、うちの軽トラはエンジンが焼き切れるのではないかと不安になるような轟音を立てるものの、運転手はただ足を踏ん張ってるだけで、自動でのぼっていくのだから助かる。そんなふうなとりとめのないことを思いながら和美は釣り糸を垂れている。

沿岸の道路から山側の道に入るとくねくね曲がる坂道は東を向いたり南を向いたりするから朝ならば山陰や茂みの陰に入る以外は日が差して明るく、夕方になるとせり出した山陰に入るせいでまだ海上に日が残っていても早くから暗くなる。対向車とはどうにかすれ違えるが、かち合う場所が悪ければどちらかがバックで道幅のあるところまで戻らなくてはならない。途中で左手の林が開け、山を切り開いて均した土地がある。そこにイクの両親がやっていた民宿「水平線」があった。

イクの母親の志津さんが六十を過ぎてから突然はじめた民宿だったが、六〇年代に入って依然続いていた好景気にレジャー人気も重なって伊豆半島の観光は好況で、民宿の経営もすぐに軌道に乗った。しかし数年後にイクの父の五郎がなくなり、イクの妹の皆子が宿を継ぐ形になったが、その皆子がある日突然蒸発して、というか突然だから蒸発なのだが、ともかくさっぱり行方知れずになった。皆子はそのときもう四十を過ぎていたと思う。ずっと独身だった。男ができて駆け落ちしたとかいう噂もあったが、十代とか二十代の若者じゃあるまいし、かといって宿の仕事を見ても家族関係を見てもこれという理由が見つからない。だからこそ噂がいろいろ立つ。海に飛び込んだとか、東京方面行きの電車に乗ったのを見たとか。

それからしばらくは志津さんが宿を切り盛りしていたが、そもそも志津さんも高齢だから皆子が宿を継ぐことになったのであり、イクもしょっちゅう手伝いに行っていたが間もなく志津さんは民宿の廃業を決めた。宿泊棟の横には自宅もあったから、廃業後も志津さんはそのままそこに住んでいた。歩いて五分ほどのところにイクと和美の家があったから、イクは毎日のように母親のところに顔を出したし、いっそ自宅に引き取ることも考えたが、志津さんは経営を止めた民宿の棟と並んだ自宅で生活することを望んでそれを断った。なんということはない建物だったが、六十を過ぎてからの一大決心で民宿をはじめた彼女にとって、その建物も、その建物から見える景色も、思い入れの深いものだった。宿泊棟の二階の窓からは山の木々の茂りの合間に海が見えた。太平洋の水平線が望めるその南向きの窓が志津さんの気に入りだったことを、イクはもちろん、ときどき顔を見に寄ってお茶を一杯飲むだけだった和美も知っていた。その水平線の向こうに、かつて暮らした島がある。どんなに目を凝らしても一〇〇〇キロ先にあるその島影は見えるはずがないのだが、見える見えないよりも、その先にたしかにある場所を望んで見続ける、そうしてしまう。

　志津さんは民宿をしめて二年が経たないうちになくなってしまった。自宅と民宿は、近辺の開発に熱心だった東京の企業の社長を通じて、社長の友人だか親類だかだという男の手に渡った。イクはもしも皆子が戻ってきたときに住む場所を残しておきたいと家と民宿を手放すことに反対したが、現実的に、和美とイクの夫婦だけでは民宿どころか建物と敷地の維持管理もままならなかった。ふたりで民宿を継ぐという可能性を全然考えなかったわけではなかったが、それは現実的な選択ではなかった。和美もイクもどこかで自分たち夫婦が共同してなにかをすることは途方もなく難しいことだと心のどこかでわかっていた。ふたりが不仲だったわけではないと思う。でも、だからといってなんでもできるわけじゃない。夫婦には一緒にいるための適当なバランスがあり、すべきでないこともあるのだと思っていた。

七〇年代に入ってもまだ観光業の好況は続いていた。新しいオーナーの男は最低限の改修だけすると義父母がつけた「水平線」という宿の名もそのままに、自分の会社かどこかから連れてきた中年夫婦をそこに住まわせて民宿を再開業した。オーナーの男はときどきゴルフかなにかのついでに寄るみたいに顔を出すだけで、ほとんどその姿を見かけることはなかった。高級そうだが似合わない服を着て、高そうな車を走らせ、あまり感じのいい男ではなかったが、管理人夫婦は気さくなひとたちだったし、イクからしてみれば名前も変えずに同じ場所に民宿があることは救いだっただろう。和美は引退した父の船を受け継いで、変わらず漁師を続けていた。

どこにいるのか。生きているのか、死んでいるのか。皆子の行方は知れぬまま失踪から十年十五年と時間は過ぎ、妹との再会を果たせぬままイクは病気で死んだ。理由を告げずに突然姿を消した妹のことを、イクはその失踪直後から懸命に捜し続けた。情報提供に対する懸賞金も用意したし、テレビの尋ね人のコーナーにも出演した。およそできることはなんでもした。晩年、病を得てからは妹との再会を望む思いはいっそう強まり、最後の最後まで皆子に会いたいと口にしていたが、それは叶わなかった。イクの死を機に、親類のあいだで皆子のことには区切りがつけられた。即ち、皆子はもう死んだものと考える、別にそう取り決めたわけではなかったが、暗黙のうちにそんな了解が共有された。とりわけ母親の念願をよく聞いていたふたりの娘たちは、皆子に対する恨めしい感情が積もっていた。和美は娘たちから捜索願を取り下げるよう頼まれたが、それには応えなかった。

他人の手に渡った民宿は、時相応に古びて管理人夫婦も中年から老年になり細々と営業を続けていたが、やがてバブルが弾けると、オーナーだった男が破産したとかで会社が倒産したとかで、民宿は土地ごとどこかに売り飛ばされたらしく、ある日突然休業するとそれきり締め切ってしまい、管理人夫婦も彼らに非があるのかどうか知らないが、夜逃げするみたいにこの土地から姿を消してしまった。

生きていても死んでいてもひとは簡単にいなくなる。

独り身になった和美も引退を考えるようになった。以前はいくらでもいた若者の手伝いとか見習いが減って、船を維持するのも大変になってきた。父と違って自分には跡を継がせる者がいなかった。唯一の息子である長男の勇は高校卒業後に家を出て以来ほとんど便りがなかった。和美の体もあちこちがたが出てきて、漁に出る日もだんだん少なくなってきた。それでもやめてしまえばもうそれまでだからと、ろくに使っていないのに年々維持管理の費用が高くなるばかりの船は手放さずにいたが、七十五になる年にとうとう観念して廃船にした。

父親の六郎は硫黄島にいる頃から船一本だったが、和美はイクの父親が生前いじっていた畑をほかに使うひともいないからと義父が死んだあとに譲り受けるかたちになって、漁の合間に野菜や果物を育てたりしていた。半分遊びのようなものだったが、漁師をやめてからは、畑の収穫を農協におろして、細々したものだったがこれも小遣い程度にはなった。ひとりで暮らすだけならそこまで金に困るわけではなかったが、自分の稼ぎがあるというのはたとえ少額でも心強いし、なにより張り合いがあった。

誰も住む者のいなくなった民宿と同じ敷地にあるイクの両親の家は、管理主が誰なのかもよくわからないまま放置され、だんだん荒れていった。庭と駐車場には枯れ葉が吹き溜まって雑草が繁り、白いペンキで塗られていた宿泊棟の外壁は薄汚れ、窓の内側のカーテンがところどころ外れて垂れ落ちていた。隣の住居用の建物も閉てっぱなしの雨戸や外壁に傷みが目立つようになり、どこかから伸びてきた蔓植物が壁を侵食しはじめた。庭や建物の周囲に置かれたいろいろの用具や廃品は錆びたり朽ちたりして、前の坂道からのぞく敷地内は不気味な様相を呈していった。誰がやったか宿泊棟の一階の窓が一枚割られると、そこからはあっという間だった。窓という窓は割られ、壁にはスプレーでよくわからない落書きがされ、建物のなかも庭も昼夜問わず子どもや学生の悪い遊び場になって捨てられたゴミでいっぱいになった。隣の住居は玄関戸も雨戸もそのままなのになぜか壁の一部が大破して、そこを出入口に野良猫やタヌキ、ときにはサルやイノシシまでが食糧を探してなのか建物の内外をうろうろするようになった。どこかの馬鹿が花火か肝試しでもしたのか、何度か小火騒ぎもあった。町は登記上の持ち主を探して解体させるつもりだったらしいが、件のオーナーの男が窮状極まって妙な売り飛ばし方をしたらしく管理すべき人間は一向に現れず、それ以上放置できなくなった町に依頼された解体業者の手で建物は取り壊されることになった。和美さんもともとはあんたんとこの建物だから、どうにかしてくれんかね。そんなことを言ってきた役場の人間もいた。和美にしても、なき妻の実家であるわけだし、行方知れずのままの皆子をのぞけば自分以外にその家と土地にかかわりのある人間はもう誰もいないのだと思えば、なにかしたくなる気持ちもあったが、登記上はその責任もないし、手出しできる権利もない。もし無条件で敷地と建物が戻ってくるなら、と和美は民宿を再建する算段を一瞬してみたりしたが、自分ひとりの手には負えないのは明らかだった。資金も人手も元気もない。それで漁師もやめたのだ。だからもちろんすぐに諦めはしたが、そもそももとの持ち主の家族だからって簡単に権利が取り戻せるわけもなく、役場の知り合いも本気でそんなことを言っていたわけでもあるまいに、一瞬でもその可能性を想像しようとした自分に和美は少し驚いた。頭がどうかしたのだろうか。繁忙期には多少手伝いをしたり、獲った魚を納めてはいたけれど、イクの両親が営むその宿に自分はそこまでの思い入れがあるわけではないと思っていた。志津がなくなってそこを手放したときのイクの無念さがずっと引っかかっていたのかもしれない、みたいなことを和美は思い、けれどもその考えに至っても腑に落ちる感じはしなかった。あのとき、民宿を手放さずにイクとふたりでどうにか切り盛りしてみる将来をもっと真剣に考えていれば、全然違ういまがあったのだろうか、と頭では思ってみても、それが自分の心残りだったというふうには思えなくて、それなのに何年も経ってこうして頭に浮かんでくる過去の可能性というのを、いったいどんなふうに考えればいいのか。やっぱりちょっとおかしいんだろうか。

坂をのぼってきた軽トラが「水平線」の看板の立った入口から庭に入る。繁忙期には客の自動車が二台三台停まっていて、その邪魔にならないところに車を停めたら助手席のクーラーボックスを肩に提げて正面玄関のある食堂棟と宿泊棟のあいだを抜けて、食堂棟の裏手にまわる。勝手口をノックすると調理場から誰か出てくる。誰も出てこないんならいまは忙しいんだろう、外からひと声かけて勝手口の脇の流し台に魚を出して鱗を剝いでいく。近所の野良猫が寄ってくるからしっしと追っ払う。紅色と銀色の混ざった肌を金具で擦ると、透明な鱗が跳ねて散らばり、そのひとつひとつが光を集めて虹色が映る。手を止めて、透明な膜が張った魚の目玉を見る。目を見ると鮮度や身の良し悪しがわかるがそれは他人の獲った魚のことで、自分が獲った魚ならそんなことはいちいち思わない。

ときどき死んだ魚の目にじっと見入ってしまうのは、なにも見えていないはずのその目が自分になにかを映して見せてくれるのではないかと思ってしまうからだった。何十年も毎日、何百という魚を相手にしている漁師なのに、そんな子どもみたいな想像に囚われてそこから逃れられない。毎日船を出し、網を入れ、海水をくみ上げ、一日の半分をその上で過ごしている。その海中のことも、なにも知らないわけじゃない。近海の漁場なら海底の形状も、その日その日の潮の流れも、それに伴う魚群の動きも、だいたい頭に入っている。それでも海の全部は知れない。お前、どこかでなにか見なかったか？　心中でそんなことを魚に訊ねたくなる、いや訊ねてしまうことがある。

ズボンのポケットから煙草を取り出して火を点けると、勝手口が開いてなかからイクが出てきた。客が多いから手伝いに来ていたのだ。いまは夏だ。そこに和美がいても、急にイクが出てきても、ふたりとも驚かない。ああ、と言っただけで、イクは和美が並べた魚を眺める。

いい型だね。

これで足りるだろう。これとこれは煮つければ。

じゅうぶん、と応え、イクはかがんでのぞき込んでいた体勢から腰に手を当てて、あいたたた、と言いながら上体を反らすとエプロンのポケットから煙草を取り出して一本抜き出し口にくわえた。あれ、とポケットを探っているので和美は自分のライターを差し出した。ありがとう、とそれを受け取りイクは細い煙草に火を点けた。

今日は何人？

二十二人！

忙しければあとで刺身切りにこようか。

ありがとう。助かると思う。

イクが煙草を吸っていたのはほんの一時期だったから、これはその頃のことだ。たぶん志津が民宿を開いて二度目の夏。ということは、皆子が勤めていた地元の観光会社をやめて、まだ五郎も家にいる時期。夏場はイクも和美の母親のタイ子も朝早くから手伝いに通った。イクは宿を手伝うようになって、もともと煙草喫みだった皆子からたまに何本かもらって吸うようになって覚えた。和美は若い頃から吸い続けていたから、咎められる立場でもない。女が煙草なんて、という気持ちもないでもなかった。でもそれをイクに言おうとは思わなかった。ジーンズに、Tシャツの袖を暑そうに肩までまくり上げて、イクはうまいのかどうなのか煙を吸って吐いてしている。四十を過ぎてはじめて覚えた煙草の味というのは、どんなものなのか。

長男の勇はもう家を出て東京の大学に通っていて、長女の葉子と次女の洋子は高校生と中学生になっていた。夏休みには娘ふたりも手伝いに駆り出された。

ねえ見て、お母さん煙草吸ってる。

勝手口から洋子が姿を現して、調理場を振り返ってなかにいる葉子に向かって言った。

そうだよ、とイクは平気な顔で言い、上を向いて煙を吐き出して見せた。ここは建物の陰で日は当たらないが、頭上には晴れた夏の空が見えた。暑い。葉子も外に出てきて、洋子と並んで立った。葉子は格子柄の黄色っぽいワンピースを着て、洋子は運動着のような短パンに緑色のTシャツを着ていた。どっちの服もなんとなく見覚えがあった。三つ違いの姉妹は背丈こそ違うが体型が似ていた。ふたりとも太っているわけじゃないが、手足の骨が太いのか、骨格のせいなのか、あまり細く見えない。その体型は、ふたりの横にいるイクとも、そしていまは姿の見えない皆子とも似ていた。まだ島にいた頃、四歳違いだったイクと皆子が少女だった頃も和美は知っていたが、もっとずっと小さな頃からお互い近くにいたせいか、少女時代の彼女たちの様子だけを思い出そうとしても、どうしても子どもの頃の姿や結婚して一緒に暮らすようになってからのイクの姿が邪魔をして、あまり明瞭には思い出せない。娘たちの姿ならいくらかこうして思い出せるのに。

姉の葉子は煙草を吸っている母に非難めいた一瞥をくれたが、なにも言わなかった。そして妹に、洋ちゃんアイス食べる？　と訊ねた。

食べる。

とってくんね。

勝手口からなかに入る葉子の後ろ姿に、イクが、お母さんのも、と声をかけた。

女三人のそのおしゃべりの場に和美はいない。さっきまで勝手口の横で魚の鱗をおとしていた自分の姿がなくなっていることに和美はそんなに驚かない。彼女たちの話し方は、もし自分がそこにいたならそうはならないような話し方だったから。

庭の方から建物の日陰に沿って猫が歩いてきた。飼っているわけではないがいつも志津が餌をやっているので半分飼っているようなものだった。サンダルをつっかけたイクの足もとを通って洋子の方へ歩いていくと、なにかねだるように足首に体を寄せた。

なに、ミーコ、お腹すいたの、と洋子が言って、なんかあげよ、と調理場に入っていくと煙草を吸っているイクがひとりになった。誰もいないから、イクは黙って煙草を吸って、煙を吐いている。

和美は自分がまたそこにいるのか、いないままなのかわからないままイクの姿を見た。和美はいつも、自分の考えていることがイクには全部筒抜けになっているような気がしていた。いや、もちろんそんなはずないとわかっていたし、妻が知らないはずの小さな隠しごともいくつかあった。でも肝心のことだけはきっと知られている。知られてはならないと思えば思うほど、和美の思いが読み取られている。そう思えて仕方がなかった。仕事中はそんなことは思わない。船の上では、妻に対するそんな畏れのような気持ちはわいてこず、むしろ自分が家族を養っている、食わせている、という自負と誇りのようなものが船上にいる自分を支えていた。当たれば金になる、外れればすかんぴん、日々の漁の駆け引きにはそんな局面がひっきりなしに訪れた。一歩間違えば事故や怪我、へたをすれば命を失う危険もあった。なにをも怖れぬこと、気を強く持つこと、不測の事態に怯まぬために荒々しく、強くあること。暴力的なぐらいで構わない。それが父親と一緒に船に乗りはじめた少年時代から、父やまわりの大人たちから教わってきた心得だった。だから、船を降りて家に戻り、目の前にいるイクに、自分の弱さを見透かされていると思うと、どうしていいのかわからなくなった。自分の弱さがなんであるか、和美は遠くに見えるようなそれを確かによく知っていたが、それ以上考えることをしたくなかった。考えればまたイクに読み取られる。

民宿への入口から坂道をさらにのぼって、五郎さんの畑を過ぎた先に和美とイクの家があった。民宿と同じように、山を切り開いて均した土地だから、そこに至るまで道の両側は木が繁っている。手前に庭が、右手に作業場と漁具や農具などの物置を兼ねた小屋があり、奥に家が建っている。玄関はあるが、真冬以外は庭に面した居間の縁側のガラス戸が開けっぱなしになっていて、両親が生きている頃はそこからのぞけば居間に座っている父六郎の姿が見えた。居間の父の場所からも、庭に入ってきた者の姿が見える。もっとも年をとって耳が遠くなってからは、父は大音量でテレビを観ていたから、郵便配達や訪問者は庭に入る手前の山道からもうすでにテレビの音で父がいることがわかった。

父は居間でいつも誰かが来るのを待っていたように見えた。誰か来れば、縁側から招き入れて茶を出し、菓子を出し、世間話をする。新聞や郵便の配達でもいい。縁側に置かれた新聞をとって、座椅子にかけて読む。郵便物をひとつひとつ検分する。隠居した老人は誰でも似たようなものかもしれない。けれども和美はそうはならなかった。家にいても落ち着いて座っておらずひとりであちこち動き回ってどこか修繕してみたり、やることがなくなれば畑を見に行ったり、港を見に行ったりした。近所の付き合いはひと並みにあったが、それも深いものにはならず、人間関係はほとんど漁師仲間にとどまっていた。

父が死んだあと、その居間はイクの居場所になった。庭から誰か来れば、すぐにわかる。そして庭からもそこにイクがいることがわかる。和美にくらべて愛想のいいイクは近所のひとや町のなかにももともと親しいひとが多かったが、晩年のイクへの来客はそんなに多くなかった。皆子が蒸発して以降は、イクにも、そしてこの家にもずっとその影が落ちたままだった。誰かと話をしていても、ほんの言葉尻に混ざる相手の遠慮やためらいにとても敏感になってしまった。気配りはありがたかったが、ときにうっとうしくもあった。微妙な間や愛想笑いがその場を決定的に気まずくしたりもした。疲れた。

長男の勇は大学で学生運動にかかわっていたらしいが、それも風の噂に聞いただけで、その後どこでなにをしているのかよくわからない。上の娘の葉子は隣町で就職し、結婚して子どもを産んだ。下の娘の洋子は高校を卒業すると東京に出た。イクが生きているあいだは葉子も洋子もちょこちょこ顔を出し、それぞれに孫を連れてきたりもしたが、イクが死んでからはその数も減った。その理由は和美にはよくわからない。仕事や育児が忙しくなったのかもしれないし、イクにくらべて自分は娘たちに疎んじられていたのかもしれない。

漁師をやめて少しした頃、和美が家で転んで腰を打ち、一時手伝いが必要になったときは、隣町の葉子が面倒を見てくれた。その後葉子は家族で和美の家に移ってきた。日中は葉子も夫の章一も仕事に出かけるし、孫娘のはる子は学校に行く。自分以外誰もいなくなったこの家にまたひとが増えたが、ひとりの時間はなお増えたような気がした。孫が帰ってくるまでのあいだ、ひとりで家にいて、台所の流しに向かって立っているときや、トイレで用を足し終えたときなどに、不意に強い感情に襲われることがあった。悲しみとも怖れともつかない、なんだかわからないがたしかに自分のうちからわいてくるそれに、とてもひとりでは立ち向かえない。船上で持っていた自分の強さは、もうとうに消え去ってしまった。

慌てて、でも転ばないように、身支度をする。鍵をとって玄関を出て、庭の軽トラのエンジンをかける。坂を下りて、もう跡形もないかつての「水平線」の横を通って、海岸の道路に出、港に降りていく。海が見える。係留されて並ぶ船と、幾人かの先客の姿が見える。軽トラをとめ、荷台から釣り具を下ろす。釣り竿を伸ばして、竿を振って海に糸を垂れると、それまでとまっていた心臓がゆっくり動き出すような心地だった。和美は係船柱に腰をおろし、リールを何度か巻いて糸のたるみをとり、呼吸を整え、港の景色を眺める。

もとは何色だったか色褪せて白くなった浮きは、港内のほとんど波もない水面で、ときどき小さく弾むように揺れた。和美の目は浮きから遠くの水面へと移っていって、港を出て、沖へと進んだ。凪があれば沖の水面は波立つが、今日は沖も港のなかみたいに静かだった。日を受ける水面のずっと先には空と混ざり合うような微かな水平線が見えた。

離れたところで釣り糸を垂れていた知り合いの男が大きな声でなにか言った。自分になにか問うているらしいが聞き取れないので片手を上げて応えた。

何十年もこの町に住み、何千回何万回と足を運んだこの港で、こうして釣り糸を垂れながらむかしのことを思い出したいまがいつなのかなんて、明日になればもう誰にもわからなくなってしまう。今日といつかが混じり合い、それが明日に流れ込むんだから。毎日というのはそういうものなんだ。でも、今日の気分は、少し特別だった。今日の端っこが昨日とも明日ともつながっていなくて、もっと遠くのどこかとつながったみたいだった。長かった。俺はこの日を残しておこうと思う。話していないことはたくさんある。話さなかったこともたくさんあるけど、それは誰かほかのひとが話すのかもしれないし、誰も話さないならそれでいい。仕方がない。俺は、俺のことを誰かが思い出すよりも、もっと多くの、いろんなことを思い出した。今日はそういうことを思ったというか、わかった日だった。何十年も生きてきてこんなことを思うなんて少し恥ずかしいが、それもいいでしょう。この思いを、万感の思いを込めて、なにかひとこと言いたい気もするが、誰も言う相手がいないし、言わなくてもいいか。俺は家の鍵をちゃんと締めてきただろうか。玄関のドア、縁側の窓の鍵は。自信がない。そう悪いひともいないだろうけれど。はる子が小学校から帰ってきて俺がいなかったら寂しいだろうか。はる子がいたら、はる子に伝えよう、俺の万感の思いを。ありがとう、なのか、ごめんなさい、なのか、もっと違う言葉になるのかわからないが。はる子を前にして、そのとき出てくる言葉で。

それでまた和美は山道を戻りはじめて、どうしてか今度はかつてのままに建っている「水平線」の横を通り過ぎて、五郎さんの畑にさしかかると麦わら帽の五郎さんが隅の日陰で休憩していた。出来損ないの小ぶりなスイカを割って食っている。片手をあげると、向こうも無言で、スイカ片手にもう片手をあげて返した。

自分の家の庭に入ると、縁側の窓が開いていて、居間にイクが座っているのが見えた。隣には父親の六郎の姿もあった。ふたりは庭に誰かが入ってきたのに気づいて、揃って顔を上げ、和美のことを見た。そうか、ふたりは誰かをずっと待っていたのか、と和美は思った。ふたりは庭にいるのが和美とわかって、来客とは違う、家族が戻ってきたときの顔をした。毎日繰り返されるその顔になるときの顔を和美はよく知っていたけれど、今日は少しだけ違った。いつもの顔になるそのほんの一瞬前に、ふたりの顔に落胆が過った。俺はたしかにそれを見た。そうか、ふたりは誰かをずっと待っていたんだ、と和美はもう一度思う。だからふたりはいつも居間のあの窓から庭が見える場所に座っていたのか。志津さんがいつも海の果てを眺めていたように、来るはずのない、現れるはずのない誰かを、しかし待ってしまうものだよな、人間は。

なるほどなあ、と和美は呟いた。腰かけた係船柱の凹凸が尻の骨にあたるので、少し位置をずらした。と、竿の先に僅かな引きを感じた。片手で握っていた竿にもう一方の手を添えた。また少し引きがあった。

家の前からまた坂道を引き返して下り、五郎さんはまだ休憩中でスイカを食っていたのでまた片手をあげると向こうもまた片手をあげた。畑を過ぎて、民宿の入口を見るとやっぱり昔の建物が建っているから庭に入ってみると、宿泊棟は掃除の時間なのか全部の部屋の窓が開け放たれて窓に布団が掛けて干してあった。建物のなかからは、ばたばたと作業をしている者たちの声が聞こえた。志津と皆子、イクとタイ子、葉子に洋子、ここにいちばんひとがいた時期だ、と和美は思った。誰が誰の声か、聞き分けようとするとわからなくなるが、混ざり合う全部の声を知っていて、その全員を知っている。子どもの頃の家からも、こんなふうな知っている声の交錯が聞こえてきた、それと同じだ、と和美は思った。家の裏手にまわると、イクと葉子と洋子が、立ったままカップのアイスを食べていた。片足に重心をかけたその立ち方が三人とも同じで、三人とも同じ足だった。イクは、娘ふたりは和美に似ているところの方が多い、と言ったが、和美は自分に似ているところがあるなんて思ったことがなかった。どこを見ても、娘ふたりはイクに似ていた。

顔は少し和美さんに似てんのよ、口に氷のアイスが入ったままイクは言った。

そう？　と葉子が言った。

似てる？　葉子が洋子の前に顔を突き出してみた。

鼻のあたりとか。

似てる、と洋子が言って、葉子のカップからアイスをひとすくい盗んだ。

あ！　と姉妹が騒ぎ出す。

和美は肩に提げたクーラーボックスを地面に置いて、なかから魚を出して勝手口の横の流しで鱗を落としはじめる。左手で頭を押さえ、右手に握った金属製の器具で魚の身を擦る。左手の隙間から死んだ魚の目が見えて、和美はそれを見つめてしまう。問うてしまう。鱗を剝ぐ器具を握る右手は、人差し指の先端が短い。しかし鱗を剝ぐにも、船に乗るにも、箸を持つにも鉛筆で字を書くにも、いまでは不便はなかった。和美の右手は、なにをするときにもその不足を補うための力加減や、ほかの四指の補助の仕方をすっかり会得していた。

いまなら銃の引き金だって引ける。

手前に視線を戻すと、白い浮きが縦に揺れるみたいに弾んでいた。浮きの動きで静かな水面が少し波立つ。浮きが沈んでリールの先を支えていた右手に重みがかかり、竿がしなった。ちょっと変な引き方だ。

16

地面から足が離れたときにはまずいと思ったが、次の瞬間にはもう体は水のなかにあった。自分が落ちた音と、跳ね上がった飛沫が海面を叩く音が、頭上の厚い水を通してくぐもって聞こえた。

岸壁で釣り糸を垂れていたら、海に落ちた。竿の先が大きくしなって、強く水中に引かれたから、達身はすぐに竿を立てて針の食いを深く確かなものにしようとした。が、竿先は上がるどころか、さらに力強く水中に引き込まれ、おい、と隣にいた重ルが声をあげた。達身が竿を手放したときにはもう遅く、達身の体は竿と一緒に十尺ほど下方の海面に落ちていった。

落ちるさなか、一瞬なにかをくぐり抜けるみたいに、これで死ぬかも、という考えが達身の頭を過ったが、水中で自分の体が重力から解放されると、なんだか妙に気持ちが安らいだ。頭のてっぺんから手足の指先まで海の水に浸かっているのを感じながら、この感じはなんだっけな、と思い、水を掻いて水中で体勢を整えながら、自由ってことかも、という考えが浮かんだ。そう思ってみると、どんどんその通りだと思えてきた。自由だ。自由になった。この海の水は、子どもの頃から知ってる水だ。たとえば俺はこのままどこまでも泳いでいける。海はどこまでも続いている。内地へも、アメリカへも、どんな外国へも続いている。生まれてから島以外の陸地に出たことのなかった達身は、島を囲んだ海がどこへ続いているのか、自分の目や体で確かめたことはなかったけれど、海の先にあらゆる場所があること、海があらゆる場所へつながっていることはよく知っていた。子どもの頃からずっと海を見ていればそれはわかる。

呼吸はできないし、水を含んだ軍属制服のズボンは重たかったけれど、海のなかには誰の目も、誰の声も届かなかった。日を受けて熱を持っていた腕や首筋の皮膚が冷まされて、水中のぼやけた視界のなかで足もとの黒い岩礁や、翡翠のような色の奥行きを眺めながら、達身は、ずっとここにいたい、と思った。海面に顔を出したらこの自由も終わってしまう。でも息をしなきゃ死ぬ。

重ルは沈んだままなかなか浮かんでこない達身の影を岸壁の上から見ていた。いったいどうして突然自分から飛び込むみたいにして達身が海に落ちたのかわからなかったが、この高さなら落ちたってたいしたことはない。達身は泳ぎも上手だし、崖下の岩礁まではある程度の深さがあった。

水中の達身は、水面の明るさに向かって水を搔いて体を進めながら、いま水中で死ぬのと、地上に戻るのと、どっちが不自由なんだろうか、とこのとき思っていただろうか。重ルは、あったかなかったかわからないその問いの答えを、それからあともずっと考えていたけれど、結局答えは出なかった。

海面に顔を出し、口から大きく息を吸って吐いた達身の目に、顔の前で波立つ海面と、夏の晴れた空が見えた。後ろを振り返ると、さっきまで自分が立っていた岸壁の岩肌が、ほぼ真上からの日射しの陰になって真っ黒に見えた。その上に重ルが立って、こちらを見ていた。

重ルの顔は驚いて動揺しているみたいに見えた。しかし重ルの小さな目と丸っこい鼻と厚ぼったい唇は、どんなときでも変化に乏しかった。見慣れすぎてふだんは特別意識することのなかった重ルの顔の細部がよく見えた。こんなに離れて、しかも海と陸とに隔たったところにいるのに。その顔のどのへんに彼の驚きが表れていたのかと訊かれてもそれはうまく説明ができないが、でも重ルは驚いていたと思う。小さな頃から一緒にいるからわかる。顔を見なくてもわかるのだ。達身も落っこちていく自分に自分で驚いていたから。

大丈夫かよ、と重ルが崖の上から言った。

おお、と達身は応え、重ルに向かって片手を上げた。

達身は水に浮いたまままた重ルに背を向け、島影も船影も見えない海と空の広がりを見た。重ルも、達身の視線を追いかけるように、崖の上から同じ方角を見た。ふたりがいたのは軍属として所属する海軍の設営隊の持ち場から近い、島の東側の岸壁だった。敵艦や敵機はきまって西の海から現れるとされていた。いま、いくら目を凝らしても海上にはなにも見えなかった。

島に日本軍が入ったのは一九三三年、達身と重ルが十一歳のときだった。海軍による飛行場の建設がその目的で、島の南部の千鳥が原で大がかりな工事がはじまった。実際に作業をしていたのはほとんどが海軍の請負会社の作業員で、だから飛行場建設を機に島にやってきた多くの人員は軍人ではないのだったが、そこで行われているのは軍お墨付きの建設計画には違いなく、国を護るべく日々の仕事に勤しむ彼らに島民たちは頼もしさを感じ感謝を捧げた。彼らは、内地の生きた空気を島民に感じさせてくれる存在でもあった。島民たちは、内地のいろんな土地からはるばるやって来た軍人たちにパパイヤとかマンゴーとか内地ではなかなか目にしないだろう果物の採り方とか食べ方を教え、浜遊びに誘った。彼らにこの島の暮らしを見せ、話して聞かせることで、自分や自分の祖先たちが暮らしてきたこの孤島が、たしかに日本の一部だったことを実感できた。

あとから思えば、当初はずいぶんのんびりと楽観的だったものだよね。まあ何事もそういうものだよね。

島民たちが軍に対してまったく不穏さを感じていないわけではなかった。そこに働く独特な秩序や規律は軍の人間とか軍のもとで働く労務者たちを通してしばしば垣間見られたたし、その厳しさとか激しさが暴力の形をとって表れている場面もたびたび目にした。その反面、驚くほど弛緩した言動を垣間見ることもあって、あとから考えればそういうことらはすべて勝ち目のない戦闘に妄信的に突き進んだ日本軍を象徴するものと思えるのだったが、実のところ、あの頃のそういう不穏さを、自分たちはそう悪いものというふうには思えなかった気がする。

その頃の日本といえば満州事変以降一方では大陸に進出し、もう一方では南洋諸島の統治を進めていて、内地からも大陸からも南洋からも遠く隔たったこの島に流れ着く話はどれも、我が帝国はどの方面においてもなんとなくうまくやっている、ということになっていて、それは実際その通りなのだろうと思われていた。大人も子どもも、学校の先生も、もちろん軍にかかわる人間もみんながみんなでそう思っていた。そう、みんながみんなで。誰かがそこに疑問を差し挟むことはあっても、ぜんたいにおいて優先される主語は常に個人ではなくみんなの方であり、それこそ軍という組織はそのことを明らかに示していた。みんなは、自分たちや自分たちの国はなんとなくうまくいっている、と言い、不穏な萌しが認められても、それは現状を肯定する別の言葉に言い換えられた。

達身と重ルの目に見える景色がだんだん変わっていったのは、長じていくに従って彼らが青年学校とか在郷軍人分会の大人とか、そこらで聞かされる軍国主義に反発を覚えるようになったからでもあったし、日本の置かれた状況が次第に深刻なものになっていったからでもあった。

島内の飛行場の滑走路はひとつまたひとつと増設が決定し、やがて軍人や軍属の労働者の数は島民よりずっと多くなった。みんなの共通認識はいつしか、なんとなくうまくいっている、から、なんとなく悪い、へと変わっていき、目につく不穏さをもう見て見ぬふりはできなくなっていたが、そうなればなるほど、見ぬふりが求められ、ひいては見るべきでないものを目にしてしまうことさえも責められた。肯定的であることにどんどん無理が出ているのだったが、そうなれば今度は無理を呑みこむその無理さが求められ、強いられるようになった。

この島を対米防衛のために要塞化する。

軍が入って飛行場を造りはじめた最初の頃から、そのような言葉を耳にすることはしばしばあったが、聞いてもよく意味がわからなかった。たぶん、飛行場に続いて、堅牢な城とか砦のようなものが建造されるのではないか、と達身と重ルは話したりした。しかし一九四四年に陸軍が島に入ると、島民はその言葉の意味を急速に理解していくことになった。

要塞化とは城が建つとか砦ができるとかいうことではなかった。日本軍の計画する要塞とは、地下を掘り進めて造る迷路のような隧道で、司令部をはじめとする軍の基幹をその地下隧道に置くというべらぼうなアイデアだった。つまり、その要塞は地上になく、目には見えない。

島民たちの目に見えたのは、軍関係者の人数の顕著な増加と、それにともなう島全体の空気の変化だった。島の空気は以前よりも暑苦しく、そして息苦しくなった。地熱が高く地盤の隆起も激しいこの島の地面は飛行場の建設の大きな障害ともなっていたが、そんな地中に隧道を掘り軍の本丸としようなんて、島に暮らす人間にはとても考えつかない。はっきり言って狂気の沙汰だ。暑いだろう、と思った。だからといってほかに軍事の防衛上いい方法を考えつくわけじゃないから無責任かもしれないが、ひとの暮らしている土地を奪ってそんな穴ぼこだらけにするなんてあんまりだし、そんな居住に不向きな場所に自軍の兵隊を押し込むのもひどい話だと思うが、それは実際に決断され、実行された。

軍の作業が本格化するに従い、島の空気も変化していった。作業にあたる兵隊や軍属の人夫たちはいつ完成するとも知れない隧道を掘り続けた。寝食の場が足りなくなって、軍関係者が島民の家に寝泊まりするようになったし、物資の供出、軍が施設として利用するために住宅や敷地を提供するようなことも増えた。国民学校の生徒まで飛行場の工事現場の手伝いにたびたび駆り出された。島のなかのどこにいても、直接作業にかかわることのない者でも、島の全体が急激な変化を遂げつつあることを思わずに生活することはもう難しくなっていた。そうやって島の生活の時間と場所は、だんだんと削り取られていった。なるほど要塞化とはそういうことだったのか、と気づいた頃には、もう島民はかつての暮らしの多くの部分を、物理的にも精神的にも、失っていた。

自分たちだってもともとよそ者で、誰もいなかったこの場所に、いろんな場所から寄り集まってきた者たちの末裔である。他人同士がひとつところに暮らしているのだから、衝突も干渉も起こったし、そこには暴力が生じ、裏切りや欺瞞も生じたが、それらの事件を折衝し解決してきたのは外から入ってきた他者ではなく、顔も住まいも互いに知り合う自分たちだった。たとえば重ルの父親の宗太郎は、島の農作物の生産管理を行っていた産業会社と島民のあいだに起こった労働争議で、島民側の中心に立って熱心に動いたひとりだった。この争議で島民側は産業会社から待遇や条件の改善をとりつけた。父親がその話を振り返るときに、好んで繰り返されたのが、みんなで闘った、という言い方だった。みんなで、というところに宗太郎は力を込めた。そんな話が出るときの父親はたいてい酒に酔っていて、不当な搾取に泣き寝入りしてきた自分たちの親とか、この島を開拓した先祖たちに想像が及ぶと涙を流すことも珍しくなかった。重ルはすぐに感情が昂ぶる父親の酔い方が好きではなかったが、繰り返し聞かされたその話と、みんなが、みんなで、と口にするときの宗太郎の声の調子は父親の人格や人生を象徴するもののように耳に残っていた。その思い入れが、父親だけのものなのか、争議に加わったひとたちに共有されていたものなのかはよくわからないが、少なくとも父親は、みんなという主語で自分たちのことを語るとき、寄り集まったよそ者同士が、ひとつの主語を共有するに至った時間、つまりは自分の親とか祖父母がこの島でつくりあげてきた生活のことを思っていたのだと思う。

幼なじみのイクの家も農家だった。イクの父親の五郎さんは、重ルの父親と違い、酔っても穏やかで怒ったりするのを見たことがなかったが、五郎さんも宗太郎とともに争議にかかわっていた。そんな五郎さんが、イクの妹、自分の次女につけたのが皆子という名前であることに重ルが気づいたのはつい最近のことだった。皆子はイクの四歳下で、だから重ルと達身から見ても四歳下で、赤ん坊の頃から知っている。自分の物心もあるかないかわからぬ頃から、皆子皆子と当たり前に呼んでいたその名前の由来なんて考えたこともなかったが、あるときふと、その名前に酔った宗太郎の声が重なって聞こえ、はっとしたのだった。皆子の皆は、みんなの皆。

冷静に考えてみれば労働争議があったのは重ルたちが子どもの頃で、もう皆子も産まれたあとだったはずだから、五郎さんが争議を機に思い入れをもったその言葉を娘の名前につけたというのは時系列が合わないのだけれど、宗太郎が思いを篤くするみんなという共同の意識は、争議の結果として生まれたものではなくむしろ争議に先んじていて、その動力として働いたと考えることも無理ではない。いずれにしろ、いちど重なってしまった意味は簡単には離れないし、みんなという意味を持つ言葉を五郎さんが娘につけた事実には変わりがない。

一九四四年六月、はじめての空襲があったとき、恐怖に怯えて逃げ惑いながら達身と重ルはとうとう来るべきものが来たと思った。すぐに全島引き揚げと男子の軍属としての徴用が決まった。戦線が迫り、空襲と艦砲射撃に怯えるなかでは交渉の余地も逃げる術もなかった。島に日本軍がやってきて十年余り、気づけばこの島におけるみんなとは、島民ではなく日本軍のための主語になっていた。

軍属として徴用令書を受けとった達身と重ルがそのときに交わした言葉はあんまりなかった。仕方あるまいな、そうだな、と呟くみたいに言い合った。思うことも、考えることもいくらでもあったが、怒ったり嘆いたりするための感情がわいてこなかった。徴兵ならふたりは全力で逃れようとした。達身の兄である和美が、自ら砂糖の締機に指を挟んだように。ただし、それとは違うやり方で。けれど、呼び寄せる声からはどうにか逃げられても、いまや戦争それじたいがこの島にやって来てしまっては、もう逃げようがない。きっと、たぶん、いずれこうなるかもしれないことはなんとなくわかっていた。

仕方があんめえ。

みんなで順番に逃げるしかない。自分の番に、逃げられない状況になってたら、それはそれまでと諦めるほかない。

ふたりが配属されたのは海軍横須賀鎮守府所属の第二〇四設営隊という部隊だった。設営隊の主な作業は施設の建設や補修にかかわるものだったが、達身や重ル、それに設営部付になった島民の軍属の多くは主計部下で物資の管理や運搬をしたり、運輸隊下で運搬作業にあたったりした。

三森の家からは、達身と弟の忍も島に残った。残留した島民のなかでは最年少だった忍は、はじめのうちは達身と重ルにくっついていたが、そのうちに達身ら軍属とは別に残務整理のため島に残っていた産業会社の役員の男に命じられて、その男の身の回りの手伝いをするようになった。男は畑や工場に残した出荷前のコカの乾燥や出荷の手配を担っていたが、自分の用が済むと忍を置いてさっさと軍用機に乗って内地に戻ってしまい、そうすると忍はまた設営隊に戻ってきた。

達身と重ルは、はじめの頃は漁撈班なる班に配属されて海での食糧調達にあたった。食糧調達といったって、島の漁船で海に出て魚を獲っても、配属されている何千何万の兵隊の食糧の足しにはたかが知れていて、接収された漁獲は大方司令部のお偉方にまわったか、あるいは傷病兵の滋養の足しになったか。ともかく末端兵士や軍属の口に入ることはなかったし、空襲や砲撃が激しくなるにつれ、漁などしているどころではなくなった。壊れた漁船を修理する余裕も、じゅうぶんな材料や用具もなく、漁撈班などという名前も業務もいつの間にかなくなっていて、達身も重ルも、忍も、自分たちがどこに所属しているのかよくわからないまま日ごと言われた作業や任務にあたった。

だから、軍の任務のない日中に、達身と重ルのふたりが岸壁で釣り糸を垂れていたなんて、あとから思えばまだずいぶん余裕があった時期のことで、全島引き揚げから間もない七月か、せいぜい八月のはじめ頃のことだったんじゃないか。

かつて達身が釣り場にしていたのは島の西側の藪を抜けた岩場だったが、いまではそちらまで足を延ばすことはほとんどなくなっていた。かつて暮らしていた家屋は空襲で破壊され、軍が接収して使用する建物で二十人くらいの軍人や軍属と一緒に寝起きし、勤務外に勝手に島内をうろうろすることは禁じられていた。所属する設営隊からそう距離のない東側の浜や岸壁なら歩いてすぐで、漁撈班とはいえ釣り竿を提げてふらふらしているところを上官などに見つかってはことなので、ふたりは岸壁の近くの藪に釣り道具を隠してあった。

達身は水に浮かんだまましばらく東の海を見続けていたが、息を吸い込んでまた水中に潜って、ぼやけた水中で自分の周辺に目を凝らした。どこにも大きな魚の影は見えず、空中で手を放した釣り竿も見当たらなかった。

さっきの引きはなんだったのか。磯では経験のない感触だった。鯨ではないかと思うくらいの力強さだったが、あんな小さい針に鯨がかかるわけがないし、沖ならともかくこんな岸のそばまで鯨が寄ってくることはまずない。竿の根から折れそうな重さを感じる前には、深みへたぐり寄せられるような強さがあった。あるいは鮫か。小型の鮫なら磯釣りの竿にかかることもなくはない。鮫ならまだ近くにいるかもしれず、種類によっては危ないから早く岸にあがった方がいい。しかしそれにしても、と達身は水中で混乱しかかる考えを整理しようとした。いくら大きな魚がかかったって、糸が切れたり竿が折れたりすることはあっても、竿ごと海に引き込まれるなんてことはない。足を滑らせたり転んだりするならともかく、磯釣りで魚に引っ張られて海に落ちたなんて話は聞いたことがない。聞いたことはないが、いま実際に自分がそのような状況に出くわして、こうして海に落っこちたところなのだから、それは確かにありうることなのだった。でも、とまた別の考えが頭に浮かんだ。竿の強い引きを感じた瞬間に、自分から海に飛び込んでいった、そんな感覚もあった気がした。そう思えば、あの経験したことのないような強い引きも、そもそも現実だったのかどうか怪しくなってくる。

海面に顔をあげた達身は重ルの方を見て、なんもいない、と言った。

え、なんて？

魚、いなくなった。

魚がいようがいまいが、それはどうでもいいことだろうと思っていたが、ともかくいまの状況について重ルになにか説明をした方がいいだろうと思ったのだった。竿も、なくなった、と達身は続けて言った。

重ルは、ああ、と応えた。達身の言葉に、どう応えたらいいのかわからずに出たみたいな声だった。岸壁の上と下で、ふたりはそれきりなにも言うことがなくなった。黙って顔を見合わせていたが、少しの間を置いて達身はまた岸に背を向けると、ゆっくり泳ぎはじめた。

今日海の波は静かだった。揺れる海面で跳ねた飛沫が顔にかかると、顔はとっくに海水に濡れていたが、何度でも新しく水を感じることができた。体の浮力を頼りに、両腕と両足で大きくゆっくり水を掻いて、達身は少しずつ前に進んでいった。前方には目線と同じ高さの水面が遠くまでずっと延びていて、あとは晴れた空ばかりがあった。つまり行き着く先となる場所はなにもなかった。背後の岸壁の上から、重ルが遠ざかっていく自分を見ていた。

さっき水のなかで感じた自由。そこには誰の目も、誰の声も届かない。でもそれは、俺の声が誰にも届かず、俺の目が誰も見えないということでもあった。俺の自由は、そんなものになっちゃったのか。息ができずに死んでもいいから、ずっとここにいたい、と思ったけれど、まだ呼吸をやめることはできなかった。ならばこうして、水面に顔を出して、できるだけ遠くまで泳ぎ続ける。後ろから重ルがそれを見ていてくれる。俺が自由かどうかは俺が決めるんじゃなくて、島や軍が決めるんじゃなくて、この海が決めてくれる。どこまででも行けるし、どこにも行かずにここにとどまることもできる。

勝手なことばっかり言うなよ。

右の耳の後ろで水の音に紛れて重ルの声が聞こえた。達身は水を掻く手をとめて、岸の方を振り返った。さっきより遠ざかった岸壁の上には、重ルだけじゃなくて、忍も並んで立っていた。それだけじゃない、イクも、皆子もいた。兄の和美もいた。和美とイクの息子の勇もイクに抱かれていた。父親の六郎と母親のタイ子の姿も見えた。背後の木々に紛れそうになるその場所に、目を凝らせば凝らすほど誰かがいるのが見え、見れば見るほど、人数が増えていった。

達身は、感嘆の声をあげた。その声は誰にも届かない。ほとんど声にもなっていないし、ここからあそこは遠すぎたし、いまの彼らにはたぶん自分の声は聞こえない。彼らの声も自分には聞こえない。それが幻影みたいなものであることはわかっていたけれど、いま見えているそれが嘘だろうと幻だろうと、いま見えているのだからそれはそこにある。いま見ているあそこにある。達身は瞬きをするのが恐かった。水中に沈んで、岸壁の上から視線が離れてしまうことも恐かった。いま見えているみんなの姿を見続けていたい。達身は祈るようにそう思い、両目を細く開けて、まぶたが閉じないようにその開きを保とうとした。顔を海面に出した体勢を保つべく、手と足を動かし続けた。

どこ行くんだよ。

また右耳の後ろから重ルの声が聞こえた。重ルはいま前方のずっと遠くにいるのに、声はすぐ後ろから聞こえた。それに応えてしまったら、岸壁の彼らを認めることのできる距離が崩れてしまう、そんな考えが頭に浮かんで、達身はなにも応えなかった。それにそもそも、どこに行こうとしているのか自分でもわからなかった。

視界は波に揺られる体に合わせて上下に揺れ、顔にはときどき水が跳ねてかかる。目を閉じてしまいそうになる。というか、本当に自分が目を開け続けていられているのか達身は自信がなかった。

彼らを見続けているためには、これ以上岸から遠ざかるわけにはいかないし、これ以上岸に近づくこともできない。ということは、どこにも行けないじゃないか。

みんなで、という女の声が右耳の後ろから聞こえた。みんなで一緒に行けないのかしら。語尾が歌のような旋律を帯びる。イクの声だ、とわかった。シ、ラ、シ、ラー、とイクは歌を伸ばす。

みんなで一緒に。それはイクの声だったけれど、言われてみるとそれが自分の願いだったことに達身は気づいた。しかしどうすればみんなで一緒に行くことができるのか。というか、どこへ行こうというのか。達身はいまや数え切れないほどの人数になった岸壁の上のひとびとのなかに、イクの姿を探したが、そのなかの一点に焦点を定めることがうまくできない。大勢のひとびとの全体しか見えず、誰かひとりの姿を見ることができない。達身はその場で泳ぎながら、自由にならない視界の遠近や視点を動かそうとしてみた。イクの姿を見つけることができれば、イクに問いかけることができるかもしれないと思った。みんなで一緒に、どこへ行けばいいのか。イクはどこにいるのか。
シ、ラ、な、いー。
また右耳の後ろでイクの歌が聞こえて、達身は思わずその方を振り返った。そこには誰もおらず、ただ海面と空が果てまで広がっていて、慌ててまた岸壁の方に向き直ると、そこにはもうみんなはいなくなっていた。重ルひとりがさっきまでと変わらず突っ立ってこっちを見ていた。誰もいない、と達身は思い、それから、重ルはいる、と思った。

達身の目は、岸壁の上の重ルの姿をちゃんと見ることができた。さっきの不自由は消えてなくなっていたが、その復調に気づくと同時に、達身は自分の目からたくさん涙が流れていることに気づいた。海水に濡れた顔でいくら涙を流したって、ひとから見たらわからない。そもそもいま重ルが立っている岸壁からここまでは遠すぎて、達身の顔の細部なんか重ルに見えるはずもない距離だったけれど、どうしてか達身は自分が涙を流していたことが重ルに知られていることがわかって、情けないような恥ずかしいような気持ちになった。それをただ黙って見ているだけの重ルに恩を感じもして、その重ルの顔も不思議なくらいはっきり見えた。

第六章

17

　四月末からの連休中は通常営業をやめて予約販売だけにして、連休明けからはまた店頭での対面販売もはじめた。常食品を売るパン屋はほかの飲食店とかに比べれば影響は小さいという見方もあった。それはそうなのかもしれないが、業種によって、さらに言えば店によって売上のボリュームも利幅も違うんだから簡単に比較はできないし、商店の現場ではそんな比較をしている余裕はない。雇われ店長である私は、ともかく自分の店、自分の職場のことを近視眼的に見続けていた。

　春先からの営業の数字は当然ながら散々なものだった。三月四月で底を打った店の売上は、六月頃からやや回復しはじめたが、それでも街の人出は以前よりもずいぶんと減ったままだった。

　緊急事態宣言っていつ出ていつ解除されたんだっけ、と思って調べたら東京は四月の頭に出て、五月の終わりに解除されていた。いまは誰がなにを宣言中なんだろうか。こっちの気分としては三月からずっと非常事態を宣言している感じなのだった。

　営業日を減らし、営業時間も短縮した。もともと五人も入れば窮屈なくらいの店内でさらに入店人数を制限し、包装できる商品は透明のビニールにくるんで並べ、棚にもレジにも透明のビニールシートを設置した。当初はマスクはもちろん店員用のビニール手袋も消毒液も入手ができなかった。備品の供給は時間が経つといくらか改善したが、ウイルスの感染をめぐる根本的な不安の解決は見えないままで、国や都が提唱する対策も疑問や非現実的な点を挙げはじめればきりがなかった。

五月の終わり頃、閉店後の店内で掃除をしていて自分の姿が店内の鏡に映ったのを見た瞬間、急激に馬鹿馬鹿しい気持ちがわき上がってきて、抱えているもの全部を投げ出してしまいそうになった。白い帽子も白い調理衣もウイルスの騒ぎの前からずっと着ていたものだったけれど、マスクをして鏡に映った自分がなんだか殺菌とか消毒をする作業員みたいに見えて、たった数か月前までのパンをこねて焼いて売る毎日の自分の仕事がどこか遠くに行ってしまい、もう二度と戻ってこないように思われてきた。涙が流れるかと思ったけれど、目は乾いたままだった。とっさに、窓に貼ってあった東京都から発行された感染対策実施をアピールするポスターを剝がして、くしゃくしゃに丸めてゴミ箱に放り投げた。そのまま誰もいない閉店後の店内でしばらく呆然としてしまった。

剝がして捨てたポスターはその晩のうちに新たに印刷し直して貼っておいた。何度剝がして破いても、都のホームページからいくらでも印刷できる。店の商品を一個ずつビニールで包むのはやめて、棚のビニールシートも外したのは六月だったか。コストがかかるのと効果が未知数のわりに店にとっても客にとっても手間や美観の面でマイナスが大きいからという判断だった。そんなふうにいつまで経ってもいったいなにが正しいのかわからないまま手探りで対応を変更したり足し引きしたりすることが続いた。

二月に辞めたマリナちゃんの代わりのアルバイトの募集は打ち切ったままいたが、もうひとり大学生のアルバイトだった果穂ちゃんも六月に辞めた。当面は大学のキャンパスでの授業が行われなそうなので、下宿を引き払って岐阜の実家に帰るということだった。営業日や営業時間の短縮の影響でアルバイトのひとの給料も月に一割から二割くらいは減っていた。私もアルバイトが長かったから月に五千円くらいの額が減っただけで生活が苦しくなるのはよくわかった。いきなり寝食に困るほどではなくても、行きたい飲み会とか、買いたい本とか服とかを諦めないといけなくなるんだよね。すると、そういう余暇とか趣味で慰められていたいろんなつらさが間近に迫ってくるんだよね。だから果穂ちゃんから辞める相談をされたときには、もし給料減が理由ならなにかしら対処するから言ってほしいと伝えた。ちょうど社長が通信販売の準備を進めていて、いろんなウェブショップのモールとか通販サイトの仕組みを調べたりしていたから、その手伝いにまわってもらうよう掛け合えばいくらか店舗以外での労働時間を確保できるかもしれないと思った。でも果穂ちゃんの話では、本当はアルバイトは辞めたくないし東京にもいたいのだが、下宿の家賃は実家の両親に負担してもらっていていつまでこの状況が続くかわからないいなかこれ以上余計な負担をかけたくないとのことだった。そうは言わなかったが、親御さんが感染者の増える東京に娘をおいておくことを不安視していたとかの事情もあったのかもしれない。

来年とか、また大学がもとに戻ったらこのへんに住みたいので、そのときにもし人手が必要だったらまた雇ってください、と果穂ちゃんは言った。

わかった。

来年もとに戻るのかわかんないですけど。

そうだね、と私は言った。この店も来年どうなっているかはわからない、と思ったが、そんなことをいま言ってもしょうがない。四月の終わりに社長に伝えた私の独立の話は、その後のあれこれの対応に追われてなんの進展もなく棚上げになっていた。果穂ちゃんは大学でなにを勉強してるんだったか、と私は思って、訊いた。

国際政治学です、と果穂ちゃんは応えた。

そうか、と私は思って、そう言った。国際政治学について自分がいまコメントできる話題がなにひとつなかったので、難しいこと勉強してるんだね、と言ったらなぜか急に涙が出てきたので驚いた。私も驚いたが果穂ちゃんはきっともっと驚いただろう。困った様子でこちらを見ていた。ごめんごめん、と私はつとめて明るくごまかそうとしたが、果穂ちゃんは、たぶんわかります、と言った。学校の友達とかもふつうにしてても結構参ってるひとがいて、いや私もですけど、これからどうなっちゃうのか不安で怖くなるときとかあったから、だからなんかたぶんわかります。果穂ちゃんはおずおずとそんなことを言ってくれた。果穂ちゃんは間もなく岐阜に帰って、少しするとお店にきれいな絵葉書で暑中見舞いを送ってくれた。


七月に高校のときのクラスメイトだった衣田《ころもだ》からメールが来た。久しぶり、なんか世の中大変だけど元気？　うちは息子の小学校がしばらく休みになって毎日家にいて超うるさかったけどやっと学校はじまってくれて助かった、落ち着いたら久しぶりにご飯でも食べようよ、みたいな内容で、衣田からは年に一回くらいそういう感じでメールが来た。なにか前触れとか、用件らしい用件はなくて、おそらく私のことをふと思い出したときに送られてくる。私も近況を簡単に知らせたり、今度ご飯でも、とメールを返すのが常だったけれど、いつも具体的な約束をするには至らず結局もう何年も会っていない。最後に会ったのはいつだったかすぐには思い出せないけれど、考えてみると高校を出てからずっと、あまり近づきもしないけど遠ざかりもしないみたいな関係が保たれていて、そういう相手はほかにはおらず、これは結局仲がいいということなのかもしれなかった。

三森忍さんとよく電話で話すようになってから私は、それまではメールで済ませていたような相手とか用件でも電話をかけることが増えた。メールとかラインとか、伝達の手段はいろいろあるが、せっかく電話ができるんだから通話機能をもっと使ってみようと思い、自分でも大胆かもと思いつつ、ちょっとした用件のために久しく会わない相手に突然電話をかけたりしてみる。すると相手は案外ふつうに出て、案外ふつうに話せるものだった。中学とか高校のときの友達とか、昔のバイト仲間とか、伊豆のいとこのはるちゃんとか。突然の電話だからか、用件とは関係ない思わぬ話になることもあっておもしろい。迷惑かなと思ってかけるのを迷うこともあるけど、向こうも本当に迷惑なら出ないだろう。

だから衣田からメールが来た日も、私はもう子どもが寝たかなという時間を見計らって、電話をかけることにした。リビングには母親がいて食卓でいつものようにちくちくマスクを縫っているようだったから、グラスに泡盛を注いだのを持って自分の部屋に入った。衣田の子どもはたしか小学三年生のはずで、震災のときに妊娠中だったのを覚えている。衣田の結婚式では余興までやった。その頃流行っていたマルマルモリモリみたいな歌を高校時代の友達何人かで踊ったんだった。そういえばこの新型ウイルスの騒ぎがはじまってから、これまであまり観なかったテレビをよく観るようになって、するとあの歌を歌っていた芦田愛菜ちゃんは最近またよくテレビに出ていて、あんなに小さかったのにもうすっかりお姉さんになっており、あのひとを見るたびに時間の流れに驚いてしまう。ある時期までは毎年誰かしらの結婚式に出ていた気がするけれど、同級生が三十代後半になったここ数年はほとんどなくなった。だんだん同級生のなかでも独身者が少なくなってくるから、毎回次は来未の番だよ、みたいなことを言われ続けて、いい相手がいれば結婚するのもやぶさかではなかったし、そのうち自分にもそういう機会が巡ってくるものなのかもしれない、となんとなく思っていたが、恋人も、恋人になりそうなひともいないままいまに至り、パン屋で働きながら母親とふたりマンションで暮らしている。他人から、寂しくないかと言われたりすることもあるが、そんなに寂しいとか生きづらいとかは思わず、いまの生活は結構居心地がよかった。最後に出た友達の結婚式はいつの誰のものだったか。衣田と最後に会ったのもたぶん誰かの結婚式だったから、もし電話に出たら訊いてみようと思っていたら、スピーカーをオンにして机に置いておいたスマホから、来未？　と衣田の声がした。

もしもし、と応答して、衣田？　と返した。

久しぶりー。なんか電話かかってきた、びっくり。

電話して大丈夫だった？

大丈夫、もう子ども寝たし。

旦那は？

いねーし、と応えて衣田は笑った。私も笑った。衣田が離婚したのはたしか子どもが小学生に上がるタイミングだった。

私がテーブルの上のグラスを手にとると、グラスのなかの氷の音が聞こえたのか、あ、飲んでんな、と衣田は言って、あたしも飲もう、と電話の向こうで食器棚とか冷蔵庫を開けるような音がした。私は衣田が結婚したあとに一度だけ訪ねたことのあった中野のマンションの部屋を想像したが、衣田がいるのはあの家ではない。離婚後はたしか北区の方に越して息子とふたりでアパートに住んでいると言っていた。たしか埼京線か京浜東北線の、なに駅だったか何度か聞いたがいつもわからなくなる。そのアパートには一回も行ったことはない。

衣田は元気だった。缶ビールか缶チューハイかなにかを飲みながら話す声は軽くて明るかった。離婚したあとから勤めはじめた印刷会社の工場でいまも事務の仕事をしている。工場はもともと衛生管理が厳しく、最近は機械化が進んで複数人が一緒に作業する機会も少ないから、新型ウイルスによる業務への影響は比較的少なかった、と衣田は言った。近頃は誰と話しても、それぞれの生活の変化とか仕事にどんな影響が出ているか、という話になった。

それよりも、と衣田はつらつら話し続け、メールに書かれていたように子どもの学校が休みになったことの方が生活にとっては影響が大きかったという。もう九歳だからひとりで置いておけないわけでもないが、さすがに連日放っておくわけにもいかず、出勤日を減らしてもらったり、出勤時間をずらしてもらったり、休校指示のあいだ開放された学童保育に頼んだり、実家の両親の手を借りたりした。でも、平日の昼に家で一緒にいると、ふだんの週末とかとはやっぱりなんかちょっと違って、子どもとゆっくりいられる時間をもらった感じもしたかも、だからいいこともあった。まあうるさくてしんどい方が大きかったけど。最近は仕事も子どもの学校も結構前と変わらない感じに戻ってきたかなって感じ。でも飲食店とかは未だに大変だよね、来未のとこも大変でしょ。

大変なのよ、と私は応え、今度はこちらが春先からの仕事上の苦労をつらつらと話した。うん、うん、と聞いてくれた衣田の相槌は高校時代の教室のなかで聞く声と同じだった。話の切れ目で、あそうだ、それでね、と話題を急に切り替える調子も変わっていなかった。秋山くんから連絡がきたの。

私は一瞬誰のことかわからなかったが、ああ秋山くん、と三年のときに同じクラスだった秋山くんの顔を思い出して、野球部の、と言い足した。

そう、野球部の秋山くん、と衣田が言うのを聞きながら、そうか衣田は秋山くんのことが好きだったんだ、と野球部とかより大事な情報を思い出した。三年のときに衣田が告白して一瞬付き合ったけど結局すぐ別れたあの秋山くんだ。別れるときにファミレスで、好意を寄せてくれるのは嬉しいけれどもやっぱり好きにはなれなかった、自分には不純な下心があった、みたいな話を三時間くらいかけて衣田に伝えたという秋山くんだ。連絡がきたって、メールかなにか？

じゃなくて、今日の来未みたいに、いきなり電話かかってきてさ、びっくりしたよ。十年ぶり？

もっとぶりかも。

私、いつだったかの同窓会以来会ってないな。

いや、私もよ。

なんでいきなり電話してきたの？

知らない。久しぶり、元気？　みたいな調子で。

なにそれ、ちょっと変じゃない。ほんとに秋山くんなの？

秋山くんだったよ。

あんた、と私は言って言葉を飲んだ。簡単に会ったり、お金貸したりしちゃだめだよ、みたいなことを言いかけたのだった。でも考えてみれば自分は、十年以上会っていない同級生よりもずっとうさんくさい相手である三森忍さんからの電話を受けて、最近しょっちゅう会話をしている。相手は七十五年前に死んでいるひとなのだ。そう思うと、私が三森忍さんに感じたみたいな、衣田と話をしたい、衣田の声を聞きたいという切実な気持ちが秋山くんにもあったのかもしれない、と思った。一般的にそれは怪しいしちょっと気持ち悪いかもしれないが、ひとが抱えた切実さとか、そこから生じた言動は、きっと傍から見たら異様な形をとるものなのだ。直接話した衣田がいいならそれでいいし、衣田の話ではふたりはまるで数日ぶりに話すぐらいの感じで、ここ十数年の来し方を報告し合ったのだという。

一応ほら、と衣田は少しおどけたような口調で言って、元彼だから、と続けると自分で笑った。その声は少し嬉しそうにも聞こえた。でもね、と少々調子をあらためて、結婚して離婚して子どもがひとりいて、みたいな話もしたんだけど、なんだか感慨深いものがあったよ。時間の流れっちゅうか、ああ私にも人生ってものがあるんだなーって思ったわ、話しながら。衣田がそう言ってごくりとなにか酒を飲む喉の音を聞きながら、ああ衣田だ、と思った。自分にとって大事なこととか、他人の大事な話には、照れたり隠したりせずに真剣な口調になる。それが正直なものかどうかなんて本人でない者にはわからないけれど、衣田が話し相手に対して誠実であろうとしていることが私には伝わってくる。三時間かけて別れる理由を話したという秋山くんにも私はそんな印象を持っていたけれど、私は秋山くんの話を直接聞いたわけじゃなく衣田に聞いたのだから、それは結局衣田の誠実さだったのかもしれない。いまとなっては、私が思い出す高校時代の秋山くんの印象も、どこまで本当か自信がなくて、私にとって秋山くんは私が信頼する大好きな友達だった衣田が思いを寄せていた相手であり、衣田を通して見るひとだった。

秋山くんは独身で、こちらは一度も結婚していないらしい。さらりとそう言った衣田のそっけなさが逆に意味深にも思えたりして、たとえばこれからふたりが会うことになったり、ちょっと男女の関係に進展したりとかすることもありうるのだろうか、と私は下世話なことを思ったりもしていたが、で、今度会おうってことになったんだけどね、と衣田が言ったので、私は、え、もう？　と思って驚いた。でもさすがにふたりでってのはなんかあれだし、たぶん和希《かずき》連れてかないとだし、誰か一緒の方がいいなと思ったから、来未来ない？

私？

話の展開の急激さにも、たまに連絡をとりあう私とはもう何年も会ってないのに、十何年ぶりに電話で話した秋山くんとそんなに簡単に会うことになることにも少し驚きつつ、でもそう、突然の電話というのはこういう思いがけない展開になることがままあるのよ、と私は思い、同時にここ数か月の非常時のさなかにある感じとか、極端に他人と会う機会が減っていることとかが、ひとを大胆な行動に至らせることもあるのかも、みたいなことも考えた。

とはいえまあ、こんな状況だからね、ご飯とか飲み行くとかじゃなくて、天気のいい日にピクニック的なことでもしようかなと思ってる。

なるほど、とも思うし、十数年ぶりに会う元彼とピクニック？　とも思うけれども、子どもがいるひとにとっては公園にビニールシートを敷いて遊ぶとか、屋外で他人と会うみたいなことは感染症とかに関係なくふだんから結構実用的な選択肢なのかもしれない。

衣田はパン屋で働いていると週末は休みにくいのではないかと私を心配してくれたが、店はシフト制だしもともと社員のスタッフは土日のどちらかは休みになるようにスケジュールを組んでいたから、週末に約束をするのはそんなに難しくなかった。

そんなことよりも秋山くんと衣田と衣田の子どもの和希くんがピクニックをしているそこにいきなり私が混ざることの奇妙さについては衣田はあまり気にならないのだろうか。気まずい感じになったりしそうなんですけど、と思いつつ一方では、三森忍さんからの電話にいつの間にか自然と応じてしまうようになったのと同じ感じで、きっと自分は衣田の誘いを受けてしまうだろうとも思っていた。久しぶりに衣田に会えるのは嬉しいし、子どもも小さい頃に見たきりだからきっと驚くほど大きくなっている。いささか不可解な唐突さで元恋人である衣田に電話をしてきて会う約束を取り付ける秋山くんへの不審さは拭いきれず、衣田の警護役として行くべきかもしれない、とも少し思っていた。とはいえ高校時代の秋山くんにはどちらかというと好印象を持っていて、なにか変にひとが変わっているとかでないなら久々に会ってみたい気もするし、衣田にどうして急に電話をかけてきたのかも気になる。非常時が非常時として単調になりつつあるなかで、誰でもいいからひとに会いたいというのもある。

じゃあ来未の予定に合わせて日付決めて、場所とか決めたらまた連絡するわ、と衣田に言われて一時間ほど続いた電話を切ってから、秋山くんの仕事のことを聞かなかったことに気づいた。自衛隊に入るつもりだった秋山くんはその後予定通り自衛官になったのだろうか。


長方形に区切られた堀が板敷きの通路に囲まれていて、通路には椅子の代わりになる黄色や赤のビールケースがたくさん逆さまにして置かれていた。私と秋山くんも、ビールケースに腰かけて堀に釣り糸を垂れていた。

堀の角には水道があり、高い位置の蛇口にくくりつけられたホースから、どぼどぼと水が絶えずに流れていた。場内には私たちがいる堀のほかにも、同じくらいの大きさの堀がいくつかあった。それぞれの周囲で思い思いに少ない客が座って糸を垂れていたけれど、園内は空いていて、少なくとも私たちが入場してからは誰の竿にも魚がかかっていなかった。

衣田は私の休みに合わせて七月の下旬の日曜日に秋山くんとのピクニックを組んでくれた。遠くはないがあまり行きつけない私鉄の駅から少し歩いたところにある広い公園の池に十二時に待ち合わせの予定で、目的の駅を降りたところで衣田から電話があり、和希くんの調子が悪く少し熱っぽいので行けなくなった、とのことだった。ならばしょうがない、時節柄少しでも熱があるなら出歩かずにとりあえずおとなしくして、必要なら然るべき病院で診察してもらうべきだ。私も仕事のある日もない日も毎朝体温を測るのが日課になった。今朝も休みだけど測って平熱だった。

もう近くまで来てしまっているが衣田が来られないのならしかたない、また日を改めて会えればいいよ、と言うと衣田は、秋山くんももう近くまで行ってると思うしせっかくだから会うだけ会ってきたらどうかと言った。しかし秋山くんは衣田に電話をかけてきて衣田と会う話をしたのであって、私はおまけみたいなものだったし、秋山くんと会ってもなにを話したらいいのかわからない。

　まあそうだよね。私が言い出しといてのドタキャンだから無理言うつもりは全然ないけど、と衣田は言った。

　私はべつに衣田に腹を立てているわけではなかったが、十数年ぶりに連絡してきた元恋人の男と衣田がふたりきりで会うのはなんか怖いから私が呼ばれたのであって、急に一対一で会うとなったら秋山くんの人柄がすっかり変わっていて、なにか高価な壺とかを売りつけられたりしたらどうしよう、みたいなことも思うではないか。壺を売りつけられるならまだいい、どこかに連れ込まれて軟禁されるとか、いきなり首を絞められる可能性だってあるかもしれない。そもそも秋山くんは本当に約束通り来るのか。誰か来たとしてもそれが本当に秋山くんかどうか、私は確認できるのだろうか。十何年ぶりに会う、そこまで仲のよかったわけではないひとのことを、本人と見分けることはできるのか。頭のなかではそういうことを思いつつも実際には衣田に、じゃあちょっと歳月を経たあんたの元彼がどんな男になってるか見てくるわ、と応えて十二時に池の畔のベンチに腰かけていたら秋山くんは本当に現れた。

　水際に上がって首を持ち上げている亀を見ていたら、三森、と苗字を呼ばれたのでそちらを見ると秋山くんがいた。秋山くんは、なるほど結構な時間を重ねたらしい肌や、顔や、立ち方をしていた。秋山くんは白い不織布のマスクをしていて、顔の鼻から下は隠れていたけれど、いまでは友達とも、仕事場でもほとんどのコミュニケーションはマスクをした顔でするからか、マスクをしていても相手の顔の様子がわかるようになっている気がした。相手の顔を見るのに、そんなに広い面積は必要ないものなのかもしれない。

あ、と言った私に、秋山くんはマスクを下にずらして顔を見せ、すると隠れていた口元はやっぱり想像していたのと同じで、私はなんだか笑ってしまった。それで自分も母親がつくってくれた布マスクをずらしながら、手を挙げて見せた。笑いながら、久しぶりー変わらないねえ、という言葉が自然と口から出たが、変わらないことはなかった。笑った秋山くんの顔はたしかに私の知っている秋山くんだったが、目元も口元もちゃんと学生の頃よりも歳をとっていた。たぶん向こうも同じことを思っているだろう。

なんか、衣田子どもが熱出しちゃったみたいで。

ね、さっき俺にも連絡があった。

ね。

ね。

秋山くんは少しわざとらしく腕時計を見て、お腹すいてる？　と私に訊いた。私は、いやそんなに、と応えた。今日は本当は衣田が弁当を用意してくれることになっていて、その通りにいけばこれから三人と和希くんとで芝生かどこかのベンチで弁当を広げるはずだった。

秋山くんは近くに立っていた園内地図に正対して、来未さんはこの公園来たことあります？　と言った。秋山くんの話し方はさっきから敬語の度合も私の呼び方も一定せず揺れていて、しかし久しぶりに会う相手に対してそうなる気持ちはわかったし、そこには私がなんとなく覚えていた秋山くんらしい誠実さが表れているようにも思った。いや、はじめてです、と応える私の方も、まだ口調が安定しなかった。衣田なら、きっとこんな揺れはなく、秋山くんにも私にも最初から同じように話せたと思う。

園内には売店や食堂のようなところもあるようだったから、どこかそういうところに行けば、味はわからないが食事に困ることはなさそうだった。しかし次に秋山くんが言ったのは、じゃあ釣りでもする？　という意外なもので、その指は園内地図にある釣り堀を差していた。白と紺のギンガムチェックの半袖のシャツから出て地図に伸びた腕は、少し日焼けして引き締まっていた。その腕を見たら、曇っていて日射しは弱かったのに、私は急に暑さを覚えた。と同時に、今日自分がつけてきた母の手作りの布マスクが秋山くんのシャツと同じ色のギンガムチェックだったことに気づいて、なんか微妙にペアルックみたいになってしまっている！　と気づいた。秋山くんはボタンダウンのシャツの裾を出した下に太くも細くもないチノパンを穿いていた。靴はアディダスの三本線が入ったスニーカーで、なんだかお父さんみたいだ、と漠然と思ったが私の父がそういう格好をしていたわけではなかったから、こういう週末に公園とかで子どもを連れている男性っぽいという程度の意味だ。衣田の話では秋山くんは所帯持ちではないということだったが、本当だろうか？　となぜか疑念をもった。秋山くんの体格は高校のときからほとんど変わっていないように見えた。太ってもやせてもいなくて、姿勢がいいせいか、少し若く見える気がした。

　私は釣り堀は生まれてはじめて来た。伊豆の祖父は漁師だったたし、家は海も近かったから、小さい頃には兄と一緒に祖父や親戚のおじさんに連れられて港で釣りをしたこともあったが、こんな海が近いわけでもない東京都内の公園に釣り堀があったなんて全然知らなかったし、大きくなってからは海でも川でも釣りなんかしたことがなかった。釣り堀は食堂と経営を同じくしているようで、食堂の入口から入って調理場のカウンターで注文する代わりに釣り堀を利用したい旨を伝えるシステムだった。秋山くんも別によく釣り堀を利用するわけではないようで、時間制だという料金体系とか、貸し竿代や餌代は入場時の利用料金に含まれていることなどを食堂のおばさんに教えてもらっていた。

　何時間にしますか、とおばさんに訊かれて、秋山くんは料金表を見ながら、じゃあ二時間、と応えた。私は、長くない？　と思ったが黙っていた。

それで私たちは釣り堀に入場し、そのうちのひとつの堀でいま釣り糸を垂れている。黒い水面には魚の影は見えず、川とか海と違って水流はほとんど停滞していた。ときどきゴミが浮いているのが見えて、どこへ行くでもなく右から左に流れてはゆっくり戻ってきたり、沈んでいった。受付で借りた竿は、竹の先に糸をつけただけの簡素な造りで、浮きは付いているがリールなどはないし、針もかえしのないシンプルなものだった。やはり受付でもらった餌はプラスチックの皿に入った泥団子のようなもので、それをちぎってこねて形を整えながらなかに針を埋め、水に落とす。浮きはときどきわずかに沈みかけ、わずかに竿を握る手にもぴくぴくと引きを感じたけれど、たぶん水中で魚が餌をついばんでいるだけで、浮きや針が深く引き込まれるようなことはなかった。

私と秋山くんがいる堀のまわりには、小さな娘を連れた父親と、常連なのか隣り合って座ってときどき言葉を交わしている老齢の男性がふたり、もう少し若い男性がひとりいた。ほかの堀も似たようなもので、全体に閑散としている。屋外だからか、マスクはしているひとも外しているひともいた。秋山くんも私も顎の下にマスクを下げていた。隣り合ってはいたが、もちろんそんなに密着しているわけではなく、でもこれはたぶん、感染症対策として生じた距離ではなかった。空は朝から厚い雲がかかっていて気温はそんなに高くなかったが、湿度があって少し蒸し暑かった。今年は長梅雨で、この一週間も強まったり弱まったりしながらもほとんど連日雨だった。通路の上は鉄骨が組まれてトタンがのせられた屋根があった。今日の天気ならほぼ屋外のこの場所にいてもそうつらくなかったが、もし例年のような七月で晴れた日だったらこんなところ暑くていられないかもしれない。もし暑い日でも秋山くんは私を釣り堀に誘っただろうか。

衣田から、会えた？　とメッセージが来たので、会えた、と返した。いまどこ？　と返ってきたので、釣り堀、と返したら、しばらく考えているような間があったので、まだ一匹も釣れない、と加えた。しばらくして、釣り堀？　と返ってきた。

衣田が、と秋山くんに言って私はスマホの画面のやりとりを見せた。秋山くんは、はは、と少し笑ってから前を向き、少ししてから、俺どうして釣り堀なんかに来ちゃったんだろう、と言った。

釣りが好きなわけでは？

いや、と秋山くんは応えた。釣りはほとんどやったことない。なんか釣り堀ってもう少しわいわいした感じなのかと思ってたんだけど、思ってた感じと違うなってさっきからずっと思ってる。

私は笑った。

四角い堀の、私たちから見て左手の辺にいた野球帽をかぶった老人ふたりは、缶チューハイを飲みながら小袋に入った菓子をつまんでいた。針は沈めているものの、竿は足もとに置いたままで、やる気があるのかないのかわからないが、ふたりの周囲にはバケツとかタモとか小さなケースに入ったよくわからない用具とか、いろんな釣り道具が置いてあり、くたびれたキャップとかポケットのたくさん付いたメッシュのベストとかの服装もいかにも釣り人っぽかった。私たちの向かいの辺にいる若い男性は、なかなか真剣な顔つきで水面の浮きを見ていた。カジュアルな服装だが足もとを見ると革靴で、事情を想像しにくい見た目だった。顔色が悪く、なんだか元気がなかった。釣りをしに公園に来たわけではなく、なにかの合間に空いた時間をつぶしているのだろうか。右手の辺の親子は、ぺらぺらといろんなことを機嫌よく話す女の子に、お父さんが退屈そうに相槌を打ち、たまに餌を付け直しては針を水面に投じていた。まだ誰もなにも釣っていない。私は釣り堀と食堂のあいだの目立つところに立っていた時計を見た。十二時十五分。まだ池の横で秋山くんと会ってから十五分しか経っていない。十何年ぶりに会ったのに、会って十五分で釣り堀にいる。そんなこととさっきまではまったく予想もしなかった。やはり人生というのは思いがけない。女の子が、ジュース飲みたい、とお父さんに言い、小銭をもらっていた。食堂の横には飲み物の自販機があった。女の子は五歳か、六歳か、そのぐらいだろうか。スキップをするように堀の通路を駆けていき、食堂への通用口に入っていった。衣田がいて、和希くんもいれば、この釣り堀に来たとしてももっと賑やかで楽しげな時間になっただろう、と私は思った。衣田からは、なぜ釣り堀？　と重ねてメッセージが来ていたが、なぜかはわからないから私はなにも返さなかった。私は立ち上がって、秋山くん、飲み物買ってくるけどなにがいい？　と言った。

あ、俺行こうか。

いい、いい、私自分で選びたいから。お茶とかでいい？

うん、なんでも。

じゃあ私の竿見てて。なんかかかったら逃がさないで釣り上げといてよ。

わかった。

それで食堂の方に行くとさっきの女の子が自販機を見上げていて、お金は入れたものの欲しい飲み物のボタンが高くて手が届かないようだったので、希望を聞いて押してあげた。ごろりと出てきたペットボトルのアップルジュースを受け取り口から取り出すと、さっきお父さんに話しかけていたのとは全然違う、恥ずかしそうな小さな声でありがとうと言って、釣り堀の方に戻って行った。

私は自販機の飲み物を眺めて少し考えていたが、食堂のなかに入ってカウンターで生ビールをふたつ注文した。間もなく思っていたよりも大きなジョッキで出てきたビールを両手で持って釣り堀に戻ると、革靴の若い男性の竿に魚がかかって場内のその周辺だけが騒然としていた。男性は立ち上がって竿を必死に持ち上げようとするが、魚が重いのか竿が貧弱なのか、竿が折れそうにしなるばかりでなかなか上げきらない。タモを持った老人が男性の横について、もっと上げろもっと上げろ、と呂律の怪しい口調で声をかけていた。父親のところに戻る途中でその状況に出くわしたらしい女の子も少し離れたところに立ってジュースを胸に抱きしめるように持ったままその様子をうかがっていた。

右に左によろけながら足を踏ん張って振られる竿を握った男性は、ときどき、くっ、とか、うあっ、とか、重い、と声をあげ、革靴の底が通路の板を打って高い音を立てた。横には片手にタモ、もう片手に缶チューハイを持った老人たちがついて、なにか言いながらタモを差し入れて魚を掬おうとするがなかなかうまくいかない。奥の辺に座っている秋山くんも、自分のと私のと両手に二本の竿を持ちながら、その状況を注視しているようだった。

やがてようやく老人のタモに魚が収まり、よーし、という大げさなかけ声とともに魚が通路に釣り上げられた。老人ふたりが、釣れた釣れた、いい型だ、とはやし立て、若い男性は照れくさそうに老人にお礼を言った。腰に手を当て、額の汗を拭うしぐさはいくぶん芝居がかって見えた。

食堂の入口で男性の熱闘を見届けた私は、ジョッキをふたつ持って秋山くんのところへ戻り、ビール？　と言う秋山くんに、そうだよ、と返してジョッキを渡した。

これ食べる？　ビールと合うかわかんないけど。私は、衣田が持ってくるはずだった弁当と一緒に食べようと思って昨日店で買って持って帰ってきたパンをカバンから出して秋山くんにひとつ渡した。ありがとう、と言った秋山くんは、釣り竿を持った手はそのままに、もう片手に持っていたビールジョッキを足もとのベニヤの床に置いてパンの入った袋を受け取った。

秋山くんに渡したのはドライフルーツの入ったカンパーニュで、袋の口を開けてひと口かじると秋山くんはすぐに、おいしい、と言った。かじるなりそう言ったからお愛想かもしれないけれど、全粒粉とライ麦を配合した生地も、ドライフルーツも、ビールには合わないこともないかもしれない。黒ビールとかワインならなおよさそうだけれど、こんな釣り堀の食堂に黒ビールもワインも置いてない。

私も、まだそんなにお腹が減っていたわけではなかったけれど、ひとつパンを取り出した。そのときに手拭き用のウエットティッシュを持ってきていたのを思い出し、でも秋山くんに渡しそびれて自分だけ拭くのもなんだなと思い、ちょっと考えたが手は拭かずに袋の口を開けてかじった。かつてこういう瞬間に働いていたのはなんとなくの衛生観念だったけれど、いまはそこに見えないウイルスがいる可能性が過る。過るが、半年もそんななかで過ごしているとこうやってやりすごすことも結構増えた。パンは昨日売れ残った分から適当に見繕ってきた。私のは黒豆入りの白パンで、これはビールには合わなかった。

さっき魚を釣り上げた若い男はまだ私たちの向かい側の通路にいて、また釣り糸を垂れていた。四角い堀を囲むほかの面々に変化はなく、右方では娘がジュースを飲みながらおしゃべりを続け、それをつまらなそうに聞く父親がときどき相槌を打っていた。左方の常連らしいおじいさんふたりももとの位置に戻って並んで缶チューハイを飲みながらなにかお菓子を食べていて、相変わらず釣り竿は足もとに置いたままだった。

私と秋山くんから見て正面にいる男は、魚を釣り上げた直後こそ興奮して上気した様子で、嬉しそうにタモを差し入れたおじいさんふたりに礼を言ったり、周囲に釣果を披露するように笑顔で魚を持ち上げてみたりしていたけれど、いまはまた背中を丸め、糸を沈めた水面を無表情で見ていた。魚を釣り上げてはしゃいだ自分を省みて恥じ入っているみたいにも見えたが、それはこちらの考え過ぎかもしれない。濃色の半袖シャツに同系色のズボンを穿いている男の服装は、釣り堀だというのにスーツに合わせるような黒い革靴を履いているのが不自然で目立つ以外はあまり特徴がなく、それは髪型や顔つきも同じで、堀を挟んだ向かいから様子をうかがっていても男の印象はいつまでもまとまらなくて、似ている誰か別のひとの姿形にすぐすり替わってしまうような感じがした。顔や髪型の特徴のなさが全体の印象を薄くするのか、それとも服装や佇まいの匿名的な感じが表情までも捉えにくくするのかわからないけれど、とにかく見ているあいだに忘れてしまうような顔のひとだ、と私は思い、そう思っている自分もあのひととさして変わらない表情や姿勢かもと思った。

ところで私は、釣り堀で釣った魚は釣ったひとが持って帰るものと思っていたから、さっき男が魚を釣り上げたあと、スマホで写真におさめると針を外して足もとの通路板から押し出すように堀の水のなかに落としたので、え？　と戸惑い驚いた。釣った魚ってまた池に戻すの？　と秋山くんに訊くと、そうなんだね、と秋山くんもよく知らなかった様子だったが、でも考えてみたら持って帰れって言われても大変だよね、と言った。なるほどそれはそうだ。男が釣ったのがなんという名前の魚かわからないが、鯉に似た、ざっと二、三キロはありそうな大きさだった。食べてもおいしくないだろうしね。魚は水面近くで鈍く体をくねらせたあと潜っていき、すぐに見えなくなった。

たしかにこの池で釣れた魚を食べようとは思えないし、バケツかなにかに入れて持って帰る気にもならない、と私は自分の竿から伸びて水中に沈む糸を見ながら思った。家に庭と池でもあればいいが、母とふたり暮らしのマンションの部屋で、どんなに大きな水槽を置いてもさっき釣り上げられた魚には狭そうだった。それはそれとして、透明度のまったくない目の前の池のなかにいったい何尾の魚がいるのかわからないが、この狭いなかで泳ぎ暮らし、たまに釣り針にかかっては釣り上げられ、また池に転がり落とされるのはあまりに不憫だ、と思えた。水面の色は、何色と言ったらいいのかよくわからない色をしていた。堀の隅のホースから注がれる水によってわずかに水流が生じ、水面はゆっくりと動いており、そこにさっきからお菓子の袋が浮いていた。

場内のほかの堀を囲む数人の客も、私たちの堀と同じようにみな静かに釣り糸を垂れているだけで、女の子のしゃべる声と、ときどきおじいさんふたりが交わす会話のほかはどぼどぼと水が流れる音だけが続いていた。この静かな場内では、ちょっと魚の引きがあったり、釣り上げようとする事態になるだけで、さっきの男がそうだったように場内全体の注目が集まり騒然とするに違いなかったが、私と秋山くんがここに来てから魚はあの一尾しかあがっていなかった。自分にも、ほかの誰にも、いっこうになにかがかかる気配がない。魚が食いついた瞬間に獲物がかかるのだから、なにかがかかる気配なんてものは釣りにおいてはないのかもしれないけれど。

眺めているうちに緑がかった黒色に見えてきた水面は、しかしさらにずっと眺めているとそこに空が映り、空にある雲も映り、釣り堀を囲む公園の木々の頭も映していたことに気づいた。私は豆パンを食べきって、ジョッキのビールを飲んだ。そんなに急いで飲んだつもりもないのに、私のジョッキはほとんど残りがなかった。喉が渇いていたのかもしれない。

このパン、うまいね、と秋山くんがカンパーニュを食べ終えて言った。秋山くんのジョッキにはまだ半分ほどビールが残っているのを私は確認した。

秋山くんは、私がパン屋で働いているのを知っているのだろうか、と私は思った。たぶん知らない。そして私も秋山くんの仕事をまだ聞いていなかった。お父さんが自衛官で、自分も大学を出たら自衛隊に入るつもりだと聞いたのは前に会った飲み会のときだから十五年くらい前のことで、あのときはまだふたりとも二十歳だった。その後秋山くんがどうなったのかは知らない。来るはずだった衣田にも聞きそびれたし、衣田が秋山くんの仕事や近況を知っているのかどうかもわからない。独身らしい、ということしか知らない。高校で数年のあいだ同じ場所で過ごした私たちは、それから十五年つまりあの頃の自分が背負っていた人生の全部と同じくらいの時間を過ごして、互いにそれをまったく知らぬままこうして再会したのだ、と私は思った。感慨深くも思ったが、だからどうした、という気持ちも同時にわいた。

私はなんとなく、秋山くんは自衛隊のひとではないだろう、と思っていた。少なくともいま現在は。秋山くんは、さっき私が頼まれてもいないのに買ってきたビールを、少し驚いた様子を見せたものの受け取って飲み、私があげたパンを食べた。いまも、ビールジョッキを片手に、もう片手に釣り竿を握って池の水面を真剣そうな表情で見ている。その横顔を私が見ている。このひとは、と私は思った。感染症の流行がやまず、開催予定だったオリンピックも延期された非常時が続くなか、十五年ぶりに会った高校の同級生と日曜日の昼に釣り堀で釣り糸を垂れている。このひとはなにをしているのだろうか。こんな自衛官がいるだろうか、いやいないだろう。私のうちにはそういう問答が浮かんだけれど、そんなことをする自衛官がいてもいいし、いるかもしれない、いやきっとどこかにいるだろう、と思い直した。自分のなかに自衛官らしさの規範など別になにもないことに気づいて、ということはこれはたぶん自衛官云々ではなく、隣にいる秋山くん個人に対する違和感なのかもしれない、と思い至った。そう思うと、猫背の向かいの男とか自分では見えないがいま座っている自分の姿勢よりも、逆さまのビールケースにビールジョッキと釣り竿を持って腰かけている、ギンガムチェックのシャツを着た秋山くんの姿は、背筋が伸びて姿勢がよく、むしろ自衛官らしく見えてきたりもして、そう思えば横顔もどことなくりりしく頼もしく思えてくる。ひげはきれいに剃られ、もみあげとか襟足も散髪したてみたいに切り揃えられていた。日射しは弱かったが、少し蒸し暑い屋外で昼からビールを飲んで、私は少し酔っていた。

酔いに任せて、で、秋山くんはその後自衛隊に入ったわけ？　そうひと言訊けばいいのかもしれなかったが、どうも踏ん切りがつかず私は黙っていた。それはやっぱり私の感じている違和感が、自衛官に対するものではなく秋山くんに対するものであることの証拠かもしれなかった。

そうやってあれこれ思いを巡らせていたら秋山くんがくれたパンの感想に自分がなにも返事をしておらず、無視したみたいになっていたことに気づいた。私は、カンパーニュ、ドライフルーツの、と間抜けなタイミングでパンの名前を応えた。秋山くんはこちらをちらりと見たが、なにも言わなかった。

奇妙だ、と私は思った。釣り堀も、そこで釣り竿を片手にビールを飲んでいることも、短く途切れがちな会話のひとつひとつも、いま自分の置かれている状況の全部が奇妙だ。でも、私はいたたまれないとか不安だとかいう気持ちを全然感じていなかった。秋山くんに対して感じる違和感も、違和感ではあるのだけれどそれは自分にとってちっともネガティブなものではなかった。それがなぜなのか、その違和感はなんなのかはよくわかっていない。

たぶん最近の自分が少しおかしいのだ、と私は思っていた。それはたぶんこの春から電話を通じて三森忍さんと話すようになってからのことだ。自分が生まれるずっと前、いまから七十五年前に南の島の戦争で死んだ祖父の弟と、私はときどき電話で話しています、秋山くんにそう言ったら、彼はどんな反応をするのだろうか。

秋山くんが竿を上げた。なにかかかったのかと思ってそちらを見たが、水からは餌のなくなった小さな針が出てきただけだった。秋山くんは針を手元に寄せて、足もとの皿に入った餌の団子をちぎってこね、丸めたなかに針を埋めた。時計を見ると一時少し前で、私たちは二時間利用で入ったからまだあと一時間以上ここにいることになる。

秋山くん、私ビールもう一杯飲むけどいる？　と訊くと、秋山くんは、ああー、と少し考えてから、飲む、と言い、さっき買ってもらったから今度俺買ってくるよ、と言って餌をつけた竿を私に渡し、食堂の方に歩いていった。私は秋山くんの竿の針を水に放ったが、餌の玉は水に落ちる前に空中で分解し、飛び散った餌と裸の針が水中に沈んでいった。

硫黄島かあ、と秋山くんは背中を反らして感心した様子で言い、ちょっと懐かしいなあ、と続けた。食堂のプラスチック製の椅子の脚がきしんで音をたてた。

私たちは結局一時間半ほど釣り堀にいた。魚は一尾も釣れなかった。秋山くんが買ってきてくれた二杯目のビールを飲み終えたところで、まだ利用時間は残っていたけれど、お腹減ってきたし全然釣れないからもういいか、と秋山くんが言い、竿を返して食堂に移動した。向かいにいた若い男は私たちより先に帰り、父親と小さな娘も一尾も釣らないまま帰った。おじいさんふたりは私たちが釣り堀を出るときもまだ同じ場所に並んで座っていたが、やはり魚は釣れていなかった。結局私たちが釣り堀の場内にいたあいだに見た魚はあの男のひとが釣り上げた一尾だけだった。

食堂のなかは壁も床も古びて薄汚れていた。釣り堀と併設されているせいか、どことなく生臭さが漂っている気もした。ほかに客はひとりもいなかった。窓の外に公園内の舗装路と芝生の広場が見え、そこでさっき釣り堀にいた父と娘がシャボン玉をつくって飛ばして遊んでいるのが見えた。私と秋山くんは窓際の四人掛けのテーブルについて、釣り堀の受付にいたのと同じ女の店員にビールとつまみになりそうな食事を何品か頼んだ。じゃあ乾杯、お疲れ、久しぶり、と言い合ってそれぞれのグラスに注いだビールを飲みながら、こうやって家の外の店で他人と一緒にお酒を飲むのは何か月ぶりだろう、と思った。

秋山くんは、沖縄の大学を卒業したあと航空自衛隊に入って勤務していたが、三年ほど前に自衛隊を辞めた。最初に頼んだ瓶ビールを飲み終えて泡盛とレモンサワーを頼んだタイミングで私は、秋山くん仕事なにしてんの、と訊いたのだった。釣り堀で飲んだ最初の生ビールから数えてふたりとも四杯目の酒を飲み、期待してなかったのに意外とおいしかった枝豆と唐揚げと餃子を食べながら、私はいちばん最後に会ってからの秋山くんの十五年くらいのことを三分くらいで聞いた。

むかし会ったときには、自衛隊のパイロットを目指しているような話だったと私は記憶していたが、秋山くんが自衛隊で所属していたのは飛行機を操縦するのとは別のなんとかという部隊だった。秋山くんは航空自衛隊がどういう組織になっているのかを私に丁寧に説明してくれたけれど、酒を飲みながら口頭で言われても私はさっぱり理解できなかった。ともかく秋山くんは飛行機のパイロットではなく、人員や物資の輸送にかかわる仕事をしていた。

ということは飛行機に荷物積んだり下ろしたりするようなこと？　と私が訊くと、まあそういうようなことだよ、と秋山くんは応えた。

いろんな事情や理由で中途で退職する自衛隊員は意外と多いのだ、みたいなことを秋山くんは言った。自分の教育課程の同期にも辞めた奴が何人くらいいる、と数字を出されても私にはどのくらいリアリティがあるのかよくわからないが、そういう内情的なことを教えてくれたりもした。でも自分自身が自衛隊を辞めた理由については、いろいろあって、思うところもいろいろあって、みたいに言っただけで詳しくは話さなかったし、私も突っ込んでは訊かなかった。

自衛隊を辞めたあとは大学時代に暮らしていた沖縄に行き、しばらくのんびりしたあとは宿泊施設や知り合いの農家の仕事を手伝いながら暮らしていたという。秋山くんの祖父母は沖縄のひとで、秋山くんが沖縄の大学に進んだのも祖父母がいたからだった。祖父も祖母も十年ほど前になくなり、住むひとのいなくなった祖父母の家に秋山くんが住むことになった。ところが去年の暮れに東京の実家の父親が病気をして、同居する母親も持病があるので一旦沖縄の家の管理を知り合いに任せ、今年に入ってから東京に戻ってきた。それから間もなく新型ウイルスの騒動がはじまって、幸いお父さんの病状もお母さんの持病もいまは安定しているそうだけれど、知り合いに紹介されてあてにしていた仕事がオリンピック中止の余波で飛んでしまい、ここ半年は無職状態なのだ、という近況を打ち明けるところまでが秋山くんの十五年の話だった。

私はそれを聞いて今日会ってから秋山くんに対して持ち続けていた違和感の理由が少しわかったような気がした。ふわふわと地に足の着いていないような奇妙な印象は、住処を変え、定職を持っていない彼の不安定さから生じていたのかもしれなかった。

もっとも自衛隊時代の貯えと、家賃がかからず生活費も安く済んだ沖縄で働いているあいだに貯めたお金もあって、東京では実家の近くに小さなアパートを借りて暮らしているそうだったが、いまのところ差し迫って生活に困っているわけではないようだった。

ちょっと立ち入ったことを訊きますけど、と私は言って、言ってから思い直し、あ、やっぱなんでもないです、と言ったが、秋山くんは、あ、結婚はしてないよ、一回も、と私が訊こうとした質問を察して応えた。

あ、私もです、と私は言った。

でも私が訊きたかったのは結婚歴のことではなくて、いや結婚歴のことでもあるのだったけれど、そこを切り口にして、今回突然衣田に電話をかけてきた理由を確かめなくては、と思っていた。しかしいざ問いただそうとしたときに、自衛隊にいたときのことはいろいろ機密事項とか守秘義務もあるかもしれないから仕方ないとしても、その後の沖縄での生活とか今年東京に戻ってきてからの事情の見えなさが少し不気味に思えて、不用意に踏み込んだ話に持っていくことを思いとどまったのだった。東京に来てからは仕事がなく無職状態である現状を語るとき秋山くんは、恥ずかしい話だけど、と言い添えていたがその表情はあまり恥ずかしがっているようには見えなかった。それをどう捉えたものか。

私は私で、秋山くんにこの十五年くらいの私のことを、だいたい十秒くらいで話した。私はずっとパン屋で働いてるんだよ。ひと言で済む。

あ、じゃあもしかしてさっきのパンは三森が焼いたパン？

そうだよ。いや、店のパンを全部私が焼いてるわけじゃないけど、でもうちの店で焼いたやつだよ。

秋山くんは、自分はパンは好きだけどパン屋に行くと惣菜パンばかり買ってしまうので、さっき食べたみたいなやつは食わず嫌いみたいなところがあったけれども、意外においしかった、と言った。蒙を啓いてもらった気がするよ。

うんうん、わかる、と私は言った。惣菜パンおいしいもんね、まずそっちにいきたくなるよね。パン屋的にはそういうお客さんはありがたいよ。惣菜パンは日持ちしないから。

それで私はパンの話になるとついおしゃべりになるから、惣菜パンに使われるパンとさっき秋山くんが食べたカンパーニュの原料とか製法の違いを説明しはじめたのだけれど、それはきっと私にとっての自衛隊組織の話と同じで、秋山くんはよく理解しきれないようだったし、聞くひとによっては脇目も振らずパン屋で働き続け、パンの話に熱が入る私の十五年も不気味で謎なのかもしれない。

私、自衛隊の輸送機に乗ったことあるよ、ずっと前だけど、と私は言った。興味を示した秋山くんに、私は墓参事業で硫黄島に行ったときのことを話した。迷彩の、寸胴の、と私が言うと、ああ、それはＣ－１っていう輸送機だね、と秋山くんは教えてくれた。

母方の祖父母が硫黄島に暮らしていたことを話すと、秋山くんは、兵士でなくて島民の墓参か、と言い、そうかー、それはそれは、となんと言ったものか困ったように言葉を濁した。

そう、と私は言った。頭に三森忍さんのことが浮かぶ。電話で話すうちに、一度も顔も体も見たことのないそのひとのことを私は思い浮かべることができるようになっていた。十五歳より先まで生きることのなかったそのひとは、死んだ七十五年後に私と電話で話し込んでいるが、私が思い浮かべる姿はたぶん十五歳のそのひとなのだと思う。私からすれば七十五年前のひとだが、向こうからすれば私は七十五年後のひとで、どっちがどっちの時間に移動することで私たちの通話が通じているのやら私は知らない。時間の移動なんか、電話越しには必要ないのかもしれない、少なくとも体感としては必要なかった。かかってきた電話に出る、それだけの話だ。

俺も一回だけだけど、仕事で行ったよ、と秋山くんは言った。

硫黄島に？

うん。あそこは海自の所管なんだけど、輸送やら訓練やらなにかと空自も行くね。あとは遺骨収集の補助とか。

私は、へえー、と適当に応えながら、降って湧いたような今日の約束に自分が乗ったのは、かつて一度だけ硫黄島に足を踏み入れたときに目にした自衛隊員の姿と秋山くんとが重なっていたからかもしれないと思った。

この春以降、私の生活は、新型ウイルスの感染拡大でも、いまの職場の退職でも独立の計画でもなく、オリンピックのなくなった東京二〇二〇でもなく、一九四五年の硫黄島から発せられる三森忍さんの声を基調に進行していた。衣田のもとに突然かかってきた秋山くんからの電話は、硫黄島と自衛隊という鍵を経由することで、いまの私にとって無視できない予言のようなものに思えていたのかもしれなかった。もちろん秋山くんが私に近づく意図を持っていたとは思えない。秋山くんは私でなく、高校時代に短い間だけ付き合った衣田に突然電話をかけてきただけだ。しかし当の衣田が来られなくなり、こうして私が秋山くんとふたりで会うことになって釣りをしたり飲んだりしているのも巡り合わせのように感じようと思えば感じられるというか巡り合わせ以外のなにものでもないのだが、要はそこになにか巡り合わせ以上のものを見て取るかどうかがいわゆる巡り合わせなのであるが、なんであれ見て取れるものは見て取ってしまうのが人間というものだろう。見て取ったものをなかったことにはできない。私は酔っている。

それでも迂闊に三森忍さんの話を切り出すことはしなかった。私はふだんもはや平気で三森忍さんからの電話に出て彼と通話するようになったが、それがかなりトンデモな話だということは心得ている。そしてそれを生活の基調としている自分が、ちょっと変なことも心得ている。

秋山くん、と私は言った。私のレモンサワーのジョッキは残り三分の一ほどで、秋山くんの泡盛のグラスはほとんど残りがなかった。私は話を切り出す前に店員さんを呼び、追加の酒を頼んだ。あ、あとラーメン、と秋山くんは言って、なにラーメン？　と訊き返されてからメニュー表を眺めて焦りながら思案して、ふつうのラーメン、と応えた。

ラーメンね、と応えたマスクをした女性の店員の表情は面倒くさそうにも見えたし、いつものように仕事をこなしているようにも見えた。

私は、あと冷や奴ひとつ、と付け足して、店員が去っていくのを待ってから、秋山くん、ともう一度言った。

はい、と秋山くんが応えたが、私はなんと続けてよいかわからず、ちょっとトイレ行ってくる、とバッグを持って食堂の外に出た。トイレで用を済ませてから、私はバッグからスマートフォンを取り出してロックを解除し、昨日衣田から待ち合わせ用に送られてきた秋山くんの電話番号に電話をかけ、電話機を耳にあてながら食堂の席に戻った。秋山くんは戻ってきた私に一瞥をくれたあと、テーブルの上で振動しているスマートフォンの画面を見て、戸惑ったように私を見た。

私はもといた秋山くんの前の席に座って、ジョッキに残っていたレモンサワーを飲み干した。秋山くんはスマートフォンを手にとり、通話ボタンを押し、耳にあてた。受話口の呼び出し音が切れて、はい、という秋山くんの声が電話と向かいの本人の両方から聞こえた。

店員さんが、飲み物と冷や奴をお盆に載せて持ってきた。ふたりして電話中の様子の私たちを少し怪訝そうに見て、気を遣ってだろう無言で酒のグラスと冷や奴の皿をテーブルに置いて戻っていった。

もしもし秋山くん。

はい。

三森来未ですけど。

はい。

私、秋山くんがこうやっていきなり衣田に電話かけた気持ちがたぶんわかるよ。

私は私の向かいで電話機を耳にあてて座っている秋山くんの姿を見た。ギンガムシャツの襟や袖は昼に会ったときよりもよれていて、秋山くんも少し酔っているからか体がわずかに左耳の側に、電話機をあてている方に傾いていた。高校生の頃は短くしていたはずの髪型は、いまもそんなに変わった印象はなかったが、よく見ると昔より長く伸びた髪が力なく寝ているのだとわかった。顔や腕の肌は日焼けして色が濃かった。高校の頃も野球部だったから日焼けしていたと思うけれど、あの頃はいまより毎日の光量が多くて、周囲にいるひとたちの日焼けした肌を濃いとか黒いとか思わなかった気がする。いまの秋山くんの肌は、沖縄にいた頃に焼けたのか、今年の夏に焼けたものなのか。輪郭のくっきりした目と長いまつげは昔と変わらず、鼻や口元はさほど印象に残らず、時間の経過を感じるのは目元や口元の皺よりも、目尻から頬にかけての皮膚の質感だった。似たようなことを自分も秋山くんに観察されているのかもしれない、と私は思った。

それで私は、秋山くんに三森忍さんのことを話しはじめた。そう簡単に話せる話ではない、そう簡単に信じてもらえる話ではないと思っていたが、こうして電話を通して話せばそんなことはなかった。ただ自分の知る限り、思う限りのことを、思った順番に話せばいいのだった。だから簡単だった。秋山くんは電話機から聞こえる私の声を、真剣な顔つきで聞いていた。秋山くんが私の話を本当に信じているかどうかは私にはわからなかったが、それはどうでもよいことで、ひとが話しているのだから、真剣に聞くことがまずは大事。私は三森忍さんと電話で話してそう思うようになった。そして、私が秋山くんに話したことのほとんどは、私の話というよりは三森忍さんから聞いた話だった。三森忍さんが電話で私に話し、私がそれを電話で聞いた。三森忍さんの話が本当なのか、自分がその話を信じているのかどうか私にもよくわからないが、ともかくそれは私が真剣に聞いた話だ。真剣に聞いた話を、こうして秋山くんに聞かせているのだから、私はただ三森忍さんと秋山くんのあいだに挟まっているだけだが、私は真剣に挟まっている。

私が三森忍さんの話を話し終えると、秋山くんは追加で来た泡盛をひと口飲んだ。氷の音と、それに続いて小さく喉の鳴る音が、電話機と向かいの秋山くんの両方から聞こえた。

三森よ、と秋山くんが言った。

はい、こちら三森。

俺は、あなたの話は本当だと思うよ。

うん、本当だよ。

不思議だけど、本当だと思う。

そうなんだよ秋山くん。

私はレモンサワーを飲み、冷や奴を箸でひと口食べた。秋山くん、この店は見かけによらず料理がおいしいよ。冷や奴も最高だよ。私が電話でそう言うと、お客さん、と店員の女性が来て、ほかにひといないから別にいいんだけど、長い電話は外でお願いしますね、と言って戻っていった。

私は店員の背中に謝って電話を切った。それから秋山くんは自衛隊にいた頃に一回だけ行った硫黄島の電話ボックスの話をしてくれた。

硫黄島にある自衛隊基地では、携帯電話の電波が入らなかった。駐在の隊員は内地の家族や恋人、友人に連絡をとるためには宿舎にある衛星通信による公衆電話を利用するしかなく、夜の自由時間になると電話ボックスに列ができた。秋山くんは島に長期滞在する任務ではなかったから電話ボックスを使ったことはなかったけれど、隊員のあいだではその電話ボックスにまつわる怪談がいくつも出回っていた。たとえば夜中に誰もいないその電話ボックスの電話が鳴りはじめ、不審に思った隊員が出ると苦しげな男の助けてくれという声が聞こえたとか、やはり深夜の電話ボックス内に日本軍の軍服を着た血だらけの兵士がいたとかそういう話。あるいは電波が入らないはずなのに隊員の私物の携帯電話が夜中に突然鳴り出したとか、朝起きたら知らない番号から大量の着信履歴があったなんていうような電話絡みの怖い話。多くの死者を出した土地だから、電話に限らずこの手の話は無数にあって、そういう類の話はおうおうにして常勤で長期滞在の者よりも短期の任務で滞在する者へのふざけた脅しとして語られることが多かった。島内の至るところからいまも遺骨が掘り出されるのは事実で、戦時中の遺品や遺跡も多く、それらを丁重に扱うようにという戒めの意味もあるのかもしれない。

秋山くん、と私は言った。私にかかってくる三森忍さんからの電話も、そういう類の話だと？

秋山くんは、ああ、そうではなくて、と応え、しかし言ってから、まあでも同じと言えば同じなのかもしれないけれども、と言い直した。俺も前にそういう電話がかかってきたことがあったんだよ。もういないはずのひとから電話がきて、出たらそのひとで、むかしの話とかを普通にあれこれ話して、じゃあまたねーって切って。

私は、ほお、と思いまたレモンサワーを飲み、冷や奴を口に運んだ。

でも俺の場合はその一回きりで、その三森忍さんみたいに何度もかかってくるってことはなかった。それに、俺はその電話がかかってきたときに、そのひとがもうこの世にいないってことは知らなかった。あとからそのひとが死んでしまったことを知って、その日付と時間を聞いたら、俺が電話で話したのはそのひとが死んだ次の日だったんだよね。それってどういうこと？

さあ。

どういうこと？　って思うけど、電話はかかってきたし、話はしたんだから、そういうことって言うほかないよね。

そうだね。

でもちょっと思うのはね、あの電話でもっと違う話をしたら、もっと違う話を聞けたら、そいつは死ななかったんじゃないかと。

うん。

それは時系列的にありえないんだけど、時系列的にありえない電話がかかってきたんだから、そういうことだってありえるのかもしれない。そういうことは、と秋山くんは言って少し考えるように泡盛を飲んだ。だいぶ頬が赤い。そういうことは頻繁にはないけれども、たまにはあるだろうっていうことだよ。

うん、と私は言った。衣田と子どものことを思い出し、彼らが今日ここにいたら、今日はどういう日になっていたのだろうかと思った。彼らがいたら語られたはずの話が、彼らがいなかったために語られないとか、彼らがいなかったから語られることになった話があり、私はそのような今日にいる。

テーブルの上で私の電話が鳴った。私より先に、秋山くんの視線が電話機に向けられた。裏返しに置いたスマートフォンを手にとって返すと、三森忍さんの名前が出ていた。秋山くんにもそれが見えていたと思う。私は秋山くんの方を見て、店員のおばさんがいまは近くにいないのを確認して、通話のボタンを押した。

あ、もしもし、くるめちゃん？

18

俺の暮らしていた家があったのは元山飛行場から近かったから、いま自衛隊の飛行場の滑走路のある場所からもそんなに遠くないはずだよ、と三森忍さんは言った。元山飛行場は日本軍が島で二番目に建設した飛行場だけど、グーグーマップなんかを見ると昔の飛行場はいまの滑走路よりもうちょっと西側だった気もする。でもいまの滑走路は昔の飛行場よりずっと大きいし、まわりの建物も残ってないからよくわかんないね。

そうなんですか、と秋山くんは言った。グーグーマップというのはGoogle Mapsのことだろう。

あのへんは元山という山の南側のふもとにあたる。山と言っても平地からなだらかな起伏が続く丘みたいな土地で、硫黄島は南端の摺鉢山をのぞけばほとんど平坦な地形をしている。その元山にある元山部落が、島民の生活の中心地だった。元山を囲んで岸に沿う形でほかにも北部落、西部落、南部落、東部落があり、東部落と南部落のあいだにある小高い土地は玉名山、北部落と東部落のあいだが古山と呼ばれていて、ここにそれぞれ玉名山部落と古山部落があった。南西に広がる平地には元山飛行場よりも早く最初に造られた千鳥飛行場があり、飛行場の西側には千鳥部落がある。千鳥飛行場はむかしは元山の飛行場より大きかったはずだが、戦後は滑走路として使用されることはなくいまは舗装された平たい跡地しかない。千鳥地区の先に摺鉢山があり、この山頂が島で唯一の山らしい山と言える場所である。米軍が星条旗を立てた写真で有名な山頂の裏側は断崖が海へと落ち込んでいる。山頂から北東方面を眺めれば島の陸地が一望でき、そこから見れば北東方向の土地が山と呼ぶにはものの足りない起伏を持つ平地であることがわかるだろう。とはいえ中心地である元山も摺鉢山とは別の火山で、この島はふたつの火山によって海上に引き上げられた地面なのである。どちらの山も活動はいまなお活発で、島の地形変動は激しい。地上に現れた高さが火山活動の規模を示すとは限らないわけで、どちらかというと海面から近いぶん元山周辺の方が海岸線などの地形の変化が激しいかもしれない。玉名山とか古山はこれも山というほどの峰はなく、単体の火山でもない。元山にくっついたこぶみたいなもので、西部落と元山部落のあいだにも大阪山というのがあって、これもそばで見れば繋った丘みたいで、そんな地形に沿うようにそれぞれの部落をつなぐ道が走っていた。いまはアスファルトで舗装されているだろうが、もちろん当時は土の道で、子どもの頃はみんなほとんどいつも裸足だった。ズックを履くようになったのは小学校にあがった頃だったかな。兄貴たちが小学校に通っていた頃はまだ子どもは裸足か、せいぜい草履だったかもしれない。それに外を駆けまわって遊ぶなら裸足の方がよかったから靴なんか脱いだ。道には、数は少ないが農作物などを運ぶトラックも走っていて、俺はいつも乗ってみたかった。

それぞれの部落には住宅以外に畑もあったし、砂糖をつくる工場もあった。いちばん家が多く集まっていたのが元山部落で、ゆうに五十世帯くらいはあったと思う。三森忍さんが住んでいた三森の家もそこにあった。いちばん上の兄である和美が結婚したイクの実家も同じ元山部落のなかにあった。

役場も、小学校も、商店も、祭りや相撲をする神社も、診療所も駐在所もこの元山地区に集まっているから、おのずとひとが集まってくる。ほかの部落は生業である畑や工場と家が隣接している家が多かったから同じ部落内に暮らしていても何軒もが隣り合うような生活ではなかったが、元山部落の場合は、近隣が寄り集まるように暮らしていて、そこに役場や商店に用を足しに来るほかの部落の人間が混ざって、特にふた月に一度内地の物品を運んでくる定期船の到着後は朝から夜までお祭りのような騒ぎで、島じゅうのひとが行き来して、賑やかだった。

もっともね、と三森忍さんは少しおどけたような調子になった。そういったこともそこまで詳細に覚えてるわけじゃない。島にそんな穏やかな生活があったのは元山の飛行場の建設がはじまる前までの話で、俺はまだ小さかったから、そんな島の地勢みたいなこと細かくはわかっていなかったよ。いまも、グーグーとかワイキキで調べたりしながらしゃべってんだよ。元山の飛行場建設がはじまったのはいつからだったかな。

グーグーはやはりGoogleで、ワイキキというのはWikipediaのことだろう。ワイキキと聞いて、私は一瞬、三森忍さんがハワイにいるのかと思って、秘されていた彼の居場所を知る手がかりを見つけたかと思って、どきりとした。それは嬉しいというよりも、知ってはいけないことを知りそうになってしまった怖れに近かったけれども、いったい私は彼をなんだと思っているんだろう。

三森忍さんからの電話として今日の電話が例外的だったのは、私がひとりでないときに着信があったことで、これまで三森忍さんはどこかから見張っているかのように必ず私がひとりでいるときにだけ私の携帯電話に電話をかけてきた。一度だけ間違えて自宅の電話にかけてきて母親が出てしまったことがあったけれど、そのときはうまくごまかした。どういう電話のかけ方をしているのかはまったくわからないが、とにかくそのとき以外、三森忍さんが私以外の誰かと通話したことは私の知る限りなかった。私もこれまで三森忍さんのことを誰にも話したことはなかった。ついさっき秋山くんに打ち明けたのがはじめてで、今日の電話はその直後にかかってきたから、やはり見計らったようなタイミングではあった。

あ、もしもし、くるめちゃん？　といつも通りの気安い第一声だった。

もしもし、こんにちは、三森忍さん、と電話を受けた私はたぶん結構酔っていたのもあって、いまひとといるんだけど、と事実を伝えた。

あ、そうなんだ。じゃあかけ直す？

ううん、こっちは大丈夫なんだけど。

誰？　友達？

そう。秋山くん。

ああ、秋山くん。

知ってるの？

うーん、ちょっとわかんないかな。

秋山くんは、硫黄島に行ったことあるんだって。

へーそうなんだ。親戚？

違う、高校の同級生。今日十五年ぶりくらいに会ったの。

へー。そりゃ久しぶりの再会だね。じゃあゆっくり話した方がいいんじゃないの？　君と秋山くんとのあいだにある十五年と、僕と君のあいだにある七十五年。くるめちゃん、君にとってそれは同じ長さの時間かい。

全然違う長さだよ。

俺あとでまたかけるよ。

待って、よければちょっと替わろうか、秋山くんと。秋山くん、自衛隊にいたときに行ったんだって、硫黄島。私がそう言うと、三森忍さんは珍しく少し警戒した様子で短いあいだ黙った。でもほんの間をおいて、くるめちゃんが言うなら替わるけど迷惑じゃないのかな。

そんなことないと思うよ、と私は応え、ね、と目の前にいる秋山くんに向かって電話を耳に当てながら訊ねると、秋山くんは、うん、とうなずいて泡盛をひと口飲んで、もう片方の手をこちらに伸ばした。じゃあちょっと替わるね、と私は言ってスマートフォンを秋山くんに手渡した。

私の電話を耳に当てた秋山くんは、もしもし、と言って電話の向こうの声をしばらく聞いていたあと、僕は秋山です、と言った。来末さんの高校のときの同級生で、と自己紹介をはじめた。私にはふたりの会話は聞こえない。私は冷や奴を食べ、レモンサワーを飲み、窓の外で遊んでいる釣り堀にいた親子を眺めた。シャボン玉遊びはやめて、いまは女の子がひとりなにかアイドルのダンスのようなものを踊っていて、それをベンチに座った父親が少し疲れた様子で見ていた。あの父親は自分や秋山くんと同じくらいの歳かもしれない。自分にはいない子どもがいるというだけで、なんとなく年上のように思ってしまう。女の子は小学校に入る前に見えるが、あのくらいの歳の子を育てている親は、もう自分より年下のひとの方が多いくらいかもしれない。長いこと恋人もいないし、自分が結婚したり子どもをもつことを想像せずにここまで来たし、このまま行く気がいまはしている。でも自分より年上の女性が子どもを産む話は有名人のニュースとか、あとは知り合いとか、知り合いの知り合いとかでもちらほら聞くから、まあ先のことはわからない。今日これからこの食堂に生涯添い遂げるパートナーが現れるかもしれない。

いや、そういうわけでは、と秋山くんが少し慌てて言った。向かいの秋山くんに目を向けると、デートというわけではないんです、と秋山くんが三森忍さんに弁明をしたので私は笑って、秋山くんもこちらに目線を向けて苦笑いした。食堂のおばさんがラーメンを運んできた。また電話のことを注意されるかと思ったけど、おばさんは通話中であることに遠慮して私に目配せだけしてどんぶりをテーブルに置き、割り箸と裏返した伝票を卓上に置くとなにも言わずに戻っていった。

秋山くんラーメン来たよ、と私は小さめの声で言って、ラーメンのどんぶりを秋山くんの方へ押し出した。それ、スピーカーで話したらいいんじゃない、三人で、と私は言って秋山くんを促し、スマートフォンをテーブルの上に置いて、スピーカーボタンを押し、おーい、と言ってみた。三森忍さん、こうして三人一緒にしゃべるんでもいいですか？

もちろんいいとも。わー、こんなこともできるんだね。くるめちゃん、僕たち三人の会話はどこまでも広がっていくだろう。

それで秋山くんが硫黄島に行ったことがある話を受けるかたちで、三森忍さんはいまの自衛隊の飛行場のことなどを秋山くんに質問して、その話を自分が暮らしていた頃の島の様子へと広げていった。私たち三人の会話はそうやって広がっていった。

摺鉢山がパイプ山と呼ばれていたのは、それ以外の土地はほとんど平地に近く、沖から島を望むと島のシルエットがパイプみたいな形に見えるからだった。ときどき煙をあげるが、本物のパイプみたいにきれいに山の頂上からぷかぷか煙が噴き出るわけじゃなかった。むしろ煙は島のそこらじゅうから絶えず噴き出ていて、元山部落のすぐ近くにも硫黄が丘という硫気孔があった。名前の通り硫黄が噴出しているので一帯の地面は白っぽくて、硫黄の匂いがした。硫黄島という名前はそのように硫黄が産出されることからつけられたのだが、硫黄の採掘が熱心に行われたのは入植の初期だけで、明治期の終わり頃には島内の主産業は砂糖などのほかの産業に移行していた。昭和四年生まれの三森忍さんが物心ついた頃には硫黄の採掘はほとんど行われておらず、硫黄が丘はどちらかというと地熱を利用してイモを蒸かしたりするほかはあまりありがたみがなく、すぐ近くにあった船見岩の半鐘の方が島民にとっては重要な存在だった。半鐘が鳴れば、定期船がやって来る。硫黄が丘と言うだけあって高台にあり、硫黄のせいであたりは植物が少ないから木々が繁ったりせず見晴らしがいい。元山部落からもほど近く、島の周囲の海を見渡すのにちょうどいい場所だった。硫黄が丘の地熱は、軍が入ってからは兵隊の食事の煮炊きにも利用された。

元山の飛行場建設がはじまったのはいつだったかな、三森忍さんは言った。俺がまだ小学校のときだったから、昭和十五年くらいかな。

秋山くんは三森忍さんの話を聞きながら、ずるずるっとラーメンをすすった。

俺は昭和四年の八月生まれなんだけど、それは俺の母親がそう言ってたってだけで、産婆もなにもいないところで、母親はひとりで俺を産んだそうだから、本当のところはどうだかわからない。俺が三森の家に引き取られたのは赤ん坊のときだったそうだけど、もちろんそのときのことは覚えていない。

あの飛行場は日本軍がつくったと言ってもそれは上の方の偉いさんが決めてつくらせたのであって、実際に作業をしたのは軍属や軍の委託を受けた企業に雇われた作業員たちだ。飛行場の建設がはじまってから島には大勢の老若の男たちが内地から送り込まれた。彼らはどういうひとたちだったのか。望んでやって来たのか、連れてこられたのか、きっとどちらもいたんだろう。朝鮮のひとも多かった。ひとくくりに作業員と言っても、待遇のよさそうなひともいればひどい扱いを受けているらしいひともいた。島の大人たちが彼らについて口にするのを聞いても、褒めそやすひともいれば蔑むひともいた。いろんなひとがいた、と言うだけでは後世の物言いとしてはあまりに雑だけれども、と三森忍さんは言い、でもあの当時の俺の認識としては漠然といろんなひとがいるなあ、という程度にとどまっていたのも事実だ。俺は十歳とかそこらだったし。そして大人たちであっても、軍人さんを含め内地から来た軍関係のひとたちのことをそこまで気にしている余裕がなかったひとも多かったと思う。

それでも建設がはじまったばかりの頃の島の状況は、その後を考えればよほどマシだったと思う。朝、学校に行くときに、ときどき見かける二人組の若い海軍兵がいた。三森忍さんの家の前の道を、冗談を言い合いながら歩いていった。三森忍さんには彼らの話す言葉の意味はよくわからなかったが、それがたぶん内地にいるお互いの好きなひとの話をしているんだってことはわかった。兵隊や作業員たちも、休日には元山部落の商店などに顔を出すこともあって、賑やかな町並みに島外のひとも加わって、いっそう島が賑やかで明るくなったように感じられたこともあった。

軍から学校にお達しがあったのだろうか、先生が今日は勤労奉仕だと言う日があって、そうするとその日は授業がなくなって、児童はみんなで荷車を押して飛行場の方へ向かった。石やら土やら工具やらを運んで作業の手伝いをするのだった。後に本物の軍属になった経験から遡って考えたら、あんなものほとんど遊びみたいなもので、人手が必要だったというよりは、子どものうちから国や軍に身を捧げる精神を植え付けるためのものだったのではないかとも思いたくなるが、それでも島の子どもは小さい頃から畑や工場の仕事を手伝わされていたから子どもにしては能率がよく、案外役に立っていたのかもしれない。いずれにしろ勤労奉仕と言ったって結果的には自分たちが自分たちの暮らしている場所から追いやられる事態に至る手助けをしていたみたいなもので、もちろんそのときはそんなことは思いもしなかったし、友達たちと一緒にえっさほいさ体を動かしているうちに、俺たちはどんどん真剣になった。草を刈る、掘り出された土や石を運ぶ、そのひとつひとつの作業が、どんなにささやかでも必ずこの国の力になると信じていた。自分が、この国全体をかけた大きな機構の末端細部のひとつであると感じ、そのことについての自負と誇りが心中にわきあがった。小さな力だが、その小さな力が集まって、この国をたしかな勝利へと着実に導く。そこにはたしかに、よろこびもあった。俺たちはよろこんでいたんだ、と三森忍さんは言った。でもそんなのは作業に没頭している束の間の幻想だ。真剣さは毒だ。真剣になっているうちに、自分じゃなく誰かべつの者のよろこびが自分のよろこびであるかのように思ってしまう。他人のよろこびを俺がよろこぶのは俺の自由だが、他人から、そいつのよろこびが自分のよろこびであるかのように惑わされて騙くらかされるのは御免だ。だから俺はあれからずっと自分の真剣さを疑っている。なるべくふざけていたい。大事な話や、大事なものについて考えるときほど、真剣さに呑みこまれてしまわないように。

昭和十八年頃には海軍の防備隊に続き、飛行場拡張のための派遣隊が島に入っていた。三森忍さんは青年学校の生徒になっていたが、この頃には児童や生徒が建設現場で勤労奉仕をすることはほとんどなくなっていた。元山飛行場の滑走路の建設は着々と進み、地下陣地の掘削もはじまった。

昭和十九年になると、いよいよ陸軍がやってきた。軍属や民間企業の作業員が空襲で死んだり負傷したりすることも増えてきた。その頃には、すでにこの島を占拠した日本軍という巨大な機構に巻き込まれたら死ぬんだと思っていたし、しかし巨大すぎるゆえにもうその動きを止められないのだということもわかっていた。つまりは大がかりな失敗がこの場所でいままさに進行していて、俺たちはそれを見届けているのだと思った。そのことをわかっていたことは、日本が勝つことを願ったり信じたりしていたことと相反しない。ひとびとは結局ずっと両方を持ち続けた。空襲が激しくなってくると、学校どころではなくなって、近い将来島を追い出される事態が現実味を帯びてきた。元山部落もほかの部落も、破損したり大破した家屋が増え、これまで徐々に奪われてきたかつての生活はここにきて急速に失われつつあった。島民たちはそれぞれの居場所で空襲に怯えながら疎開の決定を待った。一刻も早くこの島を離れることで頭がいっぱいのひともいて、そういうひとがほかのひとから誹られることもあった。この島で我々は生まれ、暮らしてきたから、この場所を自ら離れたいと口にするなんて非情で不義理な者だと責められた。でも、あのとき島を離れようと考えることは、賢明で冷静な判断だった。もし島民の疎開が決定されず、全員があのまま島に残っていたら、大半の者は死んでいただろう。俺みたいにね。

昭和十九年七月、島民たちは強制疎開の命で内地に送られることになった。三森忍さんは家族やほかの島民と別れて、軍属として島に残った。そして学校の勤労奉仕とは比べものにならない過酷な労働の任を負って、やがて戦闘が激しくなって、生まれ育った島のどこかで死んだ。

三森忍さんは疎開の年に十五歳だった。ということは酒の味を知らずに死んだのか。いやいや、そうではなかった。一緒に島に残った兄の達身、その幼なじみの重ルは大正十一年の生まれで、忍と七つ違い、疎開の年に二十二歳だった。彼らふたりは十七、八の頃から酒の味を知っていた。もちろん軍にとられて島に残ってからは、そうそう酒を飲む機会などなかった。

強制疎開で大半の島民が島を去ってから数か月、まだ暑さの残る秋の日。敵襲もこの時期はまだそこまで頻繁ではなかった。達身と重ルは重なった休暇日に示し合わせて宿舎を抜け出て、酒を掘りに行った。

強制疎開に際し、疎開者に許された手荷物の数はひとり数個に限られていたから、船に乗り込む島民は内地での生活に必要な最低限の家財道具や食料しか持ち出すことができなかった。残った家財道具や運び出しきれない食料、酒などは置いていかざるをえず、軍に供出した残りは各家の防空壕に移して保管したり、庭に埋めたりした。もちろんそれは戦局が好転して、硫黄島の日本軍が迫るアメリ力を排撃し、またこの島に、自分たちの家に帰ってきたときのための備えだった。達身と忍も、三森の家とイクの実家の八木家の疎開準備を手伝った。父親の六郎は、家の庭に穴を掘って糖酎の甕をそこに埋めた。目印に手頃な石を頭だけ地上に残して埋め、達身と忍にその場所を忘れないよう念を押して言った。お前らはみんなの代わりにここに残るんだから、わいらがいなくなってから欲しけりゃ掘り出していくらでも飲め。

ありがとう、と達身は思ったが、言葉が出なかった。父はあまり見たことのない表情をしていた。兄の和美に似ている、と達身は思った。父を見て兄に似ていると思うのは少しあべこべな話だが、でもそう思った。和美に似ているということはたぶん父の顔は自分の顔にも似ているのだったが、その父や和美の顔を、おそらくはかなりの確率でもう二度と見ることはなくなるのだと思い、そうか、と思った。一緒に島に残る弟の忍は血がつながっていないから、俺や兄貴や親父とは顔つきが違う。手鏡なんか持っていないし、ふだん眺めることもなかったが、父親や兄の顔を見れば俺は自分の顔をなんとなく見ることにもなっていたんだった。だから、もう俺は自分の顔を見ることもないのかもしれない。父親は五十の手前だったが、若い頃から海に出て日と潮に焼かれた肌と、洋上の眩しさに目を細めたり、獲物をあげるために腕や体に力を込めるそのたびに刻まれて深くなっていった顔のしわが、実際の年齢よりももっと年長に感じられた。一緒に海に出ている和美の肌もだんだん父の色と質感に似てきた。漁師にならなかった自分は、ふたりと造作は似ていても肌の色はきっと少し違うのかもしれない。額が前突してその分眼窩が深く窪んだ父の顔は、晴れた海の上で見ると目元が真っ黒に陰って、幼い頃兄の和美と一緒に父の船に乗るとなにを見ているかわからないその父の目元を少し怖いと感じた。でも和美も、たぶん自分も、同じような顔になっていた。ふたりの細くつんと突き出た鼻もまわりのひとは父似と言ったが、それはどちらかというと母の鼻だと達身は思っていた。母はそんなに鼻が高いわけではなかったが、少し下向きに突き出た感じと小鼻の形は父とは違って母のタイ子と同じ形だった。

目印の石の横に立って、空襲で無残に崩れ落ちた自分たちの家を父親は無言で眺めていた。その横顔に向かって、親父や兄貴がまた戻ってきたら一緒に飲もうよ、と達身は言った。

達身と重ルはその酒を掘り出しにきたのだった。

いいのかよ、親父さんのもんを、と重ルは言ったが、かまやしないよ、掘り出して飲めって言ってたんだから、と達身は応えた。帰ってきたら帰ってきたで、酒くらいまた新しくいくらでもつくればいい。

うちのは惜しかったなあ、と重ルは言った。ふたりは重ルの家の庭の酒も掘り返しに行ったのだったが、重ルの家は空襲の被害がさらに激しく、庭にはいくつも穴があき、その上に家屋の残骸が散らばって、庭の防空壕も半ば崩れ落ちていた。地中の酒や家財も諦めるしかなさそうだった。

だから出せるうちに出しちまった方がいいんだよ、と達身は言い、家屋は大破していたが庭の目印をなんとか見つけ出し、家の裏手の藪のなかに運び、周囲から身を隠した。甕の蓋の封を解き、蓋を開けた。久しぶりに酒の匂いをかいだ瞬間、少ない配給で栄養不足気味の頭が恍惚として一瞬気を失いそうになった。

糖酎は砂糖をつくるときにできる糖蜜を原料にした酒である。サトウキビを搾ってとれる糖液を煮詰めて分離させて砂糖をつくるが、その過程で残るのが糖蜜で、これを発酵させたうえで熱を加えて蒸留すると糖酎ができあがる。少し甘い香りがして、けれども飲むと味の方は爽やかで舌が引き締まるようだった。アルコール度数はひじょうに高い。製糖が盛んだった頃から、島民たちが自家製でつくって飲むようになった島の酒である。

甕を大事に傾けて持ってきたふたつの水筒に注ぎ、甕のなかに残った酒を手ですくって口に運ぶと、懐かしい香りと強烈なアルコールにこめかみを撃たれたみたいな衝撃が走った。こんなところでこんなことをしているのが見つかったら休暇中とはいえ大事だ。しかし名残惜しくて離れがたい、達身と重ルは蒸し暑い藪にしゃがんで背中を屈めながら、もうひと口、もうひと口と酒を飲み続けた。と、そこへ葉をかき分ける音がして、どきりとしたふたりが顔を向けると、忍が立っていた。

なんだお前、びっくりさせるなよ。なんでこんなところにいるんだよ、と達身が言った。

どこ行くのかと思ってついてきたんだよ。ふたりでなにしてんだよ。

酒飲んでんだよ。

俺にもくれよ。

お前まだ子どもじゃないか。

かまやしないよ。俺にもくれよ。

それで忍ははじめて酒を飲んだ。うまかった。達身も重ルも、忍にかこつけて自分たちもまたもう少し飲んだ。達身と重ルははじめて酒を飲んだ忍が酔っぱらわないか心配だったが、存外いける口のようだった。三人は藪の木陰に円く腰をおろして、誰かが通りかかってばれてはいけないからなにをしゃべるでもなく、ふーふーと互いの呼吸の音だけが聞こえた。その呼気に糖酎の匂いが混ざって、藪の草いきれと混ざる。だんだん目が据わってくる。落ち着くとまた順番にひと口ずつ酒をなめては、深く息をついた。はじめて酒を飲んだ忍は、楽しくも苦しくもなさそうな、なにを考えているのかわからぬ表情で地面に目を向けていた。達身はこの酒を埋めながら交わした父との会話を思い出していた。そして父や兄の顔を思い出そうとしたが、父の額や目元や鼻筋の感じはもう曖昧な像にしかならなかった。しかし不思議なことに、前に座っている弟の顔を見ていると、曖昧にぼやけていた父の顔が似ていないはずの忍の顔つきに重なっていくのだ。お前、親父と兄貴に顔が似てきたな、と達身は言ったが、思っていたようには呂律がまわらなかった。酔ったようだった。

我々も、とラーメンどんぶりを抱えた秋山くんが言った。今日は昼からだいぶ飲んでいます。

酒は好きかい。

ええ、まあ。僕の祖父母は沖縄のひとで、あちらの酒も強いけどうまいです。泡盛。

沖縄ね。内地から来た軍属にも、沖縄のひとがいたなあ。しゃべる言葉が全然違うもんだから、お互い話が通じなくてね。

それで、そのあともそうやって三人で隠れてお酒を飲んでたの？　私は訊いた。いや、と三森忍さんは応えた。

秘密の酒宴は結局その一度しか開かれることはなかった。藪の土に糖酎甕を埋めて隠し、自分たちだけがわかる目印を残して隊の宿舎に戻ろうとした三人だったが、やっぱり飲み過ぎて様子がおかしかったんだろう、途中で行き合った陸軍の将校に呼び止められるとすぐに酒の匂いを咎められ、酒を隠し持っていることも、休暇日とはいえ隠れて酒を飲んだことも許されず、酒の隠し場所まで洗いざらい白状することになった。いくら元住人とはいえ既に軍に徴用されているからには、島民が埋めた酒を掘り出して飲むことは略取に当たるとかいう話で、なるほどとも思うが、やはり腑に落ちない。

馬鹿野郎、親父の置いてった酒を息子が飲んでなにが悪いんだよ、と三森忍さんが言った。

って言ったの？

うーん、言ったとか、言わないとか。

お酒はどうしたの。

もちろん隠し場所まで連れてかれて没収だよ。その将校が飲んじまったんじゃないか、知らないけど。

大丈夫だったんですか？　と秋山くんが訊いた。殴られたり、したでしょう。

うん。でも酔ってたからかな、よく覚えてねえや。死ぬとね、痛いこととか苦しいことはそんないちいち覚えていられないんだね。

そういうもんなんですかね。

さあ、ひとにもよるのかもしれないけど。死んだらわからないことだらけだよ、生きていたときのことさえも。

秋山くん、ラーメン食べないと伸びちゃうよ、と私は言った。言われて秋山くんはまたずるずる残りのラーメンをすすった。しばらくもぐもぐ口を動かしてから、あの、ちょっと関係ない話ですいませんですけど、とテーブルのスマートフォンに向かって言い、それから私の方に向き直って、くるめちゃん、ここの食堂ラーメンもすげえうまいよ、と言った。

くるめちゃん？　と私は急に変わった呼び方に引っかかったがそれはスルーした。いいなあラーメン、と電話の向こうで三森忍さんが言った。俺、ラーメン食ったことないよ。

忍さんも来たらいいのに。ここ、釣り堀もあるよ。

釣り堀で釣りなんかしてもつまんないんじゃないかなあ、島の海でさんざん魚を釣ってたから。秋山くんは、沖縄で生まれ育ったのかい？

いいえ、生まれも育ちも東京なんですけど、大学で沖縄に行って、それから自衛隊の仕事辞めてからしばらくまた沖縄で働いてたんですよ。去年の暮れまで。夏は民宿の手伝いして、冬は畑でサトウキビ刈ってたんです。

へえ。

サトウキビ畑で働いてたの？　と私は訊いた。知り合いの農家で働いていたとは聞いたけれどサトウキビ畑とは知らなかった。そうだよ、と秋山くんは応えた。結構沖縄ではいるんだ、そういう働き方するひとが。夏は民宿とかマリンスポーツとかやって、そんでオフシーズンがちょうどサトウキビの収穫の時期で人手がいるんだよね。本島もだけど、離島にも畑多いから。俺も大学のときの友達の伝手で西表島の畑にいたんだよ。いいとこだよ。

秋山くんはさあ、と三森忍さんが言った。硫黄島で訓練とかをしてたわけ？

いえ、あそこは海自の所管で、僕は航空なのであまりあそこで訓練したりする機会はなくてですね、と秋山くんは応えた。パイロットとかなら別なんですが、僕は飛行機乗ったりっていうよりは、備品の調達とか管理とか、施設の補修とかそういう仕事だったので。硫黄島には遺骨収集の手伝いで行ったんですが、僕の役割としては用具とか資材の管理とかです。遺骨収集の事業は基本陸上自衛隊が現場に同行するんですが、たまたま向こうで一日だけ手伝いが必要だとかで頼まれて現場に同行もしました。

遺骨。

遺骨見つけるったって、壕のなかとかでさえ、長い年月が経っているから大変なんですよ。暑いし。まして戦後に土地を均すのに土が掘り返されたり移動されたりしたから、必ずしもこと切れた場所とか埋葬された場所に遺骨が残っていないんです。散逸してしまっていて、だから文字通りしらみつぶしの、途方もない作業なんですよ。何日やっても全然見つからないときもある。でもたまたま僕が同行した日は、地下壕のなかでひと柱見つかったんです。

秋山くんは、同行していた作業員のひとりが崩れた壕のなかに埋まった遺留品らしきものを見つけ、掘り出していく作業に居合わせたときのことを話してくれた。

周辺の土を少しずつよけていくと、遺留品は腕時計で、そばに人骨らしきものが現れた。同行の専門家が人骨と判定すると、今度は手と道具を使って慎重に骨のまわりの土を除いていく。この島での遺骨収集事業について知識はあったものの、地熱で四〇度をゆうに超える地下壕に潜って土を掘るのは、想像以上に過酷な作業だった。壕は崩落のためひとがひとり入ると余分な空間はなく、ひとりずつ穴に潜り込み、暑さに耐えきれなくなったら外に出て交代する。長い年月のあいだに崩れた壕の壁や天井の土を慎重に取り除いていくと、自分が近づこうとしている時間がいつなのかよくわからなくなった。いくつかの遺留品と人骨が土のなかから現れてくる。地面というのは地下に行くほど過去の地層になるものだが、日本軍はこの島で地上ではなく地下に新たな陣地を建造した。地上に建物を建てるのではなく地下を掘り進め、そこに潜伏した。それまで地上にあった生活や建造物は跡形もなくなって、地上の生活者は誰もいなくなった。壕のなかでは地上は頭上と背後にある。この壕のなかと外と、どちらが過去で未来なのか。この地面の上と下では、過去も未来もなくなって、時間が止まっているような感覚に襲われ、自分のいまいる時間がわからなくなる。上腕部と思われる骨の周囲の土をこそいでいく。その動作は骨を象るようなものになる。やがて骨が土から外れ、作業員の手がそっとそれを拾った。

秋山くんは話し終えるとグラスを手にして口に運びかけたが、卓上のスマートフォンの画面を見て、あれ、切れてるや、と言った。三森忍さんは電話の向こうからいなくなった。

19

もう通話は切れてるようだけれど、この機械に呼びかければ俺の声はどこかの誰かに届く。どこかで誰かが聞いている。おーい。革で覆われた箱型の無線機の蓋を開け、重ルはそこから線のつながったマイクに呼びかけた。箱の上部に並ぶダイヤルを右に左に回す。なんの応答もない。なんの音もしない。

それで誰かが応答すると本気で信じているわけではなかった。でも、声を出すことってそういうことだ、と重ルは思った。どこにも届かないなら、呼びかけることも、こうして頭に浮かんだことを声に出すこともできない。声を出して誰かに呼びかけるってことは、馬鹿げているとわかっていながらもそれが届くかもしれないっていってちょっと信じてしまうことだ。

いまは小さな壕のなかにいた。島の北東部、玉名山から元山の東側をまわり、東山のあたりだろうと見当がつくが、その見当にあまり現実の感がなかった。生まれてこの方二十年以上も暮らした小さな島のなかなのに、いまいる場所がよくわからない。重ルには、そのことが違和とか焦りとかよりもまず悲しみとして感じられた。少し不思議だが、この悲しみはいったいどういう悲しみなのかと考えを追う気にならない。子どもの頃、意のままにならず泣いてみせるときみたいな、わからなさのなかで弱くなるような気持ちだった。

軍の地図に描かれた島内図を見ても、かつて自分たちが毎日学校に行ったり、泳いだり、仕事をしたりしていたのと同じ場所であるとは思えなかった。疎開する家族らと別れ、自分たちがこの島に残ってからのこの半年で、島の景色はすっかり変わった。地図には島に暮らしていた重ルたちの知らない道がたくさん記されていた。陸軍が入ってから一気につくりあげたという蟻の巣のような地下坑道。我が軍の戦略の本懐は地上ではなく地下にあった。地上はいわば捨てられて、島民疎開後の民家や工場や畑は敵軍の攻撃にさらされて朽ち、残ったものも自軍陣地の邪魔となればためらいなく打ち壊された。もしかしたら、まだ島民たちが暮らしていた頃から、この島の景色は少しずつ変わりはじめていたのかもしれない。しかしいまとなってはそのはじまりがいつだったのか、どんなふうにはじまったのか、もうよく思い出せない。戦争がはじまった頃からか、軍が島に入った頃からか。そもそもこの島は無人島だったのだから、自分たちより何代か遡った先祖たちが入植した頃がはじまりなのかもしれない。だがもう、はじまりをいつと示すことにあまり意味を感じない。いまは終わりのなかにいる。どこを見ても、かつてそこにいたり、あったりしたひとやものはもうなにもなかった。木や土や石や岩はあっても、いま見てとれるのは不在ばかりだった。よく知るはずの場所のどこにもよく知るものがなくなって、軍の任務で荷運びや炊事をしながらふと目の前の景色を見て、ここがどこなのだかわからなくなることもたびたびあった。自分のいる場所がいつでどこなのかが揺らぐ。

実際地面はひっきりなしに揺れていた。砲撃や爆撃で。この島は戦地になるまでのあいだも火山活動による地震でしょっちゅう揺れていたが、砲弾の爆発による揺れはそれとは全然違う。地下から揺すられるのと、どこかから誰かが砲弾を放つのとでは揺れ方が異なり、砲弾は爆発して揺れるより先に空気を裂くような音を立ててからやって来るから、こちらの意識はまずそちらに向く。揺れているのを感じられるということは被弾しなかった、死ななかったということだった。しかし砲弾の揺れには誰かが誰かを傷つけようとしたその悪意が響いた。

危険な音はよく聞こえた。少し遅れる砲撃の発射音、砲弾が飛び来る音、戦闘機のエンジン音と射撃音。戦闘機の音が違えば、撃たれる弾も違う。ともかく危ないと思ったら地面に体をぶつけるみたいに突っ伏す。戦争がやってくるまではこんなにこの島の地面に体を密着させることなんかなかったけれど、這いつくばって地面の固さや熱さをいまさら確かめていると、そういうときの方がいくらか現実の感が強まるような気がした。自分がいるのはいまここでしかない、と思った。

また空気を裂く音が近づいた。伏す。間もなく、着弾した音が響くとともに体の下の地面が揺れる。天井から土と石が落ちてくる。音と揺れが静まり、喉から漏れた、おお、という自分の声が聞こえた。死ななかった、と重ルは握っていた円形のマイクを口元にあてて言ってみた。壕のなかにはほかに誰もいないようだった。入口が狭く外光はほとんど入らないが、音の響き方でさほど奥行きがないのがわかった。坑道につながる壕ではなく、もともとあった防空壕か、掘りかけて途絶したものか。

地下坑道の全容について兵士たちや自分以外の軍属の者がどの程度把握しているのか、かねてから重ルは疑問に思っていた。地図を目にする機会はあっても、あんな入り組んだ道筋はにわかには覚えられない。もっとも設営隊所属の軍属に過ぎない自分たちは戦略行動には参加せず、武器なども持たない。だから軍からすれば重ルたちがそんなことを覚える必要はないのかもしれなかった。自分たちの目に入るような地図には上層部だけが知る機密事項などは記されていないだろうから、そもそも知りうる全容などないのかもしれない。というわけでその疑問は解決しないまま戦局は極まり、地下に走る自軍の施設については結局よくわからないまま島のなかを逃げ回ることになってしまった。かつては隅までよく知った土地もいまではほとんど未知の場所になっていた。危険を感じて手近に穴があれば飛び込むけれど、それが別の通路に通じる壕なのか、単なる防空壕なのか、入ってみなくてはわからなかった。大艦隊の支援のもと南海岸から上陸したアメリカ軍は、既に島内の奥深くまで侵攻していた。戦線は海岸線から内陸に移り、島内のそこここで衝突が起きているらしかった。指揮系統も全体に寸断されているのか、あるいは荷運びや炊事に従事するだけの軍属に情報が届かないだけなのか、いずれにしろどこまでが自陣でどこから先が敵陣なのか重ルにはもうよくわからなかった。だから、日本軍が掘った壕もいまや味方のものとは限らない。飛び込んだ瞬間になかで敵が待ち伏せていることも考えられる。しかし地上で機関銃や砲弾に身を晒していては絶対死ぬ。どうであれ穴に飛び込んで身を隠すほかない。

重ルはいま、直属の士官からも部隊からもはぐれ、特に意味もなく島の東側から海岸方面に向かって移動していた。現在の戦況はもはや絶望的としか思えなかった。もっとも実際のところがどうであれ、自軍の形勢の不利を認めることは許されないことだった。信じるべきは勝利のみであり、あらゆる困難も、どんな絶望的な状況も、その果てにあるのは勝利のみだからだ。そんな馬鹿な、と以前の重ルなら内心で嗤った。以前は、心中でなにを思おうが自由だと思っていた。しかしいざ軍属としてその機構のなかに本式に組み入れられてみると、自分の心中の自由がそう簡単に維持できるものではないと思い知った。心中の反抗が自分の顔つきや言動の端々に表れるのだろう、口にしたわけでもない本心を言い当てられ、厳しく咎められた。そこには大抵暴力も加わった。そのうちに面倒だから士官たちの思うことが自分の思うことだと思うようにして、士官たちの思うところとは即ち天皇陛下の統帥するこの日本軍が掲げる理念のことに違いないはずで、ならばと重ルは同じ部隊の兵士に頼んで皇軍手帖の軍人勅諭や戦陣訓を見せてもらった。どちらも学校に通っていた頃に目にしたことがあったと思うがよく覚えていなかった。あらためて読むと、難しくてわからないところもあったがなるほど軍属の身になったせいか学生の頃と比べれば書いてあることがずいぶん理解できた。自分を殴る士官たちの行動指針は戦陣訓の方により強くみてとれた。戦陣訓は軍人勅諭の勘所を示し現在に即応したものである、みたいに教わった気がするがいま読み返すと重ルにはあまりそうは思えず、俺は戦陣訓のせいで不条理に殴られている気がする、とも思った。ともかくとここに至れば内心とか心中なんてものは自分ではなく他人のもの、自分に対して優位に立つ者の自由になるものだった。軍属にあるとは身だけの話ではなく、そうやって精神も軍に、即ち皇国に捧げることを意味した。よし、ならば俺の心中はお前らの好きにすればいい。俺がなにを思っているかを決める自由をお前らが持っているなら、それは勝手に決めたりすればいい。

不要に殴られたりしないためにそのような処世術を決め込み、しかしそれでも浮かぶ疑問や反抗の感情がある。その処遇はいかに。重ルが身につけたのは、自分を全部さらわれないようにするため、声に出すということだった。もちろん聞かれてはまずいこともある。というか、まずいことばかりだ。しかしそういうことは誰にも聞こえないように言えばいい。思うのと声にするのは違う。そう重ルは考えるようになった。

どういうこと？

あるとき達身にそのアイデアを説明してみたのだが、すぐにはうまく伝わらなかった。こうして話すんならともかく、声に出さないんだったら内心で思うのと同じじゃないか、と達身は言った。

いやそうなんだけど、と重ルは返した。たとえ発声しなくとも、もやんもやんと内心で思うのと、声を発するのは違うっていう考えなんだよ。もやんもやんと思うだけでは、奴らに奪われちゃう。なにをか。俺をだ。もやんもやんとものを思う俺を奪われる。それで勝手に変えられちゃう、俺や俺の思うことを。でもね、誰かに向けて声にすれば、あるものはあって、ないものはない。思いを誰かに預けるんだ。自分の声を向けた先の誰かの耳に。達身が向けるのが誰かわからないけど、たとえば俺の場合は、と重ルはここでいったん言葉を切った。

誰だい？

笑うなよ。

笑わないよ。女か。

違うよ。

じゃあ誰だい。

フジ。

ああ。

笑うなよ。

笑ってないよ。わかるよ。

フジは重ルと達身が働いていた砂糖小屋の牛だ。甘蔗から糖液を搾る締機につながる棹を背負ってフジが歩くと、締機の軸柱が回転して並んだ石の車も連動して回転する。締機の各部がたてる音と、フジの足音、鼻をならす呼吸音を聞きながら、重ルはそこに甘蔗を差し込む。産業会社がもっと生産効率のいい大きな機械を工場に入れて、だいぶ時代遅れになった方式を残すのは島でもふたりが働く小屋ぐらいになっていた。わかるよ、お前がフジに話しかけてる様子、と達身は言った。

俺はフジにいつも話しかけてたよ、働いてるあいだ。

別にそんなに働くのが好きなわけじゃなかった。いっぱい働いて、少しでも多く稼ぐんだったら大きな砂糖工場を手伝うとか、そもそも価格の落ちた砂糖ではなくて需要の高まったコカとか香草の工場で働いた方がよかった。働き手はどこも足りなかった。でも重ルと達身は、あの小さな砂糖小屋で働くのを好んだ。野天で、牛の歩みを眺めながら、甘蔗を搾り、小さな釜で砂糖を炊き上げるのが好きだった。

深い物思いにふけるとかじゃない。でもそこでフジがぐるぐる歩くのに合わせて甘蔗を差し込み、搾りかすをよけたりしていると、俺はフジに語りかけるようにいろんなことを思った。牛は疎開の対象にならないが、いずれにしろフジは疎開より先に軍に接収されてしまった。砂糖小屋から連れていかれて以降、フジの姿は一度も見なかった。

なるほどなあ、と達身はそのとき呟き、いくらか得心のいった様子だった、と重ルは思い出す。あのあと、達身も誰か語りかける相手を見つけたりしただろうか。その相手は誰だろうか。

そしていま俺の手には無線機がある、と重ルは壕のなかで這いつくばった体の横にある箱を意識した。使い方がまったくわからない。通信兵が持っているのは見たことがあったが、触ったのも、間近で見たのもはじめてだった。これはさっき忍から受け取ったものだ。

重ルたちが所属していた設営隊の中隊は、もともと玉名山に近い林のなかを拠点としていたが、戦局が悪化するにつれ玉名山に戦線が敷かれると、その拠点は敵襲による被害が大きく使用に耐えられなくなった。その後中隊は玉名山から元山方面に移動し、地下坑道に続く壕でほかの部隊の小隊と合流した。その場所に今朝砲撃があった。壕の一部が崩落し、近辺への砲撃がその後もしばらく続いた。安全に身を隠す場所を失った隊は戦闘機からの空襲から逃れるうちに散り散りになった。いや、どこかに中隊長や士官らを中心とした集団が維持されていたのかもしれないが、少なくとも重ルは逃げているうちにいつの間にかひとりになっていた。もとの壕から逃げてくるときには達身と忍が近くにいたはずだが、ほかの兵士や軍属たちが入り乱れながら逃げているうちに、ふたりの姿も、ほかのひとの姿も見えなくなった。何度か、自分の近くで誰かが銃弾を受けたような気配があったが、振り返って見ることはできなかった。林のなかの岩陰で砲弾の飛来音と着弾音を聞き、ともかくどこかの部隊なり自軍の兵士なりと合流すべくじりじりと移動を続け、また敵襲の音がすれば這いつくばってやり過ごしたり、木や茂みの陰に身を隠した。設営隊付の軍属である重ルは武器などなにも持っていない。敵兵に出くわしたら一巻の終わりだった。

敵襲の止み間を縫って林を出て、自軍の部隊を捜して元山方面に歩いていくと、砲撃で倒れたタコの木が折れ重なる藪に仲間を見つけた、と思ってよく見ると肩から無線機を提げた忍だった。忍の顔や服には汚れに紛れてしぶいた血のあとがあるように見えたが、忍自身には負傷がなく、それが忍の血ではないのがわかった。

忍の無事を確認したあと、それは、と重ルは無線機を指して訊ねた。預かった、と応えた忍はそれ以上なにも言わなかった。というか、忍がなにか言う前に遠くでひゅうひゅうと鳴る砲弾の音がして、ふたりは地面に突っ伏した。

遠くで爆音が響き、静まるのを待ってから、達身は？　と重ルは忍に訊ねた。

はぐれた、と忍は応えた。十五歳、七つも年下の忍のその端的な口調は、この状況下で余裕がないせいか、ずいぶん大人びて、自分たちと対等な物言いに思えた。重ルはこの半年で忍が直面してきた過酷な現実を想像した。それはそのまま自分が直面したものなのだったが、二十歳過ぎのひとと十五歳のひとの景色は同じじゃない。

自分が最後に達身を見たのがどの瞬間だったか、重ルは思い出そうとしたがはっきりとわからなかった。林のなかを交錯しながら逃げまわる仲間たちのなかに見えた気がした達身の姿が、本当に達身だったかどうか思い出そうとしてみるが、思えば思うほど自分の見た光景は曖昧になった。あの腕は、あの肩の張り方は、達身のそれだったか。思えば自分も達身も、忍も、見知った軍属の連中みんな、この数か月ですっかりやせこけて、誰も彼も似たような身なりになっていた。逃げている途中に、自分の背後で撃たれたのが達身だった、その想像がずっと頭から離れなかったことに、重ルはこのときはじめて気づいた。目を向けなかった、砲弾の破片かなにかが体を撃って肉に食い込む音と、瞬間喉から弱い声を漏らした誰かわからぬそのひとを、重ルはずっと達身の身体で想像し、その想像をおそれていた。あんな音で、あんな声で、それまで続いていた人間の人生が終わる、それは驚きではなく、その呆気なさこそが人生なのだともうこの半年のあいだに思い知っていた。

達身とはどこまで一緒だった、と忍に訊くと、ふたりは東の海岸方面に逃げたが、その途中でまた攻撃に遭って引き返し、それから逃げまわるうちにいつの間にかはぐれてしまったのだと忍は言った。敵襲の音がしたから隠れたんだけど、おさまってまわりを見たらみんないなくなってた、そう言って忍は大きく息を吐いた。

その返答が本当かわからない、と重ルは聞きながらどうしてかそう思った。でもそれ以上問わなかった。攻撃の音が止んで忍が林のなかを歩いていると、途中で単独で移動している通信兵と出会った。彼は天山の司令部の方面に向かうと言い、武器も持たない軍属の少年である忍を見て少し考えている様子だったが、危ないがお互いひとりよりはましだ、と言い、付いてこい、と言った。武器があればお前にも分けてやりたいが、と丸眼鏡をかけた彼は言った。あいにく俺も手持ちは尽きてるんだ、ふたりとも丸腰だ、と彼は言って、弱々しく笑った。あるのはこれだけ、と肩から提げた無線機の箱を抱えて見せた。これじゃ敵を殺せない。

ふたりは北に向かって歩きはじめた。まだ日は高かった。冬だからそこまで暑くなかったが、もう何日も、水を浴びていないし、空腹や不快さに絶えず包まれているような具合で、いつくるかわからぬ敵襲に常に意識を巡らせているせいか、気温の上下は不思議なほど気にかからなかった。

林を抜け、ところどころに草が生えているだけの平地に出た。通信兵は、匍匐前進に近い姿勢をとると、敵はそこらじゅうに潜んでいる、と鋭く囁いた。茂みを進むが音を立てるな、頭を低くして茂みから姿を見せるな、後ろにいる忍に彼がそう告げ、前を向いたとき、軽く乾いた銃声が鳴って、ふたりは地面に顔を伏した。連続する銃撃音が何度か続くあいだ、身じろぎせずに顔と体を地面に押しつけていた。銃声がやんでからも、動き出した瞬間を狙われる気がしてずっとそのまま動かなかった。一分か、五分か、十分かわからない。恐る恐る顔を上げ前を見ると横向きに突っ伏した通信兵は首元近くを撃たれてこと切れていた。

いま俺の手にある無線機は、忍が名前も聞かない、どこの出身かも知らないままに別れた通信兵のもとから持ってきたものだ。壕の外が暗くなってきた。長い一日だった。でも、今日を昨日や一昨日や、この島の終わりを見てきたこの半年と切り分けることはできない。

達身、と重ルはまた握ったマイクを口元にあてて呼びかけた。こちら重ル。今日のどこかで目にした気がする達身の姿は、像を結ぼうとすると、昨日や一昨日、それ以前の数え切れないほど目にした達身の姿に紛れ、軍属として島民疎開後のこの島に残るよりも前の、ふたりでふざけあっていた学校時代とか、幼なじみのイクの祝言の光景などがよみがえって、像は膨らみ、自分の思うのがいつの達身なのかわからなくなった。最後ではないけれどもいつだかははっきりしない達身の姿が次から次へと思い浮かぶと、もう二度と達身と会えないかもしれない、という思いが頭を埋めた。

そしてそれは当たっていたわけだ。

重ルはそう言った。たしかに自分はそう声を出した。けれども自分が言ったというよりは、誰かがそう言った声を聞いたような気持ちだった。

無線機のそっちにいるあなたが聞きとったその声が、誰の声なのか俺にもわからない、と重ルは続けた。ともかく誰かしらの声として、聞こえるものは聞いておいてくれよ、そうマイクに話し続けた。喉が渇いた。腹はずっと減っている。くたびれ果てて壕の地面に顔も体も押しつけている。だから自分の言葉がちゃんと声になっているかわからない。でも俺の傍らには、使い方がわからないけれども無線機が、声をどこかに伝えるための機械がある。

忍はどこへ行ったのか。受話器を耳にあてているどこかの誰かは、それを聞きたがっているのかもしれない。俺は壕にひとりだ、と重ルは言った。忍はいまここにはいない。あるいは達身はどうなったのか、あなたはそれを知りたがっているのかもしれない。でも俺は壕にいまひとりだ。達身もここにはいない。

今日の日の時間、と重ルは思った。はぐれた忍と偶然再会して、一緒にいたたぶん数時間の時間、それから忍と別れることになった時間。あるいは、朝の壕で見かけた気がするが、特段会話を交わすこともなかった達身の姿。聞きたい、知りたい、そうだろうね、と重ルは続けた。でも俺はそんな話はしたくないんだ。俺が最後に見た忍のことなんか、話したくない。絶対に。

重ルはマイクを口元にあてる。俺があなたに話したいのは、今日の忍についてじゃない。いなくなった達身の話じゃない。昨日までの忍の話をしたい、達身の話を話したい。

幼なじみの達身に弟ができたと知ったとき、俺はひとりっこだから羨ましかった。達身には和美兄もいて、それで弟ができたとなれば上も下もというわけで、女のきょうだいはいないが、それでもひとりっこと比べたらずっといい。羨ましい。ひとりっこの家庭は島ではとても少なかった。

俺の母親は島で生まれ育ち、もともとは学校でいちばん運動が得意なほど元気だったそうだが、結婚して俺を産むときが大変な難産で、それがきっかけで母親は体を壊し、三十になる頃に死んだ。俺も赤ん坊の頃は病弱でしょっちゅう熱を出していた。自分では覚えていないけれど、一度は医者からもう助からないかもしれないと言われた。両親も一度は諦めかけたが、藁にもすがる思いで、父親が北の部落の外れにひとりで暮らしていた巫女さんのところを訪ねた。

この巫女さんはもともと島の平凡な農家に生まれて育ったが、学校に通うようになった頃から集団から離れがちになって、やがて学校にも通わなくなった。小さな頃から不思議なことを口走ったり、島内の不幸などを言い当てたりすることがあり、長じるにつれ超然とした様子になっていったというが、このへんの昔の話は又聞きの又聞きくらいだから、どこまで本当かわからない。女はやがて親元も離れてひとりで小さな畑を耕しながら暮らしていたそうだが、あるとき船で父島から硫黄島に来た帰化人の男がどういう経緯でか女の家に住み着くようになった。もともと疎かった人間関係はそのままに、ふたりで畑仕事をしているようだったが、一年もしないうちに男が海で死んだ。その死に方にはいくらか不審なところがあったらしいが、結局事故か病気か、ともかく事件として扱われることはなかった。しかしその出来事を境に、女は決定的に島民たちから遠ざけられるようになった。一方で、島には以前から女の霊的な能力を捨て置けないと見ている者もいた。誰が最初だったかは知らないが、いつの間にか病や心配事をかかえる者たちがだんだんと女のもとに通い、助言を乞うたり、姓名判断を受けたりするようになった。狭い島内のこと、病が治った、金言を聞いたと評判は多少の尾ひれもつきつつ広まって、なかには心酔して女のもとで修行をはじめる者まで現れた。

俺の両親も、万策尽きた死にかけの息子を救うべく、その巫女に助けを乞うた。一縷の望みをかけてってやつだ。それで名前がよくないから変えろと言われ、重とひと文字だった名前にルがついて重ルになった。もっとほかに変えようはなかったのかと思わなくもないが、それで熱がぐんぐん下がって〇歳の俺はけろっと元気になって、その後たいした病気をすることもなかったのだから巫女さんは俺の命の恩人に違いない。学校に進んでも、元気な頃の母親に似たのか、どんな競技でも他人に負けることはほとんどなかった。そんな俺の元気は、きっと巫女さんの霊験の評判にもひと役買っていたことになる。

同じように巫女さんの助言で名前を変えた者が島には少なくなかった。達身もそのひとりで、漁師だった親父さんは達海という字を次男にあてたが巫女さんに見てもらったところそんな名前では海難に遭って海で死ぬからやめろと言われ、通名を達身に変えた。

達身の弟の忍が達身の両親の実子ではなく、その巫女が産んだ子だと重ルが知ったのはずいぶん経ってからだった。そう言われれば忍は降って湧いたように突然三森の家に出現したと思い当たったが、子どもの頃はそう不思議とも思わなかった。父親が誰なのか、いろんな憶測が飛び交っていたものの、結論としては不明ということになっていた。父島から来て一年ほど一緒に暮らした帰化人の男は、忍の母親と婚姻関係を結んでいたそうだが、忍が産まれたのはその男が死んでから何年も経ってからだった。そして忍の母親も、忍が幼い頃に病気で死んだ。

そんないわく付きの子を、三森の家がどういう事情で引き取ったのかは他人の家のことだからよく知らないが、忍、と重ルはマイクに呼びかける。お前の話だよ。

達身や重ルの名前が、自分の母親によって変えられたということを忍は知らなかった。疎開後、島に残って同じ中隊に配された三人は一緒に行動することも多かった。まだ戦況がそこまで悪化していない夏頃、三人で玉名山の設営部隊から北部落に荷運びをしていたときに、歩きながら三人でそんな話をしたんだった。まだ腰を屈めたり、頭を下げて草むらのなかに身を潜めたりする必要のない頃だった。地面は遠かった。

達身の名前も、俺の変な名前も、お前の母ちゃんが考えてくれたんだ、重ルがそう言うと忍は少し驚いた様子に見えた。少し嬉しそうにも見えた。

こうして軍属として一緒に島に残るまでは、七つ離れた忍は重ルにとってそこまで近しい存在じゃなかった。忍は軍属島民の基準とされた満十六歳に達していなかったにもかかわらずなぜか残留を命じられた。そこには忍が継子であること、そして怪しいと言えば怪しい母親の素性が絡んでいるらしいという話も耳にしたことがあった。いっけん規律に厳しい軍の仕事も、よく見ればあちこちにぼろがあって、いい加減さが露見しそうになれば無理くり封じ込めようとする。ないものもあるし、あるものもないことになる。

島に残されて軍に配されて、そのなかで達身の後ろについて歩くようにしていた忍が、いつからか物言いも、所作も、自分たちとそう変わらぬ具合になった。背も少し大きくなった。十五歳のひとがその時期に急速に成長することは珍しいことではないのかもしれないけれど、重ルにはその成長が、まるで軍や役所の適当な仕事によって不当にこの場に残されたことを正当化してしまうもののようにも思えて、複雑な気持ちにもなった。けれども、これまでずっと子どもみたいにしか見えなかった忍が急速に頼もしくなって、達身や一緒に働くほかの大人と同列に感じられるようになったことが、なにかこの島とこの島に残った者たちの、それからもしかしたら島を離れていった者たちにとっても、唯一の救いとか希望に感じられる気もしていた。でも、いったいなにがどう救いなのか、どこに希望があるのか、考えるとわからなくなる。むしろ救いのない、絶望的な話にも思えた。忍のその変化を認める者は自分たちのほかにはいない。自分たちはその忍の十五歳の姿をおそらくは誰にも、忍の両親にも、イクや皆子にも、語り伝えることができない。ここで見届けて、それきりだ。

ル、ル、ル、と後ろで荷を押す忍が歌うように繰り返していた。重ルさん、やっぱルは変だ。

うるさいな、お前の母ちゃんがつけたんだよ。

ルってなんだよ、そう言って忍はこらえきれない様子で笑い声をあげた。横にいた達身も釣られて笑い出した。

笑うなよ、それで熱が下がって生き延びたっていうんだからいいじゃないか。ルのおかげなんだよ。重ルがそう言うとふたりはいっそう笑って、重ル、重ル、とルを強調したように重ルの名前を呼んだ。

ルのおかげで生き延びた、おかしな話ではあるが、赤ん坊のときに自分が死にかけたという話を聞いてからその感覚はいつまでも消えずに残っていた。小学生の頃に母親が死んだときも、母の名前にルをつければよかったのではないか、と重ルは思った。馬鹿な考えと思いつつ、その後も誰かが死んで葬式があると、その名の下にルをつけたらもっと長生きしたんじゃないか、と考えるのを止められない。どこかおまじないのように思っている。思っていル。重ルは口元のマイクを強く握り直した。

おーい。聞こえルか。俺はいま、部隊からもはぐれ、小さな壕のなかにいル。これからここを出て、海岸に出ル。現在地は元山の東側、丸万部落のあたりと思われル。がしかし、地上には俺のよく知ル景色がもうほとんど残っていないのでよくわからないのであル。

海とは反対に元山方面に向かえば、かつての神社や小学校の方に抜けル。島の中心部の自陣もすでに壊滅していた。小学校まで行けば、重ルの家も、達身と忍の家もすぐだったが、もう建物は跡形もない。タマナの木が並ぶ小学校から続くきれいな道も、もう見ル影もないだろう。重ルは壕のなかで身を起こし、唇にマイクを押しつけた。
ル、ル、ル。学校を出て、タマナの並木道を俺と達身が歩いていル。ふたりは袖なしの上着に膝丈のズボンを着ていル。洋裁の上手なイクに改造してもらった青年学校の制服であル。ふたりは黙って歩いていル。
おーい、達身、思えば俺たちは、いつもそんなにたくさんの言葉を交わしてこなかった。子どもの頃から一緒にいたから、小さいうちに互いの言うことはなんでもわかルようになってしまった。だから、大きくなってからは、一緒にいてもただふたりで同じ方に顔を向けて黙っていルことが多かった。いまから思えば、もうちょっとちゃんと言葉を交わし、声を交わしておけばよかったのかもしれない。でも、磯で釣り糸を垂れながら輝く海面をまぶしがったり、砂糖小屋をのっそり歩くフジの体や足の運びを観察したり、炊いた糖蜜の表面の重たい動きをふたりで一緒に眺めていルと、それは会話をしていルのと同じようなものだと、俺には思えたよ。それで俺たちがそうやって黙って座っていルと、決まってイクがやって来ル。ふたりの無言の間を縫いつなげルように歌を歌い、おしゃべりをすル。

どちらともなく振り返ルと、そら見ろ、イクが歩いてくル。隣には忍の姿もあル。イクに手を引かれた忍はまだ背が小さかった。どこへ行くの、とイクが言う。浜に行くんだよ、と俺たちは応えル。

私も行くー、とイクは節をつけて言う。私はイクー、と続けル。

忍も行くか？　と達身が忍に訊ねル。

行く、と忍が応えル。

じゃあみんなで行こう、と俺たちは東の海岸に向かって歩く。

重ルは壕を出て、マイクを口元にあてながら、海岸方面を目指す。まだ敵襲が激しくない時期に、重ルと達身がときどき宿舎を抜け出して釣りをした磯に行こうと思った。敵襲が激しくなってから釣りどころではなく、藪のなかに隠しておいた釣り竿もそのままになっていルはずだった。まだ残っていルだろうか。

おーい達身。どこにいル。浜で魚を釣ろう、あの岩場で落ち合おう。達身、お前あの岩場で一度海に落ちたね。かかった魚に引っ張られて釣り竿ごと海に落ちた。そんなことあルもんかね。お前らしくない失敗だったから俺は驚いたけど、それよりも俺はよく覚えていル。海に落ちたお前がなんだかずいぶん気持ちよさそうだったことを。俺はお前を見ていルうちに少し羨ましくなってきて、自分も一緒に飛び込んでしまおうかと思ったものだったよ。達身、あの岩場に来てくれ。おしゃべりをしよう。みんなで。イクも忍も一緒に。俺は東に向かっていル。あ、このあたりの景色は覚えていル。この林を抜ければもうすぐ海だ。このあたりは被害のあとが少ない。敵はいなそうだ。見えた、海だ。どんなに地上の景色が変わっても、海は変わらず同じところにあル。あ！　釣り竿がまだ残っていル！　これで魚が釣れル！　魚を釣って、みんなで食べル。おしゃべりをしながら。イクが歌を歌う。ル、ル、ル、ルルルル。俺たちはそれを聴いていル。魚の歌、海の歌。イクはなんでも歌にすル。波の音がイクの歌に重なル。葉擦れの音もイクの歌に重なル。掃射の音が聞こえル。どこからだ。伏せろ。安全なところに。おーい、達身どこにいル。イク、どこにいル。俺はここにいル。しかしここは危険だ、痛い、死ぬ。おーい、みんな。俺はあそこにいっていル。釣り竿と無線機を持って、海のなかにいっていル。どこまでも続く海であル。

第七章

20

港のある二見湾岸を走る道路は、島の中心地である大村地区から湾の北側をまわって山林部の多い島の東側へつながっている。昨日、それから今朝も歩いたふたつ続きの隧道は港のやや北の海沿いの山を通したものだが自転車と歩行者専用で、出入口には石の車止めが立てられていた。だから横多が港のそばの観光会社でレンタルした原付バイクは隧道ではなく湾を望む小山に沿った道路を走った。

湾の最奥部に至ればそこはもう奥村という別の地区で、こうしてバイクで走ると大村地区からものの五分もかからない。いまではひと連なりの集落みたいに思えるが、昭和十一、二年頃にできたというあの隧道がなかった頃は、港と湾の奥とは山で隔てられていた。今朝隧道内で見た説明書きによれば、かつては海っぺりの危険な崖道が集落をつなぐ唯一の通り道だった。いまは片側一車線ずつのきれいに舗装された道路になって、道端には湾岸通りという看板が立っている。

八月初旬のハイシーズンであるにもかかわらず、島内の交通量は多くなかった。シースポーツやトレッキングなどはレジャー会社がアテンドする送迎つきのフルパックのツアーが多いようで、レンタカーであちこち見て歩くような観光客はあまりいないのかもしれない。それに時刻はすでに昼をまわり、車で島内を観光するひとは、とっくに中心地を離れているのだろう。ときどき行き違う車のナンバーを見ても、「わ」ナンバーではない、地元のひとの車が多かった。小笠原の自動車は伊豆諸島と同じで品川ナンバーの管轄だ。

湾岸通りは都道でもあって、島内地図をひと目見れば、この道が島の集落から集落をつなぐ表通りであり島内の幹線道路であることがわかった。島内の道路地図はきわめてシンプルである。頭を下つまり南に向けて、上方左つまり北西向きに尾を振ったおたまじゃくしのような形をしたこの島の、尾の部分にあるのが大村地区で、二四〇号線と番号のついた都道はそこから腹の内側つまり湾岸に沿って胴の方へ東進し、ところどころに支線を延ばしながら南下していく。集落の少ない島の東側そして南部を見れば、主な道路は湾岸の内側に一本と、それより東側の山中を走る一本だけで、どちらも同じ都道二四〇号と標示があった。この道は湾奥の奥村地区で分岐して、それぞれ南に向かったあと南方で合流して輪のような形に走っている。支線も含め車両が通行できる道路があるのはおたまじゃくしの首元のあたりまでで、頭部つまり島の南部の半分くらいは特別保護地区の山林になっていて、徒歩で入る山道しかない。

横多のバイクは湾をまわりこんで島の東側にまわった。道の左手はずっと壁のような山の断崖が続き、ときどき現れる民家や商店もだんだんとその数が少なくなっていった。道は山に沿ってカーブを繰り返し、ところどころにトンネルがあった。右手には沿道の木々の切れ目に湾が見えた。海水浴ができそうな砂浜もあったがどこもひとの姿は多くなかった。原付を運転するのは久しぶりだったが、用意されたスクーターはごく標準的なもので、走っているうちにすぐ操作には慣れた。

道中ところどころで海岸や展望台などを案内する看板があったが、どこに寄るわけでもなく、バイクをゆっくり走らせた。そもそも横多にはバイクを借りて行こうとしていた目的地があるわけではなく、ひとまず昨日から港の周辺しか見ていなかったこの島の広さをたしかめるようなつもりだった。自動車を借りることもできたが、島を一周しても距離はたかが知れていたし、天気もいいし料金も安いので原付にした。せっかくだから移動しながら自分の体をこの島の風と空気にさらしてみたい、そんな旅情を演出するような気持ちも少しあった。

大村地区を出てから二十分ほど走ったか。海沿いの道を選んでまっすぐ進んでいくと、山際を走るのでカーブは多かったがアップダウンはそう激しくなかった。やがて山間を抜けて、道路沿いに川が現れた。道に沿うように、というかおそらく道が川に沿ってできたのだが、曲がりくねりながら流れる川の川幅は広く、流れが穏やかなので見ていてもどちらからどちらへ流れているのだかよくわからなかった。両側は水際まで林になっていて、名前がわからないが水辺に根を張った木もあって、熱帯雨林の川のようでもあった。ふつうに考えればいま横多が走ってきた山側から低地に流れてきて、あるいはこの先で海に出るのかもしれない。川に沿ってさらにバイクを走らせると路肩に停まるバンやボックスカーが目につき、これは街のそこらじゅうに案内があったトレッキングとかネイチャーツアーとかの客を連れてきたものらしく、車のまわりで着替えたりしているひとたちの姿もあった。さらに進むと林の前に小さなロータリーがあってそこで道路が途絶えていた。車止めの先の林の地面は土に細かい砂が多く混じっていて、立っていた看板の案内を見ると、林の先には小港海岸という浜があるとあった。その脇には山間に入っていく登山道の入口もあって、生態系保護のために靴の土を落とすマットが置かれていた。横多は林の入口にバイクを停めた。

今日の午前中は港で釣りをした。本気の釣り客はみな早朝から釣り船に乗ったりしているはずで、防波堤で釣り糸を垂れていたひとたちはみんなそこまで真剣に釣果を求める雰囲気ではなく、なんの予定もなくなんとなく釣り具を借りてやって来た横多にはその塩梅がちょうど居心地がよかった。

それでも誰かの竿にあたりがあればみんな気になるし、魚があがればなにが釣れたのかと港のあちこちから注目が集まった。ぜんたいに食いは悪かったものの、ぽつぽつあっちこっちで釣れたり、あるいはばらしたりしていて、しかし横多の竿だけはぴくりともしないで三時間ほどが過ぎた。釣るぞと意気込んでいるわけではないもののまったくなんの反応もないというのもむなしい、少し餌の付け方を工夫してみようかと糸を巻きかけたとき、ぐっと浮きが沈んだ。糸が張り、竿先がしなって、そこから両手に重みが伝わってきた。海中で針を飲んだ魚は、深くに逃げようと引き込むような動きをしたり、右に左に横走りしたりして、湾内にいるような魚の種類を横多は全然知らないが、竿を握る手の感覚からすると、さっきまで自分が思い描いていたよりもずいぶんと大きな獲物がそこにいるように思えた。

やった、やっと俺の竿にも魚がかかった、嬉しい。そんな子どものような感興が最初に心中に浮かんで、つい口からもれそうになった。快晴のなか真昼を過ぎた日射しはさらに強く、アウトドア用のハットごしにもさすがに暑さがこたえて、少し頭がぼーっとしていたからかもしれない。そしてまったくの釣り素人である横多は、やった嬉しい、と素朴によろこんでみたものの、それからは暴れる竿先をうまく制御することができず、リールをうまく回すこともできず、その場で右に左によろよろするばかりだった。地元のひとらしいおじさんが近寄ってきて、なんだ！　と言った。なんだと言われても困る。手元に伝わる重みは不規則に波打ち、横多が、うっ、とか、おっ、と声を漏らしていると、おじさんが横から、竿を寝かせるな、とか、さっさと糸を巻け、とか口を出してきて、横多は言われた通りにしようとしてみるがそううまくできないのである。おじさんは、違う、とか、もっと竿を立てろ、と横多からすれば勝手なことを言い続け、少し頭にきた横多は、無理っす、と言って暴れる竿をおじさんに預けた。待望のあたりだったにもかかわらず、いずれにしろこの獲物は自分の手に余る、と自分に言い聞かせるように投げ出した瞬間、横多は自分が姿の見えない海中の魚にずいぶんとおびえていたことに気がついた。

おじさんに竿をわたした瞬間、魚は逃げた。ばん、と糸の弾ける音が聞こえたような気がしたが、針が外れただけらしく、軽くなった糸を巻くと餌だけがなくなって針先はきれいなまま戻ってきた。

顔も首筋も、短パンから出た足もよく日に焼けたおじさんの表情は、大きなサングラスのせいでよくわからなかったが、他人に預けられた竿の獲物を逃がしてもそう申し訳なさそうにするでもなく、あーあ、と言いながら糸を巻き終えた竿を横多に戻してよこした。珍しい引きだったな、とおじさんは誰にともなく言って、釣り客ではなくそばで見ていた地元の知り合いらしいこれもよく日に焼けた女性が、ナントカという魚の名前を言うと、おじさんは、いや違う、と応えた。ナントカか、それともナントカか、とおじさんはまた違う魚の名前をいくつか口にしたが、いや違うだろうな、と呟いて自分で否定し、しばらく思いを巡らせているようだったが、やがて考えるのをやめたのか腕をぐるぐる回して首を左右に傾けて大きな関節の音を鳴らすと、でかかったなあ、と横多の方を見て言った。

でかかったですか、と横多は間抜けに繰り返し、おじさんは、でかかったろう、ともう一度言った。ありゃあかなりでかいよ。その竿じゃ無理かも。

ダイオウイカじゃない、とさっきの女性が笑いながら言った。女性ははおったパーカーのフードを頭に浅くかぶって、短パンにビーチサンダルという格好だった。ダイビングのガイドとか、海関係の仕事をしているひとという感じ。気候に適応した地元のひとの服装は、みんな似ているようでよく観察すると年代や職種によってちょっとずつ違った。

海岸に抜ける林のなかの道を歩きながら、あの女性やおじさんが口にした魚の名前がもう全部思い出せない、と横多は思った。マグロとかサバとかなら覚えていられるが、もっと耳慣れない名前だった。港のなかではどうかわからないが、島の陸地からそう遠くない海には、ダイオウイカが姿を見せることも本当にあるのだという。いつだかニュースになっていた頭から足まで何メートルもあるようなやつだ。だからさっき横多の竿の先の、水中の針に食いついたのが巨大なイカだった可能性もきっとゼロではない。でもそんなイカが湾内にいたら船が出入りできなくなるよな、そう心中で呟き、横多は馬鹿馬鹿しい気持ちになりながらも、巨大なイカと格闘して見事に釣り上げる自分の姿や、入港する船の底に絡みつく巨大イカの図を思い浮かべた。

いま歩いているこの林のなかの植物の名前も自分には全然わからない、と思い、魚とか植物とかの名前を自分は全然知らない、ということをあらためて自覚した。聞いても覚えられないのは、そこに必要な系統とか体系が全然頭に入っていないからだろう。それは自分の無知といえばそれまでだが、この島みたいに魚や植物と近接した暮らしをこれまでしたことがないせいもきっとあった。マグロとかサバなら覚えていられる、というのは、海ではなく街の魚屋とかスーパーで見る魚というか食材の名前だからだ。あ、でもこれはたぶん知ってる、タコの木だ、と横多は道の脇に生えていた特徴的な根を持つ木を見て思った。地中から地上に立ち上がった何本もの根が、そう太くない幹を持ち上げて支え、そこから木は上部にのびて、枝を広げている。その根の様はなるほどタコみたいで、内地では見たことがなかったが、小笠原諸島にはそこらじゅうによく生えているこの島の植生を代表するような植物だった。さっき逃した獲物はイカじゃなくて巨大タコだったかもしれない、と横多は思った。

林を抜けると海岸に出た。木陰を出ると景色が開け、日を受けた白い砂浜が広がっていた。海岸は浅い入り江になっていて、木々の繁る陸地が左右の海にせり出していた。浜辺にはふたり連れがふた組いたが、水着などは着ておらず、服装などの雰囲気を見るにどちらも海水浴をしているというよりは山歩きか島内観光の途中で立ち寄ったという感じだった。先には鮮やかな青色の海があり、水平線まで見通せた。空はよく晴れ、わずかに薄い雲が散っている。

横多は林と砂浜のあいだの木陰の切れ目で、波打ち際で弾むようにはしゃぐカップルらしきふたりの様子を眺めた。打ち寄せる波に足もとを濡らしながら逃げるひとと、そのひとを抱きかかえようと手を羽ばたかせて踊るような動きをするもうひとりのひと。若さ、と横多は文面に書きつけるように思った。夏休みの大学生か、あるいは休暇をとって遊びにきた二十代のカップルか。自分にはもう遠く思えるようになった世代の楽しさとか、楽しさの弾け方がその挙動の端々に見てとれた。少し離れたやはり波打ち際には、年輩の夫婦だろうか、落ち着いた様子のふたり連れが海の方を向いて並んで立っていた。こちらは対照的に、自分がまだそこまで至らぬ年功といったものを感じた。それらの人影を見ながら、俺はこんなところでいったいなにをしてるんだろうか、と横多はやはり書きかけの記事に文句を書きつけるように思った。

時計を見ると午後二時前で、日はまだ高かったが真夏の都心みたいな熱気につつまれる感じはなく、原付で走っているときは風が気持ちよかったし、木の陰に入ると少し涼しくさえあった。もっとも不用意な格好だったために午前中の港で日を浴びた両腕は時間が経つにつれだんだん赤くなってきて、触れたり強い風を受けるだけでも少しひりひりした。足もとにカニが歩いてきて、砂にあいた穴に潜っていった。

なにをしてるんだろうか。いまここで、というよりも、いまここに至ってしまったまでの、ここ数日の自分、あるいはここ数日の自分に至る自分をさらに遡れば、そこにはここ数か月の自分があり、さらにはここ一年の自分がいた。そこには、八木皆子さんの存在がある。存在といっても、それはずっとメールの向こうにいるだけで、いまどこにいるのだかはわからない。というか、どこにもいないのかもしれない。何十年も前に行方知れずになって、もう死んでしまったとも言われる。

いや、いま自分は父島にいる、とメールの向こうの八木皆子さんは言う。父島のどこにいるのかは知らない。いる、というのが、どういう意味なのかもわからない。ともかく横多はその言葉に呼ばれてここに来た。東京にいるときは、いやここも東京だけれども、内地の都心にいるときには、海の一〇〇〇キロ向こうの二十四時間も船に乗って行った先になら、誰がいたっておかしくないような気がしていたものだった。九十年以上前に硫黄島で生まれ、その島で育ち、戦争で疎開して伊豆に渡り、そして蒸発したひとでさえ、何事もなかったようにひょっこりそこにいる。しかし実際に来てみれば、ここにも内地の東京と同じ現実の時空があり、八木皆子さんがここにいるなんてことは考えにくかった。八木皆子さんを名乗るメールの送り主がでまかせを言っているに過ぎない、そう考える方がたぶんまともだったし、そうでなかったらいったいどういうことなのか横多は説明ができない。

ここでなにをしているんだろうか、という思いは、次第に、こんなところまでやって来た自分がとんでもなく無駄で馬鹿げたことをしでかしているのではないか、という気持ちに変わってきた。俺はなんでこんなところまで来てしまったのか。先にはもう海しかない。泳ぎ続けないと死んでしまう魚のように仕事を続けるつもりはいずれにしろなかったけれど、あのオフィスを出ることを決め、父島に来ることを決め、動いているときはまだよかったけれども、こうして実際父島にやって来て、道路の果てまでたどり着き、そこには当然ながら八木皆子さんの姿はなく、とうとう次に動く先がなくなってみると、自分が希求していたはずのリセットは、仕事をやめることなんかではなくて、ここまで来てみてようやく達成されたのかもしれない。そしてそれは怖かった。

横多は、と横多は記事を書くように三人称で自分を名指し、ようやく不安になれたのだった、と続けてみた。そんな一文を思いついてみたところで、次に続く文はなにも出てこず、小手先の修辞の余韻がむなしいばかりだった。動きを封じられた心中にわいてくるのは、これまで直視せずに済んでいた不安であり、判断を誤ったかもしれない分岐点を遡って探しはじめたくなる、自分のさもしさとか浅薄さだった。

毎日なにかしらに拘束されていた日々を離れて、いまの横多には明日も明後日も、この先の予定はなにもない。一週間後も、一か月後も、どこにいなくてはならないとかどこに行かないといけないという場所も目的もない。途方に暮れるとはこういうことか、と横多は思った、と自分を横多と称し送る宛てのない断章にとどめることで少し気が休まる。いや、まだ唯一残された途方として、と横多は思った。この先には海がある。

横多は砂浜を歩いて波打ち際の方に近づいていった。入れ替わるようにさっき海を見ていたふたり連れが林の方に戻ってきて、すれ違いざまに様子をうかがおうとして顔を向けると、こんにちは、と挨拶されたので、横多も、こんにちは、と返した。久しぶりに発した自分の声の思わぬ明るさに驚きつつも少し安心できた。ふたり連れは、離れたところからは年輩の夫婦に見えたが、もう少し若い中年の女性ふたりだった。横多は八木皆子さんの今朝のメールに記されていた南伊豆の民宿の景色を思い出した。

横多から見て曾祖母にあたる志津さんが開いた、海を望む低い山のなかにある「水平線」という名前の民宿。近くには八木皆子さんの姉であり横多の祖母であるイクが夫の和美と三人の子どもと暮らす家もあった。

志津の夫の五郎がなくなってからは、それまで両親の手伝いをしていた八木皆子さんが民宿を継ぐ形になった。まだ日本は経済発展のさなかにあり国内観光も盛んだった時代だ。夏休みや週末にはお客が引きも切らず、民宿の経営は忙しかった。そんななかでの束の間の静かな場面を八木皆子さんは振り返っていた。お客の少ない平日の昼間に、宿泊棟の二階の一室で、志津さんと、八木皆子さん、そして近所からイクが訪ねてきて、母と娘ふたり、三人でお茶を飲んだ。

部屋の窓からは海が見えた。宿を開いた頃にはどの部屋の窓からも見えていた海は、月日が経つと山の木々が育って夏場は二階のその一室の窓からしか海が見えなくなった。終戦を挟んで三人の子を産み、主婦として育児を担った横多の祖母のイクは、八木皆子さんが民宿を継いだその頃に、ようやく子どもたちが手を離れた。八木皆子さんは民宿を継いで数年後に蒸発するまでずっと独身だった。

横多は、自分がさっきすれ違ったふたり連れの女性にイクと八木皆子さんを重ねようとしていることに気づいた。ふたりにとくに不審なところがあるわけじゃなかったし、自分もなんの気もなしにすれ違い挨拶を交わしただけだったけれど、行き過ぎて背後に去ったはずのふたりの女性の姿が、自分とかかわりのある者たちだった気がしてくる。どこにいるかわからず、どこにもいないかもしれない八木皆子さんは、こういうふうにどこにでも現れようとする。午前中に横多の竿にかかった巨大なイカかタコかもしれない大きな魚さえ、横多にはどこか八木皆子さんに関係のあるなにかに思えてしまう。なんなら八木皆子さんそのものが海中から横多を呼び込もうとしているような想像だってしていた。

横多の祖母であるイクが産み育てた三人の子どものうち、疎開前に硫黄島で生まれたのが長男の勇おじさん、南伊豆に移ってから生まれたのが長女の葉子おばさんで、その下が次女の洋子で横多の母親、と横多は母や伯父伯母たちの顔を思い浮かべようとしたが、伯父の勇にはもう二十年以上会っていないから顔もよく思い出せない。母親の顔、そしていまも伊豆に住む葉子おばさんの顔も、年をとった最近の顔しか出てこない。八木皆子さんが民宿の二階の部屋で海を見ながら、イクと志津さんとお茶を飲んでいた日、母親の洋子と葉子おばさんは中学生か高校生くらいだったろうか。さっきの女性ふたりが、今度は母親と伯母に重なりかかる。振り返ってみたがふたりはさっき横多が通ってきた林のなかに姿を消していて、もうどんな姿格好だったか確かめられなかった。思い出そうとすれば、親類らしき顔立ち、親類らしき体つきの曖昧なふたりの像が浮かぶ。

浜の砂は白く細かかった。浜から望む日を受けた海面は午前中に港から見た海よりも明るく思えた。低い山に囲まれた浜から左右にせり出す陸地は遠目には藻が繁ったように見える背の低い植物の緑で覆われていた。海に近い部分に露出した山肌は岩場だった。右手の岩場には波に浸食された穴がふたつ並んで見え、穴を抜けて海面が奥へと通り抜けていた。

去年の十月の台風二十一号による被害で父島も母島も山林の多くの部分が茶色く変色してしまったという。まだすっかり回復したわけではないが、家屋や施設の被害も植生も一年弱でだいぶもとの姿を取り戻したという話は、旅に出る前の簡単な情報収集で知ったのだったか、船のなかでなんとなく耳にしたのだったか。あるいはゆうべ半場千八子さんの店で聞いたのだったか。

浜の左手の岩壁には黒く縁取られた模様があって、これは枕状溶岩という、溶岩が急速に海水で冷却されてできるものだとこれもどこかの案内で読んだ。その岩壁の手前に池のような水たまりがあってそれが林の方へ続いていた。これがさっき横を通った川の終着点だろう。いまは潮が引いているから池は浜で海と隔てられているが、潮が満ちると海とつながって海へ流れ込むのかもしれない。

中心地から離れているとはいえ、真夏で観光客もいちばん多い時期なのに、この天気のいい日中に、いま浜にいるのは遠くでじゃれあうカップルと横多だけだった。サンダル履きの足を水に浸けてみるとか、いっそ服を脱いで下着だけになって体を海に浸してみるとか、やろうと思えばできる。でも横多は、と横多は思った。やらないだろうな、横多は。

すらすらと口から出てくるのは観光案内の情報で読んだり聞いたりした話ばかりで、自分に水を向ければ横多は黙り込むし、固まって動かなくなる。足元の穴からカニが出てきた。

この波打ち際がいまの自分の可動域の際でもあって、横多はたどり着いた砂浜と海の境目を、枕状溶岩と池のあった左手から、右手の先に見えるふたつのトンネル状の穴の方に向かって歩きはじめた。前に進めないなら、カニを見習って横歩きというわけだ、と横多はまた前後の途絶えた一文を浮かべた。山の向こう側にはもうひとつコペペ海岸という浜があり、海に入って泳いで岩場をまわりこむか、いま浜から見えている低い山のなかを歩いて越えれば隣の浜に出ることができるとこれまた案内に書いてあった。コペペというのはどういう由来の名前だったか忘れたが、島にはほかにもジョンビーチとか、ジニービーチとか、開拓前の住民に由来する地名が多かったから、コペペも日本が開拓に入る前に住んでいた先住民の名前かもしれない。

コペペ、コペペ。波打ち際をこのまま歩いていくと、なにやら声をあげながらじゃれあい続けるカップルの横を通り過ぎて邪魔をすることになるがどうするか、と思い、横多はまっすぐ行き合うのを避けるように、体を海に向けていよいよカニよろしく横歩きで進みはじめた。隣の浜に出るのか、カップルに接近するのか、考えを決めぬまま一歩一歩横へ進み、砂に沈む自分の足取りや、砂がたてる音になにかこの先を示すヒントがないものかと思いながら、波打ち際を移動していった。いったいなにをしているのか自分でもよくわからないが、仕事を離れて自分がしたかったのはこういうことだったようにも思えた。コ、ペ、ペ、と呟きながらカニ歩きをする。横多の横歩きです。窮した挙げ句に思わぬ言葉が出、思わぬ振る舞いが出る。コ、ペ、ペ、コ、ペ、ペ、と、足がなにかを踏んづけた。内地の海水浴場と違ってゴミや漂流物など見当たらない波打ち際に、黒い異物が転がっていた。

しゃがんで見てみると、それは小さな板状で、歪んだ黒い縁の内側に銀色の金属が収まっていた。金属の表面にはシリアルナンバーらしき番号が印字されていた。腐食の具合を見るに、昨日今日の落とし物ではなく、そこそこ長い時間海で洗われてきたらしいことがうかがえた。ところどころ錆び、砂にまみれ、パネル部分は剝落したらしきそれはスマートフォンの死骸で、細部を見ると細かいバージョンまではわからないが横多が持っているのと同じApple社のiPhoneだとわかった。

来るときに通った海側ではなく、山側の道から中心街の大村に戻ることにして、横多はもと来た都道を途中で右に曲がった。両側に木々が繁って見通しの悪い上り坂のカーブが続き、原付ならばともかく自動車だと対向車とすれ違うのが難しそうな道幅のところもあったが、後方からも前方からも一台も自動車は来ないのでそんな心配は無用で、沿道に民家や建物はなく、歩行者の姿もまったくなかった。道が途中で分岐して、横多は中心地に戻るのとは違う方向とわかりつつも、さらに山に入って上っていく道を選び、そちらを進んだ。

ここも同じ都道二四〇号の支線で、巽道路という通称を示す案内標識が立っていた。頭で島の地図を思い浮かべると、いま走っている道はなるほど南東つまり辰巳の方角に走っていた。この先にもう集落はなく、地図によれば道は山の途中で切れている。

どうせ行き止まりまで行って戻ってくることになるだろうに、どうして自分はこの道の先へ進もうとするのか。それはやっぱり、地図上になにも示されておらずとも、道が延びていればその先になにもないことはなく、そこになにかがある、誰かがいると思えてしまうからだろう、と横多は思った。

八木皆子さんはこの島にはいない、横多は心中でそう呟いてみた。客観的に考えればそういうことになるのかもしれない。上り坂が続き、音のわりに速度の出ない原付のハンドルを右に左に切りながら横多は、けれども、と語を継いで、自分はおそらく客観的に存在する八木皆子さんに会いにこの島に来たわけではない、と続けてみる。たとえばあのカーブの向こうに、と横多は前方で左に曲がっていく道の先に意識を向けて、伸びた木々と草の陰に隠れたその空間を見ようとする。見えない先に何者かがいるかもしれないと思えば、そう思う心中にはすでに何者かがいる。その死角を恐れるならばそれはそこに恐ろしい者がいるということだし、その先を待ち望んでいるならばそこには好もしい者が待っているということになる。そしてカーブを曲がれば、そこにはなんの姿もない。けれども、いるかもしれないと思った恐怖や待望が消えるわけでもなく、ならば次のカーブ、その次のカーブへと、その何者かの登場は持ち越されていく。

八木皆子さんにはたしかにそういうところもあった。つまり、自分がいると思うからいる、というような存在であること。幽霊みたいなもの。でも、と横多は順接と逆接を繰り返し重ねていく。でもそういう者は、もっと虚ろな有り様をしているものではないのだろうか。そんな者があんなにも気軽な調子で連絡してきたり、何万字にもわたるほとんど自叙伝のようなメールを他人に送ったりするものだろうか。あのひとは普通の幽霊じゃない、と妙な文言が浮かんできて、その前後に接続しうる文章を考える。もっとも電子メールの送信者というのははじめから姿も身分も見えやしないので、いくらでも素性を偽れる胡乱な存在であり通信だ。八木皆子さんが生きていれば今年で九十四歳になる。五十年以上前に蒸発して以来行方知れずの彼女がいま現在この島にいるかいないかはともかく、どこかで生きている可能性はゼロではない。高い可能性とは言えないが、全然ありえない話でもない。しかし横多は、自分のもとに八木皆子さんからメールが届いたり、自分が送ったメールに返信があったりするたびに、つまりその存在が示されれば示されるほどに、八木皆子さんの実在が疑わしくもなるのだった。そして実はそれは、受信者である自分の存在を揺るがすことでもあった。

スクーターの運転では、両足はなんの役割もなくただステップに置かれているだけで、横多はその退屈な太もものあたりに意識をやった。ズボンのポケットのなかには、さっき海岸で拾った電話機があった。どこかで誰かの手から離れ、おそらくは持ち主の、あっ、とかそういう声が響くなかで海に沈んで、どれくらいの時間か海中で浮沈を繰り返し、やがてあの浜に流れ着いた。よく見れば自分が持っているのと同じメーカーのスマートフォン、Apple社のiPhoneらしいとわかったものの、液晶は剝落し、金属はところどころ錆びて、もはや通信機器として使い物にならないことも明らかだった。

八木皆子さんは前に、自分はキーボードの入力はできないがiPhoneのフリック入力ならできるのでそれでメールを送っている、とメールに書いていた。その通りだとするなら、八木皆子さんはiPhoneユーザーということで、しかしだからといってさっき横多が見つけて拾ってきたのが八木皆子さんのものであるかのように思うのはこじつけに過ぎない。iPhoneを使っているひとは世界中にいるし、海は世界中とつながっている。しかし、なんの役にも立たないだろうどこかの誰かが落とした電話機を、それでも拾って持ってきてしまったのは、横多がそれをなんらかのサインとか暗号のように思わずにはいられなかったからで、一年にわたって八木皆子さんとメールをやりとりしていることがすでに、あの電話機を八木皆子さんのものだと信じ込むのとそう変わりないことだったのではないか。

ゆるく上りになったカーブを曲がると、そこには八木皆子さんも、それ以外の何者の姿もなかったが、道端に石碑があった。横多はバイクを停めて、道の脇の砂利が敷かれた敷地に入った。ブロックを積んだ台座に御影石が置かれ、上面に金属板が据えられていた。戦時中の陸軍病院の戦没者名を刻んだ慰霊碑だった。特に細かい説明書きはなかったが、この近くに陸軍の病院施設があったのだろう。ここに名が刻まれたひとたちは、けがや病気でなくなったのか、それとも治療や療養のために病院にいたところに空襲があったのか。軍医とか衛生兵の名前も含まれているのかもしれない。名前には肩書や属性はなにも書かれていない。

父島に日本軍が入ったのは日露戦争のあとだったが、その後ワシントン会議を受けた軍縮で父島要塞と呼ばれたこの島の戦力配備はいったん棚上げのような形になった。砲台や飛行場の建設はその間も漸進していたものの、ふたたび本格化するのは太平洋戦争の南洋戦線が活発化した頃だったはずで、いま地図を見るとこの父島を含む小笠原諸島は南海の果てにある飛び地みたいな領土に思えるが、戦中の日本では自国の勢力圏として太平洋のさらにずっと南のサイパンとかパラオとかまでが視野にあったはずで、いまとは日本という国も、その島国が浮かぶ海も、地図上での存在のしかたが全然違った。

碑に並ぶ百数十の名前を横多はざっと目で追って、そこに自分の知る名前や親類らしき姓がないことを確かめたあと、道に停めたバイクに戻ってシートに跨がり、ヘルメットを被ってエンジンをかけた。

また道の果てに向かってバイクを走らせながら、横多は、いま見た慰霊碑に並んでいた名前を思い出した。そのひとつひとつの氏名を思い出せるわけではなく、ひとつひとつはもうはっきりと思い返せない名前が百何十と並んでいた。あの碑に記されていたのは父島に配属された陸軍兵の名前が多いだろうから、もともとこの島に暮らしていたひとではなく、きっと日本のどこかで暮らしていたところを徴兵され、この島に派遣されてきたひとたちだった。父島も硫黄島と同様に住民の強制疎開が行われ、男子が島に残って軍属にとられたから、なかには島民の名も混ざっていたかもしれない。

米軍が上陸して地上戦となった硫黄島と違い、島民疎開後の父島は激しい攻撃や戦闘はなかった、というのが横多が事前に仕入れた知識だったが、流し読みしただけの情報ではいつの間にか犠牲や被害がほとんどなかったみたいな認識に流れてしまうもので、防空壕だったという大村の隧道を歩いたり、こんな山中に置かれた慰霊碑を見つけてそこに並ぶたくさんの犠牲者の名前を見たりすると、この島にも戦争が到来した日々がたしかにあり、多くの犠牲者が出たという、よく考えれば当たり前のことをまるではじめて知ることみたいに受け取ってしまう。

やがて地図が示す通り、山の途中で道路は途絶えた。車両止めの柵が設置され、道端には白線で三台分の駐車スペースがとられ、都道の終点を示す杭が挿してあった。舗装路は柵の先までまだ続いているようだったので、横多は柵の前にバイクを停めて歩いて先まで進んでみた。カーブする細い道の両側はやはり繁った木々の枝葉に隠れて見えなかったが、進んでいくとすぐに舗装路は切れて、山道への入口に出た。さきほど小港の海岸の入口で見たのと同じ、その先の山林が保護地域であることを示す看板と、靴底の土を落とすマットが置かれていた。看板の文字はすべてペンキの手書き文字で、説明書きには英語も併記され、植物のイラストなども添えられていた。かわいらしい看板だが保護地域に入るための注意事項や指示書きはなかなか厳重で、入山者はマットで土を落とすだけではなく、一緒に置かれたローラーテープで服についた種子を取ったり、バクテリアを除去するための木酢液のスプレーを靴に吹きかけたりするよう書かれている。外来種の問題が長年にわたって島の植生や生態系に深刻な影響を与えていることは島の観光案内などを見るとそこここに書いてあり、観光客への協力が呼びかけられていた。小笠原諸島が世界自然遺産に登録されたのは二〇一一年で、それで観光客がどのくらい増え、そのことが島の経済や自然保護上にどのような影響を与えているのか横多は詳しく知らないが、少なくとも外来種の問題はそれ以前から続いている問題で、そもそもここは二百年ちょっと前までは無人島で、人間じたいが外来の存在だったのだから自然環境の時間軸で見ればこっち二百年の変化は劇的に違いなく、いまもそのさなかにあることになる。八木皆子さんたちが暮らしていた、ここから南に三〇〇キロほど離れた硫黄島にしても同じだったわけだが、あちらはたかだか百年程のあいだに、人間に開拓されたかと思えば激しい地上戦の戦地になり、いまはまた定住者がいなくなった。いまいるのは自衛隊と施設維持のための建設関係者、そして地中に残された戦死者たちである。

看板の手前には、地元民、観光客、ガイド、調査・研究者などを示す色分けされた石が置いてあり、その上にはここから歩いて行ける山や海岸の名前が記された筒が並んでいた。保護地域の立ち入り人数や目的を把握管理するため、入山するひとは自分の該当する石を行き先の筒に入れる。横多であれば観光客用の白色の石をいずれかの筒に投入して山に入ることになるが、入山にはガイドの同行かパスが必要とてもあって、つまり横多がこれからひとりで勝手に山に入っていくことは許されない。看板の上に並んだ筒をのぞいてみたが、筒のなかは暗くて見えなかった。

周囲を見ると、舗装路の両側には木々が繁っていたが、東側はここより高い山がなく、海岸線まで山の斜面が下っていくようで、林の切れ目からは遠く水平線近くの海面が見えた。そばには銃器による野山羊駆除を注意喚起する張り紙もあった。

ここからつながる島の東南部は山が連なっているから、行き先にあったそれぞれの山の名は尾根でつながった峰を示すものだろう。横多は登山とかトレッキングの経験はほぼなく、ここでなんの装備もなしに無断で山に入っていくのは環境保全上の問題行動であるだけでなく危険過ぎるし、そもそもいったいなんのために山に入っていこうというのか。

横多はバイクを停めた車止めの柵の方へ戻った。そこにあるはずのバイクがなくなっていることに横多は不思議なほど驚かず、さっきからたびたび思い描いていたこの島の道路地図上の山のなかの道の果てに立ち尽くす自分の姿を上空の鳥か、飛行機か、ドローンか、なにかしら人間の体ひとつでは得られない視点から見下ろしているような気持ちになった。同時に、立ち尽くす自分として誰かに眺められているような気持ちもあって、横多は自分がいまどんな表情をしているかとか、どんな顔で誰かに見られているのかとか、こんな瞬間に役者とか劇中の登場人物みたいなことを思っていた。

さっきバイクを停めたとき、誰もいないし、すぐに戻ってくるからとキーを抜かずにその場を離れた。思えばあのときに、こうなることは一瞬想像していたような気がした。誰もいないのだから、と思うことは、それは八木皆子さんに呼ばれるようにしてこの島まで来たいまの自分にとって、誰かがいるに違いない、と思うこととそう変わりがない。自分は、いないはずの誰かに罠を仕掛けるような気持ちで、誰かが乗り去ることのできる乗り物をそこに放置したのではなかったか。だとすれば姿の見えない相手はまんまと横多の罠にかかったわけで、いわば横多の期待通りの事態が到来したのだったが、しかしその結果こんな山のなかの道の終わりで移動手段を奪われる事態に陥っているのはいかにも間抜けだった。どうしよう、と横多は思った。

横多はズボンの右ポケットから浜で拾った朽ちたiPhoneを取り出した。保護ケースらしい黒い型枠のなかで、液晶のあるべき場所に画面となるような面はなく、錆びて砂と塩にまみれた金属板と、そのまわりに液晶画面の残骸なのか、劣化したプラスチックのようなフィルムのようなものが波打っていた。一方型枠にはほとんど傷みがなく、もとの色と質感をとどめ黒々としていた。横多は電話機を右耳に当てた。頬に砂が擦れてざらりとした。もしもし、と横多は言ってみた。誰もなにも応えない。

山道を歩きはじめて、不安だったのはたぶん最初の十分か二十分くらいで、歩き続けているうちに、単調なようでいて単調ではない道の両脇の植生とか、道路の勾配とか、カーブの具合、なによりあの原付の謎の消失と、それにより山のなかのひと気のない都道を徒歩で下っていく羽目になった自分の状況を、横多は楽しみはじめていた。

さっき山に入る前に立ち寄った浜から巽道路の行き止まりに至るまでバイクで走った時間はせいぜい十五分か二十分くらいと思われ、その距離を歩くとすれば多めに見積もって二時間、実際のところはたぶん一時間もあれば、さっきの浜まで歩いて戻れるだろう。というか浜まで戻る必要は別になくて、その手前の都道の本線に出さえすれば、車の通りもあるし民家もある。いざとなれば助けを求められる。運がよければ村営のバスも使えるかもしれない。最悪宿のある大村集落まで歩くことになったとしても、おそらく日が暮れるまでにはたどり着く。財布や免許証を入れた小さなショルダーバッグはバイクを離れたときも持っていたから、所持品はなにもなくなっていない。足もとはサンダル履きだが、宿にあったつっかけではなく、東京から履いてきたアウトドア用のものだったから、ソールも厚く、つま先も踵もホールドされているのでまだ歩きやすくてよかった。だから俺は、距離的にも、装備的にも、歩きでも大村集落まで戻れないことはない、そう思える。ひとが見れば原付を盗まれた気の毒なひとに見えるかもしれないが、横多はここにきてなぜか事態がことごとく自分に味方しているような気がしていた。時刻は午後二時半の少し前だった。コンパス付きの腕時計は衛星電波時計だから狂うことがないはずで、ならばこの時刻がいまなのだろう、と横多は思う。二〇二〇年の八月七日の、現在は間もなく午後二時三十分になろうとしている。

曲がりくねりながら下っていく道の右手側が概ね山肌で、コンクリートなどで覆われたところもあれば繁った木々が道の方まで枝葉を伸ばしているところもあった。左手は同様に繁った木々と、その奥側は下っていく斜面になっていた。数十分前にバイクで上ってきたときは左右が逆だったが、上り下りの向きよりも原付のスピードに対する徒歩の遅さの方が景色や場所の印象を変える、と横多は文章を記すように心中で述べた。たとえば道端の木々の一本一本、名前はわからなくてもその葉とか枝振りの様子は、原付で走り過ぎてはなかなか観察もできないが、歩いていればいやでも細部に目が向いて、そこにある色や質感を発見することになる。さきほどの浜の手前の林でも見たタコの木の根、地面から立ち上がって木を支える、細いけれども頑丈そうなその乾いた表面を見て、強い、と思う。そんな時間のかかる認識は原付で走っているときにはなかった。

　分かれ道に出た。さっき来た道を戻るには左に進んで山を下っていくのだとわかっていたはずだが、横多は右に進んだ。交差点には道路地図の看板があり、右に進む道には夜明道路という名称がついていた。こちらが都道の本線で、島の東側の山間を稜線に沿うような形で通っている。来るときに通った湾岸の道路とくらべ、大村の方へ戻るには大回りになるし、アップダウンも多いだろうと思われた。それでも一度通った道よりも、まだ知らない道を通ってみたくなった横多は、少し歩いてみて大変そうだったらここまで引き返してくればいい、と思った。

　歩けば歩くほど、横多はさらに気が大きくなった。あらゆることが問題なく進み、解決に向かうだろうと思えた。盗まれたバイクについてはなにかしら補償が必要かもしれないが、盗んだ者が海に飛び込んだりでもしない限り島内のどこかにバイクはあるはずだし、ほとんど一本道みたいなものなんだから、歩いているうちそのへんに乗り捨ててあるかもしれない。

　横多は、一昨日乗船して昨日の昼に島に着き、まる一日が過ぎたいま、ようやくこの島にいることを自分が楽しいと思っている気がした。これまではずっと船酔いの余韻のなかにいるようで、天気はいいのに気持ちが晴れなかった。ゆうべ宿で起きたダブルブッキングによる急な部屋の変更にしても、半場千八子さんの店で亀の肉を食べてキヨさんというひとの話を聞いたことも、そして今朝方八木皆子さんからメールで届いた長大な自叙伝的なテキストも、港で釣り上げそこねた謎の魚にしても、なにかに騙されているような、目の前の事態に翻弄される自分をどこかから誰かがのぞき見て笑っているような、そんな感覚が消えなかった。だからなにを見ても、なにを食べたり飲んだりしても、どこかに陰りがあって楽しみきれなかった。けれどもいまは、自分の意思で自分の行動を選択し、そして実際に、自分の足でこの道路を移動している。借り物の原付を不意に失ってみてはじめて、横多はやっと自分の体と自分の思考や動きが一致しているような感覚を得られた。目の前に現れる木々や、日の光の明るさは、先ほどまでとは全然違う。鮮やかで、活力に満ちている、横多はそう文章に記したい。

誰かに見られている感覚が消えたわけではなかったけれど、たとえばこうして自分でも思いがけず山の方の道を選んで歩き出すことで、その誰かの裏をかいてやるような、自分の行動をそいつに見せつけて、張り合いを仕掛けるような気持ちに横多はなっていた。客観的には山道でレンタルバイクを盗まれた窮地に違いないのだが、横多はようやく数日ぶりに自分を取り戻した気持ちのなかで、道の両脇に繁る木々の枝葉に目を向けて、その一本一本、一枚一枚を迎えてはうしろに送るように一歩一歩、道を進んだ。その強気を支えているのはズボンのポケットにある壊れたスマートフォンだったが、それが自分のなにをどう力づけているのか論理的な根拠はなにもなかった。そして、だからこそ横多はなおさらスマートフォンを頼もしく感じた。

上りにかかるかと思った道は意外にもしばらく下りが続き、その後もアップダウンを繰り返した。両側にはさっき浜で見たタコの木を中心に深い緑の葉を繁らせた木々があって日陰も多いが、カーブして道の向きが変わるとやや西に落ちた日が頭上の枝葉の切れ間から道と横多を照らした。行き止まりの巽道路からくらべればこちらの道路は交通量もいくらか多いと思われたが、しばらく歩いてもなかなか自動車とは行き合わず、バイクや歩行者の姿も見えなかった。

夜明道路とはちょっとおもしろい名前で、どこかに由緒を記した看板があるのかもしれないが、島の尾根の東を走るこの道からはきっとこの島の夜が明けて東の海上に日がのぼるのが見えるはずで、きっとそのことに由来しているのだろう。内地の東京みたいに昔からひとが暮らしていた土地と違い、日本が領土化してその統治のもとで住民が生活するようになったのは明治以降だから、この島には古い地名がない。最も古いのはさっき行った浜の奥にあったコペペ海岸みたいな日本の領土化前に漂着して住み着いた人々がつけた名前だ。夜明道路という名前の妙な軽やかさは、名づけたひとたちの土着性の薄さゆえなのか。

西側は湾と湾岸の集落の方へ下っていく斜面で、木々の奥に空間が抜けている光が見えた。沿道にはタコの木やヤシの木、小さな葉の連なるシダ系の木々が立ち並んでいた。やがて道が上りにかかり、しばらく歩くと尾根付近に至ったのか東にあたる道の右側の林の向こうにも晴れた空が見えるようになったが、ある地点から道の右側には白いネット状の柵が切れ目なく設けられていて、これは野良猫の侵入を防ぐものだという。山で野生化した猫や、集落の野良猫が増えて植生や生態系に影響を及ぼすようになったため、父島では野良猫を捕獲して内地の里親に譲渡する活動が十年前くらいから行われている。その結果いまでは集落の野良猫がほとんどいなくなった、と昨日道を歩いていたときに活動を紹介する案内書きを見た。山林地区ではこうして侵入防止のネットを設けて野良猫の移動と侵入を防ぎ、道端には捕獲用のケージもところどころ置かれていた。ネットは高さが二メートル以上あり、上部にはねずみ返しのように手前にせり出した部分があって、なるほど猫が爪をかけてのぼっていったとしても、向こう側には行き着けない。人間も、網を破るならともかく、よじのぼって向こう側に入ることはできそうになかった。

尾根の近くは頭上に日を遮る枝葉がなく、少し日なたを歩くだけですぐ汗だくになって、喉が渇いてきた。飲みものを持っていないことに思い至って、横多は少しの不安を覚えた。トレッキングと違って、車両の通行がある道路だから行き倒れになることはないだろうが、さっきから一台の車も通らず、誰とも行き合わなかった。上り勾配は緩まったが、地形に沿ってカーブは左右に不規則に続き、右手に設けられた猫用のネットは、そのうち途切れるかと思っていたら思いのほか長く続き、道路沿いの景色が、だんだんと単調な印象に変わってきた。進んでも進んでも景色は変わらず、右へのカーブを曲がり終えても、左へのカーブを曲がり終えても、その先に現れる景色は同じで、変わらない道幅のアスファルトの路面が日を受け、右手には自然遺産の名には不似合いな人工的な防御網が続き、左手に並ぶ木々も代わり映えがない。いまどのくらい歩いたかと時計を見るとまだ三十分ほどで、このまま歩いていったとして大村集落に戻るにはたぶんあと数時間、もしかしたらもっとかかるかもしれない。この夜明道路の道のりがこの先もっと険しくなることも考えられる。途中に商店か、せめて自動販売機などがあるだろうか。

不安になるほど喉の渇きは強まり、心なしか頭痛とか目眩とか、熱中症みたいな症状が起きているような気もしてきた。自分がまた船酔いの余韻に戻りかけるのをたしかに感じながら、さきほどから急に自分を支えていた余裕もまだ完全に消え去ってはいなかったが、その楽観はあまりにはかなく短時間で失われつつあった。思えばこの束の間の余裕と、それがふたたび押し寄せる不快の波にあっけなく飲まれてしまうのも、一昨日の船中の船酔いによく似ていた。感じている心身の不調がどこまで本当でどこまで気のせいなのか判然としなくなり、おぼろげになってきた気もする視界のなかで、足もとから先へ延びて左へ緩くカーブしていく道の外周の白い柵の網目が大きく破れていた。いや、よく見ると破れているのではなかった。視界の図像が急に鮮明さを取り戻し、横多は柵の前に黒い大きな生き物がいるのを認めた。

八木皆子さんだ、と思ったのと、野山羊だ、と思ったのと、そのとき自分が思ったのがどちらだったのか、あとになってみると横多にはもうわからなかった。しっくりくる思い出し方を探すと、野山羊皆子さんだ、みたいな書き方になってしまう。それじゃああんまり馬鹿みたいだが、いったん思いついてみるとそれに代わる言い方がほかに思いつかない。

もちろんそれは人間でなく山羊で、だから八木皆子さんであるはずはないのだったが、目の前に突然現れたその生き物を見れば見るほど、ただの山羊には思えない、と思え、ただの山羊ではないのならそこには八木皆子さんがなんらかの形で混ざりあっているのではないか、と考えることをとめられない。山羊に人間が混ざりあうとはいったいどんな存在の有り様なのか、横多は自分で言っていてそれ以上説明ができない。しかし同時に、憑依だとか転生だとか、ふだん信じたりするわけでもない概念を用いなくとも、目の前にいる山羊を見てそこに八木皆子さんという人間を重ねて思うことは、実際そんな状況になってみれば口で説明するほど複雑でもややこしくもなく、いやあなたも実際そうなってみればわかるはず、と横多は誰かに弁明してみたくなる。けれどもそんな弁明はやっぱり全然説得力がなくて、言われた方は、野山羊皆子さん？　そんな馬鹿な、みたいなことを返すだろう。けれども横多は、そんな馬鹿な、そう記したたとえばそこにもほら、馬とか鹿が現れる。山羊だ、と思ったそこに八木皆子さんが現れることもそう馬鹿げたことではないのだ。言葉というのは玄妙だ、と言葉を継いでいく。道理で考えれば詭弁に過ぎないが、道理を立てながら進むほかない我々には言葉が必要で、その言葉のなかに、馬も鹿もあまりに唐突に現れる。まるでこうしていきなり道路に山羊が現れるみたいに。思えばこれまで八木皆子さんの名前を見たり呼んだり、八木皆子さんについて考えるときにも、どこかであの山羊は横多のなかを過っていたのかもしれない。横多が気づかなかっただけで。いまではそうだった気がする。

それで横多は、野山羊皆子さんだ、と思った。

そもそもそんなにちゃんと山羊を観察したことはこれまでなかったし、山羊と聞いてなんとなくイメージするのは全身が白い毛に覆われた柔和な表情の動物だったが、そのとき路上に立って横多の方をじっと見ているのは、茶色と黒の長い毛を胴から垂らし、黒い顔の真ん中だけが白い、横多よりも大きな体つきの生き物だった。頭には二本の角が生えていた。角は左右対称にゆるい弧を描いて外側に大きく広がっていた。黒い部分と白い部分の境のあたりにどうにか認められる目は小さく、毛の色に紛れていた。山羊がたしかにこちらに視線を向けていることはわかったが、自分を見ているというよりは、自分を通り抜けた背後を見ているような、自分でないものを見られているような感じがして、横多が山羊の姿に八木皆子さんを見ようとしていたように、向こうは向こうで横多の姿に横多以外のなにかを見ていたのかもしれない。

横多が山羊の姿を認めて立ち止まり、山羊と横多が対峙していたのはわずか十秒くらいだったか、もしかしたらもう少し長い時間だったのかもしれないが、少しのあいだじっと佇んでいた山羊は、やがてくるりと踵を返した。山羊は、胴よりもスマートな腰とたくましい後ろ足、黒い短い尻尾と尻を横多の方に向けて、しばらく先導するように道を歩いていったが、不意に柵のない左側の林のなかに飛び込んで、草をかきわけるような音をさせながら見えなくなった。

横多はしばらく野山羊が姿を消した林の奥を見ていたが、やがてまたひとも車もいない夜明道路を無言で歩きはじめた。道はまた上り下りとカーブを繰り返し、尾根を下り、また尾根付近に出た。頭がぼんやりしていたところに思いがけない動物が現れて面食らった横多が野山羊と見合っていた短い時間について少しずつ思い返し、その時間に言葉を与えたのは、実際には野山羊が姿を消したあと黙々道を歩いているあいだのことだった。猫用の柵は延々続いていた。道端にはときどき地図が立っていた。高みに出ると東側の海が望めた。三十分か、一時間か、横多は歩き続け、不意に林が切れて、海側の右手に整地された緑地が現れた。

駐車場があり、周辺にはひとの姿はなかったが、自動車が一台停まっていた。道の脇に夜明山という看板が立っていて、夜明道路というのはこの山の名前からつけられたらしかった。左手には白いコンクリートの建物があり、これは倉庫か施設のようで民家ではなさそうだった。その奥はもう少し上までのぼっていく山の斜面があったが、おそらくこの周辺は夜明山の峰のあたりで、その向こうには空が広く見えた。建物の横の道路脇の堤の上に石像のようなものがあり、近づいてみると二宮金次郎の像で、しかしその首から上がなかった。薪を背負って、開いた本を手にした無頭の像が台座の上で歩く体勢をとっている。台座の説明書きを読むと、この夜明山一帯は戦時中日本海軍の通信施設が置かれ、そこに全島引き揚げで閉鎖された大村の小学校にあったこの像を移設したのだとある。当時は頭がある像だったが、終戦後に駐留していた米軍の兵士が頭部を切り取って持ち帰ったらしい。なぜ日本軍の通信施設に二宮金次郎の像をわざわざ移設したのか、なぜ米兵が頭部を落として持って帰ったのか、この説明だけではどちらの事情もよくわからないし、その像が頭のないままここに設置され続けている理由も特に説明はなかった。

右手の緑地の脇には細い未舗装の道があって、海側の林のなかへと延びていた。その先には展望台があるらしく、停めてある自動車は展望台に立ち寄っている観光客のものかもしれなかった。横多は自動販売機がないかあたりを見回して、ないことを確認し、展望台に立ち寄ってみようと思った。展望台に売店があるとか飲み物が売っているとは考えにくいが、水道くらいならもしかしたらあるかもしれない。とにかく喉が渇いた。展望台に続く林の道に進みかけたところで、横多は自動車の向こうに原付バイクが一台停まっていることに気がついた。

歩みを止めてそちらに近づいてみると、原付は横多が借りたのと同じ車種に違いなかった。レンタル店が用意しているのは全部同じ車種だったから、見ただけでは横多が借りた車体かどうかはわからなかったが、ハンドルの下を見るとキーが挿しっぱなしになっていて、そこにはたしかに横多が乗っていた車体番号のシールが貼られていた。ここにこのバイクがあるということは、あの巽道路の行き止まりからここまで、横多がいま歩いてきたのとおそらくは同じルートを、誰かがこのバイクで走ってきたということなのだろう。原付泥棒である。そしてそのひとはここにバイクを停めてどこへ行ったのか。展望台で景色を眺めているのか。そのひとがバイクでまっすぐ来たのなら、横多よりずっと早くここに着いているはずで、もうすでにこのへんにはいないのかもしれない。しかしここから先徒歩で山を降りるにはまだだいぶ距離があり、こんなところにバイクを乗り捨てるのも腑に落ちない。

ひとまず展望台に行ってみようと思った横多は、バイクのキーを抜いていこうかどうか一瞬迷って、結局そのままにした。林に入る道を歩きはじめてすぐ、携帯電話が鳴っているのに気づいた。

横多は浜で拾ったスマートフォンをズボンのポケットから取り出して確かめたが、鳴っているのはそちらではなく、もう片方のポケットに入れていた自分の電話で、そちらを取り出して確かめると三森来未と名前が出ていた。妹だ。

横多はボタンを押して電話機を耳に当てた。もしもし。

あ、お兄ちゃん？　と久しぶりに聞く妹の声がした。

横多は妹と電話で話しているあいだ、日射しを避けて林のなかの道の木陰に立っていた。道の先の展望台から戻ってくるひとも、道路側から展望台の方へ向かうひとも、電話を切るまでひとりもいなかった。

妹と話していたのはほんの短い時間だったが、話が微妙にかみ合わなかった。は？　と相手の言ったことを訊き返したり、曖昧に笑いで収めようとしたりしながら、お互い違和感を覚えていて、しかしそれを修正したり確認したりまではしないままに、そんじゃあね、と妹が言って電話は切れた。

妹の声を聞いたのは久しぶりだった。最後に聞いたのが会ったときなのか電話で話したときなのかもはっきり思い出せない。たまに携帯のメッセージで連絡だけはしていて、しかしそれも年に数回、正月などに生存確認のような短いやりとりがあるだけだった。妹と一緒に暮らす母親との関係もほぼ同じようなもので、妹の近況については母から伝え聞くものもあるから、いつ妹と会ったり話したりしたのか余計あやふやになる。

今回、横多は父島に来る前にそのことを妹にメッセージで送り、母親にも伝えておいてくれるよう書き添えておいた。母親は小笠原諸島には来たことがないはずだが、一応は母親の先祖縁の土地である。一昼夜の航海で電波が途切れているあいだに、着いたら写真でも送ってくれ、と妹から簡単な返信が来ていたが、それきり返すのを忘れていた。

妹からかかってきた電話で、無事父島に着いたよと報告した横多に妹は、あ、マジで行ったんだ、と呆れた口調で呟き、よくまあこんなときにそんな遠出するよね、と続けた。たしかに、東京オリンピック開催中にわざわざ自宅のある東京を離れるのはひねくれた行動に映るかもしれなかったが、世界中から観光客が集まる喧噪を避けて開催期間中都内を離れるひとは実際一定数いるようだったし、父島だって東京の一部であることを考えればエスケープ先としてはなかなか気が利いているようにも思われて、横多はそんなようなことを言ったのだが、妹にはうまく意味が通じていない様子だった。

勤め先のパン屋の経営状態が悪く、なかなか状況改善の出口が見えない、みたいな話を妹は簡単に、しかしだいぶ暗い口調で述べた。若い頃からパン屋で働いていて、いまの店が何店めの勤め先になるのか横多は知らないが、そろそろ独立してどこかで自分の店をはじめる計画があるようなことを、本人からだったか母親経由だったか忘れたが少し前に聞いた。しかし電話の様子だとどうも仕事は順調と言えない状況で、であれば自分が詮索するのは野暮だろうと横多は思い、そうなのかー、と妹の話に相槌を打ち、大変だろうけどまあがんばりなよ、と無難な励ましの言葉を述べた。

最後に妹と会ったのがいつだかは思い出せないが、妹と自分のことを思うと最初に横多の頭に浮かぶのは母方の祖父の葬式のときのことだった。あの日はふたりで東京から電車に乗って伊豆に行った。

でもあれはもう十年以上前で、さすがにそのあと何度か会っているはずだが、たぶん顔を合わせてもそんなにたくさん話したり、思い出に残るようなことをしたりはせず、といって別に仲が悪いとかいうことでもないが、三十を過ぎた兄と妹で、ふたりとも独身だと、話をするにしても最近の仕事くらいしか話題がなく、つまり実際に会ったところでいつもメッセージでやりとりしている程度の会話にしかならず、そうやって最後に会ったのがいつだったか、声を聞いたのがいつだったのかわからなくなるのだが、まあそんなものだろうとも思う。祖父の葬式のときだって、移動中や伊豆の母の実家に着いてから、妹となにか深い話をしたわけではたぶんなかった。ただ何日か、兄妹で長い時間を一緒に過ごしたというだけの珍しさが、少し特別さを帯びた記憶になっているのかもしれない。

たしか祖父がなくなったと連絡を受けて、通夜の前日に母親と妹の暮らす練馬のマンションに行ったんだった、と思い出したところで、横多はそれが自分がまだ大学の夜間部に通っていたときだったことも思い出し、ということは十年どころか十五年以上前のことになる。そのことに驚いた横多はすでに切れた電話の画面に向かって思わず、十五年、と呟いた。

いまではもうなくなってしまった夜間部の七限の授業を終えたところで、授業中に母親から入っていた着信に折り返すと、伊豆の祖父がなくなったとのことだった。冬の夜の人影の少ない大学のキャンパスで、久しぶりに母と電話で話したそのときのことを横多は忘れずに覚えていた。それが大学の何年のことだったかまではすぐに思い出せないが、ふだんたびたび思い出したりはしないその時間と場所のことを自分は忘れていなかったのだ、と自分の記憶の有り様についてこうして思い出すことで知る、というか思い出すことでしか知れない。両親が離婚したのは横多が高校一年のときで、以来母親と会ったり話したりする機会はごく少なかったから、電話越しとはいえ珍しい母の声が記憶に残っていたのか、あるいは祖父の死がそんなにも自分にインパクトを与えたのだったろうか。そこまで考えて、横多はさっき電話越しに聞いた妹の声が、母親のそれとよく似ていたことに気づいた。年をとって似てきたのかもしれない。妹ももう三十半ばになる。両親の離婚後も、横多はそれまで家族四人が暮らしていた川崎の家に残って父と一緒に生活しながら高校に通っていたが、大学に入ってからは都内の古い学生用の下宿に入った。家賃は激安だったが汚くてぼろいし、横多のほかに住んでいるのは貧しそうな留学生ばかりで、それでもすでに共同の炊事場があるような下宿は時代遅れで、部屋は常に半分くらい空いていた。少し前に近くを通ったら取り壊されて駐車場になっていた。

離婚後に母親が妹と住みはじめた練馬のマンションには高校の頃に何度か行ったことがあったが、大学に入ってから母親と妹に会うことなんてあの葬式のときくらいしかなかったんじゃないか。距離的には川崎の父の家よりも母親のマンションの方が下宿からはずっと近く、電車に乗れば三十分もかからないだろうし、歩いても一時間ほどで着く。徒歩での移動時間がすぐ頭に浮かぶのは実際に歩いて練馬のマンションまで行ったことをいま一緒に思い出したからだ。

祖父が死んだ連絡を受けた夜は大学から下宿に戻らず川崎の父親の家に喪服を取りにいって、そのまま川崎に一泊した。祖父が死んだことを父親に伝えると、父親は自分は葬儀には出ないと言い、横多に香典を預けた。香典を届ける手間賃というわけでもないが、横多は伊豆に行くための電車賃を父親に用立ててもらった。翌日下宿に戻って、通夜は明日だが練馬の母と妹のマンションに行ってみることにしたのは、母親が気を落としているかもしれないと思ったからでもあったが、明日母親と一緒に伊豆に行く運びになれば電車賃を出してもらえるかもしれないと算段したからでもあった。そうすれば父にもらった金をそのまま懐に入れることができる。それで下宿から練馬に行くのも電車賃をけちって歩いていったんだった。奨学金とアルバイト代で学費を払っていたあの頃は本当に金がなかった。香典は自分で包んだんだったろうか。それとも香典なんか出さなかったか。

すでに切れた電話の妹の声をたぐり寄せるように思い返していると、そんなふうに忘れていた祖父の葬式の日の前後のことがするすると流れ来るように思い出された。結局練馬のマンションに着いてみると母親はひと足先に伊豆に行っていて、家には妹しかいなかった。久しぶりに会った兄妹は、少々ぎこちなく対面したんだった気がする。少なくとも横多にはいくらか声や振る舞いが強ばるような感覚があった。でも祖父の死とか、葬式を控えた非日常的な雰囲気のなかで、妹から事務的に葬儀の段取りなどを聞かされているうちに、だんだんと緊張は緩和されて、そこに兄である自分と妹がいて話をしているという状況に慣れてくるものだった。子どもの頃に多くの時間を一緒に過ごした相手は、弱いところも恥ずかしいところもお互いに知っていて、そのひとつひとつは忘れたりすぐには思い出せないままだけれど、いくつになってもその消せない時間のうえにいるのだから、格好をつけても仕方がないし、格好をつけてしまう相手を笑っても仕方ない、みたいに思えるもので、俺たち兄妹も子どもの頃に見た大人のようになったんだ、と横多は思った。もちろんそのとき妹の方がなにを思っていたかは知らない。

ふたりはその晩、鍋かなにかを食べながら酒を飲んだ。妹がビデオ屋で借りた映画を観た。なんの映画だったか横多は全然思い出せない。大学時代に観た無数の映画のことが頭に思い浮かぶが、そのどれがあの日妹と観た映画だったかわからない。高校を卒業して大学に進学しなかった妹は、あの頃映画に興味があるみたいなことを言っていた気がするけれど、そのあといつの間にかそういう話は聞かなくなった。映画のなにに興味があったのか、観ることとか、撮ったりすることとか、もう少し漠然と映画に関係した仕事みたいなことだったのか。そしてそのあとは別のことに興味が移ったのか、もしかしたらなにか勉強したりしようとしたけれど諦めたのか、横多は妹のその興味に関する過程を全然知らなかったし、そんなことを言いはじめたらある時期以降の妹のことはきっと知らないことばかりだった。

こんなところで俺はなにを思い出しているんだろう、と横多はいま立っている林の入口で、自分のもとに影をつくる道の脇の木立を眺めた。まだぼーっとした頭で、道の先の展望台に行こうと思ったさっきの考えを保ちつつも、そこに十五年以上前の妹との時間が流れ込んできて、そのせいかどうかわからないが足が動かない。

次の日に、喪服を着たふたりが電車に乗って伊豆へ向かった。すいたボックス席で向かい合わせに座って、売店かどこかで買ったビールを飲んだ。新宿から乗った特急だったか、伊豆急の列車だったかもう覚えていないが、窓の外は晴天で、冬の海が見えた。駅弁かなんかも食べたかもしれない。いや、違う。妹のバイト先の残り物のパンを食べた。伊豆の祖父の家に着くと、通夜の準備でばたばたしていて、母親にも集まった親戚にもあまりゆっくり挨拶をしたりする感じではなかった。棺に納められた祖父はずいぶん痩せていて、横多たち兄妹がまだ小さい頃の体格のいい壮健な祖父の体つきを思い出して静かに驚いたりもしたが、ここ最近はずいぶん長いこと会っていなかったから、その変化が死の間際の急激なものなのか、年をとりながら徐々に痩せたのか、横多にはわからなかった。祖父の家は昔とそう変わっておらず、ごちゃごちゃした居間のよくわからない置物や飾りもの、庭の隅に転がったり何年も放置されているやはりよくわからない道具類を眺めていると、子どもの頃に見たよくわからなさが、大人になっても結局よくわからないままだと気づいた。葬式の準備や参列した親戚や知人の相手は母親や伊豆に住む伯母家族たちが取り仕切っていて、少し関係の薄い横多と妹はたいした仕事がなく、通夜のあとも隅の方で酒を飲んだり寿司を食べたりしていた。なにを話したんだったか、たいした話はしなかったんだったか、やっぱり思い出せない。おおかた酔っぱらってしまったんだろう。妹は結構酒が強かった。あ、そうか、と横多は思い至った。たぶん、はじめて妹と一緒に酒を飲んだのが、この祖父の葬式を挟んだ数日間だった。翌日は午前中に告別式があって火葬を済ませると横多と妹はまた一緒に電車で東京に帰ったんだったと思うが、帰り道のことは行きに比べてあまりよく覚えていない。練馬のマンションには寄らず、そのまま下宿に戻ってから、横多は父から預かった香典をバッグにしまったまま渡し忘れたことに気づいて、そのうち送ろうと思っていたが結局そのままになって、たぶんいつかのタイミングで使ってしまった。

不届きだったなー、と横多は思い、思い返す出来事のなかから妹の姿と声が消えたのを踏ん切りに、木陰を出て展望台の方へゆっくり歩き出した。

あの葬式に集まった親戚たちのなかに、八木皆子さんはいなかった。はずである。祖父の和美は、八木皆子さんの姉のイクの夫だから、八木皆子さんから見れば義理の兄ということになり、八木皆子さんは葬儀に参列すべき近親のうちに入るだろう。蒸発して行方不明になっていなかったならば。あるいは、誰がどこの誰なのかどういう関係のひとなのか横多にはさっぱりわからない喪服の親戚たちが集まっていたあのなかに、どこかで義兄の死を聞き知った八木皆子さんが紛れていた可能性もなくはないのではないか。何十年も前に行方知れずになった八木皆子さんがあの場に現れたとして、それを八木皆子さんであると見抜ける者があの親戚のなかにはいたのだろうか。祖母のイクは祖父よりもずっと早く、横多が幼い頃になくなっていたし、蒸発する前の八木皆子さんを直接知っているひとはと考えると、横多の母親や伯母、あるいは伯父くらいだが、去年横多が母親に八木皆子さんについて訊ねたときは、母親の洋子は、ミナコおばさんは蒸発して行方知れずになり、その後どこかでなくなったらしい、と言っていた。葬式とかお墓のこともなにも言わなかった。

よく考えると、そこには疑わしさが微妙にあった。横多は今朝来た八木皆子さんからの自伝的な長文に、八木皆子さんが蒸発したのは昭和四十三年の秋だったと記されていたことを思い出す。それが本当ならば母親はその頃高校生だったはずで、少なくとも同じ南伊豆で近くに住んでいた叔母の存在くらいは認識していてもおかしくない。もっとも、いくら近所に暮らしていても縁遠かったり関係が断絶している親戚はいるだろうし、そんなふうに付き合いがなければ十代の頃に失踪した親戚のことなんか年を経るうちに忘れてしまうものかもしれない。それに八木皆子さんによる自伝の記述が果してどこまで本当でどこまで正確か、それを保証するものはいまのところなにもない。そもそも単なるなりすましによる詐欺かなにかかもしれず、はなからどこまでが本当かわからない話なのだ。八木皆子さんの記述を信じるということは、五十年以上前に蒸発して以来行方不明だった親戚の女性が突然自分にメールを送ってきて彼女の人生について語りはじめるという、にわかには信用しがたい一連の出来事をまるごと信用するということだ。そして結局のところ横多はそれを信用して、彼女がいまいるという父島までこうしてやって来た。暑い。喉が渇いた。頭が痛い。気持ち悪い。

道を少し進むと、林のなかにコンクリートの四角い建物があった。二、三階建てのビルくらいの高さで、病院とか工場みたいな、質素だけど重厚な外観だった。たぶんさっき二宮金次郎の像のところに書いてあった戦時中の日本軍の施設が廃墟になったものだろう。壁は厚く頑丈そうだった。扉や窓があったと思しき場所には鉄枠が嵌まっていたが、いまは窓も扉もなくなってそのまま開放状態になっていた。横多は道を外れて建物に近づき、一段高くなった入口からなかに入った。入口と四方の壁に規則的に並んだ窓枠から外光が入って、なかは思ったほど暗くなかった。横長の、バスケットコートくらいの広さの空間は、真ん中に太い柱が三本並んでいたがあとはがらんどうだった。吹き抜けになった上部を見上げると壁と同じ無機質なコンクリートの高い天井があり、しかしよく見ると側壁には二階部分の床の跡がかろうじて残っていて、もとは内部が上下階に分かれていたらしかった。入口から見て右手には、なんだかわからないが巨大な石の台が手前と奥にふたつ並んでいて、それ以外の地面には崩れた大小のコンクリート片や石が転がっていた。ところどころには建物の基礎かなにかの跡が残っていた。奥の壁際に鉄製の棚の骨組みのようなものがひとつあり、ほかに物品はなにもなかった。コンクリートの高い壁が四方を塞ぎ、壁は劣化して剝落したり、変色したりしていた。いくつか観光客が残したらしい落書きがあった。つい最近のもののように見えても、大書された名前やメッセージと一緒にある日付を見ると八〇年代とか七〇年代とかのものが少なくなかった。戦争遺跡のうちに入るのだろうが、そこまで積極的に保存されているようには見えないし、そこまで多くのひとが訪れている様子もない。日本軍の施設の遺構と聞けばつい仕事の取材で訪れた場所を見るように観察してしまうが、その方面に特別興味があるわけではない横多のような者からすると、漠然としたものものしさとか不気味さを感じるばかりで、あまり見るべきものはないように思われた。

ひんやりとしていた建物の内部で、横多は少し具合がよくなったような気もしたが、やがてまた喉の渇きを思い出し、建物を出て、展望台を目指した。廃墟を横目に林のなかの道を少し進むとすぐに木立を抜けて視界が開け、眼下に湾を望む断崖の突端に出た。展望台といっても足場や東屋があるわけではなく、はるか下の湾と海に眺望が開けている山頂の崖で、売店も自動販売機も水道もなかった。そして誰もいなかった。

海を望む崖先から振り返ると、歩いてきた林の切れ目にはさっきとは別のコンクリートの建造物があった。さっきのよりも小ぶりだが、これも余計な装飾のない無機質な構えだった。

横多は、やはり扉がなくなった入口らしき場所からなかに入った。長い四角い空間と、無骨な柱が何本か奥へと並んで天井と床のあいだに立っていた。上層階があった形跡はなく、昔は壁や仕切りがあったのかもしれないが、いまはひとつづきの空間で、入口と両側の壁の窓枠から外光は入るものの、天井が低いせいもあってか先ほどの建物よりもなかは暗かった。床の面積は先ほどの建物の半分ほどに見えた。床にはコンクリートが敷かれていたが、崩れた壁や吹き込んだ木の枝や土、石が散らばり、ところどころ水たまりができていた。間取りだけなら美術館などのホワイトキューブみたいなプレーンな空間だったが、真っ先に目に入るのは壁の至るところにスプレーやペンキで書かれた膨大な数の落書きで、先ほどの建物の壁にも落書きはあったが、こちらはくらべものにならない量で、落書きの上にまた落書きが重ねられ、下層にあるものはいまやまったく判読できず、上層にあるものも苔やコンクリートの変色に呑まれて、壁はぐちゃぐちゃに絵の具を混ぜたパレットのような色味になっていた。そのヘドロのような壁面に目を凝らしていると、かろうじて文字や記号の一部が見えてきて、さらに見続けていると誰かの名前や日付、ハートや相合傘の模様や絵柄が壁面に浮かび上がってきた。

お兄さん、と奥の壁の方から声がして、驚いた横多はひっくり返りそうになった。声がした方に目を向けると、最奥部の壁際の暗がりに生き物らしい物影があった。見続けているとその青白い一部分が動いた。落書きと苔と腐食で混沌とした壁から何者かが抜け出てきたようで、人間にしては背の低いその塊がどうもこちらに注意を向けていることを感じながら、横多は、野山羊だ、と思った。さっきここに来る前に道で出会った野山羊。というか、野山羊の姿を借りた八木皆子さん。野山羊皆子さんだ。

ゆうべの、宿の、と続ける声が聞こえ、横多の目はやっとその影を山羊ではなく人間に寄せて捉えようとした。暗がりで黒い壁に向かって床に尻をついて座っている人間のシルエット。腰をひねり、上体だけこちらを振り返っている。青白い部分は顔で、その顔には見覚えがあった。一瞬横多は親戚の誰かだと思いかけたが、すぐに違うと気づいた。それは昨日の夜民宿のダブルブッキングで横多が部屋を明け渡した女性だった。

横多は声をあげた。あ、だったかもしれないし、な、だったかもしれないし、だ、だったかもしれない。ともかく驚きと応答、それから山羊とか幽霊でなかったことの安堵の混ざった小さな声が出ると、その声がコンクリートの壁と天井に反響して頭の上で震えて響いた。そのあとには言葉が続かず、横多はその場にただ立っていた。座っていた女性が立ち上がり、黒っぽいTシャツを着た彼女の姿がようやくはっきりしてきた。女性は太ももがあらわになる丈の短いショートパンツを穿いていて、暗がりにほっそりとした長い足の肌の色が浮かんだ。ゆうべ宿の食堂で会ったときに印象的だった肩まで まっすぐ落ちた髪の毛は、いまはこの場所の薄暗さと背後の壁の色に紛れてよく見えず、島の観光客に不似合いな色白の肌は、ここではいっそう白く見えた。

だいぶ間があいて、横多は、ああどうも、という間抜けな挨拶をした。こんなところでなにをしてるのか、そう訊ねたかったがそんな率直な問いはできなかった。しかし訊かれるのを待たずに彼女は、ここに、とさっき腰を下ろしていた壁の低いあたりを指さした。落書きしてたんです、記念に。昨日と同じ、吐息がちな発声。

横多は、ああ、と納得したような声を出したが、別に納得したわけではなく、なるほど、と語を継ぎながら内心では、落書き？　と思った。

こんなところでなにしてるんですか、と彼女の方が横多に訊ねてきた。返答に困った横多は、あー、とまた曖昧な声をあげてから、ぶらぶらと、記念に、と口走り、観光を、と言い加えた。

女性は、ふん、とも、へえ、ともつかぬ返事をして、これ、と背後の壁の低いところを指さした。

私の落書き。それ以上女性に近づいていいものかわからず、むしろあまり近づきたくない気もしていたが、女性の動作に促されて横多は部屋の奥まで進んだ。そばまで来ると彼女の髪の毛も服装も見えるようになって、髪の毛はゆうべと同じで結わいたりせず肩までまっすぐ落ち、ゆうべと同じ亀の絵柄とCHICHIJIMA ISLANDというロゴの入ったTシャツを着ていた。でも昨日は白いTシャツだったはずで、このひとはこのTシャツを色違いで二枚買ったのだろうか。別に何枚買って着ても悪くないが、島に着いた途端に買い込むようなものだろうか。もしや落書きも亀の絵とかCHICHIJIMA ISLANDのロゴとかだったりするのだろうか。横多はそんなことを思いながら女性が示す壁の落書きに目を向けた。マーブル状の褐色をした壁に白色で、MAIKO 2020、と記名らしき文字があるのが見え、その横には名前よりも小さな文字で縦書きの長い文章のようなものが記されていた。

マイコ、と横多は声に出した。マイコさん？

そうです、私の名前。

マイコ、さん。

そうです。

どんな字？

字？

漢字。

ああ、とマイコさんは少し迷ったふうな間を置いてから、迷子、と言った。迷子って書いてマイコ、と応えた。

あとから地図で確かめると、マイコさんと会った展望台のあったあたりは島の東側の山林部を走る夜明道路のちょうど真ん中あたりだった。そこから島の北側を回り込むように大村集落の方へ向かう道路も、それまでと同様にゆるい上り下りとカーブが続いて、途中で唐突に道路脇に現れた国立天文台のパラボラアンテナは巨大で見映えがしたが、あとは道路脇の景色もそれまで歩いてきた道とほとんど変わらなかった。

ヘルメットを被ってスクーターを運転するマイコさんの後ろで、横多はマイコさんの体になるべくくっつかないよう自分の体を後ろに反らし、尻の後ろに両手をまわしてシートのへりにつかまっていた。マイコさんは結構運転が荒く、下り道でもカーブでもスピードをあまり落とさないので横多は何度も振り落とされそうになった。ヘルメットの下からなびくマイコさんの髪の毛が、ときどき横多の頬や鼻先に触れた。

旅先で偶然出会った女性と妙な巡り合わせで文字通りのお近づきになっているこの状況で、横多の心中に艶っぽい方向への想像が走らないわけでもなかったが、それよりも先に立つのは自分が陥ったその事態への困惑と不審だった。まさかこんな歳になって異性と原付にふたり乗りするなんて思ってもみなかった。もちろんこれは交通違反で、途中で警察に見つかれば言い逃れのしようがない。そのことにも増して変だったのは、自分が借りて盗まれたはずのこの原付を、マイコさんがさも自分のものであるかのように運転し、自分がその後ろに乗っていることだった。

ここは日本軍の通信基地かなにかだったんですって。落書きだらけの建物を出て、横多があらためてその外観を眺めていると、横にいたマイコさんが言った。外側の壁にはまだ白い部分が多く、内部ほど落書きはされていなかった。塗り直されたり掃除されたりしたのかもしれない。日本軍の施設であることは横多も知っていたが、ああそうなんですか、と返した。

この場所でいろんな戦略とか連絡を受信したり、送ったり、敵の無線を傍受したり、してたんですかね、とマイコさんは言った。そうかもしれませんねえ、と横多はまた内容のない返事をした。

このあとはどこに行くんですか、とマイコさんが横多に訊ね、大村に戻ると横多が言うと、私もです、とマイコさんは言い、ふたりで駐車場の方に戻る道を歩きはじめた。歩きながら横多は自分の原付を盗んだのはこの女だと思っていた。証拠はないが、ここには横多とマイコさんのほかに誰もおらず、でなければ説明がつかない。もっともさっきバイクが忽然と消えたときにマイコさんがその場所にいたわけではないから、それはそれで説明がつかない。でもゆうべ宿で自分と彼女のあいだに起こった奇妙なダブルブッキングは、誰もいない場所でバイクが盗まれるのと似た種類の不可解さがあったし、ゆうべ食堂で会ったときに横多が彼女に感じたどことなく不気味な印象は、いまさっき見た建物内での行動と佇まいによって、いっそう強まっていた。さっき駐車場から展望台まで来るあいだには、マイコさんのほかに誰の姿も見なかった。駐車場にはもう一台車が停まっていたから、それがマイコさんの車である可能性もあった。いずれにしろ宿のある大村集落からここまでひとりで歩いてくるというのは考えにくかった。

駐車場まで来ると、さっき停まっていた自動車も、横多の原付も、変わらずそこにあった。彼女がどう出るのか、横多は内心身構えるようにマイコさんの挙動を注視していたが、原付のそばまで来たマイコさんはやはりごく自然にミラーにのせたヘルメットを手にとって、原付のシートに腰かけた。キーは挿しっぱなしになっている。さっき横多が挿しっぱなしのままにした。マイコさんはヘルメットを被ると、なにで来たんですか？　と横多に言った。

一瞬の間をおいて横多は、歩きで、と応えた。一時間か二時間前、巽道路の果てでまさにいま目の前にある原付を盗まれてから、ここまで歩いてきたのだからそれも間違いではなかった。

歩き？　とマイコさんは驚いた様子で、お兄さん健脚すぎ、と笑った。

それでなにかが打ち解けた感覚は横多にはなかったが、宿の方に戻るなら乗ってきます？　とマイコさんは横多に言ったのだった。

ふたり乗りは禁止では、と言った横多に、マイコさんは、そうですけど、と応え、じゃあ歩いて帰ります？　と言われた横多は、乗ります、と応えた。それでふたりは展望台の駐車場を出発し、途中別の展望台などの案内もいくつかあって、そのたびにマイコさんはバイクを走らせたまま、寄ってきます？　と大きな声で横多に訊ねたが、横多は大きな声でそれを断り、ふたりはどこにも寄らず山を下って、湾の北側の奥村の集落を経て、宿のある大村まで戻ってきた。原付なら十分ほどの道のりだった。

夜明道路から大村集落に着くまで、パトカーや警察官には出くわさなかったが、夜明道路を降りて湾岸通りに出ると、対向車が原付ふたり乗りの横多たちを見て顔をしかめたり笑ったりしていた。若い女性が運転し、後ろに中年の男が乗っている絵面も間抜けに映ったのかもしれない。歩道から、危ないからやめろ、と声をかけてくる地元民らしいひともいたが、マイコさんは意に介さなかった。この大胆不敵な行動と、言葉を交わすうちに気安く、なれなれしくなっていく彼女の口調や振る舞いは、横多に妙な感覚をもたらした。ゆうべ食堂で会った女性と同じひとには違いないが、ゆうべ会ったときの静かでどこか心ここにあらずのようなぎこちない佇まいの女性と、いま横多を乗せてバイクのハンドルを握っているマイコさんとは、どこか別人のようにも思えた。

宿の本館前に着いてマイコさんはバイクを路肩に停めた。横多はシートを降り、ありがとうございました、と言うと、マイコさんはバイクに跨がったまま、私これスタンドでガソリン入れてからバイク屋さんに返してくるんで、と言った。はい、と横多は応えた。

あ、と言ってマイコさんはなにか思いついたように視線を上に向けてから、お兄さんお名前は？

と横多に訊ねた。

横多は、横多です、と応えた。横に、田んぼじゃなくて多い少ないの多いで、横多。

横多さん、とマイコさんは言い、横多さん今晩なんか予定あります？　もしよかったら晩ご飯一緒に食べませんか、と言って手をかけたままだったアクセルを一度ぶんとふかした。私、部屋ゆずってもらっちゃったし、お礼にご馳走しますよ。

横多は、さっき展望台の建物のなかで、本当かどうか怪しい迷子という名前を教えてもらったのだったが、彼女の苗字の方は知らないままだった。訊きたいと思いつつも訊けなかった。予定ないです、と横多は応えた。

あ、じゃあ行きましょう、とマイコさんは言った。

でもご馳走になるわけにはいかないっす。いまも、ここまで送ってもらったし。

そう？　じゃあ貸し借りはとんとんってことで。いま何時ですか？　とマイコさんは横多の腕時計を指さした。

四時、ちょっと前。

じゃあ、五時にここでもう一回待ち合わせにしましょう。横多さんどっかお店知ってますか。私昨日は疲れて外でないで寝ちゃったんですよね。

お店は近くにいろいろあるし、昨日行った近くの居酒屋もおいしかったですよ。

オッケー、じゃあとりあえず五時にここで。私携帯持ってないんで遅れずに来ますから。

携帯ないんですか？

ないんですよ。

僕の番号とか教えときますか？

いいです、どうせ携帯ないからかけないし。じゃまたあとで、そう言ってマイコさんはエンジンをふかし気味に原付を発進させた。

それで横多は通りの自販機で水を買っていったん宿の自分の部屋に戻り、シャワーを浴びて着替えた。五時に本館の前に行くと、マイコさんはすでに歩道に立っていて、ふたりは歩いてゆうべ横多が行った半場千八子さんの居酒屋に向かった。

21

兄との電話を切って、私は日陰から釣り堀に戻った。日なたに出るととたんに体の周囲の空気がぐっと暑くなって、顔や手の肌も日射しの熱を即座に感じた。電話をしているあいだずらしていたマスクを口に戻すと、もともと汗ばんでいた顔半分にまた熱気がこもった。

この釣り堀の堀には屋根がなく、こんな真夏の昼間に釣りをしに来るような酔狂なひとは私たち以外にいないかと思いきや、今日も並んで釣り糸を垂れる常連のおじさんたち数人と、夏休みの小学生のグループの先客がいた。私は自分の竿のところへ戻る途中、何度か顔を見た覚えのあるジャイアンツの野球帽のおじさんの横で足を止めた。おじさんは隣に立つ私の方に顔を向けた。口元のくたびれた小さな白い布マスクにも見覚えがあった。

調子どうですか、と言おうと思ってマスクのなかで口を開いた瞬間、後頭部に受ける日射しに意識をもっていかれた。一瞬目眩がしてふらつきかけたが、よろけて堀に落ちたら大変だ。すぐに足を踏ん張って立ち直り、しかし言おうと思った挨拶は口から出ず、おじさんと無言で数秒見つめ合うような形になった。

　おじさんはもともと鼻が露出していたマスクを顎まで下げて、なにか言いかける感じで口を開いたがやはりなにも言わず、またマスクを口に戻してから、暑いな、と言った。鼻を隠すと顎が出て、顎を隠すと鼻が出る。いまは顎が出ている。

　暑いですね、と私は応えた。熱中症とか気をつけて、水分ちゃんととってくださいね、と言っておじさんの足元を見ると蓋の開いた缶チューハイとペットボトルの緑茶が並んで置いてあった。私はおじさんの横を離れて、自分の竿のところまで戻ってきた。

　大丈夫？　と隣に腰かけた秋山くんが言い、私が預けていた竿をこちらによこした。私は逆さ置きのビールケースに腰を下ろして、大丈夫、と応えて竿を受けとり、お兄ちゃん、と言った。

　お兄ちゃん？

　電話、お兄ちゃんからだった。珍しい。久しぶりに話した。

　ああ、と秋山くんは言って、足元に置かれたジョッキのビールを飲んだ。なんか急な用事とか。

　いや、と私は応えて、なんと言えばよいか迷ってから、なんでもなかった、と言って私の足元にも置いてあったジョッキのビールを飲んだ。まだ半分ほど残っているが、もうぬるくなっていた。

　なんでもないことはないが、なんだかよくわからない電話だったし、なんか変だった。自分からかけてきたくせに、私が電話に出ると兄は、もしもし、とまるでかかってきた電話に出るみたいな言い方をして、それきりなにも言わずこちらがなにか言うのを待っているみたいだった。妙な沈黙に耐えかねて私が、お兄ちゃん？　と言うと、おう来未か、と兄は言って、無事着いたから、父島、と続けた。

　これから父島に行ってくる、小笠原の、と兄からメッセージが来たのは数日前だった。唐突だったし、なにをしに行くのかも書かれていなかったから冗談かと思ったが、嘘や冗談にしては意味がわからない。兄は雑誌やウェブの記事を書いたり編集したりする仕事をしているから仕事関係の取材旅行かもしれなかったが、新型ウイルスの感染拡大が収束しないなか旅行や遠出を巡っては世間で賛否が分かれ、激しく意見が対立していた。兄はむかしからあまり世間一般の規範や常識に頓着するタイプの人間ではなかったが、それにしてもこんな時世に一〇〇〇キロ離れた南の島にまる一日かけての船旅だなんて。所要時間だけ見れば海外旅行みたいなもの、というかよほど辺鄙なところでなければ海外だってそんなに時間はかからない。

なにか理由や事情があるにせよなぜいま？　という気持ちが先に立ち、しかしメッセージでそんなやりとりをするのは面倒だった。航行中はネット回線もないので到着まではたぶん返事ができないともメッセージには書いてあった。わざわざそんなことを書いてくるんだから本当に行くのだろうと思い、へーそうなんだ、着いたら写真でも送ってください、気をつけてね、とだけ返信しておいた。

やっぱりほんとに行ったんだ、と私は言った。こんなときなのに大丈夫、と言い加えると、兄は、こんなときだからこそいいんだ、みたいなことを言ったがどういう意味なのかよくわからなかった。特に用事はなく、父島に着いた連絡が遅れたことを詫び、あとで写真を送るから、と兄は言った。そのあとたいして内容のない短いやりとりをして電話は切れた。

本当ならばまさにいま頃東京で開催中だったはずの五十六年ぶり二度目のオリンピックが新型ウイルスの感染拡大を理由に延期された。感染拡大から間もなく半年が経とうとしているが、未だに日本国内の感染状況の全貌はよくわからないままで、ということは国内で暮らすひとたちがさらされている危険の程度もその詳細もよくわからないままで、事態収束までの道筋は見えないし、様々な経済活動の再開の見通しも立っていない。

不祥事や汚職の疑惑が続出しながらも維持された現政権は間もなく戦後最長の長期政権になろうとしていたが、求心力の低下は顕著で、そこに新型ウイルスが重なって、支持率はどんどん低下している。世界中が手をこまねいている新型ウイルスに対して打ち出した政策が効果をあげないとしてもある程度は仕方がないと思えたが、国会でもメディアへの対応でも説明や議論を避けてばかりの首相や政権に対して、これまでの支持層からも政権離れ与党離れが起こりはじめた。この状況下では、政策の不備や手落ちで真っ先に危険にさらされることになるのは政権与党の支持基盤だった高齢者なのだからそれは当然と言えば当然で、しかし総選挙は来年までなく、感染症対策が最優先とされるなか解散総選挙も現実味がないまま惰性的に政権は維持されていた。

ああ、こういう話は疲れる。私になにか答えや明確な意見があるわけではないのに、傍観してきた状況をぺらぺら述べる、そしてそこにはいくらかのバイアスが働いてもいて、私は私のそんな言葉に責任が持てない。政治家じゃないんだから。一年後に延期されたオリンピックが本当に行われることになるのか、まだちょっと想像できないし、中止を求める声も依然強かった。たしかに、問題が収束するあてのないなか一年先に手持ちの全額をベットするみたいな決断、よほど強気な向こう見ずか考えなしの馬鹿でなければ怖くてとてもじゃないが身が持たないと思う。少なくとも自分のように余力の少ない国民の立場からすれば勘弁してもらいたい気がするし、私は延期が決まったときまずはほっとした。オリンピックやパラリンピックに出場するはずだったスポーツ選手には気の毒だが、どんな競技も試合も、その場に出現する素晴らしいパフォーマンスも、命あっての物種である、マジでそれに尽きる。オリンピックなんかなくなればいい。

私は、あ、と思った。さっきの兄の電話で奇妙だったのは、兄がまるでいま東京でオリンピックをやっているかのような物言いをしていることだった。東京ではオリンピックの真っ最中だけどここ父島だって東京の一部なんだよ、みたいなことを言っていて、明日は野球の決勝だか準決勝だかがあるみたいなことも言っていた。

新型ウイルスなんてなくて当初の予定通りだったならばたしかに今日あたりは大会日程も大詰めの頃で、きっといろんな競技の決勝戦や注目競技が行われるはずだっただろう。が、もちろんそんな現実はない。兄はオリンピック以外の野球大会の話をしていたのだろうか。夏の高校野球大会は今年は各都道府県の大会だけが行われ、甲子園での全国大会は中止になった。その代わりやはり中止になった春の選抜大会に出場予定だった高校が夏の甲子園で試合を行うことになってそれはたしかあと何日かではじまる。なんというかもうめちゃくちゃだ。プロ野球は開幕が遅れて六月に無観客でペナントがはじまった。秋山くんは高校のとき野球部だった。うちの高校の野球部は強かったんだろうか。兄は小学生の頃は野球のクラブに入っていて、そのあと辞めたがいまも野球を観るのは好きで、たしかヤクルトスワローズのファンだ。私は野球に全然興味がない。

うちの高校は、まあそんなに強くなかったね、と秋山くんは言った。俺は子どもの頃から西武ファンでね、ほら、沿線だから。

西武新宿線ね。

そう。で、秋山がさ。

秋山が。

俺じゃなくて西武の秋山ね。

ああ、秋山ね。いたね、むかし。なんとなく知ってる。

いまもいるのよ、ていうかいたのよ西武に。

え、秋山まだいるの？　もういくつよ。

その秋山じゃなくて、違う秋山なんだけど。

違う秋山？

秋山が今年から大リーグに挑戦するんだけど。

どの秋山が？

去年まで西武にいた秋山。

が、西武やめて大リーグに？

そう。でもこの騒ぎで大リーグもなかなかはじまらなかったでしょう。一年目でこれからってときなのに、調整も大変だろうなって。

うん。

でもがんばってほしいよね。

それで？

いや、とにかくがんばってほしいと思ってる。

秋山くんはどこ守ってたの？　高校のとき。

外野。俺は子どもの頃に秋山に憧れて、外野になったの。

どの秋山に？

むかし西武にいた秋山。でも去年まで西武にいて、今年アメリカに行った秋山も外野だし、好きだよ。

うちの兄が言ってたのは、大リーグの決勝戦なのかな？

いや、大リーグも決勝とかはないし、ワールドシリーズってのはあるけど、それはまだまだ先で秋頃の話だから。

じゃあお兄ちゃんはなんの話をしてたんだろう。まさか父島ではオリンピックが開催中だとでも？

そんなわけないよな。

ね。暑さでどうかしてるのかしら。

誰が？　お兄さんが？

うん。それか私が。

暑いなあ。

うん、暑い。

夏の観光シーズン本番を迎え、反対世論も強いなかで政府が国内旅行を推奨する政策を強行したのが半月ほど前のことで、観光業界などからは歓迎する声もあったがもちろんそれも一枚岩ではなく、旅行に出かけるひとたちに非難が向けられたりもするが別にそのひとたちも不当に外出したり移動したりしているわけではない。同様の政策は外食産業に対しても行われ、これも同様に同業者間、利用者間に二律背反的な対立を引き起こした。

　パン屋に勤める身としては、飲食業界の苦心が最も身近で、短縮営業をしたり、テイクアウトやデリバリーの業態に参入したり、あるいは店じまいを決めたり、近く遠くのお店や経営者がこの状況下で様々な選択や判断を迫られているのを見聞きしているだけでつらく、重ねてつらいのはなにが正解なのかすぐにわからないこと、その正誤がいつ明らかになるかもわからない、つまりいつまでこのチキンレースみたいな状況が続くかわからないことだった。それは誰にもわからないのだから首相にも大臣にもわかりようがないだろう、しかしわからないならわからないで言いようや考えようがあるだろうに、聞こえるのは空疎な励ましや発揚ばかりで、つらい身の程の者にとって為政者のそんな態度はごまかしとか騙くらかしと同じことだ。どうしてそうも間違えることや謝ることを恐れるのだろうか。

そして私もつらい。つらいつらいと言っていてもしようがないし、人為的なトラブルではないのだから、誰が悪いわけではない。しかし施策とか活動抑制に対する補償の不具合についての説明や必要な謝罪くらいは然るべき立場にある者が引き受けておくべきじゃないのか。ああ、疲れる。

兄がなんでこんな時世のなか父島に行ったのかその理由は知らないが、然るべき理由がないわけはないだろう。いまこのときに見るべきなにかがあって、書き記すべきなにかがそこにあるんだろう。小笠原行きの船便は、乗員人数を減らし、乗船時のＰＣＲ検査などを実施しながら運航を続けているらしかった。観光地はそうやってリスクを背負ってでも客を迎えなければ経済が立ちゆかなくなる。私だって、いま勤め先の店を連日開けて対面販売でパンを売ること、売るためのパンをこねて焼くことが、正しいことなのかわからない。兄が父島に行き、私がパンを焼いて売ることは結局は自分勝手なことかもしれない。でも、と私は思って足元のジョッキをつかんでビールを飲んだ。パン屋だって自分の好きなパンだけ焼いていては商売が成り立たない。よほどストイックな店は別としても、これまで私が働いてきたような近隣住民の朝ご飯や昼ご飯を提供する店は、老人から子どもまで、学生から勤め人まで、様々なニーズに合わせてなんでも焼かなくてはならない。フランスパン、イギリスパン、菓子パン、惣菜パン、サンドウィッチ、あんパン食パンカレーパン、ときには明らかに著作権を侵害しているだろうパンを焼いたこともあった。兄も興味のない問題を取材して記事を書くことだってあるだろうし、ときには多少危ない橋を渡ることだってあるだろう。そのグレーなゾーンに稼業の妙味があるわけで、それらは自分で決めて自分で引き受ける仕事だ。いざとなれば責任は自分がかぶる。しかしいまの状況は、自分の生活のために選ぶ手段が及ぼす影響がはかれない。責任がとれるかわからない。

連日ニュースや新聞では混乱した各方面の状況と毎日の各都道府県の新規感染者数、重症者数、死者数が報じられたが、昨日今日の状況による影響がそれらの数字に表れるまでには数週間時間がかかると言われていて、私たちは数週間後の私たちに今日の私たちの行動を賭けるように毎日過ごしていた。今日の私は秋山くんと釣り堀にいる。そのせいで数週間後に死ぬかもしれないし、死なないかもしれない。兄は小笠原に行った、数週間後に兄はどこでなにをしているのだろうか。

秋山くんと十数年ぶりに会ったのは二週間ほど前のことだから、ウイルスの潜伏期間を鑑みればあの日の私のせいで私が死ぬことはたぶんなくて済んだ。私がこの先を生き延びられたとして、このわからないことだらけの緊張感とリアリティをそれまでちゃんと覚えていられるだろうか。ともあれ、衣田と衣田の息子の和希くんと四人で会うはずだったのに衣田親子が来られなくなって、熱を出した和希くんは結局たいしたことはなかったようなのだが、それでその日は秋山くんとふたりで釣り堀で釣りをした。そのあと釣り堀の横の食堂みたいなところでお酒を飲みながらご飯を食べた。その食堂は釣り堀の横についでみたいにある食堂のくせになにを食べてもやたらとおいしかった。酔っていたせいかもしれないけれど。それで私と秋山くんはあの日から週に一、二度、私の仕事が休みのたびにこの釣り堀に通っている。今日でもう四回目。

私たちは毎回、最初に釣り堀に来た日と同じように、公園の池の横で待ち合わせた。今日もそうだった。一回目に会った日から秋山くんの服装は次第にラフになり、今日は熱帯魚のプリントが入ったTシャツに短パン、足元はサンダルだった。紺色の野球帽に不織布のマスクをしている。不足が騒がれた春先からの一時期に比べると、不織布マスクの供給はだいぶ安定してきたようで、私も母親が家で大量につくった布マスクをやめて最近はドラッグストアで買ったマスクを使いはじめた。

ひとまず池に臨むベンチに並んで腰かけたところで私は、で、その後どう？　と訊ね、相変わらずかな、と秋山くんが応える。相変わらずというのは、自分の就職や体調を崩しているお父さんや持病のあるお母さんにそう大きな変化がない、ということだろう。それでどちらからともなく、じゃあ行こうか、と私たちは園内の釣り堀へ向かう。まるで不倫カップルが会ってすぐホテルに行くみたい、と思ったのは何回目のときだったか。そんな経験は私にはないけれども。

お兄さんって何歳上？　秋山くんが言った。

ふたつ、と応えて、その年齢差があまりぴんと来ないと思った。むかし、学生だった頃は二年の学年の違いが確固たるものだったけれど、いまでは自分が何歳なのかもときどきわからなくなるし、何年も会わない兄がいまいくつなのかもふだんの生活でほとんど考えない。もちろん何歳になろうが、何年会わなかろうが自分とふたつ違いであることはずっと変わらないはずなのだが、もう年が何歳違うかというよりも、たとえば白髪の多い少ないとか、体型の変化とか、ちゃんと生活はできているのかとか、そういうことで自分と兄の近さや遠さをはかりたくなる。兄も私もどうにかやっているが、ふたりとも三十代後半になっても独り身だし、仕事も決して安定しているとは言えない。母親はなにも言わないが、内心どう思っているだろうか。

秋山くんは高校の同級生だから、むかしもいまも同い年のはずだけれど、やっぱり長く会わないでいるあいだに同い年じゃないみたいな感じに見えるようになった。どっちが年上でどっちが年下かはよくわからない。上とか下じゃない。それは先輩後輩とか同学年であることとかが強く意識づけられていたあの頃と違って、全然別の生活や人生を経て生じた遠さに、かつての年齢差みたいなものを感じるということなのだろうか。

秋山くんはいま無職で実家の近くのアパートにいるが、特に求職活動をしているわけでもなく、当面は自衛官時代と自衛隊をやめたあとに沖縄のサトウキビ農園で貯めた貯金を切り崩しながら暮らしていて、当座のところそんなに困窮しているわけでもないようだった。詳しくは知らないが。職探しはもう少しこの状況が落ち着いてからと思っていて、しかしその前になにか働きたくなったら仕事探すかもしれないし、と話していたのは一回目に会った日だったか、二回目に会った日だったか。秋山くんはお酒が強く、私もふだんそんなに飲むわけじゃないけれども釣り堀の食堂に来るとつられて酒量がかさみ、毎回記憶が少々曖昧になる。

同級生との再会を機にその後頻繁に会うようになった、その相手が異性で互いに独身となればそこに恋愛関係を想像するのは自然なのかもしれない。一回目のあとに、来週また秋山くんと会う約束をした、と衣田に電話で伝えると、なにあんたたち付き合うことになったの？　と言われた。違うよ、と応え衣田も誘ったが平日で都合がつかず、その後も秋山くんと会う日は衣田にも一応声をかけたが結局衣田は来られなくて、電話をするたびに、あんたたち付き合ってるの？　と言われるが違うそうではないと繰り返した。そうでないならなんなの、と訊かれて私は、飲み友達、と応えると、衣田は全然腑に落ちない様子で、私は、釣り友達、と言い直してみたが、まあ別にどうなろうといいけど、と明るい調子で衣田は言い、一応言っとくけど私にいまさら遠慮はいらないからね、と高校時代の元カノとして付け加えた。四回目の今日は、もう衣田には連絡しなかった。平日だからどうせ来られないし。

私と秋山くんが釣り堀での会合を重ねている理由を私は衣田にうまく説明できないが、その理由にあたるところには三森忍さんがいる。ときどき電話で話す七十五年前に死んだ三森忍さんのことを、私は衣田に説明できない。衣田だけじゃない、一緒に暮らす母親にも三森忍さんのことは一度も話していない。三森忍さんは母の父の弟、だから叔父にあたる。いや違う、大叔父か。もちろん母は母が産まれる前に死んだ三森忍さんには会ったことがないはずで——ほらね、そんな存在のひとから電話がかかってきてときどき話すなんて話をどうやって母に説明すればいいのか。でも、秋山くんと最初に釣り堀で会った日に私はそれまで誰にも話したことのなかった三森忍さんのことを秋山くんに話せた。そしたら三森忍さんから電話がかかってきて、私たちはスマートフォンのスピーカーを使って三人で通話をした。

ふだんの三森忍さんからかかってくる電話では、仕事や生活の話をあれこれ問われてそれに応えることが多かったけれど、その日の三森忍さんは珍しく饒舌に自分のことを多く語った。終戦の前年、強制疎開が決まった硫黄島に軍属として残されてからあとの日々のことを三森忍さんが話しはじめたのは、たぶん秋山くんが元自衛隊員で、硫黄島に行ったことがあると話したからだったと思う。

そもそもあの日、それまで私が誰かと一緒にいるときには決して電話をかけてくることのなかった三森忍さんが、私が秋山くんと釣り堀の食堂にいるときに電話をしてきたのは、秋山くんが島に行ったことのあるひとだったからかもしれない。というこの推察の論拠のおかしさというか論拠でもなんでもないということについても私は自覚しているつもりだけれど、そこを詰めはじめたら七十五年前になくなった三森忍さんから電話がかかってくるところから私の現実はとうに狂っている。その私の現実に突然入り込んできて、狂いなどないかのように私のそばにいはじめた秋山くんもやはり狂っているのだろうか。それとも今年はもう世界中誰も彼もが狂っているのだろうか。

ともかくいま、こうして炎天下の釣り堀で秋山くんと並んで釣り糸を垂れていると、この暑さと静けさは世界中の狂気によるものにも思えてくる。それまでほとんどしたことのなかった釣りをこの半月ほどのあいだに私はもう四回もしていて、魚はまだ一尾も釣れたことがない。はっきり言ってそんなに楽しいとも思えない。こんな釣り堀で魚を釣り上げても釣った魚を食べられるわけでもないし、釣れたところでいったいなにが嬉しいのかとも思うが、釣り上げたことのない私にはなにもわかりっこない。しかしそれなら私はいったいなにに導かれて休みのたびに釣りばかりしているのか。

まわりの釣り客を観察すると、ひとによっては自前の釣り竿を持参していたりもするし、そうでなくとも餌の付け方とか、針を落とす場所とか、あの手この手いろいろ工夫をしているようなひともいて、そういうひとを見習って自分もあれこれ手を尽くせばこの時間の楽しみ方もまた変わるのかもしれないが、常連らしいジャイアンツのおじさんはどちらかと言うと私と同じで、竿はほとんど足元に置きっぱなしのまま、缶チューハイを飲んだり、文庫本を読んだりしている。たまに竿先が動くとそちらに目を向けるが、魚を釣り上げるのは見たことがないし、あまり釣りたそうにも見えなくて、たぶん釣りをするというよりここで時間を過ごすことの方が大事なのではないか。今日来ている小学生の男子の集団は、全部で五人いるうちの三人は竿をほっぽりだしてビールケースの上で背中を丸め携帯式のゲーム機の画面に熱中していた。

私はビールを飲み飲み、一応竿は手から離さず、自分の釣り糸が沈んだ水面のあたりを観察しながらこの時間をいつも過ごした。釣れることとの方がなにかの間違いで、間違いが起こるのをじっと待っている、そんな気持ちだった。三森忍さんからの電話を待つ気持ちにそれが似ている、と思ったのは何度目のときだったか。

自分にも三森忍さんから電話が来るようになった、と秋山くんから聞いたのは二回目にここに来たときで間違いない。三森忍さんは私だけでなく秋山くんにも電話をするようになったのだった。私はあまり驚かなかった。電話の内容は私にかかってきていたのとだいたい同じで、あ、もしもし秋やん？　とはじまり、世間話や近況などを訊ねてきて、ときに歌詞のような川柳のような妙な文句を交えつつ、たいした内容の会話はないまま、じゃあまたね、と切れるそうだった。

秋やん、俺の骨を見つけてくれたかい。自分でもどこに自分の骨があるのか、ちょっとよくわからないのさ。でも思えば、生きてるときだって自分の体の骨のことなんか意識しなかった。

三回目に釣り堀に来たとき、秋山くんのもとには相変わらず三森忍さんからの電話がかかってくる、そしてそれはほとんど毎日のようにかかってくるようになったと聞いて、私は少し驚き、そしてたぶん動揺した。嫉妬と言ってもいい。というのは、秋山くんと最初に釣り堀に来た日以降、三森忍さんから私への電話はぴたりと途切れていたからだ。もともと三森忍さんからの電話は不定期で、二日続いてかかってくることもあれば、一週間くらい音沙汰なしのときもあったから、その頻度をあまり気にしたことはなかった。でも、そんなに何日も続くことはなかった。私は、それまで独占していた三森忍さんからの電話を秋山くんに奪われたみたいに思った。三森忍さんが電話をかける先は私から秋山くんへと移ったのだろうか。それはいったいなぜか。そもそも電話の目的も、三森忍さんがどうやって電話をかけているかもわからないから、その理由もわかりようがない。秋山くんには私と三森忍さんのあいだにはない共通項もある。同性であることもそうだし、兵隊として硫黄島という同じ場所に立ったことがあることもそうだ。もっとも厳密には三森忍さんは軍属の少年で、自衛隊員は兵隊ではないということになっている。

私が墓参事業に参加して一度だけ硫黄島を訪れたのは二〇〇五年のことで、もう十五年前だが、そのきっかけは祖父の葬式のときに兄から見せてもらった墓参事業の案内だった。それまで私は祖父母が暮らしたその島のことをほとんど気にかけたことはなかった。あのときの兄も別段興味がある様子には見えなかった。

あれ以来私のところ、というのは直接には一緒に暮らす母のところにだが、毎年墓参事業に関する案内が届くようになり、しかしその後私は一度も行っていないし、母も行ったことはない。私がむかし行ったのは自衛隊の飛行機で行く日帰りの墓参だったが、毎年六月には船で行く六日がかりの墓参事業も続けられていていてしかしこれは新型ウイルスの影響で今年は中止になったとこのあいだ案内が来ていた。今年は戦後七十五年できりのいい節目だが、各地の慰霊祭や式典も中止したり規模を縮小して開催することが多いようだった。昨日ニュースで見た広島の式典もそうだった。

兄が父島に行ったのは、もしかしたら仕事ではなく母親や祖父母に関係がある理由なのかもしれない、と私は思った。祖父、そして祖父の弟である三森忍さんたちに関係があるのは父島ではなく同じ諸島の硫黄島だが、あの島には個人が自由に立ち入ることはできない。公に許された範囲内で個人が硫黄島に最も近づこうとするならば船で父島を訪れるしかない。それでも父島から硫黄島まではまだ三〇〇キロも離れているが、たとえば父島から船を出して硫黄島に潜入、現地取材するとか？

いやー、と秋山くんは言った。無理だと思うよ。

だよね。

兄は硫黄島に行ったことはないのだろうか。少なくとも私はそんな話は聞いたことがなかった。

食堂行こうか、と秋山くんが言った。行こう行こう、と私は言って、竿を堀から上げた。足元に置いたもうぬるくなっているビールのジョッキを持って、秋山くんとふたりで堀を引き揚げた。ジャイアンツの帽子のおじさんに、お先に、と声をかけると、お、と片手をあげて返事を返してくれた。反対側にいる小学生たちはさっきまで釣り竿を持っていたふたりももう釣りをやめて、ゲーム機を持った子たちの脇から画面をのぞきこんでいた。

はじめから食堂で飲み食いするのが目的なのだから釣りはしなくてもいいのだが、釣り堀に来て食事だけするのも不粋ではないかという気持ちがたぶん私にも秋山くんにもあって、毎回一時間分の釣り堀利用を申し出て、ついでに釣りをしながら飲める生ビールも一緒に注文して、ジョッキで出てくる生ビールと竿と餌を持って釣り堀に行くが、魚は釣れないし暑いしで結局いつも三十分ほどで退散する、というのが決まったパターンになりつつあった。

食堂のテーブルにつくと、ふたりでマスクを外し、ひとまずおかわりのビールを頼んで、とくに統一感のない雑多なメニューから毎回適当に食事を選ぶ。店のお姉さんが生ビールのジョッキをふたつ持ってきて、メニューから選んだつまみを注文した。今日は冷や奴と梅きゅうと角煮と餃子とフライドポテト。それでジョッキを合わせて、乾杯、乾杯、と言い合ってビールをひと口ぐっと飲み、あー、と体内にこもった熱気を吐き出すようにふたりで息を吐く。その呼気にはウイルスが混ざっているかもしれないし、いないかもしれない。私はスマホをテーブルに置いた。

最初に来た日以降、秋山くんと一緒にいるときにも三森忍さんは電話をかけてこなかった。あの日以来私に電話がかかってこないことを私は秋山くんに言っていないが、毎日三森忍さんと電話で話している秋山くんはその事情をなにか知っているかもしれない。

私は続けてジョッキをあおり、一気に三分の二ほどを飲み干した。冷たい、おいしい。その勢いで秋山くんに訊ねた。

三森忍さんとはその後どんな話を?

いや、ほとんど世間話。感染症のこととか、アメリカの大統領選とか。

ふうん、と私は応えた。本当だろうか、と思う。

あ、と秋山くんがテーブルの上の私のスマホを見た。画面が点灯してメッセージの着信が知らされていて、見ると兄から画像が送られてきていた。父島の画像かと思って開くと、若い女性がバイクに跨がっていて、なんだろうと思った。よく見ると、バイクの後部に兄が腰かけていて、女性と兄はふたりでこちらを見てピースサインをしていた。

なにこれ。

楽しげだね、と秋山くんが言った。

誰だろうこの女のひと。

知らないひと？

知らない。後ろにいるのが私のお兄ちゃん。

画像のなかの女性は、頭にのせたヘルメットから長いストレートの黒髪が肩先まで落ち、道路脇に停めたと思しきバイクの上でにっこりと笑っていた。半袖のTシャツに太ももが丸出しの短パン姿だった。白い肌が日を受けて色が飛んだみたいだった。二十代前半か、少なくとも兄より、そして私よりもだいぶ若く見えた。きれいなひとだ。送られてきたのはその一枚だけで、特になんの説明もなかった。

なにやってんだろうお兄ちゃん。

第八章

22

間もなく収穫の時期を迎えるサトウキビは大人の背丈をゆうに超えていた。地中の株から四、五本ずつ伸びた茎の先には細長い葉が放射状に広がって重なり合い、根の付近には茎の表面を覆う乾いた葉が枯れ散らばって密集し積もっていた。茎はどれもまっすぐ上方に伸びているわけではなく、屈曲したものもあれば倒れて別の株の茎に寄りかかっているものもあった。畑の外から眺めていても、藪の内奥は全然見通せなかった。

キビ刈りと呼ばれる収穫作業は冬、秋山くんがいた西表島では例年十二月に入ってからはじまった。いったんはじまれば作業に携わる者はこうして悠長に畑を眺めている暇なんかなくて、朝から夕方まで働きづめの毎日が数か月間続く。

畑のいちばん手前にある茎の束に手をかけて横に倒すように少し力を入れると、茎の束はその表面の硬さと地中の根の強さを手のひらに感じさせながらしなった。秋山くんは少し身を屈め、広がった隙間にまず頭を、それから半身になった体を差し入れた。すぐに全身が密集した細い葉に包まれて、服と擦れた葉が乾いた音を立てたが、もとからあたりでは風になびいた葉擦れの音が絶えず鳴っていた。キビの株は一メートルほどの間隔をあけて畑の畝に沿って植えられていたが、ここまで大きく育てばもう整然と並んだりはしておらず、互い互いに重なりあい、絡まり合うように立っていて、そこに四方八方から伸びた乾いた葉、上方から垂れ落ちる青い葉が奥へと進もうとする秋山くんの行く手を阻んだ。二歩、三歩と身を藪に押し込めたところで後ろを振り返ってみると、もう自分の体は完全に隠れて畑の外から誰かが見ていたとしても、よほど注意深く見ていなければここに自分がいるとはわからない。少なくともこちらはほとんど隙間なく葉と茎に全身を包まれて、後ろと思しき方を振り返ったもののもう藪の外側は見えなかった。秋山くんは前に腕を伸ばし、重なりあう葉と茎を掻き分けてわずかな空間をつくりながら、一歩ずつゆっくりと進んでいった。

本島の南部で暮らしていた秋山くんの父方の祖父母は農家ではなかったが、子どもの頃夏休みのたびに訪れていた祖父母の家の近くにもサトウキビ畑はたくさんあった。でも夏よりもっと背高く育ったサトウキビが揺れる冬の沖縄を知ったのは高校を出たあと、沖縄にある大学に進学してからだった。

東京からわざわざ沖縄の大学に行ったのは、そこでないと学べないことがあったからとかではなく、子どもの頃からなんとなく沖縄で暮らすことを夢見ていたからで、幼少期、夏になるたびに訪れたその土地で子どもながらに感じたのんびりとした時間の流れやおおらかな雰囲気は、長じてからもある種の理想郷のようなものとして秋山くんのなかに刻まれていた。しかし高校生のときにはもうゆくゆくは父親と同じ自衛官になることを決めていたから、そうなれば暮らす場所は任地次第で、自由には決められない。どうせ自衛隊に入るなら高校を出てすぐ入ることもでき、防衛大などを出て幹部候補生を目指すとかでなければさっさと入隊してしまう方が自衛官のキャリアとしてはメリットがある部分もあった。自衛官というのは、入隊してからも本人の意志とやる気さえあればいろんな勉強ができ、取得できる資格なども多岐にわたる。自衛隊員といっても全員が戦闘員というわけではなく、基本的に自己完結した巨大組織だから、その内部には様々な技術や能力が必要で、その教育課程などが整備されている。もちろん入隊後なら給料をもらいながらそれらを学ぶこともでき、自衛隊というのは調べれば調べるほど待遇が厚いのだった。倒産もしない。どんな厚遇も割に合うかは考え方次第だが、少なくとも当時の秋山くんにとってはその重厚なまでの安定が自衛官になろうという大きな理由のひとつだった。進学するかすぐに就職するか迷っていたところ、本人も一般大学を卒業してから自衛官になった父親が、大学に行けるなら行っておくのもよいだろうと言ってくれたので沖縄の大学に行って、四年間の沖縄生活を送ることにした。当時まだ祖父母が健在だったことももちろん後押しになった。それに加えて、その頃ヒットした沖縄の離島を舞台にしたテレビドラマとか、安室ちゃんとか、人気があった沖縄のロックバンドとかになんとなく影響されたりもしていた。いまから考えれば軽薄な、浅慮としか思えない進路決定だったが、当時の俺は結構真剣だったんだよ、と秋山くんは言った。それが精一杯の考えだったの。

祖父母の家はキャンパスから遠く、そもそもひとり暮らしをしてみたいと思っていたから、大学の近くに下宿を借りた。親縁のある土地とはいえ、特段の必要性もないのに進学のために東京から沖縄に出てくるというのは沖縄で生まれ育って東京に憧れる同期生などから見れば物好きな奴と思われがちだったけれど、出身とか属性が目立つのははじめのうちだけで、数か月もすればサークルの同期や先輩を中心とした人間関係が広がって親しい友人もできた。入ったのは草野球のサークルで、たまに野球もするが飲んだり遊んだりがほとんどの、軟派と言えば軟派だし普通と言えば普通で、秋山くん自身もごく普通に軟派な大学生活を楽しみつつ、卒業後に自衛官になる気持ちは変わらなかったから就職に支障が出ない程度に要所要所ではちゃんと勉強もしていた。

ところで、そこで暮らすようになるまで想像が及ばなかったけれど、沖縄における自衛隊の存在は内地のそれとは少し違うところがあって、学生時代沖縄で自衛隊について話したり、将来自衛官になるつもりだと言うと、相手によっては微妙な空気がその場に生じることがあった。自衛隊という組織に、戦後の成立過程や平和憲法との兼ね合いという問題がいつでもどこでもついて回ることはもちろん秋山くんも承知していたが、この土地では太平洋戦争における沖縄の地上戦やそこに至るまでに日本軍のとった行動と自衛隊とがときに強く結びつけられた。日頃暮らしていると物理的に身近なのは自衛隊よりも米軍で、二回生のときには秋山くんが通っていたのとは別の大学のキャンパス内に米軍のヘリが墜落する事故があった。事故による学生や一般市民の死傷者は出なかったが、事故そのものに対してはもちろん、事故後の米軍による処理や対応に対する抗議集会が開かれたりした。容認であれ反発であれ、米軍に対するどんな姿勢や感情にもそこには必ず内地としての日本への姿勢や感情も一緒にある。大学に入ったのはアメリカによるイラク攻撃とその後の侵攻によって世界中が騒然としているさなかで、間もなく自衛隊のイラク派遣も決まった。

それでも、と秋山くんは言った。それでもってことはないけど、四回生の春に航空自衛隊の一般曹候補生として受験して合格して、翌年から着任した。ちょうど十年。

十年?

入隊して、やめるまで十年。俺の自衛官としての勤務年数、十年。

ああ。

自衛官時代の話はずいぶん足早だこと。

そう言われた秋山くんは、否定も肯定もせず、じっと宙を見て、これはあとから思ったことだけど、と言った。大学で向こうにいたときには、ときどき祖父母の顔を見に行くこともあって、卒業後の話をするたびに、まーくん本当に自衛官になんかなるのかい、って言われたんだよね、じいちゃんに。それであるとき一度だけじいちゃんが話してくれたんだけど、自分は自分の息子が自衛官になると言ったときに反対しなかった。特段賛成もしなかったが、自分でそう決めたんなら大したもんだと思った。でもそれは間違いだったかもしれない、っていまは思ってる、そう言うんだよね。俺は、へー、ってそのときはほとんど気にとめなかったし、それで進路を変えることもなかったわけだけど、そのやりとりがなんとなく残っていたことは、自分が結局自衛隊をやめちゃったことと関係あるのかもしれない。秋山くんは、親父はいま病気をしていて、すぐにどうこうということはないが、ああこうして親というのは年をとっていき、言ってみれば死に向かっていくものなのだなとふと思うことが増え、そこには親だけでなく自分の老いとか死も、若い頃に考えていたのとはくらべものにならない近しさをもって感じられるように、とそこまで言って喋りすぎたことに動揺するような間をおいて、思い切ったように、なった、と言い切った。若い頃に自分が自衛官になろうとしていた気持ちがいまではもうほとんど理解できなくなっている。国内も国外も不安定ななかで、自衛隊の存在はきわめて現実的で、そこが魅力に映っていたような覚えがあるけれども、いまではそうは思わなくなった。それが自衛官だったあいだの経験によるものなのか、年をとったことによるものなのか、それ以外のなにかなのか、よくわかんないんだけど。

背丈を超える藪のなか、茂みによって日は遮られ、密集する葉で視界はほとんどなきに等しい。細長い葉が頬や腕に擦れると、切られそう、と思った。太いキビの茎はその葉の内から縦横に現れて、肩や背中で押しのけようとしてもその向きを間違えればびくともせず、むしろ向こうからこちらの体を押し込んでこようとするみたいだった。入ったところから、一応は列をなして生えているはずのキビのあいだを抜けて前に前に、奥へ奥へと進んでいるつもりでいたけれど、もうその方向感覚が合っているかどうか自信がなかった。入隊してすぐの教育課程では野外訓練や野営もあって、同期の連中と野を駆け地を掘り火を起こし、こんな藪のなかに入り込む訓練もあったような気がする。思い切って腕を上に突き上げ、頭上に重なる葉を掻き分けてみた。顔を上に向けると葉のあいだから晴れた空が見え、そこから流れてくる空気を吸い込んだ。

大学に通っていた頃は、夏休みや冬休みには東京に帰ることがほとんどで、沖縄の離島には結局行かずじまいだった。日頃の生活だけでじゅうぶん南の島を満喫していたし、そんなお金も機会もなかった。

秋山くんが大学を卒業して間もなく、先に祖父が、それから二年もしないうちに祖母もなくなって、祖父母の家はしばらく親戚が住んだりもしていたがやがて空き家になって、十年勤めた自衛隊をやめたあと沖縄に渡った秋山くんがその家に住みはじめた。祖父母の住んでいた家といっても、沖縄の家と言われてなんとなくひとが思い浮かべるような平屋の建物ではなく、といってふつうに内地にある分譲住宅のような建物でもなく、少し山間に入った場所に建つ母屋のついたログハウスのような家だった。祖父母が建てたものではなく、もともと建っていたものを買いとったらしい。祖父母は沖縄の言葉で言えばやまとんちゅ、つまり内地の人間で、東京で勤め人をしていた祖父の定年後に夫婦で沖縄に移り住んだ。移住は返還後には違いないだろうが、詳しくいつだったか秋山くんは知らない。でも秋山くんが幼い頃にはもう祖父母は沖縄にいて、祖父は沖縄で民宿でも経営してみたい考えがあってそんなログハウスのような家を買うか建てるかしたらしいが、結局頓挫したのか祖母に反対されたのかそこで商売をするようなことはなく、趣味程度の農業や釣りをしてみたり、ときどき旅行に出かけたりしながら、晩年まで貯金と年金で悠々自適に暮らしているように見えた。

年齢こそ違えど、晩年の祖父母を真似るみたいに仕事をやめて沖縄に渡った秋山くんは、幼い時分に訪れた頃の様子とくらべるといくらか古びたり傷んだりした箇所も目立つ山間のハウスを少しずつ改築した。素人仕事だからたいしたことはできないが、自分の暮らしやすいように手を入れたり、自分の趣味に合わせた造作や塗装を施した。家の各部には、幼い頃ここで過ごしたときの記憶を喚起する古い置物や傷がそこここにあったが、あるとき祖父母のひとり息子である父親にかんするものがほとんどないことに気づいた。もちろん生家というわけではないから、それはそんなに不思議ではない。子どもの頃、夏休みにこの家を訪れるときに、父親はほとんど一緒には来なかった。来ても数日間だけ一緒に過ごして、いつも先に帰ってしまって、あとには母親と秋山くんが残って一週間とか二週間ほどを過ごすのが常だった。仕事の事情もあっただろうが、いまから思うと、沖縄移住後の祖父と父親の関係には、溝が生じていたのかもしれない。父親は、秋山くんが自衛隊をやめたと聞いても、沖縄の祖父母の家に住むと聞いても、いいとも悪いともはっきり言わなかった。移住後しばらくは家の手入れや物置になっていた母屋の整理をしながら、ドライブをしたり釣りをしたりのんびり過ごしていたが、あまり働かずにいるのもよくない気がして、学生時代に仲のよかった友人夫婦がやっている食堂兼民宿を手伝うことになった。

友人夫婦とは件の草野球サークルで一緒だった。旦那の方は同期、マネージャーをしていた奥さんの方は一年後輩で、ふたりは学生時代から付き合っていてそのまま卒業後に結婚した。沖縄で開いた結婚式に秋山くんも呼ばれて出た。ふたりはともに内地から沖縄の大学に入って、そのままそれぞれ沖縄で就職した。飲食や観光の仕事をしていたそうだがお金を貯めて念願だった食堂をまず開き、その後食堂に併設する形で民宿も開業した。経営も軌道に乗った頃、奥さんが第一子を妊娠して、夏の繁忙期のアルバイトを探さなくてはと思っていたところにちょうど沖縄に戻ってきたタイミングだった秋山くんが連絡を入れて、そのまま手伝うことになった。

それで秋山守三十三歳、自衛隊離隊後心機一転、晴れて沖縄の地で民宿の番頭として再出発をしたのであります。秋山くんはそう言って、敬礼のポーズをして見せた。

ゴールデンウィークから夏のハイシーズンまで、掃除から洗濯から調理から給仕まで、もとは夫婦ふたりで営む小さな食堂であり宿だったから、奥さんの代わりを務める秋山くんの仕事も大忙しだった。ちょうど学生の夏休みシーズンが終わった頃に奥さんが無事出産した。しばらくは秋山くんも仕事を手伝っていたが、ちょうど観光が閑散期に入るところでもあり、夫婦は民宿の客を取らず、育児をしながらしばらくは食堂だけ営業することにして、秋山くんはまた暇になった。

それで番頭秋山守、暇を出されて今度は西表島でサトウキビ刈りの季節労働に従事することになったのであります。敬礼。

サトウキビの収穫には機械が用いられることも増えつつあるが、特に離島ではまだまだ手作業のところも少なくない。刈り取られたサトウキビは、余計な葉を落とされ、糖汁を搾る茎の部分が集められ製糖工場に運ばれる。できあがる黒糖は、島によってもずいぶん味が違う。自前で製糖をする農園もあり、当然農園によってもできあがる黒糖の味は微妙に異なる。

冬の西表島の気温は天気にもよるがだいたい二〇度前後で、晴れの日は少なく、風が強い。十二月から三月までのあいだ、住み込み三食付きでこの農作業に従事するというのがいわゆるキビ刈りのアルバイトで、西表島に限らず沖縄はだいたいどこの島でも製糖が行われているから、冬になると各島にキビ刈りの働き手が集まってくる。過酷な労働ゆえ大半は若者で、学生もいればフリーターもいる。突発的に会社を辞めてやって来たひととか、どこかから流れ着いたバックパッカーみたいなひともいた。秋山くんのように、夏は島のガイドや観光業の仕事をして、冬はキビ刈りというのが一年の労働サイクルになっているひとも多かった。

一応元自衛官だから体力にはある程度自信があったが、予想以上の重労働だった。途中で音を上げて逃げ出すアルバイトも毎年一定程度は出るがそれも無理はないと思えた。体力的にもきついが、特にはじめのうちは気力の方も求められる。慣れない農作業、それも手作業の収穫となると作業の終わりが見えず、その途方もなさは体力とともにじわじわと作業に向かう気持ちを奪っていく。刈っても刈っても、いっこうに進んでいる気がしない。広いサトウキビ畑で背中を丸めて一本ずつサトウキビを刈り取っていると、自分の体の大きさがよくわからなくなってきて、間違った道に踏み出して引き返せなくなってしまったような、取り返しのつかないことをはじめてしまったような、そんな気持ちに襲われる。サトウキビを刈るには小型の斧のような農具を使う。足元は畑の土の上に枯れ葉が積もり雑草も生えていて思うように踏ん張りが利かない。根本に斧の刃を入れるにも、なかなか思ったように力が伝えられず、一発で茎を切断できないとそこに残った硬い繊維を断ち切るのに何度も斧を振らなくてはならず、そういう無駄な動きが次第に体力を奪い、自分の腰や腕のダメージにもなってあとから響いてくる。茎の根本はたいてい枯れ葉に埋もれて隠れているし、同じ株から出た茎も育つうちにてんでの方向を向いているから、それを見定めて的確な向きと角度で斧を入れないといけない。途中で屈曲していたり、ほかの株の茎と互い違いに入り組んでいたりして、それらを見分けたり引き抜いたりするのにも時間と力がいる。何時間か作業して、休憩時間に自分がそれまで刈り取った範囲を眺めるとその狭さに驚いてしまう。目の前にはまだ広大なキビの藪が広がっていて、毎日作業したって冬のあいだに刈り終わるとはとても思えない。けれども休憩が終わればまた立ち上がって斧を持ち、一本一本キビを刈る。昼を挟んで午後も、明日も明後日も、同じ作業が数か月続く。

刈り倒したキビはそこらに山にされ、ある程度たまったところで今度は余計な葉を落とし、茎の表面を覆う葉ガラと呼ばれる乾いた葉を剝いていく。これは専用の二股になった器具で行われ、葉ガラを剝くと竹のような節をもった杖ほどの太さの茎が現れる。これを束にしてトラックの荷台に積み込むまでが収穫作業だが、特に最初の頃はその作業の全貌は見えない。なにをしていても、目の前に膨大な質量としてあるキビの群れが、剝きとられた葉の散らばりが混沌とあるばかりで、自分のやったことの量もこれからやることの量もはかれない。キビの茎が製糖工場に運ばれて搾られ、やがて黒糖になる、その味なんて想像が行き着かない。

けれども次第に、柔らかい足元でも体の重心をうまくコントロールできるようになってくる。足の裏だけで地面を捉えようとしているうちはだめで、膝の遊びと股関節、尻の重さをうまく利用できるようになると多少足元が悪くても下半身がふらつかなくなる。頭で考えなくても、自然と体の使い方がそうなっていく。下半身が安定すると刈り取るキビを選び出して摑む左手も、その根本に斧を入れる右腕の振りも安定し、すると一発で茎を切断できるので、すかさず次の茎を摑んでまた根本に斧を入れる。斧が入るか入らないかのうちから視界の隅では次に刈るキビを選び定めて、その生え出ている向きに対してどんな向きで摑んで引き込むか、その角度を頭のなかで思い描いている。そうやってわずかに次のアクションを先取りしながらキビを摑み、斧を入れ、合間に邪魔な葉を除けて払い、そのあいだにも足の裏で地面の柔らかさや起伏を探って肩を揺らし、腰を振るようにして、重心と体の軸を安定した状態に保つ。畑一帯が立てる葉擦れの音のなかに、斧を打つ音と引き寄せるキビにまとわりつく葉の音が一定のリズムをつくり出し、それに乗ってまた足を運び、腕を振る。そうなれば多少地面を踏みそこねても、斧が一発で入らなくても、すぐに元の調子を取り戻すことができる。時間のないところにリズムは生じないが、いったんリズムが生じればそこにある時間はただ進行するのではなく繰り返される。重なって増幅しながらいつかの方向へと延びていく。確かに進むのは作業ばかりになる。背後に増えていくキビの山と、少しずつだが確実に切り拓かれていく藪と足場とが作業の進行したことを示す。周囲を見ても誰もおらず、しかしこの畑のどこかでは仲間たちが自分と同じようにキビを刈り、葉を落とし、ガラを剝ぎ、しなった茎の向きを揃えて山と積む、その作業を繰り返している。いずれは反対側から刈り進めてきた誰かが、キビの葉の向こう側に顔を出す。今年の畑もいずれはすべて刈り取られ、まっさらになるはずだ。去年も一昨年もそうなるのを見てきた。終わりはある。

摑んで引き寄せた株の奥、枯れ葉の下でなにかが動いた。作業中の藪からネズミとかハブが出てくることは珍しくないが、それとは少し違う動きのようだった。違和を感じたあたりの地面に目を凝らしたが、それきりなにも動きがなかった。気のせいかと思ったが、足の下の地面には妙な気配と違和感があって、先ほどまでの調子も中断されてしまった。秋山くんは動いて見えたあたりにさらに目を凝らしながらも、ひとつ息をついて、屈めていた腰を伸ばした。風が吹いてざっと畑一面が鳴った。水筒のお茶を飲もうと思って置いておいたはずのあたりを見たが、水筒はなかった。

おーい、と藪の奥から声がした。重なり合うキビの茎と葉の向こうで誰かが声をあげている。自分に向けられた声なのか、そうでないのか判じかねて、秋山くんはすぐには返事をしなかった。若い男の声だった。畑は依然として葉の音を鳴らし続けていたが、さっきとは風向きが変わったようだった。おーい、とまた同じ方から声が聞こえた。奥にはまだまだキビがたくさん植わっているはずだったが、聞こえる声は藪のなかにいるとは思えない気楽な調子だった。秋山くんは今度は声がした方に向かって、はーい、と返事をしてみた。

そっちかい、と声がして、風に揺れる葉の音に混ざって誰かが藪を搔き分けるような音がした。すぐそこで畑が切れているのだろうか。誰かが刈り取って切り拓いた空間がそんなすぐそばまで迫っているはずがないのに。どういうことか、と秋山くんは思った。自分が夢中になっているうちに、目論見とは違う方向へ刈り進めてしまったのだろうか。藪に入り込んだと思しき男は葉をばさばさ鳴らしながら、うひゃー、とはしゃいだような声をあげた。また藪を掻き分ける音がして、だめだだめだ、こりゃ容易じゃないな、と声の主はまたもといた拓けた場所に戻ったらしかった。

どちらさんですか、と秋山くんは声の方へ向かって訊ねてみた。

どちらもそちらも、こちらさんだよ。

秋山くんはさきほどなにかが動いた気がした地面のあたりをもう一度見つめたが動きはなかった。汗でもともとびしょびしょだった背中が少し冷え、それから風に流されて首元や額が受ける空気がさっきと変わった、と思った。生ぬるく、湿度を帯びているのは同じだが、違う場所の空気が流れてきたような感じがした。

キビ刈りのひとですか。

まあそうだよ。

ご苦労さまです。

ご苦労さまだよ。あんた、そんなに張り切ったら疲れちゃうよ。

でも、のんびりやってたら終わらないですし。

のんびりやったって終わるときは終わるし、急いでやったって終わんないときは終わんないよ。

そうですかね。

そうだよ、でもね、あんたの気持ちはよくわかる。わかるよ。のんびりやるより、張り切ってやった方が楽なんだ、はっきり言って。畑仕事でも、水くみでも、穴掘りでも、仕事ってのはそういうとこがあるよね。

そうですね、そう思います。

ところが、だ。

はい。

ところがなんでしょうか。

ところが、ってところがなんだな。

そちらはどちらですか。

どちらもそちらも、こちらさんだよ。わかってくれよ。

そう言われてもちょっと。

察してくれよ。俺は疲れたよ、ちょっと休憩させてくれよ。さあいいかい、手近な甘蔗を一本、ぱーんと刈り落とす。ほれ、ぱーん。そんでそのまま根っこの方の皮を削ぎ落とす。そしたら露わになった白い茎にこうして、と男はそこまで言って無言になった。白い茎にかじりついたんだろう。かじれば甘みのある水分が滲み出てくる。口のなかが潤って、顔を上に向ければ喉へと流れ込む。空が見える。頭と体の熱が少し引く。キビの群れにだけ向けられていた意識が広がって、気持ちの方も畑の外へ、遠くへ開けてくる。秋山くんは男の声を待ったが、なかなかなにも言わないので、自分も一本キビを斧で刈り、根の方の硬い表皮を葉ガラごと削ぎ落とし、現れた白い茎をかじった。甘味のある水分が滲み出てくる。口のなかが潤って、顔を上に向ければ喉へと流れ込む。空が見えた。口の端から水分がこぼれる。もう一度水筒を置いておいたあたりを見たけれど、やはり水筒はなくなっていた。道を挟んだ別のキビ畑の向こうは緩やかな下りの傾斜になって、下っていく地平線の切れ目の向こうには島の西側の海が見えた。その景色には変わりがなかった。たぶん。でも海がいつも見ているのとはちょっと違うような気がした。色が違うのか、波の様子が違うのか、なにが違うかと言われてもうまく説明できない。海なんて世界中どこの海もひとつながりの海なのだから、海が違うというのはつまり見ているこっちが違うというだけなのかもしれない。同じ場所から見る海がいつも同じに見えるというわけではない。毎日違って見える。いつもと違う海なんてないし、いつも同じ海なんてのもない。違うのはやっぱりこっちの方なんだろう。今日はいつもと違うのか。

もう昔と違って砂糖つくったって儲からないって言うし、そんなに忙しく甘蔗を刈ってもしょうがない、とまた向こうから声がした。でも畑に入って刈りはじめるとついついこう、興がのっちゃうっていうか、真剣になっちゃうっていうか、自分が自分じゃないみたいになっちゃって、甘蔗刈りの達人みたいになってしまうんだな。そうやって自分を失ってしまうんだ。おかしな話なんだよ。いまはコカだ、ベチバーだ、レモン草だって時代であちらさんの工場は大忙しだ。でも俺たちそんなに働きたくないからいまだに砂糖なんかつくってるんだろう。旧式の工場で、牛に締機を引かせてさ。なのに畑に出たらせっせと競争するみたいに刈り取りだ、皮剝ぎだ、束ねて積んで運搬だって一生懸命になっちゃう。おかしいよね、そう思わない？　秋山くん。牛はえらいよ。急げっつったって急いだりしないもんね。一日中のろのろのろのろ、ぐるぐる同じところを回って歩くだけでさ。でもそうでなきゃ締機はちゃんと動かないんだから、急いじゃだめなんだね。

もしかしてあなたは、生き急ぐな、みたいなメッセージを僕に送っていますか？

そんなものは送ってないよ秋山くん。俺は、牛はすごいね、っていうメッセージをすごく直接的に言ってるんだよ。

僕は刈るだけなんで製糖工場のことはよく知らないんですが、いまはさすがに圧搾機とかはもう少し機械化されているようですから。いまどき牛に引かせて砂糖を搾るなんてところ、それでも探したらあるのかなあ。

機械化の時代だよね。お互い。

そうですねえ。

ところでそっちで子どもがうろうろしていなかったかい。

子どもですか。

十歳くらいの男の子。友達の弟なんだけど。

見なかったですけど。

あ、そう。

迷子ですか？

いや、そんな大げさなもんじゃなくて、どっかそのへんにいると思う。

畑はハブもいるから、気をつけないと。

ハブね。

嚙まれたら大変。

秋山くん、俺たちの世代はまだ恵まれていたのかもしれない。のんきで平和な時代だったと、いまから見たら思えるようだよ。俺たちより下の、弟とか妹とかまだ子どもの連中は、これからどうなってしまうのかな。学校もどんどん息苦しい、つまんない場所になってしまったし、まわりにいる大人たちも、同じようにどんどんつまらない、揃いも揃って同じようなことしか言わないひとばかりになってきてしまったよ。

男の声は、相変わらず気楽な調子を崩さなかったが、さきほどよりはそこに切迫した感情が潜んでいるようにも思えた。秋山くんはさっきから目の前のキビの藪と、動いた気がした地面の枯れ葉の膨らみを見やりながら、大学を出たあと同期で入隊し、一緒に教育課程を過ごした友達のことを思い出している。入隊後、いちばん親しくなった彼の名を秋山くんはいまここで呼べない。よく知る彼の声と、いま藪の向こうから聞こえる声は全然違ったが、その声の遠さがよく似ていた。彼の声はいつもこんなふうな遠さで聞こえて、姿はいつも見えない。彼の方からは自分の声はどんな遠さで聞こえるのだろうか。

そちらさんからは、こちらはどんな様子にうかがえますか。

そうねえ、どっちもどっちかな。

そうですか。あの、と秋山くんが言いかけると、あ、と男も声をあげた。雨が来るぞ。

空を見ると、西から延びた暗い雨雲がもう頭上に張りだしていた。

退散だ、と男は言った。またね、秋山くん。

あの、と秋山くんは走っていきかかりそうな男を呼び止めた。男の子の名前、教えてもらっておいていいですか、迷子の。

しのぶ、と男の声は遠ざかりながらそう言った。もしそっちにいたら、しばらく面倒見といてくれよ、秋山くん、頼むよ。

ひとつふたつ、雨粒が落ちてきた、と思ったら息つく間もなく土砂降りになった。斧と鎌だけ拾い上げ、畑の脇に停めてある軽トラまで走ろうかと思ったが、それもためらわれるほどの激しい降りで秋山くんは畑の藪のなかに体を入れて、キビの葉の下で雨をよけた。さっきまで風になびいていた葉は、いまは雨粒に打たれて盛大な音を立てていた。目の前の刈り取りの終わった地面にはまだ葉ガラや草が積もるように散らばっていて、うまく水を避けてくれれば足場があまりぬかるまなくて助かるが、降り続くようなら今日の作業はこれきりで仕舞いだ。休める、とも思うが、その分を担うのも結局明日以降の自分たちだ。畑の脇の砂利道にはあっという間に水たまりができていた。

道を挟んだキビ畑もただただ悲壮な感じで雨に打たれていた。下っていく先の西の空を見ると、もう海上では雨雲が切れかかっていた。さっきいつもと違うように思えた海は、いまは毎日見ているのと同じ海だと思えた。さっきの藪の向こうの男はどこへ行ったか知らないが雨をよけられただろうか。のんびりやったって終わるときは終わるし、急いでやったって終わんないときは終わんないよ、と男は言っていた。それなら今日は休みでもいいのかもしれない。畑から下宿までは軽トラで五分ほどだ。下宿の軒のトタンがいまは雨にうたれてさぞやかましい音を立てているだろう。明日も雨なら一日その音を聞きながら、下宿で昼から酒でも飲むか。なあ、と秋山くんは誰かに呼びかけてみた。

第九章

23

私が八木皆子さんだと？　マイコさんはそう言って、グラスのレモンサワーをひと口飲んだ。横多さんはそう思ってるんですか？

若いからか、よほど酒に強いのか、マイコさんは酒を飲むペースがやたらと速かった。最初にビールの大瓶一本をふたりでシェアしたあと、横多は焼酎の水割りを、マイコさんは島レモンと呼ばれている小笠原特産の青いみかんのようなレモンを搾ったサワーを店の半場千八子さんに勧められるとそれを頼んだ。マイコさんはそのあともずっと同じものを飲み続け、横多の水割りはまだ一杯めだが、マイコさんのレモンサワーはもう何杯目かわからなかった。カウンターの卓上、マイコさんのグラスの横の皿には半切りにされて搾り終えたレモンの皮が山になっていた。それから最初に頼んだサラダと刺身、チキン南蛮の皿。

半場千八子さんの店「随に」は、今日は昨日と打って変わって混んで賑わっていた。カウンターの、昨日横多が腰かけていた席にマイコさんが、その左隣に横多が座り、横多から一席あけたいちばん端の席で体格のいい男性がひとりで飲んでいた。よく日に焼けた顔、半場千八子さんとときどき気安そうに言葉を交わす様子から、地元の人間と思われた。全部で五席のカウンターにはその三人がいて、背後のテーブル席はどちらも複数人連れの客で埋まっていたから店内はほぼ満員に近く、テーブル席の方には観光客らしきひともいたが、この島では観光客もだいたいサンダル履きの軽装で、あまり地元のひとと見分けがつかない。

開店前の時間に押しかける形になった昨日は、客は横多ひとりだった。音楽もかかっていないし、テレビやラジオも点いていない静かな店内でこちらも静かに飲みながら、勧めてみると一緒に飲みはじめた半場千八子さんが酔ってなのか横多へのもてなしのつもりだったのか、ぽつぽつ語る自身やこの店の来歴に横多は耳を傾けるだけで、自分からはほとんどなにも話さなかった気がする。もっとも、疲れたところに少々飲み過ぎたせいで記憶はおぼろげだった。

なんにせよ昨日の店の雰囲気だったら、たとえ隣にマイコさんがいたとしても、自分はきっと八木皆子さんの話を他人にしようとは思わなかっただろう、と横多は思った。今日はてんでに話す酔客の声が店のなかに溢れていて、それぞれの声が語る話の中身はいちいち聞き取れないが、合間に挟まる相槌や笑い声からは、気の置けない者同士が気安い話を交わしているのだろうとわかった。酔ったひとびとの声や息が、八木皆子さんの存在について考える際についてまわるいかがわしさや不穏さ、不審さ、そしてなにより八木皆子さんについて話をする横多自身の不安や怖れのようなものを、紛らせてくれるように思えた。横多が八木皆子さんのことを他人に話すのはこれがはじめてだった。

去年の夏に最初にメールを受けとったときのことから、すでに他界した祖父母がかつて小笠原諸島の硫黄島に暮らしていた事実、そして今朝のメールで届いた八木皆子さんが記したと思しき自叙伝のような長文にあった島での暮らしや、八木皆子さんの姉であり横多の祖母であるイク、そしてイクと同級の達身や重ルたちとの思い出、疎開で島を離れた夜のこと、そして疎開後の暮らしのことについて、また横多自身の休職中の仕事の話などにも触れつつ、今日自分がここに至るまでの、というか今日ここに自分を至らせた八木皆子さんについて、横多は話をした。

話は長くなった。横多は話しながら不意に自分が延々ともう何時間も話し続けていて、閉店時間をとうに過ぎている、みたいな錯覚に陥る瞬間が何度かあって、けれども我に返って時計を見ればまだ六時過ぎで、店に入って飲みはじめてから一時間ほどしか経っていない、そのことを確かめて安心した。同時に、そんな短い時間でどうやって自分が八木皆子さんにまつわる話を語り得たのか、不思議でもあった。自分が話す話のなかで過ぎる長い時間と、自分がいまここにいる時間とが、隔たっているはずなのに、不意に干渉するみたいに自分がどちらの時間にいるのか怪しくなる。もしかしたら八木皆子さんは、そんなふうに自分の時間に入り込んできたのではないか、と横多は思い、思ったもののそれが具体的にどういうことなのかはわからなかった。

話の聞き手がマイコさんでなければ、横多は八木皆子さんについてそんなふうに語ることはできなかっただろう、と思えた。横多にメールを送り続ける八木皆子さんはいったい何者なのか。その結論のまったくないまま横多は八木皆子さんについて語っているのだったが、横多はいつの間にか聞き手のマイコさんを八木皆子さんに重ね、マイコさんを八木皆子さんに見立てて話していた。これはあなたの話だ、あなたもそれをわかっているんでしょう？　そのような言外の問いかけが横多の心中には生まれ、何者かわからない八木皆子さんが次第に話のなかでマイコさんの姿をとりはじめる。昨晩民宿の食堂ではじめて出会い、今日の昼間には展望台の傍の旧日本軍施設の廃墟で偶然出くわし、原付にふたり乗りをして宿のある大村まで戻ってきた。そしていまここに一緒にいる。話はそこに行き着いて、ひとまずの決着を見た。いまここに辿り着くことになるとわかっているから、きっと自分は八木皆子さんについての長い話を、ある話題からある話題へと継ぎ、そして語り終えることができた。横多はそう思った。

生きていれば九十四歳になる八木皆子さんと、さっき本人から聞いたところでは今年二十歳になったばかりだというマイコさんとが、なにをどういうふうに考えれば同じ人物であると言えるのか、そう自問すれば、現実的にはなにをどう考えても同じ人物であるはずがないという結論にしかならない。ならば、なにをどう考えても同じ人物ではありえないふたりを重ねようとし、同じ人物であるかのように見ようとしている自分はいったいなににに突き動かされてそう思いたがっているのか。それは自分がどこかでそうであってほしいという希望というか願望のようなものかもしれない。もっと単純に言えば、八木皆子さんに存在してほしい、そして目の前に姿を現してほしい、という希望であり願望かもしれない。その願いがいま自分に八木皆子さんの話をさせている、と横多は酔いが混ざりつつある思考のなかで自覚していた。

マイコさんは、酒を飲むペースは変わらず、何度もおかわりをしながら、しかし黙って横多の長い話を聞いていた。そして横多の話が終わったことを察すると、先の反応を示したのだった。

で、私がその八木皆子さんだと？

いや、と横多は応え、そう単刀直入に言われても困るんですけど、と言い淀んだ。横多はたしかにマイコさんの存在を八木皆子さんと重ねてはいるけれど、しかしその重なりがどんな重なり方なのかは説明できない。だからそんなに簡単に両者をイコールで結ばれても困る。横多自身が翻弄されるような八木皆子さんについて自分で語った話の長さが、たとえばその難しさを表している、みたいなことをマイコさんは理解してくれるだろうか。それは勝手な話だろうか。

私が八木皆子さんです、とマイコさんが言った。横多の方に顔を向けたマイコさんは、目を大きく開いて、横多の目をまっすぐ見た。口元にはわずかに笑みが浮かんでいるようにも見えた。このひとはこんな顔だったろうか、と横多は思った。正面から見るのと、隣に座って見るのとでは、ずいぶん違って見える。無言の少しの間をおいて前を向き、マイコさんはまたレモンサワーをひと口飲んだ。ぐいぐいいくし、ひと口ずつが大きい。傾けたグラスに口をつけると、一度に大きいグラスの三分の一ほどを飲み干す。白い首の喉が波打つ。

本当に？

本当ですよ。

いや、そうじゃないことはわかっているつもりなんです、と横多は言った。

え、わかってるんですか。本当に？

本当に、と念押しされると、そこで問われた本当から、疑念みたいなものが、違う可能性みたいなものが滲み出てきて。

マイコさんは口を尖らせるようにきゅっと結び、一瞬眉間に力を入れた。小さく動いた唇と頬を見て、あ、化粧をしている、と横多は思った。顔の印象が違うのはそのせいかもしれない。昨日の夜も今日の昼も、横多がわからないだけで化粧はしていたのかもしれないが。マイコさんはなにも言わないまま、またレモンサワーを飲んだ。グラスが空いた。すいません、おかわりください、と空いたグラスをカウンターから厨房の半場千八子さんに示した。

はいよ、と半場千八子さんはカウンター越しにグラスを受けとると、お姉さん飲むねー、と笑った。

レモンまだある？　いる？

レモンもください、おいしいですねえこのレモン。

これね、うちの庭に生えてるやつだよ。

横多もさっき、マイコさんのレモンをひとつ味見させてもらった。ふつうのレモンよりすっぱさが穏やかで、オレンジみたいな香りがするけれどオレンジほどは甘くなく、すっきりした味だった。

はい、と半場千八子さんが焼酎の炭酸割りのグラスをマイコさんに渡し、それから半切りのレモンを山にした皿を横多の方に差し出した。横多はそれを受け取って、マイコさんの前にあった搾り終えたレモンの皿を半場千八子さんに手渡した。

おにいさん今日は飲み相手がいていいね、と半場千八子さんが言った。昨日は私なんかの昔話聞かされて、おもしろくなかったでしょう。

横多はなんとなく笑って返事をした。おもしろくなかったことはないが、簡単に感想を言えるほど単純な話じゃなかったし、記憶も曖昧だった。

マイコさんが、私ご飯もらっていいですか、と横多に訊ねた。

ご飯て、白いご飯？

そうです。

いいけど。

私、飲みながらお米も食べるんですよね。変って言われるんだけど、と言ってマイコさんは少し笑い、すいません、あとライスください、と厨房に声をかけた。

はい、普通の量でいい？　大盛り？　と半場千八子さんが笑顔で言うと、はは、普通で大丈夫です、とマイコさんは応え、レモンの山からひとつとって自分のグラスの上で果汁を搾り、なみなみの酒をひと口飲んで、さて、じゃあ、と言った。

全然いいけど、珍しいね。

なにが？

そんなに飲みながら飯も食うってのは。

あるまじきお酒の飲み方？

いやいや、好きなように飲んだらいいと思うよ。

若いからお腹すくんですよ、なんせ、と言うとマイコさんはピースサインを横多に示した。二十歳だから。

本当だろうか、と横多は思い、さて？　と先ほどマイコさんが言いかけた言葉を向け返した。

さて、じゃあ、今度は私の話を横ちんに聞いてもらおうかな。

横ちん。

長い話。


マイコという名前はたしかに私の本名だけれど、とマイコさんはカウンターの席で体をよじり、横多の方に丁寧に向き直って言った。さっき展望台の廃墟で教えた、迷子と書いてマイコ、というのは嘘、ごめんなさい。

かしこまって頭を下げるとマイコさんの黒いまっすぐな髪の毛がするりと下に落ちてマイコさんの顔を隠した。そんなふうにされて横多の方がどうしていいかわからずどぎまぎしていると、顔を上げたマイコさんは、とはいえそれは単なる嘘や冗談ではないんだけれど、と言い足して、また前向きに座り直し、レモンサワーをひと口、グラスの三分の一ほど飲んだ。喉が鳴る。やっぱり少し違う、と横多は思った。正面から見ても、少し違うひとみたいに思えた。小さな吐息とともにグラスを置き、前を向いたままマイコさんは、想像するに横ちんの気になるところは私の名前よりも苗字の方かもしれないですよね、と言った。横ちんの話に出てきた、この父島からさらに三〇〇キロ南にある硫黄島にかつて暮らしていた、横ちんのおじいさんやおばあさん、そして肝心の八木皆子さん。彼らと同じ、あるいはなにかしらのつながりを知らせる名前を私が持っているんじゃないか、横ちんはそう考えていることだろう。さあ、私の苗字はなんでしょう。マイコさんはそこまで言って、また横多の方に顔を向けた。

横多はなんと応えたものか困って、マイコさんの顔を見ないようにして黙っていた。

マイコさんは横多がなにも応えようとしないのを確かめると、もちろんそれはいま伏せておく、と言った。私はそれを謎のままにしておく。

横ちんからすれば、八木皆子さんを追いかけるようにこの島までやってきたところに、突然私が現れた。それもいかにも意味ありげに、意味深に。でも私からすれば事情はまったく異なって、私には私の事情があって、はるばるこの島までやって来たのだ。その私の前に突然横ちん、あなたが現れて、それはやっぱり私にとって意味ありげで意味深だったけれど、旅先で偶然知り合うひとというのはだいたいそうやって突然現れるものだし、そこに生じる意味というのはその出会い自体ではなく、現れたひとでもなく、それを受けとる自分の事情や心情によるものなのではないか。つまりそれが旅人の旅情なのではないか。ましてやこれは単なる観光じゃない。私も横ちんと同じように、なにものかを探して、追い求めて、言わばなにかに導かれるように、この南の島までやってきた。そんな旅なら旅情はなおのこと敏感に、繊細にはたらいて、旅人はあらゆる景色、あらゆるものに意味を見出そうとする。ではここで問題です。私はいったいなにを求めて旅に出たのでしょうか。一番、夢。二番、愛。三番、それ以外。

三番。

正解。さすが横ちん。私が探しているもの、ひと言で言えばそれは私自身だ。私は私自身を見失い、私は私自身を探して旅をしている。だから迷子というのはただの冗談じゃなくて、この旅のあいだの私の通り名のようなものだ。迷子とは、見失われ、探されているこの私の謂でもある。

マイコさんは横多の顔をちらりと見た。横多も自分の方を見たマイコさんの顔をちらりと見たが、なにも言わず、焼酎をひと口飲み、マグロの刺身をひと切れ口に運んだ。

これを聞いて、ああ、はいはいモラトリアムの若者がしがちな自分探しの旅ですね、そう思うひともいるかもしれないが、私に固有の現在をそんなふうに腐すひとを私は相手にしないし意に介さない。でもたぶん横ちんはそんなふうには思わないよね、マイコさんはそう言って、私は役者なんです、と続けた。

はいライス、と半場千八子さんがご飯のお碗を厨房から差し出した。マイコさんはそれを受けとった。

横多が、へえ、と思いながらもやはり黙っていると、役者であるのか、役者だったのか、これから役者になるのか、それはわかんないんだけど、とマイコさんは前を向いたまま、横多の方を見ないまま言って、醬油をつけた刺身をご飯の上にのせると大きなひと口分の米と一緒に口に運び頰張った。

役者、と言われて横多は小さな劇場の舞台の上に立っているマイコさんの姿をなんとなく思い浮かべた。役者と言ったって、舞台役者なのか、映画やテレビなどの役者なのかいろいろだし、マイコさんがどういう役者なのかはわからない。本当に役者なのかもわからない。けれども腑に落ちた気がしたのも事実で、突然現れて昨日と今日まるで自分を翻弄するように振る舞っていた彼女の不可思議さの謎が解けたような気になって、ああ役者だったのか、なるほどね、と思った。

だから迷子というのは旅の通り名であると同時に、私の芸名でもある、とマイコさんは言った。いずれにしろ役者にとって私が行方不明なのはそう悪いこととも限らなくて、なぜなら役者というのは私を離れて誰かになりすますのが仕事なのだから。誰かから誰かへ、自分とは関係のない他者を渡り歩くのが役者という生き物なのだから。役者にとって大事なのは私よりも他者、演じるところの役柄だ。この島でこうしてたまたま出会った横ちんから、私は八木皆子さんという存在を投影された。それは新しい役柄を私が与えられたようなことなのではないか、と役者である私は思わずにはいられない。その役を受けるか受けないかは私が決めることだけれど、私自身を見失っている最中のいまの私には、その役を断る主体も不在のような感じで、空っぽの洞穴に横ちんの語った八木皆子さんがすっと入りこんで、いま私はもう半ば八木皆子さんになりつつあるというわけです。そして実のところ、役者にとって私自身なんてものは、いつだってそんなふうに頼りなく、いるのかいないのかわからないくらいのものなのかもしれない。むしろ、役者というのは、もしかしたら役柄を得てはじめて自分を見つけられるものなのかもしれない。というのも、私が八木皆子さんになりつつあるいま、不思議と、空虚だったはずの私自身もまた少しずつ快復しつつある気がしている。でもその私は横ちんからは見えないよ。その私は役柄である八木皆子さんの陰に隠れているから。横ちんがいま見ているのは、八木皆子さんを演じる私で、だから横ちんは演じ手としての私のことは知らない、見えない。けれども私には、そこにいる私がわかる。そこに私がいるとわかる。横ちんが、探し求める八木皆子さんの存在を、あらゆるもの、釣り糸の先の魚とか、道端の山羊とか、廃墟で偶然出くわした年下の若い女とか、あらゆるものにその姿を見ようとしたみたいに、迷子の私は、旅のあいだあらゆるものになろうとして景色を眺め、ひとや動物を眺め、乗り物に乗り、食べ物を食べ、お酒を飲んでいた。私を探すことは、私が演じる役柄を探すことだ。

　マイコさんはレモンサワーをまた大きくひと口飲み、刺身ひと切れとご飯を頰張った。ご飯を嚙んで呑みこみ、もうひと口レモンサワーを飲んでグラスをあけ、またおかわりを頼んだ。人心地がついたみたいな様子でふう、とひとつ息を吐くと、迷子のマイちゃんが役者になろうと思ったのは高校を卒業したあとのことだった、とマイコさんはまた話しはじめた。それまではたとえば演劇部に入っていたとか、舞台や映画が好きだったということは特になかったんだけどね、とマイコさんは言葉を継ぐ。

マイちゃんは東京都内で生まれ育って、近所の小学校と中学校を卒業し、家からそう遠くも近くもないとりたてて特徴のない公立高校に通った。成績は中学でも高校でも中の中といったところだった。マイちゃんはまわりから見ても、自分で自分を顧みても、とりたてて特徴のない高校生だった。高校卒業後も、周囲の大半の同級生がそうするように学力相応の大学に進学するつもりだったんだけど、結局進学せずパチンコ屋でバイトをはじめたのは受験した大学に全部落ちたからだ。

受験したのはどこも学力相応と思われる学校ばかりだったから、全部不合格という結果は家族や友人、高校の進路指導の先生も予想外のことに驚いていたが、当のマイちゃんはその結果を前にして、どこかでそうなることを予想していたような気がして、全然驚かなかった。単に点数不足で落ちた学校もあったが、マイちゃんはある学校では解答欄を書き間違え、ある学校では受験日を間違えて試験すら受けずに不合格になった。

マイちゃんは中学では吹奏楽部、高校では軽音楽部に入ったが、どちらも途中で退部したり、幽霊部員になったりしていた。いろんな楽器を習って練習するものの、演奏会などの本番で決まって間違えたり演奏を飛ばしたりしてしまい、それを何度か繰り返すうちに、部活に行きづらくなったり、あるいはもう来ないでくれみたいな雰囲気を出されて行かなくなったのだった。

部活に限らず、子どもの頃のお遊戯会とか、ひとまえで挨拶や発表をしなければならないようなときにも、たいていマイちゃんはトチってしまう。マイちゃんは、間違えてはいけない場面が自分は極端に苦手で、間違えてはいけない場面ほど間違えてしまう、ということに自分でも薄々気づいていた。だから、大学受験もきっと失敗するだろうと思っていた。

それでマイちゃんは大学に行くのをやめた。もともと、さほど行きたい理由があったわけではなく、まわりの大半が進学をするというのに流されてなんとなく進学を決め、なんとなく学力相応と案内された学校を受験しただけだったから、進学を諦めるのもあっさりとしたものだった。大学に行けないのは少し残念だが、自分はたぶん絶望的に受験のシステムに向いていない、そう思えば諦めがついた。

そんなマイちゃんが役者になろうと思ったのは、高校を出て半年ほど過ぎた十九の夏、つまり一年前だ。きっかけはパチンコ屋のバイトの同僚に何人か小さな劇団で役者をしているひとがいて、彼らに誘われてその劇団の公演を見に行った。小さな劇場かと思いきやコンサートもできそうなそこそこの広さのホール会場で、客席も満席に近く埋まっていた。

マイちゃんはふだんの同僚が思いがけず、結構ちゃんとした劇団の結構ちゃんとした役者だったことをはじめて知って驚き、劇場に来るまでは半ば付き合いのつもりであまり期待していなかったその舞台を観るのが楽しみになったのだが、結果的にその公演は驚くほどつまらなくて、マイちゃんは終演を待たず席を立ち、劇場をあとにした。

ひと気のない劇場のフロアを早足で歩き、入口のドアを出て、日射しの強い真夏の繁華街に出たマイちゃんがなにを思っていたか。マイちゃんは、役者になろう、と思っていたのだ。駅に向かう足取りはだんだんと速まって、ほとんど駆け足に近くなっていた。

肝心要のところで失敗してばかりの人間が、どうしてよりにもよって役者になろうなんて思うのか、あなたは不思議に思うことだろう。でもマイちゃんは、人生でほとんどはじめてと言っていい観劇体験で、出演している同僚を見ながら、もしかしたら自分は、自分とは違う人間になる、ということがものすごく得意で、さっき見た連中よりもずっといい役者になれるのではないか、いやそうに違いない、とほとんど確信を得たのだった。マイちゃんが上演途中で席を立ったのは、上演中の芝居のつまらなさだけでなく、自分自身についての思いがけない発見にいてもたってもいられなかったからでもあった。

それでマイちゃんは役者になった、とマイコさんは言った。そしておかわりしたレモンサワーをひと口飲んだが、その飲み方は先ほどまでとは違って、ちびりと上澄みをなめるような飲み方で、よく見れば上体を前に傾けてうなだれたような姿勢も、眉間に深く皺を寄せた難しげな表情も、先程までのマイコさんとは違って、なるほどいま彼女は八木皆子さんになっているということなのか、と横多は思った。

自分の置かれたいまの状況を、どのくらい真剣に捉えたらいいのだろうか、と横多は思ったけれども、一方で、そもそも自分がここに来たいきさつを考えれば、およそ信じがたい八木皆子さんの存在を否定しきれないところからこうなったのであり、まさにその核心部分がいま目の前に到来しているのだった。

ということは、とうとう八木皆子さんが自分の前に姿を現した、八木皆子さんと対面した、そう思っていいのだろうか、そう思うべきなのか。そして八木皆子さんは、迷子のマイちゃんについて、つまり横多が今日一緒にバイクに乗り、さっきまで一緒に酒を飲み、横多が八木皆子さんの話を聞かせた相手であるマイコさん二十歳のこれまでの人生、そして彼女が役者になった経緯などについていま横多に語っているのだった。

八木皆子さんであるところのマイコさんによれば、しかしマイコさんは役者として舞台に出演したり、映画に出たりしたことはまだ一度もないのだという。お客さんやカメラの前で他人を演じたことは一度もない。どこかの劇団などに所属しているわけでもない。それじゃ役者じゃないというならば、マイちゃんはたしかに役者じゃないのかもしれないけれど、とマイコさんというか八木皆子さんは言い、でも役者って、なろうと思ってなるもんじゃなくて、そういうふうにある日突然、気づいたときにはもうなってる、そういうものなのね、と続けた。マイちゃんも、自分が役者になってから、そのことに気づいた。あの日以来、マイちゃんは役者として、毎日自分の役柄を探して、自分とは違う人間になりながら、他人から他人へ、渡り歩くように生きている。そしていまはこの私になっている。この先マイちゃんが、なにかの舞台に出演することはあるかもしれないしないかもしれない。映画に出ることがあるかもしれないしないかもしれないけれど、すでにマイちゃんは役者になっているのだから、そんなことは大した問題じゃないわよね。

つまり、流しの役者みたいな？　横多はそう口を挟んだ。

まあ言ってみりゃそういうことね。横多くんもフリーランスだからわかるでしょ。

フリーランスか。

役者のフリーランスみたいなものじゃない。

それもフリーランスって言うのかな。

違うの？　フリーランスってそういうのじゃないの？

どうなんだろう、と横多は応えながら、そこにいるのが八木皆子さんではないことはちゃんとわかっているつもりだったが、八木皆子さんである、と本人が言っているのだから、そうでなくてなんなのだろう、という気にもなっていた。その胡乱さ、いかがわしさは、これまで横多がやりとりをしてきた八木皆子さんに対して持ってきたそれととても似ていた。たとえばいまここに九十四歳の老女が現れ、八木皆子です、と名乗られたときに、横多はそれをにわかには信じられないと思うし、たぶん自分はそれを、嘘だ、と思ったのではないか。自分のやりとりしてきた八木皆子さんは、そんな姿のひとではなく、そんな現実的な存在ではなかったから。

マイちゃんが役者になってから一年のあいだ、これまで演じてきた役柄は、数えるほどしかない、と八木皆子さんは言った。たとえば役者になって最初に彼女が演じたのは、彼女の祖母だった。およそ数か月のあいだ、マイちゃんはマイちゃんの祖母として過ごした。毎日の生活のあらゆる時間、食事をするときも、お風呂に入るときも、トイレにいるときも。演じ終えた役柄について役者が多くを語るべきではなく、厳密に言えば、演じ終えた役柄についてはもう語り得ない。話に現れるのは役柄としての祖母ではなく、生前の、そしてマイちゃんが役者になるずっと前に、孫をかわいがって、病気でなくなってしまった祖母で、それは役柄としての祖母とは違う。ただの祖母の話だ。

ややこしいな。

まあでも演劇とかフィクションなんてものがそもそもややこしいものでしょう。わざわざ自分じゃないひとの言葉や振る舞いを、そのひとであるかのように表現しようというのだから。私に言わせたら、いったいどこにそんなことする必要があるのか謎ですよ。役者とか役柄とか、同じ身がひとつそこにあるだけなのに、どうしてそんなややこしいことするのやら。マイちゃんはいい子だから私好きだけどね。

まあそりゃそうですが、と言いながら横多は、あなたはいったい誰なんだ、と目の前の八木皆子さんであるところのマイコさんに言いたくなる。しかしその問いは、この一年のあいだ自分が八木皆子さんに内心向け続けた問いと同じなのだ。ということはやはりいま自分が話している相手は八木皆子さんなのではないか。そう考えるべきなのではないか。

マイちゃんにとっての問題は、演じるべき役柄を失い、自分じゃない人間でいられないとき。役柄が見つからないと、同時に自分自身をも見失ってしまうのね、役者ってそういうもの。それにもとのマイちゃんがこの世の中を生き抜こうとすれば、また肝心のところで失敗ばかり。あらゆる試験に落ち、あらゆる判断を誤りながら生きていくほかない。ろくな末路を迎えない。

そういうものですか。

知らないけどどね、私は。彼女がそう言ってるんだから、そういうことなんでしょう。なにをしても、自分じゃないみたいで、なら自分らしさとはなにか、自分らしい言動とはどんなものかって考えてもそんなものわからないし、そんなものないんじゃないかって思う。だから一瞬一瞬まるで別人を生きているみたいで、昨日と今日では違うひとだし、朝と夜でも違うひと、ばらばら。

はあ、と応えながら横多は昨晩と今日の昼間とでたしかにマイコさんの印象は全然違うひとのようだと思う。

とまあそういう次第で、マイちゃんは役柄を探し求めて、つまり自分が自身でいられるための自分以外の誰かを探し求めてこの島までたどりついて、あなたと出会い、私と出会ったというわけ。

どうして彼女がたどりついたのがこの島だったのか、というところが謎なんですが。

それは私がここにいるからでしょう。あなたがここに来たのと同じ理由。

まあそういうことになりますよね、いまとなっては。

だって、あなたはここに来て、彼女と出会い、彼女はあなたと出会ったことで私になったんだから。あなたがここに来た理由は私がここにいるからで、彼女は彼女の役柄を探してここに来て、結果いま私になっているんだから。ややこしいけど、それはあなた現実のなかに虚構が混ざり込んでいるんだからややこしくなるんですよ。私は知りませんよ。とはいえ言いたいことはわかる、道理のどっかがねじれているから、理路整然とした説明がつかない。

まあそうなんですけど、それを言われると自分がなぜこの島にいるのかも僕はうまく説明できなくなってしまうし。なんだか芝居のなかにいるみたいですよ。

そりゃそうだよ。ここには役者がいて、横多くんは役者と話しているんだから。横多くんだって、ここではないどこかからやって来て、横多くんの役を演じているんだよ。ほんとうのあなたはいまここにいるあなたじゃないんだよ。

そうか、そうですね、と横多は応えた。あなたが八木皆子さんならば、というかあなたは八木皆子さんなのだから、僕はあなたに訊きたいことがたくさんあったような気がするんですが、と横多は言って、そこで言葉が出てこなくなった。

なんでも訊いてよ。

訊きたいことなんかなかったかも。

なにそれ。

別になにかを訊きたいわけじゃなかったかも。

ないならないで構わないですよ。こうしておいしい料理とお酒を楽しめばいいだけ。

強いて言えば、と横多はグラスに手を添えた。口に運ぼうとしたが、いつの間にか空になっていた。すいません、と厨房の半場千八子さんに声をかけた。おかわりください。

水割り?

僕もレモンサワーで。

はいよ、と半場千八子さんは応え、そっちのお姉さんは、お酒まだある?

私、あんまり飲めないんです、そう応える八木皆子さんであるところのマイコさんの前にはさっき頼んだライスが半分ほど残っていた。最初は勢いよく食べていたが、八木皆子さんになってからは手をつけていない。

厨房の半場千八子さんはもう五杯も六杯も酒をおかわりした客の急変に少し怪訝な顔を見せたが、なにも言わずまた料理をしているらしい手元に目を落とし、少ししてから、はい亀、とこちらにお碗を差し出した。亀の煮込みだ。

ゆうべも横多がこの店で食べた亀の煮込みを、マイコさんが食べてみたいというから、最初に頼んでいたのだった。

亀。

ウミガメの煮込み。

あらー、と八木皆子さんは言い、箸を伸ばした。

はい、レモンサワー、と半場千八子さんがグラスを差し出した。レモンはまだそこあるね、と言われて、横多は、ある、と応え、八木皆子さんの横にある山からレモンをひとつとってグラスに搾り、搾ったレモンもグラスに入れて、ひと口飲んだ。

八木皆子さんはひと口ウミガメの煮込みを食べて、混乱したような顔つきになっていた。

うまいですか。

うーん、おいしいともおいしくないとも言えないけれども、と八木皆子さんは言って少し笑い、私も昔むかしに、これを食べたりしたんだろうね、その島で。体のどこかが懐かしいような気もするよ、そう言って箸を置き、カウンターの上に頬杖をついて、横多の方を見た。こんなお店も、こんな明るい電灯も、涼しい空調もあの頃にはなかったけれど。

八木皆子さん、と横多は隣にいる八木皆子さんに呼びかけた。強いて言えば。

八木皆子さんは頬杖をついて横多の顔を見たまま黙っていた。

僕はもっとあなたの話を聞きたいです。

横多の言葉を聞いた八木皆子さんは、頬杖をついて動かなかったが、ふうとひとつ息を吐き、グラスを手にしてレモンサワーを小さく、またなめるようにひと口飲んで言った。私はあなたの話のなかにいるんだよ。

誰かがリモコンで、店の壁に取り付けてあるテレビを点けた。閉幕の迫るオリンピックでまた日本の選手かチームが金メダルを獲った、とキャスターが報じている声が店内の賑わいに混ざって聞こえた。私の方こそ、と八木皆子さんが呟いた。お芝居のなかにいるみたいだよ、こんな時代の、こんな場所にいるなんて。こんな時代の東京で、またオリンピックが開かれてるなんて。嘘みたい。

嘘なのかもしれない、と横多は思った。それならそれで、この芝居はこの先どうなるのか。自分と八木皆子さんがこの芝居の舞台上にいまいて、ここでなにか物語のような事態が進んでいるのならば、それはこの先どこへ行くのか。

横多くん、行き先は君の話のなかにしかないよ。

第一〇章

24

漁船に乗るのははじめてで、漁船といってもいろいろなのだろうが、こんな小さい船だとは思わなかった。公園の池にあるボートとは言わないが、むかし修学旅行で乗った川下りのボートなんかよりずっと小さい。ちょっと腰を浮かせてバランスを崩したら簡単に海に落っこちてしまう。しかも夜釣りときている。

今夜は波は静かだと聞いていたが、結構なスピードで沖へと進んでいく船はえらく揺れた。揺れるというか、跳ねた。波に乗り上げて舳先が浮くと、そのまま宙返りして転覆するのではないかと思えて怖い。

甲板の中央にブリッジと呼ばれる台があって、そこに舵と操舵席がある。しかし操舵席といってもこの船のそこには座席もなく、屋根も壁もない吹きさらしで、船長は立ちっぱなしで舵をとっていた。岸の明かりが遠ざかれば、進んでいく船の周囲は真っ暗な夜の海で、船の外に広がっている海が小さな船体にどのくらい迫っているのかもよくわからない。だから怖い。ちょっとおかしいと思うのは、この船が航行中も一切電灯を灯していないことだった。なんの明かりも点けずに夜の海を進んでは、ほかの船からこの船が見えず危険ではないのか。

あたりの様子は暗くてよくわからないが、遠くにあって動かない月の明るさはわかった。今夜は満月で、イカ釣りには満月の夜がいいのだという。船の定員は船長を含め大人五名つまり乗り合いの釣り客は四名までだそうだが、四名揃わなくても船は出すから、今夜の客は私と秋山くんのふたりだけだった。秋山くんは操舵席を挟んだ反対側の舷にいる。ふたりしかいない乗客が片側に集まってはバランスが悪いからだろう。

イカ釣りには満月がいいとか、いま自分が乗っているこの船の出航条件の事情だとかを、背後で舵をとる顔の見えない船長から聞いた覚えはなく、ではどうやって私がそれを知ったのかよくわからない。この漁の狙いがイカだというのも、いま自分で言ってはじめて知った感じがあって妙だ。かといって私は、自分がいまいる状況に至ったことについて不服だとか不当だとか思っているわけではなかった。

鳴っていたエンジン音が止んで、急に周囲が静かになった。船が釣りのポイントに着いたらしい。船長が船の上をあちこち動き回っている音が背後から聞こえるが、なにをしているのかは暗くてわからないし、私はさっきまで激しい上下動に備えてブリッジと船体のあいだで足を突っ張って座っていて、いまもまだその体勢のままでいた。へたに立ち上がった途端に海に転げ落ちたら、この真っ暗闇のなかで助かる自信がない。一応支給されたライフジャケットを着ているものの、やたらと薄べったく、ひどくくたびれてかびくさかった。どこかに穴でも開いていたりしたら救命胴衣としての役目を果たさないのではないか。秋山くんも反対側でじっとしているのだろうか。ちょっと手を貸してほしいのだけれど、その余裕がないならないで、おーい、とか、大丈夫か、とか、海に落ちてないか、とか、声をかけてもらえればいくらか安心というか気が紛れるのだが、まさか秋山くんの方が途中のどこかで海に転落してしまったのだったらどうしよう。

それでじっとしていると、だんだんと静けさに耳が慣れ、波の音が聞こえてきた。船体を打って跳ね返る水の高い音もあれば、船底が水を打つ低く重たい音もした。エンジンを切った船は先ほどまでの航行中の上下動から、縦揺れと横揺れの混ざった鈍い揺れ方に変わって、波の音に混ざって船体のきしむ音もそこここから聞こえはじめた。耳が慣れると、目も暗闇に慣れてきて、移動をやめて止まった真っ暗な景色のなか、だんだんと月明かりを映す海面の波立ちが見えてきた。夜空には星も見えはじめ、目を凝らすほどにその光の数は増え、頭上にはこれまで見たことのないくらいの星空が広がっていた。

私はゆっくりと腰と足の力を抜いて、外側に体を振られないようブリッジにもたれながら体を反転させた。さっきまで船長の姿があったブリッジの上には誰の姿もなかった。

秋山くん、とブリッジに隠れて見えない反対側に向かって呼びかけてみたが、なんの応答もなかった。船長さん、とも呼んでみたがやはり返事はなかった。ふたりとも海に落ちてしまったのか。それとも私を心細くさせようと、ふたりでいたずらをしているのか。

座っていた周辺を手で探ると自分のバッグがあって、私はそれをたぐり寄せた。なかに手を入れるとかさかさした感触があって、たしかに自分がそこにそれを入れたことを思い出した。これは船で食べるように持ってきたサンドウィッチで、いまのいままでこんなものがこんなところにあるなんて思いもよらなかったが、手にした途端にそれをたしかに自分がつくったことを思い出した。

自分の働く店で売っているコッペパンの売れ残ったやつを持って帰ってきて、横から切れ込みを入れてバターを塗り、レタスを一枚入れた上にマヨネーズを一本引いて、黒胡椒を振り、そこにハムと、細く切ったきゅうりを挟んだハムサンド。もうひとつは、やはり切れ込みを入れたコッペパンにバターと粒マスタードを塗って、ゆで卵をくずしてマヨネーズと和えたのを挟んだたまごサンド。もうひとつはやはり切れ込みにバターを塗って、りんごのジャムと薄くスライスしたバナナを挟んだもの。三種類をふたつずつ、計六個。ハムとたまごのサンドは店で出しているコッペパンのサンドとほとんど変わりないが、慣れない釣り船で手を洗ったり拭いたりしなくても食べやすいように、あとからかけるマヨネーズを具材の下に入れたり、挟む具材の量を控えめにしてその分少しだけ味つけを濃くしたりしてある。我ながら気がきいている。もっとも、こんな小さな船で、こんなに真っ暗で、こんなに揺れるとは思わなかったけれど。りんごジャムとバナナのやつは家にあった材料で適当につくった。どれもワックスペーパーでくるんで、端を破ればそのまま片手でかぶりつけるようになっている。

おいしい、と私はハムのサンドウィッチを食べて思った。パンは残りものだから焼いてから一日過ぎているうえに、ラップで包んだりしていないから少し乾いた感はあるものの、パンというのは生地をしっかりつくっていれば多少乾燥したりぱさついても口に入れて噛んでいるうちにちゃんといい味がしてくる。そのへんのスーパーやコンビニで売ってるふにゃふにゃで柔らかいだけの味も香りもしないパンとは違う、というのはうちの社長の受け売りだが、実際長いことパンをつくって売っていると、味つけも具材もなしで口にしたときの生地の味を大事にしたいと思えるようになる。結局それがいちばんパン屋それぞれの違いが表れるところであり、ということはパン屋それぞれに知恵を使っているところだからだ。生地の配合、発酵、捏ね、成形、そのそれぞれの塩梅は湿度や気温によって微妙に変化するからその日その日の作業は一定ではないし、仕上がりも微妙に違う。いま食べたコッペパンも、なんの特徴もないサンドウィッチの脇役のようでいて、私からすればちゃんとしっかり主張がある。私が混ぜて私が捏ねて私が焼いたからそれがよくわかる。

なるほどなあ、と秋山くんが言った。いつの間にか隣で私にならうようにサンドウィッチを食べていた。そう言われると、ふだん何気なく食べてるパンをしっかり味わおうという気持ちになるね。

なるなる、と秋山くんの横で船長が言った。船長もサンドウィッチを食べているのだった。こりゃうまいパンだ。

まだ暗闇に紛れて姿のよく見えない船長だが、彼は秋山くんが沖縄にいた頃の友達なのだと聞いたことを私は彼の出現によって思い出した。

もう一個食べていい？　と訊ねてくる船長の声には聞き覚えがあった。ひとなつこさと心細さを備えた子どもみたいな声。どうぞ、と私は応えた。食べて食べて、秋山くんも。

包み紙を破る音がふたりの方から聞こえて、私は自分がその紙をコッペパンに巻いていたときの手つきを思い出した。こうして船の上で、三人、紙を破ってかぶりつくことを想像しながら、私はパンに具材を挟んで、それに紙をくるくると巻いたんだった、キッチンで。

オレンジ色の電灯に照らされたキッチンの壁や床は琥珀色をしていた。リビングや廊下と同様に、キッチンの壁や床も年季の入ったラフな木材で覆われていた。小窓の外は夜の林で、風に木の枝葉が揺れる音が聞こえていた。秋山くんの祖父母がかつて暮らしていたというこのログハウス風の建物は、沖縄本島南部の山の麓にある。かつてはこのキッチンで、秋山くんのおばあさんが、あるいはおじいさんが、料理をしたり、お茶を入れたりしていた。もう何十年も前。それで何十年かあとに私はここできゅうりを切って、ハムを切って、お湯をわかす。水筒にコーヒーを入れて持っていこうかな、と思い立ち、食器棚からコーヒー豆とドリッパーを出した。水筒はキッチンの上に設えた吊り戸棚のなかにある。自分の手が動いて、その先にそれがあったことを知る。

キッチンの横のダイニングを秋山くんが通りかかる姿が見えたので、呼び止めて、ねえ釣り船に水筒持っていって平気だと思う？　と私は声をかけた。

平気じゃない？

じゃあ持ってこう。

それで私は暗い船上で、持ってきたはずのコーヒーが入った水筒を鞄のなかから取り出した。マグになる蓋を回し開けたものの、暗いなかで熱いコーヒーをうまく注げるかわからない、と思っていると、船長が、ほら、と言って明かり代わりにジッポーの火で手元を照らしてくれた。炎は大きく揺れたが、船長はもう片方の手で炎を覆い風から防いでくれた。船長の手や指先は船を扱っているとは思えない、少年のような繊細な印象で、私は水筒のコーヒーを蓋のマグに慎重に注ぎ、炎に照らされた船長の顔を見ようと思ったがそちらに視線を向けたときには火は消えてまたあたりは暗闇に戻っていて、そこにたしかにいる船長の顔のあたりを見ようとすると、いま見たライターの炎の残像がそこに重なって顔を隠した。顔の見えないそのひとに向けて、私はマグを差し出した。どうぞ、コーヒー。

あ、俺にくれるの？　と船長は言ってマグを受けとり、ありがとう、くるめちゃん、と続けた。くるめちゃん、電話越しにいつも聞いていたその呼び方。やっぱり船長は三森忍さんで、私はそのことをとっくに知っていて、とっくに知っていたことをいまこの瞬間にわかった。

忍さん、と私は船長の方に向かってその名を呼んだ。船の運転なんかできるんですね。忍さんがここにいることに私は驚かなかったけれど、彼が船を運転できることはこれまで知らないことだったしいまも知らなかった。

親父と兄貴の船に小さい頃から乗ってたからね、と忍船長は応えた。だから見よう見まねで。でもこんな電気式の船ははじめて乗ったけどね。

え、そうなの？

そうだよ。秋やんに手伝ってもらわなくちゃ動かせなかったよ、こんな大袈裟な船。忍さんは事もなげにそう応え、コーヒーもうまいなあ、と言った。船上でいただくとパンもコーヒーもまたひとしおだね。身体中に染み渡るようだよ。

私はパンを入れた密閉容器から、ひとつ残った包みをとって、もうひとつ食べます？　と忍船長に差し出した。

いい、いい、ふたつ食べたからもうたくさん。

そんなこと言わず、どうぞ。

くるめちゃんも食べないと。腹が減ったら、かなしいぜ。

そう言われて私は残ったひとつの包みを自分で破いてかぶりついた。バナナのだった。生地、生地、とまた思いながらそれを食べて、横で秋山くんは忍船長が飲み終えたマグでコーヒーを飲んでいるらしい。よく見えないがコーヒーの匂いが流れてきた。それ、次私にもちょうだい、コーヒー、と私は秋山くんに言った。

相変わらず船は縦横に鈍く揺れていて、これはエンジンをかけて走っているときより酔いそう、と思ったけれど、それよりもふたりと言葉を交わし、ご飯を食べたことで、この真っ暗な洋上の小舟に突然放り込まれたみたいなさっきからの心許なさが、少しやわらいできた。闇に慣れた私の目は、海面の様子をさらにつぶさに観察することができた。焦点を少しずつ遠くへ移動させていくと、わずかな藍色の差異が見えてきた。夜空と海の水平線だ、と私は思った。同じ場所にいて、同じ方を見ているだけなのに、見えなかったものがだんだんと見えてくる。不思議と言えば不思議だけれど、実際目の当たりにすれば不思議とも思わない。いくら理屈に合わなかろうが、自分がここにいる以上、そこに在るものを否定する方が難しい。はい、と耳元で秋山くんの声がした。コーヒー。声のした方に、おそるおそる手を伸ばすと、秋山くんの手が私の右手を優しくつかんで、ゆっくりマグを握らせてくれた。ありがとう、と私は言ったのだけれど、その感謝は、横にいる秋山くんにだけ向かうのではなく、私がこれまでこんなふうに無力にその場でただ遠くを見ることしかできなかったいろんな場面で、私に手や、声や、食べものや、温かい飲み物を差し出してくれたすべてのひとびとに向けられているんだ、と私は思った。いや、私だけでなくて、私の知る、私の好きなひとの同じような場面で、彼らに手を差し伸べたひとたちにも向けられている。とても多くのひとたちだ。でもいまなら、ここからなら私のどんな小さな声も、そんなひとびとにちゃんと届く。どんな離れたところにも届く。どうしてかわからないけどそう思った。

熱いから、気をつけて、と秋山くんの声がした。

熱いから、気をつけて、とその言葉を反芻しながら、秋山くんは優しいなあ、と私は感動してしまう。秋山くんは水筒が備えた保温機能について、それを可能にする水筒の構造について忍船長に説明をしている。そして忍船長が感心している。そういえば、こんなご時世なのに、私たちはマグをまわし飲みして、思えば三人ともマスクもつけていない。もしつけていたら、白い不織布はこの暗闇でもそれぞれの口元が覆われた場所をぼんやりと示しただろうけれど、誰の顔にも、口元にも、もちろん私の口元にもそれはなかった。

おいしいパンでお腹も膨れたし、と忍船長が言った。そろそろ釣りをはじめようか。忍船長が私と秋山くんに手渡した竿にはリールもなにもついていない、竹の先に糸をくくりつけただけの竿。秋山くんと通った釣り堀の貸し竿だ。ただし糸の先の針だけは釣り堀のそれとは違うようだった。暗くて詳細には見えないが、握ると手のひらにちょうど収まるくらいの木片のようなものが糸でくくりつけられている。

これはイカ釣り用の餌木《えぎ》だよ。うちの親父と兄貴が木っ端を削ってつくったやつだ。気をつけて、針が仕込んであるからやたらと握ると危ないよ。こいつを沈めて泳がせると、水中で月明かりを受けて魚とか海老とかに見間違えるんだね、イカが。それで食いつくってわけだよ。

そう言われておそるおそる餌木を触ってみると、なるほどなんだか魚っぽい形状をしていた。いまくるめちゃんが持ってるやつが、いちばんいいやつだ。上の兄貴が作ったやつ。きっとよく釣れるよ。上の兄貴は漁はあんまりうまくなかったらしいけど、手先が器用で、そういう仕掛けを作るのがうまいって親父がいつか教えてくれた。事故で指先をつぶしちまってからは思うように指が動かせなくなっちゃったみたいだけど、兄貴がつくった餌木は兄貴の事故のあともみんな大事に使ってたよ。ほら、とまた忍船長がジッポーの火を点けてくれた。照らされた餌木を見ると、魚のような赤や青の彩色もしてあって目まで描いてあった。かわいい、と思わず私は忍船長の方に顔を向けた。ほんの一瞬忍船長の顔を私の目は捉えて、すぐにライターの火が消えてまた顔は見えなくなった。


依然として真っ暗ななか、三人で釣り糸を垂れていると、どのくらい時間が経ったのかわからなくなった。三人はほとんどしゃべらなかった。それぞれの耳や服をはためかせ、海面を波立たせる涼しい風の音と、波に揺られて船のきしむ音が不規則に聞こえ、けれどもそれもやがて単調になる。まだ誰の竿にも引きはなかった。相変わらず船上にはなんの明かりもなく、夜空も海面も暗いままだが、いまではそれが不自由とは思わないくらい暗闇に目が慣れてきた。水平線もさっきよりずっとはっきり見えた。

だから、遠い洋上に現れた船が灯す明かりにも、私たちはすぐに気がついた。風と波の音のなかで、だんだんとこちらに近づいてくるその船のエンジン音と水を切る音が次第に大きくなってくると、自身の明かりを受けるその船もまた、私たちの船と同じようにずいぶんと小さな漁船であるらしいことがわかった。

その船はどうやら私たちの船を目指して進んできていた。そして私たちの船から数十メートルほどまで近づいたところでエンジンを切った。向こうの船がたてた波が、少し遅れて私たちの船の方にも打ち寄せて、何度か大きく揺れた。

船上にはひとの姿があったが、暗闇に慣れた目に船の明かりがまぶしくて、船全体が色の飛んだみたいに真っ白に見えた。そこにいるひとの顔もよく見えなかった。モーターを付けたり切ったりするような音があたりに響いた。波に流される船体の向きをモーターで調整しながら、こちらにさらに近づこうとしているらしい。

おーい、と声がした。向こうの船で、誰かが立ち上がって手を振っていた。声は男のものに聞こえた。と、隣にもうひとりの姿も見えた。そのひとも手を振りながら、おーい、とこちらに呼びかけた。そちらは女のひとの声だった。

近づいてくるにつれ、向こうの船がこちらの船とほとんど同じ大きさ、形であることもわかってきた。向こうの船上にも、こちらと同じ三人のひとの姿があった。全員Tシャツに短パン姿で、やけに軽装で、ライフジャケットなども着ていないが、向こうの船の三人はそんな軽装にもかかわらずみんなマスクをしていた。こちら側の舷に立ち、手を振っている男女のほかにもうひとり、体格のいいおそらく男性が船尾の方でモーターを操作していた。

誰だろうね、と秋山くんが言った。

お兄ちゃんだ、と私は言った。そう言ったら、向こうの船で手を振っているのが兄だったことがわかった。だんだんと兄の乗っている船はこちらに近づき、明かりのなかで兄の姿が明らかになってきた。Tシャツに短パン姿のそのひとは、久しぶりに会うし、マスクで顔の半分が隠れているが、間違いなく兄だった。横にいる女性の姿もだんだん見えてきたが、自分の知っているひとなのか、そうではないのか、まだよくわからなかった。

お兄さん？　と秋山くんが言った。

うん。両親が別れて、中学くらいからは別々に暮らしてたんだけど。

くるめちゃんのお兄さんかい、と忍さんの声が背後から聞こえ、おーい、と忍さんは大きな声を兄と女に返した。忍さんが手を振ると、船が大きく揺れた。

やがて兄を乗せた船は私たちの船と隣り合うように密着した。向こうの船を操縦していた男が船体のへりにスチロールの浮きを結び付けた。船体と船体のあいだにそれが挟まると、小動物の鳴き声のような音を立てた。

その音と、ついては離れる船体の隙間を隔てて、手を伸ばせば届くくらいの距離から見る兄は、たしかに兄に違いなかった。ああ、兄だったのか。そう言いはしなかったが、そんな言い方が私の心中に浮かんだ。納得がいったような、謎が解けたような気持ちだったが、そこでなにが明らかになったのかはよくわからない。たぶん、こんな場所でこんなふうに誰かと対面したら、相手が誰であれ、同じような気持ちになるのかもしれない。兄でなくても、誰であっても、たとえ絶対に会うはずのないようなひとだったとしても、同じような驚きと納得が生じるのかもしれない。

おう、来未、久しぶり、と兄はこちらに向かって片手をあげて見せた。兄と会うのがいつ以来だったか思い出せないが、ある時期以降たいてい兄妹が会うのは久しぶりで、いま兄が見せた、とってつけたような少々不自然な気安さも、こんな場所でこんなふうに会ったにもかかわらず、いつも通りの久しぶりに会う兄だった。

悪いな、こんなところで、と兄は言った。謝る理由はわからないが、実際こんなところで予告もなく身内が身内の前に登場する乱暴さを思えば、ひとことくらい謝るのは当然かもしれない。向こうの事情は知らないが、向こうから近づいてきたのだから、兄の方はこの船に私がいることをきっとわかっていた。

兄に適当な返事を返し、こんばんは、と私は兄の隣にいる女性に挨拶をした。知らないひとだ、たぶん。でもマスクで隠されていない目元が、どこかで見たことがあるようにも思った。肩先まですとんと落ちた髪の毛は、よく手入れされているからなのか、月の光を映して夜目にもずいぶんとつやつや輝いて見えた。こちらを見ている目つきやしぐさに特にわかりやすい感情が表れているわけではなかったが、なんだかひとの目と気を引く雰囲気があった。もしかしたら俳優とか、モデルとか、ひと前に出て、ひとにたくさん見られる仕事をしているひとかもしれない、と私は思った。それならテレビとか雑誌とかで見たことがあるのかもしれない。

こちらマイコさん、と兄がその女性を示しながら私に言った。友達。

マイコです、と女性は言った。迷子と書いてマイコ。

迷子？　と私は訊き返した。

ええ、迷子と書いてマイコです。よろしくお願いします。

そちら、妹の来未です、と兄が私を示して言った。

三森来未です。未来をひっくり返して来未、と私は言った。

僕秋山です、と私の横で秋山くんが言った。来未さんの高校の同級生で。

ああ、秋山くん、はじめまして、と兄が言った。兄の横多です。

よこたさん。

ええ、横に多いと書いて横多。田んぼの田じゃなくて、多い少ないの多いね。両親が離婚したので姓が違いますが、来末の実兄の横多平です。こちらはマイコさん。僕の友達です。役者さんなんですよ。

マイコです。迷子と書いてマイコです。

あ、やっぱり、と私は思わず言った。

やっぱり？

役者。会ったことないのに、どこかで見たことあると思ったから。

秋山です。秋山守。守備の守、一文字で守です。来末さんとは最近ひょんなきっかけで久しぶりに会う機会があって、それでそれからときどき一緒に釣り堀に行ったり、ご飯食べたりしてまして。

釣り堀？

でも私、舞台にも映画にもテレビにも、まだ一度も出たことないんですよ、とマイコさんは特に自嘲する様子もなく平然とそう言った。

ええ、何度か釣り堀に行って。でも全然釣れないし、釣り堀ばっかりじゃつまらないってんで、こうして今日ははじめての海釣りにやって来ました。

俺も釣りは詳しくないんですが、と兄が言った。はじめての海釣りが夜釣りとは果敢ですね。

え、そうなんですか。じゃあ気のせいかな、と私は言った。

知り合いが、夜なら船を出してくれるって言ってくれたもんですから、秋山くんがそう言って、忍くん、忍くん、と忍さんを呼んだ。はいはい、と忍さんが船尾の方からやって来た。

こちら来末さんのお兄さんだって、と秋山くんが言うと、忍さんは、どうもどうも、お世話になってます三森忍です。くるめちゃんにはいろいろ話を聞いてもらったり、励ましてもらったりしてます。

ああ忍さん、これはこれは。こちらこそ、妹がお世話になってます。この船はあなたの？

いや、俺のってわけじゃないんだけどね。そっちの船はそちらのお兄さんのかい？　と忍さんが向こうの船を操作していたらしい大柄なひとの方を示した。

あ、こちらは父島で便利屋やってる勉さん。勉強の勉で勉さん。兄がそう言うと、やはり船尾の方からその勉さんがこちら側に出てきて、どうも、とこもった声で言った。顔が大きいのか、マスクが小さいのか、辛うじて鼻と口を覆ってはいるものの、無精髭を生やした頰や顎はマスクからはみ出て、耳に留めたゴムがきつそうに張っていた。勉さんは、兄やマイコさんと並ぶといかにも島のひとらしくよく日に焼けた肌の色が明かりのなかでも目立った。

勉さんはもともとは島の人間ではなく、若い頃に流れ着くように父島に来て、そのまま居着くみたいに島で働きはじめた。最初の頃は漁船に乗っていたが、船の親方が年で引退したのを機に、島で観光業をやっているところの手伝いや、民宿や島の施設の修繕なんかを個人で引き受けるようになり、そのうちになんでも屋みたいに思われるようになって、なんでも頼まれたし頼まれればなんでもやった。船に乗って漁の手伝いもするし、港の荷積みや荷下ろしなんかの手伝いを頼まれることもある。急に手が足りなくなった観光ガイドなんかも引き受ける。祭りで太鼓を叩いたり踊ったりもする。学校の学芸会に助っ人で出演もする。

兄は勉さんについてそんな説明をすると、昨日の夜横多は、と続けた。秋山くんに向かってなのか忍さんに向かってなのか、あるいは私もその言葉を向けた先に含まれているのか、自分で自分を横多と称しているのは少し妙だったが、やはりそもそもいまこの状況の方がたぶんよほど妙で、私は兄がはじめた話を妙だとは思いながらも黙って聞いた。兄が語ったところによれば、ことはこういう次第だ。

昨日の夜横多は、前夜も行った父島の居酒屋「随に」でマイコさんと酒を飲んだ。一年前に横多は八木皆子さんからのメールを受けとった。硫黄島で暮らしていた祖母の妹という女性。疎開で内地に渡ったのち、蒸発して行方知れずになったという八木皆子さんが、誰も知らないいつかどこかから誰かに向かって呼びかけた声が、長い時間波に揺られて漂着したみたいに横多のもとに届いた。横多はそのメールに返信をすることにして、八木皆子さんとやりとりを重ねるようになった。いったいどこの誰に向かってメールを送っているのかわからないが、メールはたぶん先方に届き、そしてまた返事が返ってきた。

横多が父島にやって来たのは、八木皆子さんに会うためだったが、八木皆子さんがかつて暮らしていたのは父島ではなく同じ諸島のなかの硫黄島だった。たとえ元島民やその親族であっても、一般人が自由に立ち入ることはできない場所だ。たとえば墓参事業や遺骨収集などに参加すれば訪島することは不可能ではないが、八木皆子さんが暮らしていた頃の島の景色はもう残されていない。

「随に」のカウンターで、横多がそんな話をしていると、同じ並びでひとりで飲んでいた先客の男が、俺が船を出そうか、と言った。それが勉さんだ。

そちらね、奥村で便利屋やってる勉さん、と厨房から半場千八子さんが横多たちに向かって言った。ひと呼んで便利屋の勉さん。

勉さんによれば、知り合いが遊ばせている小さな船が一艘あって維持管理を任されているので、ときどき友達を釣りやダイビングに連れていくのに使っているという。

それで硫黄島まで連れていってくれるんですか？

そんな遠くまでは行けるかわからないし、あんなとこいまでは軍事施設みたいなもんなんだから、やたらめったら近づけない。でも、できるだけ近づきたいっていってんだったら陸地を離れて海に出ればいい。海はつながってるんだから、海に出るってことは、それだけでどこにでも行けるっていうことだよ。大事なのは海に出ることだ、陸地に留まらずに、沖に向かってこぎ出してみる。どこに行き着かずとも、どこにでも行けるって状態に身を置けば、どっかには行くから。どこにでも行ける可能性を一瞬でもいいからしっかり握っておけば、その結果どこに行き着いたってそこが手前の場所にならあな。

あんまりまともに相手しないでいいよ、勉さん酔ってるから。半場千八子さんが言った。

けれどもマイコさんは、勉さん、じゃあ沖に出ましょう、と言った。私たちをどこかに連れていってください。

それでこうしてやって来たってわけだよ、と横多は妹に言い、どうだと言うように両手を広げてポーズをとった。その隣でマイコさんも同じポーズをした。少し離れたところで、勉さんもやはり同じポーズをしていた。

私はおどける三人を見ながら、ならば兄たちはこれから硫黄島へ向かおうというのだろうか、と思い、それならば忍さんを一緒に乗せていってほしい、と思った。

もちろんそのつもりだよ、と兄の横多は言った。そのためにここに来たんだから。横多は甲板に寝かせてあった板を持ち上げて、向こうの船からこちらの船に渡した。幅一メートル、長さが五メートルほどの板はなんの加工もないただの白木で、波に揺られて近づいたり離れたりを続けるふたつの船のあいだで、船の動きに少し遅れてついていくようにゆっくり動いた。私は振り返って忍さんを見た。兄たちの船の明かりで、今度はその顔がよく見えた。

さあ、渡っておいで、と兄の横多が言った。

動いて傾く板の上を歩くのは難しかった。船の揺れともまた少し違う板の上で、落ちたら海、という恐怖がまた足元を覚束なくした。最初に私が、ひどく時間をかけて、綱渡りをするように兄たちのいる船に渡った。それから次に秋山くんが板を渡りはじめた。元野球部で元自衛官の秋山くんは、身体能力も運動神経も私よりずっといいはずだが、一歩板に足をかけ、もう一歩踏み出したところで傾いた板に足元を狂わせて、うわあ、と声をあげながら海に落ちた。一瞬姿が見えなくなったが、すぐに勉さんに助け上げられて事なきを得た。暗い夜の海にひとが落ちるのはそれが自分でなくても怖かった。ずぶ濡れになった秋山くんは、勉さんにタオルをもらって顔と体を拭いた。ちゃんと機能する代物なのか疑っていた救命胴衣はちゃんと秋山くんの浮力となっていた。

そして三人めは忍さんのはずだった。秋山くんの転落による騒ぎが収まって、兄の乗っていた船にいた五人が忍さんの方を見ると、忍さんは、渡されていた板を持ち上げて自分の船の方に引き上げてしまった。そして、俺は行かないよ、と言ったのだった。

私は最後に見た忍さんの顔を思い返しながら、船を進める勉さんを見た。

板を引き上げて、私と秋山くんの分の釣り竿をこちらに放ってよこした忍さんは、勉さんに言った。便利屋さん、さっき学芸会の助っ人もやるって言ったね。じゃああなたも立派な役者だよ。そこのマイコさんと一緒で。そこで頼みがあるんだけど、今夜だけそこで俺の代わりをしてくれよ。

私たちの船はたぶん沖縄本島南部の港から出てきた。話によれば兄たちの船は父島の港から出てきたと思われ、地理的におかしいはずなのだけれど、ならばおかしいのは向こうなのかこっちなのか。海はつながっている、と一応元漁師である勉さんは酔った末にそう言ったそうだが、沖縄と小笠原の沖が簡単につながるなんてそんな馬鹿な話があるものか。

そんな簡単なもんじゃないけどな、と勉さんが私に言った。何日も海に出て、何日も海上の、見渡す限りどこにも陸地の影がない、水平線しか見えないところで、空と波ばかり見ながら過ごした果てに、半ば絶望的に、反語的に思うものなんだ。ああ、この海はどこにでもつながっている、って。地理的なことだけじゃない。見てみろ、と勉さんは暗い海面を示した。どこまで行っても波が寄せては返してる。滞ったり途絶えることなく永遠に続いている。そんな海の上で時間がひとつところにとどまっているわけがない。海はあらゆる時間にもつながっているんだ、海を見てれば誰だってそのうちそう気づいて気づいたときには遠い時間が波にのって寄せてくる。いつかどこかの誰かの声が届くこともある。そしたらどうするか。自分の声も返す波にのせて、いつかどこかに漂わせればいい。そこまで言って勉さんはそばにいた兄を見た。あんたがしたみたいに。

マスクをした兄は勉さんに一瞬視線を向けたがなにも言わなかった。

時間も空間も融通すれば、生き死にだって融通する。あの船長は立派だったね、と勉さんは今度は私に言った。忍さんのことだ。

簡単なもんじゃないけど、いったん通じてしまえば過去も未来も、生きるも死ぬも、人間てのは案外一緒くたにできちゃうんだ。死んだひとから電話も来るし、メールも届く。海を見てればあの世にもこの世にも漂う。過去にも未来にも行ける。でも、電波やら海の波やらを介するからいいんであって、さっきみたいにまるで学校の友達みたいに死者と生者があんまり簡単に同じ場所で過ごすのは、融通を通り越して危ないんじゃないか。さっき落っこちた彼みたいに、と勉さんは甲板に腰を下ろしタオルを体に巻き付けている秋山くんを示した。人間死ぬときは簡単だ。簡単な死なんてないなんてのは、死ななかった奴が死んだ奴をあとから思い出すときに思うことで、死ぬときは簡単に死ぬ。簡単さの極まったところにあるのが死だ。一瞬でころっと死ぬ。一瞬前まで笑ってた奴が、次の瞬間に死んでいる。あるいは何年苦悩した末に死んだとして、その複雑さは生の複雑さだ。死は絶対に簡単だ。人間は複雑に死ぬことなんかできない。だから危ない。簡単さを見くびっちゃいけない。

勉さんの口調はどこか芝居がかってもいて、さっき忍さんに自分の代わりを頼まれたこともそれに影響しているらしかった。忍さんは、勉さんに自分の代わりを頼むと、じゃあ俺は戻るよ、とひとりで船のエンジンを起動し、じゃあね、と暗闇のなかで手を振って、もと来た方と思しき方へ船を走らせた。電灯にようやく慣れはじめた目が、暗闇に向かう明かりのない船を見失うのはとても早かった。あとまで残った微かなエンジン音もやがて波音に紛れて聞き取れなくなった。

さようなら、と私は言った。


私たちが乗る船は、定員ぎりぎりの五名の乗員を乗せて、小さな明かりをひとつ点けて、さらに南に向かった。勉さんがやはり吹きさらしのブリッジの上で舵をとり、歌を歌ったり、なにか呟いたりしていた。それ以外の四人は左右の舷にふたりずつ分かれて、甲板に腰を下ろしていた。私とマイコさんが片側で、反対側には兄の横多と秋山くんがいた。エンジンの音のうるささもあって、マイコさんと私はなにもしゃべらなかったが、マイコさんは無言でい続けることはまったく気にならないようだった。

だいぶ走ったところで、勉さんがエンジンを止め、明かりも消した。ちょっとここらで休憩しよう、と言った。まだ先は長いからね。なにしろ海はどこまでもつながってる。ちょっと間違えれば、行き先は現れず、どこか全然別のところに行き着いてしまうかもしれない。だから、夜が明けるまで仮眠をとろう。

それを聞いてマイコさんは早々に甲板に身を横たえ、すうすう寝息を立てはじめた。よくそんな場所ですぐに寝られるものだと感心したが、役者だからこれも演技なのかもしれない。私は全然眠くないので、手近にあった釣り竿の針を海に投げてみた。

　釣り糸も闇に呑みこまれ、自分の竿の糸がどのあたりに落ちているのかもわからない。また暗い夜空と海面の波だけを見ているうちに、何時間経ったのか、そんなに時間は経っていないのか、わからなくなった。と、ズボンのポケットの携帯電話が鳴った。忍さんだ、と思って画面を見るとしかし忍さんではなく、衣田だった。こんな陸地から離れた場所でどうして電話がかかってくるのか、と思い、もう一度確認したが私のスマホはたしかに衣田からの電話を着信中だった。

　もしもし、と私は出た。

あ、来未、いまどこ？

船の上。

船？　なにしてるの？

釣り。秋山くんと。

また？　しかもこんな遅くに？

今日は夜釣り。

なにあんたたちやっぱり付き合ってるの？

うーん。

なによ、別に私に遠慮したりしなくていいよ、全然。

なんか知らぬ間に、いつの間にかそうなっていた、というか。

ウケる。なにその表現、かえって生々しいんだけど。いいじゃん、ていうかよくある話じゃん。

そうかな。

そうかー、よかったじゃん。秋山くんいい奴だし、たぶん。もう十年以上会ってないけど、私の知ってる秋山くんはいい奴だったから、きっといまもいい奴だよ。

うん、そうなんだよ。

言わなくていいことまで誠実に全部言わずにはおれない、みたいなとこあるよね。ファミレスで三時間別れ話された話したっけ、したよね。

うん、聞いた。

長いっつーの。彼女振るのにそんな時間かけんなよって。こっちはショックで傷ついてるっていうのにさあ、語るわ語るわ、傷に塩塗り込まれてるみたいな気分だったわよ。でもたぶん彼のいいところってそういうとこだったんだよね。いまも変わらない？

うーん、そうだと思う。あとはね、全然反対かもしれないんだけど。

うん。

話を聞いてくれるから。

秋山くんが？

そう。

へえ、じゃあいまは語る側から聞く側にまわったんだ。

なのかな、わかんないけど。誰にも話せなかったようなこと、どうやってひとに話したらいいかわからなかったようなことでも、秋山くんには簡単に話せる気がする。

ふーん。

そこがいいのかもしれない。

のろけるねえ、元カノ相手に。

ははは。

ウケる。なんか来末がそんなふうに話すの、珍しいね。

そう？

秋山くんと一緒にいるうちに、話し方も変わったのかな。

そうかもしれない。

また今度話聞かせて。いまが落ち着いたら、飲みながら。

そうだね。

もちろん秋山くんも一緒に。

うん。

それまで別れないでね。

わかった。

じゃあね。

じゃあね。

それで電話を切った。衣田の用件はよくわからなかった。そしてこんな海のど真ん中で、こんなタイミングで受けた電話を不思議に思いつつ、スマホをポケットにしまい、何気なく竿を振ると妙な手応えがあった。もう一度振ると、たしかになにかがかかっている感触があった。これまで釣り堀で一尾も釣り上げたことがないのに、獲物がかかったときの手の感触はこれまでに何度も、何通りも思い描いてきた。だから私ははじめてだけどこの引きと強い手応えをよく知っていた。これは大物だ。

第一一章

25

誰かが船見岩の半鐘を鳴らした。長く、激しく打ち鳴らされる鐘の音は元山部落から周辺の部落にも響き渡り、耳にした者は互いに、鐘だ、定期船だ、と言い合いながら近くの高台にあがって西の海に目を向けた。沖合に頭を出した釜岩のはるか先、水平線の近くに目を凝らすと、たしかに待望の船影が見えた。

小学校の教室にも鐘の音は届いた。授業をしていた先生の声が止まって、席に着いている生徒たちも一瞬息を呑む。視線を一点に止めて、空耳でないか耳をすませると、たしかに半鐘の音がしている。首と肩がやわらかく緩んで、口が勝手に開く。そこから息を吸い込んで、吐き出すときに誰かの口から声にはならないよろこびに満ちた音が吐息とともに静かに響き、それを聞いた隣の子、その隣の子へとよろこびは伝播しながら増幅して、誰も彼もの口元に笑みがこぼれる。定期船だ、と授業中は許されていない私語の禁を誰かが破ると、ほかの誰かも、定期船だ、と応じ、船だ、定期船だ、とそこここから次々声があがる。本校舎と分教場のどの教室も同じような状態だった。このときばかりは先生もうるさく注意することはしない。どころか、先生の心中にも、子どもたちと変わらない抑えきれない感情が満ちてくる。定期船が来た日、授業は打ち切られ、学校は早々に放課になる。

まだ船は沖合にあるのに、西の浜にはすでに大勢のひとが見物に集まっていた。船中の客や積み荷が浜に降ろされるまでにはまだまだ時間がかかるが、定期船の姿が見えると知れば、畑や家で仕事をしていても手につかない。農場や工場では鐘が聞こえるやいなやそれまでの作業を中断して、数日後に定期船に納める輸送分の作物や製品を浜に運び出す準備をはじめるのだが、その前にとりあえず浜の様子、船の様子を見物に行く。学校から帰った子どもも親に連れられて、あるいは子ども同士連れ立って我先にと浜に向かう。

次々とひとが集まってくるのをよそに、裸にふんどし姿の男たちが波打ち際のあたりで忙しく動き回っている。鐘の音を聞いて真っ先に浜に駆けつけた彼らは、船の積み荷を浜に下ろす役を任されている者たちだった。この島には港がないから大型船は岸まで近づくことができない。沖合に錨を降ろした停泊船まで浜から艀を出し、艀が何度も往復して定期船の積み荷を浜まで運び降ろす。裸の男たちは、かけ声をあげながら船置き場から浜に艀を運び出し、荷下ろしと運搬に必要な様々の用具を揃えていく。同時に浜に集まってきた者たちにも意気盛んに指示を飛ばし、命じられた方もよろこんで手を貸したり、乞われた物品を探しにどこかへ駆け出したりする。そのあいだにも、次々と浜にひとがやって来る。浜からそれぞれの部落に荷物を運搬するための手押し車や牛車も気忙しく集まってくる。

沖の船影はゆっくりとではあるがたしかに島に近づいてきた。内地と小笠原諸島を結ぶ航路を航行しているのは日本郵船の貨客船芝園丸だが、もともとこの船は中国航路に就航していて、かつては中国の港のある街の地名をとって芝罘《チーフー》丸という名前で呼ばれていた。後に芝園丸と改名されたわけだが、芝罘丸の名前で小笠原航路を行き来していた時期もあって、特に幼少期にその珍しい響きに惹かれて愛着を持った者は、船名の改名後も定期船が入船するたび内心で、チーフー、チーフー、と繰り返し、そう呼びたがった。いま沖合に見える船が、芝罘丸なのか芝園丸なのか、浜に集まった島民たちが交わす昂ぶった会話のなかに船の名前が聞こえたら、いまがいつ頃なのかわかるかもしれないが、浜の賑わいのなか、その声のひとつひとつまでは聞き取れない。

彼らがいま様々な思いで眺める沖合の船上から見える島影はまだほとんど水平線に紛れていた。起伏のない平坦な陸地は海上からは見えにくく、唯一島の南端に茶碗を逆さにしたみたいな控えめな摺鉢山のシルエットがあって、それを見てやっとそこにたしかに島があるとわかる。摺鉢山から上がる蒸気も小さな山ゆえに控えめで、雲が出ていると簡単に紛れてしまう。この日、空は晴れて、波も静かだった。島の南側には途切れ途切れ横に伸びた雲が海面と水平に低く見えていたが、島の上空にかかる雲はなさそうで、ということはあの平たい島には日が差している。

浜で動きまわる男たちの裸の腕や背中にもその日が注ぐ。日頃は海や畑で働く彼らの筋骨はたくましく、毎日この島の土地と海で日を浴びて潮をかぶって風を受けて硬くなり深い褐色になった肌が汗を噴き、褐色のなかにだんだん赤味が現れてくる。それは彼らの腕や背中の変化だが、彼らの動く様子を眺めるひとびとがそこに見て取る変化でもあって、船が近づき浜が賑わうにつれて心中の興奮は高まり、いよいよ抑えきれず景色にまで昂ぶりが溢れる。

船に積まれてこの島に届く品物は多岐に、あらゆる物品にわたった。食料、酒などの嗜好品、衣類、生活用品などの雑貨、医薬品、農具や工具、子どもの文具や遊び道具といった島民の日々の暮らしにかかわるもの、かねて島民たちが商店などを通じて注文した色々の品物もあったし、内地で暮らす親きょうだいや、離れて暮らす妻子からの手紙や写真などもあった。定期船によって実現するこの二か月に一度の内地との交通は、島民それぞれに形の違う希望を運んできた。それと同時に定期船は様々な公文書や書類、新聞、本、郵便、現金、資材建材など、島の社会や経済を成り立たせる物資や情報を届け、この島はたしかに日本に所属していることを島民に実感させた。行政機関に相当する出張所が置かれない時期が長く続き、町村制適用の外に置かれてきたこの島で毎日を過ごしていると、うっかりこの場所と自分たちは自治的な独立共同体であるかのように思えてきたりもするものだった。開拓の初期は厳しい時期が続いたが、やがて島内だけで自立的な生活が可能な程度に生活環境も食糧事情も充実していった。しかしいくら島内が豊かになっても、定期船が運んでくる華美な洋服や珍しい嗜好品を島内でつくり出すことはできない。いつの時代も内地への憧れは尽きなかった。そしてあの船のなかに積み込まれた膨大な品目、膨大な量の荷物がこの島のこの先二か月の毎日の生活を支え、形づくり、彩ることになる。そう思えば、島民たちは近づきつつある船の姿を浜から一生懸命に見つめずにはいられない。定期船は頻度や規模こそ違えど、明治期にこの島にひとが移り住んで開墾をはじめた当初から運航してきた。沖の定期船の姿を浜から望むその視線は、その頃から変わらない。

そのなかには、洋装に合わせる婦人用の帽子を注文した女がいた。数か月前に、生地の色や帽子の形を紙に記し、内地に戻る定期船の窓口係を通じ東京の洋品店への注文を言付けた。次の定期船には調達が間に合わなかったのか、品物は届かなかった。女は注文の確認と、次回の便ではきっと届けてくれるよう注文先の東京の洋品店に手紙を書いたが、その次の定期便でも品物は届かず、洋品店からお詫びの手紙が届いていた。曰く貴方の希望するような既製品は見つからないので馴染みの帽子店に頼んでいま誂えてもらっている最中である、間もなくできあがるので次回の便には屹度間に合うはず、とのことだった。そんな鈍重な通信を四か月にわたって行いながら待ち焦がれた品物がとうとうやって来たんだ、と女は船を見ている。帽子は、お嫁に行く姉への贈り物だった。むかし、いつだったたかふたりで内地から届いた洋装のたくさん載った雑誌を見ていたら、外国の女のひとがふたり並んでお揃いのお洋服を着ていて、姉妹はそれを見てたいそう気に入ったから、姉が似たような洋服を姉の分と妹の分縫ってくれたことがあった。でも大きな庇がたわんで美しい波を形づくる帽子だけは姉もうまく縫えなくて諦めた。どこの国のどんなひとがつくって被る帽子なのか、雑誌を読んだだけではさっぱりわからず、しかしその後どんな本のどんな写真にもあんな素敵な帽子は見たことがなかった。姉妹は写真ではよくわからないその帽子の細部を、話し合い、絵に描いたりしながら想像することを繰り返した。ふた便も先送りになって、姉はとうに祝言を終えて嫁ぎ先の人間になってしまった。同じ島内、同じ部落のなかだから、しょっちゅう顔は合わせる。けれども本当なら祝言の前に、姉が実家を離れる最後の晩に、姉に帽子を贈りたかった。お揃いのあの洋服を引っ張り出して着て、一緒に写真を撮りたかった。それができなくても、内地から送られる雑誌を頭をくっつけ合いながら覗きこみ、お揃いの洋服を縫ってもらって着た、あの時間のことを姉と話したかった。あの時間が、私にとっていちばんの姉との思い出で、大好きな姉のなかでもあのときの姉が私はいちばん好きだった。私はほかの誰でもない、お姉ちゃんの妹なんだ、と思った。祝言には間に合わなかったけれど仕方ない。私はいまからでもいい。私はいまだって姉の妹に違いない。姉の帽子が、きっといよいよ、あの船には積み込まれている。

やって来るのは荷物だけではない。人間もやって来る。支庁や学校、島の産業会社関係の視察のひと、軍の関係者、そのなかにはしばらく滞在しに来るだけのひともいれば、所属先の辞令を受け本式に赴任してきたひとが生活用具一式とともにやって来たりもする。内地を訪れていた島の人間が買い込んだ土産を抱えて帰ってくる。教員や警察、医師、行政業務を担う世話係の入れ替わりに際しても、ひとは定期船でやって来てそして去っていった。船のなかには乗組員も大勢いて、島内に滞在するわけではなくとも、荷の積み下ろしを通じてなじみになる人間も多かった。昭和のはじめ、小学校に設置されたラジオは島内の情報通信を大幅に向上させたが、これは定期船の乗組員だった無線技士が、船の停泊中に上陸して島民のために敷設作業を行ってくれたのだった。内地でもラジオの普及が進んでいた頃で、その噂だけは見聞きしていた島民たちが小学校に集まって、大人も子どもも校庭の丘に建てられたラジオ塔をそれぞれに緊張した面持ちで眺めた。不意に空が破れたような音があたりに響き、しばらくそれが続いたのちに、誰かがなにかを喋っている、ラジオ放送の第一声が聞こえた。しばらくはなにを喋っているか聞き取れなかったが、内地で聞かれるその放送の声が、ここにも届き、そして聞こえるというその経験は、個人個人の境を越え、島全体、島民みんなの感動として記憶されている。その後は国内外のニュースや、歌や芸能など文化的な情報接触も一挙に盛んになって、日常会話にも内地と変わらぬ時の話題が混ざるようになった。

船は釜岩を過ぎて、陸地からも船体の様子がしっかりうかがえるほどの距離になった。錨が降ろされる。船上でも荷下ろしの準備が進められていて、甲板上に乗組員たちが動き回っている姿が見えた。数人の乗客が手持ち無沙汰な様子で甲板から島を望んでいた。内地と島をそう頻繁に行き来するようなひとは少ないから、ほとんどのひとははじめての来島であり、いまはじめてその平たい島影を目の前にしている。事前に聞いていた話とくらべて、目の当たりにしたその島を大きいと感じるひともいれば小さいと感じるひともいた。もっとも内地で暮らしていた人間が、東京から一三〇〇キロも離れた南の島の話をいくら聞いても、うまく想像できるものではなかった。いずれにしろ一週間ほどの航海を経て、疲れた頭にまず浮かぶのは、大変なところへ来てしまったものだ、という思いで、それが不安に振れることもあれば半ばやけくそめいた奮起に振れることもあった。諦めに近い静かな心持ちで海と空とそのあいだで押しつぶされたみたいな島の陸地を眺めるひともいた。単に船酔いで感情に起伏がつけられないだけかもしれない。あとは野となれ山となれ、平たい陸地のほとんどは緑に覆われているが、火山活動の影響で地熱が高くそこらじゅうから硫黄が噴出していると聞くあの島の土となれ、内地の山奥ならば山を下れば街に出られるが、ここにはいま自分が渡ってきただけの時間をかけなければ違う街に行くことはできないのだ、もう肚を括るしかない。

大勢のひとが集まっている浜から、艀が連なって船の方へとこぎ出した。畳を浮かべたような平たい上に三人四人が乗り込み、棹を使って船を進める。船員たちが動き回る甲板上も賑やかにものものしい雰囲気になってきた。荷下ろしがはじまった。乗客たちも荷物を持って集まるよう声がかかった。甲板にいた数人の乗客が、手荷物を取りに船室へ戻った。

艀の上に次々荷物が積み上がっていく。船から吊り下げられて艀に下りた荷を裸の男が受けて、ロープを解き、畳三枚分ほどの甲板に次々荷を並べ、バランスをとりながら積み上げていく。行李、木箱、段ボール、いろんな材質の箱が次々に船から下ろされてくる。アルミやホーローの容器もある。重さも様々で、大きいのに軽いのもあれば、小さい箱なのに重いのもある。もちろんここでは中身のことは知らない。とにかくどんどん荷を下ろして浜に運ぶことが艀の乗り手のいちばんの任務である。多少見慣れない材質の箱や不審な荷物が混ざっていても気にかけている場合ではない。後ろには次の艀がつかえている。少しでも早くこの艀を満載にして浜に戻り、荷を下ろしてまたとって返す。島にやって来た乗客を乗せた最初の艀は、もうすぐ浜にたどり着きそうだった。それにしてもこの日は妙な雰囲気の、やけに外国風の、モダンな感じの荷物がいくつもあって荷を積む男の気になった。段ボールに見えるが、従来のものとはずいぶんと質感が違った。つるつるすべすべの上等な表面に、きれいな色柄と黒いネコの絵柄が入っていた。なにか文字も書いてあるが、俺には読めない。

自分たちの荷物とともに船から降ろしてもらった乗客たちは、甲板から見ていた以上に大きく揺れる艀の上に足を踏ん張って、船から浜へと運ばれた。客船と違って艀には壁も支えもなく、よろけて踏みとどまれなければそのまま海に落ちてしまう。浜のだいぶ近くまで来たところでおもむろに浜から男がひとり、ふんどし姿の太ももまで海につかりながら艀の前まで歩いてきた。ほかの男たちは上半身裸だが、彼は法被のようなものを素肌に羽織っていた。その背を艀の上の乗客に向けると、カッターシャツにパナマ帽をかぶっていた産業会社の役員だかの太った男は、法被の男の背にひょいとおぶさった。法被の男は太った男を背負って水のなかを歩いて砂浜に太った男を下ろした。法被の男に続いて幾人もの男たちがやはり水に入って艀から乗客の荷物を受けとって浜まで運びはじめた。法被の男も、次の客を背負いにとって返す。そんなふうに、外から島を訪れる者は内地を出て一週間、航海の最後は島の男の背におぶさって、それでようやく島の地面に足を下ろすことになる。大の大人がおんぶされるのは無様にも映るが、おぶさっている方は航海の疲れと見知らぬ土地の勝手に気おされて大人しくなる。たくましい背負い手の背中を頼もしく思い、少し子どもみたいに弱く、頼りたい気持ちになる。

浜には艀から降ろされた船の荷が並んだ。色も大きさも形も違う様々の荷物が、浜に敷かれたゴザの上に並び積み重なっている様は雑多で、複雑で、そして島民たちの期待と喜びを映していて、目映かった。まだ艀は船と浜の行き来を続けていて、荷物はまだ増える、増えれば増えるほど、島民のよろこびが増幅する。荷物の陸揚げと並行して、浜に並んだ荷の仕分け作業がはじまると、離れて見ていた者たちもだんだんと作業中の男たちのそばに近寄ってきて、箱の中身をのぞきこんでは、それはどこそこの商店の品物だ、それは郵便だ、誰それからの手紙が入っているはずだ、とあだこうだと声をあげる。浜はいっそう賑わしくなった。

その喧噪を背にして浜を離れる。船からは平坦な陸地に見えたが、実際に降り立って歩いてみればまったく平坦なわけではなく、浜から内陸に進む道にも勾配があった。緩やかにのぼりになった背の低い草むらに拓かれた細い道の、乾いた土の地面にはさっき浜にやって来た牛車の轍が残っていた。浜に近いあたりに高木はなく、南からの風が島の表面を撫でるように吹いて抜けていった。草が揺れる。間もなく、海を背にしてそのまま島の中央にのぼっていく道と、海岸線に沿って北へ延びる道とに道が分かれ、そのまままっすぐ進んでいけば元山の方面に出る。緩い丘をのぼりきったあたりには飛行場の滑走路があるはずで、飛行場の手前を北へ行けば元山部落の中心地、民家が並び商店が並ぶ。学校も神社もある。飛行場ができる前ならこの寂しい道が丘のてっぺんまで続き、野っ原を分けて北へ進めばやはり昔の元山部落に出る。定期船が来て、いつもと様子の違う島の雰囲気に惑わされたか、ふとこの先の道がどちらの風景につながるかあやふやになる。いま進んでいるのはいつの道だったか。いずれにしろ、ああもみんながみんな、浜の荷揚げ作業に集まっていたら、いま頃は家も学校も商店も、どの集落ももぬけの殻だろう。いま進み行く海岸沿いの道は、このまま左手に西の海を見ながら北進すれば西部落につながっている。西部落には島民墓地がある。

浜の賑わいは次第に背後に遠ざかったが、風が草を揺らす音と、鳥の鳴き声くらいしか物音らしい物音のしないなかで、ひとびとの声はずいぶんと遠くまで響いて届くものだった。ポジティブな意志や感情が乗った声は、より遠くまで届くのだろうか。あるいはそれはその声を聞きとる耳の方の話かもしれない。周辺の地面を低く覆う細い草は乾いて先端を枯らしていたが、新しく生え伸びてきたまだ背の低いものは鮮やかな緑色をしていた。この島の地面は地下の火山活動の影響で地熱が大変熱く、地面に手をつけば熱いしそこらじゅうから硫黄が噴き出ている、さっき定期船から降り立った来島者はそんな話を聞いてきたけれど、どこもかしこもちんちんに熱いわけじゃないし、硫黄が噴いている場所はごく限られている。この西海岸に沿った道の土の地面は、ほら、と足の裏の感触を確かめる。ほら熱くない。熱くないことはないが、これは地熱でなく日射しを受けた地面の熱だ。子どもたちはふだんはたいてい裸足で遊び回っていたから、この島の地面のことは子どもたちの足の裏がよく知っていた。

いまも続々と浜にはひとびとが集まりつつあったが、学校でいちばん足の速い男の子は、放課になった学校から一旦家に帰ったのち、いまだいぶ出遅れて浜への道を駆けていた。荷受けのはじまった浜の様子を想像し、すでにほかの友達が大勢浜に到着していることを想像すると、いてもたってもいられなかった。学校からそのまま浜に向かう子どももいて、自分もできればそうしたかったが、家には病気を得て寝込んでいる母親がいた。鐘の音は母親にも聞こえただろうから、船が来たことは知っているかもしれない。母さんだって浜に行きたいに違いないけれどもそれは叶わない。もし自分が家に帰らず学校からそのまま浜に行って帰りが遅くなったら、母親にいらぬ心配をかけてしまうかもしれない。その心配による負荷が母親の体に悪さをするかもしれない。今日の行動如何で、母親が死んでしまうかもしれない。自分が黙って浜に行き、もしそのあいだに母親になにかあったら、取り返しがつかない。母親が病気になってから、男の子は取り返しがつかないことをいちばん恐れるようになった。死というのはその最たるものだ。まずはいつでも母さんの心配を第一に。それ以外のことは、母さんの具合をちゃんとたしかめて、悪くないよ、と言う母さんの声を聞いてから、全速力で走って友達に追いついたらいい。僕はきっとなににだって追いつける。

母親は家でいつもと変わらず横になっていた。家に駆け込み、船が来た、と言うと母さんは、うん、鐘の音が聞こえたよ、と応えた。お前も浜に行っといで。なにかお遣いは？　と訊くと、お母さんも様子を見に行きたいけどこの体じゃ浜には行けそうにないから、代わりに浜の様子をよおく見てきて、それであとで見てきたことを話して聞かせてちょうだい、と母さんは言った。それでいま西の浜へ全速力で走る男の子の足の裏が土の地面を捉え、そして強く蹴る。なにも考えなくても足が回転して、一歩蹴るごとに体が強く前に出て、どんどん進む。ずっと息を止めているけど、呼吸も全然苦しくならない。自分はこの島で誰よりも速く走れる、と男の子は思う。体が勝手に動いてどんどん速度が増す。自分でも抑えが利かない。かつて島でいちばん足が速かったのは、千鳥のやっちゃんだった。いまも島の運動会で部落対抗のリレー競走があるとやっちゃんはほかの走者を圧倒的に引き離すか、どんなにリードされていても追いつき追い抜いてしまう。他人からはやっちゃんの走りに衰えは見てとれないが、やっちゃん自身はもう自分が昔みたいに走れないことをよくわかっていた。体が大人になったからなのか、漁の仕事をするようになったり、酒を飲んだりするようになったせいなのか、理由はわからないが、その足の速い男の子を見るとやっちゃんは昔の自分と同じだ、とわかった。体がどんどん強く前に進むだろう。蹴れば蹴ったぶんどんどん。手にも足にも、どこにも無駄な重さがなくて、全部の動作が加速に与しているだろう。自分は走るために生まれたみたいに思うだろう。知ってる。俺もそうだった。人生のほんの一時期だけ感じられたあの走り方だ、とやっちゃんはわかる。

やっちゃんもいま、浜で荷揚げをしている。男の子が浜に着くと、浜に降ろされた荷物はさっきよりもさらに増えていて、見物人もさらに増え、全員が活発に動き回ってお祭りのような騒ぎだった。笑い合っている者もいれば、なにか揉めている連中もいた。荷下ろしの男たちは終始きびきびと緊張を保ったまま働いていた。やっちゃんもそのなかにいる。荷物の仕分けが進み、牛車などへの積み込みもはじまった。これから行き先の部落ごとに仕分けられた荷物が運ばれていく。島民が総出で届いた荷を解き、宝箱を開くみたいに中身を確認しながら物品を分けたり注文品を引き取ったりするのはそのあとで、だからこんなに全員が全員浜に出てくる必要はなかったけれど、やっぱりいてもたってもいられないからみんな出てくる。それでみんな楽しい。定期船は数日沖に停泊したあと、今度は島から内地への荷物を積んで島を離れる。それまでに、島民たちは内地の親戚や友達に手紙を書いたりする。今回の便で届けてもらった品物のお礼なども船に託す。だからよろこびと幸福感は船が荷を積み、島を離れるまで続き、船が去るとさびしくなる。今夜はどこの部落も宴会になるはずだ。届いた調味料や食材をさっそくたっぷりと使ったごちそうが並ぶ。食べ物以外にも、待ち焦がれた品物や手紙を眺めながらみんなで酒を飲む。子どもたちにも新しい文具や玩具、お菓子などが行き渡って、大人たちのお祭り気分に混ざって、愉快なことこのうえないだろう。船が来るたびに繰り返されるこの賑やかで幸せなお祭りのはじまりが今日のいまだ、と海の方を見遣ると停泊しているはずの船の姿がなかった。目印になる釜岩を海上に探したがそれも見つからない。しばらく海岸線を眺めているうち異常に気づいた。海岸線が半島のように海側に突き出ていた。延伸した陸地には揚陸場だったあたりの浜から砂浜がつながっている。突如現れた角のようなその見慣れぬ砂浜をよく見ると、突き出た突端のあたりに見知ったシルエットの岩場があった。沖の海上に頭を出していたはずの釜岩が、島と地続きになっていた。あたりの海上をいくら見ても、そしてさっきあとにしたあたりの浜をいくら見ても、定期船の姿は見えず、浜の荷揚げに集まるひとびとの姿もまったく見えなかった。不安になりながら海岸沿いの道をそのまま進んでいくが、いつまで進んでも前方や右手に見えてくるはずの墓地や集落が現れない。道沿いにタマナやタコの木の林が現れて日陰も物陰も増えてくるはずが、どこまで進んでも視界がずっと開けたままで、目の前の風景の明るさに反して不安は高まった。知っている道なのに知っている道の景色じゃない。ひとの生活の気配が一向にない。道の勾配や周辺の地形は覚えとほとんど相違ないのに、道の先にあるはずの墓地への入口も、西部落の民家や砂糖工場などの建物も、林も畑もまったく見当たらなかった。

やはり覚えのある向きと方向で交じり延びていく分かれ道を、島の中心地である元山部落の方へ進んでみる。しかしその先にもやっぱりなにもなくて、誰もいなかった。島じゅうの人間が浜に集まっているのだから、誰もいないことは不思議じゃないかもしれないが、もぬけの殻どころか、あたり一帯が原野になっている。島が裸にされたみたいに、あらゆる建造物がなくなっている。民家が建ち並び商店が軒を連ねていた元山のいちばん繁華な通りも、ただ野のなかでわずかに草の剝げただけのような細い小さな道が延びているだけだった。小高い大阪山を過ぎて部落の中心にあるはずの硫黄が丘のあたりに見当をつけてのぼっていくと、記憶に違わず白い岩肌の地面が広がる一帯に出た。熱と硫黄のにおいがあたりに漂って、ここはたしかに知っている丘に違いなかったが、すぐそばにあるはずの、さっき島じゅうに鳴り響いたはずの船見岩の半鐘はなく、半鐘の櫓が立っていた小高い丘も削り取られたように曖昧な地形になっていた。ここから見えるはずのレモングラス工場の建物も見えなければ、やはりこの高台から東側に見えるはずの家々の影も見えない。なにもないし誰もいなかった。

ここはどこか、と思えばよく知る元山部落の頂に違いないが、土地の形や気候以外は、よく知る場所とは全然違った。ここが元山なら、いまはいったいいつなのか。これじゃ困る。こんなになにもなくては困る、と思った。思いながら、なにがどう困るのかはよくわからなかった。とにかく困る、こうなにもなくてはなにを思うにも手がかりがない、困った気持ちを寄せていく場所さえない。さっき来た道をまた引き返し、西部落の方まで戻っていく。見逃したかもしれない墓地を捜してみることにした。墓地に並んだ各家の墓石の下には、この島で暮らして死んだ者たちがいる。知っているひとも何人もいる。さっき浜に集まっていたこの島で暮らしているひとたちも、いつかはその墓地のなかのどこかの墓標の下に収まるだろう。西部落の墓地が墓地として整地され島内の各家の墓がひとつところに集められることになったのはいつ頃のことだったか。墓地が整理される前、まだ各部落の規模も小さかった頃は、各家が思い思いの場所に死者を葬り墓標を立てた。まだこの島に移住者が来る前にも、様々な国の海からこの島に漂着して居着いた者たちが、島で命を落とした者をこの熱い地面のそこここに葬った。誰もいなかったこのさびしい島に流れ着き、海を渡って移り住んだひとびとがいて、それから二代、三代と、ここを人間のいる生活のある場所として維持してきた。ひとの声がそこらじゅうで響き、ひとびとは海や畑や工場で汗をかいて働き、家族をつくり、働いて得た金で生活をした。それは本当だろうか。覚えのある建物がなくなっただけで、過去の時間への信頼がこんなにも心許ないものになるのか。お墓には、まだその時間があるだろうか。万一、墓地や墓石がなくなっていても、なんの墓標がなくとも、地面があれば地中の彼らはそこにいてくれるかもしれない。でも墓標のない墓をどうやって見つければいいのか。墓標のない墓はただの地面で、ただの地面の下には誰もいなくなってしまうのではないか。

高台からは、西の海がよく見えた。そんなに見えるはずはないのに、あったはずの西部落の民家や林がないせいでよく見えた。海はずっと変わらないようにも思えたけれど、いつ見ても違って見えるのもまた海を見るということで、いまとか自分を繋ぎ止める先としては全然頼りにならない。海を見ていると、いまがいつかとか、自分が誰かなんて、そんなことはどうでもいい、と思えてしまう。危ない。いまとか自分が揺るがぬときなら海を眺めるのもいいけれど、こんなときに海を眺めすぎては危ない。頼りになるのは、たしかにこの場所が内地と、そして世界とつながった場所であり時間であることを特定できるような揺るがないモニュメントだ。墓地はなかった。墓地に入る小路があったと思しきあたりも低い藪に塞がれて入っていけそうな道は見当たらず、深く繁った草を掻き分けるように少し進んでみても、どこに墓地があったのか全然見当がつかなかった。野っ原は雑然としていた。このあたりではないか、と思っても、そこになんの手がかりもなくては、それ以上なにを思うこともできない。困る。

　仕方なくしばらくのあいだ藪を眺めた。藪とひと口に言っても、様々の草木が生えていて、名前のわからないものばかりだが、どの草木にも見覚えはあった。見たことのない植物というのはない。そうして藪を見ているうちに、あったはずの墓地の脇から藪を掻き分けて奥に進むと、岩場を経て海に面した低い崖の上に出られる、と思い出した。その進路の想像に絡まるように、いつかの誰かの声、いつかその場所にいて聞いたり発したりした声や、そのときの風や光の具合が思い出せそうになるけれど、それ以上具体的な像はなかなか結ばれない。それが自分の見聞きしたものなのか、誰か他人の記憶なのかもわからない。他人の記憶を思い出すことなんてあるのか。でも自分の記憶を思い出すことがままならない以上、思い出す先にあるのは自分以外の誰かの記憶かもしれない。自分、自分と思いながらも、自分は自分じゃなくいつかどこかの誰かであると思う方がいまはずっと相応しいように思える。

　あるいは、と誰かは思う。墓地の脇の藪を抜けて岩場を降りていき、海を望む崖に誰かがいるのは、かつての誰かの記憶ではなく、いま現在の出来事なのだろうか。呼びかけたい、と思った。誰かを呼びたい。もう長いこと黙ったままだった誰かの喉は、渇いて縮んで固まっていて、発声するまでに少々苦労したが、唾を飲み込み、舌と喉を潤し、息を吸い込み、おーい、と藪の向こうに呼びかけてみた。息を吐き出す胸のあたりが熱を帯びてくる。

　南風が藪の草を揺らし、海鳥の鳴き声が聞こえる。返事はなかった。もう一度、おーい、と呼ぶ。藪の向こうに耳をすませていると、はじめは気づかなかったいろんな音が聞こえはじめた。藪の草木の鳴りも一様じゃない。細い葉の音、枝につく葉の音、茎のしなる音、奥の見えない藪みたいだった塊のなかにいくつもの違う音が聞こえてくる。藪の先の下の方からは岩場を打つ波の音も聞こえた。

背後では島じゅうの木々が風を受けて鳴っていた。そしてふといちばん近くで鳴っている大きな風の音にも気がつく。自分の耳に風がぶつかり立てる音だ。音を立てれば別の音が聞こえる。ここにはちゃんと体がある。

はーい、と誰かが応える声が聞こえた。風と草木と波の音は変わらずに続いていた。誰かの声は、藪の向こうから聞こえたのではなくて、いつかどこかで聞いた、懐かしい、親しい誰かの声を思い出したのだった。誰だかはわからない。よく知っているけれどいまはうまく名指すことができない。名指さなくてもいいか、と思っている。その声から感じとれる、その声を聞いて心中に湧いてくる親しみと懐かしさがあればそれだけで充分と思える。

おーい、ともう一度声をかける。藪の先に向かってではなくて、いつかどこかの誰かに向かって、いつかどこかの誰かが呼びかける声を思い出す。はーい、とまた返事がする。

おーい。

はーい。

それだけのやりとりが、それ以上先に進むこともなく、止むこともなく、延々と繰り返された。いつかどこかのその声の交歓を、終わってほしくない、と思いながら聞いていた。しかしある瞬間にどこかでなにかが爆ぜて破裂したような大きな音がして、それきり声は途絶えてしまった。大きな音はいちど響いただけで、島じゅうに残響が漂っているような気がしたが、それは物理的な音ではなくて驚きとなんだかわからない恐怖が静かに持続していたせいかもしれない。音は元山を挟んだ島の反対側、東海岸の方から聞こえた。元山に戻って、なにもなくなった部落を通って地形に沿って小山を下っていく、島の東側へ出る道筋がそうやって思い浮かぶ。

人影どころか、あるべき家も商店も見あたらない。目の前には草っ原が広がっていた。さっき浜から歩いてきたのは自分に違いないのに、全然知らない場所にたどりついてしまったみたいだった。でも生まれてからいままでずっと暮らしてきたこの小さな島のなかに知らない場所なんかなかった。道の通じたところはもちろん、林の奥から崖の縁まで、そこに立てばどこだってここととわかった。

実際いま、草むらを分けてできた土の道を歩いていると、この道は確かに元山の中心に至る道の途中に違いないと思えた。足の裏は地面の起伏を捉え、地形に沿って道が曲がれば自分の体が向いている方角もずれ動く。歩いている途中に起こるその知覚の全部に覚えがあった。いつもはそんなことといちいち気に留めなかったけれど、こうしてまわりになにもなくなると、体だけが頼りになる。そしてここがよく知る場所とわかればわかるほど、ここになにもないことがおかしいことになる。

おーい、とまた声を出して呼んでみるが、その先に続くはずの誰かの名前が出てこない。ひとの名前が思い出せないのではなく、呼ぶべき名前はいくつかあって、でもどの名前を呼んだものか決めあぐねている。どの名前を呼ぶかで、自分の体が誰の体なのか、いまここでただひとつの頼りであるこの体が誰なのか、自ずと定まってしまう。そしてここになにもなくて誰もいない事情についても、きっといくらか見通しが利くようになる。そしてそれを恐れている。なのでそのまま行こうと思ってる。まだ誰ともわからないで歩けるならもう少しのあいだそのままで行こうと思ってる。

緩く上りになった道を進むと、依然として建造物はなにもないが、道の脇に草むらの拓けた広場のような場所があって、手前の方に地面に埋もれかかった平たい石があった。それは礎石だ、と思って自然と目を向けた先にももうひとつ崩れてもとの形をとどめていないもののやはり小さな岩があり、そのふたつの石の上にはかつて鳥居が立っていた。なにもない地面には神社があって、秋の例大祭には大人も子どもも島じゅうの人間が集まった。礎石のあいだを通るとき、そこにはなにもないが、なにかをくぐった感覚があった。もしかしたら自分に見えていないだけで、鳥居はここにあるのではないか、鳥居だけでなくて社も、なにもなくなったかのように見えるこの島のひとびとの家や学校や工場や畑や林も本当はあるのではないか。でなければさっき浜で見た大勢のひとたちはどこへ帰るというのか。というか、どこから来たというのか。

浜で見たひとびとの姿の残像をなにもない広場に重ねるように思い出すと、姿は見えないままにひとびとが集まって昂ぶる声と匂いと熱気が、どこかで熾った炎から煙が流れてくるみたいに周辺に現れてくる。神社にひとが大勢集まってそんなに賑わっているということは、きっとそこでは秋の例大祭の奉納相撲が行われている。境内に櫓が組まれて幕が張られる。櫓の柱は紅白の塗装がなされ、天幕は紫色。その下に円形の土俵俵が敷かれる。土を叩いて均したり、行司役の仕切りで本格的な土俵祭を行ったり、例大祭の準備のなかでも土俵の設置は大仕事だが当日は力士になる青年男子たちはそれを楽しんだ。ふだんは境内の広場に過ぎないその場所に年に一度、土俵が現れる。ふだんもその日のことを想像せずにその場所を通り過ぎることはできない。立ち合い、土俵から力を吸い上げるようにじりじりと踏みしめる足の裏、徳俵にかかって踵を浮かせ残った足の指先、引いた左の下手をさらに深くまわしにねじ込みながら腰を入れて相手の体を押し込むべく蹴り出される左足裏と、押されず持ちこたえ劣勢を押し返そうとする相手方の右足裏の踏ん張り。そんな足の裏が自分たちの足の裏と一瞬重なって、そこを通るときには男も女もわずかばかり強い足取りになるものだった。まだ歩けない赤ん坊を抱いた母親の手も、その場所を歩くとき、抱いた子どものぶらぶら揺れる足先をぎゅっと握った。

周囲の賑わいと熱気がさらに高まる。目の前の無人の空き地に目を向けながら、同じ場所から土俵に目を向けたときに、ここからでは遠くて大勢のひとに取り囲まれた土俵の様子が見えないだろうことがわかって、そこに土俵がない、と思えば思うほどそこに土俵があってくる。土俵入りだ、と誰かが叫ぶ声が聞こえた。

背伸びをしても、ひとびとの頭と体が重なる向こうは見えず、遠巻きに見ていた誰かは人垣に近づき、誰かと誰かのあいだに分け入り、押し入り、近づけば当然ひとびとの熱気も声も匂いも強くなって、すぐ脇から押すなと誰かの声がする。押し込んだ誰かの体が誰かに押し返される。やっとの思いで人垣の前に出て見えた土俵上には力士の巨大な後ろ姿があった。

土俵の周囲を取り巻くまわし姿の男たちのなか、土俵の中央で真っ白なまわしを締めて大きな背中とお尻をこちらに向けている力士は、深く腰を割って大木のような太股を外へ開いていた。太股は土俵ときれいに平行をなしている。太股に比して余った肉がなく引き締まった膝下はこぶの浮き出たふくらはぎから足首まで美しいシェイプを描きながら土俵に垂直に降りていた。土俵上にある左右の足は、踵からつま先まできれいに同じ角度で外側を向き、まさに根を張ったように力士の体をしっかりと支えていた。

あの風格は間違いなく横綱だ。まわし姿の男たちに紛れて気づかなかったが、両脇にはやはり白いまわしを締めて蹲踞の姿勢をとる力士の後ろ姿もあってあれは太刀持ちと露払い、つまりやっぱり横綱の土俵入りなのだ。巨大な横綱の背中には丸い輪っかがひとつ結ばれたしめ縄が見え、柏手を打ち四股を踏み、右手を横に流す様は雲竜型の土俵入り。四股に合わせて周囲のひとびとが、よいしょー、と声をあげた。男たちの低い声に、女たちの高い声、興奮した子どもたちの甲高い叫び声のような声が重なった。

それにしてもあの後ろ姿の横綱は島の相撲取りにしては大きすぎるのではないか。この島の相撲大会にも力自慢、体格自慢は大勢いるがあんな巨大な体の男はいないと思う。みんな日頃は海や畑で働いているのであって、腕っ節が強く体は堅牢でも、あんな本式の相撲取りみたいに肉のついた体ではほかの仕事ができない。だいいちこの島で暮らしていてあんなに太れるわけがない。それによく後ろ姿を見ると頭にはちゃんと髷を結っている。立派な大銀杏だ。つまりあれは島の男ではなく本物の相撲取りということで、しかしそれはどういうことか。これまで島の相撲大会に本物の、大相撲の力士が参加したなんて話は聞いたことがなかった。今年の奉納相撲には内地から本物の力士が来たとでも言うのか。

もはやこの場に立ったときにほんのわずかに漂う程度だったひとびとの気配は、その声も匂いも熱気も強く濃いものとなっていた。なにしろ本物の横綱までいる。例年の相撲大会でも、土俵の上も下も大変な盛り上がりなのに。しかし今年もなにも、いま目の前にある広場には土俵も力士も、相撲大会に興じる島民たちの姿も本当はなくて、あんな大きな体で土俵入りする横綱ももちろんいない。これはいつの光景なのか。あんな大きな体の相撲取りがこの島にいたことを見たことがないのに。そうと思えば、幕を張った土俵櫓も四股を踏む横綱も、熱気も、そこを取り囲むひとびとの気配も一瞬で消え去って、匂いだけが微かに残っていた。しかし消え去らない匂いを、もういないひとびとの呼気や体に寄せて辿っても頼りなく、もっと熱の気配がある匂いだと感じた。本当にどこかでなにかが燃えているのだろうか。しかし見渡す限り燃えるものがどこにもない。さっき聞こえた爆発のような大きな音はなんだったのか。爆弾でも落ちたのか。あれこれ巡る考えを追っていたが、ふとこれは単なる硫黄の匂いだ、と思い至った。この島で暮らしていれば珍しくもなんともない、島のそこらじゅうから匂ってくるあの匂いを束の間すっかり忘れていた。とたんに懐かしさに襲われて、先ほどから自分を取り巻く正体不明の不安が取り払われていくような気持ちになったが、なにか不明の事態に変化があったわけではなかった。

そこが神社だったのなら、すぐ東側には大正小学校があるはずで、広場の前を離れて道を進むとひとつ先の角まで体はやはり小学校を間近にしたときの慣れ親しんだ傾斜や方位の感覚になる。そしてそこにはやはり小学校がなかった。奥まで低木の繁った藪が広がり、どこまでが学校の敷地だったかも判然としない。周辺に植わったタマナもタコの並木もそっくり消え去っていて、行き先も景観も失った道筋だけがむなしく延びていた。それなのに、子どもたちの声が聞こえはじめる。校庭と校舎の影が目の前に現れて、茫洋とした藪が拓けて奥行きが生じると、それを自分は懐かしく眺める。

島の中心部落である元山のなかでも、神社と小学校のあったこの一角は島民にとって特別な場所だった。神社は鎮守としての拠り所であるだけでなく、お祭りや相撲大会が行われ、小学校もまた島全体の運動会や野球大会が開かれて賑わい、校庭にはラジオ塔もあった。なにかがあれば、島のひとびとはこの神社と小学校のある一角に集った。

平屋建ての木造校舎は、島の住宅や工場のなかでもいちばん立派で端正な建物だった。校舎から正門側に突き出る形の昇降口の上には三角屋根があった。正面から見ると、その均整に身が引き締まる気がしたものだった。その奥の校舎の壁板も、その上で奥と手前に分かれて斜めに落ちるトタン屋根も、いつ見てもきれいな直線と平面からなり、この島でそんなにきれいな直線や平面で構成された建物はほかになかった。誰の家もちゃんと建てられてはいるが、暮らしているうち歪んだり傾いたり、それだけでなくそこここに布がぶら下げられたり魚や野菜が干されたり、桶や盥が立てかけられたりして、毎日の暮らしはまっすぐな線や平らな面を滲ませてぼやかしていく。畑や林で見る木々の形にもまっすぐな部分はない。どこをとっても覚えられないような複雑な曲線や曲面でできていて、そこは驚くほど滑らかで艶やかだったり、見るだけで擦り傷のできそうな粗さや鋭さを持っていたりして、それらは日々刻々と様相を変えて、見るたびにちょっとずつ違った。海や空と同じだ。海も空もいつでも望むことができたが、いつ見ても様子が違った。そう思えば、植物とか海とか空と同じように、人間とか人間のつくった建物も、昨日あったからといって今日も同じところに同じようにあるとは限らない、そう思って目の前にない小学校を見る。あるのはぼうぼうと草木の繁茂した藪で、その繁り具合からすれば昨日今日小学校がなくなったとは思えないのだけれども、この期に及んで藪が繁るまでにかかる時間の長さをどんなふうに計ればいいものか。藪はいくら眺めていても藪のままだと思う。見ているうちにかつてあった小学校がここに立ち現れてくるなんてことはない、なくなってしまったものは戻らない。さっきの神社にしても、小学校の校舎にしても、この目に見えているのではない。しかしなくなったものをないままに見ることができず、記憶のうちの光景を目の前の現実に重ねて、まるでそこにあるかのように想像してしまう。哀しい。

藪の前を離れて、また東の見当の方へと歩きはじめたとき、おーい、と声が聞こえた。空耳かと思って、体を静止して風と草の葉ずれの音のなかに耳をすますと、たしかにもう一度、おーい、と小さく呼ぶ声が聞こえた。けれどもどこから聞こえるのか判然としない。近いようにも、遠いようにも思え、思わずあたりを見回してもやはりひとの姿はなく、そのあいだにも、おーい、と呼びかけられる。おーい、ここだよー。

ここ？　と問い返せば、こ、こ、だ、よー、と返事がある。地面の方から聞こえる気がして、しゃがみこんでみると、声が少し近くなった。と、ひらめくものがあり立ち上がってズボンのポケットに手を入れてみた。指先に触れた固い機械の感触で、ああなんだ電話か、と思う。ポケットから取り出したスマートフォンを耳に当てると、おーい、と今度ははっきりとその声が聞こえた。もしもし、と返事をすると、もしもし、と相手も返す。女の声だ。

電話だ、と思って電話に出たが、電話だと思うまでは携帯電話機を持っているなんて思っていなかったし知らなかったから、もしもし、と言いながら言っている自分に少々驚いていた。しかし手にはたしかに使い慣れた電話機があって、それはスマートフォン、Apple社のiPhoneだ、ということもその手は知っていた。そして声が聞こえるということは電波は通じ、誰かの声がここに届き、自分の声が誰かに届いているということで、話はいつの間にかはじまっている。そういうことならいつまでも驚いていてもしょうがない。

うん、そりゃそうだよ、と電話の向こうの女が言った。こっちだって事情はそんなに変わらないよ。電話っていうのはいつもいきなりかかってくるものだよ。

その通りだ、と思いながらそれを聞き、そう応えた。だから迷惑なこともあるし、思いがけず救われることもある。

かける方だってあれこれ逡巡して、いざかけようってときには思いきりが必要なものだよ。いまだったらボタンひと押しだけど、昔だったら電話番号を回したり、押したり、それを途中でやめたり、かかったと思ったら番号間違えてたり。まあこれも間違い電話みたいなものだけれどね。でもこうやって通じたんだから、話をしようよ。

思わず、うん、と応え、その場に腰を下ろしかけたが、これは携帯電話なんだ、と気づいた。歩きながら話すことだってできる。それでまた歩きはじめると、こちらが歩いていることが向こうにもわかったらしい。風の音がするね、と電話の向こうの女は言った。草の揺れる音も聞こえるし、あなたの足音も呼吸の音も聞こえる。そこはたぶん、硫黄島なんですよね。

そう言われて、そうだと思います、と応えた。そうでなくては困るが、誰かに向かってちゃんと口にしてみると、その確認に思いのほか安堵した。そして自分も電話の向こうの女の声の背景に耳をすませてみたけれど、女のいる場所はしんと静まっていて物音は聞こえず、女の体が動いたり物音をたてたりするのも聞こえなかった。いくら誰かを呼んでもそのあとに続く名を見つけられなかったのだが、この電話は向こうからかかってきた。こちらの居場所もなぜか知っている。自分は呼ばれた方なのだと思えば、こう問うことは許されるだろうか。ところであなたは誰ですか？

私は三森来未といいますよ、と電話の向こうの女はいとも簡単に応えた。そして、三つの森に未来をひっくり返して三森来未です、と漢字まで教えてくれた。

言われた名前を頭のなかで繰り返す。漢字を並べてみる。知らないひとだ、たぶん、と思って、だから、はじめまして、と言ってみた。はじめまして、と向こうも応えた。

はじめましてで、いいんですよね。

ええ、はじめましてでいいと思いますよ。

ですよね。

でも、なんだかはじめてのような気がしないですよね。

そうですよね。

大丈夫ですか？

なにがですか？

なんか困ってることはありませんか？

そう言われて、困っていることだらけだから、なにから言えばいいのかわからなくなった。口ごっていると、三森来未さんが、あ、と声を出し、いきなり電話をかけておいてそんな訊き方も失礼ですよね、ごめんなさい。

いや、と応え、次いで、ありがとう、と礼の言葉が出た。ありがたかったのだ。

私が高校生とか二十歳くらいの頃までは、携帯電話の通話料金も馬鹿にならないっていうか、ちょっと長電話したらすごい請求が来たりしたんですよね、と三森来未さんが話しはじめた。友達の恋愛とか人間関係の相談に乗ったり、まあこっちが相談したり、あとはそんな深刻な話じゃなくても、なんかなんとなくひと恋しいときとか、むしゃくしゃするときとか、明日のことなんか考えないで気の置けない相手とだらだらしゃべりたい、みたいな夜があるでしょう。

ええ。

それで夜中に二時間とか三時間とか電話したら電話代が一万円とかになって。

一万円ですか。

そうですよ、一万円。ほとんどどうでもいいような話しかしてないのに。

それは高いです。

そう。でも、懐かしいですけどね、そういうのも。いまとなっては。大人になると、延々と無駄な話なんかできなくなっちゃって。そんな相手もいないし。みんな仕事だ家族だ育児だって忙しくなるし。夜更かしすると次の日つらいし。

ああ。

だけどいまは携帯料金も話し放題とか使い放題とか、アプリ使えば無料とか、便利になりましたよね。ＳＩＭフリーとか格安携帯とかね。私も全然詳しくないんですけど。

なんの話だろうか、と思いはじめたところで三森来未さんは、なにが言いたいかと言うと、と口調をあらためて、急いで話さなくてもいいですよってことです、と言った。黙ってても、このまま電話のこっちで私、聞いてますから、聞こえる音を。

三森来未さんは知らないひとで、顔もわからないが、顔がわからなくても、声を聞いて言われた言葉を受け止めれば、そのひとのことはわかる。ありがとう、ともう一度言った。

私もそう思う、と三森来未さんが言った。だから私は、あなたが誰か訊ねはしないよ。

東の海岸方面をめざしたはずが、小学校の前を離れたあとで見知った道筋を失い、道は通じているもののどこに向かっているのかよくわからなくなった。おおよその見当はつくものの、自分はこの道を知らない、と思った。ということはかつてのよく知る道がなくなって、そのあとに新しい道ができたということだ。それか、この道と光景は、かつてのよく知る道ができるずっと前のものだということだ。

ここはよく知る自分の生まれ育った島であるはずなのだけれど、いまがいつなのかわからないと、それはここがどこかよくわからないのとあまり変わらないのだった。そして自分が誰かもわからない。そのそれぞれは別々でなく、どれかひとつが定まればきっとすべてがはっきりする。その手立てはわからないが、手のひらにある電話機は三森来未さんとつながっている。この通話が自分のもとにあると知ってから、自分の置かれた状況に対する不安や恐怖が薄らいだ。この場所に誰もいなくても、この自分の状況を伝える先があり、遠くから見届けるひとがいると思えることで、自分が誰であるかは不思議とそんなに重要な謎と思わなくなった。むしろその謎の重要さは、その誰かと通話をする三森来未さんのもとにあって、だからこそ彼女は、あなたが誰か訊ねはしない、と言ったのだ。

小学校の敷地あたりに広がっていた藪から高木の林が連なって、周囲の見通しが悪くなると遠景が方角の頼りになっていたことに気がつく。海から望めばおおむね平坦に見える陸地も、こうして歩いて移動すればわかる通り、実際には小さな丘が連なっていてたえず道は上り下りする。そもそもこの島だって火山活動による隆起の産物なのだし、そこらじゅうから噴き出してあたりに匂いを漂わせる硫黄も同じである。海岸線や、隆起による島内の地形の変化も珍しいことではなかった。

そういえば何年か前、小笠原で海底火山が噴火して新しい島ができたって話があった、と三森来未さんが言った。新しい島ができたんだけど、どんどん陸地が広がって結局隣の島にくっついちゃったから、新しい島じゃなくてもともとあった島が大きくなったとかそういう話。

そんな話は知らないが、そういうこともそりゃあるだろう。太平洋の果てみたいなところにある小島も、海にぷかぷか浮いているわけではなく、たまたま海上に露出した、海底とひと続きの地面なのだ。硫黄がちょろちょろ噴き出す程度でなく、地下で激しい活動があればなかった陸地が現れたり、あった陸地がなくなったりもするだろう。さっきの大きな音はもしかしたら噴火とか地殻変動によるものだったのかもしれない。

私が島に行ったのはもう十五年くらい前だけど、道路が陥没したり盛り上がったりして、アスファルトの舗装が割れたりしていたのを覚えてるよ。三森来未さんがそう言って、彼女がこの場所にいたことがあることを知った。島民というわけではないと思う。ただ三森という姓には覚えがある。手を伸ばせば、幾人もの名前が簡単に思い出せてしまいそうだけれど、やはり誰かの名を呼ぶのが怖いのと同じで、それ以上思い出そうとするのを止めてしまう。

思い出すことを止めることができるなんて器用ですね。

そうだと思う。記憶にあることはほんの小さなきっかけを得ただけで、とめどなく思い出されてしまい、簡単に制御できるものではない。でも器用というわけではなく、いまここでは思い出そうとする自分と、意識を向ける自分の記憶との関係がたぶんちょっと壊れているから、思い出さないで留まることができるのかもしれない。もしかしたら、思い出せないことを思い出したり、思い出しているのに気づいていない、みたいなことになっていたりもするのかもしれない。

藪の切れ目に、コンクリートの四角い箱のような建造物があって、ようやく見つけた人工物に思わず、あっ、と声が出た。これなんだろう。たしかに電話の向こうの三森来未さんに向けて言ったその言葉は、言ってから考えるとずいぶん芝居がかった、聞こえよがしの独り言みたいだったな、と恥ずかしくなった。こちらの景色が見えもしない相手に向けて、これなんだろう、なんて問う意味はなく、なにより、なんだろう、と言っているそばから、それがトーチカであることをちゃんとわかっていた。トーチカだ、と間抜けなセリフを続けると、電話の向こうの三森来未さんは、ああ、トーチカ、と静かにその建造物の名称を繰り返した。

海軍が造ったものか、陸軍が造ったものか、それ以外か、ひと目ではわからないが、その造作はだいぶ古びて、一部は崩れ落ちていた。トーチカなんか多少朽ちても用途に大きな支障はないが、そういうことではなく、そのもの自体にも、崩れ落ちた箇所に草が這い伸びて繁った周辺の様子からも、この野戦用のコンクリート製の陣地がもう長いこと実際に使用されていないことは明らかだった。

密かにどきりとしたのは、そこでトーチカが朽ちるまでの時間をこの目でたしかに認めたときに、その時間のどこに自分が存在しているのか、という思いが頭を過ったからだった。電話の向こうの三森来未さんにはたぶん気づかれていないと思う。どきり、とでもしなければふだん自分の心臓に意識などいかない、自分の心臓はいま本当に脈打っているのだろうか。

電話の向こうの三森来未さんには見えないはずの、半ば草に呑みこまれ朽ちたトーチカの壁を観察する。小さく穿たれたいくつもの凹みは、長い歳月をかけてコンクリートの不均質な組成が雨や風によって浸食されたものか。それとも銃弾か。そう思い、ああ、と思って、声に出してみる。なるほど、銃弾か。

大丈夫？　と三森来未さんが言った。

大丈夫です、と応えながらも動悸がしはじめる。たしかにこの体の心臓は脈を打っているらしい。

のぼりになった道を進みながら、これは古山の方面かと気づき、ということは東ではなく北に向かってしまっている、と思った。おそらくこの先にも島内で三つめに造られた北飛行場の滑走路があるはずだけれど、そう思う土地勘はいつのものか、そして目の前に現れるのはいつの景色か。

それらしき広い空き地に行き着いても、思い描いた飛行場の様子はなく、滑走路だったと思しき広い舗装路が微かに残っているだけだった。周辺にはなにも見当たらない。舗装された路面も崩れ、土に覆われ、割れ目から草が生え出て、砂利がたくさん転がっていた。やはりずいぶんと長い間利用されず整備もされずに放っておかれているらしい。また目の当たりにした長い時間に、自分の居所を迫られるような気持ちになったが、実際になにかを言い迫ってくるひとはいない。ここには誰の姿もなく、手のひらの電話機の向こうにいる三森来未さんも、ただこちらの声や音を聞いているだけだ。

周囲は茫洋とした草むらで路面にもそこここに草が繁っているから、どこからどこまでが滑走路の路面だったのかもはや曖昧だったが、滑走路は東西に敷かれ、いまいるここは、その東の端と思われた。幅のわからぬ舗装路は、西側へと広がる平坦な土地の上に延び、どのあたりまで続いているのか、遠くは草むらに紛れてわからない。飛行機が飛んでくる気配はなかった。飛んできた飛行機がここに着陸するとすれば、どこから来たどこの国のどんな飛行機なんだろうか。

むかし私が乗ったのは、なんて名前だったか、友達に教えてもらったのに忘れちゃった、と三森来未さんが言った。迷彩柄の、ものものしい、寸胴の飛行機でしたよ。着陸したのがその飛行場かどうかわからないけど。

日本軍の戦闘機かな。

戦闘機じゃなくて輸送機だったと思う。J隊の。

J隊とはなんだろうか、と思ったが訊かなかった。滑走路の脇の草むらに沿って西に進んでいくと、山の方へ上がっていく道が草むらの奥に見えた。草を分けて道に出てそのまま丘を登っていく。両脇は依然として草の生えた野っ原で、そういった地形や周囲の光景をやはり独り言のように実況すると、三森来未さんは、うん、うん、と小さく返事をしてくれた。それでいつの間にか通話が切れてしまっていないか、心配しないで済んだ。

坂を上っていくと、突然これまでの道路とは違う、きれいに整備された道に出た。割れや凸凹のない真っ平らなアスファルトの路面は、それまでの土の道やさっき見た飛行場の滑走路跡とも違うし、トーチカのコンクリートとも違う、塗装したような均質な灰色は明らかに周囲から浮いていた。そこはもう丘の頂上に近く、周囲の草むらには高い木もない。日を遮るものはなく、美しい路面に等しく日が射している。美しいが、ひとの気配もなく、朽ちたトーチカと滑走路ぐらいしか人工物を見ることのなかった目に、突然現れた舗装したてのようなアスファルトの路面はあまりに異質で不気味に思えた。そして前方には奇妙な建造物が見えた。道の片側に盛り土のような台形の土手が築かれ、コンクリートで擁壁した道側の壁面に入口のような穴があいていた。穴の上部はアーチを描いた山型でトンネルのようだったが、近づいてよく見ると口を通り抜けた先は天井のない吹き抜けで、だからトンネルではなく門のような造りになっている。

うん、うん、と三森来未さんが相槌を打つ。

台形の土手を削る形で奥まった入口の両脇には左右対称の浅い堀があって、そこに水が満たされていた。入口をくぐると前方に向かってまっすぐのぼっていく坂道があり、両側には前方の坂の頂上と同じ高さの土手が薄く芝のような草を生やして続いていた。降り口にゲートのあるすべり台みたいな形状をしたこの不思議な建造物は、おそらくきれいに整地されここだけは植生もいくらか手入れがなされているらしい台形の土手の中央部分を抉るようにして造られた。その構造も奇妙だが、この入口を前にして心中にわく最も奇妙な感覚は、この風景がまったく記憶を刺激しない、つまり全然見たことのない景色だということだった。

うん、うん、と三森来未さんがまた相槌を打つ。

さっきから神社にしろ、小学校にしろ、あるはずのものがなくなってしまった景色を過ぎてきた。ない、とわかることは、あった、と思うことなしに思えない。そしてたとえそこに覚えのないひと、さっき神社で見た巨大な大銀杏を結った力士のような存在を思い浮かべたとしても、それはかつて知っていた、見たことのある場所に生じた、誰かの夢想とか妄想だと思えばそう不思議じゃないのかもしれない。孤島で開かれる相撲大会の土俵を眺めていた誰かが、実際に目にすることの叶わない遠い内地の大相撲の力士の姿を想像したって別に変じゃない。

うん、うん。

けれども、こんな妙な建造物は知らない。この島にこんなものはなかった。

うん、うん。

それでともかく入口を抜けた先の坂道を上がっていく。

うん、あなたはその坂道を上がっていく。

坂道の上には、敷石の敷かれた広場のような空間があった。造成地の頂上はきれいに整地され、さっきくぐった入口や坂道の両側の土手の上とつながっている。

うん、それであなたは広場の先にまた別の建物を見つける。

さっき見たトーチカみたいな、でももっとずっときれいで朽ちたり草に侵食されたりしていない、時間が止まったような四角いコンクリートの建築物。

コンクリートは側面と天井だけからなる上屋で、正面はそのまま奥へ抜けていた。見通せる向こう側には、背の低い木が群生し、日を受ける葉の向こうには空と水平線が見えた。この丘の北側は緩やかに海へと下っていく。正面から見ると鳥居か門のようだったが、鳥居にしては低くて横幅が広い。そして近づくにつれ門や鳥居よりもずっと奥行きのある建物であることがわかった。そしてあなたは、その上屋に守られるように設置された墓石のようなモニュメントを見つけた。大きな岩の上に御影石の台座が重ねられ、そこに誰かの遺骨が置かれていた。いや、正確には包みに覆われた白木の箱を模した石の彫刻で、たぶんそのなかには誰の骨も入っていない。真上を見ると、天井の真ん中に四角い開口部があり、空が見えた。あなたはその穴を見上げて、この建物は側面は素通しだが、少なくとも上空の攻撃から身を隠すことはできる、と思っていたことに気づいた。しかし天井の四角い穴はその下のモニュメントに日射しを注ぎ、空襲があればその穴から銃弾が降りこむことになる。あなたは側壁に掲げられていた二枚の石板を見つける。そしてそこに書かれていた文字を読んだ。それはこういう内容だ。

さきの大戦において　硫黄島で戦没した二万余名の将兵をしのび　その霊を慰めるため　国民の追悼の思いをこめて　この碑を建立する　昭和四十六年三月　厚生省

あなたはその文言を読み、書かれていることを理解した。あなたはこの島で暮らしていたけれど、この建造物を知らなかったし、そこに掲げられた石板に刻まれた由緒も知らなかった。この島にこんなものはなかった。あなたがさっき言った通りだ。それを目の前にしてあなたはとても奇妙な気持ちになっている。当然のことだ。驚きもあったが、同時に、ずっと隠すみたいに持ち続けていた予感がようやく明らかになったという気持ちもあった。どうやらあの天井の穴から銃弾が降り注ぐ心配は、いまはしなくていいらしい。

天井の穴からもう一度上を見ると、空はよく晴れていた。さっきからずっとこんなに天気がよかっただろうか。素通しになった北側を見遣ると、やはり海の上の空も晴れていた。こんなに晴れたなかを歩いて歩いてこんなところまでやって来たのに、ちっとも暑くない。もちろん寒くもない。ずっと快適で、気持ちよい塩梅の風を体で受け続けている感じだった。

あなたは、そのあなたにとって奇妙な慰霊碑の存在を知り、そこで慰められているうちのひとりが自分なのか、と考えた。この碑によって、自分は国民から追悼の思いを向けられ、しのばれ、霊を慰められているのか。自分もそこに記された二万余名のうちのひとりなのか。もしそうなら、ありがたいことかもしれない、と思った。こうして思いがけずこの碑にこんなに近づけたことも、当事者たる二万余名の誰でもができることではなかっただろう、きっと。でも、同時に疑念も浮かんでいた。石板には、戦没した二万余名の将兵とあったけれど、あなたには、自分が将兵だった覚えがなかった。あなたはさっきのトーチカで得た、銃弾か、という中身のない納得を備えた自分の呟きを思い出して繰り返した。銃弾、銃弾。銃弾、爆弾、手榴弾、ロケット弾、艦砲射撃、機銃掃射、大砲、高角砲、棒地雷。敵のものであれ味方のものであれ、銃口や砲口から飛び出した弾は敵も味方も見分けやしない。

ましてこっちは将兵未満の軍属で。

うん、そう、あなたは将兵ではない軍属で。

そう、軍属で。

武器のひとつも持ってなかった。

うん、うん。

けれども死ぬときは、とあなたは言った。そう、死ぬときはたぶん同じだよ。どんな武器を持っても、どんな意気を心中に抱えていても、固い固い銃弾が、見えない速さで飛んできて。うん、うん。

北の海を望むその手前に群れた木の葉が風に揺れて音を立てていた。あなたはその木の名前を知らない。それはギンネムの木だ。いまが春なのか夏なのか秋なのか冬なのか、いまこのときにかかわる誰もがはっきりわかっていなかったけれど、この島では季節の違いよりも、晴れているか荒れているかの方が、この島の地面に立ち、暮らしている者たちにとってはいつでも一大事で関心事だった。今日がいつだか知らないが、今日はよく晴れて、風もそこまで強くない。気持ちいい、とあなたは言った。この島は湧き水もなく、内地からも遠く隔たった、不便な土地のように言われることもあるけれど、一年中暖かく、夏でも風が気持ちよくて、過ごしやすい気候だったと思う。うん、うん、と私はあなたの話に応え続けた。あなたが慰霊碑の石板に刻まれた文言を電話の向こうで読んで聞かせてくれたあと、私はあなたに、私もその場所に行った、と言った。あなたがいる場所は戦地となったその島で命を落とした兵士たちを慰める記念碑で、命を落とした彼らがそれを見届けることはなかっただろうけれど、この島はその戦争で陥落し、日本が敗戦した一九四五年以降、二十数年にわたってアメリカが占領したのち、日本に返還された。返還はされたが、もといた島民たちがその地に戻り、ふたたび暮らしはじめることは叶わなかった。日を受け風を受け、あなたがいまいる石碑の周囲で生き生きと繁ったギンネムの林は、あなたたちがこの島に暮らしていた頃にはなかった。戦後になって島のあちこちに増殖し繁茂したのだという。理由ははっきりしない。アメリカ軍が戦闘で焦土と化した土地を緑化するために種を散布したと言うひともいる。それは緑化ではなく、島に残る遺体の腐臭を消すためだったと言うひともいる。植物にとって人間の理由など関係ないし、人間にも植物のことがすべてわかるわけではない。なんの理由も原因もなく、降って湧いたようにただ生え伸びただけなのかもしれない。ともかく繁殖力の強いギンネムは、誰もいなくなった島のそこここに蔓延り、育ち、繁った。

西海岸の墓地に行こう、と私はあなたに言った。

墓地ならさっきすぐそばを通ったよ、とあなたは言った。神社や小学校と同じで、もうなにもない場所になってたよ。

でも、そのときはまだこの電話は通じてなかったから。

ああ、そうか。

神社も、小学校も、私はまだあなたからその場所の様子を聞かせてもらっていないから、聞かせてほしい。だからもう一度そっちにまわってもらえますか？　なんか二度手間で悪いんですけど。

それは構わないけど、様子もなにも、なにもないんですけどね。

でも、神社には土俵があって、大きな力士がいたんでしょう。

そう、見たことのないような大きな力士が。

私の予想では、それは曙だと思う。

あけぼの？

第六十四代横綱、曙太郎。あなたの話を聞く限り、あなたが見たのは曙太郎なのではないかと。

あけぼの太郎という力士がいるのですか。

昔ね。ハワイ出身の。すごい日本ぽい名前だけど。力士なんてみんな体は大きいものだけど、曙はとりわけ大きかった。二メートル以上あったはず。体重も二〇〇キロ以上。そしてなによりあなたの見たその力士の足の描写が、曙なの。太股に比して引き締まった膝下の、こぶの浮き出たふくらはぎから足首までの美しいシェイプ、とかまさに。子どもの頃にテレビで見た、曙のあの長い足が鮮明に思い出されて、私もうそれ以外考えられない。曙も土俵入りは雲竜型だったし。

曙を知らないあなたは当然知らないだろうけれど、一九九五年に曙は硫黄島で土俵入りの奉納をしている。日本の戦後五十周年を記念した日米の戦没者慰霊式典の一環で、当時の二横綱、曙と貴乃花が訪島し、鎮魂の丘で土俵入りを奉納した。九三年に外国籍の力士としてはじめて横綱となった曙はしばらくひとり横綱を務めていたが、九四年末に貴乃花が横綱に昇進し、翌年の初場所から日米両横綱が東西横綱の番付を張っていた。その偶然に目を付けて合同慰霊の式典での土俵入りが企画されたのだろう。鎮魂の丘というのは元山の南にある日米の戦没者を合同に祀った慰霊碑だ。

だから曙が土俵入りをしたのは神社の土俵ではなかったはずなんだけどね。まあでも神社に土俵があるんだったら、アスファルトだか石畳だかの慰霊碑の前でやるより、そっちに行くよね、曙も。貴乃花はいなかった？

貴乃花は見なかったな、まだ神社にいるかな、そう言ってあなたは慰霊碑をあとにして、島の西へとまた歩き出した。


それから電話の向こうであなたが私に話してくれたことが、本当にあなたの目が見た景色なのかどうか、私はわからない。そんなもの確かめようがないし、どこまで本当でどこからが嘘かなんて、よく考えたら私たちの通話においてそんな線引きは意味がなかった。

慰霊碑のある天山の丘から元山部落へつながる南へと降りていったあなたは、さっきまでとは土地の様子が少し違っていることに気がついた。さっき過ぎたはずの滑走路が見当たらず、代わりに飛行場ができる前、日本軍が島に入ってくる前にあった道が北部落の外れにあたる古山から東部落と元山部落の境の方へ通じていた。元山に至る手前にあったいくつかの民家が見え、依然としてひとの姿は見当たらなかったが、先ほどまでと違って、島内のどこか遠くで、ひとの話す声やひとの動く気配がちゃんと感じられるような気がしていた。聞き取れないくらいの音とか、空気の変化かなにかを体が感知しているのだろうか。

そしてあなたが小学校や神社、そして元山部落の中心の方へ続く交差路を曲がって少し進むと、向こうから数人の男たちが歩いてくるのが見えた。荷物を満載したリアカーを囲んで、先頭の者が引き、後ろの者が押し、横の者が荷を支えつつ車を前に送る。あなたは彼らを知っていた。彼らもあなたを知っていた。そう親しいわけじゃないから、おう、おう、と手を挙げ交わすくらいで名前を呼ばれずにすんだ。彼らは、定期船から降ろした荷物を西の浜から東部落へ運んでいるのだという。定期船が来たからね、とあなたは彼らに言って、彼らはあなたに、定期船が来たっていうのに、こんなところでお前なにしてるんだ、と言った。あなたは、まったくだ、と思う。

定期船が到着した日は、こんなところでぶらぶら油を売っている場合ではない。大人も子どもも、積み荷を降ろしたり分けたり運んだり、手はいくらあっても足りない。それだけじゃない、このふた月に一度の特別な日を祝いよろこぶために、船が来た日は外に出て、ひとが集まるところに出かけていって、みんなできるだけ多くのひとと顔を合わせようとしたがるものなのだった。船が来たことを確かめ合い、内地から届いた商品や情報を知らせ合う。誰でも彼でも、船が来た、おう船が来たね、と言い交わす。

元山の中心地に入ると、ここにも民家や商店の景色が戻っていて、やはり浜から徐々にひとが戻りつつあるようだった。さっき行き合った者たちのようにリアカーや牛車に荷を載せてきた者、これから運ばれてくる荷物を引き受ける準備のためにひと足先に戻ってきた女たちや子どもたち、みんな船の来たことを知ったときとはまた違う、これから来るあれこれの仕事や作業に気を引き締めつつも、掛け合う声の端々に、動かす腕の勢いや忙しく動き回る歩調に、すぐには退かない昂ぶりが表れてしまって、それを互いに確かめ合い、確かめ合うことでまたよろこびを感じている。関係のない道端の犬にも人間たちが放つ浮き立った雰囲気は伝わって、あたりを駆け回ったり、行き交う人間たちにじゃれついたりしていた。

島内でもいちばんひとの多い元山の中心部はどの通りにも民家が並んでいる。そのうちの一軒の庭から、大きな凧を抱えた男の子が道に出てきた。立派な為朝凧は正月に小学校の校庭で揚げるものだ。正月用に拵えてもらった凧を引き取ってきたのか、それとも正月を待ちきれずにこうして抱えながら方々を歩きまわっているのか。あの子はどこの誰だったっけ。凧揚げの準備をしているのだとすれば今日来た定期船は年の暮れの定期船で、だとすればほかの時期に来る船よりもいっそう特別だった。十二月の船には正月を迎えるための品物がたくさん積まれてくる。正月料理のための材料に、晴れ着、お飾り、子どもたちの遊び道具など、賑やかで楽しい正月の時間がそのまま内地から船に積まれてやって来るように思われた。凧をつくるための糸や和紙、画具なんかも山と積まれてくる。さっき男の子が出てきた家は凧の絵入れが上手なおじさんの家だった。

あなたも、子どもの頃にそのおじさんに凧の絵を描いてもらった、と思い出す。うまい下手はあるものの島の男たちは凧作りの技法は心得ていたから、骨を組んだり紙を張ったりするだけなら父親や従兄弟などに頼んで作ってもらえたが、絵入れは誰でも簡単にとはいかない。絵柄がまずくてはせっかく大きな凧が揚がっても残念なことになるから、絵入れの上手なおじさんは文字通り引っ張り凧だったし、おじさんに絵入れの依頼が殺到して頼めなくなると、正月に合わせて内地の職人に注文して上等な製品を仕入れる者もいた。

凧は小学校の校庭で揚げた。あなたは子どもの頃のあなたが凧揚げをしている姿を思い浮かべた。

隣には幼なじみの友達がいて、一緒に凧を揚げている。その絵柄まではっきり覚えている。同じ年頃の男の子たちには為朝などの歌舞伎絵の柄が人気だったが、あなたは子どもの頃に家で飼っていた牛の牛太郎の絵柄をおじさんに描いてもらった。友達は本で見た国芳の浮世絵を真似た蛸の絵柄を描いてもらい、蛸の凧だ、とけらけら笑ってまわりからは馬鹿にされたが本人は気に入って機嫌よく揚げていた。

神社を見に行くと、さっきはなかったタマナの林が鳥居と境内を囲むように繋っていて、境内にはまだ土俵櫓が組まれ、奉納相撲が続いていた。相撲があるということは秋の例大祭のはずで、だとしたらまだ十二月ではないはずだし、浜にあんなにひとが集まっていたのにここにも島じゅうからひとが集まっている様子だった。人垣を分けてのぞくと、土俵では緞子の化粧まわしをつけた島の男たちが土俵入りをしているところだった。そこにはあなたも、友達もいた。あなたの化粧まわしにはやっぱり牛が刺繍されていた。緞子はみんな内地に絵柄などを注文してつくってもらったが、あなたの緞子は洋裁が得意な女の幼なじみに頼んでつくってもらった。隣にいる友達の化粧まわしも同じ幼なじみの手作りで、そこには蛸、ではなく彼女が洋裁用に定期船で取り寄せた西洋の格子柄の生地がたくさん縫い付けられていた。白く透き通るレースがあしらわれたり、花びらのように寄せ集めた端切れ布が縫い付けられたりと、女物の洋服みたいな化粧まわしだった。あなたは相撲が強かったが、友達は見るのは好きでも相撲をとるのは好きじゃなくて弱かったから、華美で荘厳な緞子を自慢気につけて誇示し合うような土俵入りも好きじゃなくて、いつもだらだら四股を踏み、女みたいな緞子を笑われても、これが当世風で内地の相撲取りはみんなこんな化粧まわしをつけているんだと出鱈目を言い張った。あなたたちはもう小学校で凧揚げをするような年ではなくて、すっかり青年の男女になっていた。あなたの家で飼っていた牛太郎はもう死んでしまっていなくて、砂糖小屋で働きはじめていたあなたに身近な牛は牛太郎じゃなくて砂糖小屋の締機を回す相棒のフジだったから、その化粧まわしにいたのは牛太郎でもありフジでもあった。

　あなたは土俵入りを見守る人垣を離れ、境内を取り囲む林を眺めた。タマナの細く固い幹や枝と、深い緑色の葉。木々は奥まり、横に広がっていた。いくつも並んだ木のなかに、見覚えのある曲線をあなたの目は発見して、すぐにそれが砂糖小屋の締機の棹の形と重なった。フジの背中に結わえ付けた締機の重たい石車を回転させるタマナの棹。

　その頃にはあなたはもう、誰を呼ぶこともないまま、誰に呼ばれることもないまま、ほとんど自分を取り戻していたのだと思う。それでもあなたは私に語って聞かせる話のなかで、自分や自分が知るひとたちの名前をほとんど口にすることはなく、それを恐れるように避けていた。

　土俵の周辺がまたわっと湧き上がるように騒がしくなった。土俵上で、島の男とは違う、巨大な力士ふたりが組み合っているのが見えた。さっき雲竜型の土俵入りで後ろ姿を見た曙が、土俵中央で長く引き締まった足を踏ん張っていた。その懐に頭をつけて左上手を引き、攻めの機会をうかがっているのがさっき私から名前を聞いた貴乃花だろうとあなたは思った。曙もどうやら左のまわしをとっている。両者は四つで譲らず、互いに仕掛けては相手の攻めを打ち消し、また膠着状態に戻った。曙は足が長いぶん腰高で、懐の貴乃花は曙の上体を起こそうと腰を入れるが、曙も足同様長い腕で貴乃花のまわしをしっかり抑えて貴乃花の体を引きつける力を弱めない。土俵を囲んだ者たちのあいだから、歓声と拍手があがる。大相撲だ、と騒ぐ声がひとつ上がると、大相撲だ、横綱だ、とあちこちから声が続いた。

　あなたは決着を見届けず神社をあとにして、小学校へ向かった。小学校の周囲の並木はタコの木で、これもさっきは見えなかったけれど、いまはちゃんとあった。学校に近づいていくと、太鼓と管楽器の音が聞こえてきた。あれは青年会のブラスバンドだ。正門を入ると、正面に校舎が、その手前には栴檀の木が並んで植わっている。校舎のなかには誰もいない。その代わり左手の運動場の方からは、ブラスバンドの演奏に大勢の声援や騒ぎ声が重なって大変な賑わいなのが聞こえてきた。運動会が行われている。

運動会には、学校の生徒だけでなく、島民全員が参加した。部落ごとに分かれて、大人も参加して玉入れやリレーなどが行われ、ブラスバンドも応援に華を添えた。あなたや友達の化粧まわしをつくった幼なじみは洋裁だけでなく歌も好きで、ブラスバンドの演奏に合わせて勝手につくった応援歌を歌いながらあなたを応援してくれた。運動が得意だったあなたは部落対抗のリレーの選手にもなった。プログラムのいちばん最後に組まれたリレーがはじまると、幼なじみがブラスバンドの演奏に合わせて大きな声で歌い出す。シーレー、シーレー、リレーをハーシーレーとかそんな単純な子どもの鼻歌みたいな歌。島に軍が入ってからも戦況が悪化するまでは毎年運動会は開かれた。航空隊と海軍の兵士たちが加わり、飛行場建設の作業員も加わって、運動場狭しと激しいリレー競走が行われた。勝ったのはどのチームだったか忘れたが、島民の部落対抗なら負けないあなたも、軍や建設作業員のなかから選抜された猛者を相手にしてはかなわず、走っても走っても追いつかず引き離されていった。陸軍の兵士は運動会には参加しなかった。陸軍が島に入ったときにはもうそんなことをしていられる状況じゃなかった。

誰の名前も呼ばないあなたの話は、私にその場にいる様々な人物たちを好き勝手に想像させた。私の知っているひともその運動会や、相撲大会にこっそり混ざっているのではないかと思った。実際、私の祖父母やそのきょうだいや家族たちが、そこにはいたのだ。電話のこちらにいる私には見えないけれど、あなたが見ているその景色のどこかに、私が生まれるずっと前に、彼らがいなくては私が生まれなかったひとたちがいた。そんな景色を見てくれてありがとう、と私はあなたに言いたい。その景色を見てくれて、そして電話をくれてありがとう。

いや、電話をくれたのは来未さんあなただよ、とあなたは言った。

あ、そうか、と私は応えた。じゃあ、私の電話に出てくれて、ありがとう。

来未さん、僕にはあなたの顔は見えないけれど、この運動会とか、奉納相撲とかに集まっていたひとたちのなかに、もしかしたらあなたもいるんじゃないかと思えるよ。

あはは、と私は笑った。いるかもしれない。私や私のきょうだいや、友達も、こっそり紛れ込んでるかも。

定期船は来るわ、相撲大会はやってるわ、運動会もやってるわ、こう島じゅうが賑わっていたら、島の人間じゃないひとが混ざってても気づかないに違いないよ。まるで、盆と正月が、一緒に来たみたい。そう言ってあなたは、あ、それなら、と気づいた。墓地に行けば、きっと盆踊りもはじまる。

それであなたは運動場を離れて、元山からまた西部落の方へ歩きはじめた。運動会、凧揚げ、盆踊り、お祭りの奉納相撲が同じ一日に行われて、おまけに浜には定期船もやって来た。子どもの頃の自分がそんな話を聞いたら、興奮してまともじゃいられない。大人だって大変だ。だいいち腹が減る。そんな一日、砂糖ご飯でも食わなきゃ体が持たない。製糖業が隆盛の頃に誰かがはじめて広まった、炊いた米の上に砂糖をたっぷりかけて食べるだけの馬鹿みたいな食べ方。島の経済や生活が安定して砂糖の価格も下がると昔みたいなぜいたくさもなくなって、年寄りが昔を懐かしんでする珍奇な食べ方みたいに思われるようにもなったが、ときどき無性にあの砂糖ご飯をかきこみたくなった。ところでもうだいぶ長い時間歩き続けているのに腹が減らないのは妙なことだった。気分よく歩いてるから、別にいいけど。

西の部落にも家々が並び、浜から戻ったひとびとがそこここを動き回り、庭と家のなかを出たり入ったりしていた。あなたはすれ違う知り合いたちと簡単な挨拶を交わしながら、西部落の端にある島民墓地に出た。さっきはなかった墓地もまた、いまは何事もなかったかのようにあなたの前に存在し、日暮れて薄暗い墓地にも大勢のひとが集まっていた。浴衣姿が目立つ。墓前に灯したろうそくの火がそこここで揺れている。火が消えて、墓参が終われば盆踊りがはじまる。

あなたはついさっき藪と化していた墓地の前で、その藪を抜けた先の崖にいる誰かに向かって、おーい、と呼びかけ、呼ばれた誰かが、はーい、と返事をした。そのやりとりを何度か繰り返した。その最中に東の方で爆発のような音が聞こえて、それきりこの場を離れてしまったのだったが、さっき返事をした誰かはまだそこにいるのだろうか。それとも盆踊りに向かうひとたちのなかにもう紛れてしまったか。

あなたは藪に分け入って消えかかった踏み分け道を奥へと進み、やがて藪を抜けたところで西の浜を見ると、水平線まで船影もなにもない、凪いだ海面が見えた。

おーい、と声がして、おもわずあなたは耳にあてていた電話の画面を見たけれど、そこには真っ黒でなにも表示されていない。おーい、とまた呼ばれて、声は電話機ではなく別のところから聞こえるようだった。

誰か呼んでますよ、と私は言った。

誰でしょう。

知りません。

姿が見えません。この先はもう海だから。

また、おーい、と呼ばれる。三森来未さんとは違う、女の声だ、とあなたは思った。

返事をしてあげたら？

返事。

名前を呼ばれる前に、私があなたにそう言うと、あなたは少しのあいだ黙って考えていたが、やがてまた聞こえた、おーい、という声にあなたは、はーい、と返事をした。

それきり呼ぶ声は聞こえなくなった。


あなたはまた藪を抜けて墓地に戻ったが、そこに墓地はなくなっていて、浴衣姿で墓参りをしていたひとたちも誰もいなくなっていた。代わりに、白い屋根と柱の建物が建っていた。地面は草が短く刈り揃えられ、高木に囲まれていたはずの周辺は低木の茂みに変わって海まで視界が抜けていた。西側には陸続きになった釜岩が見え、南には蒸気を上げる摺鉢山が見えた。白い建物は素通しの屋根の下に腰かけが設えられている。白い建物を通り抜けると、その先にやはり白色の塔のようなものが建っていた。あなたはその前に立って、なんだこれは、とまた記憶にない、懐かしくない対象をじっと眺めた。上に向かうにつれ幅が狭くなる薄い柱のようなものが縦に二本立っていて、その中央に二本を渡すように丸い目玉のようなものがある。目玉にはいろいろな色の石がモザイク状に張り込まれていた。あなたは、これはなんだろうか、としばらく考えて、たぶんイカの目玉だろう、と思った。

先ほど天山で見た上屋と遺骨のモニュメントと同じく、戦没者の慰霊のために造られ設置されていることはわかったが、遺骨の箱と違ってこの塔の表現はなかなか抽象的で解釈が難しかった。しかしここがもとは島民の墓地で、この丘に墓地が整理されたのも、こうして切り拓かれてみれば西にも南にも全方向に視界が開け、ここからはこの島を一望できることがわかる。墓に目玉があるわけでもないのに、見晴らしのいい場所に墓を建てようと思うのは、そこから死者たちが景色を眺めることを想像することを止められないからだ。

うん、うん、と私は言った。

この塔に嵌まった目玉は、死者たちに代わって彼らの慣れ親しんだこの土地の景色を眺めている目玉だ、とあなたは思った。イカっていうのは、とても目がいいんですよ。きっとなんでもよく見える。だから釣るのも難しい。へたな仕掛けじゃ食いません。

うん、うん。

それであなたは塔の横に石碑があることに気がついた。碑には「硫黄島旧島民戦没者の碑」の標記のもと、四段にわたる名簿が刻まれている。名簿の横にこんな端書きがある。


太平洋戦争の末期、軍属として徴用され島に残された旧島民八十二名は日本軍と運命を共にして全員戦死した。

平成二年十一月九日、旧島民墓地に、平和祈念公園が完成したのを機に、戦没者の霊を慰めようと、旧島民有志により碑にその名を刻してこれを建立す

あなたは並んだ名前を端から見ていく。知った名前ばかりが並んでいた。このひとも、このひとも知ってる、とあなたは思いながらひとつひとつの名前を追っていった。それぞれの顔が浮かぶ。声が聞こえる。そしてあなたはあなたの名前を見つけた。
百々《もも》重
重ルは、自分だ、と思った。それから、ルがない、と思った。戸籍上はこれで正しいはずで、その表記に合わせたのかもしれない。すぐそばには三森達身と三森忍の名前もあった。達身の名前も、本

当は身ではなく海の字を使った達海が戸籍上の表記のはずだが、こちらは通名のまま刻まれていた。

重ルは、そこにある戦没した自分の名前をしばらくのあいだ眺め、ル、ル、ル、と思った。思えばそれは自然と歌のようになル。これは墓とは違うが墓のようなもので、自分の墓をこうして眺めるというのもずいぶん変な話であル。しかも、その名が間違っていル。そのへんにある石かなにかで、名前の下にルの字を刻んでいこうか。しかし待てよ、と重ルは思った。こうしてここで自分の名を見ている自分は、手違いで墓に入りそびれて生き延びた重ルのルなのではないか。かつてここにいタ、死んでしまっタ、ふつう死者は過去形で語られるはずなのに、いまもこうしてここにいル、御守りのように、あるいは呪われたように名前にくっついたルだけが現在形から抜け出せない。横を見れば、さっきのイカの目玉が自分を見ていル。

俺の名前にルを付け加えたのは巫女さんのようなことをしていて早くに死んだ忍の母親だった。赤ん坊の頃に死にかけた俺は、巫女さんの忠告に従って重から重ルになった。ルをくっつけて死なずに生き延びた。そのルが、いまルだけになって生き延びて、ここにあった景色やここにいた誰かをあのイカの目玉から見続けていル。そうすれば思い出す景色もここにあル。思い出す誰かもここにいル。

うん、うん。

達身の名前を海から身に変えたのも忍の母親だ。忍の母親が、なにに基づき、なにを思って俺の名前にルを付け加えたのか、俺にはわからない。ひとの名前を変えて生きながらえさせておきながら、当人は病気で早死にしてしまった。自分の名前にもルをつけたらよかったんじゃないのか。そういうものでもないのか。ともかく俺はさっきからこうしてこの島のなかをうろうろと歩きまわっていル。その行く先々でとっくに消えてなくなってしまったはずの場所や景色が、もうここにはいないはずのひとびとが目の前に現れル。それは俺がこの碑に刻まれた重ではなくて、ただのルだからかもしれない。

ル

ル

ル

という具合に、駆けていく。大変身軽であル。

うん、うん。

イカの目玉を連れていくこともできル。

目ル

目ル

目ル

なんでもよく見えルのであル。

うん、うん。

見えないものでも見えルのであル。ここにあルのであル。

ねえ、重ルさん。

なんだい三森来末さん。

その身軽な体で、次はどこへ行くの？　まだまだ私はあなたの話が聞きたいよ。あなたにもっと話してほしいよ。

26

乗客の乗り込みが済み、荷の積み込みも終わったらしい。乗り込み口に架けられていたタラップが船から離れ、間もなく午後三時三十分の出航時間だった。

屋上と各階のデッキは港で見送りに並ぶひとたちを見るために出てきた乗客で混み合っていた。横多も港を眺めようと外に出てきたが、すでに港側の手すりの前には何人もひとが重なっていた。乗客たちは混み合うなか港に向かって手を出し顔を出し、知人や家族、あるいは滞在中世話になった宿のひとやレジャー会社の見送りのひとたちに呼びかけたり、手を振ったりしていた。横多は気後れして、後ろの方で静かにしていた。

結局迷子さんは約束の時間に現れなかった。父島からの帰りの船も同じ便だと言うので、じゃあ港で二時に待ち合わせをしようと言って昨日の夜別れたのだが、来なかった。迷子さんは携帯電話も持っていないから、連絡のしようもない。時間通りに来なかっただけで、実は船には乗り込んでいるのかもしれない。それなら出航後に船内で出くわすかもしれないが、横多はたぶん迷子さんはこの船には乗っていないだろうと思っていた。

出航の鐘が鳴らされ、汽笛を鳴らして船が動き出した。ゆっくりと離岸し、港では和太鼓の演奏がはじまる。日陰にいた見送りのひとたちも岸壁の近くまで出てきて、みんな手を振っている。

デッキから花を紡いだレイを海に投げ込むひとがいた。なにか謂れがあるのだろう。船はじゅうぶん岸壁から離れたあと、湾の出口へとゆっくり進みはじめた。港に立つひとたちも少しずつ港の端まで手を振りながら歩いてくるが、その姿もだんだん小さく、ひとりひとりの顔が見えなくなっていく。

湾を出たあともダイビングチームの船が何艘もあとについてきて、各船のダイバーたちが順番に海に飛び込むパフォーマンスを見せた。これも見送りの恒例なのだという。やがて最後の一艘の飛び込みが終わると、航行する船から見える父島はあっという間に小さくなって、やがてただ静かに波を立てる海面が水平線まで続くだけになった。空はどの方角もよく晴れていて、まだ日は高いが、あと数時間もすれば夕日が見られるだろう。しばらく海を眺めているうちに乗客たちは船内に戻って、デッキのひとたちはまばらになった。横多も船内に戻った。

行きと同じ二等船室のマットで横になって、腕時計を見た。ポケットに手を入れてなかにある電話機の感触を確かめた。夜中はデッキの出入りが禁止になるから、それまでのあいだならいつでもいい。夕日の時間はまたひとが増えそうだから、日が沈んでひとが少なくなった時分でいい。デッキに出てひと気が少なく、誰にも見られていないことを確認し、横多はポケットのなかの携帯電話を太平洋に投げ捨てる。

それまで少し眠ろう。横多は目をつむり、酔い止めを飲み忘れたことに気づいた。

主な参考文献

・『硫黄島　国策に翻弄された１３０年』石原俊（中公新書）
・『近代日本と小笠原諸島　移動民の島々と帝国』石原俊（平凡社）
・『硫黄島クロニクル〜島民の運命〜』夏井坂聡子著／石原俊監修（全国硫黄島島民の会）
・硫黄島同窓会会報創刊号『硫黄島の人びと』硫黄島同窓会有志編集（小笠原村教育委員会所蔵）
・『戦前の硫黄島・現在の硫黄島』中村栄寿編（硫黄島同窓会会報２号）
・硫黄島同窓会会報第３号『硫黄島　村は消えた　戦前の歴史をたどる』中村栄寿編（硫黄島戦前史刊行会）
・『硫黄島の人びと　第４号』硫黄島同窓会編集部（硫黄島同窓会会報第４号／小笠原村教育委員会所蔵）
・『硫黄島同窓会会報第５号（戦前記念誌59年版）』中村栄寿編（硫黄島戦前史刊行会／小笠原村教育委員会所蔵）
・『小笠原諸島強制疎開から50年記録誌』小笠原諸島強制疎開から50年記録誌編纂委員会編（小笠原諸島強制疎開から50年の集い実行委員会）
・『硫黄島　その知られざる犠牲の歴史』硫黄島産業株式会社被害者擁護連盟（小笠原村教育委員会所蔵）
・『ありし日の硫黄島―スケッチと随想―』佐藤博助（小笠原村教育委員会所蔵）
・『硫黄島の想い出』長田幸男（小笠原村教育委員会所蔵）
・インターネットサイト『硫黄島探訪』石井顕勇作成　http://www.iwojima.jp/

謝辞

本作品の執筆にあたり、全国硫黄島島民の会、全国硫黄島島民三世の会を通じて、元島民の方々およびそのご親族の方々から、貴重なお話を聞かせていただきました。明治学院大学の石原俊先生には、右の会を紹介いただいたことをはじめ、引き揚げ前の硫黄島、そして現在まで続く引き揚げ後の元島民をめぐる状況や問題について、多くの知見を得るきっかけをいただきました。父島の小笠原村教育委員会では、貴重な保存資料を閲覧させていただきました。ここに心より感謝とお礼を申し上げます。どうもありがとうございました。

滝口悠生

初出　「新潮」に連載（「全然」から改題）
二〇一九年八月号―十一月号
二〇二〇年一月号―二〇二一年三月号
二〇二一年五月号―八月号
二〇二一年十月号―二〇二二年二月号
単行本化にあたり改稿を施した

滝口悠生

（たきぐち・ゆうしょう）

一九八二年、東京都八丈島生まれ。埼玉県で育つ。二〇一一年、「楽器」で第四十三回新潮新人賞を受賞し、デビュー。二〇一五年、『愛と人生』で第三十七回野間文芸新人賞を受賞。二〇一六年、「死んでいない者」で第百五十四回芥川龍之介賞を受賞。他の著作に『寝相』『ジミ・ヘンドリクス・エクスペリエンス』『茄子の輝き』『高架線』『やがて忘れる過程の途中（アイオワ日記）』『長い一日』『往復書簡　ひとりになること　花をおくるよ』（植本一子氏との共著）など。

装画・題字　中山信一

水平線《すいへいせん》

著者

滝口悠生《たきぐちゆうしょう》

発行

2022年7月25日

発行者　佐藤隆信
発行所　株式会社新潮社

〒162-8711　東京都新宿区矢来町71
電話　編集部　03-3266-5411
　　　読者係　03-3266-5111
https://www.shinchosha.co.jp
装幀　新潮社装幀室

印刷所
大日本印刷株式会社
製本所
加藤製本株式会社

ISBN978-4-10-335314-0 C0093